"미안, 하는 척만 하려고 했는데
저분이 나를 건드리는 바람에…… 닿았네."
"닿았네?"
이게 말이 되냐고!
"방송사고라고 생각해."
"방송…… 사고?"

내 싸랑
님과 함께

"고백 말이에요. 눈에 보이고 만져지는 거라니.
그게 도대체 뭔지를 모르겠어요."
"이리 와봐."
지한이 부르자 조금 떨어져 앉아 있던 그녀가 일어섰다.
지한은 자신의 곁으로 다가온 소영을 제 앞으로 앉혔다.
"말해주려고요?"
"아니, 그냥 안고 싶어서. 재차 물어도 말해줄 수 없으니
앞으로 이 이야기는 함구하기다."

내 사랑
님과 함께

"저는 피디님이랑 결혼할 마음이 없었어요."
"왜?"
"쇼호스트를 하고 싶어서 피디님과 친하게 지낸 거지
딱히 다른 뜻은 없었거든요."
그의 눈썹이 심하게 일그러졌다.
"진심으로 하는 말이야?"
"그럼 이런 말을…… 거짓으로…… 하겠어요."

"믿어.
그리고 네가 그렇게 말할 수밖에 없었던 이유도 알아."
"알…… 아요?"
그의 말을 듣는 동안 소영은 눈도 깜빡이지 않았다.
"하도 부탁해서 오늘 하루만 헤어지려 했는데 안 되겠다.
반나절로 끝내자."
"하루…….”

내 싸랑
님과 함께

내 싸랑
님과 함께

내 사랑
님과 함께

초판 1쇄 인쇄일 2015년 5월 16일
초판 1쇄 발행일 2015년 5월 22일

지은이 | 루치아
펴낸이 | 김기선

편집장 | 김은지
디자인 | 금장미

펴낸곳 | 와이엠북스(YMBOOKS)
출판등록 | 2012년 7월 17일 (제2014-17호)
주소 | 서울시 도봉구 노해로 379, 1005호(창동, 대성빌딩)
전화 | 02)906-7768 / 팩스 | 02)906-7769
E-mail | ymbooks@nate.com

ISBN 979-11-322-1787-9 (03810)

값 12,800원

루치아 장편소설

내 사랑 님과 함께

文Ga BOOKS

CONTENTS

프롤로그

조용한 음악이 흐르는 카페. 평범한 듯한 남녀가 서로 마주 보고 앉아 있었지만, 풍기는 분위기는 절대 평범하지 않았다. 모두의 시선이 이쪽으로 향할 수밖에 없는 것이…… 지금 말하고 있는 이 남자, 바로 서지한 그 때문이었다.

그림 같은 모습에 은정이 사뭇 긴장한 눈빛으로 흘깃거렸다. 외모 중에 부족한 부분을 찾으라면…… 없다! 그만큼 잘났다.

"스타제조기 그 서지한이 진짜 맞네요. 세상에, 서지한 피디라니……."

은정이 믿지 못하겠다는 반응을 보이자 그가 작게 웃었다.

"그렇게 말씀하시니 좀 부담스럽네요."

사람을 관찰하듯 넋 놓고 바라보는 은정의 시선에 무안했는지 그가 조용히 찻잔을 들었다. 우아함이란 바로 이런 것일까. 그와의 품위를 맞추기 위해 그녀는 자세를 더 곧추세웠다.

"부담 드리려고 그런 거 아닌데. 저는 그냥 동명이인인 줄 알았어요."

"다른 이야기를 하죠. 점심시간을 이용한 만남인데 이런 대화를 나눈다면 시간이 아깝지 않나요?"

자신을 키워준 고모, 그녀의 부탁이라 어쩔 수 없이 그는 은정과의 만남을 허락했다.

"그렇죠, 아깝죠? 그럼요……."

은정은 음료수 잔을 들여다보았다. 요즘 방송국 피디 중 그보다 잘나가는 사람은 없을 것이다.

"저, 한 잔만 더 마실게요."

"제가 해드릴게요."

긴장했는지 은정은 갈증이 났다. 그런데 자리에서 일어선 지한의 모습에 그녀는 더욱더 놀란 표정을 지었다.

"아니에요. 제가 할 테니 잠시만 기다려주세요."

정중히 사양하는 은정을 향해 지한이 작게 고개를 끄덕였다. 그녀가 자리에서 일어서자 그는 벽을 이용해 만들어놓은 책장에서 아무 책이나 하나 꺼내 들었다. 그리고 몇 장의 책장을 넘겼을 때 그의 눈이 호기심 어린 눈빛으로 반짝였다.

지한이 보고 있던 책은 은정이 자리에 앉자 꽂혀 있던 제자리로 자연스럽게 들어갔다.

"고모님이 지한 씨의 모든 일에 관여해서 다소 불편하시겠어요?"

"그렇지 않은데."

"그럼 방송국 직원들도 지한 씨의 내력을 알고 있어요? 고모님 말로는 극비 사항이라고 했던 것 같은데……."

그녀는 속속들이 그의 사정을 모두 알고 있다는 걸 인지시켰다. 그러면서 연숙과의 친분도 은근히 과시했다.

"고모와 상관없이 저는 그냥 평범한 일개 피디일 뿐입니다."

이것이야말로 그가 진정 원하는 것이었다. 제 고모인 연숙에게 속하지 않고 구속되지도 않은 나, 서지한.

"에이~ 피디는 그냥 하는 거고, 사실은 모 그룹의 후계자라는 거 아는 사람도 있을 거 아니에요."

"유언비어 퍼트리시면 곤란합니다."

자상할 정도로 차근차근 모든 말에 대답했지만, 이 남자, 결코 자상한 사람만은 아닌 듯싶었다. 은정은 그가 곤란합니다, 하고 말할 때 그의 눈빛을 보았다. 그러니 절대 퍼트리지 마십시오. 그의 눈빛이 이건 경고라고 말해 주는 것 같았다.

방송국의 핫이슈, 서지한! 이것도 대단한데 만약 진짜 서지한의 실체가 밝혀진다면? 상위 1%로의 삶! 은정의 눈이 생글거렸다.

좁은 화장실 안에서 한 여자가 시간이 촉박한 듯 바삐 손을 움직였다. 그녀의 이름은 소영. 그녀는 볼록한 배를 어루만지며 어색한 부분이 있나 확인했다.

"이 정도면 임신 팔 개월 정도 되려나……."

그러더니 자신의 배에 돌돌 감겨 있는 천 속으로 인형의 팔을 집어넣으며 중얼거렸다. 그녀가 손목시계를 보고 화장실 문에 걸어두었던 임부복을 집었다. 허리 부분에 있는 끈을 최대한 느슨하게 해서 서둘러 옷을 입었다. 세상에나, 그럴싸했다.

화장실의 잠금장치를 풀고 나간 소영이 거울 앞으로 가서 섰다.

'하하하하!'

차마 소리 내서 웃을 수는 없고, 거울에 비친 제 모습에 속으로만 웃었다. 전혀 어색함 없이 그야말로 완벽한 임산부의 모습이랄까.

"아휴…… 날도 더운데 그 몸으로 힘들겠구먼."

청소하는 아주머니가 화장실로 들어오다가 소영의 모습을 보고 걱정의 말을 건넸다. 이런 말까지 듣고 나니 그녀는 더욱 자신감이 붙었다.

"네, 그렇죠, 뭐."

"몇 개월이야?"

"음…… 팔…… 개월이요."

정확히 알 수 없어서 대충 얼버무렸다.

"세상에나, 그 배가 팔 개월이야? 난 만삭인 줄 알았는데. 그럼 앞으로 얼마나 배가 더 불러야 하는 거야. 혹시 쌍둥이야?"

어, 이거 아무래도 배를 너무 키웠나 보다. 어쩌지?

"네, 쌍둥이예요."

어쩌긴, 이러면 되겠지!

"아휴! 엄마가 몸도 작은데 힘들어서 어쩐대."

"걱정해주셔서 감사합니다."

소영이 정중히 인사한 뒤 화장실 밖으로 나왔다. 그리고 한 손으로 허리를 받치고는 바로 앞에 있는 카페 문을 열었다.

안으로 들어가서 주변을 두리번거리는 소영의 표정은 비장했다. 그녀는 누군가를 보고는 그곳으로 천천히 걸음을 옮겼다. 여자의 웃음소리가 소영의 귓가에 들렸다. 그리고 그 사람 모습도 보였다.

"호호호. 지한 씨, 은근히 장난꾸러기 같은 거 아세요?"

"장난꾸러기요? 저 아주 점잖은데."

그 사람 말소리도 들렸다. 그리고 드디어 소영은 지한과 은정이 앉아 있는 자리로 갔다. 테이블 옆에 서자 모두 놀란 눈이 되어 그녀를 보았다.

"자기야……."

소영이 지한을 부르자 은정의 시선은 자연스럽게 그녀의 배에 멈췄다.

"아…… 저기…… 그러니까."

지한은 말을 못 하고 더듬거렸다. 소영의 출현에 얼굴색이 벌게지며 그 역시 놀란 표정이었다.

"자기야…… 라니. 둘이 알아요?"

믿을 수 없었는지 휴대폰을 잡던 은정의 손은 가늘게 떨렸다.

"쌍둥이 아빠, 어떻게 이럴 수가 있어요. 이렇게 만삭인 나를 놔두고 다른 여자를 만나다니! 이게 말이 돼요?"

"젠장! 미치겠다."

당황스러웠는지 그의 입에서 욕이 튀어나왔다.

"쌍둥이 아빠? 이 사람이 쌍둥이…… 아빠라고요!"

은정이 제 손가락으로 지한을 가리켰다.

"네, 이분이 제 아이들의 아빠예요."

소영이 불룩한 배를 조심스럽게 어루만졌다. 그러자 시종일관 반듯한 자세로 앉아 있던 지한은 포기한 듯 처음으로 흐트러진 자세를 보였다.

"지한 씨, 뭐라고 말 좀 해줘요."

두 사람을 번갈아 보던 은정의 낯빛은 파리해졌다.

"보시는 그대로라 할 말이 없습니다."

"뭐예요!"

그녀가 벌떡 일어났다. 정녕 있을 수 없는 현실이었다! 문득 지한은 다정스러운 눈길로 소영을 보았다.

"그 배로 뭐 타고 왔어요?"

"버스요."

"위험한데 택시 타고 오지……."

소영보고 앉으라는 것인지 그가 옆자리로 옮겨 앉았다. 하지만 그녀는 고개를 저으며 그를 보았다.

"쌍둥이 놔두고 계속 이 여자분 만나실 거예요?"

마치 대답을 회피하는 것처럼 그는 조용히 찻잔을 들었다. 은정은 들고 있던 휴대폰 화면을 터치했다. 그녀가 전화한 곳은 바로 지한의 고모 연숙이었다.

"고모님, 어떻게 저한테 이러실 수가 있으세요!"

[갑자기 그게 무슨 소리야?]

다짜고짜 소리부터 지르자 연숙은 이상하다는 것을 눈치챈 것 같았다. 은정은 핸드백을 집었다.

"고모님, 그 잘난 조카가 쌍둥이 아빠란 건 알고 계셨어요!"

[무슨 말도 안 되는 소리를······.]

"제가 지금 두 눈으로 똑똑히 보고 있다고요. 만삭인 애 엄마를 제가 보고 있다니까요!"

[뭘 잘못 알았겠지. 그런 일은 절대로 일어날 수가 없어.]

"그럼 직접 잘난 조카한테 물어보세요. 저는 더 이상 이런 사람과 가까이 하고 싶지 않아요!"

그에게 품었던 모든 환상이 깨진 은정은 주저 없이 이 자리를 벗어나려고 했다. 자신한테 눈길조차 주질 않는 지한으로 은정은 자존심 상했다.

[은정아, 지한이 좀 바꿔줘 봐.]

"죄송해요. 끊을게요. 더는 연관되고 싶지 않네요."

통화가 끝나자 지한은 그제야 은정을 바라보았다.

"이린 모습을 보여드려 진심으로 죄송합니다."

"됐고요. 인생 그렇게 살지 마세요."

실컷 희롱당한 기분이었다. 은정은 두말하지 않고 그 자리를 떴다. 그러자 소영은 은정이 앉아 있던 자리로 털썩 앉았다.

지한이 그녀를 훑으며 입을 떼었다.

"자, 이제 어째서 그런 행색으로 나타났는지 자세히 설명 좀 해보실까요?"

좀 전에 그녀를 걱정하며 바라보던 눈빛은 어느새 사라지고 없었다. 그의 표정은 무서울 만큼 싸늘하게 변했다.

"뭐가 잘못되었나요?"

지한의 물음에 소영은 의아한 표정을 지으며 오히려 되물었다.

"그럼 지금 제대로 되었다고 생각하십니까?"

"네, 이 방법이 가장 적절하다고 생각해서 이렇게 한 건데요."

소영은 자신의 몸을 보고는 다시 한 번 흐뭇한 표정을 지었다. 그런데 갑자기 그가 벌떡 일어섰다.

"가장 적절하다고 생각한 그 방법이 가장 부적절하다고 느꼈다면, 그에 대한 보상은 안 해도 되겠죠?"

그의 말에 소영 역시 벌떡 일어났다.

"그게 무슨 말이에요. 보상을 안 하다니! 돈을 주지 않겠다는 말인가요?"

"네."

"아─ 놔! 그러면 안 되죠!"

마른하늘에 날벼락이라더니 무슨 이런 경우가. 소영의 눈앞이 캄캄해질 때, 지한의 휴대폰이 진동으로 울렸다. 확인해보니 연숙이었다.

핵…… 폭풍이 불겠구나. 지한은 연숙보다 부친의 얼굴이 먼저 떠올랐다.

"네, 고모님."

[지금 당장 들어와!]

"실망하게 해드려 죄송합니다. 아직 이곳에서의 볼일이 남아 있어 지금 찾아뵙기는 힘들 것 같습니다. 끊을게요."

재킷을 집어 든 지한이 통로로 나오자 소영은 그의 앞을 가로막았다.

"돈 주셔야죠. 그냥 가시면 어떡해요!"

"좀 전에 제가 한 말 못 들었습니까?"

"이봐요. 잠시만요."

이번엔 소영의 휴대폰이 울리자 그녀가 서둘러 주머니를 뒤졌다.

"캄쏴합니다~ 알바공주입니다~"

순간 그녀의 말투가 변해서일까. 지한의 표정이 신기한 물건을 보듯 바뀌었지만, 지금은 사람들의 차가운 시선부터 피해야 했다. 그가 서둘러 걸음을 옮겼고 소영은 그 뒤를 따라갔다. 그 모습에 카페 안에 있던 사람들은 혀를 끌끌 찼다.

"세상에, 나이도 어린데 저 몸에 알바까지 하는 거야?"

"미성년 같은데, 저러다가 천벌 받지."

들리는 말에 지한의 표정은 있는 대로 굳어졌다. 그가 카페 문을 열고 나가자 빠르게 통화를 끝낸 소영도 밖으로 나갔다.

"아- 놔! 아저씨! 알바비 줘요!"

"방법이 틀렸어. 제가 애인인 척만 해달랬지 임산부 모습을 해달라고 했습니까?"

"애인이든 임산부든 의뢰한 대로 해결했잖아요. 그러면 된 거 아닌가요?"

사실 지한은 커피를 리필하러 간 은정을 기다리는 동안 잡지책을 보고 있었는데, 책장 사이에 끼어 있던 명함 한 장을 발견했다.

＜무엇이 고민이십니까? 지성과 미모를 겸비한 알바공주! 원하신다면 땅굴도 파드리겠습니다. 단, 애는 낳아드릴 수 없으니 이 점 유념하여주시기 바랍니다.＞

광고 문구를 보고 지한은 소영에게 곧장 애인 알바를 의뢰했었다. 그런데 임산부의 모습이라니……. 만나는 여자가 있다 하면 고모도 이해했을 것이다. 하지만 임신까지 한 여자가 있다면 상황 자체가 달라도 아주 많이 달랐다.

"지금 제 체면이 아주 곤란해졌거든요."

"그래서 못 주겠다는 거예요?"

체면 같은 소리 하시네. 이딴 식으로 여자와 헤어지면서 체면은 무슨 체면? 치졸한 인간성, 이미 다 알아봤다고.

"확실하게 말하죠. 못 주는 게 아니라 안 주는 겁니다."

그는 풍기는 인상만큼이나 단호했다. 하지만 결코 밀릴 수 없기에 양손으로 허리를 짚은 소영이 불룩한 배를 그를 향해 내밀었다.

"저는 의뢰받은 일을 정당하게 처리했고, 이런 부당한 대우를 받는 것은 옳지 않다고 봅니다. 돈, 주세요!"

모양새로 밀리기 싫어서 똑 부러지게 말했다. 그때 카페 문이 열리면서 여러 명의 사람이 나왔다.

"에잇, 나쁜 놈일세! 어린애를 그렇게 만들어놓고……."

생각 없이 나오던 한 남자가 지한의 모습에 주춤하며 말을 멈췄다. 사람들은 흘깃거리며 그에게 안 좋은 눈길을 보냈다. 그 눈길을 눈치챘는지 그는 서둘러 지갑을 꺼냈다. 그러고는 수표 한 장을 꺼내서 내밀었다.

"……."

"……."

그가 말없이 돈을 내밀자 받는 그녀도 입을 다물었다. 서로의 눈빛이 아주 잠깐 부딪쳤지만, 둘 다 불쾌한 감정을 감추진 않았다.

"세상에, 십만 원 가지고 어떻게 살라고."

건네주는 수표를 보았는지 승강기에 오르던 사람이 한마디 했다. 이 자리를 빨리 벗어나고 싶은 지한은 비상계단 쪽으로 급히 걸음을 옮겼다.

비상문 안으로 사라지는 그의 모습을 본 소영은 씁쓸한 표정을 지었다. 이렇듯 기분 나쁘게 노력한 대가를 받다니.

불룩한 자신의 배에 손을 얹은 그녀는 수표를 바라보았다.

정당히 받아야 할 노력의 대가. 그렇지! 이참에 대인배의 마음가짐을 가져볼까. 그래야 단소영이지. 그럼, 웃자.

"단소영, 이런 작은 일로 기죽지 말고 화내지 말고 파이팅!"

1화. 잘못된 만남

"서 피디, 드라마 아주 대박 터졌어."

방송국 로비를 걷던 지한은 걸음을 멈췄다. 저를 알아본 국장이 반갑다며 손을 내밀었기 때문이다. 자리를 비켜달라는 뜻으로 국장은 일행을 쳐다보았다.

"감사합니다, 국장님."

"시청률의 전설. 역시 서 피디야. 믿고 보는 서 피디! 아주 좋았어."

"과찬이십니다."

"과찬이라니……."

인사하는 중에 국장은 지한의 행색을 훑어보았다. 살인적인 스케줄과 밤샘 촬영의 대명사인 드라마 방송. 그런데 그는 단 한 번도 흐트러진 모습을 보여 준 적이 없었다. 지나칠 정도로 자기 관리가 철저했으며 항상 정갈했다.

"이제 막방만 촬영하면 되나?"

"네, 야외 촬영 몇 신만 찍으면 끝납니다."

두 사람은 자연스럽게 밖으로 걸어 나갔다. 지한은 마주 오는 직원들과 온화한 표정으로 인사를 나눴다.

"서지한 피디, 연봉이 백지 수표래."

인사하고 제 옆을 지나간 직원들이 수군거렸다. 속삭인 말이었지만 그의 귀에까지 닿았다.

"그런 연봉도 있어? 잘난 사람이 돈도 잘 벌면 어쩌라는 거야. 불공평해."

"야, 듣겠다."

말은 했어도 뒤늦게 그를 의식한 것 같았다. 서둘러 걸어가는지 발걸음이 어수선한 느낌이었다. 저런 속삭임, 이제는 익숙할 만도 한데 여전히 귀에 거슬리는 것은 어쩔 수 없었다.

그리고 이분, 이 시간에 자신과 한가하게 걸을 사람이 아니었다. 뭘까, 뭐가 있기에 슬금슬금 눈치를 보면서 함께하는 것일까.

"국장님, 저한테 하실 말씀이 있는 것 같은데 이제 하시죠?"

눈치가 빠르다고 여겼는지 국장은 멋쩍게 웃었다. 그런 그가 주변을 살폈다. 아무도 없자 잠시 망설이더니 안주머니에서 봉투 세 개를 꺼냈다. 그걸 지한에게 내미는 국장의 표정은 잔뜩 긴장한 듯 어느새 굳어 있었다.

"이게 뭡니까? 혹시 드라마 대박 쳤다고 주시는 금일봉?"

"금일봉은 아니고 앞으로의 자네…… 직업."

"직업이요?"

국장은 어렵게 입을 열었지만, 지한의 뇌리로는 불현듯 스친 생각이 있었다.

"소문이…… 영…… 안 좋게 났어. 사실이든 아니든 중요하진 않아. 제일 중요한 건 회사 이미지지."

"훗!"

의도치 않은 애인 대행, 역시나 그거였군.

그럼 그날 카페에서 누군가 그 상황을 봤다는 것인데. 수군거리던 직원들이 자신을 보면 조용해졌던 이유를 알았다. 제일 중요한 건 진실이건만 그조차 묻지를 않고 처벌한다?

물론 묻는다고 해서 답할 그도 아니었지만, 못마땅했는지 한쪽 눈썹이 미세하게 움찔거렸다.

"그래서 서 피디가 가고 싶은 곳으로 골라서 가라고."

"좌천인데 골라서 가라?"

이럴 정도로 배려했다면 무척이나 고심했다는 의미다.

"자…… 골라봐. 지방에 있는 방송국이지만 나름 생각했어. 잠잠해지면 다시 부를게."

국장이 내미는 석 장의 봉투를 보고 그는 가소로웠는지 피식 웃었다.

"지조가 있지 좌천을 선택하겠습니까? 저 서지한입니다. 스스로 꺾는 한이 있어도 남에게 꺾이지는 않습니다."

"뭐?"

그가 정색하며 말하자 국장은 기가 막혔는지 인상을 찡그렸다.

조금도 동요하지 않는 지한의 표정. 이건 일자리를 잃는 사람의 태도가 아니었다. 시종일관 같은 표정을 짓고 있자 국장은 기분 나빴다. 지금껏 지켜보았지만, 그는 항상 자신만만했었다. 그 자신감은 저 스스로 풍기는 것이지 인위적으로 만들어낸 것이 아니었다.

"올해 창립 30주년인 이 방송국이 J&H 그룹 계열사인 건 아시죠? J, H, 뭘 뜻하는 걸까요. 제 이름은 지한인데."

'……!'

몇 걸음 걸어가다 멈춰 선 그가 돌아보지도 않고 내뱉은 말에 국장은 놀란 표정이 되었다.

"그런데 그거 아십니까, 지금 제가 한 말은 모두 극비 사항이란 거. 비밀, 지켜주실 거죠?"

"자, 자, 자네가 혹시 후, 후계……."

18

당황한 국장의 말투에 그는 이제야 돌아보았다. 지한의 눈빛은 참으로 서늘했다. 풍기는 그의 이미지만큼이나.

"나, 서지한, 유종의 미는 거두고 사표 내겠습니다. 이의 없으시죠, 국장님?"

"잠깐만, 서 피디! 서 피디!"

'시청률의 전설이라며, 믿고 보는 서 피디라며?'

J&H 그룹의 유일한 후계자 서지한. 국장의 부름에 그는 절대 돌아보지 않았다. 소문 하나에 고작 이런 대우를 받다니, 그는 용납할 수 없었다.

지한이 방송국을 나선 그 시각, 알바를 하던 소영은 이런 일이 벌어질 줄 전혀 예상치 못했기에 절규했다.

"할아버지! 이러시면 안 돼요! 저 좀 살려주세요!"

수고비를 곱빼기로 준다며 땅을 파달라고 했다. 한여름에 김장독을 묻을 건 아닐 테고 대체 뭐에다 쓰려는 거지? 이런 생각도 잠시, 숨이 막힐 정도로 덥고 힘들다 보니 빨리 파자는 생각에 삽질을 하고 또 했다.

작은 냉장고 하나가 들어갈 정도로 파놓을 즈음. 의뢰한 노인이 깔끔한 삼베옷으로 차려입고 나왔다. 말이 필요 없을 정도로 멋쟁이 노신사였다.

"할아버지, 이 정도면 될까요?"

노신사, 대성이 다가오자 구덩이 안에 있던 그녀가 올려다보았다.

"조금만 더 깊게 파봐. 난 기운이 없어서."

"알겠습니다. 걱정하지 마시고 들어가 계세요."

기운 없는 어르신이니까 최선을 다해서 맡은 바 임무를 잘해야지. 암, 그래야 알바공주지.

이 별칭은 힘들게 일해서 '알'차고 '바'르게 쓰는 그녀를 제 스승이 '공주'처럼 어여삐 여긴다는 의미에서 지어준 것이다. 그리고 이왕 하는 일 좀 더 적극적으로 하라며 그녀의 스승은 부상으로 명함까지 파주었다.

그 후 소영은 틈나는 대로 명함을 뿌리고 다녔다. 그리고 책갈피에 꽂아져 있던 한 장의 명함이 지한의 눈에 띈 것이다.

흐르는 땀을 닦을 생각도 못 하고 그녀가 삽질할 때였다. 집 안으로 들어갔던 대성이 다시 나와서는 소영에게 시원한 얼음물을 내밀었다.

"수고가 많네. 잠깐 나와서 마시고 해."

그녀는 구덩이에 삽을 꽂아놓고 위로 올라왔다. 감사하다는 인사와 함께 물을 마시고 잠시 쉬려는데 가만히 안을 들여다보던 대성이 그 안으로 들어갔다.

"할아버지, 제가 할게요."

의뢰인이 맡긴 일을 직접 한다는 것은 있을 수도 없는 일이었다. 혹시나 하는 마음에 얼른 삽자루를 들었다. 그런데 소영의 생각과는 전혀 다른 상황이 벌어졌다. 구덩이 안에 자리를 잡고 앉은 대성이 몸을 웅크리더니 그대로 누워버린 것이다.

"정성껏 묻어줘."

뭘 하는 걸까? 잠시 지켜보던 소영은 대성의 말에 들고 있던 삽을 내동댕이쳤다.

"묻다니요! 할아버지, 왜 이러세요?"

무릎을 꿇고 앉은 그녀가 구덩이 안을 내려다보았다.

"살 만큼 살았으니 이제 그만 가려고. 어서 묻으라니까."

"허억! 할아버지 왜 이러세요! 이러시면 안 돼요!"

생매장! 내가 지금 무덤을 판 거야! 놀라서 곧장 그 안으로 내려간 소영은 대성의 팔을 붙잡은 후 일으키려 용썼다. 하지만 아무리 잡아당겨도 꿈적하지 않았다.

"살 만큼 살았으니 깨끗이 가야지."

그건 할아버지 사정이고 제 사정은요. 제발 절 시험하지 마세요. 제 인생은 제 거예요!

"할아버지는 살 만큼 사셨으니 가시고 싶겠지만, 저는 한참을 더 살아야 해요! 아직 피지도 못한 꽃망울이라고요!"

모든 걸 체념했는지 대성이 눈을 감아버렸다. 그러니 소영은 다시 일으키려 있는 힘을 다 쏟아냈다. 이러다가 정말 큰일 나게 생겼다. 하지만 아무리 안간힘을 써도 안 되고 속수무책이었다.

"나 묻어주고 활짝 피우고 살아. 누가 말려."

"생매장하고 어떻게 피고 살아요! 저 콩밥 무진장 싫어한다고요! 누가 좀 도와주세요! 밖에 아무도 없어요!"

기가 막히고 코가 막힐 정도로 무서운 상황에 소영은 담장을 향해 소리 질렀다. 제발 누구라도 좋으니 들어주길 바라며…….

여기서 내 인생 이렇게 끝나는구나. 이러려고 알바하는 거 아닌데. 흐흐흑! 그녀는 악을 바락바락 쓰며 소리 질렀다. 소영이 다급한 외침에 빠끔히 열린 대문으로 지나가던 사람이 고개를 들이밀었다. 그녀의 얼굴에 화색이 돌았다. 살았구나. 살았어.

"이게 무슨 일이래?"

땅속에 있는 소영을 본 이웃 주민이 다가왔다. 그러자 그녀는 땀범벅 흙범벅이 되어서 올려다보았다

"저 좀 살려주세요. 저 교도소 무서워요. 제발……."

상황을 눈치챈 이웃 주민 역시 놀랐는지 '어떡해!'를 연신 외치며 휴대폰을 꺼냈다. 그녀는 오소소 소름이 돋았다. 설마 무덤을 팔 줄이야.

얼마 후, 경찰이 오고 주민들까지 와 한바탕 소란이 일고 나서, 소영은 자신이 팠던 구덩이를 다시 메웠다. 죽기 살기로 원상복귀한 후 그 자리에 벌러덩 누워버렸다.

"땡볕에 삽질하는 군인들 심정을 알 것 같다."

멍하니 혼이 빠져나간 사람처럼 구름 한 점 없는 하늘을 올려다보았다.

하지만 무서운 이곳에서 어서 나가야 한다는 생각에 이내 지친 몸을 일으켰다. 불쌍해 보여도 어쩔 수 없는 일. 공은 공이고 사는 사다.

"할아버지, 알바비 주세요."

"흠!"

대성이 헛기침하며 쌈짓돈 꺼내듯 주머니에서 돈을 꺼내주었다. 돈을 받아 든 그녀는 감사의 의미로 고개를 꾸벅 숙였다. 알바비가 곱빼기인데 어째서 기쁘질 않을까.

앞으로 이 집은 블랙리스트다. 백 미터 이내 접근 금지. 소영은 혹시라도 붙잡힐세라 서둘러 그곳을 떠났다.

퇴근해서 집에 온 경수는 낮에 그녀가 겪은 일을 전해 들었다. 소영의 친언니 가영도 잔뜩 속상한 표정을 지었지만, 말로 내색하진 않았다. 축 처져 있는 소영의 모습이 안쓰러웠는지 경수는 밖에서 저녁을 먹자며 둘을 데리고 나왔다.

"경험 삼아 여러 가지 일을 해보는 것도 좋지만……. 아, 그 할아버지 진짜 뭐냐?"

"그런데요, 일당을 곱빼기로 줬어요. 히힛!"

익살스런 웃음소리를 내다니, 낮에 있었던 일은 어느새 잊은 것 같았다.

"우리 처제, 냉면도 먹을래?"

"먹고는 싶은데…… 배가 불러서 못 먹겠어요."

형부의 넘치는 애정에 소영은 웃었고, 둘을 보고 있던 가영도 흐뭇한 미소를 지었다.

"어. 드라마 촬영하나 봐!"

갑자기 가게 안에 있던 사람들이 웅성거렸다. 소영이 창밖을 보니 열연하는 남녀 배우의 모습을 이동식 레일 위에 있는 카메라가 돌며 그 모습을 찍고 있었다.

"와! 진짜네!"

놀랐는지 모두 창 쪽으로 우르르 몰려갔다. 밥을 먹던 소영은 정신 사나 웠기에 뚱한 표정을 지었다. 그런데 경수가 구경하자며 벌떡 일어섰다. 부 창부수라고 맞장구를 치며 가영까지 일어섰다.

"애들도 아니고. 언니, 입가심으로 아이스크림 안 먹을 거야?"

부르면 뭐하나, 벌써 두 사람은 사라진 지 오래였다. 잠시 후, 그녀는 아이 스크림을 핥으며 고깃집 문을 열고 나갔다. 그리고 많은 인파 속에서 경수 를 찾았다. 톱 배우들이 와서 그런가, 사람들은 더 보겠다고 밀고 밀쳐지며 난리도 아니었다. 그때, 소영의 팔꿈치를 옆 사람이 쳤다. 그 바람에 먹으려 던 아이스크림 덩어리가 바닥으로 떨어졌다.

"어떡해!"

"처제, 왜 그래?"

경수가 소영의 목소리를 알아들었다.

"NG!"

바닥에 떨어진 아이스크림을 보던 소영은 자신과 경수 때문에 NG가 난 것을 알았다. 곧이어 조금만 조용히 해달라는 스태프의 말소리가 들리자 그 녀는 혓바닥을 쏙 내밀었다. 민폐 끼쳐서 무안해진 그녀가 제 얼굴을 들키 지 않으려 경수의 뒤로 바짝 붙어 섰다.

"NG 외친 저 사람이 피디인가 봐. 배우보다 더 잘생겼어."

"서지한 피디는 프로필이 없어서 궁금했는데 부잣집 도련님 같아. 완전 귀공자 스타일이야."

잠시 촬영이 중단되자 지한을 본 사람들이 여기저기서 웅성거렸다. 많은 인파가 몰린 탓에 지한은 걱정스러운 표정을 지었다. 그가 구경하는 사람들 을 둘러보는데 별안간 경수가 두 손을 번쩍 들었다.

"서지한! 여기! 여기! 나야 김경수!"

"어?"

지한의 귓가로 익숙한 목소리가 들렸다.

"지한아, 우리야! 누군지 알겠어!"

그는 저를 보고 손을 흔드는 경수와 가영을 보았다. 경수의 외침에도 소영은 무의식적으로 '누구?'라고만 되물었을 뿐, 제 가방에서 휴지를 찾느라 크게 신경 쓰지 않았다.

"김경수! 단가영!"

둘의 이름을 부른 지한은 서둘러 주변을 둘러보았다. 그는 길가의 커피숍을 손으로 가리키곤 검지를 폈다. 아마도 10분만 기다려 달라는 뜻 같았다.

"오케이!"

있는 힘껏 대답하고 뒤돌아선 경수는 제 뒤에 바짝 붙어서 주변 사람들을 막고 있는 소영을 보았다.

"처제, 뭐 하고 있어?"

"형부, 아이스크림이 떨어졌는데 이분들이 밟을까 봐."

"가영아, 처제 데리고 갈 테니 이것 좀 해결해줘."

다 녹은 아이스크림을 본 가영이 가방에서 휴지를 꺼냈다. 조금만 비켜달라는 스태프의 외침을 들으며 경수는 소영의 손을 잡아끌었다.

이윽고 두 사람이 커피숍 문을 밀고 들어갔다. 뒤따라 들어온 가영이 경수와 흥분된 어투로 이야기를 나눴고, 소영은 음료를 주문하기 위해 카운터로 갔다. 그런데 계산을 하고 돌아선 순간, 그녀의 동그란 눈은 더 동그래지고 말았다.

'잉? 저 사람은……'

지한이었다. 소영은 잽싸게 고개를 돌렸다. 못 본 척 행동한 그녀는 직원이 준 카드와 진동벨을 들고 서둘러 자리로 걸어갔다. 아무리 고객이라지만, 솔직히 반갑게 인사할 사이는 아니기에 부딪치고 싶지 않았다.

"지한아!"

그런데 그때, 자리에서 일어선 경수가 누군가를 불렀다.

어? 설마 아니겠지. 소영은 혹시나 해서 뒤를 돌아보았다. 그리고 자신의 뒤에 떡하니 버티고 서 있는 그와 눈이 딱 마주쳤다. 그의 한쪽 눈썹이 움찔했다. 아마도 그녀를 알아본 것 같았다.

"잠시 실례하겠습니다."

그뿐, 마치 모르는 사람 대하듯 그는 더 이상 내색하지 않았다.

"아, 네."

소영이 옆으로 비켜서자 그가 앞질러 걸어갔다. 걸어가는 저 방향은 분명…….

"처제, 무슨 일이야?"

지한의 출현으로 놀란 표정을 지어서일까. 경수가 그녀를 불렀다. 그리고 서지한, 그가 돌아보았다.

"처제?"

당황한 지한의 표정을 소영은 분명히 보았다. 어쩌면 당연한 반응일지도 모르겠지만, 껄끄러운 일이 생긴 것만 같았다. 이내 고개를 돌린 그는 친구들이 기다리는 자리로 갔다.

"잘 지냈어? 김경수, 단가영."

반가운 친구를 만난 탓에 지한의 목소리도 둘처럼 한껏 들떠 있었다.

"이게 얼마 만이야!"

경수가 그를 덥석 안았다. 그 모습을 지켜보던 소영은 그들 곁으로 다가가기 뭐해 머뭇거렸다.

"소영아. 뭐 해?"

가영이 부르자 소영은 마지못해 옆으로 가서 앉았다. 그와 눈을 마주칠 수 없으니 고개를 비스듬히 틀어서 시선을 피했다. 하지만 지한은 자신의 앞에 앉아 있는 그녀를 뚫어져라 쳐다보았다. 도대체 이 관계는 뭘 의미하는 걸까. 어째서 이렇게 다시 만나지는 걸까. 친구의 동생도 부족해서 친구의 처제라…….

"인사해. 가영이 동생이자 나의 처제, 단소영."

경수는 자랑스럽게 그녀를 소개했다.

"안녕하세요."

이렇듯 소개해주는데 여기서 '저, 이 사람 알아요.' 할 수도 없고……. 소영은 제 형부의 체면을 생각해서 다소곳이 고개를 숙였다.

"처음 뵙겠습니다. 서지한입니다."

'처음?'

지한이 이렇게 인사하자 소영은 그와의 일은 입 다물기로 했다. 의뢰인이 원치 않으니 절대로 누설하지 않기! 알바를 하기 전 나름대로 정한 규칙이었다.

"이렇게 우연히 만나다니, 믿기지 않는다. 서지한, 하나도 안 변했어."

"그러는 너희는, 그때랑 똑같아."

지한 역시 같은 생각이기에 가영을 향해 작게 미소 지었다.

"우리 이렇게 만난 거 한 십 년 만인 것 같은데, 마치 대학 시절로 다시 돌아간 기분이다."

경수의 말처럼 정말 타임 슬립을 한 것 같았다.

"벌써 그렇게 됐나? 그런데 너희는 언제 결혼한 거야?"

여전히 신기한 듯 지한은 둘을 번갈아 바라보았다.

"이제 3주째 접어들어."

"뭐, 진짜?"

지한이 놀라는 반응을 보였지만 경수의 표정은 더없이 밝아졌다. 진정 행복해서 나오는 자연스러운 모습이었다. 그러니 좋으냐고 물어볼 필요도 없었다.

"3주도 안 됐으면 완전 신혼이네?"

"신혼이면 뭐 해. 부모님이 남겨주신 집이 경매로 넘어가는 바람에 그거 잡느라고 아직 신혼여행도 못 갔는데."

갑자기 경수가 시무룩해졌다.

"어쩌다가?"

"형이 보증을 잘못 서는 바람에…… 가영이 도움까지 받았어."

경수는 미안한지 가영을 응시했다.

"사랑하는 사이라면 자기 것이 어디 있어. 오히려 보기 좋은데."

"사실 결혼은 했지만, 연애를 오래 해서 그런지 아직도 연애하고 있는 기분이야."

지한이 봐도 충분히 공감 가는 말이었다. 막 대학 생활을 시작한 새내기 1학년 시절, 그는 두 사람을 영화 동아리에서 만났었다. 그때 이미 경수는 새침데기 가영에게 호감이 있었다. 그리고 이렇게 결혼까지 하다니. 십 년이란 긴 세월, 서로만 바라보며 이렇듯 결실을 본 친구들이 자랑스럽기까지 했다.

"그럼 이제 신혼여행만 가면 되겠네?"

"예약하긴 했어. 2주간 외국으로 배낭여행 갈 거야."

"오, 좋은데."

지한의 반응에 경수는 말을 하고도 멋쩍고 민망했는지 머리를 긁적였다.

"아! 깜짝이야."

다소곳한 자세로 앉아 있던 소영은 자신이 들고 있는 진동벨이 울리자 소스라치게 놀랐다. 이런 거에 놀라다니, 어쩐지 바보가 된 기분이었다. 넋 놓고 있을 만큼 지한의 출현은 그녀에겐 충격이었다. 그들이 해후의 기쁨을 만끽할 때 카운터로 향하던 소영은 몇 걸음 걸어가다 뒤돌아보았다.

이런 우연이 또 있을 수 있을까. 그 많고 많은 사람 중에 하필이면 형부 친구? 아니야. 아닐 거야……. 다 보고 들었으면서도 부정하고 싶다니. 참말로 다시 생각해봐도 믿기지 않은 현실이었다.

'무슨 조홧속이래?'

감사하다는 직원의 말을 들으며 그녀는 쟁반을 들었다. 어, 그러고 보니 한 잔이 부족했다. 일단 가보기로 하고 소영은 자리로 돌아갔다.

"아저씨는 뭐로 드려요?"

자신이 가져온 음료를 각자의 자리에 놓아준 소영이 지한을 보았다.

"아…… 저는 오래 있을 수 없어서 지금 나가봐야 해요."

지한은 다음 신을 준비하는 동안 잠깐 짬을 내서 온 것이다.

"아직 안 끝났구나. 이거 우리가 바쁜 사람 시간 뺏었네."

"그런 소리 하지도 마. 나도 무척 반가웠어."

"차 한 잔 못 했는데 이렇게 헤어져야 한다니 서운하다."

경수가 못내 아쉬운 얼굴로 말했다. 그 모습을 보면서도 더 이상 지체할 수 없기에 지한은 미안한 표정을 지었다.

"이제 언제든지 다시 만날 수 있잖아."

"그렇긴 해."

상황이 상황인지라 붙잡아둘 수도 없었다. 자리에서 일어선 경수가 명함을 꺼내자 지한도 주머니를 뒤졌다. 서로의 명함을 교환한 뒤, 경수와 작별 인사한 그가 가영을 향해서도 손을 내밀었다.

"유부녀 된 거 늦었지만, 축하해."

"고마워."

가영이 맞잡은 손을 장난스럽게 몇 번 흔들자 지한이 싱겁게 웃었다. 그 모습을 가만히 지켜보던 소영은 저렇듯 편안하게 웃는 사람이 진정 그날 자신이 봤던 그 사람인지 의구심마저 들었다.

"만나서 반가웠어. 급한 거 끝나면 전화해."

아쉬워하는 경수의 표정 못지않게 그도 서운한 얼굴을 했다. 자리를 뜨려던 그가 소영을 보더니 가볍게 묵례를 했다. 이들 축에 낄 수 없는 사람인지라 인사만 나눈 그녀였지만, 소영은 또다시 정중히 고개 숙였다.

세 사람은 다음을 기약하며 성큼성큼 걸어가는 그의 모습을 사라질 때까지 바라보다, 커피숍 문이 닫히자 자리에 앉았다. 소영의 머릿속은 뒤숭숭해졌다.

"처제 저녁 사주려고 나왔다가 저 녀석을 만났네. 고마워."

"형부는 뭘 그런 거 가지고……."

대수롭지 않게 말했지만 어쩐지 떨떠름했다.

얼떨결에 지한과 재회를 했지만, 크게 괘념치 않은 소영은 여느 때처럼 바쁜 날을 보냈다. 오늘도 그녀는 쪽방촌 골목의 어느 집에서 친구인 아현과 함께 도배를 하느라 정신없었다. 봉사활동이라 그런지 힘든 것보다 즐거웠지만, 현실은 녹록지 않았다. 그러니 아현의 입에선 푸념이 나왔다.

"방학 동안에 한 군데라도 더 도배를 하려면 여러모로 둘이 하기엔 벅차."

"하려고 해도 자금이 부족해서 쉽지가 않네. 아, 맞다! 나 미술 학원에서 데생 모델 일이 들어왔거든, 어떻게든 해보자."

장학금을 받으니 그나마 다행이지 안 그랬으면 이런 봉사활동은 어림도 없었다. 천장을 바르기 위해 의자에 올라간 그녀는 아현이 건네주는 도배지를 받았다.

"데생 모델은 언제 해?"

"아직 날짜가 많이 남았어. 미리 알아보려고 전화했나 봐."

벽 모서리부터 도배지를 붙인 소영은 빗자루를 이용해 슬슬 문질러가기 시작했다. 전문가처럼 하지는 못해도 제법 흉내는 내고 있었다. 이렇듯 도배를 마친 뒤, 얼마 되지도 않은 살림살이를 쪽방에 들여놔주고 나서야 소영은 아현과 헤어졌다.

스쿠터를 타고 달려가던 소영은 한 무리의 사람이 모여 있는 걸 보고 속도를 줄였다.

"뭐지?"

천천히 달려가던 소영은 뜻밖에도 그곳에서 지한의 모습을 보았다. 그는 커피숍 발코니에 앉아 있었는데 보아하니 인터뷰를 하는 것 같았다. 호기심에 스쿠터를 세운 그녀가 인터뷰에 귀를 기울였다.

"사실 매번 인터뷰 요청하면 거절당해서 이번에는 기대 안 했었거든요."

"한 번쯤은 괜찮을 것 같아서요."

지한은 다시 방송국으로 돌아갈지도 의문이었다. 그러니 그동안 자신이 연출한 드라마를 사랑해준 시청자에게 마지막으로 이렇게나마 감사의 마음을 전하고 싶었다. 그래서 인터뷰 요청이 들어왔을 때 거절하지 않았다.

"혹시 시청자들께 하고 싶은 말씀이 있으면 간단히 부탁해도 될까요?"

"그럴까요? 음…… 전국에 계신 시청자 여러분."

그는 자신을 비추고 있는 카메라를 똑바로 쳐다보았다. 그리고 마음속에 있었던 말을 전하기 위해 조심스럽게 입을 열었다. 지한의 모습을 지켜보고 있던 소영은 그가 어딘지 모르게 다르다고 느꼈다. 마지막으로 감사하다며 고개를 숙일 때는 형식상 하는 것이 아닌 진실에서 우러나와서 한다는 걸 알았다. 고개를 든 그가 쑥스러운 듯 살며시 웃었다.

"오늘 인터뷰는 끝난 것 같으니 저는 잠깐이지만 제 시간을 가져야겠습니다. 덕분에 즐거웠습니다."

"만나 뵙게 되어 저도 반가웠습니다."

기자와 인사한 그가 커피숍 안으로 모습을 감추자 구경하던 여자들도 하나둘 제 갈 길을 갔다. 인터뷰가 끝났을 때 소영은 그와 가볍게 눈이 마주쳤었다. 형부와 언니의 친구니 모른 척할 수가 없어 그녀는 커피숍의 문을 열고 들어갔다. 그리고 그가 앉아 있는 자리부터 확인했다. 다가가기 전 그녀는 잠시 그의 행동을 주시했다. 참…… 거만했다.

그저 대본을 보고 앉아 있는 모습도 얼마나 남다른지 이런 생각이 들었다.

조금도 흐트러지지 않은 모습. 평소에 어떤 생활을 하면 저런 자세가 나올까.

소영은 그가 앉아 있는 근처로 걸어가 인사했다.

"안녕하세요."

"여긴 어쩐 일이십니까?"

"그냥 지나가다가…… 형부랑 언니 친구니까 말씀 낮추세요."

"그래도 될는지?"

그가 머뭇거리는 것 같았다.

"깍듯이 존대하시니까 제가 듣기 거북해서 그래요."

"그렇다면…… 앉아."

그녀가 그의 앞자리로 앉았다.

"아까 인터뷰하는 거 살짝 봤어요."

"팬 서비스 차원에서 처음이자 마지막으로 한 건데."

그가 보고 있던 대본을 덮었다.

"처음이자 마지막?"

"한동안 방송 일은 쉬려고."

"왜요?"

소영은 의문 가득한 얼굴로 바라보았다.

"그냥…… 다른 일을 좀 해볼까 해서."

그녀와 관련된 일로 이 일을 그만두게 되었다고 구구절절 말하기도 그랬다. 무엇보다 오랜만에 만난 친구들의 가족이 아닌가. 그 이유만으로도 모든 걸 덮어줄 수 있을 것 같았다.

대학 생활 중 그는 경수보다 먼저 입대했고, 경수가 입대할 무렵 전역했다. 전역하자마자 고모인 연숙의 성화에 못 이겨 그는 MBA 과정을 이수하기 위해 출국을 했다. 그러다 보니 군 생활로 연락하기 어려워진 경수와는 자연적으로 소식이 끊겼다. 하지만 지한은 MBA 대신 프로듀서 공부를 했다. 후에 이 사실을 안 연숙의 반응은 지금 생각해봐도 대단했다.

"다른 일? 뭐요?"

"아직은 정하질 않았어."

"그럼 드라마 끝나면 실업자 되는 거네요?"

"그렇게 되는 거네."

딱히 정해놓은 일이 없으니 며칠 후엔 그리될 것 같았다.

"정해놓고 일을 그만둬야죠. 아니면 피디님, 저랑 같이 알바하실래요?"

"훗!"

걱정스러웠나. 말하는 소영의 표정이 하도 진지해 보여서 그는 웃고 말았다.

"생각해보지."

"저는 이제 그만 일어나야 하는데 안 가세요?"

그런데 일어서는 소영의 행색을 그가 보자니 어딘지 이상했다.

"뭘 했기에 옷이 그 모양이야?"

"이거요? 도배 풀이 묻어서 그래요."

"도배?"

"어떤 할머니 집 꽃단장해드렸거든요."

손으로 툭툭 털었지만, 없어지진 않았다.

"꽃단장?"

"도배해주기 봉사활동 했어요. 꽃단장은 그렇게 끝났는데…… 사실 오늘 밤에 할 알바가 걱정이네요."

갑자기 소영의 표정이 시무룩해졌다.

"알바를 열심히 하는 것 같은데, 무슨 이유라도 있나?"

"오늘처럼 봉사활동 자금으로 쓰려고요."

빙긋이 웃어 보인 소영이 말할 때 그의 휴대폰이 울렸다. 발신자를 보고 잠시 망설였지만 결국 받았다.

"네, 고모."

[인터뷰 마쳤으면 나 좀 보자.]

"오늘 엔딩 신 촬영이 있어서 곧바로 촬영장으로 가야 해요."

잠시 생각하는 듯 연숙은 말이 없었다.

[네 아버지 돌아오셨다.]

"……찾아뵙겠습니다."

연숙과 통화를 끝낸 지한은 자신의 앞에 서 있는 소영을 보았다. 그녀를 알바로 고용한 그날, 제 일을 고모에게 전해 들은 부친은 며칠 후 바람을 쐬고 싶다며 출타를 했었다. 생각할 게 있으면 가끔 그러시곤 하셔서 크게 동요하진 않았다. 다른 때보다 오래 걸리지 않아 그나마 다행이란 생각이 들었다.

'그런데 무슨…… 일이지.'

다급해하던 연숙의 목소리가 떠오르자 다행이란 생각도 잠시, 불길한 예감이 들었다.

그날 밤. 촬영을 모두 끝낸 지한은 차에 올랐다. 6개월간 붙잡고 있었던 한 편의 드라마가 오늘로써 마무리되었다. 항상 느끼는 거지만 빠듯한 일정으로 힘들었단 생각을 했다가도 막상 끝을 내면 허전했다.

촬영이 늦어진 탓에 어두워진 지 한참이나 지난 시각이었다. 스태프들이 탄 차가 촬영 장소를 빠져나가자 그도 뒤를 따라갔다. 외길이었던 도로에서 교차로가 나오자 지한은 스태프들이 탄 차와 다른 방향으로 달렸다. 그런데 아침까지만 해도 멀쩡했던 도로가 공사 중이었다. 그는 차를 멈출 수밖에 없었다.

"어, 저거 단소영이잖아."

지한은 경광봉을 들고 서 있는 소영의 모습을 보았다. 왕래하는 차들의 소통을 원활하게 해주는 게 그녀가 맡은 일인 것 같았다.

"어째서 저런 일까지……."

못 본 척 지나쳐 가기 위해 액셀러레이터를 밟으려던 그는 제 옆으로 빠르게 지나가는 자동차를 보았다. 공사 현장에서 속력을 내는 차들을 보니 소영이 위험해 보였다. 조심스럽게 후진한 지한은 한쪽으로 주차를 했다.

"그쪽이 경수 처제인 걸 천운으로 알아……."

경광봉으로 신호를 주던 소영은 저만치 시커먼 차가 보이자 마른침을 삼켰다. 가뜩이나 어두워서 제대로 보이지도 않는 밤인데, 꼭 저를 지켜보는 것처럼 보였다. 가까이 다가왔던 차가 다시 후진해서 저 상태로 계속 서 있으니 솔직히 불안했다.

"불편하게 해 죄송합니다."

이제 교대할 시간이 다가오고 있었다. 소영이 힐끗 지한이 있는 쪽을 보았다. 물론 그녀는 자신이 경계하는 그 차가 지한의 차라는 것을 전혀 예상하지 못했다. 소영이 자신이 있는 쪽을 바라보자 그는 참으로 애매했다. 언제 끝날지도 모르는데 이대로 있기도 그렇고 가자니 그렇고.

그런데 소영의 옆으로 웬 남자가 다가왔다. 긴장한 채 지켜보던 지한은 교대한다는 걸 알았다.

한편, 정류장으로 걸어가던 소영은 혹시 자신이 타고 갈 버스가 오는지 확인하기 위해 뒤를 돌아다보았다. 그런데 아까 그 차가 따라오고 있는 걸 발견했다.

"헉! 저 차는 뭐야?"

혹시 납치, 폭행, 이런 거? 소영은 더럭 겁이 났다. 그녀는 주변을 둘러보았다. 늦은 밤이라 인도를 걷는 사람은 그다지 없었다. 이러다가 봉변당할지도 모른다는 생각에 줄행랑을 치기로 했다. 그리고 결심한 그 순간 그녀는 내달렸다.

'질 나쁜 이상한 놈이라도 만난 건가?'

소영이 느닷없이 뛰자 그녀의 뒤를 쫓아가던 지한은 혹시나 해서 주변을 살펴보았다. 아무리 봐도 아무도 보이질 않았다. 어두운 밤 그녀가 달려가는 통에 그는 속력을 내었다. 아무래도 예사롭지 않았다.

숨이 턱턱 막히도록 달리던 소영은 뒤를 돌아보았다. 헉! 여전히 차는 뒤따라오고 있었다. 그녀는 큰일 났다는 생각과 함께 심한 공포까지 느꼈다. 악을 쓰며 달렸기에 이제는 더 이상 달릴 힘도 없었다. 소영은 저만치 있는 버스 정류장을 보았다. 제발 누구라도 있기를…….

"단소영!"

아무래도 이상하게 생각한 지한이 그녀의 옆으로 와서는 조수석 창문을 내렸다. 그리고 힘껏 불렀지만, 알아듣지 못했는지 죽기 살기로 달려가고 있었다.

"단소영!"

지한은 무작정 달려가는 그녀를 다시 불렀다. 그래도 멈추질 않자 그가 차를 세워 운전석의 문을 열었다. 뒤를 돌아본 소영은 차에서 내리는 지한의 모습을 보았지만, 겁에 질린 탓에 그를 알아보진 못했다. 희망을 안고 달렸으나 낯선 존재에게 붙잡힐 수 있다는 생각에 소영은 건너편으로 넘어가기로 했다. 좌우를 살필 사이도 없이 그녀는 도로로 발을 내디뎠다. 몇 발짝 뛰었을 때였다.

빠아아앙! 고막이 찢어질 것 같은 경적이 울렸다. 그녀가 고개를 돌렸다. 라이트를 번쩍이며 달려오는 버스로 소영의 시야가 가려졌다. 온통 하얀 세상이 보이자 그녀는 두려운 탓에 두 눈을 감았다.

소영아, 무서워하지 마.

'아빠…….'

지한이 소영에게로 뛰었다.

"단소영! 위험해!"

와락! 데굴데굴, 쿵! 버스와 충돌하기 직전, 그녀를 낚아채듯 품에 안은 그는 쓰러지면서 몇 번인가 굴렀다. 혹여 소영이 다칠세라 지한은 있는 대로 끌어안았다. 지한의 몸은 중앙분리대에 부딪히면서 멈췄다.

"아…… 아파라."

소영이 인상을 쓰면서 움찔거렸으나 제 몸을 꼭 끌어안고 있는 지한으로 쉽게 벗어나질 못했다. 상대방의 얼굴을 보고자 소영은 고개를 들었고 지한이란 걸 확인한 순간 놀랄 수밖에 없었다. 어째서 이 사람이?

"이봐요. 피디님."

"……."

흔들어도 그가 아무런 반응이 없자 소영은 당황했다.

"뭐야, 피디님! 죽은 거야?"

소영이 두려운 눈으로 지한을 볼 때 누군가 곁으로 다가왔다.

"이보슈, 두 사람 괜찮아?"

말소리에 고개를 들어 보니 버스 기사였다.

"기사님, 어떡해요?"

"숨은 쉬어? 숨을 안 쉬면 일단 인공호흡이라도 해야지. 누가 신고 좀 해 줘요!"

"인공호흡이요?"

소영이 지한의 입술을 볼 때 버스 기사는 창문을 열고 구경하는 사람들을 향해 소리쳤다.

"아가씨가 숨을 불어 넣어봐요. 내가 가슴 쪽을 눌러볼 테니."

"아, 네."

숨을 쉬는지 확인할 새도 없이 기사가 그의 가슴에 손을 얹으려 하자 소영이 지한의 입술을 벌렸다. 그녀는 지한의 입술과 제 입술이 닿기 무섭게 힘껏 숨을 불어 넣었다. 다시 한 번 숨을 불어 넣은 소영은 맞닿았던 입술을 떼었다. 탑승해 있던 사람 중 기사를 따라 내려온 어떤 남자가 지한의 곁으로 앉았다.

"숨을 더 세게 불어 넣어야 하는 거 아니야? 내가 해볼게."

소영이 한 것이 시원찮아 보였는지 남자가 지한의 입술을 벌렸다. 그 순간! 그가 눈을 번쩍 떴다.

"컥!"

그가 놀란 듯 숨을 내쉬자 소영이 지한의 얼굴을 빤히 들여다보았다.

"피디님, 괜찮아요?"

"으으……."

그가 표정을 찡그렸다.

"신고했으니 곧 응급차가 올 거요."

"다시 전화하세요. 전 괜찮습니다."

버스 기사의 말에 그가 일어섰다. 사실 그는 기절했던 것이 아니라 소영을 구했다는 안도감에 잠시 놀란 마음을 다스렸던 참이다. 그런데 죽은 줄 알고 호들갑을 떠는 소영의 모습에 기가 막힐 때쯤 느닷없이 버스 기사가 왔고, 그러다 눈 뜰 기회를 놓치고 말았다.

돌아가는 모양새를 볼 새도 없이 소영의 입술이 자신의 입술에 맞닿았다. 이대로는 안 되겠다는 생각에 깨어나는 척하려 했더니 낯선 남자의 목소리가 들렸다. 결국 지한은 놀라서 눈을 뜰 수밖에 없었다. 컥! 하고 소리를 낸 건, 낯선 그 남자의 입 주변에 나 있는 덥수룩한 수염 때문이었다.

"진짜 괜찮은 거요?"

"네, 걱정하지 마세요. 아무렇지도 않습니다."

"혹시 모르니 내 연락처를 드리리다."

사고 같지 않은 사고가 수습되자 승객을 태운 버스는 곧바로 떠났다.

"아- 뇌! 쫓아온 사람이 피디님이에요?"

소영은 놀란 마음이 가라앉자 그를 향해 소리쳤다. 그건 지한의 차를 발견했기 때문이다. 그는 바지에 묻은 먼지를 툭툭 털었다.

"기껏 살려줬더니만."

"왜 쫓아와서 사람 놀라게 하고 그래요!"

"불러도 못 듣고 도망간 사람이 누군데?"

"차 안에 있는데 어떻게 알아요!"

어찌나 놀랐던지 소영은 있는 대로 소릴 질렀다.

지한은 인도로 건너가기 위해서 좌우를 살폈다. 오는 차가 없다는 걸 확인한 그는 그녀를 데리고 재빠르게 걸었다.

"무단횡단하지 맙시다!"

자신의 차 옆으로 온 지한이 소영을 향해 느닷없이 버럭 했다. 순간, 둘의 눈빛이 부딪쳤다. 그리고 약속이라도 한 듯 서로의 입술을 보았다. 위급상황에서 행한 인공호흡! 둘은 이렇게 결론을 내렸다.

"얼마나 무서웠으면 그랬겠어요."

그때 소영은 정말 아무 생각도 할 수가 없었다.

"어서 타. 데려다줄게."

운전석으로 오르는 지한을 보고 소영은 조수석 쪽으로 걸어갔다. 그녀가 차에 오르고 차 문이 닫히자 그가 시동을 걸었다.

"하- 암, 피곤해."

긴장감이 풀린 탓인지 소영의 입에서 불현듯 하품이 나왔다. 그리고 자신의 목숨을 구해준 때문인지 그에게 가졌던 불편한 마음이 사그라졌다.

지한이 흘깃 소영을 보았다. 친구들 때문에 이렇듯 소영을 대하고 있지만, 그는 그녀를 이해할 수 없었다. 직장은 구하지 않고 봉사활동을 위해 알바를 한다? 솔직히 의문이었다.

"알바보다는 아예 회사에 다니는 게 낫지 않을까?"

그래서 차를 출발시키며 물어보았다.

"지금 이건 형부랑 언니 신혼여행 갈 때 보태주고 싶어서 잠깐 하는 거예요."

"신혼여행……."

지난번 경수를 만났을 때 들었던 말이 생각났다.

"여행경비만이라도 제가 직접 해주고 싶어서요."

"이렇게 고생해서 마련해준 거 알면 속상해할 것 같은데."

"그래서 비밀로 하고 있어요. 두 사람은 제가 봉사활동 때문에 일하는 줄 알아요. 제가 알바 해서 모은 돈으로 독거노인들 도와주고 있다고 말했었잖아요."

"그랬지."

"언니 때문에 어쩔 수 없는 상황이라서 잠시 외도했어요. 히히."

말하고 나니 쑥스러운지 그녀가 웃었다.

"외도?"

"알바비를 사적인 일로 쓰니까 외도로. 히히히."

"훗!"

어차피 자기 돈인데. 이렇게 생각하는 발상 자체가 그를 웃게 했다.

"죽기 살기로 떠나기 전날까지만 고생할 거예요. 첫판에 초를 쳤지만. 아, 임산부 알바가 외도하면서 제일 처음 한 거예요."

"초를 쳐?"

"첫 테이프를 잘못 끊는 바람에 두 번째는 으……."

잠시 봉사활동을 미루고 신혼여행 경비를 모으겠다고 결심했던 그때 지한한테서 문자가 왔었다. 순간, 소름이 돋으며 하늘이 돕는다고 생각했었다. 그런데 처음부터 속을 썩이더니만 끝내……. 생매장 알바를 떠올린 그녀는 치를 떨었다. 초를 쳤다는 말에 언짢아한 것 같은데 달리 말이 없자 소영은 그를 보았다. 어딘지 운전하는 지한의 얼굴이 어두워 보였다.

그는 낮에 소영과 헤어진 후 제 고모를 만났던 일을 떠올렸다.

"내가 진짜 오라버니 때문에 못 살아! 이게 말이 돼!"

연숙의 비명과도 같은 말이 대표이사실에 쩌렁쩌렁하게 울렸다. 아무래도 부친과 고모가 저 때문에 한바탕한 것 같았다. 소리를 지른 탓에 어지럼증을 느꼈는지 연숙은 잠시 책상 모서리를 잡았다.

내 사랑   39
님과 함께

똑똑. 육중한 문에서 나는 노크 소리에 그는 고개를 돌렸다.

"들어와."

연숙의 말에 문이 열리자 지한은 깊은 한숨을 내뱉었다. 보기도 전에 누 군지 가늠할 수 있을 것 같았다. 부친이겠지…….

"다녀왔습니다."

그런데 지한이 짐작했던 인물이 아니라 김 비서가 들어왔다.

"수고했어. 거기다 놓고 나가봐."

지한의 눈은 김 비서가 들고 온 트렁크에 멈췄다.

"회장님께서 전하라는 말씀이 있으셨습니다."

"말해봐."

"알아서 살아라."

말을 마친 김 비서는 이내 대표이사실을 빠져나갔다.

"오라버니가 너 주라고 보낸 걸 거야. 너의 존재는 회사뿐만 아니라 내 수 족 같은 김 비서도 모르고 있었는데……."

그만큼 그의 신분은 철저하게 감춰져 있었다. 그룹 경영을 고모인 연숙이 한다 해도 실질적인 주인은 지한의 부친이었다. 지한은 그냥 방송국 피디일 뿐, 회사와는 무관한 존재였었다. 하지만 진짜 신분을 갖게 된다면 이 나라 의 경제를 쥐고 흔들 정도로 엄청났다.

"저, 집에서 쫓겨난 건가요?"

알아서 살아라. 출타 후 부친은 이런 결정을 내리고 돌아온 것 같았다. 트 렁크를 본 그가 쓸쓸한 표정으로 웃었다.

"하…… 이게 무슨 날벼락인지."

망연자실. 연숙의 한숨 소리가 조용한 공간에 울렸다. 그날 지한과 전화 를 마친 그녀는 화를 참지 못했다. 그동안 그가 어떻게 행동하든 다 이해하 고 덮어주려 했다. 그런데 임신한 여자가 있다는 말에는 그러질 못했다. 그러다 보니 그 울화를 견디지 못하고 제 오빠한테 전화를 했다. 모든 상황을 다 들은 지한의 부친은 알았다고만 했다. 오히려 화를 내면서 죽일 놈 살릴 놈 했다면, 네 책임이 아니라는 말이라도 해주었다면…….

그럼 키워준 자로서 위안이 되었을 것이다. 그런데 항상 하는 것처럼 행선지도 밝히지 않고 떠났다. 그리고 돌아와서는 김 비서를 보내라고 했다.

"알겠습니다. 나가라면 나가야죠."

지한은 부친의 성격을 잘 알고 있으니 받아들이기로 했다. 하지만 사정도 하지 않고 이렇듯 쉽게 수긍해버리자 연숙은 그야말로 펄쩍 뛸 노릇이었다.

"뭐, 알겠어? 너 왜 그러니, 내가 너를 어떻게 키웠는데 그런 말이 이렇게 쉽게 나와!"

그는 테이블만 바라볼 뿐 말이 없었다. 그래도 연숙은 자식과도 같은 제 조카이니 일단 달래보기로 했다.

"J&H 그룹은 어쩔 거야? 너만 생각하지 말고 회사를 생각해."

"고모님이 잘하고 계시잖아요."

"지금은 내가 하고 있지만, 내가 죽고 나면 네가 맡아서 해야 하는 거 몰라?"

죽고 나면……. 기업 경영에는 크게 관심도 없었던 그였지만, 새삼 고모의 욕심을 봤다고나 할까.

"고모, 지금은 그냥 아버지가 원하는 대로 할게요."

맡고 있던 방송도 끝났고 잠시 이곳을 떠나 있는 것도 괜찮을 것 같았다. 연숙은 지한의 모습이 안쓰러웠는지 그의 옆으로 앉았다.

"내가 진짜 너를 어떻게 키웠는데……."

지한을 낳은 모친은 오래전에 세상을 떠났다. 그건 모친의 건강이 좋지 않은 상태에서 지한을 임신했기 때문이었다. 의사는 모친에게 태아를 포기하라 했지만 그녀는 지한을 선택했다. 자신이 살아본 이 세상, 사랑하는 아이에게도 보여주고 싶어서…….

내 사랑
님과 함께

그리고 모친은 지한을 낳았고 품에 안았다. 하지만 모친에게 하늘이 허락한 시간은 단 하루뿐. 아이를 품에 안은 채 지한의 모친은 숨을 거뒀다.

그로 인해 부친은 돈도 명예도 다 필요 없다며 연숙에게 모든 걸 맡겨놓고 은둔생활을 했다.

연숙은 그룹 경영도 중요했지만, 부친에게 외면받는 지한이 가여웠다. 아직은 모친의 손길이 필요한 남매를 위해 연숙은 독신 선언을 했다.

아들이 존재한다는 것만 알려졌을 뿐, 철저한 보안 속에 지한은 누이와 함께 연숙의 보살핌을 받았다. 부친의 뜻에 따라 지한은 그룹의 후계자가 아닌 그저 평범한 아이로 자랐다. 그리고 성인이 된 지금 그는 자신이 하고 싶은 일을 해왔다.

"피디님, 저기 사거리 앞에서 세워주시면 돼요."

낮에 연숙과 있었던 일로 상념에 젖어 있던 지한은 소영의 목소리로 현실로 돌아왔다. 어느새 목적지에 도착했나 보다. 소영의 말대로 그는 사거리 앞에서 정차했다.

"감사합니다."

그를 향해 인사한 소영이 차에서 내리려고 문을 열었다. 그녀의 모습을 지그시 바라보던 그가 입을 열었다.

"단소영 양, 여기까지만. 경수를 떠나 이제 어디서 만나든 우리는 모르는 사이로 하죠. 다시 만나는 일, 없었으면 합니다."

지한을 향해 생글거리며 웃던 소영의 눈이 놀랐는지 동그래졌다.

"무슨 말인지?"

"우연히 만나게 되는 이런 상황이 그다지 편치만은 않아서."

"그럼 귀찮았는데 경수 형부 처제라서 억지로 친절하게 대해주셨다?"

그가 말한 뜻을 이해했다.

"부정하지는 않겠어."

"결국 아량을 베풀듯 대해주신 거네요?"

"……."

답을 안 한다는 것은 인정한다는 것. 고작 두서너 번 우연히 부딪쳤건만, 그저 형부 때문에 신경 써줬다니. 인간성은 첫 만남 때 이미 알아봤지만, 소영은 어쩐지 불쾌했다.

"오늘 일 감사했습니다."

이유야 어떻든 그로 인해 도움을 받은 건 사실이었다. 소영은 정중히 고개를 숙였다.

"그럼."

지한은 무서울 정도로 냉정하게 변했다. 그가 정면을 응시하자 소영은 조수석의 문을 닫았다. 그리고 집으로 가기 위해 골목으로 들어갔다. 개운치 못한 이 기분. 한마디로 더러웠다.

한편, 차를 출발시키려던 지한은 소영이 걸어 들어간 골목길을 보았다. 이렇듯 사람과의 관계를 억지로 끊는 것이 그로서도 썩 좋지만은 않았다. 놀라던 소영의 표정을 보아서인지 기분이 착잡했다. 그가 룸미러로 뒷좌석을 보았다. 덩그러니 놓여 있는 트렁크 하나.

"휴."

저절로 깊은 한숨이 나왔다. 좌석에 머리를 기댄 지한은 고모와 있었던 일을 다시 떠올렸다.

"내가 다 알아서 해줄 테니 넌 아무 걱정 하지 마."

"이제부터는 제가 알아서 할게요."

"아니야. 일단은 별장으로 가. 그리고 푹 쉬어. 너 스스로 할 수 있는 게 뭐가 있겠어? 너는 그저 내가 하라는 대로만 하면 돼."

그가 눈을 번쩍 떴다. 나 스스로 할 수 있는 게 없다? 이렇게 된 거 한번 고모에게서 독립해볼까. 처음으로 이런 생각을 해보았다.

지금껏 그는 스스로 제 일을 했다고 생각했었다. 그런데 고모는 그렇게 느끼지 않았던 것 같았다. 그래서 그런지 이제부터는 완전한 독립을 해보고 싶었다. 만약 자신이 연숙의 성에 차지 않는 일을 한다면? 그녀가 보일 반응이 궁금해졌다. 과연 어떻게 나오실까. 아마 프로듀서 공부를 했을 때보다 더한 반응이 나오겠지?

그럼 무엇을 해야 할지 천천히 생각해보기로 했다. 한 번쯤 이런 외도는 해보고 싶었다. 새로운 것을 경험하는 어린아이처럼 마음이 들떴다. 두근거리기까지 했다. 지한은 경수가 준 명함을 꺼내 보았다.

"J&H 홈쇼핑이라……."

시간도 많은데 경수도 볼 겸 다음 날 홈쇼핑엘 찾아갔다.

"어. 이거 뭐야?"

그런데 로비로 들어선 지한은 피디 채용 공지를 보았다. 그는 곧바로 관련 부서로 갔다.

"어떻게 오셨습니까?"

"채용 공지 보고 왔습니다."

그가 노크를 하려고 할 때 마침 사무실 문이 열렸다. 부장인 한준은 지한을 슬쩍 훑어보고는 안으로 들어오라고 했다. 둘은 마주 앉았다.

"이력서부터 볼 수 있을까요?"

"다른 일로 왔다가 공지를 보게 되어서 준비할 시간이 없었습니다."

이력서도 없이 면접을 왔다는 지한의 말에 한준의 반응은 시큰둥해 보였다.

"어머! 서지한 피디님 아니세요?"

차를 내온 여직원이 그를 알아보았다. 아마도 TV 인터뷰를 본 것 같았다. 지한은 한준의 표정이 변하는 것을 보았다.

"언제부터 근무 가능하신가요?"

지한의 이름을 들은 한준은 그의 명성을 알고 있었기에 생각을 바꿨다.

"조건이 하나 있습니다."

한준의 말에 지한은 자신이 채용되었다는 뜻으로 받아들였다. 찻잔을 내려놓은 그가 이렇게 말했다.

"조건이요?"

"제가 하는 일에 절대 터치하지 않는다. 이 조건을 들어주셔야만 제가 이곳에서 일할 수 있을 것 같은데요."

"그럼 그만두죠."

저 자신감은 도대체가 뭔지. 아무리 유능한 연출가라 해도 이건 면접 온 사람의 태도가 아니었다.

"안 된다면 저도 어쩔 수 없죠. 시간 내주셔서 감사합니다."

지한은 한준을 향해 정중히 고개를 숙였다.

"유 부장, 그분이 원하는 모든 조건 수용해서 채용해."

들리는 목소리에 그와 한준은 고개를 돌렸다. 한준이 급히 일어섰다.

"본부장님."

"어쩌다 보니 듣게 되었네. 채용해."

"알겠습니다."

본부장은 자신만만한 지한의 태도가 마음에 들었는지 그를 바라보는 눈동자가 빛을 내며 웃었다.

"서지한 피디가 홈쇼핑에선 어떤 바람을 일으킬지 지켜봄세."

"매출을 올리면 되겠습니까?"

본부장은 껄껄껄 웃었다.

"그렇지! 그게 정답이지. 하고 싶은 대로 마음껏 해봐. 모든 권한을 줄게, 서 피디."

"최선을 다하겠습니다."

지한은 본부장이 내미는 손을 잡았다.

지한과의 일이 있은 지 삼사 일가량 지났을 때였다. 소영은 허겁지겁 계단을 올라왔다. 그녀는 생방송으로 진행되고 있는 스튜디오 문을 조심스럽게 열었다.

"볼륨 업! 얼마나 아름답습니까? 지금 당장 제 애인에게 사주고 싶은 충동이 일어날 정도입니다."

그런데 귀에 익은 목소리가 들려왔다.

뜨악-! 딱, 이 표현이 맞을 것이다. 지한을 본 순간 소영은 정말 뜨악! 할 수밖에 없었다.

어째서! 왜! 그가! 이곳에! 아량이 어쩌고저쩌고……. 아! 잊으려 했는데 또 생각나버렸다.

이것도 우연이라면 무슨 조활속인지. 그런데 그보다 더 이상한 이 상황. 여기는 홈쇼핑 스튜디오다! 고로 그가 있을 곳이 아니란 뜻이다!

이곳으로 오기 전, 일과를 마친 소영은 빨리 홈쇼핑 스튜디오로 와달라는 가영의 문자를 받았다. 스태프로 있는 가영이 간혹 모델 알바를 주선해준 덕에 소영은 방송에 몇 번 나간 적이 있었다. 그래서 왔는데 지한을 만나게 될 줄이야.

며칠 만에 지한을 공중파 방송국이 아닌 홈쇼핑 스튜디오에서 보게 된 소영은 당황했다. 백수라고 하더니 이곳으로 취직을 했나. 그나저나 저 남자, 우연이라도 만나는 것 싫다고 했는데…….

흥! 나도 싫거든! 아버지-! 어찌 이러시나이까! 아니지, 아니야. 지금은 세상에 없는 부친을 찾을 때가 아니라 정신을 차려야 했다.

'저 남자 진짜 뭐야…….'

지한의 모습을 본 그녀는 한쪽 귀퉁이로 가서 자리를 잡고 섰다. 쇼호스트 민주의 멘트가 끝나자 지한은 그 옆에 있는 남성용 속옷을 집어 들었다.

"이건 어떻고요. 지금 제가 입고는 있는데 보여드릴 수도 없어 정말 아쉽습니다. 여성용 속옷을 구매하시면 남성용 속옷 3벌을 오늘만 플러스 상품으로 드립니다."

지극히 자연스러울 정도로 완벽한 쇼호스트의 모습. 그는 지금 연출자의 모습이 아니었다. 카메라 앞에 서서 그것도 생방송으로 구매를 촉구하는 쇼 호스트였다. 그런 그의 모습은 이상하리만치 자연스러웠다.

"실크의 느낌이랄까. 피부에 닿았을 때 아주 부드럽습니다."

민주를 보던 소영이 슬그머니 자신의 가슴을 보았다. 남들 먹은 모유 다 먹고 이유식까지 알뜰히 챙겨 먹더니 나름 만족스러운 상태인지 그녀가 미소 지었다.

"그리고 이 뽕 패드. 저같이 자신감 있는 가슴도 패드를 넣어주게 되면 볼륨업 되면서 더 아름다운 모양으로 만들어주더라고요."

민주가 보여주는 뽕 패드를 보면서 소영은 속으로 하하하 웃었다.

그렇지! 벗겨보기 전까진 아무도 모르는 뽕의 위대함이 있었지. 의기소침 할 거 없지, 암! 뽕에 대한 자부심을 가져!

"지금 주문 전화가 엄청납니다."

저렇듯 잘난 남자가 사라고 하는데 당연히 엄청나겠지. 실물도 실물이 지만 화면발은 정말 숨 막히게 예술이었다. 띠롱! 띠롱! 띠롱!

"타임 벨이 울렸습니다."

지한의 멘트에 어째 소영의 마음이 불안해지기 시작했다. 왜 사고 싶다는 충동이 일어날까.

휴대폰을 들고 있는 그녀의 손이 달싹거렸다. 꼭 사야만 할 것 같은 이 마음. 지름신이 내려오려 하자 소영은 두 눈을 질끈 감았다. 지름신이여, 이대로 도로 올라가세요! 참아라! 곧 끝난다. 저걸 사버리는 순간 알바를 두 개는 더 해야 한다구!

하지만…… 결국 그녀는 참지 못하고 전화번호를 누르고 있었다.

'미쳤어, 미쳤어! 왜 사고 있대. 애인도 없는데 남성용 속옷까지 진정 필요한 것일까. 아니지. 항상 받기만 했으니 형부나 주자.'

소영은 인심 한번 쓰기로 했다.

"수고하셨습니다!"

방송이 끝나자 그녀의 눈은 저절로 지한에게로 향했다.

"멘트를 할 때 민주 씨의 표정은 자연스럽다 못해 신비로울 때가 있습니다."

"어머! 그런 과한 칭찬을 하시면 부끄럽잖아요. 호호호."

마이크를 빼면서 하는 지한의 말에 민주의 얼굴은 웃음으로 화사해졌다.

소영은 지한을 뚫어지도록 쳐다보았다. 저 사람이 그날 매몰차게 알바비를 안 주겠다고 했던 그 사람이 맞는지. 형부 때문에 아량을 베풀었다는 그 사람이 맞는지. 아무리 봐도 아닌 것 같았다. 지독하게 냉정했던 그 모습은 온데간데없고 지금의 그는 다정다감했다. 전혀 다른 모습의 지한, 진정 미스터리였다.

한편…… 누군가의 시선을 느껴서일까. 민주와 대화를 하던 그가 고개를 돌렸다. 넋 놓고 바라보다가 미처 시선을 피하지 못한 소영은 그와 눈이 마주쳤다. 일순간 그의 표정이 굳어졌다. 어째서 여기에? 홈쇼핑 직원이 아닌 그녀가 이곳에 있는 걸 발견하고는 지한은 카메라 감독인 경수를 보았다. 소영은 다시 만나고 싶지 않다던 지한의 말이 생각나 슬며시 다른 곳을 보았다. 그때, 지한이 그녀를 스쳐 지나갔다. 마치 모르는 사람처럼.

소영을 발견한 민주가 빠른 걸음으로 다가왔다.

"귀염둥이 공주 왔어."

"민주 언니, 요즘은 놀러 오지도 않고."

그녀는 민주를 보자마자 가영을 대하듯 투정부터 부렸다. 민주는 언니 가영과 친하게 지냈는데, 가영이 결혼하기 전에는 곧잘 놀러 와서 수다를 떨며 함께 밤을 지새운 적도 제법 되었다.

"가영이 신혼이잖아. 예전하고는 다르지."

"너무해. 나 보러 오면 안 되나."

"알았어, 시간 내서 갈게."

"그럼 자고 가야 해. 생방송 중 있었던 재미있는 에피소드 듣고 싶어."

"알겠사와요, 공주님."

민주가 소영의 볼을 슬쩍 꼬집고는 걸음을 옮겼다.

"피디님, 수고하셨습니다."

그때 누군가 지한을 향해 인사했다. 피디님? 민주의 뒷모습을 보던 소영은 알 수 없는 표정이 되었다. 뭐가 어떻게 돌아가는 건지.

"형부, 형부 친구 뭐야?"

재빨리 경수의 옆으로 다가간 그녀가 귓속말로 속삭였다.

"여기 피디로 왔어."

"피디라고? 그런데 좀 전에는 왜 쇼호스트를 했지?"

방송국 피디가 홈쇼핑 피디로 온 것도 이상한데, 쇼호스트까지. 궁금해서 견딜 수가 없는 그녀는 다시 속삭였다.

"전천후 만능이랄까. 잘난 친구라서."

'잘나면 다인가. 다른 사람 일자리 빼앗지 말고 하나만 하라고 해요.'

쌓인 감정도 있던 탓에 차마 대놓고 말은 못 하고 그녀는 못마땅한 표정을 지었다.

"너, 저거 샀어?"

지한의 말이 끝나자 가영이 다가왔다. 방송 때 휴대폰으로 뭔가 하는 것을 봤기 때문이다.

"응, 형부한테 팬티 주려고 쭈쭈뽕 샀어."

"오~ 처제, 고마워. 나한테 공짜 팬티 주려고 거금을 들였구나."

경수는 미소를 지었으며 스태프들은 모두 웃었다.

"천천히 좀 달리자고!"

50

활기찬 새 아침이 밝은 이른 시간, 소영의 목소리가 공원을 울렸다. 그녀는 거의 질질 끌려가듯 달려갔고 두 손으로 잡고 있는 끈을 놓치지 않으려 최대한 바짝 움켜쥐었다. 송아지만큼이나 커다란 두 마리의 시베리아허스키는 작은 체구의 소영이 감당하기엔 벅차 보일 정도였다.

"너희들은 내가 썰매로 보여? 왜 끌고 가려고 해!"

왕! 왕! 왕!

끌고 가겠다는 듯한 개들의 대답을 들으며 그녀는 헉헉 소리를 내며 달렸다. 그 상태로 한 시간 가까이 달리고 나니 다리가 후들거릴 지경이었다.

"알바공주, 그것도 알바?"

들리는 말에 옆을 보니 지한이었다. 유명했던 공중파 방송국 피디였던 그가 쇼호스트를 해서일까. 좀 안쓰러워 보였다.

"아니요. 자원봉사 활동으로 나이 많은 어르신 대신해서 제가 가끔 산책시켜요."

그러다 보니 말이 살갑게 나왔다.

"아…… 좋은 일 하네."

알은척 안 하려고 했는데. 이렇게 또다시 만나진다면 어쩔 수 없다. 운명이다 생각하고 그대로 받아들이는 수밖에. 사실 고모한테 벗어날 수 있는 이런 기회를 만들어준 그녀한테 살짝 고맙기까지 했다. 그렇다면 이로써 모든 악감정은 청산!

지한이 시베리아허스키 앞으로 갔다. 슬며시 손을 내밀더니 송아지만 한 개들의 머리를 쓰다듬었다.

소영이 그를 흘깃 보았다. 뭐지? 땀 흘린 모습이 어째서 섹시해 보일까. 미쳤어! 이런 생각이 드는 사람과 가까이서 이렇게 말도 하고, 눈도 맞추고, 이런 상황 별로 안 좋은데. 그렇다면 경계경보 발령!

"피. 디. 님. 조깅 하셨어요?"

외모에 혹해서 사심이 자리 잡을까 봐 걱정되었다. 소영은 일부러 선을 긋듯 그를 부르는 호칭에 힘을 주며 강조했다.

"몸이 찌뿌둥해서 산책 겸 조금 뛰어봤어."

소영의 표정이 밝아졌다.

"그럼 제가 전화하면 여기서 6시에 만나주실래요?"

"뭐하러?"

뜻하지 않은 말을 들어서일까. 개들을 쓰다듬던 그가 일어났다.

"조깅 하시는 김에 저 대신 애들이랑 같이 뛰어주세요."

"그럼 그쪽은?"

"저는 나무 그늘에서 쉬는 거죠."

그의 한쪽 눈썹이 씰룩했다.

"그게 무슨 자원봉사야?"

"음……."

대답을 못 한다는 것은 마음에 걸린다는 것이다.

"난, 바빠서 간다."

그는 그대로 달렸다. 왕! 왕! 개들이 짖어대자 앞서 달려가는 지한의 모습에 소영은 묘한 경쟁심이 일었다. 저 사람 앞질러 가볼까.

"우리도 한번 뛰어보자. 달려, 애들아! 달려!"

소영의 말에 개들은 억! 소리가 나도록 달렸다. 펄펄 뛰는 개한테 끌려서 그녀는 지한의 옆을 스쳐 지나갔다. 그러자 이번엔 그가 속도를 올렸다.

"저야 끌려가는 거지만, 피디님은 왜 이리 빨리 뛰어요?"

"내 다리 가지고 내 마음대로 뛰지도 못해?"

끌려가는 그녀와 달리는 그였지만 묘한 승부욕이 발동했다. 이유야 어떻든 개한테 지고 싶지 않기에 그는 앞지르고자 달렸다.

"날도 더운데 마음껏 뛰어보셔요. 이왕이면 이 줄 잡고."

다시 한 번 소영이 슬그머니 개줄을 그한테 내밀었다.

"바이~"

이 말을 남긴 그가 순간 뛰는 걸 멈추더니 제자리 뛰기를 했다. 그리고 소영의 모습에 땀 좀 빼겠다는 생각이 들어 웃음이 터졌을 때, 그녀가 급브레이크를 밟듯이 두 마리의 개를 멈춰 세웠다. 순간 초인적인 힘이 나온 듯했다.

"피디님! 저 좀 도와주시면 안 돼요?"

"그 개는 네가 알아서 해."

"이거 말고요. 우리 형부 신혼여행 가는 거 말이에요."

경수에 관한 말이 나오자 그가 천천히 그녀 곁으로 걸어갔다.

"그게 뭐?"

"저는 한다고 하는데 생각처럼 돈이 모이질 않아요. 일거리 좀 주시면 안 될까요?"

"무슨 일거리?"

"뭐…… 홈쇼핑 잡일 같은 거라도. 신혼여행갈 날짜는 점점 다가오는데 요즘 알바 전화가 통 없어요."

"일거리라, 글쎄……."

"아휴."

지한의 시큰둥한 반응에 소영이 들릴 듯 말 듯 한숨을 내쉬었다. 실망한 그녀의 눈빛에서 시선을 피하려는 듯 지한이 고개를 돌렸다.

"그럼 안녕히 가세요."

그가 시선까지 피하자 소영은 체념했는지 지한을 향해 고개를 꾸벅 숙였다. 저만치 걸어가는 소영의 뒷모습을 보며 그가 골똘한 생각에 잠겼다. 요 며칠 방송을 해본 결과 홈쇼핑에 신선한 얼굴이 필요하단 걸 느꼈었다.

문득 드는 생각이 있는지 그가 말했다.

"뭐든 할 마음이 있으면 이따 홈쇼핑으로 와. 경수를 위해서라면 프로젝트라도 해봐야지"

지한의 말에 소영이 고개를 돌렸다.

"프로젝트?"

"아, 혹시 우리 홈쇼핑 모델분 아니신가요?"

소영은 스튜디오 문을 열려다 들려오는 목소리에 고개를 돌렸다. 그녀는 방송 전 물을 마시고 오던 길이었다. 계단을 걸어 올라오는 사람을 발견한 소영은 호기심 가득한 눈으로 변했다.

오…… 핸섬하다. 딱 봐도 예사롭지 않은 인물이란 걸 알 수 있을 정도로 눈에 띄는 사람이었다.

"네, 가끔 했었어요."

"이미지가 상큼해서 반응이 좋더라고요."

처음 보는 사람에게서 이런 말을 듣다니. 다정한 미소를 띠며 자신을 빤히 바라보자 소영은 눈을 마주치지 못할 정도로 부끄러웠다.

"아…… 네."

"저는 유한준이라고 하는데, 이름이 뭐예요?"

"네, 단소영입니다."

"소영 씨, 앞으로도 잘 부탁해요."

"저야말로……."

유한준. 이름을 들으니 누군지 알 것 같았다. 가끔 경수와 가영이 나누는 대화에서 이 사람 이름을 들은 적이 있었다. 부장이라고 들었던 것 같은데.

계단을 올라가는 한준의 뒷모습을 보며 소영은 슬쩍 고개만 숙여서 인사했다. 나이로만 봤을 때 지한과 비슷할 것 같은데, 풍기는 인상이 무척이나 다정다감한 사람이었다.

"방송 시간 다 됐는데 거기서 뭐 해? 빨리 들어와."

"네~ 갑니다."

그녀가 오질 않자 지한이 찾으러 나온 참이었다. 그가 열고 서 있는 문 안으로 그녀가 딱, 한 발 내디뎌 스튜디오로 들어왔다. 그런데 문 하나를 사이에 두고 이렇듯 긴장감이 감돌다니……. 그녀한테 있어 이곳은 딴 세상이었다.

"어서 식탁으로 가서 앉아."

지한은 촬영 시간이 임박해지자 스튜디오의 문을 닫았다. 잘하라는 가영의 응원을 들으며 소영은 제자리로 가서 앉았다.

"최대한 맛있다고 표현해야 하는 거 알지?"

"네, 걱정하지 마세요."

그녀는 지한이 건네주는 것을 받아 들었다. 식탁 맞은편에 앉은 다른 알바는 예술을 하듯 앙증맞은 모양으로 과일을 깎고 있었다. 반면 그것들을 통째로 먹어야 하는 소영은 벌린 입을 좌우로 움직이며 입 운동을 했다. 아, 오, 아, 오.

"자, 방송 10초 전입니다."

지한의 말에 스태프들은 행동을 멈췄다. 곧이어 그가 방송 시작을 알렸다.

"레디, 액션."

"안녕하세요. 쇼호스트 정민주입니다."

오늘의 상품은 피부 미인이라는 콘셉트로 제작된 복숭아 판매 방송이었으며, 쇼호스트 민주는 쉴 새 없이 복숭아의 상품가치를 설명했다.

"복숭아는 비타민이 많아서 피부 건강에 그만인 거 다 아시죠?"

민주의 멘트에 맞춰 소영은 손에 있는 복숭아를 크게 한입 베어 물었다. 지한의 요구에 맞추기 위해서 맛있다는 걸 표정으로 최대한 표현했다. 또한 단단한 복숭아에서 나는 아삭거리는 소리도 크게 내려고 노력했다.

'음…… 맛있는데.'

연기를 하던 소영은 먹다 보니 진짜로 맛있다고 생각했다. 과즙도 많았고 과육도 단단하니 씹히는 감도 좋았다. 그러면서 문득 드는 생각, 내가 만약에 이 상품의 쇼호스트였다면?

그냥 맛있다는 표현이 아닌…… 달콤함은 사과를 좋아하는 백설공주의 계모도 울고 갈 만큼!

아삭거리는 소리는 잠자는 숲 속의 공주가 벌떡 일어날 정도!

이런 표현은 어땠을까. 너무 아동스러운가. 아니야, 아니야. 여자들은 공주를 좋아해. 소영이 이런 생각을 하며 베어 문 복숭아를 보았다.

으아악! 백설공주도, 잠자는 숲 속의 공주도 지금의 이 복숭아를 보면 다 도망갔을 것이다. 맛있다는 표정을 짓던 소영의 눈에 포착된…… 토막 난 벌레 반 마리! 반은, 반은 어디로 갔을까? 어디로 갔겠어!

그녀의 눈이 튀어나올 것 같았다. 입안에 있는 복숭아를 퉤! 하고 뱉으려는 순간, 하필 카메라가 소영을 클로즈업하고 있었다.

그녀는 죽고 싶은 심정으로 카메라를 향해 환한 미소를 지었다. 그리고 입안에 든 복숭아와 함께 벌레까지 아삭아삭 씹었다. 그런데 아무리 씹어도 목구멍이 거부하는지 넘어가질 않았다. 꿀꺽! 하지만 어쩔 수 없이 억지로 삼켰다.

잠시 쇼호스트가 쉴 수 있도록 중앙 화면에는 사전 녹화된 과수원의 풍경이 비쳤다. 이 얼마나 다행인지, 안 그럼 반 토막 난 벌레까지 마저 먹어야 했을지도 모른다. 화면이 바뀌는 동시에 소영은 쓰레기통으로 달려갔다. 그리고 좀 전에 먹은 복숭아를 토해내려고 했다. 하지만 아무리 웩웩거려도 나오지는 않고 모두는 놀라서 그녀 곁으로 다가왔다. 말로 설명할 수 없는 소영은 손에 들려 있는 복숭아를 가영에게 줬다.

"히익!"

이 말 한마디에 상황은 종료됐다. 그러나 이후에도 소영은 꿋꿋하게 방송을 마쳤다. 그런데 방송이 끝난 후 지한은 소영을 보며 계속해서 웃었다. 걸어가다가도 그녀를 보면 웃었고, 앉아 있다가도 그녀와 눈이 마주치면 웃었다.

"하하."

소영과 눈이 마주치자 그가 또다시 웃었다. 그녀는 쌩하니 그의 곁으로 갔다.

"왜 자꾸 웃어요?"

"웃지도 못해?"

그는 여전히 웃으며 손에 들려 있는 자료를 보았지만, 소영은 뚱한 표정을 지었다.

"그런데 아침에 했던 말은 뭐예요? 그 뭐시냐? 프로젝트……."

"구상하고 있으니 조금만 기다려."

프로젝트는 뭐고 구상은 또 뭔지. 지한을 바라보는 소영의 표정에는 궁금증이 가득했다.

그가 서류를 집어 드니 더 이상 물을 수도 없고. 소영은 그 자리를 뜰 수밖에 없었다. 홀로 앉아 있는 그의 앞으로 경수가 다가왔다.

"넌 어떻게 된 거야?"

소파로 앉은 경수는 그동안 궁금했던 것을 이제야 물었다.

"그냥, 색다른 일을 해보고 싶어서. 잠깐의 외도라고 봐줘."

외도라……. 지한은 소영의 말을 인용했다. 자원봉사가 아닌 여행경비를 마련하기 위한 알바를 그녀는 외도라는 말로 표현했었다.

"외도? 말도 안 돼. 잘나가는 공중파 방송국 피디가 왜 여기로……. 그런데 너, 재미있다는 표정인 게 오히려 즐기는 것 같다."

경수의 말에 그는 미소만 지을 뿐, 제 속마음을 보여주진 않았다. 이렇듯 자신의 감정까지 알아채는 친구라면…… 진심으로 대한다는 것이니 도와줘도 되겠지.

"응, 그냥 모든 게 재미있어. 여기 사무실에서 사는 것도 재미있고……."

"뭐, 사무실!"

경수는 소스라치게 놀랐지만, 지한은 웃기만 할 뿐이었다.

잠시 바람을 쐬고 온 소영은 녹화방송을 하는 장면을 보고 있었다. 매끄러운 민주의 멘트를 그녀가 집중해서 들을 때 지한이 다가왔다.

"모델 알바로 여행경비 모으기 프로젝트 하려고 하는데, 관심 있어?"

구상한다더니 이거였어? 지한의 의중을 단번에 알아챈 소영이 눈빛을 빛냈다.

"도와주실…… 거예요?"

"원한다면?"

오랜만에 만난 친구를 위해서 그도 소영의 뜻에 동참하고자 했다. 자신이 해줄 수 있는 한도 내에서 힘을 보태준다면 지금보다는 그녀가 덜 고생을 할 것 같았다.

"시간이 없으니 강행할 거야. 이의 없지?"

"강행?"

"빡세게 한다고. 싫어?"

소영은 그와 키를 맞추기 위해 까치발을 들었다. 그러자 그가 살짝 자세를 낮춰주었다.

"아니요. 아기 낳는 것만 빼고 뭐든지 시켜주십시오. 원하시면 땅굴도 파드리겠습니다."

그녀가 귓가에 속삭이자 지한은 쿡, 하고 웃었다.

"그럼 지금부터 프로젝트 가동해볼까. 그런데 후회할지도 모르는데……."

같이 속삭이던 그가 뒷말을 흐렸다.

"제 알바 사전에."

"옷을 벗어야 하는 건데?"

후회고 뭐고 이런 것은 생각해볼 필요도 없었다.

"안 합니다."

"도와주겠다는데 첫판에 거절해?"

무슨 일인지 묻지 않고 단번에 거절하자 그가 못마땅한 표정을 지었다.

하지만…… 소영은 잠시 후 거절한 게 후회스러워 한숨을 푹 내쉬었다. 어째서 이렇게 손발이 안 맞을까.

'아…… 안 한다고 속삭이나 말걸. 뭔데 벗느냐고 물어라도 볼걸. 아깝다…….'

거품 가득한 욕조에 장미 꽃잎을 띄우는 가영을 보고 소영은 입맛을 쩝 다셨다. 저건 그냥 별다른 노동도 없이 식은 죽 먹기 알바인데! 물속에 들어가서 거품 가지고 불기만 하면 되는 건데. 아까워라.

"가영 씨, 저기요……."

욕조 안으로 들어가기 위해서 탈의실로 간 모델이 어쩐 일인지 그냥 나오더니, 장미 꽃잎을 뿌리고 있는 가영 곁으로 갔다. 그리고 뭐라고 귓속말로 속삭이자 가영은 난감한 표정을 지었다.

"그럼 불편해서 하시기 힘드실 텐데……."

"그러니까요. 어쩌죠?"

"도저히 안 될 것 같아요?"

둘의 대화를 듣고 있던 소영의 귀가 번쩍 뜨였다. 뭐가 불편해. 뭘 어쩐다는 거야. 뭐가 안 된다는 것일까. 한편, 가영의 표정을 본 경수가 카메라를 만지다가 다가갔다.

"왜 그래?"

"그게 모델분이 마법에 걸렸대. 그래서 물속에 들어가기 힘들대."

둘의 대화를 들은 소영은 하늘이 돕는다는 생각에 벌떡 일어났다. 그녀가 경수 곁으로 갔다.

"저요! 형부, 제가 할게요. 아까 피디님이 저보고 할 거냐고 물어봤어요."

"그랬어?"

두리번거리며 경수가 지한을 찾는 것 같았다. 소영은 모델이 들고 있는 비키니 수영복과 수건을 들고 후다닥 탈의실로 뛰어갔다. 얼마 후, 그녀는 수영복 위에 수건을 두르고 나타났다.

이번엔 소영이 지한을 찾았다. 그래도 그의 허락이 떨어져야만 할 것 같았다. 계속해서 두리번거리자 소영의 마음을 알아차렸는지 경수가 오케이 사인을 했다. 활짝 웃은 소영은 조심스럽게 욕조 안으로 들어갔다. 소영은 끌어온 거품으로 최대한 몸을 가리고는 자세를 잡고 앉았다.

"준비 다 됐습니까?"

사무실에서 나오던 지한은 욕조 안에 들어가 있는 소영을 보고 다가왔다. 너무 뚫어져라 쳐다보자 소영은 한쪽 팔을 우아하게 들고 팔뚝에 묻어 있는 거품을 후- 하고 날려줬다.

"놀고 있네."

"저, 이런 거 아주 잘해요."

다소 가소롭다는 식으로 말하자 그녀는 다시 한 번 팔에 묻은 거품을 그를 향해 불어줬다. 그 모습에 지한은 살며시 웃었다.

"그보다 후회할 거라고 했을 텐데."

이렇게 쉬운 거라면 후회는 없다. 그녀는 손안에 있는 거품을 다시 후- 하고 불었다. 그리고 씩씩하게 말했다.

"제 알바 사전엔 후회라는 단어는 없습니다."

"……나도 같이할 건데."

가만히 지켜보던 그가 이렇게 말하니 소영은 두 눈을 껌벅였다. 그가 말한 후회란 단어에 이런 뜻이 담겨 있었던 것인가.

"왜요?"

"신혼부부 콘셉트라 뒤에서 너를 안을 거야. 그리고 키스신도 있어."

무슨 이런 말도 안 되는 경우가 있어.

"진짜요?"

홈쇼핑에서 키스신이? 새바람이 불겠네…… 가 아니잖아! 18금 홈쇼핑이라니 이게 말이 돼!

놀란 소영의 표정에 작게 웃은 그가 일어났다. 지한이 카메라를 만지는 경수에게로 가자 소영의 눈은 또르르 따라갔다.

신혼부부 콘셉트로 욕조에 들어가서 애정행각 하는 것도 모자라 키스신 하는 걸 그냥 해야 해? 도로 나갈 수도 없고 그녀는 안절부절못했다.

혹시 물속에서 몸이라도 더듬는 날에는……. 아아악! 더운 물속에 있는데 온몸에 소름이 도돌도돌 올라오는 기분이었다.

아……. 인생이 꼬이니 생판 모르는 남자랑 욕조 안에서. 윽!

경수와 상의가 끝났는지 지한이 다가오자 소영은 움찔했다. 해적한테 잡혀 온 인어공주가 이런 심정일까.

"이거 어쩌지?"

소영의 곁으로 다가온 그가 눈으로만 웃었다. 잔뜩 긴장해 있는 그녀의 반응에 어쩐지 즐거웠다. 이보다 더 황당한 콘셉트로 가자고 할까 봐 소영은 호기심 가득한 눈으로 바라보았다.

"뭐가요?"

"아무래도 심의에 걸릴 것 같아서 혼자 해야겠다."

"얏호!"

"놀려주는 재미가 있단 말이야."

기쁜 나머지 소영이 두 팔을 번쩍 올렸다가 지한의 말에 욱했다.

'나를 놀렸겠다. 아주 유혹하는 심정으로 제대로 해 보이겠어.'

이윽고 카메라가 돌아가고 소영은 우아하게 거품 목욕을 시작했다. 두 손 가득 거품을 떠서 입바람으로 불어주고 날아가는 거품을 손으로 만지며 행복한 미소를 지었다.

유혹이라……. 소영은 스태프들을 보았다. 형부인 경수는 가영이 있으니 안 되고 지한은 바람둥이라서 더 안 되고. 딱히 떠올릴 만한 대상이 없을 때 한준이 떠올랐다.

'어째서 이 사람이…… 떠오른대?'

자신이 알고 있는 남자가 얼마나 없으면 한준이 떠오를까마는, 만약, 이 사람이 내 연인이라면? 그 때문에 샤워를 한다면? 설핏 이런 생각이 들자…… 어머! 어머! 소영은 당황스러웠다.

순간 지한은 소영의 표정이 변하는 걸 귀신같이 알아차렸다.

"NG!"

"왜…… 요?"

철저히 표정 관리를 한 줄 알았는데 들켰다니.

"무슨 비눗방울 놀이해? 그리고 그 표정, 억지로 목욕하는 것 같잖아."

그녀의 표정을 본 그가 의자를 끌어와 앉았다. 좀 전의 연기를 보니 뭔 생각을 했는지 잔뜩 굳어 있는 게 도저히 봐줄 수가 없었다.

"날 보고 첫날밤을 상상해서 연기해봐."

"피디님을 보고 하라고요?"

말도 안 되는 소리를. 눈을 마주치고 싶지 않아 그녀는 욕조 안의 거품을 보았다.

"그럼 저를 보고는 하실 수 있겠어요?"

소영이 거품을 가지고 놀 때 한준의 목소리가 들렸다. 그녀의 고개가 단번에 들렸다. 스태프가 아닌 낯선 사람이라 그런지 거품으로 몸이 온통 가려져 있어도 민망했다. 제 앞에 나란히 있는 지한과 한준. 소영은 작은 숨을 들이켰다.

"유한준 부장님, 촬영이 이제 막 시작되어서 언제 끝날지 모릅니다. 바쁘실 텐데 어떻게 저희가 도와달라고 하겠습니까."

한준의 출현이 못마땅한지 지한은 슬며시 사양했다. 한준이 소영에게 호감이 있어 이러는 것 같았다. 그건 그렇다 치더라도 엄연히 일하는 분야가 다른데 침해를 받는 것 같아 싫었다. 그리고 또 하나 싫은 이유가 있다. 그건 그녀를 바라보는 한준의 눈빛이다. 어쩐지 지한의 눈에 거슬렸다.

"바빠도 좋은 장면을 위한 거라면 기꺼이 도와드려야죠."

말은 그럴싸하게 했지만, 본심은 오로지 소영을 보기 위한 것.

한준은 촬영을 위해 제 시간을 내어주겠다는 말을 하곤 의자를 가져와 지한의 옆으로 앉았다.

'저 두 사람, 지금 뭐 하는 거야?'

소영이 이렇게 생각할 수밖에 없는 것이, 둘은 경쟁하듯 멋진 포즈를 취하고 있었던 것이다.

"소영 씨, 무료로 모델 해드릴 테니 저를 유혹한다 생각하시고 마음껏 끼를 발산해보시죠."

한준이 말한 '끼'라는 단어가 자신의 능력을 인정해준다는 것 같아 소영은 싫지 않았다.

"NG, 용납 안 해! 이번에도 NG 내면 모델료 반값도 없는 줄 알아!"

지한이 유독 날 선 목소리로 말하자 그녀는 그를 째려보았다. 어쩜 둘이 이리도 상반된 말을 하는 것인지.

"아- 놔! 물에 퉁퉁 불려놨으니 곱빼기로 줘야 하는 거 아니에요."

"큭!"

한준이 웃었다. 소영은 순간 돈에 눈이 어두워서 그가 있다는 걸 깜빡했다. 망신살…….

"곱빼기 같은 소리 하네. 좀 전에 하던 장면 이어서 똑바로 해."

불룩한 배를 내밀며 떽떽거릴 때는 언제고 부끄러운지 고개도 못 들고 있으니 아주 볼만했다. 그래서 지한은 지금 한준을 대하는 소영의 태도가 불만이었다. 그녀를 대하는 지한의 심정은 마치 심술 난 어린아이 같았다.

그가 '레디, 액션'을 외치려 손을 들자 소영은 다시 본래의 모습으로 돌아갔다. 그래, 유혹해보라니 해보겠어! 그녀가 여유 있는 웃음을 날려주며 우아하게 거품 목욕을 시작했다.

예쁜 표정을 짓고 여유로운 모습으로 목욕을 즐기던 소영은 지한과 눈이 마주쳤다. 그의 손이 아래쪽을 가리켰다. 뭔가를 주문하는 것 같았다.

아! 들어가라고? 그녀는 거품으로 쏙 들어갔다. 잠기자마자 코를 막고 컷 소리가 나오길 기다렸다.

'이러고 얼마나 더 있어야 하는 거야?'

숨은 점점 막혀오는데 아무런 소리도 들리지 않았다. NG가 날까 봐 나갈 수도 없고 진짜 죽을 맛이었다. 한계를 느낄 때쯤 누군가의 손이 안으로 쏙 들어오더니 그녀를 끄집어냈다.

"푸핫! 헉. 헉."

소영은 얼굴에 묻은 거품을 손으로 닦아내며 연신 숨을 들이마셨다. 지한은 놀란 표정을 지었다.

"갑자기 왜 들어가고 그래?"

"헉. 헉. 피디님이 들어가라고 손짓했잖아요."

"들어가라고 한 게 아니고 거품을 떠서 불어주라고 한 거야."

이번엔 그가 한심한 표정을 짓자 소영이 잘못 이해했다는 걸 알았다.

"아…… 그런 거예요."

"그나저나 머리에 묻은 이 거품 어째."

소영의 상태를 보고 잔뜩 고민하는 표정을 짓더니 그가 그녀의 머리카락을 들었다.

"이 정도면 반복 편집으로 어떻게 될 것 같으니 그만하자."

"진짜죠!"

"수고했어."

그녀와 눈높이에 맞춰 욕조를 잡고 앉아 있던 지한이 일어나자 소영도 일어났다.

"엄마야!"

거품 물로 발이 미끄러웠는지 밖으로 나오려다 휘청했다. 순간 지한이 소영을 잡기 위해 손을 뻗었다. 그녀는 넘어지지 않기 위해 두 손으로 지한의 손을 잡아당겼다.

소영의 힘을 대수롭지 않게 생각하고 손을 내밀었던 지한. 그 힘을 당해낼 수 없다는 걸 알았을 땐 이미 중심을 잃은 후였다.

풍덩! 둘은 그대로 욕조 안으로 들어갔다.

그런데, 말이 씨가 된다고 가라앉는 소영의 위로 지한이 쓰러지며 둘의 입술이 부딪쳤다. 말이 씨가 된, 키스신이 아닌 뽀뽀신이 연출되었다.

거품 물 때문에 눈을 감고 있어도 이 감촉이 뭔지는 둘 다 보지 않아도 알 것 같았다.

'지금 이 상황은 뭐냐고!'

'도대체 입욕제를 얼마나 푼 거야!'

숨을 참을 수 없기에 지한의 몸에 눌려 있는 그녀는 그의 몸을 밀치려 바동거렸다. 심각성을 알기에 그가 그녀의 등 밑으로 팔을 집어넣었다. 그리고 제 몸을 일으키며 소영도 함께 물 밖으로 꺼내주었다. 스태프들이 달려온 아주 짧은 시간이었지만, 숨을 쉴 수 없다는 공포를 느껴서일까. 소영한테는 아주 길게 느껴졌다.

"푸하핫! 하악! 하악!"

"콜록! 푸하! 푸하!"

숨을 쉬기 위해 둘은 연신 푸푸거렸다. 얼굴로 주르륵 흘러내리는 비눗물로 정신없었다. 소영은 얼굴의 물기를 닦다 제 입술을 만졌다. 딱히 뭐라고 말하기 곤란한 사고였지만, 억울했다.

억울한 내 입술이여! 이렇게 도둑맞다니. 그것도 형부의 바람둥이 친구한테. 살고 싶지 않아서 소영은 다시 욕조 속으로 들어갔다. 이대로 죽자.

"단소영!"

놀란 지한이 그녀를 불렀다.

한바탕 난리 후, 사무실로 들어와 옷을 갈아입은 지한은 침대로 가서 벌러덩 누워버렸다.

"에이! 짜증 나."

그녀와 한준이 서로 바라보고 있던 모습을 생각하자 이상하게 기분이 나빠졌다.

유한준. 무엇보다 서글서글한 눈빛이 매력적이라고 해야 할까. 젊은 나이에 부장 직함이라면 능력도 갖춘 거고, 여자들이 호감 생길 만한 스타일이었다.

문득 자신을 향해 거품을 후- 하고 날려주던 소영의 모습이 생각났다. 그는 갑자기 숨이 탁! 막히는 기분이었다. 어째서 그 모습이 유혹하는 것처럼 섹시하게 느껴졌을까.

천장을 바라보고 있던 그가 벌떡 일어났다. 그러곤 침대에서 내려와 사무실 안을 왔다 갔다 하다 문 쪽을 바라보았다.

다가간 그가 슬며시 문을 밀었다. 열고 스튜디오로 나오니 모두 어디로 갔는지 소영만 있었다. 수건으로 젖은 머리카락을 닦던 그녀는 지한을 보자 시선을 피했다. 피하는 모습이 눈에 거슬렸는지 그가 다가갔다. 어설픈 관계 따위 절대 원치 않는 성격이다 보니 그는 주저할 이유가 없었다.

"키스란 건 말이지."

"에?"

느닷없는 지한의 말에 머리카락을 만지던 그녀의 손이 멈췄다. 잊으려고 발악을 했건만, 어째서 직접적으로 말하는 것인지.

"뭐, 키스도 아니지만, 입술이 닿았을 때 아무런 느낌도 없고 오히려 기분 나빴다면, 그건 이성 간의 뽀뽀도 아니란 건 알고 있겠지?"

"……그럼요, 알죠."

표정 하나 바꾸지 않고 서슴없이 그가 말하자 소영은 침을 꿀꺽 삼켰다.

"혹시 느낌이 왔어?"

"아니요, 기분 더럽게 나빴어요."

절대로 뽀뽀든 키스든 인정하고 싶지 않기에 그녀는 고개를 세차게 흔들었다.

"……피차일반. 그러니까 좀 전의 일은 키스가 아니고 방송사고다."

그가 욱하는 표정을 지었다. 곱씹어보니 '더럽게'라고 표현한 게 마음에 안 들었다.

"맞아요! 방송사고. 방송사고 그거 맞아요. 후…….”

이렇게 결론을 내렸다면 소영은 속이라도 후련해져야 하는데 그러지를 못했다. 인생의 메가톤급 충격! 어찌 이리도 허망하게 고귀한 입술을……. 다시 생각해보아도 한순간에 입술을 도둑맞은 기분이었다. 종소리는 못 들었어도 최소한 심장 뛰는 소리라도 듣고 싶었건만.

"다들 어디 갔나?"

"커피 마신다고 휴게실에……."

어색함이 몰려오는 느낌이 이런 것일까. 둘 다 떨떠름한 기분에 텅 빈 스튜디오만 바라보았다. 어서 이곳을 벗어날 생각에 소영은 가방을 들었다.

"그만 가도 될까요?"

Rrrrr. 울리는 벨 소리에 고개를 끄덕인 그는 휴대폰을 꺼내 들었다. 소영의 인사를 받은 지한은 사무실 쪽으로 걸어갔다.

"네, 고모님."

[너, 지금 무슨 일을 하는 거니?]

말소리뿐이었지만, 연숙이 당황하고 있다는 것을 눈치챌 수 있었다. 그는 스튜디오를 빠져나가는 소영의 모습을 보곤 사무실 문을 닫았다.

"우리 그룹 계열사인 홈쇼핑에 취직했어요."

[미쳤어!]

지한은 침대로 가서 걸터앉았다.

"좀 쉬려고요."

[쉬고 싶은데 취직을 해? 쉬려면 별장에 가도 되고, 아니면 출국해도 되잖아! 지금 왜 거기에 있는 거야!]

"고모, 여기 나름 괜찮아요. 그러니 걱정하지 마세요."

[잠은 어디서 자?]

그가 씨익, 웃었다.

"스튜디오 한쪽에 사무실처럼 공간이 있더라고요. 거기에 침대 들여놨어요."

벌게진 연숙의 표정을 떠올려서일까. 지한은 야릇한 미소를 흘렸다. 어쩐지 이 생활, 앞으로 흥미진진할 것 같았다.

[네가 누군지 알아!]

"서지한입니다."

그는 J&H그룹의 후계자가 아닌 인간 서지한이길 원했다. 그저 평범한 사람. 절대 그럴 수 없다는 것을 누구보다 잘 알고는 있지만, 한 번만이라도 그렇게 살아보고 싶었다.

[당장 그만두고 우리 집으로 들어와!]

"죄송합니다. 이미 계약을 해서요."

[그깟 계약금 얼마든지 물어줄 수 있어!]

그가 이맛살을 찌푸렸다.

"고모, 돈이 문제가 아니라 이건 제 인격의 문젭니다. 그렇게는 할 수 없어요. 계약 기간 동안 저는 이곳에서 충실히 일할 겁니다."

[지한아, 제발 그러지 마. 네가 누군데 그런 곳에서 살아? 넌 그렇게 살면 안 되는 사람이야.]

그가 뜻을 굽히지 않자 연숙은 애원하는 말을 했다.

"한번 살아보겠습니다."

[생각 좀 해보자. 내가 지금 공항 가는 길이니 일단 나갔다 와서 얘기하자.]

"다녀오세요. 끊습니다."

그는 종료 버튼을 터치했다.

충격적인 일을 겪어서인가. 홈쇼핑을 나온 소영은 그 후, 집 잃은 강아지의 모습으로 여기저기 헤매고 돌아다녔다. 하지만 날이 어두워지자 집으로 돌아와야만 했다.

"휴."

대문을 걸어 잠근 소영은 깊은 한숨을 내쉬었다. 제 입술을 만지작거린 그녀는 에잇! 하며 미간을 찌푸렸다. 방송사고? 아무리 생각해도 억울했다.

"처제, 어서 와."

"혀엉부우~ 다녀왔습니다."

대문 잠그는 소리를 들은 경수가 소영의 귀가를 반겼다. 그러니 억울한 생각은 뒤로 미루기로 했다. 마루로 올라서면서 소영은 경수한테 한껏 애교를 부렸다.

"어…… 피디님이 오셨네?"

억울한 생각을 잠시 미루기로 했건만, 지한을 보자마자 소영은 또다시 생각났다. 그러니 슬그머니 눈길을 피했다. 지한은 소영의 반응을 유심히 살펴보았다. 못마땅한지 그녀가 보일 듯 말 듯 입술을 씰룩거렸다.

"어디 들렀다 오나 봐?"

그녀가 아직 어려서인가. 눈조차 마주치지 못하는 소영의 반응이 흥미로웠다. 하지만 지한 또한 어색하긴 마찬가지였다. 그저 꼬맹이일 뿐이라고 여겼건만…….

지한은 혹시 소영이 불편해할까 봐 편하게 대해주자고 생각했다.

"신혼부부들 마음껏 놀라고 일부러 공원을 배회하고 왔어요."

그녀는 사실대로 말할 수가 없자 이렇게 돌려서 표현했다. 어차피 배회한 건 맞으니까.

"처제, 진짜야?"

"아우~ 형부 농담이에요."

아…… 지한만 신경 쓰다 보니 소영은 옆에 있는 경수의 입장을 생각하지 못했다.

"진담인 줄 알고 놀랐잖아."

"진짜 농담이에요. 마음에 담아두지 마세요."

미안한 마음에 슬그머니 일어난 소영은 가영이 있는 주방으로 갔다. 그녀의 모습이 사라지자 경수가 지한의 곁으로 바짝 다가와 앉았다.

"지한아, 내가 신혼여행 가게 되면 우리 처제 좀 부탁해도 될까?"

지한은 조금 놀란 표정을 지었다.

"뭐라고?"

"이렇게 큰 집에 2주나 혼자 두고 가기가 그래서."

사실 경수는 지한이 사무실에서 숙식한다는 사실을 알고 나자 가만히 있을 수가 없었다. 어떤 이유를 만들어서라도 그를 도와주고 싶었다. 지한의 성격을 어느 정도 알기에 정확한 명분이 없으면 분명히 거절할 거라 여겼다. 고민하던 차에 경수는 소영을 보자 이 방법이 떠올랐다.

솔직히 이 집에 소영만 두고 신혼여행 간다는 게 못내 마음에 걸리기도 했었다. 그러니 우직한 지한이 와서 있어 준다면 마음도 한결 놓일 것 같았다.

"됐어. 애도 아닌데 알아서 하겠지."

"그래도 걱정돼서 그래. 넌 바깥채 쓰라는 거야. 안채랑 분리돼서 전혀 신경 쓸 거 없어. 부탁 좀 하자."

경수의 입장에서 진지하게 부탁해도 그가 선뜻 대답할 수 있는 문제가 아니었다. 하지만 한편으론 경수가 걱정하는 이유를 알 것도 같았다. 경수의 집은 낮은 담장이 있는 전통 한옥이었는데, 방범에 취약할 수 있기 때문이다.

"그래도…… 내키지 않는데."

"과일 드세요."

그때, 다과상을 든 소영이 주방에서 나왔다.

"자기야, 싱크대 좀 봐줘. 물이 안 빠지네."

"그래?"

접시에 있는 복숭아를 하나 집어 든 경수가 몸을 일으켰다. 소영은 앞에 놓인 복숭아를 집으려다 멈칫했다. 지난번의 불상사가 생각나서인지 선뜻 먹기가 두려웠다. 그러자 지한이 아주 보란 듯이 아삭 소리를 내면서 먹었다.

"궁금한 게 있는데, 피디님은 왜 홈쇼핑으로 오셨어요?"

"일하려고."

"방송국 일이랑 홈쇼핑 일은 많이 다를 텐데……."

"생각하기 나름이지."

뭘 고치는지 덜거덕거리는 소리가 주방에서 들렸다. 그 소리에 소영은 작은 한숨을 내쉬었다.

"집이 오래돼서 또 말썽이군. 갈증 나는데 수박이나 사 올까?"

"수박?"

여전히 그녀는 복숭아를 먹지 않았다.

"우리 언니가 좋아해요."

"음……."

지한이 소영을 보았다. 그녀는 모든 것에서 자신보다 남을 더 배려하는 것 같았다.

"형부, 언니 좋아하는 수박 사 올게요."

그녀는 주방 쪽을 향해 말했다. 하지만 둘 다 바쁜지 대답이 없었다. 마루에 걸터앉아 신발을 신는 소영을 보고 그도 일어섰다. 그냥 모른 척하기가 뭐했기 때문이다.

"들고 오려면 무거울 텐데 같이 가줘?"

"괜찮아요. 혼자 갈 수 있어요."

소영은 바로 사양했지만, 따라 나오는 그와 함께 대문 밖을 나섰다.

"경매로 겨우 잡기는 했는데, 형부도 언니도 대출금 때문에 집의 노예가 된 것 같아요. 쓰지도 못하고 죽어라고 벌기만 해."

이제야 제 감정을 내보이며 그녀가 투덜거리듯 말하자 그는 주변을 죽 둘러보았다.

"지금은 이래도 어쩜 노다지를 산 걸 수도 있겠는데."

"노다지?"

"몇 년 안으로 이곳에 대형 쇼핑몰 단지가 들어올지 누가 알아."

"대형 쇼핑몰 단지!"

놀란 눈이 된 소영은 경수의 집을 다시 보았다. 그게 사실이라면 진짜 노다지였다. 제발 그렇게 되길 바라는 마음으로 소영은 간절히 빌었다. 그가 소영을 슬쩍 보았다. 그냥 가능성만 말했을 뿐인데 이미 믿는 눈치였다.

"농담."

'이런……'

형부 친구니 차마 욕을 할 수도 없고 그녀가 그를 째려보았다. 둘은 어둠 침침한 골목길을 걸었다.

"에이! 형씨!"

부르는 소리에 소영은 옆을 보았다. 어디서 고삐리들이…… 이런 싸가지 없는 놈들을 보았나!

……이럴 수 없는 상황이니 소영은 어느 집 벽 쪽으로 슬쩍 붙었고, 무표 정한 그는 앞만 보고 걸어갔다.

그때였다. 교복을 버젓이 입은 남학생들이 둘의 앞을 막아섰다. 나란히 서자 지한의 큰 키에 맞먹을 정도였으며 덩치는 산적처럼 컸다.

"형씨, 담뱃값 좀 적선하시죠?"

그가 걸음을 옮기려 하자 학생은 지한의 앞을 다시 가로막았다. 지한은 제 앞에 있는 학생의 얼굴을 빤히 쳐다보았다.

"너희한테 줄 돈 따위는 없는데. 못 줘."

그는 속삭이듯 말했다.

"못 준다면 수고를 덜어드려야지. 제가 기꺼이 꺼내 갑죠."

까불거리는 학생의 모습에 그의 눈이 반짝 빛을 내었다. 지한이 다시 한 걸음 옮기려 하자 뒤에 있던 학생 중 한 명이 다가왔다. 그러고는 그의 가슴 팍에 손을 대더니 멈춰 서게 했다.

딱 봐도 인상이 더러웠지만, 이놈은 덩치가 더 좋았다. 학교 짱 정도 되는 지 그 학생이 손을 들자 모두 뒤로 물러섰다.

이 상황에 어쩔까. 이대로 있으면 안 될 것 같은 게, 분명히 그는 얻어터 진 뒤 지갑을 털릴 것만 같았다. 두리번거리던 그녀의 눈에 마침 빗자루가 보였다. 소영은 순식간에 집어 들었다.

"이런 어린놈의 자식들이!"

"아아악!"

그때! 비명이 들렸다. 소영은 내리치려던 빗자루를 들고 그대로 서 있을 수밖에 없었다. 제 가슴팍에 있는 학생의 손목을 잡은 그는 다른 손으로 어깨를 잡는 것과 동시에 그대로 그 팔을 꺾어버렸다.

"감히, 내 몸에 손을 대?"

불쾌했는지 차갑게 가라앉은 그의 목소리가 들렸다.

"아아악! 아파요!"

남학생은 지한의 손을 두드리며 고통을 호소했다. 생각지도 못한 상황이 벌어졌다. 지한의 눈빛에 핏발이 선 느낌이었다. 싸움에서는 그래도 짱이라 여겼었는데 한순간에 제압당해버리자 패거리는 놀란 표정이 되었다.

"더러운 손으로 내 몸을 만졌다면 그만한 대가를 치러야겠지. 내가 아주 꺾어버릴게."

"짱!"

무리가 다가오려고 하자 그가 다시 팔에 힘을 주었다. 여지없이 비명이 터져 나오자 그들은 주춤했다.

"가까이 오면 이 녀석 팔은 부러진다."

"오지 마! 아무도 오지 마! 아아악!"

찢어질 듯한 비명에도 그는 눈 하나 깜박하지 않았다.

"아악! 제발 이 팔 좀 놔주세요!"

"겨우 이 정도로 아파?"

그는 자신의 앞에 있는 학생이 아니라 뒤에 서 있는 패거리를 보고 말했다. 그는 눈빛만으로 모두를 제압한 분위기였다. 화가 나서 그런지 무서울 정도로 차분했다.

"아아악! 잘못했습니다!"

지한은 밀어내듯 남학생의 손목에서 제 손을 놓았다. 휘청한 학생은 자신의 어깨를 잡더니 만지작거렸다.

"학생의 본분은 공부다. 그걸 망각했다면 너희는 이미 인생의 패배자다. 명심해!"

몇 명의 남학생들은 뒤도 안 보고 뛰었다. 입이 떡 벌어진 소영은 빗자루를 든 채 그대로 서 있었다. 조금도 흐트러지지 않은 지한의 모습에 솔직히 놀랐다. 그사이 그는 제 옷매무새를 만졌다.

"뭐 해?"

"그게…… 피디님, 중국 무술 배웠어요?"

보디가드가 항상 따라다닌다 해도 혹시 있을지 모를 상황에 대비해 제 몸을 지키기 위한 호신술은 그에겐 필수였다.

"TV에서 본 적이 있기에 한번 해봤어."

"세상에나. 그러다가 진짜 부러지면 어쩌라고?"

분명히 보았지만, 그는 표정은 물론 전혀 당황하는 기색조차도 없었다. 지한이 다시 걸음을 옮기자 제자리에 빗자루를 세워놓은 소영은 그의 뒤를 따라갔다.

'가만…… 감히, 라고?'

이런 단어 잘 안 쓰는데. 소영이 고개를 갸웃했다.

"어떤 일이 벌어질 줄 알고 그놈들한테 덤빌 생각을 해?"

생각해보니 기가 막혔는지 지한이 묻자 소영은 대수롭지 않게 말했다.

"뭐, 어떻게 됐겠죠."

"철이 없는 건지, 겁이 없는 건지……."

그가 중얼거렸다. 의외로 대범한 구석이 있다는 것은 알았지만, 가녀린 덩치로 그게 가능한 일인지 보고도 믿기지 않았다.

"금방 사서 나올 테니 기다려요."

잠시 후 지한은 슈퍼에서 나오는 소영에게 다가갔다. 그리고 그녀가 건네주는 수박을 받아 들었다.

"형부랑 언니랑 신혼여행 가면 2주가량 친구 자취방에 가서 지낼까 해요."

좀 전의 일을 겪어서인지 수박을 고르는 동안 소영은 이런 생각을 했다.

"왜?"

"담장도 낮고 집도 오래되어서 혼자 지내기는 무서울 것 같아요."

"……."

그가 주변을 둘러보았다. 골목길이 어두운건 그렇다 쳐도 치안이 좋지 않아 보였다.

"알바라도 많이 해야 언니 여행경비라도 듬뿍 보태줄 텐데."

"알아서 가겠지. 너무 신경 쓰는 것 같은데."

"하나밖에 없는 언니니까요. 가족이잖아요."

스튜디오 대기실에선 방송을 앞두고 옷을 갈아입은 모델들로 북적거렸다. 그녀들은 거울 앞에서 제 의상을 체크하느라 여념 없었다. 하지만 지한으로부터 연락받고 달려온 소영은 잔뜩 불만스러운 표정을 지었다. 그럴 수밖에 없는 게 아무리 다시 봐도 마음에 들지 않았기 때문이다.

어째서 이런 것을…….

다른 모델들이 입은 수영복은 비키니로 그야말로 남자들의 시선을 한순간에 잡아버릴 것처럼 섹시했다면, 소영의 것은…….

"저만 무슨 에어로빅 해요?"

나풀거리는 치맛단을 잡으며 못마땅한 표정을 지었다. 그 모습을 본 지한이 소영의 전신을 죽 훑어보았다. 시선을 느낀 그녀가 살며시 다리를 꼬았다.

"그쪽한테 딱 맞는데 뭐가 그리 불만일까?"

"아니, 왜 저만 이렇게 스포티하냐고요?"

진정 몰라서 묻느냐고 그녀가 따지듯 말했다.

"없는 일정에 생각해서 기껏 끼워 넣어줬더니만."

소영은 프로젝트 모델 알바로 그가 자신을 배려해준 걸 알았지만, 여전히 아쉬웠다.

"그래도 비키니……."

"미련 버리고. 엄마, 누나, 언니들이 비키니를 입는다면 그 자녀와 동생들은 어떤 걸 입어야 할지 생각해봐."

음…… 맞는 말인 것 같기는 한데, 그가 눈빛으로 '이해했어?' 하고 묻자 소영은 '이해했다!' 이렇게 대답하기 싫었다. 기분 나쁘게 다 컸는데 결론은 애 같다는 말이었다.

"아- 놔, 제가 그렇게 어려 보인다는 거예요?"

"모델료도 반값이야."

"왜요!"

청천벽력 같은 말이 들렸다. 기가 막혀, 기가 막혀. 결론은 쓰고 싶지 않은 모델인데 프로젝트 때문에 어쩔 수 없이 인심 쓰는 거라, 이거지. 수영 모자를 쓰려던 소영이 지한을 향해 획! 던졌다.

"어린아이는 목욕비도 반값에 뷔페도 반값이거든."

"그게 저랑 무슨 상관이에요?"

"그건 나중에 알 거고. 왜, 하기 싫어? 싫으면 그만두고."

그가 들고 있던 수영 모자를 소영의 머리 위에 살며시 올려놓았다.

"누가 그렇대요."

"이건 안 쓰는 게 좋겠군."

수영 모자를 도로 가져가며 지한이 싱글싱글 웃자 그게 더 얄미웠다. 하지만 언니를 위해서라면 모든 걸 받아들여야 했다. 도와주는 것만 해도 그게 어딘데. 반값이 문제가 아니었다.

"최선을 다하겠습니다."

내 사랑
님과 함께

"참, 이거 신어. 대충 산 건데 맞을지 모르겠네."

소영은 지한이 건네주는 쇼핑백을 받아 들었다. 그녀가 꺼내 보니 예쁜 샌들이었다.

지한이 대기실을 나가는 모습을 보곤 소영은 의자를 끌어와 앉았다. 신고 있던 샌들을 벗은 그녀는 지한이 준 구두를 신었다. 사이즈를 알고 산 것처럼 이렇게 꼭 맞다니…….

"시간 됐어요!"

가영이 부르는 소리에 모델들이 나가자 소영도 뒤따랐다. 방송이 시작될 무렵 지한은 반바지 차림의 수영복을 입고 등장했다.

아니, 그냥 평범한 줄무늬 수영복을 입었을 뿐인데 비키니를 입은 여성 모델보다 더 눈이 가는 것인지. 참, 불공평했다. 혹시 비치 반바지를 입은 그의 긴 다리 때문일까. 잘 빠진 저 다리로 성큼성큼 걸으니 시원한 느낌이 들어서?

상의로 화이트 후드 집업을 입었기에 훌렁 벗은 몸매도 아니었다. 감질나게 슬쩍슬쩍 비치는 몸매라서 더 훔쳐보고 싶은 것인가. 소영의 눈이 자꾸만 그를 따라다녔다.

이윽고 민주의 인사말이 들리자 소영은 정신을 집중했다. 그런데…….

"이런 1+1+1 구성은 찾아보려고 해도 절대로 없습니다."

민주의 멘트에 의하면 오늘 제품을 구매하는 고객에게는 지한이 입은 수영복과 함께 소영이 입은 수영복을 무료로 증정한다는 뜻이었다.

혹시 덤으로 주는 거라서 모델료도 반값이라 한 거야? 이제야 소영은 지한이 한 말뜻을 이해했다. 카메라를 향해 멋진 자세를 연출하는 모델들과 함께 소영도 귀엽게 포즈를 취했다. 모델들이 한 명씩 돌아가면서 자신들이 입은 수영복을 어필하기 위해 워킹 했다. 지한이 나가고 마지막으로 소영의 차례가 되었다.

그런데 문제가 생겼다. 킬 힐, 이걸 신고 걸으려니 몹시도 불편했다. 좀 전에 지한이 준 구두를 신은 그녀는 혹시라도 넘어질까 봐 긴장했다. 소영이 조심스럽게 걷자 턴을 하고 돌아본 지한이 그녀를 향해 손을 내밀었다. 소영이 방긋 웃으며 그의 손을 잡았다. 그러고는 워킹 하는 것이 아닌, 신고 있는 킬 힐을 요염한 자세로 한 짝씩 벗었다. 그녀는 구두를 제 손가락에 걸고는 우아하게 워킹을 마무리했다.

"제법인데."

입술은 웃고 있는 상태에서 복화술 하듯 말했다. 지한이 이렇게 말한다면 다시 한 번 모델료를 협상해볼 필요가 있었다.

"그럼 올려주나요?"

문득 지한이 소영의 말에 다정스러운 표정을 지었다. 그리고 그녀의 어깨에 팔을 떡하니 올렸다. 으으으, 소영은 약이 올라 그를 올려다보았다.

"올렸어. 왜?"

그녀는 이렇듯 말하는 그가 얄미웠다.

"안 올려줘도 되니 도로 내려주세요."

팔을 올려달라고 한 게 아니었건만, 그가 이번엔 그녀의 허리를 감쌌다.

"그냥 내리기 멋쩍으니 중간까지만 내려볼까."

그가 몹시도 다정한 눈으로 그녀를 내려다보았다.

'그래, 촬영이다. 못할 게 뭐가 있어. 해보자고.'

소영도 지한의 허리에 팔을 둘렀다. 둘은 다정하게 바라보며 웃어주기까지 했다. 그러자 다른 모델들이 병풍처럼 둘러섰다.

"대신 그 수영복은 그쪽 줄게. 됐지?"

"이것 말고 비키니 줘요."

"보는 사람 눈 버릴라. 제발 참아줘."

그녀가 자신의 한쪽 다리를 슬그머니 내밀었다. 부디 길쭉하니 섹시하게 보이길 바라며.

"어떻습니까, 오늘만 나가는 이 구성, 정말 마음에 들지 않습니까?"

워킹이 멈추자 민주는 모델들을 가리키며 상품을 칭찬하기 시작했다. 수영복의 맵시를 자랑하기 위해 요리조리 몸을 돌리는 다른 모델들에 비해 둘은 여전히 연인 같지 않은 연인을 연출하며 서 있었다. 물론 화사한 미소를 머금은 채…….

한 시간 남짓 온갖 예쁜 표정과 자세를 잡은 소영은 방송이 끝나자마자 그 자리에 앉아버렸다. 실수하지 않고 끝났다는 안도감에 이제야 마음을 놓아서인지 손이 달달 떨렸다. 매진을 기록한 방송이 끝나자 묘한 쾌감 같은 것도 느껴졌다.

그녀는 좀 전에 자신이 섰던 무대를 보았다. 만약 내가 상품을 파는 사람이었다면? 또다시 이런 생각을 하자 한순간 온몸에 소름이 돋았다.

잠시 후, 옷을 갈아입고 나온 소영은 제가 입었던 수영복을 쇼핑백에 담았다. 탈의실 밖으로 나오니 가영과 이야기를 나누던 지한이 그녀한테로 다가왔다.

"혹시 고정 모델로 해볼 생각 있어? 예정 없이 끼워 넣기 힘들어서."

소영의 눈이 휘둥그레졌다. 고정 모델이라니, 이게 가능한 일인지 가늠이 안 되었다. 이런 기회 앞에서는 생각하고 말고 할 필요도 없었다.

"넵! 하겠습니다. 뭐든지 시켜만 주세요."

"그 대신 모델료는 반값인데."

기회 같은 소리 하네. 보름달처럼 밝게 웃던 그녀의 입가가 일순간에 찌그러졌다. 물론 마뜩잖은 그녀의 표정을 지한은 놓치지 않고 보았다.

"다…….

"물론 다, 싫으면 말고?"

이걸 싫다고 말해야 하나, 좋다고 말해야 하나. 그녀는 선뜻 대답하기 난감했다.

"이왕에 할 프로젝트라면 제대로 해보려 했더니만. 그럼 싫은 거로 알고 없던 얘기로 할게."

그녀가 망설이는 모습을 보이자 그는 단칼에 끝냈다. 미련 없이 지한이 돌아서자 소영은 일단 그의 옷을 잡아당겼다. 그리고 그의 표정을 보며 골 똘히 생각에 잠겼다.

다다익선과 박리다매라……. 가끔 하나 하는 것보단 맡아놓고 많이 한다. 많 이 함으로써 적게 받은 돈을 채운다? 괜찮네. 더운 여름날 땡볕에서 고생하느니 시원한 에어컨 바람 쐬면서 웃는 거라면. 그것도 돈을 받고! 언니를 위해서라면.

"할게요. 최선을 다하겠습니다."

망설이지 않고 대답한 소영이 90도 각도로 인사했다.

"그 대신."

"그만! 더는 양보할 수 없어요."

지한의 말에 소영은 왠지 더 들으면 안 될 것 같은 불안감이 생겼다.

"그래? 그럼 말고. 그런데 후회할 것 같은데."

"제 알바 사전에 후회란 단어는 없습니다!"

지금도 많이 양보한 거라 더는 물러설 수 없었다. 지한을 향해 힘주어 말 한 그녀의 표정은 단호했다. 절대 안 돼!

"여름 휴가비 주려고 했는데 그만둬야겠네."

직장인의 꿈, 보너스! 지금껏 보너스 한 번 받아보지 못한 소영은 날벼락 같은 소리에 놀랐다.

"제 알바 사전에 후회란 단어는 있습니다!"

"이미 계약 끝났어. 땡!"

그녀의 알바 사전에 후회라는 말이 없다면 그의 인생 사전에는 번복이란 말이 없었다.

"기회는 놓치면 그만이지 인생살이에 다음은 없다."

"피디님, 제 생각이 성급했어요. 잠깐만요!"

소영이 애타게 불러도 뒤돌아서서 걸어가는 그는 지독하리만치 냉정했 다. 울고 싶어라. 지금 소영의 심정이 딱 그랬다. 쇼핑백을 움켜쥔 그녀는 그

내 사랑
님과 함께

자리에 쪼그려 앉았고, 이상하게 여긴 가영이 무슨 일인가 해서 다가왔다.

"왜 그래?"

"나 고정 알바 시켜준다고, 그런데 보너스 말도 나왔는데 내가 복을 차버렸어."

"쟤가 너 데리고 노는 게 재미있나 보다."

"언니는……. 이게 재미로 보여?"

망연자실한 그녀는 그가 들어간 사무실 문만 뚫어져라 쳐다보았다. 꿈같은 보너스를 세 치 혀로 날려 보내다니. 아웅…… 어떡해. 그리고 사라지면 어쩌라고. 이봐요. 나와봐요.

터벅터벅. 발소리에 소영을 보고 있던 가영이 고개를 돌리니 통화를 마친 경수가 걸어왔다.

"태호한테 전화가 왔네."

"그 자식이 무슨 낯짝으로 자기한테 전화를 해?"

"지한이 나오는 방송을 봤나 봐. 곧 출국한다고 그러대."

넋 놓고 앉아 있는 소영의 귀로 경수와 가영의 말이 들렸다.

"지한이 여자를 뺏어간 놈이야. 출국을 하든지 말든지 신경 안 써."

"솔직히 뺏어간 거는 아니지. 혼자 짝사랑하다가 태호가 제법 산다는 걸 알고 스스로 간 거지."

"친구의 우정도 갈라놓고 돈 따라가더니 끝내 이혼하고 아주 쌤통이다."

스튜디오 밖으로 나가는 둘의 모습을 보던 소영이 일어섰다. 여전히 보너스에 미련이 남아 있기에 소영은 그가 사라진 사무실 쪽을 바라보았다. 그녀가 머리를 득득 긁었다. 잘났다는 걸 또 인정해야 하지만, 저런 남자를 차버린 여자를 이해할 수 없었다.

"혹시 바람피우다 걸렸나?"

애인 알바를 한 탓에 소영은 이런 결론을 내렸다. 문득 사무실에서 다시 나온 지한이 소파로 가서 앉자 그녀는 서둘러 그곳으로 갔다. 혹시 보너스에 관한 말을 들을까 싶어서 눈이라도 맞추려 했으나 그는 말이 없었다.

"피디님, 고정이면 한동안 홈쇼핑 모든 모델은 제가."

"너무 자주 나오면 식상하지. 아주 가끔 적당할 때."

그래서 스리슬쩍 다른 쪽으로 유도했지만, 그녀의 말이 끝나기도 전에 바로 기대감을 없애주었다. 풍기는 품새만큼 그는 결코 호락호락하지 않았다.

"강행한다고 해서 좋아했더니만 세상살이 참 어렵다."

소영의 푸념에 그가 피식, 웃었다.

"끝났는데 안 가?"

"그렇잖아도 모델 알바가 있어서 갈 거예요. 심심하면 형부 집으로 삼계탕이나 드시러 가세요. 민주 언니도 온다고 하던데. 자고 갔으면 좋겠다."

내쫓긴다는 느낌에 소영은 뚱한 표정으로 일어섰다. 스튜디오 문을 열고 나가기 전, 다시 한 번 돌아보니 그는 소파에 기댄 채 눈을 감고 있었다. 방해될까 봐 살며시 문을 열었다.

"소영 씨."

"어, 안녕하세요."

계단을 올라오던 한준이 문을 열고 나오는 소영의 모습에 다가왔다. 막상 한준과 눈이 마주치자 소영은 욕조 안에서 못 볼 꼴 보여준 탓에 얼굴이 근질거렸다.

"증명사진 있으면 제출해주세요."

"사진이요?"

"서 피디가 출입증 만들어주라고 하던데요."

"진짜요!"

정식 직원도 아닌데 출입증이라니. 꿈만 같은 현실이었다.

3화. 어째서 꼬맹이가 여자로 보이는 거야…….

소영은 지금 온몸을 정지한 채 앞을 보고 있었는데, 우아한 자세로 고개는 45도 각도로 들었다. 뿐만 아니라 한쪽 무릎을 세운 후 그 무릎에 두 손을 가지런히 올려놓았다. 그리고 그 상태에서 도도해 보이도록 허리를 폈다.

그녀는 지금 데생하는 학생들 앞에서 모델로 앉아 있었다. 처음 해보는 일이라 조금 낯설기는 했지만, 마치 자신이 그리스 신화에서 나오는 여신이 된 느낌이었다.

"힘들면 쉬는 시간 줄 테니 말해요."

"좀 전에 쉬어서 그런지 참을 만해요, 원장님."

자신이 입고 있는 옷과 머리카락을 만져주는 지수를 향해 소영은 예쁘게 웃어주었다.

"신체가 무척 예뻐요. 데생 모델로는 아주 만족스러운 몸이에요."

"감사합니다."

"앞으로 자주 부를지 몰라요."

"그럼 저야 영광이죠."

"힘들어도 십 분만 더 참아주세요."

정적인 일이라 조금 힘들기는 해도 일단 일당이 꽤 괜찮았다. 땅까지 파는 마당에 이런 일은 진짜 식은 죽 먹기나 다름없었다.

"여기를 좀 더 볼륨감 있게."

학생들을 지도하는 지수를 보고 그녀는 작게 숨을 들이마셨다.

스스슥, 스슥. 스케치할 때 나는 저 소리를 지금 몇 시간째 듣고 있는 것인지. 소영은 두 눈을 감았다. 피곤한 탓에 눈을 감자마자 그대로 잠들 것만 같았다. 마지막 10분의 시간…… 이리도 길 줄 진정 몰랐다. 정말 악으로 버텼다.

"자, 이제 그만할까요?"

곧추세우고 있던 허리에 힘이 풀리자 소영의 자세는 무너지듯 내려앉았다. 시계를 보니 밤 10시였다.

"힘드셨죠?"

"할 만했습니다."

소영의 입꼬리가 예쁘게 말려 올라갔다.

"데려다줄 테니 옷 갈아입고 오세요."

"아니에요. 지하철 타고 가면 돼요."

"그럼 역까지 데려다줄게요."

"괜찮은데……."

극구 사양했건만, 소영은 지수의 차에 오를 수밖에 없었다. 안전벨트를 착용하던 그녀의 눈은 룸미러에 걸어놓은 사진으로 휘둥그레졌다.

'피디님 아냐?'

지수와 함께 찍은 사진, 소영이 다시 봐도 분명히 지한이었다.

'이 사진은 뭐야? 부인인가?'

혹시 이런 건가…… 학원장이랑 결혼했다. 그런데 바람을 피웠다. 부인한테 들킬까 봐 여자를 정리했다. 오호! 딱 들어맞네. 소영은 침을 꿀꺽 삼켰다.

"가족…… 이세요?"

그래도 혹시 몰라서 물어보았다.

"네, 남동생이랑 삼 년 전에 찍은 건데, 보기 좋죠?"

"남동생이요?"

우연히 이렇게 만날 수 있다는 것에 머릿속이 복잡해지는 기분이었다.

"왜요? 그렇게 놀라시는 게, 제가 너무 늙어 보여서 그런 건가요?"

"아, 아니에요."

울상이 된 지수의 표정에 소영은 미안했다.

"소영 씨는 진짜 대학생 같지 않아요. 처음 봤을 때 놀랐어요."

"동안이라 가끔 오해받을 때도 있어요."

"그렇겠네요."

"저 앞에 세워주시면 돼요."

지하철역 근처에 오자 지수는 주차할 곳을 찾았다. 이윽고 차가 정차하자 소영은 차에서 내렸다.

"감사합니다."

"또 전화할게요, 알바공주님."

"네! 안녕히 가세요."

지수와 웃는 모습으로 인사를 나눈 소영은 출발한 차가 저만치 사라지자 터덜거리고 걸어갔다. 이 넓은 세상에서 어떻게 이리 만나질 수 있는지…….

소영은 지하철을 타고 오는 동안 충격이 가시지 않아 조금 멍한 기분이었다. 그 상태로 집에 도착한 소영은 잠겨 있는 대문을 열쇠로 열었다. 안채로 향하던 그녀는 사랑채를 들여다보았다. 어두운 방이었지만, 열려 있는 문으로 어렴풋이 사람 자는 모습이 보였다.

'혹시 민주 언니가 자고 가는 건가?'

가끔 있었던 일이라 대수롭지 않게 생각했다. 닫혀 있는 중문 틈으로 안채를 보니 모두 불이 꺼져 있었다. 문을 열려던 그녀가 멈췄다. 덜거덕거리면 잠귀 밝은 가영이 깰 것 같았다.

'오랜만에 민주 언니랑 같이 자볼까?'

기분 좋은지 소영이 작게 웃었다. 사랑채로 살금살금 들어간 소영은 목침이 손에 잡히자 그걸 베고 대자리에 몸을 눕혔다. 온몸이 방바닥으로 꺼져 들어가는 느낌이었다.

여느 날보다 피곤했는지 그녀는 머리가 목침에 닿자마자 잠들었다는 게 맞을 것이다.

그녀는 꿈을 꾸었다. 무언가 자신을 끌어안자 꿈속에서 빠져나오기 싫을 정도로 기분 좋은 느낌이 들었다. 꿈인 듯 현실인 듯 몽롱한 상태였지만, 진정 깨고 싶지 않을 정도였다.

그렇게 꿈속에서 헤맬 때 꿈에서조차 거부하고 싶은 띠띠띠거리는 소리가 귓가에 들려왔다.

설마…… 벌써 아침이라니. 소영은 알람 소리에 어렴풋이 잠이 깼다. 아무리 피곤해도 일어나야만 했기에 시끄럽게 울려대는 휴대폰을 잡으려고 그녀는 더듬거렸다.

"단소영."

더듬거려서 휴대폰을 잡으려던 소영은 지한의 목소리에 눈을 번쩍 떴다. 자신이 아는 사람 중에서 이런 목소리를 가진 사람은 세상천지에 딱 한 명 있었다.

"허어억!"

설마 아니겠지 했는데. 그럴 리가 없다고 눈을 떴건만, 소영은 자연스러울 정도로 그의 품에 안긴 채 팔을 베고 있었다. 그 역시 소영의 허리 부분에 자신의 팔을 척 걸치고 있었다.

말도 할 수 없을 정도로 놀란 소영은 바로 코앞에서 저를 보고 있는 지한을 멀뚱히 바라보았다. 그의 품에 안겨 있는 제 모습에 감당하기 벅찼는지 그녀는 다시 눈을 감았다.

아닐 거라고, 이건 꿈이라고, 이런 꿈은 다시 꾸지 말자며 그녀는 믿고 싶지 않았다.

그녀가 다시 눈을 감자 지한은 소영의 얼굴을 지그시 보았다. 이상했다. 어째서 품속으로 파고들어 오는 것도 몰랐을까. 아무리 깊은 잠에 빠졌다고 해도 도저히 불가능한 일이라 그는 혼란스러웠다. 지난밤 지한은 잠결에 무언가를 잡아당긴 것 같았다. 품 안으로 쏙 들어오는 그것을 그는 꼭 끌어안았다. 문득 드는 생각이 혹시 조카라고 여겼나? 그는 아직 어린 호진이를 떠올렸다.

"놀라는 건, 내 팔 위에 있는 무거운 이 머리부터 치우고 하지."

지한은 그녀가 눈치채지 못하게 슬그머니 제 손을 들어 올렸다. 반면 기겁한 소영은 벌떡 일어나며 주위를 두리번거렸다.

"민주 언니는…… 언니는 어디 갔어?"

하지만 아무리 둘러보아도 소영이 찾는 민주는 보이질 않았다.

"왜 우리가 같이 잤는지 자세히 설명해주면 참으로 고마울 것 같은데."

그걸 알고 있다면 이렇게 당황하지도 않을 것이다. 소영 역시 어째서 그와 같이 자고 있는지 궁금했다.

"피디님은 왜 여기서 자고 있어요?"

"나도 어쩔 수 없이 잔 거야."

"민주 언니는요? 전 민주 언니인 줄 알고 여기서 잔 건데……."

사실 어제저녁 온다던 민주는 퇴근할 때가 되자 못 간다고 했다. 혼자서 경수네 집으로 온 지한은 저녁을 먹은 후 가려고 일어섰다.

"너무 늦은 것 같다. 신혼인데 이거 미안하네."

"자고 가라."

지한이 가려 하자 경수는 차마 그를 사무실로 보낼 수가 없었다.

"뭐? 자고 가라고?"

있을 수 없는 일이기에 그가 웃었다. 하지만 경수가 작게 한숨을 내쉬자 지한의 마음이 불편해졌다.

"그래야 우리 마음이 편안할 것 같아서. 너, 사무실에서 산다며?"

"그게 어때서? 별걸 다 신경 쓰네."

"그냥 가면 친구 안 할 거야."

지한이 신발을 신으려고 마루를 내려가자 가영이 이러고 말했다. 그러니 그가 주춤했다.

"너까지 왜 그래? 난 어디서 살든 아무렇지도 않은데"

"너는 그럴지 몰라도 우린 안 그래."

안타까운 눈으로 바라보는 가영의 표정에 그는 마음이 따뜻해지는 느낌이었다.

"알았어. 내가 자고 가야만 너희 마음이 편해진다면 그럴게."

이런 이유로 지한은 어쩔 수 없이 바깥채에서 머물 수밖에 없었다.

"그쪽, 어젯밤에 나한테 무슨 짓을 한 거야?"

오죽 황당하면 그가 이리 물을까마는 소영은 단연코 아무 짓도 안 했기에 고개를 도리도리 흔들었다.

"전 그냥 민주 언니 옆에서 잤을 뿐이에요. 진짜 피디님인 줄 몰랐어요."

"아주 내 심장 요절내는 데 일가견 있어."

눈뜨고 소영을 확인한 순간 놀란 걸 생각하면. 그런데 지한의 눈치를 슬쩍 살핀 그녀가 슬그머니 일어났다.

"저…… 개님들 산책시키러 가야 하는데요."

"개님들?"

그는 봉사활동을 떠올렸다. 이런 상황에서도 그걸 생각하다니. 그녀가 나름 투철한 정신으로 자기 일을 처리한다고 여겼다.

"……저는 아빠 품에 안겨서 잤다고 생각할 테니, 피디님은 그냥 인형 안고 잤다고 생각하세요."

소영 역시 지금 상황이 좋을 수만은 없었다. 찜찜하기는 해도 이렇게 생각하기로 했다.

"아빠? 인형?"

천연덕스럽게 이리 말하니 어이가 없었다. 그가 중얼거리자 소영은 슬금슬금 걸어서 방을 빠져나갔다. 이미 벌어진 일, 무를 수도 없었다. 그러니 눈 감고 무시해버릴 수밖에. 지난번에도 느꼈지만 만만하게 보이면 안 될 것 같아 소영은 대차게 나갔다.

"……씻어야겠다."

그녀는 욕실 쪽으로 걸어갔다. 열려 있는 방문으로 그 모습을 본 지한은 아연한 표정으로 벌어진 입을 다물지 못했다. 어떻게 저리 태연할 수가 있는지.

"저게 가능해?"

하지만 지한의 생각과는 다르게, 침착하게 걸어간 소영은 욕실 안으로 들어가자마자 화들짝 놀란 표정이 되었다. 눈뜨자마자 보았던 지한의 모습이 거울에 떡하니 그려졌다.

"쇼킹할 일일세."

믿고 싶지 않은 현실이었다. 하지만 과거일 뿐, 지금 처해 있는 현실이 더 중요하므로 그녀는 서둘러 씻었다. 그런데…… 그의 체온이 온몸에 남아 있자 기분이 이상야릇해졌다.

"잊어. 잊어, 단소영. 아무짝에도 쓸모없는 기억이야."

찬물로 연거푸 얼굴을 씻으며 중얼거렸다.

반면 지한은 다시 누워버렸다. 열려 있는 창문으로 푸른 산이 보였고, 이름 모를 새소리까지 들렸다. 쉴 새 없이 돌아가고 있는 선풍기를 보고 그는 피식 웃었다. 자신이 살던 삶에 비하면 모든 게 아기자기해서 마치 소꿉놀이하는 것 같았다. 고요한 아침. 새소리를 듣고자 눈을 감은 그는 명상에 잠겼다.

그사이 욕실에서 나온 소영은 고개를 있는 대로 빼서 사랑채 쪽을 보았다. 누워 있는 지한이 보였다. 잊자고 발악하며 욕실에서 나왔건만, 저 자세를 보니 또다시 생각났다. 하지만 아무렇지 않다는 걸 보여주기 위해 부러 더 그녀가 창밖을 보고 있는 그에게로 갔다.

"피디님, 저 묻고 싶은 게 있는데요."

"말해봐."

여전히 누운 자세로 고개를 돌린 그가 소영을 보았다.

"쇼호스트 하면 돈 많이 벌어요?"

조심스럽게 문 앞으로 다가온 그녀가 제법 진지하게 물었다. 소영의 표정을 가만히 바라보던 지한은 그녀가 지나가는 말로 묻는 게 아니란 걸 느꼈다. 그러니 허투루 대답할 수가 없었다.

"연봉에 따라 다르지만, 민주 씨 같은 스타 쇼호스트는 대기업의 연봉을 훌쩍 넘길걸."

"아……."

그렇다면 결코 적지 않은 금액이었다. 대학 졸업반. 이제 직업에 대해 심각하게 고민해야 할 시기란 걸 그녀는 절실히 느끼고 있었다.

"왜? 혹시 쇼호스트가 하고 싶어졌다든지 그런 건 아니지?"

"해…… 보고 싶어요. 저 쇼호스트가 되고 싶어졌어요. 녹화가 아닌 생방송 할 때 떨리면서도 설레었어요. 제가 주인공이 되어서 상품을 소개하고 싶었어요."

소영의 눈빛이 초롱초롱 빛났다.

"모델과 쇼호스트는 엄연히 달라."

"다를지는 모르겠지만, 하고 싶다는 마음은 굳혔어요. 저 쇼호스트 할 거예요."

수영복을 입고 무대에 섰던 그날 이후, 그녀는 줄곧 이 생각을 했었다. 그리고 드디어 결심했다.

"하고 싶으면 알아서 하든지……."

흘깃 한 번 바라만 볼 뿐, 지한은 잠깐이라도 이런 여유를 더 즐기고 싶었기에 시선을 외면했다.

"저 갈게요."

"이따 유 부장한테 들러."

"유한준 부장님이요? 왜요?"

"가보면 알아."

"네."

그가 여전히 시선을 외면하고 있자 소영은 가볍게 고개를 숙였다. 곧 대문 열리는 소리가 들렸다가 이내 닫히는 소리가 났다. 그는 시계를 보았다.

"5시 50분……."

자원봉사로 소영이 하루를 시작하는 시간인 것 같았다. 잠시 창밖을 보던 그가 바로 누웠다. 침대도 아닌 딱딱한 대자리건만, 이런 낯선 생활이 어쩐지 어색하지 않았다.

부릉. 소영이 탄 스쿠터가 출발하는 소리가 들렸다. 지한은 문득 그녀와 아침에 있었던 일이 떠올랐다. 그가 두 팔을 벌려 그녀를 안고 있었던 그 상황을 연출했다.

"무척 작네……."

삐거덕. 중문 열리는 소리가 들렸다. 경수가 열린 문으로 그를 보았다.

"일어났어?"

"좀 전에. 그런데 너는 왜 이리 일찍 일어났어?"

지한이 일어나 앉았다.

"처제 나가는 소리가 들려서. 너, 벌써 일어난 거 보니 잠자리가 불편했구나."

"아니, 좋았어. 나, 너희 신행 가면 진짜 여기 와서 있을까?"

"정말?"

좋아서 되묻는 경수를 보고 그는 빙긋이 웃었다. 이런 친구가 있어서 그는 가슴 벅차도록 기뻤다.

"네가 나를 믿고 원한다면 있어볼게."

"고마워, 서지한!"

환하게 웃어 보이는 경수를 보며 그는 또 다른 새로운 생활을 누려보고 싶었다.

한준에게 들르라는 지한의 말에 그녀는 사무실로 한준을 찾아갔다.

"안녕하세요, 부장님. 서 피디님이 가보라고 하셔서……."

"어서 와요."

모두 점심을 먹으러 갔는지 사무실엔 한준만 남아 있었다. 그가 내어주는 의자에 앉으며 소영은 조금 긴장된 표정을 지었다.

"어쩐 일로……."

"우선 소영 씨, 연락처부터 알려주세요. 일일이 서 피디 통해서 알리는 것도 불편하고."

"아, 네."

소영은 그가 주는 메모지에 자신의 휴대폰 번호를 적어주었다. 그리고 한준은 제 명함과 함께 뭔가를 그녀에게 내밀었다.

"제 연락처 드릴 테니 도움이 필요하면 전화하세요. 그리고 이건 지난번에 말씀드렸던 출입증."

"아…… 감사합니다."

명함과 함께 출입증을 받아 들며 소영의 입은 저절로 미소가 지어졌다. 그녀를 바라보고 있던 한준은 며칠 전 지한을 만난 일을 생각했다. 그는 소영을 채용하겠다는 말을 전했다. 한준은 본부장이 했던 말을 떠올렸다.

"유 부장, 그분이 원하는 모든 조건 수용해서 채용해."

솔직히 이때 한준은 짜증이 날 정도로 기분이 나빴었다. 유능한 피디였다고 최고의 조건으로 채용하는 꼴하고는.

권한을 주겠다는 말과 같으니 고까워도 한준은 어쩔 수 없이 지한의 말에 따를 수밖에 없었다. 지한은 한준에게 소영의 출입증뿐만 아니라 모델료 지급에 대해서도 언급했다. 정산 금액을 말일에 한꺼번에 지급해달라고 했다. 모델 알바의 경우 당일 지급이었다. 고정 모델을 할 경우 회사 규칙에 어긋나는 일이 아니라서 지한의 뜻에 응해주었다. 하지만 명색이 부장인데 그의 부하 직원이 된 느낌마저 들자 내심 불만스러웠다.

'정체가 뭘까?'

잘나가던 지상파 방송국 피디가 어느 날 홈쇼핑으로 와서 하는 방송마다 매진이라는 이변을 일으키고 있었다. 회사 차원에서는 더없이 좋은 일이지만, 혼자만 튀다 보니 살짝 감정이 뒤틀린다고 해야 할까.

"같이 점심 할까요?"

"저요?"

"그럼 여기 소영 씨 말고 누가 또 있습니까?"

"아…… 저는."

뭐라고 답을 해야 할지.

"혼자 먹자니 그래서요. 갑시다."

"네."

마지못해 소영이 한준의 제안에 응했다. 그녀는 먼저 사무실 밖으로 나가는 한준의 뒤를 따랐다. 계단을 성큼성큼 내려가는 한준의 뒷모습을 보자니 지한만큼이나 단정한 그의 옷차림이 눈에 들어왔다.

"소영 씨, 휴가 계획은 있어요?"

"아직요. 지금은 형부와 언니 신혼여행 보내는 게 중요해서……."

"신혼여행?"

홈쇼핑 로비 문을 열면서 그가 돌아보았다.

"말일에 가는데 여행경비를 보태주려고 노력하는 중이에요."

"아……."

한준은 지한이 소영의 모델료 지급에 대해 말한 이유를 추측했다.

"많이 모으셨어요?"

"그럭저럭요. 사실 날짜가 며칠 안 남아서 걱정은 되지만 해보는 데까진 해봐야겠죠."

"노력하면 좋은 결과를 얻을 수 있을 거예요."

대화를 나누면서 둘은 근처 식당으로 들어갔다.

"보리밥 괜찮죠?"

"네."

그가 주문하는 걸 보고 소영은 물수건을 집었다. 대답은 괜찮다고 했지

만, 이런 신사 앞에서 입을 있는 대로 벌리고 비빔밥을 먹어야 한다니. 한준
과 함께 있는 것이 지한과 있을 때와는 다르게 참…… 긴장되었다.

"보면 상당히 열심히 사시는 것 같아요."

"우리나라가 대학생들에겐 등록금의 철벽이 있으니 어쩔 수 없어요."

가장 이해하기 싶게 소영은 이렇게 말했다.

"아, 대학생이세요?"

"네, 이제 졸업반입니다."

반짝 빛이 나는 한준의 눈을 보며 소영은 손을 닦은 물수건을 식탁에 올
려놓았다.

그런데……. 헉! 손만 닦았을 뿐인데. 눈에 보이는 물수건은 방바닥까지
닦은 줄 오해할 정도였다. 오는 길에 폐품 실은 리어카를 끌고 가는 할머니
를 도와줬더니만 이리된 것이다. 물통을 잡는 그를 보고 소영은 물수건을
슬며시 테이블 밑으로 내려놓았다.

"합석해도 될까요?"

"깜짝이야!"

물수건을 치우던 소영은 나쁜 짓을 하다 들킨 것처럼 놀라고 말했다. 고
개를 드니 지한이 떡하니 서 있는 게 아닌가. 앉으려던 그가 소영의 표정에
주저거렸다.

"왜 그리 놀라?"

한준이 그를 맞았다.

"서 피디님도 식사 전이었군요. 보리밥 괜찮습니까?"

"좋습니다."

한준은 주문을 했고, 지한은 소영의 옆으로 앉았다.

"혹시 이거 그쪽 거?"

소영이 식탁 밑에 내려놓은 물수건을 지한이 들려 하자 그녀는 놀라서

그의 손을 턱 잡았다.

"그냥 내려놓은 거예요."

"그쪽도 여자였구나."

그녀를 향해 속삭인 그가 한준을 슬쩍 보았다. 어이가 없을 정도로 황당한 말을 하자 소영은 기가 막혔다.

"그럼 여자지 남자겠어요."

다시 한준과 물수건을 번갈아 본 지한이 피식 웃었다. 소영이 책상다리를 하고 앉은 그의 다리를 툭 쳤다.

"우리 홈쇼핑에 다크호스가 나타난 느낌입니다. 매번 매진을 기록하시니."

둘의 행동을 의아한 눈으로 보던 한준이 입을 열었다.

"민주 씨가 잘하잖아요."

"그런데 두…… 분이 친하신가 봐요?"

티격태격하는 두 사람의 관계가 한준의 눈엔 예사롭지 않게 보였다. 그러니 물을 수밖에 없었다.

"함께 잤습니다."

이 남자가 미쳤나!

"아- 놔! 피디님! 미쳤어요!"

소영이 벌떡 일어나며 소리쳤다. 얼마나 그 소리가 큰지 식당 안에 있던 이들이 모두 그녀를 쳐다보았다. 지한의 말에 놀란 것은 소영뿐만이 아니었다. 한준 역시 그의 말에 놀랐는지 한순간 표정이 날카롭게 변했다. 하지만 지한은 사실을 말했을 뿐이었다.

"함께 자다니, 그게…… 무슨 말인가요?"

한준의 표정보다 씩씩거리는 소영의 표정이 더 가관이었다. 지한은 테이블 위로 음식이 놓이자 젓가락을 들었다.

내 사랑
님과 함께

"제 말이 오해의 소지가 있었네요. 소영 양이 경수 처제라서 어젯밤에 한 집에서 같이 잤다고요. 됐어?"

마지막에 '됐어?'를 강조하며 그는 여유를 부렸다.

"아, 그런 거군요."

한준이 대수롭지 않게 받아들이자 십년감수한 소영은 다소곳이 앉았다. 지한은 보리밥이 담긴 대접을 그녀 앞으로 밀어주었다.

"맛있게 먹길."

"……잘 먹겠습니다."

피지도 못한 소영의 청춘, 얼마나 놀랐는지 숟가락을 드는 그녀의 손이 떨릴 정도였다. 식사를 하는 동안 두 남자는 매출에 관한 대화를 주로 나누었다. 오히려 소영에게는 그게 더 마음 편했다. 그런데 아무리 먹어도 줄지 않는 보리밥, 어쩐지 밥이 넘어가질 않았다.

"잠시만요."

문득 테이블 위에 올려놓은 한준의 휴대폰이 울렸다. 몇 마디 답을 한 그가 들고 있던 숟가락을 놓았다.

"아, 네……. 그래요. 바로 가겠습니다."

간다는 소리가 반갑게 들리는 이유는 뭔지. 이상스러울 정도로 소영의 놀란 마음이 스르르 사그라지는 기분이었다. 한준이 서둘러 일어났다.

"죄송합니다. 중요한 손님이 오셔서 먼저 가보겠습니다."

"드시다 말고 어쩝니까?"

"많이 먹었습니다. 소영 씨, 먼저 실례할게요."

"네, 수고하세요."

얼른 보내고 싶은 마음에 소영은 최대한 예쁜 모습으로 인사를 했다. 둘에게 인사하고 한준이 나가자 그녀는 고추장이 들어 있는 통을 집었다.

"더 넣으려고?"

"제대로 비비질 않았더니 맛이 밍밍해요."

소영은 통에 든 고추장을 죽 짰다.

"내숭 한번 끝내주네."

"내숭이 아니고 아깐 당황해서 그랬어요. 피디님, 왜 그래요?"

놀란 생각을 하면…… . 그런데 그의 말이 맞는 것 같았다. 같이 잤다? 맞다. 분명히 같이…… 잤다. 아침에는 대수롭지 않게 여겼는데 같이 잤다는 말뜻을 생각할수록 그녀는 기분이 이상해졌다.

"떳떳한데 당황할 게 뭐가 있다고……."

아무 일도 없었던 것처럼 능청을 부리던 그녀가 이제 와서 파드득하자 지한이 의심 가득한 눈길로 보았다.

"우리는 떳떳할지 몰라도 그런 말 들은 남들은 그렇게 생각 안 해요. 다 이상하게 생각하지."

"이상해? 어떻게?"

"흥! 몰라요."

그녀가 대답을 회피한 것은 그의 말이 꼭 장난치는 것처럼 들렸기 때문이다. 하지만 지한은 소영의 이런 모습이 귀엽게 느껴졌다. 고추장을 더 넣고 밥을 슥슥 비빈 소영은 한 숟가락 크게 떠서 입으로 가져갔다.

"아, 계산하려고 보니 제가 지갑을 놓고 가서."

있는 대로 입을 벌린 소영이 보리밥을 한가득 입안으로 집어넣은 그때, 한준이 다시 왔다. 소영은 밥을 도로 뱉어내고 말았다.

"하하하."

울 것 같은 소영의 표정에 지한은 웃음소리를 내며 웃었고, 한준도 웃음을 감추지는 못했다. 그녀가 무안해할까 봐 억지로 표정을 숨긴 한준이 서둘러 나갔다.

"아- 놔! 피디님 그러고 웃으면 어떡해요!"

어찌나 실감 나게 웃어주는지 그녀는 더 민망해졌다.

"내 입 가지고 내 마음대로 웃지도 못해?"

"하여튼 피디님이랑 있으면 내 인생이 꼬여."

자신과의 만남을 그녀가 석연찮게 말하자 그의 감정이 살짝 상했다.

"그쪽이 원한다면 더 꽈줄 수도 있는데."

들리는 뉘앙스가 좋질 않아 소영이 지한을 보았다. 서로의 눈빛이 부딪쳤다. 시원스러운 마스크뿐 아니라 그의 눈빛 역시 시원스러웠다. 무엇 하나 꺼릴 것 없다는 자부심이 가득한 눈빛이었다.

"절대 사양입니다. 알은척하지 마시어요."

새침한 표정은 물론 들리는 말은 얄미울 정도로 타이르는 어투였다. 지한은 경수가 '우리 처제'를 노래하는 이유를 조금은 알 것 같았다. 여동생 같은 귀여운 처제라……. 나쁘지 않다는 생각이 들었다. 지한이 소영의 대접을 툭 쳤다.

"그나저나 이 밥, 더러워서 어떻게 먹을까?"

"괜찮아요. 먹을 수 있어요!"

그녀는 한쪽으로 걷어내고 맛있게 먹었다.

"신기하네, 그게 넘어가ㅏ."

"버리면 너무 아깝잖아요."

"어렵게 사시는 어르신들 생각나서?"

"음…… 지금은 제 배 속만 생각했는데요. 가만히 보니까 저는 날라리 자원봉사자 같아요."

"날라리?"

"온 마음과 자신의 모든 것을 바쳐서 하는 것이 아니라 여유가 될 때만 조금씩 도와주는 거니까 날라리."

지한이 소리 없이 웃자 그녀는 보란 듯이 계속 먹었다. 후식으로 나온 차를 마시며 계속 지켜보던 그가 드디어 입을 열었다.

"오후에 모델 하려면 안 먹는 게 나을지도 모르는데."

"저, 모델 알바 있어요?"

소영의 눈이 동그래졌다.

"오늘 오후에 하나 있는데."

"정말이요!"

횡재했구나. 횡재했어!

"그런데 그 상태로는 후회할 것 같은데."

"으으음, 안 해요. 언니를 위해선 뭐든지 다 할 수 있어요. 시켜만 줘요."

날짜가 촉박해서 그런지 지한이 알바를 팍팍 밀어주자 소영이 애교 섞인 목소리로 말했다.

그 후 홈쇼핑으로 돌아와 스튜디오 문을 여는 소영의 표정은 한껏 들떴다. 생각지도 않은 모델 알바라니…… 하하하.

하지만 그와 함께 스튜디오로 들어선 순간 소영은 제 눈을 의심했다. 이게 도대체 무슨 상황이라니.

"후회한다고 했잖아."

소영은 후회한다는 그의 말보다 식당에서 들었던 말이 떠올랐다.

"이런 식으로 꽈주는 건 아니죠?"

"슬쩍 꼰 건데."

진지하게 말한 그가 경수 곁으로 갔다.

'저 인간이랑 다시 말을 하면……. 아우, 미쳐! 아니, 이런 모델 알바면 비빔밥을 먹지 말라고 해야지. 무슨 저런 사람이 다 있대.'

소영은 차마 대놓고 말할 수 없는 상황이라 속으로 웅얼거렸다. 얄미운 사람 같으니라고. 오후에 할 방송은…… 밥배든 똥배든 결코 나오면 안 되는 거였다.

"표정이 왜 그래?"

일그러지는 소영의 표정을 보았는지 가영이 걱정되어 물었다.

"30분 전에 보리밥을 한 대접 비벼 먹었어. 내 배 어떡해?"

소영이 자신의 배를 보여주자 가영이 작게 웃었다.

"어쩌다 그랬어?"

"난 모델 알바 스케줄 잡힌 줄도 몰랐거든."

경수와 대화 중인 지한을 가영이 보았다.

"……지한이 말할 줄 알고 안 했더니만."

"언니, 피디님 진짜 친구 맞아? 언니도 그렇고, 형부한테도 가까이하지 말라고 그래. 많이 이상해."

소영의 말에 가영은 가볍게 웃을 뿐이었다.

"왜 이상한데?"

"내 인생 꽈주겠다며 자꾸 날 괴롭혀."

"훗! 그거 정말 이상하네."

그를 바라본 가영이 고개를 갸우뚱했다. 억울한지 소영의 표정은 잔뜩 울상이 되었다. 하지만 고민도 잠시, 옷을 갈아입은 소영의 입은 찢어질 것처럼 웃고 있었다. 어쩜 이리도 잘 어울리는지. 그야말로 길가로 뛰쳐나가 자랑하고 싶을 정도였다.

잘록한 허리를 강조한 미니 튜브톱 드레스. 부른 배를 힘껏 집어넣은 소영은 허리를 장식한 드레스 리본을 잡고 한 바퀴 돌았다. 귀여움과 섹시함의 결정체. 자신이 봐도 환상적이었다.

그리고 오늘도 여지없이 모델들과 맞춰서 턱시도를 입고 나타나주는 이가 있었으니, 그는 바로 지한이었다. 이제는 하도 익숙한 일이니 오히려 없는 것이 더 이상할 정도였다.

그는 잘나가는 모델 겸 쇼호스트가 맞았다. 무슨 영화제 시상식에 나가는 것도 아니고 말이야. 때 빼고 광낸 그의 모습에 소영의 눈도 다른 모델들처럼 저절로 돌아갔다.

"정민주 씨?"

스튜디오로 들어온 한준이 민주를 찾았다.

"민주 씨는 오늘 오후 방송이 없어서 퇴근했을 거예요."

가영이 한준에게 다가가며 말했다.

"그래요? 휴대폰으로 연락해봐야겠네요."

스튜디오 문을 열려던 한준이 그제야 소영의 모습을 발견했다.

"소영…… 씨."

놀란 눈을 한 한준이 곧바로 소영에게로 갔다.

"부장님, 제 모습 어때요?"

자신의 예쁜 모습을 한준에게 보여주려는지 한 바퀴 빙 돌면서 소영이 자랑했다. 어쩌다 그 모습을 보게 된 지한이 불만스러웠는지 제 입술을 지그시 깨물었다.

"머리부터…… 눈이 부셔서."

아름다운 소영의 모습에 한준은 입을 다물지 못했다. 지한이 두 사람을 보며 생각에 잠겼다. 카메라를 만지던 경수는 소영과 함께 서 있는 한준의 표정을 유심히 살폈다.

"날로 예뻐지는 우리 처제한테 혹시 유 부장이 관심 있나?"

"관심?"

소영에게 시선이 멈춰 있던 지한이 한준을 보았다.

"관심이 있으니까 다른 모델들 다 젖혀놓고 우리 처제한테 갔겠지. 유 부장 정도면 우리 처제 배필로 괜찮을 것도 같은데."

경수가 다시 한준을 뚫어져라 쳐다보았다.

"배필은 무슨."

"봐, 제법 어울리잖아."

"흠."

생글생글 웃고 있는 소영의 표정도, 한없이 사랑스러운 눈으로 바라보는 한준의 눈빛도 웬일인지 지한은 마음에 들지 않았다.

"서 피디, 방송시간 다 되었다."

경수의 말에 그는 시계를 보았다.

"방송 시작합시다!"

지한의 말로 모두 자신의 자리로 가느라고 부산스러운 모습이었다.

"소영 씨, 파이팅!"

"감사합니다."

한준이 스튜디오를 나가면서 그녀를 응원했다. 네 명의 신부와 한 명의 신랑. 신부들을 놔두고 신랑은 쇼호스트로 자리로 갔다.

이윽고 지한의 멘트가 시작되면서 방송 시작을 알렸다.

"안녕하십니까. 쇼호스트 서지한입니다. 오늘 제 모습이 어떤가요? 저는 몹시도 떨려서 처음으로 긴장감을 느껴봤습니다."

'존경스럽습니다. 저는 매번 느끼고 있습니다.'

지한의 멘트에 소영은 속으로 이런 답을 하며 밝은 미소를 지어 보였다. 더불어 떨림을 견디기 위해서 두 손으로 들고 있는 프리지어 꽃대가 으스러지도록 잡았다. 즙이 나오는 한이 있어도 결코 미소를 잃을 수는 없었기에 그녀는 가지런한 치아를 내보이며 한껏 예쁜 척했다.

"이렇듯 아름다운 신부 모습을 보고 떨리지 않는다면 그건 단연코 '남자가 아니다!'에 한 표 던질 자신이 있습니다."

그가 아름다운 신부들을 가리켰다.

"오늘 소개해드릴 상품은 결혼식에 필요한 모든 것과 신혼여행에 필요한 것을 단 한 번에 준비할 수 있는 계획 상품입니다."

어차피 결혼하면 신혼여행은 기본이니 한꺼번에 잡으라는 말이다. 그가 모델들 앞으로 나왔다.

"지금 모델들이 입고 있는 네 벌의 드레스 중 어떤 게 마음에 드십니까?"

지한이 소영을 뺀 네 명의 모델을 가리켰다. 그녀들은 자신들이 입고 있는 아름다운 드레스를 어필하기 위해 멋진 포즈를 취했다. 수줍은 듯 웃고 있는 소영을 향해 그가 손을 내밀었다.

"들러리 서시는 친구분들을 위한 이 드레스는 어떻습니까?"

'그렇지! 또 덤이지!'

입으라고 줬을 때 소영은 이미 알아보았다. 다른 모델은 순백색의 롱드레스였지만, 자신은 같은 색이라고는 해도 미니였다. 그건 뭘 뜻하는 것일까. 물어보나 마나였다.

서운한 것보다는 옷에 비해 뭔가 허전하다고 생각될 때 소영의 머리 위로 프리지어 화관이 살포시 얹어졌다. 솔직히 놀랐다. 그건 지한이 직접 씌어주었기 때문이다.

예쁜 모양을 잡으려는 듯 그는 씌워놓은 화관을 몇 번인가 매만졌다. 다 됐는지 거울을 보라는 지한의 눈빛에 그녀는 이내 서운한 마음을 버렸었다.

왜냐하면 그 누구보다 더 돋보였기 때문이다. 이곳에 있는 어떤 모델보다 더 아름다운 자신이 거울 안에 있었다. 그리고 무대로 올라가기 전 이번에는 세트로 제작된 부케가 그녀의 손에 쥐어졌다.

"그런데 어찌 된 일인지 제 눈에는 신부의 드레스만큼이나 들러리 드레스도 아름답게 보이네요?"

'그거야 당연히 제가 예쁘니까 그렇겠죠.'

아무리 방송용이지만 이런 말도 하다니. 소영이 만족스러운 표정으로 그를 보았다.

"그만큼 들러리 예복이 예쁘다는 것이겠죠."

지한의 멘트가 이어질수록 예약 전화의 숫자는 늘어만 갔다.

"자, 이제 저희는 이만 물러갈 시간이 된 것 같습니다."

어느덧 방송이 끝나가고 있었다.

"그냥 끝나기 서운하니 마지막으로 신랑의 키스를 받을 신부를 선택해볼 까요?"

그가 우스갯소리를 하자 방청객이 웃었다. 네 명의 신부를 차례로 훑어보 는 지한의 눈에 한쪽 옆에 다소곳이 서 있는 소영이 보였다. 그리고 그와 그 녀의 눈빛이 잠깐 부딪쳤다.

'아무리 연기라지만, 누가 될지 난감하겠다.'

밀착 시선. 그와 눈빛이 마주칠 때 느낀 거지만, 아무래도 가까이하기엔 부담스러울 것 같았다. 누가 될까? 그녀가 네 명의 신부를 보고 생각해볼 때 였다. 지한이 소영에게 손을 내밀었다.

"신부한테는 신랑이 있을 테니 저는 아쉬운 대로 들러리라도."

방청객이 다시 웃었다.

'뭐? 나?'

지한이 그녀의 허리를 감싸 안자 소영은 당황할 수밖에 없었다. 방송 전 어떤 모델하고 연습하기에 지켜보기만 했을 뿐, 자신이 하게 될 줄은 전혀 상상도 못 했다. 그런데 본인이 선택되자 방송 중이라 안 할 수도 없고 어쩔 수 없이 해야만 했다.

'그래, 하자!'

그녀의 마음을 읽었는지 그의 입가가 올라갔다. 소영의 허리를 안은 지한 이 자신을 올려다보는 소영에게로 숙인 고개를 내렸다. 그러자 네 명의 신 부는 기다렸다는 듯이 둘의 모습을 에워쌌다.

모델들의 연기에 소영도 한번 멋들어지게 해보자며 지한의 목에 팔을 둘 렀다. 손에 들고 있는 프리지어 부케가 그의 뒷목으로 가서 향기를 풍길 때,

그의 입술은 정확하게 소영의 입술로 향했다.

그래, 연기니 실감 나게 마음껏 눈도 감아주리라. 소영은 지그시 두 눈을 감았다.

'잉?'

그런데…… 이 느낌은 뭘까? 뭐냐고! 놀란 그녀가 눈을 번쩍 떴다. 잠깐이었지만 분명히 느껴졌다. 부드러운 그의 입술이 자신의 입술을 지그시 누르고 떨어지는 것을.

그 감촉은 물속에서 느꼈던 거와는 생경하니 달랐다.

"죄송합니다."

모델 중 한 명이 돌아보았다는 것은 방송이 끝났다는 말이다.

"괜찮습니다. 건드릴 수도 있는 거죠."

여전히 소영은 지한의 목에 두 팔을 두르고 매달려 있었다. 뭐가 죄송하고 뭘 건드렸다는 거야.

"미안, 하는 척만 하려고 했는데 저분이 나를 치는 바람에…… 닿았네."

"닿았네?"

이게 말이 되냐고!

"방송사고라고 생각해."

"방송…… 사고?"

그랬다. 지한이 눈을 감는 소영을 보고 최대한 그녀의 입술 가까이 다가갔었다. 그런데 방송이 끝났다는 경수의 손짓에 모델들은 움직였고, 그중의 한 명이 그의 엉덩이를 건드렸다. 그 바람에 지한의 몸도 움직이면서 소영의 입술에 영향을 준 것이다.

기가 막힌 방송사고!

"아- 놔! 피디님!"

얼굴이 시뻘게진 소영이 지한의 목에 두른 팔을 내리며 소리쳤다. 그는 빙긋이 웃기만 할 뿐 사무실 쪽을 걸어갔다.

"왜 그래? 소영아, 무슨 일 있어?"

얼굴이 뻘게져서 씩씩거리는 소영을 보고 가영이 다가왔다. 이리 묻는 게 아마도 둘러싸인 모델들로 보지를 못한 듯했다. 이유를 설명할 수도 없고, 정말 미칠 지경이었다.

"언니 방송하다 보면 방송사고 자주 나?"

"자주는 아니어도 한 번씩 나면 환장할 정도지. 왜 그러는데?"

"아니…… 아무 일도 없는 것 같아."

"소영아."

아무리 봐도 소영의 표정이 심상치 않아 보였다. 울상이 되어 탈의실로 향하는 소영은 제 입술을 잘근잘근 깨물었다. 가영의 말처럼 정말 환장할 노릇이었다.

"이놈의 방송사고! 억울해!"

소영의 목소리가 그의 귓가에 메아리치듯 들렸다. 화가 난 듯 지한은 사무실 문을 벌컥 열었다. 안으로 들어간 그는 잔뜩 굳어 있는 표정으로 사무실 문을 닫았다. 책상 앞으로 가서 의자에 털썩 앉으며 한숨까지 내쉬었다.

사실은 방송사고가…… 아니었다. 피할 수 있었는데 그는 피하지 않았다.

그건…… 그녀가 너무 예뻐서, 아니 사랑스럽고, 눈을 뗄 수 없을 정도로 아름다워서.

이것만이 아니다. 방송 전 소영을 보던 한준의 모습이 싫어서, 설레도록 아름다운 미소를 머금고 한준을 바라보던 그녀가 얄미워서. 그래서 피하기 싫었다.

"어째서 꼬맹이가 여자로 보이는 거야……."

지한의 검지가 자신의 입술을 매만졌다. 그 감촉이…… 소영의 입술 감촉이 고스란히 되살아났다. 처음 인공호흡 할 때 닿았던 느낌과는 전혀 달랐다.

그가 눈을 감았다. 입술이 닿는 순간, 짜릿했던 감촉은 입술로 시작해서 온몸으로 전해지기 전 심장을 먼저 관통하며 지나가는 느낌이었다. 그 순간이 떠올랐는지 지한은 깊은 숨을 들이마셨다.

그리고 조금 전 그녀를 안고 있었던 순간 역시 떠올랐다. 향기로운 꽃잎을 머금은 듯 소영에게서 풍겼던 프리지어 향이 그의 몸을 휘감고 지나가는 느낌이 들었다. 아마도 모델이 말을 걸지 않았다면 그의 혀끝은 그녀의 입술을 가르고 안으로 파고들었을 것이다.

미쳤다. 진짜 미쳤다. 미치지 않고선 그런 생각을 할 수가 없다.

"서지한, 너 미쳤다."

누군가를 마음에 담았다면 이미 사랑은 시작된 것이다.

다음 날, 아침. 이른 시간이라 그런지 산책하는 사람들이 소영의 눈에 더러 보였다. 그뿐만 아니라 나무 그늘에 앉아 이야기를 나누는 사람들도 있었다.

이렇듯 한가로운 아침, 모든 것이 평화로워 보였지만, 그녀만은 예외였다. 소영은 정신없이 주변을 두리번거렸다. 이런 일이 생길 줄 전혀 몰랐기에 정말이지 죽고 싶었다.

"어흑! 어떡해……."

개들과 아침 산책을 하던 중, 힘이 달린 그녀는 잡고 있던 개줄 중 하나를 놓쳤다. 아무리 뛰어도 쫓아가기란 불가능했기에 얼마 못 가서 그녀는 멈출 수밖에 없었다.

"언니…… 형부."

소영은 서둘러 휴대폰을 꺼냈다. 단축번호를 누르려던 그녀는 순간 멈칫했다. 이제 곧 신혼여행을 떠날 건데 이 일이 복잡해진다면 분명히 안 간다고 할 것 같았다.

그럼 어쩌지? 누구한테 도와달라고 하지? 소영은 아현일 생각했지만, 크게 도움이 될 것 같지 않아 이내 고개를 저었다. 그때 문득 지한이 떠올랐다.

그녀는 몇 번인가 번호를 누를까 말까 고민했다.

"아저…… 씨."

지금 유일하게 자신을 도와주고 있는 사람……. 그래서 번호를 눌렀다.

[이 시간에 왜?]

그녀의 목소리가 심상치 않다는 걸 알아챘지만, 그는 퉁명스럽게 말했다.

"개님이…… 개님이 도망갔어요."

[그래서 나보고 어쩌라고?]

어제 방송 이후, 그는 심란했던 마음을 겨우 진정시켰었다. 그런데 아침부터 소영의 목소리를 듣게 되자 또다시 혼란스러웠다.

"흐흑, 찾아…… 주세요."

[끊어.]

흐느끼는 소리가 들렸다. 힘들어한다는 것이 느껴졌지만, 지한은 제 마음을 다잡기 위해서 외면하기로 했다. 자신에게 그녀는 사랑의 감정 같은 거…… 품을 대상이 아니었다.

"아저씨! 아니 피디님! 끊으시면 안 돼요!"

혹시 아저씨라고 불러서 기분 나빴나. 소영은 울먹이며 매달렸다.

[무슨 일인지 모르겠지만, 그쪽 형부한테 전화해.]

"이제 곧 신혼여행을 떠날 거라 정신없을 거예요."

[그럼 어쩔 수 없네. 개님은 알아서 찾고 다시는 전화하지 마!]

"피디님!"

그녀가 애타게 불렀건만, 그는 매정할 정도로 전화를 끊었다. 소영의 눈에서는 닭똥 같은 눈물이 떨어졌다. 개 주인한테 뭐라고 말해야 할지 모르겠기에 아무리 참으려 해도 자꾸만 눈물이 나왔다. 두리번거리는 그녀의 눈은 눈 안에 가득 찬 눈물로 잘 보이지도 않았다.

"개님! 어서 나타나요!"

왔던 길을 다시 걷는 소영의 눈동자는 개를 찾느라 정신없었다. 왕! 왕! 속상해하는 그녀의 마음을 알았는지 남아 있는 개 한 마리가 짖었다.

초조한 마음이란, 정말 속이 바짝 타버리는 느낌일 것이다. 시간이 흐를수록 그녀의 속은 더욱 문드러졌다. 시계를 보니 이제 데려다줘야 할 시간이 가까워졌다. 어떻게 해야 하나, 이 일을 어떻게 해야 하나…….

"단소영!"

갑자기 들리는 소리에 소영은 도롯가를 보았다.

"아저씨…….'

그녀는 차창 문으로 보이는 지한의 모습에 구세주를 만난 기분이었다. 딱히 찾을 방법이 없다는 걸 알면서도 와줬다는 것만으로 마음이 놓였다. 그래서인가, 눈물이 더 쏟아졌다.

"얼른 타라고!"

인상을 팍 쓰는 지한 탓에 그녀는 지프차 뒷문을 열었다. 먼저 올라탄 소영은 개도 끌어당겼다. 풀쩍 뛰어오른 개를 앉히고 문을 닫으니 차가 출발했다.

소영은 손등으로 눈물을 쓰윽 닦았다. 룸미러로 그 모습을 본 지한은 작은 한숨을 내쉬었다. 통화를 끊고 난 후 그는 도저히 누워 있을 수가 없어서 벌떡 일어났다. 울음소리가 귓가에서 맴돌자 신경 쓰지 않으려 눈을 꼭 감았다. 그런데 감긴 눈 안으로 소영의 웃는 모습이 보였다. 외면하려 했는데, 자신의 마음이 편해지고 싶어서 냉정하게 대했는데…… 그렇게 할 수 없다는 걸 깨달았다.

"저 개들 주인집이 어디야?"

"유턴해서 우회전하면 담장 높은 집이 보일 거예요. 그 근처예요."

"어디쯤에서 잃어버렸어?"

"지난번 피디님 만난 근처에서요."

지한은 신호가 바뀌자 유턴을 했다.

"주인집에는 전화해봤어?"

"못 했어요."

두려워서 할 수가 없었다. 룸미러로 뒤를 보던 지한은 소영과 눈이 마주쳤다. 그녀는 얼른 시선을 피했지만, 얼마나 뛰었으면 머리카락이 다 젖을 정도로 땀 흘린 모습이었다. 커다란 눈을 껌벅이자 속눈썹에 맺혀 있던 눈물방울이 툭, 떨어졌다. 애써 모른 척한 그는 혹시나 하는 생각에 주변을 둘러보았다.

"멀리는 안 갔을 거니 너무 걱정하지 마. 저 집 맞아?"

"네……."

우회전해서 골목을 올라가니 소영이 말한 집과 비슷한 집이 나왔다. 걱정된 눈으로 개를 바라보던 소영이 담장을 확인하고는 고개를 끄덕였다. 주인집이 가까워지자 점점 더 두려웠다.

뭐라고 변명해야 할지. 그나저나 돈으로 변상하라고 하면 얼마나 줘야 할까. 이건 개가 아니고 노부부한테는 가족이라고 했는데 돈으로 되려나. 남아 있는 개를 쓰다듬으며 소영은 눈물을 삼켰다.

"잃어버린 개 저기 있네."

"진짜요?"

지한의 말에 개털을 쓰다듬던 소영은 놀란 눈이 되어서 앞을 보았다. 찾아왔구나. 제집이라고 찾아왔어.

"개가 영역 표시 하고 다녔으면 자기 집은 스스로 찾아와. 그것도 몰랐어?"

"아, 그래요? 경험도 없고 봉사한 지 얼마 안 돼서 몰랐어요."

지프차가 멈추자 소영은 서둘러 내렸다. 송아지만 한 개와 뛰는 모습에 그는 저절로 한숨이 나왔다. 집 앞에 있던 개가 소영에게로 달려들자 그녀는 거의 넘어지다시피 해서 개를 끌어안았다. 그 모습에 지한이 피식 웃었다.

"서지한, 아침부터 뭐 하는 짓이냐."

울어서 퉁퉁 부은 눈으로 개들과 장난치는 소영의 모습이 안쓰러워 보였다. 실컷 재회의 기쁨을 누렸는지 바닥에 앉아 있던 소영이 일어나 초인종을 눌렀다. 얼마 후 사람이 나오자 그녀는 두 마리의 개를 건네줬다. 그녀가 운전석 쪽으로 걸어오자 그는 창문을 내렸다.

"피디님, 고마워요."

"데려다줄 테니 타."

"괜찮은데……."

"어서 타라고."

조수석으로 가기 위해 차 앞을 가로지르는 소영의 모습에 지한의 눈은 저절로 따라갔다. 그녀가 차에 올라탔다.

"부탁이 있는데요, 오늘 일 저희 형부하고 언니한테는 비밀로 해주세요."

안전벨트를 착용하면서 소영이 하는 말이었다.

"어째서?"

"아시면 속상할 거예요."

"……."

이렇듯 가족을 먼저 생각하는 소영이 그는 답답했다.

"피디님, 아침 안 드셨으면 만두 드릴까요?"

생각해보니 아침부터 떼쓴 것도 미안했고, 자신을 도와준 것도 고마워서 그냥 있을 수가 없었다.

"웬…… 만두를?"

"맛있어 보이기에 샀어요."

그녀는 메고 있던 크로스백에서 만두가 들어 있는 일회용 도시락을 꺼냈다. 그는 묵묵히 앞을 보며 운전을 했다.

"덕분에 살았네요. 너무 놀라서 내일부터 못 한다고 말했어요."

노부부한테 미안해도 어쩔 수 없었다. 만약에 찾지 못했다면 어떻게 되었을까. 소영은 생각하고 싶지 않을 정도로 끔찍했다.

"피디님, 진짜 형부한테."

"말 안 해! 안 한다고! 안 할 거니까 걱정하지 말라고!"

또다시 자신이 아닌 가족을 먼저 걱정하는 소영의 말에 지한은 순간 화가 났다.

"왜, 화를 내고 그래요?"

뜻하지 않은 지한의 반응에 소영은 놀랐다. 그가 버럭 화를 내자 소영은 좀 전의 고마움조차 잊을 정도였다.

"누가 화냈다고 그래?"

"지금 내고 있잖아요?"

동시에 서로 쳐다보았다.

"화내는 거 아니야. 다만 가족도 중요하지만, 이제부터는 본인도 좀 생각하면서 살아."

"……."

그가 화낸 이유를 알고 나니 소영은 아무런 대꾸도 할 수 없었다. 자신을 걱정해서 그런 거라 오히려 고마웠다. 그 후 침묵이 흘렀고, 얼마 뒤 지한은 경수의 집 앞에 차를 세웠다.

"다 왔으니 어서 내려."

"오늘 진짜 고마웠어요."

차 문을 열려던 소영은 다시 한 번 인사를 했다. 그는 그녀가 내려 조수석 문을 닫을 때까지 말이 없었다.

후진하려던 지한은 콘솔박스 위에 있는 만두가 거슬렸다. 자신이 먹으려고 산 저 만두를 그녀는 고마운 마음을 표현하려고 주었으리라.

"좋아하면 자기나 먹을 것이지……."

4화. 키스해주면

　스쿠터를 몰아 정문을 통과하는 소영은 보란 듯이 출입증을 경비한테 보여주었다. 그녀의 행동이 우스웠는지 환하게 웃는 경비를 보면서 그녀는 주차장 한쪽으로 스쿠터를 세웠다.

　집 안 청소를 하던 소영은 가영으로부터 전화를 받았었다. 휴대폰을 놓고 왔다며 가져다 달라는 것이었다. 부지런히 계단을 올라와 소영이 스튜디오 문을 열려던 그때, 입을 틀어막고 뛰쳐나오는 민주를 보았다.

　"민주 언니 왜 그래요?"

　"으음……."

　말을 하려던 민주는 그대로 화장실 쪽으로 뛰었다. 민주의 저런 모습을 보니 걱정부터 앞섰다. 민주가 사라진 방향을 걱정된 눈으로 바라보던 소영은 스튜디오로 들어섰다. 문을 열자마자 지한과 눈이 마주쳤다. 그녀는 아침 일이 고마워서 방긋 웃어주었다.

　"어쩐 일로 왔어?"

　오늘은 모델 알바가 없었다.

"언니가 휴대폰 갖다 달래서요. 언니!"

"가져왔어? 오전 내내 모르고 있다가 아까 알았어."

소영이 부르자 그녀를 발견한 가영이 다가왔다. 바쁜지 휴대폰을 받아 든 가영은 곧바로 스튜디오를 나갔다.

"자, 카메라 테스트 해볼게요!"

경수가 앞을 향해 말했다. 지한은 모델들의 자리를 잡아주었고, 경수는 그 상황을 카메라로 보았다.

"처제, 쇼호스트가 설 자리에 가서 서봐."

"민주 언니 자리요?"

"응, 모델들과 함께 잡을 수 있는지 보게."

경수의 말에 소영은 무대로 갔다. 그녀는 오늘 상품이 걸려 있는 행거의 옆으로 가서 섰다.

"여기 서면 돼요?"

"처제, 오른쪽으로 조금만 더."

경수의 손짓에 소영이 한 발짝 옆으로 갔다. 그러자 모델들을 살펴보던 지한이 그녀에게로 다가왔다.

"어떠한 상황에서도 상품을 가리면 안 돼."

지한의 말에 소영이 살짝 뒤로 물러섰다.

"서 피디도 자리로 가서 서봐."

경수의 말에 지한은 소영의 반대쪽으로 가서 섰다. 소영이 앞을 보니 카메라의 불이 켜져 있었다. 이 자리는 모델이 아닌 쇼호스트의 자리. 가슴이 두근거렸다. 두근두근. 두근두근.

그녀는 마른침을 꿀꺽 삼켰다. 쇼호스트가 되고 싶다고 결심한 후, 이 자리에 서서 그런지 두려움이 엄습했다. 문득 지한이 소영을 보았다.

"해…… 보고 싶어요. 저 쇼호스트가 되고 싶어졌어요. 녹화가 아닌 생방송 할 때 떨리면서도 설레었어요. 제가 주인공이 되어서 상품을 소개하고 싶었어요."

그녀가 한 말이 떠오르자 그는 가능성을 시험해보고 싶어졌다.

"안녕하십니까? 오늘은 직장인들을 위한 와이셔츠를 소개해드릴까 합니다."

그가 갑자기 멘트를 했다. 어리둥절한 소영은 얼어붙은 듯 서서 그를 보았다.

"소영 씨, 제가 입고 있는 이 셔츠 어떻습니까?"

"……."

지한이 그녀에게 물었지만, 소영은 눈만 껌벅였다.

"어떻습니까? 멋진 제 모습에 넋이 나가서 말도 못하고 있는 이 표정 큰일 났습니다."

"……."

그는 진짜 방송하는 것처럼 진지하게 말했다.

"소영 씨는 어떤 색의 와이셔츠가 마음에 드십니까?"

"……."

그런데 문제는 소영이 그의 질문을 알아듣자마자 바로 다음 질문을 했다는 것이다. 미처 대답할 여유도 주질 않자 그녀는 어리둥절했다.

"저는……."

카메라가 그녀를 향해 움직였다. 소영의 눈이 커졌다. 분명히 모델을 하면서 몇 번이고 봤었던 카메라였다. 그런데 왜 이리 다르게 느껴지는 것일까. 카메라가 괴물처럼 보였다.

짝짝! 겨우 정신을 가다듬고 대답하려 했는데 그가 손뼉을 두 번 쳤다.

"김 감독, 이 정도면 됐을 것 같은데."

"오케이."

테스트가 끝난 것 같았다.

"지금은 카메라 테스트에 불과했지만, 진짜 방송은 장난이 아니야. 내가 질문한 것 중 하나라도 순발력 있게 대답했다면 좋았을 텐데. 웬만하면 쇼 호스트의 꿈은 버려."

'그렇게 빨리 물어보고 버리라고?'

지한이 갑자기 왜 이러는지 소영은 영문을 몰랐다. 소영이 말이 없자 지한은 그녀를 스쳐 지나갔다.

"아차, 짜증 났을 때 하는 그 말 아— 나, 왜 안 할까?"

그런 말 안 해도 지금 충분히 멘탈 붕괴를 경험하고 있는데 제 속을 몰라주는 그가 야속했다.

후…… 저런 사람, 안 보는 게 낫지. 소영은 터덜거리고 문 쪽으로 걸어갔다. 그때 스튜디오 문이 열리면서 가영과 함께 민주가 들어왔다.

"정 힘들면 다른 쇼호스트로 대체할게."

"할 수 있어. 다 토하고 나니까 아무렇지도 않아."

가영이 민주의 등을 두드려주자 소영이 다가갔다.

"민주 언니, 어디 아파?"

"귀염둥이 공주 왔네. 나 체했어."

"어쩌다가?"

소영이 걱정스러운 표정을 했다.

"아침에 배가 고프다고 하니까 서 피디가 만두를 주더라고. 그걸 급하게 먹는 바람에 얹혔나 봐."

소영은 자신이 지한에게 줬던 만두가 생각났다. 고마워서 줬는데 오히려 민폐를 끼쳤다는 생각이 들었다. 오늘 왜 이런다니.

"시간 다 돼간다. 나, 립스틱 좀."

서두르는 민주의 모습을 보던 소영은 스튜디오의 문을 열었다.

그녀는 터벅터벅 계단을 올라갔다. 소영은 지한이 물었던 말들을 떠올렸다. 어떻게 한마디도 대답할 수 없었을까.

"그런데 너무 빨리 물어봤어. 그런 상황에 무슨 수로 대답을 해."

소영은 구석으로 가서 쪼그리고 앉았다. 무릎에 제 얼굴을 묻은 소영은 지독하리만치 냉정했던 지한의 말로 속상했다. 의지가 될 정도로 무척 다정했다가도 어느 순간 저리 돌변해버리면 솔직히 낯설었다.

아빠처럼 푸근하다고 생각했었는데, 마음이 깊다고 느꼈었는데……. 아침 일을 생각하니 더욱 속상했다.

"소영 씨?"

"……"

발걸음이 들리더니 이내 부드러운 목소리가 그녀의 귀가에 울렸다. 유한준이다. 소영이 고개를 들자 한준이 놀란 얼굴로 다가왔다.

"왜 그래요? 무슨 일 있어요?"

"누가 제 인생을 자꾸 꽈주네요."

"꼬였다면 언젠가는 풀리겠죠."

한준이 포근한 미소로 웃어주자 비아냥거렸던 지한의 미소와 겹쳐 보였다.

웬만하면 쇼호스트의 꿈은 버리라고? 어림도 없어. 내 사전에 있는 포기라는 말은 오늘부로 지워버리겠어. 앞으로 노력할 거야. 노력해서 꼭 쇼호스트가 될 거야. 두고 봐, 서지한!

지한의 비웃음을 잊고자 소영은 아랫입술을 잘근 깨물었다. 그녀의 의지는 더 강해졌다.

"인생은 꼬였어도 누르는 대로 나오는 자판기 커피라도 마실래요?"

"히히히. 생각이 없네요."

한준의 엉뚱한 개그에 소영이 웃었다. 그는 아마 자신을 웃게 하려고 일부러 그런 것 같았다. 고마웠다.

소영이 스튜디오를 나가고 한 시간쯤 지났을 것이다. 방송이 끝나자 하나둘 스튜디오를 빠져나가는 스태프들을 보고 지한은 전원 스위치를 내렸다. 화려한 조명이 꺼진 고요함이 몰려온 스튜디오. 지한은 소파로 가서 그대로 누워버렸다.

"신경 쓰이게 눈에 거슬려 죽겠네."

그는 팔을 들어 눈을 가렸다. 임산부 알바생으로 만난 그날, 첫눈에 소영의 재능을 보았었다. 만약 그녀가 연예인이 되었다면…… 순식간에 스타덤에 올랐을 것이다. 그런데 뜻밖에도 쇼호스트를 한다고 했다. 가능성을 보고자 테스트를 했건만, 생각했던 것보다 형편없었다.

'교만보다는 겸손한 자세가 가르치기 쉬울까.'

오늘 소영이 자신의 질문에 척척 대답을 했다면, 아마도 우쭐하며 쇼호스트라는 직업을 만만하게 보았을지도 모른다. 오히려 잘된 것일지도.

'보리밟기 한번 해봐.'

보리가 심어진 땅은 겨우내 얼었다 녹았다가를 반복한다. 그 때문에 보리의 뿌리는 붕 떠 있는 상태가 된다. 보리는 밟아주어야만 땅과 밀착되면서 뿌리를 제대로 내릴 수가 있다. 꼭꼭 밟아줄수록 수분을 많이 흡수해서 성장을 도와준다.

소영은 악에 받칠수록 강해질 것이다. 재능을 끌어내기 위해선 밟아줘야 한다. 스스로 자신의 재능을 터득할 때까지…….

끼익! 문 열리는 소리가 들리자 생각을 멈춘 그가 팔을 내렸다. 누굴까 하는 생각도 잠시 다시 팔로 얼굴을 가렸다. 지금은 누가 들어오든 알은척하기 귀찮았다.

"언니랑 형부는 벌써 간 거야? 어째 너무한다."

소외된 것 같아 소영은 서운했다. 회사 일로 바쁜 한준의 배려를 정중히 사양한 소영은 엘리베이터 대신 계단을 이용해 옥상에 올라갔었다. 옥상 문을 열고 나가는 순간 7월의 땡볕으로 더워서 죽는 줄 알았다. 그래도 무던히 참아내며 한동안 밖의 경치를 본 그녀는 제 마음을 추스르고 다시 내려왔다.

"짜증 날 때 하는 그 말, 아- 놔 왜 안 하냐고? 웃기고 있어!"

'저 여자가!'

느닷없이 들리는 말에 묻지 않아도 누구를 뜻하는 것인지 단번에 알아들었다. 소영이 제가 한 말을 비아냥거리며 따라 하자 순간 지한은 욱했다.

"아- 놔 처음부터 잘하는 사람이 어디 있어! 더럽게 잘난 척하고 있네! 됐습니까!"

'하…… 꼬맹이, 너.'

벌떡 일어나려던 그가 멈췄다. 그녀의 속마음이 어떤지 듣고 싶었다.

"아- 놔! 얼굴만 번지르르하면 뭐하냐고. 입이 뺀질거리는데. 됐습니까!"

'후…….'

갈수록 태산이라더니. 그런데…… 소영이 악에 받쳤다는 걸 느꼈다. 이제 시작인가.

"멋진 모습에 넋이 나가서 말도 못 한다고? 하나도 안 멋지거든! 됐습니까!"

'……'

한숨조차 나오질 않자 지한이 아랫입술을 지그시 깨물었다.

"아- 놔! 늙다리 주제에 부장님이 백배는 더 멋지거든! 됐습니까!"

"늙다리?"

생각지도 않은 사람과 비교당하자 그는 참지 못하고 벌떡 일어났다.

'뭐지? 아무도 없었는데…….'

분명히 지한의 목소리가 들린 것 같았다. 그가 소파에서 일어나며 부스럭거리는 소리를 내자 소영은 뒤돌아보았다.

"혹시…… 아, 아, 아저씨!"

어둠 속에서 자신을 노려보는 지한을 발견하자 그녀는 뒷걸음질 치듯 뒤로 물러섰다. 아마 공동묘지에서 귀신을 만났어도 이보다는 무섭지 않았을 것이다.

"아, 몰라. 전 아무 말도 안 했어요!"

"안 하긴! 내가 왜 늙다리야! 단소영, 잡히면 죽을 줄 알아!"

이럴 때는 도망가는 게 상책! 소영은 두말하지 않고 그대로 문 쪽으로 뛰어갔다.

그날 밤, 공원을 산책하던 중 지한은 벤치에 홀로 앉아 있는 소영을 발견했다. 책상다리를 하고 앉은 그녀의 앞에는 두 개의 맥주 캔이 놓여 있었다.

"여기서 뭐 해?"

들리는 목소리에 고개를 돌린 소영은 지한과 눈이 마주쳤다. 그에게 퍼부은 말이 생각나자 뜨끔한 그녀는 얼른 시선을 피했다.

"그냥……."

"겁이 없어도 너무 없네. 여기서 청승 떨다가 험한 꼴 당하면 어쩌려고."

"우리 형부도 가만있는데 웬 참견. 아빠랑 후딱 마시고 가려 했어요."

오늘 낮에 있었던 일로 그녀가 툴툴거린다는 것을 알면서도 그는 모른 척 대했다.

"아빠?"

가영에게 부친이 없다는 것은 이미 대학 시절에 들었다. 그럼 죽은 부친에게 푸념을 했다? 그가 자신의 앞에 있는 캔을 들었다.

"뭐 하시는 거예요?"

"이게 아빠 거?"

"맞아요. 그런데 왜 가져가세요?"

소영이 캔을 빼앗으려 하자 지한은 그 손을 피해 따개를 열었다.

"날 아빠로 생각했잖아. 그러니 내가 마시려고."

기가 막힌 말에 소영은 황당한 표정을 지었지만, 한 모금씩 마신 둘은 잠시 말이 없었다. 어색할 정도로 분위기가 가라앉았다.

"용케도 술을 샀네."

"처음에 이거 살 때 신분증을 보여주면서 꼭 기억해달라고 했어요. 그 후로 묻질 않더라고요."

"경수가 알면 어떡하려고?"

"절대 비밀이에요. 울 형부는 제가 아직도 초등학생인 줄 아세요."

초등학생? 맥주 캔을 보던 그가 살포시 눈웃음을 지었다. 처제를 위하는 경수의 마음을 알 것도 같았다.

"그쪽은 이런 날 아빠가 살아 계셨다면 어떻게 해줬으면 좋겠어?"

아빠를 그리워하는 것 같으니 한번 물어보고 싶었다.

"음…… 꼭 안아주시면서 위로해주셨으면 좋겠어요."

그럼 힘이 날 것 같았다.

"그럼 뭐, 내가 한번 인심 써야겠네."

무슨 뜻인가 해서 그녀가 지한을 보니 자신을 향해 두 팔을 벌리고 있었다.

"뭘 어쩌라고요?"

"날 아빠다, 생각하고 안기라고."

"미쳤어요!"

소영이 화들짝 놀라자 그의 한쪽 눈썹이 움찔했다.

"그럼 지난번에 했던 말은 거짓말이었나?"

민주인 줄 알고 잠들었던 그 밤, 아침에 놀란 그녀는 아빠 품을 운운하며 태연한 척했었다. 여기서 부정한다면 그 말은 거짓말이 되는 것이다. 소영은 난감해졌고 지한은 수상쩍게 생각했다.

"아니…… 그게."

"기가 막혀! 거짓말을 그리 능숙하게 했……."

지한의 말이 끝나기도 전에 소영이 그의 품으로 살포시 안겼다. 그러자 그가 멈칫했다. 안기라고 했으니 안겼을 테지만, 어정쩡한 자세로 벌리고 있던 그의 팔은 그대로 정지되었다.

별로 대수롭지 않게 여기고 팔을 벌렸건만, 이걸 뭐라고 표현해야 할지. 심장이 떨리는 것 같은 이런 기분은 한여름 밤의 열기 탓인가.

한편, 그의 품에 안기는 순간 소영은 욱! 하는 표정을 지었다. 거짓말이 들통 날까 봐 억지로 안기기는 했는데 바로 떨어질 수도 없고…….

그런데…… 이상했다. 지한의 품 안에 안기자 잊혔던 부친의 품이 생각났다. 맞아, 이런 느낌이었지. 왠지 모르게 포근한 느낌에 그녀가 두 눈을 감았다. 부친이 해줬던 그 순간을 한 번쯤은 다시 느껴보고 싶었다.

"토닥여 줘야죠?"

"토닥이라고?"

당황스럽긴 했지만, 소영의 주문대로 그가 그녀의 등을 두어 번 두드려 주었다. 로봇의 움직임처럼 어색한 행동으로 말이다.

"……아빠, 나 오늘 어땠어?"

불러보고 싶었던 그 호칭, 아빠……. 그리웠기에 소영은 눈물이 핑 돌았다.

"지금부터 노력하면 되니까 힘내."

잠깐 안아주려고만 했던 지한은 자신이 소영의 아빠라는 가정하에 이런 답을 했다.

"아빠……."

입가에 미소를 머금은 그녀가 그의 품으로 더 파고들었다. 완전히 가슴끼리 밀착되자 지한은 난감했다. 잠깐을 원했는데 떨어질 생각을 안 하자 그는 난처한 듯 얼굴을 찡그렸다.

"언제까지 이러고 있을 거야?"

마냥 행복한 표정을 짓던 소영은 눈을 번쩍 떴다. 그의 상체를 꼭 끌어안고 있던 소영은 팔을 풀면서 엉덩이를 이용해 슬쩍 물러나 앉았다.

"아…… 덥다."

"여름밤인데 당연한 거 아닌가."

"그렇겠죠."

얼굴이 화끈 달아오른 소영이 일어섰다. 거짓말쟁이 면하려다 어찌나 멋쩍고 쑥스러운 짓을 벌였는지 그와 눈도 마주치질 못했다.

"이제 슬슬 가봐야 할 것 같아요."

"그쪽 아빠는 그렇게 말했을지 모르겠지만, 피디인 나로서는 달라."

"……"

소영이 긴장된 눈으로 그를 내려다보았다.

"노력해도 안 되는 것은 안 돼. 그러니 꿈이 실현될 가능성은 없겠지."

지한의 목소리는 조용했다. 그래서 더 진실 같았다. 매정할 정도로 그가 말을 끝낼 때 서로의 눈빛이 부딪쳤다.

"……없다고요?"

"없으니까 딴 길을 찾아. 너를 위해서도 그게 좋을 듯싶어."

"……"

언제나처럼 그는 표정 하나 바꾸지 않고 그녀의 꿈을 다시 한 번 밟았다. 소영은 한순간 절망을 맛본 기분이었다. 머리가 텅 빈 듯 아무런 말도 생각나질 않았다.

어느 틈엔가 그는 저만치 성큼성큼 걸어가고 있었다. 저렇듯 매정하게 말하고 집으로 가라고 하니 가야겠지만…… 온몸에 힘이 빠져나가는 것 같았다. 이제 막 꿈꾸기 시작했는데 단번에 밟힌 느낌이 들었다.

맥주 캔을 집어 쓰레기통에 버린 소영은 그의 뒷모습을 바라보았다. 그런데 집에 가더라도 이 말만은 해주고 가고 싶었다.

"아- 놔! 늙다리 아저씨, 난 죽어도 쇼호스트 할 거야!"

조용한 공원에 쩌렁쩌렁 울리도록 소영이 소리치자 지한은 피식, 웃었다. 밟힌 보리 싹이 고개를 들기 위해 꿈틀하고 용썼다.

"근성은 있고……. 그건 합격이다. 그런데……."

중얼거리며 걸어가던 지한이 걸음을 멈추자 소영은 슬슬 뒷걸음질 쳤다. 그가 돌아볼 것 같은 불길한 낌새는 물론이고 화난 표정이 눈에 보이는 것 같았다. 소영의 예측대로 그가 천천히 돌아섰다.

"늙다리 취소."

"한 번만 더 그 말 하면 프로젝트고 뭐고 모델 알바 잘라버린다!"

"이젠 절대로 안 할게요."

험악한 말소리가 들리자 그녀는 그대로 뒤돌아섰으며 있는 힘을 다해 도망갔다. 못마땅한 표정으로 걸음을 옮기려던 지한이 멈칫했다. 그건 옆 벤치에 앉아 있는 불량스러운 남자들을 보았기 때문이다. 피우던 담배꽁초를 던지며 일어서자 그는 소영이 달려간 방향으로 걸음을 옮겼다.

한참을 뛰어가던 소영은 뒤를 돌아보았다. 괜찮겠지 했는데 뒤쫓아 온 지한의 모습에 기겁했다. 그가 앞을 가로막고 서자 소영은 거친 숨을 몰아쉬었다.

"피디님, 늙다리란…… 말, 진짜…… 안 할게요."

"지금 또 했잖아!"

"마지막으로 한 거예요. 후…… 더워라."

"아주 그냥 날 가지고 놀아."

못 들은 척 소영이 손부채질을 하며 슬그머니 앞질러 걸어가자 그가 뒤따라갔다.

"피디님, 혹시 공동묘지 같은 델 가보면 무슨 방법이 생기지 않을까요? 연예인들은 담력을 키우기 위해 그렇게 한다고 들었는데."

소영은 초조하다 보니 별생각이 다 들었다. 발상 자체가 한심해서 그가 지그시 내려다보았다.

"노력해도 안 되니 애쓸 필요 없어."

"진짜 재수 없어."

"뭐?"

"저 사람들."

소영은 술에 취해 휘청거리는 사람들을 가리켰다.

"진짜 저 사람들 보고 한 말이야?"

사실은 지한을 향해 말했기에 그의 눈길을 피한 소영이 목덜미를 긁었다.

"덥죠? 슬러시 마실래요?"

"지켜본다."

물증이 없기에 그는 의심스러운 눈초리로 바라보았다.

"그냥 사면 되지 뭘 지켜보기까지. 아줌마, 슬러시 두 개요."

요리조리 말을 피해 가는 소영을 보며 지한은 주머니에서 지갑을 꺼냈다.

"자, 드세요."

소영은 양손에 들린 것 중 하나를 그한테 주었다. 그러더니 한쪽에 있는 두더지 잡기 게임기 앞으로 갔다.

"아직도 이런 게임기가 있네. 아줌마, 이거 되는 거예요?"

"그럼, 오래됐지만 아직도 잘 튀어나와."

"호오~ 그렇단 말이지!"

잠시 후 그녀는 이를 갈며 망치를 휘둘렀다. 팡! 팡! 팡!

"재수 없어! 재수 없어! 왜 자꾸 재수 없게 나오는 거야!"

보고 있자니 아주 광란의 망치질을 하고 있었다. 튀어나오기 무섭게 그녀는 망치를 휘둘렀다. 그런데 소영이 하는 말을 가만히 듣고 있자니 이건 두더지를 향해서 하는 말이 아니란 걸 느꼈다. 그냥 두고 볼까 했던 지한은 소영의 뜻을 알고 나니 그러지를 못했다.

"진짜 재수 없어!"

"이 여자가!"

저를 생각하며 때리는 게 확실했다. 그는 소영의 손에 있는 망치를 뺏었다. 그러고는 머리를 내민 두더지를 향해 힘껏 내리쳤다. 팡-!

"꿈 깨라고!"

소영이 그의 손에 있는 망치를 가져갔다.

"들어가! 들어가라고! 어서!"

"나와! 아주 자근자근 밟아줄 테니 어서 나와!"

뼈가 박힌 그의 말. 다시 뺏어 온 그가 연달아 두더지의 머리를 때리며 소리쳤다. 그런데 다시 내리치려는 지한의 팔을 놀란 주인이 붙잡았다.

"이 양반아, 부서져! 곱상하게 생겨서는 뭔 힘이 이리 좋아."

"에잇!"

몇 마리 잡지 못한 지한은 억울한 표정으로 망치를 집어 던졌다. 핀잔을 듣자 그는 이내 싫은 표정을 지었다.

"아하하하. 별것도 아닌 거로 열 내고 있어. 애도 아니고."

황당해서 소영은 웃어젖혔지만, 지한의 귀에 한 단어가 거슬렸다.

"애?"

"피디님 지금 모습은 애보다 못한 반응이에요. 파르르하고."

"애라……. 애가 아닌 걸 확인시켜줄까?"

갑자기 그가 소영의 앞을 떡하니 막아섰다.

"뭐 하시는 거예요?"

"애인지 아닌지 두 눈으로 나를 확인하라고."

꿀꺽! 확인해보나 마나 애가 아니지. 이 모습이 어떻게 애야. 자연스럽게 흘러내린 머리카락도, 눈이 호강할 정도로 잘생긴 얼굴도, 보기 적당할 정도로 멋진 몸매도, 결코 어린 사람이라고 평할 수 없었다.

"아직도 애라고 생각해?"

비록 말일지언정 그렇게 비치는 것이 싫었다. 마치 소영의 마음을 읽기라도 한 것처럼 그가 야릇한 미소를 지으며 바라보았다.

"애…… 늙은이. 피디님을 뜻하는 합성어예요."

소영이 슬그머니 눈길을 피했다.

"꼬마 아가씨, 그쪽이야말로 앞으로 한참 더 커야겠어. 그래야 내 눈에 눈곱만큼이라도 찰 것 같은데."

지한은 약 올리듯, 그리고 보란 듯이 소영의 머리부터 손으로 훑고 내려오는 시늉을 했다.

"뭐예요!"

"표정을 보아하니 충격 받아서 걷지도 못할 것 같은데 업어줄까?"

비아냥거리는 그의 말투에 소영이 고개를 빳빳이 들었다.

"업힐 테니, 엎드려!"

"……!"

서지한, 살면서 처음으로 자신을 어려워하지 않는 여자를 만난 것 같았다.

소영과 헤어진 후 홈쇼핑으로 돌아온 지한은 스튜디오에서 자신을 기다리는 경수를 보았다.

"어쩐 일이야?"

"너, 이사 시키려고."

소파에 앉아 있던 경수가 일어났다.

"이 밤에? 농담이지?"

지한은 어리둥절할 수밖에 없었다.

"진담이야."

생각할 여유도 주지 않고 사무실로 들어간 경수는 그의 트렁크를 끌고 왔다. 여행 갈 날짜가 코앞으로 다가온 경수는 선수 치며 그를 데려다 놓고자 했고, 얼떨결에 지한은 이사를 하게 되었다.

"웬만한 가구는 사랑채에 있으니 옷가지들만 가져가."

가영의 목소리에 지한이 돌아보았다.

"가구까지 대여해주고 아줌마, 고마워."

"친구끼리 고맙긴."

친구들의 우정에 지한은 뿌듯해지는 감정으로 벅차올랐다. 대학 시절 이후 이런 감정, 처음 느껴보는 것 같았다. 메말랐던 삶에 촉촉하게 물기가 스며드는 느낌이었다.

이런 일이 생긴 줄 전혀 모른 소영은 밖에서 어수선한 소리가 들리자 방문을 열었다. 그리고 중문을 넘어오는 경수를 보았다.

"형부, 언니, 어디 갔다 와?"

"놀랄 일이 있단다."

"사랑채로 가보면 알아. 우린 좀 씻을게."

급히 욕실로 가는 두 사람을 보고 소영은 무슨 일인가 해서 사랑채로 향했다. 물론 사랑채에 있는 지한을 보고 기함을 했지만.

"피디님이 왜, 이 방에 있어요?"

"경수가 신혼여행에서 돌아올 때까지 나, 이 방에서 살기로 했어. 내가 사무실에서 지내는 거 알고 이사를 시켰네."

"사무실에서 살았어요?"

어떻게 사무실에서 살아? 듣고도 믿기지 않으니.

"나보고 그쪽 보호해달라고 하던데. 그런 거 보면 경수가 무척 생각하는 것 같아."

"맞아요. 언니뿐만 아니라 저도 아껴준다는 게 심장으로 느껴져요."

"심장?"

"마음이요."

소영이 제 가슴에 손을 대었다.

"마음이라……."

중얼거리는 그를 보며 소영이 문지방에 걸터앉았다.

"그럼…… 두 사람 여행 가면 우리 둘이 한집에서 살아야 하는 거네요?"

"그렇지."

자신은 몹시도 심각한데 그는 너무도 태평해 보였다. 오히려 지금의 상황을 즐기는 것처럼 여유로운 표정까지 지었다.

"피디님, 왜 제 앞에 나타나셨어요?"

"말은 똑바로 해. 내가 아니라 알바공주가 나타났지."

분명 그녀가 그의 앞에 나타났다. 그것도 결코 잊을 수 없는 기가 막힌 모습으로.

"그거야 피디님이 불렀으니까 갔죠."

"내가 불렀다?"

어째서 그때 그 명함이 눈에 뜨였을까. 그냥 넘기지 못하고 왜 연락을 했을까. 참…… 이상했다.

소영이 안채로 들어가자 그는 그녀를 만난 후 숨 가쁘게 돌아갔던 날들을 떠올렸다. 어둠 속에서 보이는 밖을 쳐다보며 지한은 멍하니 시선을 고정했다. 왜 만났을까, 왜 만나서 이리도 내 마음을 흔들어놓을까…….

다음 날, 대성의 집 대문 앞에 서 있는 소영은 심호흡을 크게 한 후 초인종을 눌렀다. 어젯밤 지한과의 대화를 마친 그녀는 자꾸 그가 생각나자 잠 못 들고 뒤척일 정도로 심각했다. 이사까지 오자 더 심란했다.

혹시 외도한 알바로 벌 받은 것은 아닌가, 오죽했으면 이런 생각을 할 때 대성이 떠올랐다. 심적으로 얼마나 힘들면 땅 파고 들어가려 했을까. 뜻하지 않은 일로 본인 마음도 힘들기에 소영은 블랙리스트에 올렸던 이 집을 찾았다. 혹시 도움이 되었으면 하는 마음으로 문이 열리기를 기다렸다.

"누구요?"

드디어 대문이 열렸다.

"안녕하세요. 단소영입니다."

"알바공주?"

"네, 기억해주시네요. 전에 땅 파드렸죠?"

"그런데 무슨 일로?"

대성은 아주 잠깐이었지만 이맛살을 찌푸렸다.

"괜찮으시면 제가 책이라도 읽어드리려고 하는데요."

"책?"

"네, 적적하실 것 같아서요."

소영이 방긋 웃자 대꾸도 안 한 대성이 지그시 바라보았다. 그 표정을 보니 어쩐지 거절당할 것 같아 그녀는 슬며시 불안한 생각이 들었다. 빳빳하게 풀 먹인 삼베옷을 입은 모양새가 역시나 깐깐해 보였기 때문이다.

"내가 적적하다고?"

대성이 볼 때 자신이 인생을 비관했으니 아마도 그걸 마음에 담아두었다가 이렇게 찾아온 것 같았다.

"제가 사회 복지학과라 많은 경험을 쌓고 싶어서요. 봉사활동이라고 생각해주세요."

"그렇다면 들어와 보거라."

"감사합니다."

대성이 허락하자 그를 따라 집 안으로 들어온 소영은 눈에 보이는 거실부터 살펴보았다. 비교적 소박한 살림이었다.

"책 읽어드리는 것 말고 다른 것도 도움이 필요하시면 말씀하세요. 도와드릴게요."

"내가 기운이 없어서……. 일단 책부터 읽어보거라."

문 열어줄 때만 해도 기운이 넘쳐 보였었다. 그런데 소파에 앉자마자 묻지도 않았는데 이런 말을 했다.

"말씀만 하시면 제가 가지고 오겠습니다."

"그럼 저기 책장에서 논어를 가지고 오거라."

논어? 혹시 공자님이 쓰신 그 논어? 공자 왈 하는 그 논어? 자 왈 하고 읽어야 하는 거야? 한문을 읽어야 한다니…… 소영은 눈앞이 캄캄해졌다.

"논어요? 할아버지!"

"너한테는 무리이려나?"

소파에 다소곳이 앉아 있던 소영이 벌떡 일어났다.

"네, 무리입니다! 다른 책을……."

"난 해석된 책을 읽어달라고 한 건데 어쩔 수 없지."

"안 무리입니다! 읽어드리겠습니다."

그녀는 후다닥 책장으로 가서 논어 책을 꺼내 왔다. 혹시나 하는 두근거리는 마음에 책장을 넘겼다. 한글…… 이리도 반갑다니. 이런 것쯤 마음껏 읽어주리.

"공자께서 말씀하셨다."

그녀는 낭랑한 목소리로 읽어내려 가기 시작했다. 읽던 도중 조용한 느낌에 흘깃 대성을 보니 그는 두 눈을 지그시 감고 경청했다. 이런 거라면 좋구나. 소영은 또박또박 한 자씩 눈에 새기며 읽었다.

Rrrrr. 한참 읽어 내려가던 소영은 제 휴대폰이 울리자 멈췄다.

"할아버지, 잠시 전화 좀 받아도 돼요?"

"그래라."

양해를 구한 소영이 통화 버튼을 눌렀다.

"어, 아현아."

[소영아, 알바 중이야?]

"아니, 오늘은 봉사활동만 했어."

[그럼 나, 홈쇼핑 구경 좀 시켜주라.]

"홈쇼핑?"

아무리 출입증이 있다고는 하나 정직원이 아니라 선뜻 답할 수 없어 소영의 생각이 골똘해졌다.

[안 돼? 한번 안을 보고 싶어서 그러는데.]

"가능한지 알아보고 바로 문자 할게."

[그래.]

통화를 끝낸 그녀는 어떻게 해야 할지 궁리를 했다.

누구한테 부탁을 해야 할까? 언니? 형부?

아니지, 여러 절차를 걸치지 않고 한 번에 정문을 통과시켜줄 힘 있는 사람으로 해야 했다. 자신이 알고 있는 그런 사람이라면, 딱 한 명……

"전데요. 부탁이 있어서 전화했어요."

지한을 대하는 소영의 목소리가 나긋나긋했다.

[바빠.]

한마디로 거절할 수밖에 없는 것이 그는 방송 준비로 정말 바빴다.

"바쁘세요? 죄송해요. 부장님께 전화할게요."

[부탁이…… 뭔데?]

소영은 지한의 배려 덕분에 아현을 데리고 홈쇼핑 안으로 들어올 수 있었다. 몇 곳을 돌아본 아현의 눈은 휘둥그레졌다. 소영은 자신의 목에 걸려 있는 출입증이 손에 닿자 우쭐하는 마음마저 생겼다.

"진짜 좋다. 엄청 커."

"내가 봐도 좋은 거 같아."

소영은 가영이 있는 이 층으로 가기 위해 계단 쪽으로 걸어갔다.

"소영 씨."

"아, 부장님 안녕하세요."

계단을 올라오는 한준을 본 아현의 눈은 다시 한 번 휘둥그레졌다. 잘났다, 잘났어.

"친군가 봐요?"

"네, 홈쇼핑 스튜디오를 견학하고 싶다고 해서……. 인사해."

소영이 아현을 보고 말하자 그녀는 고개를 숙였다.

"안녕하세요. 오아현입니다."

"반가워요. 저는 유한준입니다. 그럼 좋은 시간 보내고 가세요."

바쁜지 가볍게 인사한 한준이 둘을 향해 미소를 지었다. 그가 계단을 올라가자 아현은 소영을 거의 끌다시피 내려왔다.

"왜 그래?"

"소영아, 너 저분이랑 무슨 사이야?"

뭐가 그리 급한지 계단을 내려오자마자 밑도 끝도 없이 이러고 물었다.

"무슨 사이라니?"

"너도 저분 좋아해?"

또다시 이러고 물으니 복도를 걷던 소영은 황당했다.

"에! 왜 그런 생각을 했어?"

"그냥, 부장님이 너를 바라보는 눈빛이 평범해 보이진 않아서."

"원래 다정다감한 사람이라 네가 착각한 거야. 그런 거 아니야."

"그래…… 착각은 아닌 것 같은데."

생각할 것도 없이 소영은 명쾌한 답을 했지만, 아현은 의심스러운 마음을 저버릴 수가 없었다. 자신의 직감을 믿기에 그녀는 소영에게 멋진 왕자님이 나타났다는 확신이 섰다.

"크리스마스여! 기다려라. 단소영이 간다."

"무슨 소리야?"

"그냥 하는 소리. 나, 그만 가볼게."

"조심해서 가."

아현이 가고 소영은 손에 잡히는 출입증을 만지작거렸다. 임시가 아닌 정식 직원이 되어 보란 듯이 이것을 목에 걸고 싶어졌다. 쇼호스트라……. 하고 싶어도 억지로 할 수 없으니 답답했다.

"뭐 해?"

"중간에 들어가기가 뭐해서요."

방송이 끝났는지 스튜디오 문을 열고 나오던 민주가 문 앞에 서 있는 소영을 발견했다.

"지금 안에선 휴가 이야기로 신났어. 어서 들어가 봐."

"맞다…… 울 형부랑 언니는 신혼여행 간다."

여행경비는 얼마 모으지도 못했는데. 그나마 지한이 홈쇼핑 모델 일을 주선해줘서 체면치레는 하게 생겼다. 민주가 화장실 쪽으로 가자 소영은 조심스럽게 스튜디오 문을 열었다.

"난 처갓집 들렀다가 거기서 공항으로 갈 거야."

들리는 소리에 소영은 빠른 걸음으로 다가갔다. 소영은 엄마가 있는 고향엘 간다는 경수의 말에 기쁜 표정을 지었다.

"형부 진짜!"

"처제, 같이 갈 수 있어?"

"하루가 될지언정 맞춰볼게요."

그날 저녁, 퇴근 후 샤워를 마친 소영은 밖으로 나오다 평상 위에 누워 있는 지한을 발견했다. 그녀는 아무 생각 없이 그에게로 다가갔다. 그런데 가까이 다가가서는 멈칫했다. 자면서 자신의 머리카락을 만졌는지 조금은 흐트러진 모습이 오히려 더 섹시하게 보였다. 그 모습은 위험할 정도로 보기 좋았다.

소영은 감상하려는 듯 평상 위에 조심스레 앉았다. 한 손은 평상 위에 다른 한 손은 자신의 가슴 위에.

소영은 전에 그가 했던 것처럼 잠든 지한의 모습을 머리부터 발끝까지 훑어보았다. 후…… 진짜로 위험하다는 생각이 들 정도로 그는 잘…… 났다.

무방비 상태의 그를 이렇듯 가까이서 보는 거 처음이라 그녀는 눈, 코, 입, 차근차근 뜯어보았다. 짙은 눈썹도 오뚝한 콧날도 도톰한 입술, 다시 봐도 어디 하나 나무랄 데가 없었다.

'으음…… 꽃…… 향기.'

향긋한 향이 지한의 코끝을 자극했다. 꽃 속에 묻혀 있는 것처럼 기분 좋은 향이었다. 손을 뻗어 만져보고 싶을 정도로 자극적이었다. 그 향에 빠져들 것처럼 매혹적이었다.

곁에서 누가 지켜보고 있다는 묘한 착각이 들자 잠을 깨기 위해 그는 뒤척였다. 톡! 평상 위에 있던 자신의 손 위로 차가운 물방울이 떨어지는 것 같았다. 분명히 그런 느낌이었다.

'어, 뭐지?'

"피디님, 일어나요."

그가 깨려는지 뒤척이자 소영은 뜨끔했다. 곁에 앉아서 지켜보고 있었다는 걸 들키면? 오, 그건 절대로 안 될 일이었다. 그래서 그녀가 먼저 지한을 부르며 흔들어 깨웠다.

"그쪽…… 뭐야?"

제 옆에 앉아서 저를 보고 있는 소영으로 그가 놀랐는지 벌떡 일어났다.

"여기서 자면 모기한테 물려요."

그가 흐트러진 제 머리카락을 정리하면서 소영을 보니 그녀는 말끔한 모습을 하고 있었다. 타이트한 민소매의 블랙원피스 탓인지 그녀의 몸매가 한눈에 들어왔다. 잠이 덜 깬 탓인지 그의 눈에 무척이나 섹시하게 보였다.

그의 눈빛이 흔들릴 정도로 소영은 아름다운 자태를 과시하고 있었다. 그런데 이 향기는…… 잠결에 자신이 맡았던 바로 그 향기였다.

"그거 말하려고 거기에 그러고 앉아 있었어?"

그가 퉁명스럽게 말하자 소영은 쌜쭉한 표정을 지었다. 안채에서 가영과 나오던 경수가 평상에 앉아 있는 두 사람을 보고 다가왔다.

"뭣들 해?"

"그냥 있어. 너희는 어디 가?"

"산책 좀 하려고."

그런데 가영의 눈은 어여쁜 동생의 모습에 생글거리고 웃었다.

"내 동생이 귀여운 여자에서 드디어 섹시한 여성으로 탈바꿈했네."

"전에도 봤으면서."

그녀는 가영의 칭찬에 어색하고 멋쩍었는지 딴청을 피웠다.

"정말 그러네. 처제 뭇 남성들이 그 모습에 반하겠어."

경수도 놀란 눈을 했다. 보는 눈은 모두 같은가 보다. 단소영, 그가 볼 때 그녀는 천의 얼굴을 가졌다고 해도 과언이 아니었다. 지금껏 그 어떤 상황에서도 같은 표정을 단 한 번도 본 적이 없었다.

"너, 지난번에 산 브래지어에 뽕 넣었니?"

느닷없는 가영의 말에 소영은 지한부터 보았다. 순간 그의 눈이 어디로 향했는지 묻지 않아도 알 것 같았다. 내 가슴 보지 마!

"언니!"

가영은 충분히 아름다운 소영의 몸매가 신기해서 물어보았지만, 그녀는 당황했다. 롤러코스터를 태우는 것도 아니고 섹시하다며 한껏 띄어놓더니 바로 수직 하강을 시켰다. 다른 사람도 아닌 형부와 그의 친구가 저렇게 버젓이 있는 데서 말이다.

"훗!"

그녀를 보던 지한의 입술 사이로 웃음이 새어 나왔다. 붉게 달아오른 얼굴로 부끄러워서 몸 둘 바를 모르고 있으니.

"왜 소리는 지르고 그래? 지한이 쇼호스트 한 그날, 형부 팬티 주려고 샀다며 네가 말했잖아."

그랬었구나. 잊고 있었네. 그렇다면 숨길 필요도 없었다.

"뽕은 안 했어. 더워."

"큭."

그녀가 너무 귀여워서 지한이 웃었다.

"지한이 너도 내일 우리 처갓집 갈래?"

경수의 물음에 그는 잠시 소영을 보았다.

"할 일도 없으니 가…… 보려고."

"좋았어!"

소영은 뚱한 표정을 지었지만, 경수는 더없이 좋아했다.

"주소 알려줘."

"그러지 말고 우리 처제 태우고 와."

이런 일로 다음 날, 소영을 태운 지한은 그녀의 고향 집으로 출발했다. 그런데 슈트가 아닌 티셔츠에 청바지 차림새를 한 지한으로 소영은 여행가는 기분마저 들었다.

"고속도로 말고 국도로 가요. 가면서 샛길을 알려줄게요."

지한의 차가 얼마쯤 달려갔을 때 소영이 이러고 말했다.

"샛길?"

"인간 내비게이션 믿고 그냥 가주세요."

저리도 자신 있게 말하니 믿고 가보기로 했다.

"휴가라 좋기는 한데 휴가비는 없고. 어흑, 슬퍼라."

느닷없는 말에 그가 그녀를 보았다. 지나가는 말로 하는 것 같았지만 말에는 뼈가 박혀 있었다. 여전히 그녀는 아쉬웠다.

"좀 주지. 한 번 땡 했다고 그리도 매정할 수가 있어."

"통장 확인 안 했어?"

통장 확인이라니. 그럼 휴가비가 나왔다는 말인가.

"저 보너스 나왔어요?"

"결재를 올리기는 했는데 그 후는 나도 모르겠네."

"피디님! 재수 있습니다!"

그녀는 숄더백을 뒤져 휴대폰을 꺼냈다. 그러곤 무통장 입금을 확인하기 위해서 안내 멘트에 따라 손가락을 움직였다. 마지막으로 비밀번호를 누르는 손가락이 미세하게 떨렸다. 그 정도로 소영은 긴장했다.

[모든 무통장 내역이 조회됩니다.]

그녀는 침을 꿀꺽 삼켰다. 그리고 귀를 기울였다. 또박또박 들리는 안내 멘트에 소영은 환한 미소를 지었다. 이게 진짜야. 진짜 입금된 거야. 남들에게는 적은 금액일 수도 있겠지만 소영에게는 그렇지 않았다.

[입금 의뢰인은 J&H 홈쇼핑입니다.]

못 믿겠는지 소영은 재차 확인했다.

"아…… 처음 받아본 보너스다. 그런데……."

처음이라……. 그녀가 말한 처음과는 의미가 다르겠지만, 지한도 처음으로 자신의 말을 번복했다. 감격스러운 표정으로 소영은 여전히 휴대폰에 귀를 기울였다. 그는 자신의 감정을 감추기 위해 선글라스를 썼다.

"피디님…… 이건."

소영은 말하다 울컥했다. 선글라스를 낀 그는 사이드미러를 보는 척하며 그녀의 표정을 살폈다. 더없이 예쁜 미소를 짓고 있었다. 그렇다는 것은 다행인가.

"뭐가 잘못됐어요?"

"저 반값이 아니고 다 준 거예요?"

다시 들어보아도 생각했던 금액의 배가 들어와 있었다.

"똑같이 노력했는데 반값은 이치에 어긋나지."

세상은 그리 만만치 않았다. 그녀가 받은 돈은 지한의 것에서 들어간 금액이다. 경수와 가영으로 인해 그는 그녀를 예사로이 넘길 수 없었다.

지한의 말에 소영의 코끝이 찡해졌다. 어쩐지 키다리 아저씨를 만난 기분이었다. 그가 도와주지 않았다면 이 금액을 모으기란 어림도 없었을 것이다. 정식 직원도 아닌 자신을 위해서 그는 나름 노력했을 것이란 생각이 들었다. 그래서 진심을 담아 감사의 마음을 전했다.

"감사합니다."

인사를 한 그녀는 휴대폰을 이용해 가영에게 계좌이체를 했다. 참으로 이상했다. 평상시에는 전혀 몰랐었는데 고향 가는 탓에 마음이 들떠서일까, 아니면 감동한 후라서 그럴까. 지한이 무척 살갑게 느껴졌다.

고속도로에 차가 정체되다 보니 여지없이 국도도 밀리는 건 마찬가지였다. 전국에 있는 차들이 여기로 다 모였는지 꼬리에 꼬리를 물며 서서히 나아갔다.

"어, 언니."

[이게 무슨 돈이야?]

계좌이체 한 금액을 확인했는지 통화가 연결되자마자 가영이 물었다.

"그거 내가 보태주는 여행경비야. 형부랑 행복한 추억 많이 만들고 와."

[언니는 이거 받을 수 없어. 어렵게 모은 돈을 어떻게 받아.]

소영이 지한을 보았다. 그러자 그가 고개를 저었다. 아마도 자신과의 일은 말하지 말라는 의미 같았다.

"나 혼자 한 거 아니고 고마운 사람이 도와줬어."

[고마운 사람?]

"압…… 같은 사람. 곧 갈 테니 끊어."

혹시라도 그가 들을세라 아주 작게 속삭인 소영이 통화를 끝냈다. 그가 싫어한다는 걸 알고 있기 때문이다. 물론 그는 들었지만 못 들은 척했다. 저렇듯 부친에게 집착하는 것을 보니 죽은 아비로 마음 아파서 그런 것 같았다. 동병상련인가. 지한 역시 제 모친이 저로 인해 죽었기에 목소리조차 기억 못 한 어미로 가슴 한쪽이 늘 아렸다.

지한은 소영이 알려주는 대로 핸들을 돌렸다. 어떤 때는 남의 집 마당을 지나갔고, 또 어떤 때는 비포장도로를 달렸다. 그리고 지금은 논길을 달리고 있었다. 하지만 돌아간다고는 해도 일단 정체가 아니고 달리는 상황이라 그런대로 괜찮았다.

"뭐야……."

한참을 잘 간다고 생각했었는데 뜻하지 않은 복병을 만났다. 그건 외길에서 공사한다는 안내 표지판을 본 것이다.

"어, 어떡하지?"

소영 역시 난감한 표정을 지었다. 사방이 논이다 보니 수로 공사를 하는지 땅은 파헤쳐 있었고 길에는 포클레인이 멈춰 서 있었다. 비켜 갈 수도 돌아갈 수도 없는 상황이니 말 그대로 갇혔다.

"공사 표지판을 초입에 세웠어야지. 난감하네."

"공사하는 줄 몰랐는데 큰일 났네요."

지한의 차로 후진이 가능할 정도로 둑길의 폭은 여유롭지 못했다. 더군다나 여기는 사방이 논이라 잘못 빠지면 더 큰 낭패를 겪을 상황이었다. 직진만이 현명한 방법이라면 포클레인이 빠져야만 나갈 수 있었다.

"얼마나 남았어?"

"한…… 삼십 분 정도."

"차로 삼십 분이면 빨리 걸어서 두 시간 이상 걸리려나."

이 밤에 걷기에는 만만치 않은 거리였다. 그가 후진으로 나가려는지 백미러로 뒤를 보았다. 낮이라면 가능하겠지만 불빛도 없는 밤이라 다소 위험하다고 파악했다. 그러니 바로 체념한 표정이었다.

소영은 자신의 잘못인 양 지한에게 눈치가 보였다. 그런데 그가 운전석의 레버를 당겼다. 그뿐만 아니라 선루프도 열렸다.

"이런 밤도 나쁘지 않은데……."

그가 의자에 몸을 눕히더니 자동차 천장으로 밤하늘을 올려다보았다. 소영이 그를 보았다. 도대체 이 상황에 이런 여유는 어디서 나오는 것인지.

"어차피 갇혔다면 속 끓이지 말고 그쪽도 누워."

"죄송해서……."

국도든 고속도로든 검증된 길을 선택했다면 이런 낭패를 보진 않았을 터.

"알고 하면 죄송이지만, 모르고 한 일은 죄송이 아니지……."

"……."

자신의 마음을 배려하고 있다는 걸 느꼈다. 소영도 지한처럼 좌석의 레버를 잡아당겼다. 그리고 그녀도 의자에 몸을 뉘었다.

"우와~ 오랜만에 별을 보는 것 같아요."

두 사람은 나란히 누워서 밤하늘을 올려다보았다. 다리까지 쭉 뻗고 나니 편안함뿐 아니라 하늘의 전경 또한 예술이었다.

"서울 하늘에선 아무래도 보기 힘드니까."

맞다. 안 본 게 아니고 보기 힘들었다.

"혹시 피디님은 좋아하는 별 있어요?"

"특별히 좋아하는 별은 없는데."

"여름이라 지금은 볼 수 없지만, 저는 카시오페이아를 좋아해요."

"카시오페이아?"

"꼭 왕관처럼 생겼잖아요."

소영이 허공에 W자를 그렸다.

"혹시 알바공주라고 그러는 건 아니겠지?"

"어, 맞는데."

한심하다고 생각했는지 그가 고개만 돌려 그녀를 보았다.

"밤이니까 참아준다."

"그럼 여왕이 쓰면요?"

"여왕? 알바여왕? 어쩐지 안 어울리는데."

그가 작게 웃었다.

"그런 거 말고…… 지금은 알바공주, 이다음에는 쇼호스트의…… 여왕."

말하고도 민망했는지 소영이 제 머리를 긁었다.

"카시오페이아는 허영심을 벌한 형상인데."

"허영심?"

소영이 몸을 돌려 그를 보았다. 하지만 그녀를 보고 있던 지한은 다시 정면을 응시했다. 마치 그녀와 눈빛이 마주치길 원하지 않는 듯했다.

"그러니까 쇼호스트의 여왕은 꿈 깨라고."

시선을 피한 건 이 말을 하기 위해서였나 보다.

"아- 놔! 할 거란 말이에요!"

짜증 났는지 여지없이 소영이 '아- 놔!'를 외쳤다. 그러더니 그가 있는 쪽을 보며 몸을 돌려 누웠다. 좀 전의 살가움은 어느새 사라지고 어쩜 이리도 매정한지 역시나 재수 없었다.

"그러니까 피디님이 가르쳐줘요."

매달려 보려는지 소영이 자신의 몸을 그에게로 기울었다. 누워 있던 지한이 고개를 돌려 그녀를 보았다. 지극히⋯⋯ 가까운 거리.

"키스해주면."

뭘 해달라고! 키⋯⋯ 스!

그가 천장을 보고 바로 누워 있을 때는 몰랐었는데 고개를 돌리니 위험한 상황이 연출되고 말았다. 소영이 지한 쪽으로 몸을 기울인 탓일까, 그가 고개만 돌렸을 뿐인데 이리 가까운 거리가 되다니. 소영은 그의 얼굴과 자신의 얼굴이 너무 가깝다는 것을 알고 소스라치게 놀랐다. 재빨리 그녀가 몸을 일으켰다.

"지금 그쪽이 보여준 그 반응처럼 가르쳐준다는 것은 불가능하단 말이지."

애써 냉정해진 그가 이렇게 변명하듯 말했다.

사실, 소영이 놀란 것만큼 지한도 자신이 한 말에 놀랐다. 가까이 있는 그녀의 얼굴을 보자 키스하고 싶었고 그래서 자기도 모르게 말이 튀어나오고만 것이다. 하지만 소영의 놀란 얼굴을 보고 애써 자신의 감정을 추슬렀다.

쿵쿵. 소영은 어찌나 놀랐는지 계속해서 심장이 방망이질을 했다. 아무도 없는 벌판에 단둘이, 그것도 차 안에 갇혀 있는 상황은 그 자체로 위험했다.

그보다 가능이고 불가능이고 사랑하지도 않는데 어떻게 키스를 하느냐고!

그녀가 지한을 힐긋거리다 그와 눈이 딱 마주쳤다. 그 시선을 피하려다 문득 그의 입술이 눈에 들어왔다. 키스라는 단어가 다시 생각나며 소영의 큰 눈이 더 크게 떠졌다. 그녀의 반응에 그가 운전석의 레버를 잡아당겼다. 그리고 안전벨트를 착용했다.

"이제 그만 놀고 가자."

우선 그녀의 마음부터 안정시켜야 할 것 같았다.

우여곡절 끝에 지한의 차가 소영의 고향 집 마당으로 들어섰다. 차가 멈추자마자 소영은 조수석 문을 열고 나갔고, 마당에서 가영과 함께 있던 인경이 환하게 웃으며 맞아주었다. 달려가서 인경의 품에 안기는 소영의 모습을 지한은 물끄러미 쳐다보았다.

"엄마가 저런 느낌인가."

달랐다. 안아주는 느낌 자체가 한눈에 보기에도 다른 것이 전해졌다. 그 모습을 지켜보던 그가 운전석 문을 열고 나왔다. 그러자 소영을 안고 등을 토닥이던 인경이 차에서 내리는 지한 쪽으로 시선을 옮기며 자세히 보려는지 눈을 찡그렸다.

"저 남자분은 누구……? 소영이 애인이야? 내 딸이 드디어 애인을 데려온 거야?"

의아하게 바라보던 인경의 입에서는 연이어 질문이 터져 나왔다. 뜻하지 않은 인경의 말에 다가가려 했던 그가 멈칫했다.

"엄마, 김 서방 친구야. 하하하하."

가영은 깔깔거리며 지한을 소개했다. 지한을 본 인경의 반응을 어느 정도 예측했기 때문이다.

역시나 인경은 자신이 생각한 것에서 한 치도 벗어나질 않았다. 그런데 둘을 보던 가영은 문득 눈이 반짝거렸다. 인경의 말을 듣고 보니 두 사람, 묘하게 잘 어울리는 듯했다.

"김 서방 친구였어? 난 우리 막둥이 애인인 줄 알고 좋아했는데……."

"처음 뵙겠습니다. 서지한입니다."

가까이 다가서며 지한이 인사를 하자 어두워서 잘 보지 못했던 조각 같은 그의 모습에 인경은 놀라는 눈치였다.

"어서 와요. 먼 길 오느라 고생했어요."

"아닙니다. 말씀 낮추세요."

푸근하게 맞아주는 인경 덕분인지 지한의 마음은 한결 편안해졌다.

"엄마, 내 친구도 되니까 편하게 대해줘. 그래야 지한이도 마음 놓고 지내지."

옆에서 보고 있던 가영이 나섰다.

"그렇다면 경수 대하듯 하겠네만, 뉘 집 자식인지 잘생겼네. 호호호."

"엄마~"

소영은 오랜만에 본 엄마가 반가운지 애교스럽게 불렀다. 이내 소영의 머리카락을 조심스럽게 만져주는 인경의 손길이 좋아 더 끌어안았다.

"처제 왔어?"

"혀엉부우우~"

창고에서 뭔가를 부스럭거리며 찾던 경수가 양손에 낚싯대와 함께 가방을 들고 나왔다. 그를 본 지한이 성큼 다가갔다.

"그건 뭐냐?"

"밤낚시 해보려고. 같이 갈래?"

"그럴까?"

여기서 무안하게 서 있는 것보다는 그편이 나을 것 같았다.

"엄마, 나 좀 봐봐."

"왜?"

둘을 보고 있던 소영이 갑자기 인경의 팔을 잡아당기더니 서둘러 안으로 들어갔다.

경수를 도와 낚싯줄을 정리하던 지한은 사실 한 번도 낚시를 해본 적이 없었고 그래서인지 더 기대심이 생겼다.

지한은 경수를 따라 마당을 빠져나갔다. 이윽고 논둑길로 접어들자 어둠이 내린 들판은 고요했다. 지한은 이런 적막감이 생소하긴 했지만 무섭기보다는 나름 낭만적이었다. 풀벌레 소리만 들리는 밤…….

"장모님을 대하는 거…… 그건 어떤 느낌이야?"

엄마 소리 한번 해보지 못하고 자란 지한은 경수가 자연스럽게 부르는 장모라는 호칭이 생경하게 다가왔다.

"음…… 영원한 내 편 같으면서도 적인 느낌."

말을 마친 경수가 작게 웃었다.

"그게 무슨 말이야?"

"딸에게 잘하면 한도 끝도 없이 좋으신 분이지만, 딸 눈에서 눈물 나오게 하면 바로 돌변해버리시지."

"그거 무서운데?"

"가영이 때랑은 다르게 우리 처제가 결혼한다고 하면 장모님이 많이 우실 것 같아."

"어째서?"

"혼자서 힘들게 키우신 것도 있지만, 아직 애기인 줄 아시거든. 그런데 아니야. 우리 처제 진짜 어른스러워. 가영이한테 여행경비 얘길 듣고 나, 눈물이 나올 뻔했어. 모른 척하라고 해서 아는 체는 못했지만. 휴……."

"그랬어?"

그 일을 자신이 도와줬다는 것을 알면 혹시라도 경수가 자존심 상해할까 봐 그는 전혀 내색하지 않았다.

"어떤 처제가 그런 생각을 하겠니. 용돈 달라며 언니나 형부한테 손을 벌린다면 몰라도. 장인어른이 병환으로 돌아가신 게 아마 우리 처제가 초등학교 들어가기 전일 거야."

"그렇게 일찍 돌아가셨어?"

왜 그리 소영이 아빠를 그리워했는지 조금은 알 것 같았다.

"응. 그래서인지 내가 처갓집에 내려오면 우리 처제가 무척 좋아했어. 집안에 남자가 없다 보니 이것저것 챙겨주는 내 모습이 아빠처럼 느껴졌나 봐."

경수의 말을 듣던 지한은 문득 자신의 품에 안겨 토닥여 달라고 했던 소영의 말이 생각났다.

"토닥여줘야죠?"

부친을 그리워한 그녀의 마음을 이해하고 나니 지한의 가슴 한쪽이 아렸다. 그렇게 이야기를 주고받으며 걸으니 금세 낚시터에 다 와 가는지 물소리가 들렸다. 흐르는 물소리만으로도 제법 깊은 강임을 알 수 있었다.

"아! 그물망 챙겼어야 했는데 안 가져왔다."

이제야 생각났는지 경수가 낚시 가방을 지한에게 건네주었다.

"응?"

"얼른 갔다 올 테니 나 대신 대충 준비 좀 하고 있어주라."

"대충?"

어느새 오던 길을 도로 뛰어가는 경수를 보곤 그는 둑 아래로 내려왔다. 가방을 연 지한은 하나씩 들어 확인하듯 만져보았다.

"낚싯대 없는 강태공은 이상하려나?"

그는 한참 동안 이것저것 만져보더니 낚싯대를 놓고 앞을 보았다. 좋구나. 낚시는 잘 몰라도 혼자 즐기는 이 한밤의 여유로움이 더 좋았다. 지한이 고개를 돌려보니 이제야 주변의 것들이 그의 눈에 들어왔다. 자신만 있는 줄 알았는데 아니었다. 홀로 혹은 두서너 명이 자신처럼 낚싯대를 드리우고 있었다. 저 사람들은 무슨 생각을 하며 이 밤을 지새울까. 흐르는 강물 소리만이 드문드문 고요함 속에 담길 뿐이었다.

'서지한, 어쩌다 여기까지 온 걸까?'

그가 스스로에게 물었다. 태어나는 순간부터 모든 것이 남들과 달랐던 지한. 크면서 엄마라는 말 대신 그는 고모라는 말을 먼저 배웠다. 말문이 트고 나서는 고모 대신 가정교사가 붙었고, 진학한 후에는 보모를 가장한 보디가드가 그의 곁을 지켰다. 모든 것이 완벽하게 갖춰져 있었지만, 가장 중요한 것이 없었다. 부모의 사랑…….

정(情)에 굶주린 어린 지한은 늘 연숙의 따뜻한 사랑을 원했었다. 그런 사랑이 어떤 것인지 모르면서도. 하지만 고모는 항상 바빴다.

'누나······.'

집에 돌아오면 유일한 자신의 말동무인 누나가 있었지만, 자신 때문에 엄마를 잃게 된 사실을 알고 나서는 그에게 있어 누나는 항상 미안한 존재였다. 부친에게 갖고 있는 죄책감만큼이나 지한은 지수에게도 같은 마음을 품고 있었다.

'서지한. 너는 여기에 왜 왔니?'

그가 다시 자신한테 똑같은 질문을 했다.

소영의 가족을 보고 싶어서······ 사랑받는 그녀의 모습이 보고 싶어서. 그녀를 사랑한다고 인정하는 순간, 제 마음이 소영으로 꽉 찰 것 같았다. 그래서 그녀를 떠올리는 것조차 하지 않았었다. 하지만······ 사랑은, 이미 소리 없이 스며들었다.

두려웠다. 부친과 자신의 관계처럼 줄 수도 받을 수도 없는 사랑이 될까 봐 그는 두려웠다.

덜거덕. 고요함을 깨는 소리에 그가 고개를 돌렸다.

"피디님, 주먹밥 드세요."

그녀에 대한 생각이 그녀를 부른 걸까. 언제 왔는지도 모르게 소영이 지한의 곁으로 다가왔다.

"주먹밥?"

소영이 둑 아래로 내려오자 그가 의아한 눈으로 바라보았다.

"특별히 형부랑 피디님을 위해서 만들어봤는데."

지한은 프로젝트까지 운운하며 가영의 여행경비를 모을 수 있도록 도와준 사람이다. 고마운 마음에 뭐라도 해주고 싶었는데, 마침 둘이 낚시를 간다는 말에 인경을 끌고 부엌으로 들어갔다. 뒤늦게 주먹밥을 싸들고 낚시터를 서성였지만, 지한이 있는 정확한 위치를 몰라서 한참을 돌아다녀야 했다. 그러다 어렵사리 어둠 속에 있는 그의 모습을 발견했는데, 반가움보다 선뜻 다가갈 수 없을 만큼 그의 뒷모습은 고독해 보였다. 방해하면 안 될 것 같아 돌아가려 했었다. 그런데 끌고 온 카트 소리에 그가 뒤돌아보자 소영은 태연하게 말을 걸며 다가온 것이다.

"나?"

소영이 자신을 배려해주다니 믿기지 않은 듯 지한은 되물었다.

"그런데 공짜가 아니라는 말씀."

지한에게 고민거리가 있다면 이렇게 농담을 해서라도 잠시 잊게 해주고 싶었다. 소영은 만들어 온 주먹밥을 보란 듯이 가방에서 꺼냈다.

"공짜가 아니면 얼만데? 이천 원? 삼천 원?"

본래의 모습으로 돌아온 지한의 반응이 소영은 못내 반가웠다. 그의 물음에 소영은 경수의 접이식 의자를 끌어와 앉았다.

"음…… 삼만 원."

"주먹밥 하나에 삼만 원? 금가루를 뿌린 것도 아닐 텐데 너무 비싸네."

역시나 터무니없는 가격에 그가 투덜거렸다. 농담처럼 받아주니 다행이다 싶었지만 소영은 살짝 무안해졌다.

"먹기 싫으면 말아요."

"일단 줘봐."

투덜거린 것도 잠시, 예상대로 지한은 배가 고팠는지 손을 내밀어 포일로 싼 주먹밥을 달라고 했다. 소영은 기다렸다는 듯이 자신의 뒤로 재빨리 감췄다.

"안 되는데."

"어째서? 날 위해서 만들었다면서."

"그렇긴 하지만……."

말문이 막히자 소영은 자신이 먹을 것처럼 포일을 벗겼다. 치사하다는 눈빛으로 보는 그를 향해 그녀는 약 올리듯 주먹밥을 앞으로 내밀었다.

"어때요? 맛있겠죠?"

그녀의 말이 끝날 때였다. 지한은 소영의 손바닥에 있는 주먹밥을 냉큼 한입 베어 물었다.

"잘 먹을게."

우물거리며 그가 말했다.

"……."

기가 막혔는지 소영은 지한의 얼굴과 자신의 손 위에 있는 주먹밥을 번갈아 보았다.

"이게 삼만 원이면 맛에 비해 상당히 비싸네."

"에잇!"

얄밉기는. 소영이 지한의 입안으로 남아 있는 주먹밥을 밀어 넣었다. 그 바람에 그녀의 손가락이 그의 턱에 닿았다. 제 얼굴에 소영의 손길이 닿자 순간 지한은 숨을 멈췄다. 뭐랄까…….

마음속에서 뜨거운 무언가 지나가는 것 같았다.

그랬다. 전과 다르게 분명히 가슴 한쪽이 간질거렸다. 손가락이 얼굴에 달라붙은 듯 그녀가 떼지를 못하고 저를 바라만 보고 있자 그가 소영의 얼굴을 가만히 응시했다. 그런데 소영의 기분도 이상했다. 빤히 쳐다보고 있는 그와 눈빛이 부딪치자 쿵 하고 마음이 내려앉는 것 같았다.

어째서일까. 왜 갑자기 남자로…… 보이는 거지?

5화. 첫 키스

남자라기보다는 그저 잘생겼다고만 생각했었는데. 놀란 소영이 숨을 헙!
하고 멈췄다. 그 모습이 마치 기겁하는 것처럼 보이자 지한은 멋쩍었다.

"물고기가 있기는 한 건가?"

괜스레 그가 말을 돌렸다. 그녀와 스킨십이 전혀 없었던 것도 아닌데 새
삼스럽게 심장이 뛰어댔다.

사르륵……. 그때였다. 바람도 불지 않았는데 풀을 가르는 기분 나쁜 소
리가 그녀의 귓가를 스치고 지나갔다. 서늘한 그 소리에 왠지 모를 두려움
이 일어 청각이 곤두섰다.

"무슨 소리 못 들었어?"

"자네도 들었어?"

"뭐지는 모르겠지만 기분 나쁘네."

"뱀인가?"

근처 낚시꾼들이 주고받는 말에 소영의 머리카락이 쭈뼛거렸다. 그런데
또다시 사르륵…… 하는 소리가 들려왔다. 징그러운 뱀이면 어째! 눈이 동

그래진 그녀가 의자를 번쩍 들더니 지한의 옆으로 바짝 다가와 앉았다. 갑작스러운 행동에 지한이 그녀를 돌아보았고 소영은 여전히 두리번거리며 주변을 살피고 있었다.

낚시꾼들이 한 말 때문에 겁먹었구나. 그의 입가에 부드러운 미소가 그려졌다.

경계의 눈빛이 가득한 소영이 지한의 팔을 슬그머니 잡았다. 이런 느낌, 익숙하지 않은 탓일까. 그가 손을 떼려고 팔을 들었다. 그런데 하지를 못했다. 작은 손이 제 팔에 의지해서 두려움을 삭이려는 것 같았다. 무서워하지 말라고 맞잡아주고 싶을 정도로 소영이 움츠렸다.

"더운데……. 어서 집에 가."

소영한테 잡힌 제 살이 데인 것처럼 뜨거웠다.

"무서워서 싫어요. 누가 따라오면 어떡해요?"

황당한 말에 그가 소영을 한심한 눈으로 보았다.

"나이가 몇인데……."

지한이 혼잣말로 중얼거렸다.

깊은 밤, 둘은 고요한 강가를 한없이 바라보았다. 낚싯줄이 던져질 때 나는 휘이익! 소리와 찌가 물에 빠지면서 들리는 퐁! 소리만이 고요함을 간간이 깨줄 뿐이었다.

"하- 암."

무표정하게 전지찌만 바라보던 소영이 하품을 했다. 그녀의 눈은 이미 반정도 감긴 상태였다.

그 후, 몇 번인가 하품 소리가 더 들리더니 소영의 머리가 지한의 어깨에 스르르 얹어졌다. 그녀 때문일까. 낚싯대를 잡으려던 그가 뻗었던 손을 거둬들였다. 어미 새의 품으로 날아들어 온 아기 새처럼 소영은 지한의 어깨에 기대어 작은 숨소리를 내며 자고 있었다.

자신의 삶을 통째로 바꿔놓은 여자. 거부할 수 없는 운명이었나? 만남과 재회, 그리고 지금 이 순간까지 소영은 그의 곁을 맴돌고 있었다. 마치 자신을 알아달라는 듯이. 그녀를 옆에 두고 그는 수많은 별이 쏟아질 것 같은 밤하늘을 올려다보았다.

그때 사람의 발소리가 들려 지한이 돌아보니 경수였다.

"흑."

둑을 내려오던 경수는 흙이 무너지는 통에 잠시 중심을 잃었다.

"왜 이리 늦었어?"

생각해보니 그물망을 가지러 간다며 집으로 되돌아간 지 한참이나 지난 시간이었다.

"뭣 좀 고쳐주느라고. 어? 우리 처제 피곤했나 보네."

경수는 지한의 어깨에 기대어 자는 소영을 보더니 안쓰러운 눈으로 바라보았다.

"나도 피곤한데 그만 들어갈까?"

"참, 나 부탁이 있는데. 잠깐만 문자로 넣어줄게."

"뭔데?"

경수는 들릴 듯 말 듯 작게 속삭이더니 휴대폰을 꺼냈다.

잠시 후, 지한의 휴대폰에서 문자 알림음이 울렸다. 그런데 내용을 확인한 지한의 표정이 어두워졌다.

"이걸 나보고 하라고?"

"부탁할게."

경수의 표정을 보니 싫다고 강하게 부정할 수도 없었다.

"일단, 이 여자나 깨워야겠다."

지한이 소영의 어깨를 조심스럽게 흔들자 선잠이 들었던 그녀가 눈을 떴다.

"처제 피곤하지? 어서 들어가."

경수가 소영의 머리를 쓰다듬어 주었다. 자연스레 지한의 눈은 그녀에게로 향했다. 방금 잠에서 깬 탓일까. 어째서 애잔해 보이는 것은 왜인지. 지한은 저도 모르게 소영의 뒤통수에 손을 대었다. 처음 의도는 어서 일어나라는 뜻으로 그녀의 어깨를 두드릴 생각이었다. 그런데 손이 저절로 다른 방향으로 움직였다.

그녀가 그를 올려다보았다. 눈빛이 부딪치자 어색했다. 멈추자니 더 어색할 것 같아 자연스레 그의 손가락이 소영의 머리카락을 쓸고 내려왔다. 손가락이 떨릴 정도로 조심스러웠다.

'어? 뭐지?'

그의 손길에 소영은 긴장감이 돌았다. 아무리 잠결이라지만 경수와는 다른 이 느낌…….

분명히 지한의 손길을 통해 자신의 몸으로 전해지는 느낌은 경수의 그것과는 매우 달랐다. 심장 한쪽을 콕콕 찌르며 건든다고 해야 할까. 그녀가 이상야릇한 눈길을 보내오자 지한은 겸연쩍은 듯 일어섰다. 그러자 소영도 주섬주섬 자신의 물건을 챙겨 들었다.

"형부, 먼저 갈게요."

"둘 다 조심해서 들어가."

경수를 남겨두고 두 사람은 둑 위로 올라왔다. 지한은 소영이 끌고 온 핸드카트의 손잡이를 잡았다. 그가 카트를 끌고 앞장서 걷자 그녀는 뒤를 따랐다.

"제 고향 어때요?"

"시골이 다 그렇지, 뭐 다를 게 있겠어?"

"피디님은 서울이 고향이세요?"

그가 고개를 끄덕였다. 깊어가는 여름밤, 개구리 울음소리와 더불어 이름

모를 풀벌레 소리가 주변을 울렸다. 도시와 다르게 시골의 밤은 어둠이 지배한 느낌이었다. 오로지 밤하늘에 떠 있는 달빛에 의지해서 지한은 소영의 얼굴을 좇았다.

　다음 날, 평소보다 일찍 일어난 지한은 경수가 낚시터에서 밤을 새웠다는 소리를 가영에게 들었다. 그 바람에 소영이 경수에게 줄 간식을 가지고 낚시터로 갔다고 했다. 아침 강가의 풍경이 멋지다는 가영의 말에 그는 논둑길을 천천히 걸어갔다.

　저만치 소영의 모습이 보였다. 그는 자신의 눈 안에 그녀를 새기기라도 할 것처럼 바라보았다.

　"저 자식, 집으로 가는 거야?"

　주변을 둘러보며 걷던 지한이 샛길로 부지런히 걸어가는 경수를 발견했다. 길이 엇갈렸다는 생각을 하며 그는 어젯밤 자신이 낚시했던 곳으로 가기 위해 가던 길을 마저 걸었다. 도착해서 보니 물안개가 피어오른 강가는 참으로 낭만적이었다. 그는 한참 동안 아무 생각 없이 바라보았다. 잡념조차 들지 않는 고요한 아침, 진정 매력적이었다.

　달달달. 고요함이 깨졌다. 멀리서 들리는 경운기 소리에 지한이 고개를 돌렸다. 자신을 발견한 소영이 손을 흔들며 반겨주는 모습에 그는 천천히 그녀가 있는 곳으로 걸음을 옮겼다.

　"피디님도 오셨네요?"

　"경수는 가는 것 같던데."

　"형부는 피곤해서 주무신다고 먼저 가셨어요."

　햇살을 받은 소영의 모습이 반짝거린다고 느끼기도 전에 그의 한쪽 입꼬리가 살며시 올라갔다.

　"너, 눈은 왜 그래?"

소영이 부풀어 오른 자신의 한쪽 눈을 만지며 겸연쩍게 웃었다.

"어젯밤에 모기한테 물렸어요. 모기가 신선한 제 피를 좋아하나 봐요."

"아주 볼만하네."

"귀엽지 않아요?"

"귀엽…… . 잠깐만."

말을 하던 지한이 휴대폰을 꺼내 들었다. 그리고 천천히 걸음을 옮기자 소영이 그의 뒤를 따랐다.

"그래서…… 어…… 어…… 알았어. 가급적 빨리 갈게."

달달달 소리를 내며 경운기가 둑길을 달려오자 지한과 소영은 한 발짝 비켜섰다. 통화를 마친 지한이 소영에게 다가가더니 그녀가 끌고 있던 핸드 카터를 달라고 했다.

그때였다. 카트를 주기 위해 손잡이를 내밀던 소영이 제 옆을 지나가는 경운기 때문에 다시 한 발 뒤로 물러섰다. 이런! 밟은 흙이 뭉개졌다. 놀란 소영은 뒤를 보았고 위험한 상황을 인지한 지한이 카트의 손잡이를 잡음과 동시에 그녀의 몸을 둑길로 끌어 올렸다.

"아악! 피디님!"

하지만 그가 밟고 있던 부분의 흙이 뭉개지면서 지한은 굴렀다. 둑 밑으로 그의 몸이 굴러 내려가자 소영은 다급하게 지한을 불렀다. 지한의 귀로 그녀의 목소리가 들렸다. 놀라고 걱정하고 안타까워하는 소영의 목소리…… .

"위험해요!"

소영의 눈에 커다란 바위가 보였다. 저대로 굴러간다면? 부딪친다!

안전을 생각할 새도 없이 그녀가 둑을 내려왔고 지한은 손을 뻗었다. 소영의 외침에 그도 바위를 발견했기 때문이다. 턱! 손으로 바위를 짚었다.

"하아! 큰일 날 뻔했네."

안심한 것도 잠시 소영이 몸이 지한의 몸을 덮쳤다. 급경사 진 곳을 내려오다 보니 멈추기 힘든 탓이었다.

"피디님, 괜찮아요!"

"너만 비켜주면 괜찮아."

"흐흐흑, 흐흑."

느닷없이 소영이 울음을 터트렸다. 지한이 자신으로 인해 잘못됐을까 봐 그녀는 두려웠다. 놀란 마음에 그의 안전을 확인하고 나자 눈물이 쏟아졌다.

"소영……."

그녀가 울고 있었다. 자신 때문에 단소영, 그녀가 눈물을 떨구며 소리 내어 울었다. 지한의 마음이 혼란스러웠다. 가족도 아닌 타인이 저를 위해서 울어주다니.

"흐흑, 피디님 어떻게 될까 봐 놀랐잖아요."

그가 구해줄 줄은 생각도 못 했었다. 지난번 자동차 사고가 날 뻔했을 때도 그는 자신의 안전은 뒷전이었다. 어째서 이런 감동으로 자꾸 제 마음속으로 파고들어 오는 것인지. 소영의 눈에선 눈물이 멈추질 않았다.

"뚝 그쳐."

그의 엄지가 소영의 눈 밑으로 갔다. 그리고 그녀의 눈물을 닦아냈다. 뭉클한 감정이 지한의 가슴을 휩쓸고 지나갔다.

"어디 봐요. 다쳤으면 어떻게 해요."

걱정하는 소영의 모습에 그가 일어나 앉았다. 서지한이 이런 일도 겪다니! 땅 위를 구르다니! 위험한 고비를 맞이하다니! 이 모든 게 가능해? 분명히 겪었건만 믿을 수 없었다.

"봐. 안 다쳤어."

그가 일어서더니 옷에 묻은 흙을 툭툭 털었다. 여전히 소영의 눈 안에는 눈물이 그렁그렁 남아 있었다.

"진짜 괜찮아요?"

"스스로 귀엽다고 뻔뻔스럽게 말하는 단소영, 알바 하나 할래?"

걱정하는 그녀를 위해 자신은 괜찮다는 것을 알려주고 싶어서 그가 이리 말했다.

"넵! 흐흑, VIP 고객님!"

그의 안전을 다시 확인한 소영이 흐느끼면서 오른손을 번쩍 들었다.

"그쪽은 무슨 일인지 묻지도 않고 대답부터 하나?"

"애 낳는 것만 빼고 뭐든지 해드리겠습니다."

소영은 제 눈 안에 있는 눈물을 말끔히 닦아냈다. 아침이라고는 해도 햇볕이 제법 강한지 그녀를 보던 지한은 얼굴을 찡그렸다. 그런데 소영의 눈에는 지한의 표정이 기분 설렐 정도로 멋져 보였다. 쑥스럽다 못해 부끄러운 그녀가 둑을 먼저 올라갔다.

"저건 뭐지?"

둑 위로 올라온 그가 어딘가를 가리켰다.

"갈대밭이요. 어렸을 때 언니는 자전거 타고 저는 아빠 목말 타고 곧잘 갔었는데 요즘은 서울에서 사니까……."

그녀가 못내 아쉬운 표정을 짓자 그는 천천히 발걸음을 옮겼다. 마치 그녀보고 따라오라는 듯 그는 보폭을 좁혔다. 아주 자연스럽게 소영은 그와 나란히 걸었다.

고요한 아침의 모습…… 익숙한 고향의 풍경이라서 그럴까. 소영의 마음이 편안해졌다. 그녀는 그가 가는 대로 따라갔다. 그저 앞만 보고 걸을 뿐 둘은 잠시 경관을 감상하느라 말이 없었다.

"이쪽으로 가셔야 해요."

그가 집과 다른 방향으로 걸음을 옮기자 그녀는 그의 앞으로 가서 섰다.

"잠깐 구경하고 가도 늦지는 않을 것 같은데."

"어디…… 갈대밭?"

소영이 그를 올려다보았다. 반짝. 내리깐 그의 눈이 이렇게 섹시해 보이다니. 어쩐 일인지 자신만 바라봐주는 그 눈빛을 소영은 피하기 싫었다. 나쁘지 않았다. 오…… 어쩌라고 심장이 뛴지? 소영은 이 상태로는 위험하다고 판단했다.

서먹한 소영이 갑자기 장난스러운 표정을 했다. 그녀는 보란 듯이 짝 다리를 만들고는 덜덜 떨었다. 그가 장난치는 그녀의 발을 툭, 찼다.

"안 어울려."

그의 언행에 예쁘게 웃은 소영이 긴 머리카락을 뒤로 넘겼다. 아름다웠다. 나이 어린 여자가 아닌 완전한 여인의 모습이랄까. 눈 안에 담은 이 여자…… 아무래도 마음에다 품어야 할 것 같았다.

바라보는 시선에 그와 눈이 마주친 소영은 제 손에 있는 강아지풀을 그에게 내밀었다.

"서울에 사셔서 이런 거 모르죠. 이거 만져볼래요? 굉장히 보드라운데."

"재미있으면 너나 많이 가지고 놀아."

그녀가 내미는 것을 못 본 척한 그가 걸음을 옮기자 소영이 지한의 옆으로 다가갔다.

"흥, 맨날 애기 취급 하고 있어."

소영의 생각처럼 지한한테 그녀는 더 이상 경수 처제도, 나이 어린 가영의 동생도 아니었다.

여자일 뿐이었다.

어느새 갈대밭으로 접어들었다. 제멋대로 자란 갈대밭이긴 했지만 두세 사람이 지나다닐 수 있는 정도의 길이 나 있었다.

"애들은 뭘 먹어서 이렇게 멀대처럼 키만 컸대?"

갈대들은 지한의 큰 키를 훌쩍 넘겨 자라 있었다. 상황이 그러다 보니 그보다 작은 소영은 난쟁이가 된 기분이었다.

"멀대처럼 키만 커서 미안하네."

꼭 자신을 두고 하는 말처럼 들렸다.

"피디님은 뒤꿈치 들면 멀리까지 보이죠? 저는 예나 지금이나 애들 줄기만 보고 있어요."

소영이 갈대의 줄기를 손으로 훑으며 지나갔다.

"그럼…… 목마라도 타보든지."

안아서 올려줄 수 없으니 그가 이런 제안을 했다.

"목마요? 감히, 제가 어떻게."

"감히는 무슨?"

'감히'라는 이 말은 절대 소영에게는 해당하는 말이 아니었다.

"괜찮아요. 더 크면 언젠가 볼 날이 있겠죠."

소영은 어렸을 때 부친이 종종 목말을 태워줬던 기억이 났다. 그런데 성인이 되어서 목말을 탄다는 것은 솔직히 생각지도 못해본 일이었다. 진짜 태워주려는지 그가 그녀의 앞으로 무릎을 꿇고 앉았다. 그의 행동에 소영은 놀랐지만, 아쉬움이 남았기에 쉽게 거절하지 못하고 미적거렸다.

"진짜…… 태워줄 거예요?"

"싫어?"

"아니요, 꼭 보고는 싶지만…… 목말 타기에는 제가 너무 커서……."

망설이는 소영을 보고 그는 여전히 앉은 자세로 그녀를 기다렸다.

"어서, 쪼그려 앉아 있기 불편하네."

다시 한 번 지한이 재촉하자 드디어 소영이 다가가 그의 어깨를 잡았다. 그러자 어서 타라는 뜻으로 지한은 자세를 더 낮춰주었다. 그 덕에 무리 없이 올라간 소영은 자신의 몸이 무거울 거라는 걱정도 잠시, 잡을 게 마땅치 않자 급한 대로 그의 어깨를 잡았다. 미심쩍어하는 소영의 마음을 알아챘는지 그가 제 손을 잡을 수 있게 두 손을 위를 향해 올렸다.

"준비 완료!"

일어나도 된다는 뜻으로 소영은 지한의 손을 꽉 움켜쥐었다.

"일어날게."

그가 그녀를 목말 태운 상태에서 천천히 일어섰다.

"어, 어, 피디님."

일어서며 흔들거리자 소영은 잡고 있는 그의 손에 의지하려 힘을 주었다. 잠시 중심을 잃었던 그가 몸을 완전히 일으키자 소영의 시야가 드넓은 벌판만큼 벌어졌다.

"아- 놔-! 다-! 보여-!"

이런 모습이었지! 생각해보니 어릴 적 부친이 태워준 목말에서 봤을 때도 이랬었다. 분명히 이 풍경이었다. 그립던 풍경을 다시 보게 될 줄이야. 그녀가 다른 쪽을 보고자 몸을 비트는 바람에 지한은 소영의 손을 힘주어 잡았다. 소영이 그를 내려다보았다.

두근두근. 그런데 심장이 뛰었다.

가슴이 뻐근할 정도로 힘차게 뛰는 것이 지한 때문일까? 생각을 멈춘 소영은 고개를 저었다. 아니야, 앞에 펼쳐진 드넓은 갈대밭에 매료되어서 그런 걸 거야.

"저쪽으로 우리 집도 보여-!"

소영이 몸을 틀자 지한은 그녀가 사방을 다 볼 수 있도록 천천히 한 바퀴 돌았다. 지한의 배려로 소영은 갈대숲을 뚫고 올라와 드넓은 전경을 한눈에 볼 수가 있었다. 감격스러웠다.

하지만 그것도 잠시, 바로 현실로 돌아왔다.

"피디님, 힘들죠?"

"지금 엄청나게 후회하는 중."

말은 그렇게 했어도 그는 속으로 잘했다는 생각을 했다. 지한의 기억 속 부친은 단 한 번도 이렇게 자신과 놀아준 적이 없었다. 고모와 지내다가 가끔 부친과 만나기도 했지만 그럴 때마다 그는 지한보다 모친의 영정 사진을 먼저 바라보았다.

사진으로만 볼 수 있는 모친도, 이따금 그를 만나러 온 부친도 어린 그에게는 모두 낯설었다. 그러다 보니 어른이 된 지금도 지한에게 부친은 여전히 어렵기만 하고, 절대복종해야 하는 엄한 존재였다. 어미를 죽이고 태어난 자식. 그 죄책감에 그는 지금껏 부친에게 미안한 마음만 품고 살아왔다. 그저 멀리 떨어져서 자식으로 해야 할 도리를 다하며 죽은 듯이 살았다.

한 번도 어머니의 품을 느껴본 적은 없지만 '엄마'라는 단어만 떠올려도 그의 한쪽 가슴은 늘 아렸다.

"이제 됐어요, 내려주셔도 돼요."

그가 힘들었을 거란 생각에 미안한 마음이 들어 그를 재촉했다.

"아버지, 기억나? 경수 말로는 돌아가신 지 꽤 됐다던데."

"네? 아…… 순간순간 떠오르는 몇 가지 기억이 있어요. 지금 이런 것처럼."

"그리워?"

"……많이요."

소영의 음색이 떨렸다. 그녀가 울음을 참아내는지 잡고 있는 지한의 손을 꼭 잡았다. 부친은 소영의 삶에 있어 유일한 아픔이었다. 그녀의 아픔이 맞잡은 손을 통해 그의 마음까지 전달되었다. 자신이 모친을 그리워하듯 소영도 부친을 그리워하고 있다는 게 느껴지자 그는 그녀가 애처로웠다. 먼 곳을 바라보던 소영은 시선을 옮겨 자신이 잡고 있는 그의 손을 보았다.

"울 아빠 손도 이렇게 컸었는데."

"남자 손은 다 커."

혹시라도 그녀가 불안해할까 봐 잡고 있는 그녀의 손을 더 힘껏 잡아주었다. 지한은 소영을 목말 태운 채 앞으로 걸어갔다. 그녀가 불안하지 않게 한 발, 한 발 조심스럽게 움직였다. 문득 지한은 소영의 표정이 보고 싶어졌다. 그녀는 지금 행복한 듯 웃고 있을까.

"피디님…… 어서요."

지한의 생각을 알기라도 한 것처럼 소영은 기어들어 가는 목소리로 내려 달라며 재촉했다. 그가 바위 앞에 멈추자 그녀는 한쪽 발을 그 위에 올려놓았다. 그리고 잡고 있던 한 손을 자연스레 풀면서 그가 몸을 돌려 빠져나갔다. 가까이서 소영의 얼굴을 보니 민망했는지 그녀의 두 볼이 발그레해졌다.

"힘드셨죠?"

"아, 어깨야…… 제대로 운전할 수 있으려나 모르겠네."

그가 제 어깨를 잡았다. 그렇잖아도 미안해서 몸 둘 바를 모르겠는데 소영은 이런 소리까지 듣자니 민망했다. 그녀는 지한을 대하는 제 마음이 처음과 달라졌다는 것을 분명히 느꼈다. 이 사람, 알바 고객도, 형부와 언니 친구도 아니었다. 자신의 마음을 이렇게나 두근거리게 하는 남자……. 그래, 맞다. 두 사람과 전혀 상관없는 사람, 서지한이다.

"많이 아프면…… 제가 운전하고 갈까요?"

"어떤 남자가 자기 애마를 남의 손에 맡기나."

소영의 표정이 시무룩해졌다. 그런데 그런 그녀의 표정도 예뻐 보이는지 그의 눈이 웃었다.

"알차고 바르게 쓴다면 대리를 시킬지도."

지한의 눈웃음에 답례하듯 소영이 그를 보고 활짝 웃었다.

잠시 바람이 지나가는지 갈대들이 흔들렸다. 갈대끼리 부딪치는 소리가 음악처럼 둘의 귓가를 울리고 풀 냄새는 코끝을 자극했다. 흔들리는 갈대에 맞춰 두 사람의 마음도 살랑거렸다.

"VIP 고객님…… 최선을 다해서 모시겠습니다."

지한이 남다르게 보이는 이런 마음을 어떻게 받아들여야 할지 소영의 마음이 어수선했다. 한꺼번에 흔들리는 갈대 소리만큼이나 혼란스러웠다.

"그런데 이 눈으로 잘 보이려나."

지한이 손을 뻗더니 모기한테 물린 그녀의 눈두덩일 만졌다. 조심스레 만지는 그의 손길은 무척이나 부드러웠다. 소영의 피부가 제 손에 닿자 지한의 손끝이 떨렸다. 사랑이 시작된 감정을 그대로 내보이고 싶을 정도로 그의 마음도 흔들렸다. 너무도 자연스러운 스킨십에 소영은 멋쩍어 웃었다.

"긁을 수도 없고 가려워 죽겠어요."

"약이라도 바르지."

소영의 눈에 말하는 그의 입술이 보였다. 저 입술과 두 번이나, 아니 인공호흡까지 하면 세 번이나 맞닿았다니. 빠르게 뛴 심장은 진짜 이 사람 때문인가?

그녀를 보고 웃던 지한은 미세하게 변하는 소영의 표정을 읽었다. 가라앉았던 두 볼이 발그레해지는 것이 딱 봐도 예사로운 일은 아니었다. 자신을 보며 무슨 생각을 했기에 저런 반응이 나오는 것일까? 의심스러울 정도로 소영의 얼굴은 볼만했다.

"알바하려면 이제 가야 하지 않아요?"

가까운 거리에서 뚫어져라 바라보니 소영은 그의 시선이 부담스럽게 느껴졌다.

"어머니랑 더 있고 싶으면 취소하고."

그녀가 고개를 저었다.

"아무리 그래도 전 제 할 일을 해야 해요. 전 돈이 많지 않으니 몸으로 때

워야 하거든요."

"몸으로 때워서 갚을 수만 있다면······."

그가 혼잣말로 중얼거렸다.

"무슨 말이에요?"

"당신 말고 나 말이야. 아버지한테 진 빚······ 그게 정말 많거든."

용케 알아들은 그녀에게 지한은 자신의 속마음을 살짝 내비쳤다. 그가 말한 빚이란 단지 돈을 의미하는 것은 아니었다. 아내 없이 홀로 사신 삼십 년의 인생, 부친의 삶이었다.

그가 쓸쓸한 표정을 지었다. 소영은 지한의 표정이 마음에 걸렸는지 저처럼 웃으라는 뜻으로 그를 향해 방긋 웃었다.

"괜찮아요, 젊잖아요. 열심히 벌어서 갚으면 되죠."

하도 소영이 진지하게 말하자 지한은 불현듯 아직도 자신이 그녀를 속이고 있다는 걸 깨달았다. 이제 와 드러낼 수도 없어 괜스레 미안했다. 만약 알려줘야 할 상황이 온다면 소영보다는 경수와 가영에게 먼저 말해야 할 것 같았다. 그들이 신혼여행을 다녀온 후가 말하기 적당할 듯했다.

"한, 삼십 년은 갚아야 할 것 같은데."

"삼십 년?"

놀란 것도 잠시 그녀의 눈에 한 무리의 여행객들이 이장의 안내를 받으며 이쪽으로 걸어오는 것이 보였다. 말 많은 작은 동네다 보니 이런저런 소문 나서 좋을 것 하나 없었다.

"피디님, 어서 가요. 저기 이장님이 오고 있어요."

"오면 어때서?"

"그냥요."

휘익! 소영이 그와 자리를 피하고자 할 때였다.

'좀 전에 뭐지?'

물결치듯 흔들리는 갈대 사이로 순간 시커먼 것이 지나간 것 같았다. 시커먼 것의 정체를 확인하지 못한 소영은 순간 온몸의 신경이 곤두서는 듯했다. 그녀가 기분 나쁜 느낌에 눈동자만 굴렸다. 갈대숲 어딘가에서 자신들을 지켜보는 낯선 물체가 있다.

"왜 그리 놀란 표정이야?"

소영의 표정이 이상하다고 여겼는지 그가 주위를 살펴보았다.

"잘못 본 것 같기도 하고……."

소영이 중얼거렸다.

"조심해서 제 뒤만 따라오셔야 합니다. 이탈하시면 큰일 납니다."

조심해서 쫓아오라는 이장의 목소리가 가까이에서 들려오자 그녀는 두려움을 무릅쓰고 갈대밭 안으로 들어갔다. 일단 저들을 피해 이곳을 벗어나야만 했다. 동네 사람으로 소영이 난처해하는 것 같아 그도 뒤따라 들어갔다.

샤샤샤 소리를 내며 한순간 갈대들이 흔들렸다. 누구에게나 직감이 있기 마련, 분명히 무언가 따라오고 있다는 것을 소영은 느꼈다. 불길한 기운이 밀어닥치는 기분이랄까.

"왜 이리 서둘러?"

소영이 너무 빨리 가는 듯싶어 뒤따르던 그가 옆으로 다가왔다.

"뭔지는 모르겠지만, 안 좋은 일이 생길 것처럼 석연찮아요."

왜 이리 불안한 것일까.

"그보다 여기로 가는 게 맞아?"

무작정 안으로 들어가기만 하니 그가 걱정하는 기색이었다. 그제야 그녀는 주변을 보았다. 갈대밭이 넓다는 것은 익히 들어서 알고 있었지만, 처음 보는 낯선 광경이었다.

"저도 여기까지는 안 들어왔었던 것 같은데."

두리번거리며 두 사람은 앞으로 나아갔다.

"으윽!"

뭘까? 하며 이상하게 생각할 여유도 없었다. 주위에 갈대가 없다는 생각이 들기도 전에 지한은 자신의 발이 푸- 욱 빠지는 것을 경험했다.

"위험해!"

늪이었다. 그는 바로 알아차렸다. 갈대밭의 중심 부근에 늪이 자리하고 있었다니. 먼 곳을 살피던 두 사람은 바로 앞에 있는 그 늪을 발견하지 못했다.

"피디님, 피해요!"

그의 발이 쑥 빠지는 모습에 소영이 지한의 팔을 잡고자 했다. 그런데 그가 그녀의 손을 세차게 뿌리쳤다.

"가까이 오지 마!"

지한의 몸은 순식간에 무릎까지 빠져 들어갔다. 아! 이탈하면 큰일 난다는 이장의 말이 이런 뜻이었구나! 뒤늦은 후회는 아무런 소용이 없었다.

"피디님, 제 손 잡아요!"

"안 돼, 너까지 빠져!"

소영이 손을 뻗었지만, 그는 단호히 거부했다. 이럴 수가!

"뭐 하는 거야! 어서 나가!"

그가 말릴 사이도 없이 그녀가 늪 안으로 제 발을 들여놓았다. 소영은 이 것저것 생각할 여력이 없었다. 무조건 그를 구해야 했지만, 발에 걸리는 것은 그저 진흙뿐이라 몸이 빠져 들어가는 것은 한순간이었다. 늪이 이런 것이구나!

"피디님, 무서워요."

"어서 나가라고!"

그가 다그쳐도, 그녀가 후회해도 나가기엔 이미 틀렸다. 무어라도 잡으려고 허우적거리는 소영의 모습에 지한이 그녀의 팔을 잡았다. 그리고 밖으로 밀어내기 위해 안간힘을 썼다. 이렇듯 두려워하면서……. 죽음의 공포로 가득 찬 소영의 눈빛을 그는 보았다.

죽을지도 모르는데 바보처럼 늪으로 뛰어든 여자. 저를 살리고자 죽는 것을 두려워하지 않는 여자. 소리 없이 지한의 가슴속으로 스며들었던 사랑이란 것이 드디어 그 형체를 나타냈다.

지한의 자각을 깨우쳐주기 위한 몸부림처럼 소영이 위험해지면 그녀를 향한 그의 마음이 깨어났다.

"피디님! 어떡해요!"

팔을 잡고 버텨주는 그의 힘으로 소영은 더 이상 빠지지 않았다. 반면 그녀의 몸에 비해 지한의 몸은 늪 속으로 더 가라앉았다.

"내 걱정 하지 말고 어서 나가!"

"어흐흑. 피디님, 어떡해! 어떡해! 흐흐흑."

허벅지까지 빠진 지한의 모습에 소영은 기어이 울음을 터트렸다. 그런데 그가 그녀를 보며 미소 짓고 있었다.

"울지 말고 빨리 나가라고."

"싫어요! 안 돼! 안 돼!"

어찌 자신만 살라고 말하는 것인지. 누구 때문에 그가 위험에 처했는데. 이곳으로 데리고 들어온 바로 저 때문이다. 그럴 수 없다며 소영이 고개를 저었다. 빠져 들어가는 지한의 팔을 잡기 위해 소영이 손을 뻗을 때였다. 그녀의 양쪽 어깨를 누군가가 붙잡았다. 그 손길을 느끼자 그녀는 이제 살았다는 생각에 더 큰 소리로 울었다.

"소영아, 울지 마."

그녀가 저를 위해서 또다시 울고 있다. 그의 마음이 저리도록 소영이 울고 있다. 그녀의 몸이 끌려 나가자 지한이 손을 놓았다. 더듬거려 소영의 다리를 잡은 지한이 밀어냄과 동시에 이뤄진 일이었다. 그 여파로 지한의 몸은 허리까지 빠져들어 갔다. 늪에 빠진 두 사람을 한 사람이 끌어내기란 역부족이라 판단했다. 그는 그녀부터 구하고자 했다.

위험에 처했을 때 본심이 나오기 마련. 지한은 비로소 소영을 향한 제 마음을 확실히 깨달았다. 그녀의 모습에 그는 울렁거리는 마음을 진정할 수 없었다. 지금껏 느껴보지 못했던 이런 감정이 바로 사랑이라는 것일까.

"피디님-! 안 돼-!"

그가 자신의 다리를 잡고 있으니 같이 끌려 나올 줄 알았는데. 잡고 있던 제 다리를 그가 놓자 소영은 갈대숲이 떠나가도록 지한을 불렀다. 소영의 몸은 위험에서 벗어났지만, 그는 아니었다. 소영은 자신을 끌어내 준 사람의 다리를 붙잡았다. 자신을 구해준 것처럼 어서 지한도 살려달라며 그녀는 애원했다.

"제발! 저 사람 좀 살려주세요!"

소영의 외침이 끝나기도 전에 철거덕 소리가 나면서 뭔가가 풀리는 소리가 들렸다. 쉬이익! 소리를 내며 가죽 허리띠가 그한테로 던져졌다.

"피디님-! 잡아요!"

광명을 본 소영의 외침이 메아리치듯 울려 퍼졌다. 그녀의 뒤에서 어수선한 발소리가 들렸다.

"아이고! 이거 큰일 났네! 사람 죽겠네!"

사람의 목소리가 들리는가 싶더니 어느새 다가온 이장은 지한이 잡고 있는 가죽 허리띠를 잡아당겼다.

"살았어. 피디님. 어흐흑!"

소영은 아빠처럼 다시는 그의 얼굴을 못 볼까 봐 무서웠다. 하지만 얼굴을 보려 해도 눈물로 앞이 잘 보이지 않아 미칠 것만 같았다. 끌려 나오는 지한의 모습에 소영의 눈에서는 안도의 눈물이 흘러내렸다. 이윽고…… 그가 늪 밖으로 나왔다.

"애기처럼 울기는. 뚝."

소리 내서 우는 소영을 보고는 괜찮다며 울지 말라며 그가 다정한 말로 그녀를 달랬다.

"피디님, 죽는 줄 알았어요."

그를 보는 소영의 눈에서 눈물이 방울방울 떨어졌다.

"내가 왜 죽어. 난 안 죽어."

"미워요!"

두려움이 사라지자 소영이 지한의 가슴팍을 툭 쳤다. 그녀를 향해 작게 웃어 보인 지한의 손길이 소영의 눈물을 훔치고 지나갔다.

"소영아, 너 큰일 날 뻔했다. 여기는 안내인 없이 막 들어오면 안 되는 곳이야!"

이장도 그제야 한숨 놓자 화부터 버럭 냈다.

"몰랐어요. 흐흐흑. 진짜 몰랐어요."

소영은 고개를 저었다. 부친과 함께 어려서 온 게 다였기에 이런 위험한 늪이 있는 줄은 꿈에도 생각지 못했었다.

"고맙습니다."

소영을 나무라는 이장의 말에 지한은 감사의 인사를 했다.

둘을 보던 이장이 안 되겠는지 그들을 소영의 집까지 바래다주었고, 그녀는 지한과 함께 대문 안으로 들어섰다. 흙투성이가 된 두 사람의 모습에 마루에 앉아 있던 인경이 놀라서 일어섰다.

"소영아!"

"두 사람 늪에 빠져서 죽을 뻔했어."

"늪이요?"

이장이 뒤따라 들어오면서 하는 말에 인경은 기함을 했다.

"죄송합니다. 제 불찰로……."

지한이 미안해서 몸 둘 바를 몰라 하자 소영이 애교를 피우듯 인경의 팔을 잡았다.

"엄마, 내가 잘못해서 그런 거야. 피디님은 아무 잘못도 없어."

"아휴."

차마 화를 낼 수 없는지 인경이 한숨을 내쉬었다.

"나, 알바 있어서 밥 먹고 빨리 가봐야 하는데……."

이럴 때는 도망가는 것이 현명할지도.

서둘러 그녀의 고향 집을 떠났던 지한의 차가 경수의 집 근처에 왔을 땐 어느새 날은 어둑해져 있었다.

그가 대형 마트 앞에 차를 세웠다.

"여기는 왜요?"

"몇 가지 살 게 있어."

그가 내리려 하자 소영도 안전벨트를 풀려고 했다.

"저도 따라갈까요?"

"금방 나올 거니까 차 안에 있어."

소영은 지한이 걸어가는 모습을 멍하니 지켜보았다. 오늘 그와 겪었던 끔찍한 순간이 떠오르자 그녀는 치를 떨었다.

끝내 소영이 차에서 내리려 할 때 마트에서 나오는 지한의 모습이 보였다. 그의 모습에 이리도 안심이 되다니……. 그가 트렁크를 열자 소영이 뒤돌아보았다. 잠시도 그의 모습을 놓치기 싫었다.

다시 출발한 차는 어느덧 집 앞에 도착했다. 차에서 내린 그가 트렁크에서 아이스박스를 꺼냈다.

"이건 뭐예요?"

"저녁 해주려고."

"저녁이요? 저한테 피디님이 저녁을?"

못 믿겠다는 표정을 지은 소영이 대문을 열고 들어갔다. 안채로 들어간 그가 곧바로 주방으로 갔다.

"못 믿겠다는 표정인데 기대해."

그러더니 그는 주방 문을 굳게 닫고 사라졌다. 확실한 이유도 말해주지 않고 저러니 어쩐지 불안하긴 했지만, 달그락거리는 소리가 들리자 주방 근처로 간 그녀가 기웃거렸다.

"훔쳐보기 없기."

"알았어요. 안 보면 되잖아요."

거실의 창가로 간 그녀는 제가 보고 있던 교과서를 집었다. 책으로 향해 있던 소영의 시선이 이따금 주방으로 갔다. 그가 부산스럽게 움직이는 것도 같았고, 이내 맛있는 냄새가 나는 것도 같았다. 마음 같아선 훔쳐보고 싶었다.

억누를 수 없는 호기심이 폭발할 즈음 드디어 주방 문이 열렸다. 소영은 저절로 일어섰다.

"혹시 촛대 있어?"

지한이 촛대를 찾자 그녀는 어디에 쓸 거냐고 물을 생각도 못 하고 서랍을 열었다.

"이 정도면 되겠어요?"

"훌륭해."

그녀가 다가가자 촛대만 받아 든 그가 주방 문을 닫았다. 잠시 후 드르륵 소리를 내며 다시 문이 열렸고, 그는 만족스러운 표정을 지었다.

"소영 양, 이제 들어오셔도 됩니다."

초대를 하듯 그가 정중히 청했다.

"갑자기 존대는? 아, 그런데 너무 궁금해."

멋쩍어서 투덜거렸지만 그녀는 살짝 설레었다. 한쪽 옆으로 비켜주는 그를 지나 소영은 주방으로 들어갔다. 그와 동시에 딸깍! 소리를 내며 주방의 불이 꺼졌다. 식탁에 차려져 있는 음식을 본 소영의 두 눈이 휘둥그레졌다. 가운데에 놓인 촛대에선 촛불이 춤을 추듯 흔들렸다. 접시에 담겨 있는 스테이크는 그가 만들었다는 걸 알면서도 너무 맛있어 보여 진짜 그의 작품인지 의심스러울 정도였다.

"생일 축하해."

깊이 있는 조용한 목소리가 주방 안에, 그리고 소영의 귓가에 울렸다.

"생일?"

오늘이 내 생일이었나? 맞네, 생일이었네! 날짜를 생각한 소영은 놀란 표정이 되었다.

지한이 그녀 곁으로 다가오더니 소영이 앉을 수 있게 의자를 빼주었다. 얼떨떨한 소영이 조심스럽게 앉자 그가 맞은편으로 가서 앉았다.

"경수가 부탁했어."

낚시터에서 경수가 그에게 보낸 문자는 다름 아닌 소영의 생일에 같이 밥을 먹어달라는 것이었다. 죽은 부친은 소영을 유난히 예뻐했었다. 착한 소영은 모친이 제 생일에 죽은 부친을 그리워할까 봐 인경의 허락을 받은 후부터는 생일을 챙기지 않았다고 했다.

"형부가?"

"주인공이니 어서 촛불부터 꺼야겠지?"

드라마에서 주로 이렇게 생일 파티를 해주니 그도 한번 따라 해봤다. 소영의 앞에 놓인 작은 케이크에는 색색의 초가 꽂아져 있었다. 그녀가 숨을 들이마셨다가 후- 하고 뱉어내며 제 나이를 알리는 촛불을 껐다.

"촌스러우니 손뼉 치는 건 사양할게."

아무리 드라마를 따라 했다지만, 지한은 누군가를 위해 이벤트를 준비해 본 게 처음이라 그런지 영 쑥스러웠다. 와인병을 든 그가 그녀의 잔부터 채 워주었다.

"시음 한번 해볼래?"

"제가 먼저요?"

잔을 든 소영이 한 모금 마셨다.

이내 미소를 지은 그녀가 고개를 끄덕이자 그는 자신의 잔을 채웠다. 방 긋 웃은 소영은 그와 가볍게 잔을 부딪쳤다.

"생일…… 축하합니다."

진심이구나. 이 사람 진심으로 축하해주는구나. 정중히 존대를 해가면서 온 마음으로 축하해주는구나.

"감사…… 합니다."

한 모금 마신 그녀가 고마운 마음을 전했다. 오랜만에 받아보는 축하 인 사에 소영은 미소를 지었다.

"먹어봐. 아무나 먹어볼 수 없는 요리라는 것만 알아둬."

그가 괜스레 농담을 던졌다. 아픈 가슴은 남몰래 꼭꼭 숨겨놓고 밝게 웃 는 여자. 오늘따라 그녀가 애틋해 보였다.

"오~ 이런 것도 할 줄 아세요?"

보기에도 허접한 솜씨가 아니라는 것을 알 수 있었다. 고기도 고기지만, 장식 또한 훌륭했다.

"내가 못하는 것이 있나."

그녀는 잘난 척하는 그를 너그러이 봐주기로 했다. 이렇듯 생일상을 차려 준 사람이 아니던가. 그런데 자신의 생일상을 받고 보니 그의 생일도 궁금 해졌다.

"피디님은 생일이 언제예요? 제가 보답하는 의미로 생일상 차려줄게요."

나이프를 든 그녀가 말했다. 그러자 그의 입가에는 아주 잠시였지만 슬픈 미소가 지나갔다.

"나는 생일이 없는데."

"잉? 생일이 없다니요?"

그가 와인 잔을 들었다. 그리고 와인을 입가에 살짝 축이는가 싶더니 몇 번인가 빙글거리며 잔을 돌렸다. 찰랑이는 술을 바라보고 있던 지한이 다시 한 모금 마셨다.

"어머니가 나를 낳고 하루를 더 사셨다고 하더라."

"아……."

어머니…… 부르기조차 힘겹고 낯선 말……. 잠시 말을 멈춘 그가 다시 입을 열었다.

"그래서 생일을…… 챙길 수가 없었어."

지한의 음색이 떨렸다. 살면서 처음 그는 제 속마음을 털어놓았다. 지금껏 그 누구한테도 말할 수 없었던 고통, 그 고통을 지한은 소영에게 들려주었다. 이유는 다르지만, 생일의 아픔을 그녀도 갖고 있는 것 같아서.

소영은 들고 있던 나이프를 가만히 내려놓았다. 처음 만났을 때 지독스러울 정도로 차갑게 보였던 그의 모습. 이런 아픔이 있어 그리된 것은 아닌가 생각되었다.

"그럼 한 번도 생일 축하를 못 받으신 거예요?"

대답 대신 그는 다시 와인 잔을 들었다. 항상 마음에 담아두었던 말을 하고 나니 어쩐지 홀가분해지는 기분이었다.

"남들이 모르는 두 개의 비밀 중 하나를 들려준 거야. 비밀 유지 알지?"

"두 개? 또 하나는 뭐예요?"

"음식이 식기 전에 어서 먹자."

집안 이야기까지는 할 수 없는 상황이라 그가 말을 돌렸다.

"생일 지났어요?"

"지났어."

"그럼…… 늦었지만 선물이라도 드리고 싶은데, 혹시 가지고 싶은 것 있으세요?"

"선물?"

그가 의아한 눈으로 바라보았다.

"그냥 좀 늦게 받는 것으로 생각하시고, 축하해주는 사람이 한 명 정도는 있어도 되지 않을까요?"

"……."

"생일에 대한 비밀을 알고 있는 저라면 드려도 될 것 같은데."

촛불을 밝힌 그리 넓지 않은 공간이기에 소영의 표정이 또렷이 보였다. 그녀는 몹시 진지했다. 당사자인 자신보다 더 진지하게 말하고 있었다.

"뭐든지 돼?"

"비싼 거 사달라고 하시면 제가 엄청난 고뇌에 빠질 수가 있으니 가급적 싼 거로."

"훗!"

이렇듯 심각한 상황에서 웃게 해주는 그녀가 참으로 귀엽고 사랑스러웠다.

"뭘 갖고 싶으세요?"

소영이 물었다. 지그시 바라보는 그의 표정에 소영은 숨이 멎는 듯했다. 지금껏 살아오면서 그는 단 한 번도 생일 선물이란 것을 받아본 적이 없다니. 태어나줘서 고맙다고 축하받아야 할 날, 그는 홀로 얼마나 슬펐을까. 얼마나 외로웠을까. 얼마나 마음이 아팠을까.

"그건 생각해볼게, 우선 오늘은 네 생일이니 내가 먼저 생일 선물을 줄까 하는데."

"오~ 그런 것도 준비했어요."

"나는 돈이 안 드는 거로 줄게. 거실로 나와 봐."

무엇을 찾는지 이것저것 뒤지더니 소영이 보던 책 옆에 있는 네임펜을 들었다. 그러더니 그녀의 휴대폰을 가져왔다.

"제 휴대폰은 뭐 하시게요?"

"생일 선물로 내 사인을 해줄 거거든."

"안 받고 말아요."

소영이 휴대폰을 가져가려고 하자 그가 손을 제 머리 위로 올렸다.

"오늘 할 사인은 내 생애 처음 하는 것인데."

"처음?"

이 말에 솔깃해졌다. 유명한 피디였던 사람이라 제법 많은 사인을 했을 것이다. 그런데 생애 처음 하는 것이라면 좀 독특할지도. 소영이 고개를 끄덕였다.

"영광인 줄 알라고."

지한이 마룻바닥에 앉자 그녀가 그 옆으로 앉았다. 그가 드디어 소영의 휴대폰 뒷면에 제 사인을 했다. 그런데 소영의 표정은······.

"이게 뭐예요?"

"내 사인. 왜, 이상해?"

"이걸 평생에 처음 한 거라고요?"

"내 사인은 지금껏 모두 영문이었어. 한글로는 처음 써봤는데, 어때?"

그가 써놓은 글자는 '나 서지한'이었다.

"하! 어이가 없다. 그런데 '나'는 뭐예요?"

"나."

지한이 자신 있게 저를 가리켰다.

"허!"

"그 웃음 뭐야?"

그녀가 황당하게 웃자 그가 물었다.

"제가 이런 말 안 하려고 했는데 가끔 피디님, 재수 없어요."

언젠가 '감히'라고 했던 그의 말이 생각났다. 그때도 이상하다고 여겼었다.

"그럼 진짜 재수 없게 해줄게."

소영의 말에 장난치고 싶은 지한은 들고 있는 네임펜으로 그녀의 얼굴에 그었다. 수염이 생긴 소영의 모습에 그가 연신 웃어댔고 소영은 질 수 없다는 듯 다른 네임펜을 잡았다. 그리고 그를 향해 달려들었다.

"피디님도 당해봐요."

"잠깐만!"

"도망을 가겠다고!"

지한이 뒤로 물러서자 펜을 든 소영의 손이 그를 향해 다가왔다. 그런데 소영을 피하려다 그가 그만 뒤로 쓰러졌고 그 바람에 그녀가 지한의 몸 위로 쓰러졌다. 당황스러운 자세에 놀란 소영이 몸을 일으키려 했다.

그런데 소영의 심장이 빠르게 반응하는 그 순간, 지한의 입술이 그녀의 입술을 머금었다. 저도 모르게 이뤄진 일이다. 소영의 입술과 맞닿은 지한의 입술 끝이 아주 미세하게 떨렸다. 그답지 않게 긴장했다. 과연 자신의 배경이 아닌 인간 서지한만을 사랑해줄 여자가 있을까. 누군가를 만날 때마다 항상 갖는 의문이었다. 그런데 어느 날 한 여자를 만났다. 비록 나이는 저보다 한참이나 어렸지만, 진솔하게 대해주는 그런 여자를……

이윽고 지한의 뜨거운 숨결이 소영의 입안으로 전해지자 그녀는 그와의 입맞춤을 거부할 수 없었다.

소영의 심장이 뛰었다. 정신이 혼미해졌다. 입안에서 느껴지는 달콤한 와인 향에 취해갔다. 한동안 농밀한 입맞춤이 이어졌다.

잠시간 떨어졌던 지한의 입술이 다시 소영의 입안을 쓸고 지나갔다. 그는 아쉬움이 남았지만 끝내 그녀의 입술을 놓아주었다.

"하!"

소영은 그가 리드하는 대로 따라가기도 벅찰 정도였다. 숨 쉬는 것조차 잊었기에 입술이 떨어지자마자 그녀는 한꺼번에 숨을 몰아쉬었다.

"생일 선물…… 고마워."

간신히 말을 마친 그의 눈 안에 이슬이 맺혔다. 혹시라도 소영에게 들킬까 봐 그가 두 눈을 감았다.

"……."

어떤 표정으로 그를 봐야 할지……. 소영은 지한과의 시선을 마주하기 부끄러워 눈을 뜨지도 못했다. 하지만 고맙다는 그의 말은 그녀의 가슴을 울릴 정도였다. 소영은 간신히 몸을 일으킨 후 돌아앉았다. 어? 그녀는 자신의 눈 안이 촉촉해져 있는 것을 느꼈다.

툭! 소영의 눈에서 눈물방울이 떨어졌다. 슬플 일이 없는데 어째서…… 눈물이 나오는 것일까. 소영은 조심스럽게 자신의 입술을 만져보았다. 만약 그와의 입맞춤이 싫었다면 얼마든지 거부했을 것이다. 그런데 아니었다. 그의 입술이 자신의 입술에 닿는 순간 온몸이 녹아내리는 듯 짜릿했다.

몰래 눈물을 닦은 그녀가 천천히 뒤를 돌았다. 그는 여전히 그 자리에서 움직이지 않고 있었다.

'피디님…….'

지한의 볼을 타고 흐르는 한 방울의 눈물…….

소영은 당황한 순간 다시 그에게서 몸을 돌렸다. 잠깐이라도 그에게는 감정을 추스를 시간이 필요할 것 같았다.

"피디님, 우리…… 밥 먹어요."

자리를 먼저 피해주고자 일어서려 했지만, 그녀의 다리에 힘이 들어가질 않았다. 손끝 역시 바르르 떨렸다. 소영은 다시 거실 바닥을 짚은 손에 힘을 주고 일어났다. 천천히 눈을 뜬 그가 서서히 고개를 돌렸다. 그녀의 뒷모습이 애틋해 보이자 그의 가슴이 욱신거렸다.

"배고프다."

한참을 자리에 누워 있던 그가 일어서며 평소와 같은 목소리로 말했다.

"저도…… 요."

숨을 고르며 소영은 떨리는 마음을 진정시켰다. 예쁘게 웃는 얼굴로 그녀가 돌아보았다. 늘 했던 것처럼 자연스럽게 대하려 했건만, 그건 어림도 없는 생각이었다. 전처럼 스스럼없이 지내기는 다 틀린 듯했다. 서로의 눈빛이 맞닿는 그 순간, 흔들리는 눈빛이 그 사실을 증명해주었다.

'아…… 어쩌니.'

'어떡하지.'

그녀를 먼저 사랑한 지한도, 아직 자신의 마음을 깨닫지 못한 소영도, 아릿한 가슴 탓에 호흡조차 힘들게 느껴졌다.

"소영아."

"네!"

어찌나 그가 다정스럽게 부르는지 놀란 그녀는 차렷 자세를 했다. 그 모습에 지한이 아랫입술을 지그시 물었다.

"어리바리한 네 모습 보니까 식욕이 떨어진다."

소영의 사랑이 깃들지 않은 깊은 입맞춤……. 지한은 다소 자극적인 말로 그녀와의 어색함을 풀어야 했다.

"아- 놔! 저도 마찬가지거든요."

생각처럼 소영의 입에선 볼멘소리가 나왔다. 의자의 등받이를 잡은 그가 그녀를 향해 정중하게 손짓했다.

"알바공주님, 앉으시죠."

"흠! 그리도 원하시니."

소영은 마지못해서 앉는 척을 하고는 새침한 얼굴로 그를 바라봤다. 그가 그녀의 앞자리로 가서 앉자 소영이 와인 잔을 들었다. 동시에 약지를 귀엽게 펴고는 와인 향을 음미했다.

"이 스테이크는 아직 따뜻해서 그냥 먹어도 되겠는데."

지한의 말에 소영도 입에 갖다 대려던 와인 잔을 내려놓고 음식을 먹기 시작했다.

"진짜 맛있어요."

"많이 먹어."

그녀의 오물거리는 입도, 의식적으로 하는 행동도 그에게는 모든 게 예뻐 보였다. 그녀의 눈, 코, 입 하나하나가 요염하고 앙증맞았다.

"애기 손바닥만 한 거 하나 주고 많이 먹으래."

소영이 포크로 스테이크를 찍더니 그를 향해 내밀었다.

"애기 손바닥? 훗!"

웃지 않으려 했는데 어찌나 그녀가 사랑스러운지 지한은 터져 나오는 웃음을 참지를 못했다.

"컥!"

웃는 그를 보며 와인을 한 모금 마신 소영은 당황한 듯 목이 메었다. 조금 전 그와의 입맞춤에서 맛보았던 그 맛이 제 입안에서 고스란히 느껴졌기 때문이다.

"천천히 마셔."

"네."

소영은 얼굴이 화끈거렸다. 촛불이 커져 있으니 망정이지 밝은 형광등 아래였다면 진짜 큰일 날 뻔했다.

"한 잔 더 할래?"

"……."

소영의 빈 잔을 보고 그가 와인병을 들었다. 지한의 말에 고갯짓을 한 그녀가 잔을 들었다.

"이거 달콤하다고 생각 없이 마시면 취해. 설마 술주정하지는 않겠지?"

어느새 소영의 양 볼은 붉게 달아올라 있었다. 지한은 그녀가 취기가 올라온 것이 아닌가 걱정스러웠다.

"술주정이라면 제가 한가락 합죠."

"합죠? 벌써 취했어?"

건들거리는 그녀의 말투에 그가 와인병을 내려놓았다.

"아니요. 한가락 한다고요."

여전히 지한의 입술만 보이자 소영의 말이 어색하게 꼬이고 말았다. 그녀는 흐트러진 모습을 보이지 않기 위해 자세를 바로 했다.

"어쩐지 발음이 꼬이는 것 같기도 하고. 이거 줘야 해, 말아야 해?"

그는 일부러 고민하는 듯한 표정을 지었다.

"마시고 푹 잘 수 있게 한 잔만 더 주세요."

"그렇다면, 내가 먼저."

모든 것이 특별한 오늘 밤, 그 역시 그녀와 같은 생각이었다. 맨정신으론 도저히 잠들 수 없을 것 같았다. 지한은 소영의 잔이 아닌 자신의 잔에 먼저 와인을 따랐다. 그리고 아주 조금이지만 그녀의 잔도 채웠다.

"참, 이제야 생각났는데 피디님 제가 할 알바는 뭐예요?"

사실 고향에서 일찍 돌아온 이유는 알바 때문이었다. 그런데 생일을 챙기느라 아무것도 못 하고 하루가 흘러가고 있었다.

"그건 내일 가보면 알아. 한 잔만 더 해야겠다."

"저도요."

와인을 얼른 마셔버린 그녀가 지한의 앞으로 제 잔을 내밀었다.

"넌 그만 마셔. 질질 울면서 술주정하는 꼴 나는 못 봐."

"마지막으로 한 번만요. 그리고 전 술주정할 때 웃거든요."

잠들 수 없는 밤. 억지로라도 잠들고 싶은 둘은 그렇게 주거니 받거니 하며 와인 한 병을 다 비웠다.

다음 날 아침. 창밖으로 청명한 아침을 알리는 새소리가 들렸다. 먼저 일어나 식사 준비를 끝낸 소영은 앞마당을 서성이고 있었다. 지한을 부르러 사랑채로 가고 싶은데, 차마 발걸음이 떨어지질 않아서였다.

"아우…… 어떡해."

어젯밤에 있었던 일이 자꾸만 눈앞에 떠올라 그의 얼굴을 마주하는 것 자체가 부끄러웠다.

북엇국 끓는 냄새가 집 안에 가득했지만 정작 지한은 사랑채에서 나오질 않았다. 이러지도 저러지도 못하는 상황에 그녀는 땅이 꺼져라 한숨을 내쉬었다. 그때였다.

"몇 시쯤 온다고? 어…… 어…… 알았어. 조심해서 와. 응, 기다릴게."

지한의 목소리였다. 안절부절못하던 소영은 순간 모든 동작을 멈추고는 중문으로 그가 넘어오기를 기다렸다. 몇 걸음 떨어지지 않은 반쯤 열린 문으로 그의 어깨가 얼핏 보였다. 소영은 재빨리 매무새를 고쳤다.

'넘어와라. 넘어와라.'

속으로 주문을 외우는 그녀의 마음을 알았는지 그가 드디어 중문을 넘고 들어왔다. 소영은 쑥스럽기도 했지만, 반가운 마음에 지한을 향해 애써 웃어 보였다.

"왜 그러고 웃어?"

다가온 그가 말을 건넸다. 소영이 죄지은 사람처럼 빳빳하게 서서 억지스럽게 웃는 것처럼 보였기 때문이다.

"······안녕히 주무셨어요?"

그를 너무 의식했는지 그녀의 입술 주변에 경련이 일어났다. 그러다 보니 웃는 모양새가 어색해지고 말았다. 지한의 안색을 살피던 그녀는 떨어지지 않는 입으로 겨우 인사를 했다.

"그러는 너는?"

눈도 맞추지 못하고 어찌나 부끄러워하는지 그녀를 바라보는 지한의 눈빛이 더욱 그윽해졌다.

"음······."

잘 잤다고 말해야 하는데 그녀는 맞잡은 손가락만 만지작댈 뿐 대꾸를 하지 못했다. 지한이 신발을 벗고 마루로 올라가자 소영은 다시 자신의 옷매무새를 살폈다.

"맛있는 냄새가 나네."

주방으로 들어가려던 지한은 그녀를 돌아보며 보일 듯 말 듯 살포시 미소 지었다. 오늘따라 눈에 보일 정도로 산뜻한 소영의 옷맵시 때문이다.

한 번의 입맞춤으로 마음의 물꼬가 터지자 소영을 향한 그의 마음은 주체할 수 없이 흘러넘쳤다. 혹시라도 자신이 사랑한다고 털어놓으면 그녀는 당혹스러워할까. 이러니 그의 입장에서는 모든 것이 조심스러웠다.

"북엇국 끓였어요."

"우리가 간밤에 과음을 하기는 했지. 그래서······."

식사 준비를 마저 하려고 주방으로 들어가려던 소영의 팔을 그가 붙잡았다. 그러자 소영이 큰 눈을 동그랗게 뜨더니 한 걸음 뒤로 물러섰다.

"그, 그래서 뭐요?"

그래서! 실수로 키스를 했다는 건가? 아닌데! 그때는 두 사람 다 정신이 멀쩡했었다고!

설마····· 설마! 굳모닝 키····· 를 하자는 것은····· 아니겠지.

키스의 느낌을 알아버린 탓일까, 생각만으로도 소영은 심장이 벌렁거렸다.

"아니, 그냥. 해장국까지 끓여줬으니 나머지는 내가 하려고."

그가 그녀를 식탁 쪽으로 이끌었다. 소영은 너무 앞서간 엉큼한 생각에 이리도 무안할 수가 없었다.

"제가 해도 되는데……."

"어? 소영아, 이거 어떡해?"

그런데 국 냄비를 열어본 지한이 난처한 표정을 짓자 그녀가 그의 곁으로 갔다.

"왜요? 무슨 문제가 있나요?"

"북엇국이…… 국물이 없어."

지한의 말대로 냄비 안은 북엇국이 아니라 북어전골처럼 끓고 있었다.

"이럴 수가……."

정신머리하고는! 가스 불을 켜놓고 나가는 바람에 국물이 다 졸아버린 듯했다. 어째 북엇국 냄새가 유난히 더 나는 것 같더라니. 온통 그한테 신경이 쏠려 있는 상태라 정신이 붕붕 떠 있는 기분이었다. 그러니 이런 실수를 하지.

"날도 더운데 냉(冷)북엇국으로 해 먹자."

정수기로 간 그가 찬물을 받아 와 냄비에 부었다. 그리고 두 그릇을 떠서 식탁으로 가져갔다.

"이렇게 물을 부으면 맛이 없을 텐데……."

국그릇을 본 소영이 작게 중얼거렸다.

"괜찮을 것 같은데, 잘 먹을게."

숟가락을 든 그가 그녀를 향해 고맙다는 눈인사를 했다. 가족도 아닌 자신을 위해 소영이 아침을 준비하다니, 그것만으로도 지한은 충분히 만족스러웠다.

"저도 잘 먹겠습니다."

그가 눈웃음을 짓자 소영은 가슴이 두근거렸다. 오늘 아침, 자리에서 일어난 그녀는 제일 먼저 제 손등부터 꼬집어보았다. 혹시라도 지난밤의 모든 일이 꿈이 아닐까? 다행히 꿈이 아닌지 손등이 아릿했다. 기운 좋게 벌떡 일어난 소영은 부지런히 씻은 후 옷장을 열었다. 옷이란 옷은 다 꺼내놓고 한바탕 옷과의 전쟁을 치렀다. 그녀는 최대한 예쁘면서도 성숙한 여인의 향기가 나는 옷을 골랐다. 그러고는 생전 안 하던 앞치마까지 두르고 그를 위해 아침을 준비했다. 아침밥을 짓는다는 것이 이리도 설레는 일이란 걸 소영은 처음 알았다.

"어디 아파? 왜 말이 없어?"

열심히 조잘거리던 그녀이건만, 다소곳이 앉아서 밥 먹는 모양이 어딘지 부자연스러워 보였다.

"밥이 뜨거워서요."

소영은 대충 둘러댔고 마침 지한의 휴대폰에서 메시지가 왔다는 알림음이 울렸다.

"벌써 출발했다고 하는 것이 급했나 보네."

혼잣말로 중얼거린 그를 그녀가 궁금한 눈으로 보았다.

"피디님, 어디…… 가세요?"

출발했다는 지한의 말에 소영이 조심스럽게 물어보았다.

"아니, 중요한 사람이 나를 보러 이 집으로 온다네. 아침에 전화가 왔어."

"중요한 사람?"

"이따 오면 보여줄게."

소영보고 어서 밥을 먹으라는 눈짓을 한 그가 국을 떠서 먹었다.

종류별로 음료수가 가득 채워져 있는 냉장고를 소영은 몇 분 동안 쳐다보고만 있었다. 식사를 마친 그녀가 손님에게 대접할 음료를 사러 근처 마트로 온 참이었다. 어떤 것을 사야 할지 계속 망설이다 끝내 평범한 것으로 골라서 꺼냈다.

"잠시 실례합니다."

막 냉장고의 문을 닫으려는 찰나, 뒤에서 목소리가 들렸고 그녀가 옆으로 비켜주었다. 그런데 냉장고 문을 여는 사람을 확인한 소영의 눈이 동그랗게 떠졌다. 그는 다름 아닌 유한준이었다.

"유 부장님."

소영이 부르자 음료수를 꺼내던 한준이 고개를 돌렸다. 그리고 이내 밝은 미소를 지었다.

"소영 씨."

다소 들뜬 목소리엔 반가움이 묻어났다.

"여기는 어쩐 일이세요?"

트레이닝복 차림의 한준이 어색한 듯 그녀가 의아하다는 표정으로 물었다.

"전셋집을 보러 다니는데 이사 철이 아니라 그런지 집 구하기 힘드네요."

냉장고에서 음료수를 두 개 꺼낸 그가 하나를 소영에게 건네자 그녀는 감사의 의미로 작게 웃었다.

"이사하시게요?"

"지금 사는 집이 회사와 좀 멀어서 가까운 곳으로 옮겨보려고요. 그런데 소영 씨는 왜 여기에?"

계산 후, 슈퍼 밖으로 나온 두 사람은 파라솔 아래에 앉았다.

"저, 여기 살아요. 저기 파란 지붕 보이죠?"

그녀가 가리키는 쪽에는 여러 채의 집이 보였다. 그중 지붕 끝만 보이는 파란색의 기와집이 있었다.

"그러셨군요."

소영과 같은 방향을 보며 한준은 기쁜 표정을 했다.

"이 동네는 교통도 좋은 편이고 홈쇼핑 스튜디오랑 그리 멀지 않아서 이사 오셔도 괜찮으실 거예요."

"신중히 생각해볼게요."

한준이 음료수를 입안으로 흘려 넣었다.

"아차! 이러고 있으면 안 되는데. 중요한 손님이 오시기로 했어요."

마시려던 음료수를 보자 생각났는지 소영이 벌떡 일어섰다.

"그럼 어서 가보셔야죠."

"먼저 가서 죄송합니다. 좋은 집으로 구하세요."

"그럴게요."

꾸벅 인사를 한 뒤 뛰어가는 소영의 모습에 한준도 의자에서 일어섰다.

정말 눈썹이 휘날리도록 갔다 오려고 했는데, 갑자기 한준을 만나는 바람에 조금 지체되고 말았다. 분주하게 발길을 옮기던 소영이 막 대문 안으로 들어설 때였다.

"두 사람이 신혼여행에서 돌아오면 나는 이 집에서 나가야지."

털썩! 이게 무슨 소리일까. 안에서 들리는 지한의 목소리에 소영은 들고 있던 비닐봉지를 떨어트리고 말았다.

6화. 아픈 마음

무언가 떨어지는 소리에 그가 대문 밖으로 고개를 내밀었다. 그곳에는 혼이 빠진 듯 멍하니 서 있는 그녀가 있었다.

"소영아."

지한의 목소리가 들렸다. 허공을 보던 소영의 시선이 자신을 가만히 바라보는 그에게 멈추었다. 이 사람이 간다고? 왜 마음속에서 찬바람이 이는 것 같지. 허전해지는 이 기분은 뭘까.

"피디님."

"밖에서 무슨 일이 있었어?"

소영의 표정이 심상치 않았다. 그녀의 곁으로 다가온 지한은 소영이 떨어트린 비닐봉지를 집어 들었다.

"그냥…… 유 부장님을 만났어요."

"유한준?"

이 근처에 살고 있었나. 한준이 소영에게 마음을 두고 있다는 사실을 지한은 알고 있다. 그녀 역시 스스럼없이 한준을 대하는 편이라 되묻는 그의 말에 근심이 묻어났다.

"네, 음료수 사러 간 슈퍼에서. 그런데 벌써 손님이 오셨나 봐요?"

누구일지. 어떤 사이일지. 그한테 중요한 사람이라 했으니 소영은 빨리 만나보고 싶었다.

"응, 누나가 왔어."

누나라면? 지난번 데생 모델 알바를 했을 때 만난 그분인가? 그때는 정신이 없어 제대로 인사도 못 했었는데 이렇게 다시 보게 되다니.

"안녕하세요, 원장님."

"어머나! 소영 씨!"

그를 따라 중문을 들어선 소영은 지수를 보며 활짝 웃었다. 그러자 아이를 안고 있던 지수가 그녀의 모습에 놀라서 일어섰다.

"두 사람, 알아?"

지한이 얼떨떨한 표정을 짓자 지수가 품 안에 안고 있던 호진이를 그에게 안겨주었다.

"우리 학원에서 모델 알바 하셨어. 학생들이 그린 그림들을 보고 소영 씨가 얼마나 예쁜 사람인지 새삼 느꼈다니까."

"예쁘다니 무슨 그런 말씀을. 음료수 준비할게요. 말씀 나누세요."

지수에게서 예쁘다는 말을 들으니 소영은 멋쩍었다. 그녀는 지한의 손에 있는 음료수를 받아서 마루로 올라갔다. 지수는 기다렸다는 듯이 지한을 끌고 사랑채로 갔다.

지수는 소영이 슈퍼 간 사이 지한에게 이곳에서 지내게 된 사연을 간략하게 전해 들었다. 다만, 경수에게 부탁받은 대상이 소영이란 것만 모를 뿐이다.

"누나, 왜 그래?"

지수의 행동이 이상했는지 사랑채로 끌려 들어가던 그가 물었다.

"너, 어떻게 된 거야?"

"뭐가?"

"쌍둥이 엄마는 어디 가고 소영 씨가 여기에 있어?"

낯가림이 심한 두 살배기 호진이는 지한이를 잘 따랐는데, 지수는 전시회로 중요한 사람을 만날 일이 있다며 봐달라는 핑계를 대면서까지 그가 사는 곳을 알아냈다. 그동안 그녀는 부친의 눈치를 보느라 졸지에 집에서 쫓겨난 동생에게 연락도 못 했었다. 지수에게 지한은 언제나 떠올리기만 해도 마음 아픈 동생이었다. 하나뿐인 동생에게 이런 일이 생겼으니 오죽 마음을 졸였겠는가.

그런 동생이 누군가를 사랑했고 그 사이에서 아이들이 생겼다고 했다. 이런 사실을 알고도 아버지 때문에 내색은 하지 못했지만 너무나도 기뻤다. 이곳에 오면서도 동생이 사랑하는 여자를 만날 줄 알고 들뜬 마음을 주체하기가 힘들었다.

"쌍둥이 엄마는 무슨……."

"그게 무슨 말이야, 헤어졌어? 그런 거야? 애들은 어쩌고!"

그가 시큰둥하게 말하자 지수는 놀란 듯 연이어 질문을 해댔다.

"있어야 헤어지지. 고모가 마련한 맞선 자리라 나가기 싫다고 말도 못 하고. 그래서 애인 알바를 고용했어."

걱정하는 지수에게 더 이상 숨길 수 없어서 지한은 고백했다.

"어머, 얘 좀 봐! 그런 거라면 아빠한테 솔직하게 말하고 오해를 풀어야지."

이리된다면 지한이 집에서 쫓겨날 이유가 없어지게 되는 것이다. 눈이 시릴 정도로 힘겹게 웃은 그가 지수를 바라보았다.

"누나. 나, 숨…… 좀 쉬자."

"지한아……."

"오래 걸리지는 않을 거야. 제대로 숨 좀 쉬어보고 집으로…… 돌아갈 게."

힘들게 말하는 지한이 가여웠는지 지수의 눈에 눈물이 글썽했다. 지금까지 한 번도 이런 말을 한 적 없었던 동생이었다. 고모의 말이라면 무엇이든 복종했고 아버지에겐 절대적으로 순종했었다. 기특할 정도로 잘 지낸다고 생각했었는데, 그 모든 것이 동생에겐 숨 막히는 고통이었나 보다.

"그렇게 힘들어하면서 왜 아무한테도 말하지 않았어?"

"가족…… 이잖아. 내가 참으면 되는 일이니까. 그러니 잠깐만 비밀 지켜 줘."

자신처럼 가족을 먼저 생각하는 소영, 그래서 더 눈이 갔는지도.

애틋한 눈으로 바라보는 지수의 시선을 피하려는 듯 지한은 안고 있는 호진이를 토닥거렸다.

"알았어, 네가 원하는 대로 해줄게."

동생을 위한 것이라면 무엇이든지 해주고 싶었다. 누나로서 해줄 수 있는 게 고작 이런 것밖에 없어서 오히려 미안했다.

"누나, 나 지금 정말 많이 행복해."

"그러고 보니 네 표정이 달라진 것 같다."

지수의 눈에 반짝거리는 그의 눈빛이 보였다. 이렇듯 살아 있는 지한의 눈빛을 지수는 지금껏 살면서 처음 보는 것 같았다.

"참, 내가 아까 가영이랑 경수가 결혼했다고 말했잖아."

"응, 그랬었지."

소영이 슈퍼에서 돌아오는 그 시각, 지한이 집주인에 대해서 말하자 지수는 듣고 놀랐다. 거의 십 년 만에 들어보는 지한의 친구들 이름이라서 그녀는 더 반가워했다.

"소영이가 가영이 동생이야."

"가만, 그럼 소영 씨가 경수 처제니까 너랑 함께 살 사람이 소영 씨라는 거네."

"함께 산다기보다는…… 뭐, 그런 거지."

함께 산다는 말의 어감이 이상했는지 대충 얼버무렸지만, 그는 소영의 발소리를 알아채고는 문 쪽으로 시선을 옮겼다.

"두 분, 나오셔서 음료수 드세요."

예쁘게 웃는 소영을 보자 지한의 눈은 그녀만 좇았다.

"소영 씨가 가영이 동생이라면서요?"

"말씀 낮추세요. 그런데 저희 언니를 아세요?"

소영의 말에 지수가 고개를 끄덕였다.

"말 놓으라고 하니까, 그럴까?"

"그래주시면 제가 더 편하죠."

안채로 간 지수가 마루로 올라가 앉자 소영이 음료수를 그녀 앞에 놓아주었다.

"우리 지한이 친구들은 거의 다 알지. 연희도 아는데."

"연희…… 요?"

"가영이랑 친한 친구였는데 몰랐구나. 사실 연희가……."

가영의 친구라지만, 소영은 처음 들어보는 이름이었다.

"누나."

호진이를 내려놓던 그가 지수의 말을 가로막았다. 그의 표정은 진지해져 있었다.

"내가 쓸데없는 소리를……. 잘 마실게."

"네."

어색해진 분위기에 잠깐의 정적이 흘렀다. 연희라는 사람…… 남에게 알리고 싶지 않을 만큼 그한테 중요하다는 뜻일까. 소영은 불현듯 궁금증이 일었다.

"그러고 보니 너, 호진이 한동안 못 봤구나."

"응, 그사이 많이 컸네."

"너도 어서 결혼해서 아이 낳고 살아야지."

"……."

그는 호진이를 안고 있는 소영을 바라봤다. 곧 이 집을 떠나 본가로 돌아가게 될 텐데 제 마음을 그녀 곁에 두고 과연 이곳을 나가 예전처럼 살 수 있을지. 음료수 잔을 드는 지한의 마음이 갈피를 잡지 못했다. 답답한 마음에 그가 창밖으로 시선을 두었다.

"호진아~"

지수가 아이를 부르는 소리에 소영이 고개를 돌렸다. 그녀의 눈에 창밖을 보고 있는 지한의 모습이 보였다. 어쩐지 무척 쓸쓸해 보였다.

"두 사람이 신혼여행에서 돌아오면 나는 이 집에서 나가야지."

소영은 좀 전에 들은 그의 말이 떠올랐다. 형부와 언니가 2주간의 신혼여행에서 돌아오면 그는 떠나는 걸까…….

예전엔 2주간이 긴 시간이라며 걱정했었는데, 이제는 왜 이렇게 짧게 느껴지는 것인지. 참으로 알다가도 모를 사람의 마음이었다.

"호진이가 소영일 잘 따르네."

아이가 낯가리지 않자 지수가 신기한 듯 말했다. 그런 그녀를 향해 지한이 시계를 보더니 말을 건넸다.

"중요한 일이 있다며. 호진이는 소영이랑 내가 돌볼 테니 그만 가봐."

"어? 어. 가…… 봐야지."

"걱정하지 말고 가."

196

지수가 뭉그적거리자 지한은 재촉했다. 반면, 막상 아이를 놓고 가려니 지수는 선뜻 발이 떨어지질 않았다.

　"빠빠."

　"저 녀석 아주 신났는데."

　화분에 물을 장난스럽게 주는 소영을 보며 호진이는 좋아서 뛰었다.

　"너희한테 호진이, 부탁 좀 해볼까."

　조카에게서 눈을 떼지 못하는 지한을 보며 지수는 자리에서 일어섰지만, 그의 눈 안에는 소영이 더 크게 담겨 있었다.

　지수가 간 뒤 지한은 무슨 생각을 하는지 햇볕 든 마당을 하염없이 바라보고 있었다.

　"빠빠."

　"호진아."

　그의 뒷모습을 보던 소영은 호진이의 목소리에 고개를 돌렸고, 아이의 손에 자신의 휴대폰이 들려 있는 것을 보았다.

　"그리로 가면 안 돼."

　휴대폰을 든 호진이가 주방으로 가는 걸 보고 소영이 일어섰다. 그녀가 손을 내밀며 다가오자 장난치는 줄 안 호진이는 싱크대 앞으로 도망을 갔다. 그때 휴대폰을 뺏길까 봐 어찌할 바를 모르던 아이가 휙, 던져버렸다.

　"호진아, 안 돼!"

　풍! 개수대로 빠진 휴대폰을 보며 소영이 뛰어갔다. 그녀를 보고 있던 지한도 자리에서 일어났다.

　"무슨 일인데 그래?"

　"내 휴대폰……."

　재빨리 꺼냈지만 이미 늦었다. 물이 뚝뚝 떨어지는 휴대폰을 보며 소영은 망연자실했다.

"줘봐."

소영의 손에서 휴대폰을 가져간 그가 배터리를 꺼내 분리했다.

"내, 돈줄."

지한이 휴지를 가져와 물기를 닦는 모습에 소영은 서둘러 거실로 나가 집 전화 수화기를 들었다.

"서비스센터부터 가야 할 것 같은데."

아이를 데리고 나온 그가 그녀 곁으로 갔다.

"그런데…… 피디님, 우리 집 전화번호를 피디님 휴대폰으로 착신해놓으면 안 될까요?"

"내 거로?"

"알바 전화 올까 봐서요."

"어…… 그래."

제 조카의 잘못으로 이리되었으니 그는 거절하기가 힘들었다. 번호를 착신해놓은 소영이 외출 준비를 하려는지 방으로 들어가자 지한은 그녀의 휴대폰을 보았다.

"나, 서지한."

자신이 써 놓은 사인이 보였다.

Rrrrrr.

지한은 제 휴대폰이 울리자 집어 들었다. 화면을 보니 낯선 번호가 찍혀 있었다.

"서지한입니다."

[알바공주…… 전화 아닌가요?]

갑작스러운 남자의 목소리 때문인지 의뢰인이 당황한 듯했다.

"잠시 자리를 비우셔서 대신 받았습니다. 의뢰하실 일이 있으신가요?"

소영의 일이니만큼 지한은 정중히 전화를 받았다. 제 옆을 지나가는 호진이의 머리를 쓰다듬어주며 그가 온아한 미소를 지었다.

[다름이 아니라, 아버지 고희 때 애인 역할 할 사람이 필요해서요. 가족 여행까지 같이 가준다면 수고비를 상의해보고 싶은데요.]

의뢰인의 말에 그의 얼굴에서는 웃음기가 싹 가셨다.

"죄송합니다만, 앞으로 애인 알바는 불가합니다."

지한의 목소리는 그 어느 때보다 단호했다. 의뢰인으로부터 두 번 다시 이런 전화가 오지 않게 그는 못 박듯이 말했다.

[……]

"전화 주셔서 감사합니다."

당황했는지 상대방이 말이 없자 그는 깍듯이 인사하고 통화를 끝냈다. 휴대폰을 내려놓은 지한이 호진이를 안아 들었다.

"아주 잘했어."

"빠빠."

휴대폰을 물에 빠트려준 아이가 귀여운지 그가 호진이의 손을 가볍게 물었다.

"피디님, 저 서비스센터 좀 갔다 올게요."

가방을 들고 나온 소영이 테이블 위에 놓여 있는 자신의 휴대폰을 챙겼다.

"좀 전에 애인 알바 의뢰하는 전화가 왔었는데 거절했어."

"왜요?"

"부친 고희가 끝나면 같이 가족 여행까지 가줄 수 있느냐고 해서."

이유를 묻는 그녀의 말에 지한은 주요한 내용만 알려주었다.

"한번 상의라도 해보게 바꿔주지."

"진심이야? 가서 무슨 일이 생길 줄 알고 겁도 없이 어디를 따라간다는 거야?"

소영이 아쉬운 듯 말하는 통에 그의 심기가 불편해졌다.

"제가 꼭 간다는 것이 아니라."

그가 미간을 잔뜩 찌푸리자 소영은 말을 멈췄다.

"보호자는 자신이 보살펴야 할 사람이 위험해지지 않게 막아주는 사람이야."

"보호자?"

경수와 가영이 없는 지금 그가 자신의 보호자라는 건가? 소영은 그가 한 말을 중얼거렸다.

"만약 위험에 노출된 상황을 방치한다면, 그건 이미 보호자로서 자격이 없는 거지. 무슨 말인 줄 알겠어?"

그녀를 지키기 위해서라면 한 치의 물러섬도 그는 용납할 수 없었다.

"무슨 말인 줄 알겠어요. 그럼 저는 진짜 서비스센터에 갔다 올게요."

좋게 넘어가야 싸울 수도 없는 상황이었다. 소영은 서둘러 밖으로 나왔다. 하지만 지한을 피해 집 밖으로 나오자 자신을 어린애 타이르듯 대한 그의 행동에 서운한 마음이 들었다.

"내가 무턱대고 알바하는 줄 아시나? 나도 할 거 안 할 거 가려서 한다고요."

소영은 눈앞에 보이는 깡통을 힘껏 차버렸다. 돈에 환장한 사람으로 몰아붙이다니. 싫었다. 그녀는 화풀이를 하려는 듯 발 앞에 있는 깡통을 다시 뻥! 차버렸다.

"있는 대로 눈에다 힘주고 말이야. 보호자는! 아우…… 속상해."

굴러가는 깡통 앞으로 그녀가 걸어갈 때였다. 소영의 옆으로 승합차 한 대가 멈춰 섰다. 조수석 창문이 내려가자 그녀는 별생각 없이 차 쪽으로 고개를 돌렸다.

"소영 씨."

"어? 부장님 자주 뵙네요."

그녀를 향해 유한준이 밝게 웃고 있었다.

"앞으로 더 자주 볼 것 같은데요. 저, 지금 이사하는 중입니다."

"이사요? 무슨 이사를……."

분명 오전에 만났을 때만 해도 집을 알아보러 다닌다고 했었다. 그런 사람이 오후에 이사를 한다고? 그녀로서는 이해하기 힘들었다.

"마침 비어 있는 풀 옵션 원룸이 있더라고요. 휴가 때 이사하는 게 수월할 것 같아서 단번에 잔금까지 치렀어요. 그런데 소영 씨는 어디 가시나 봐요?"

소영의 행색을 본 그가 물었다.

"휴대폰을 물에 빠트렸지 뭐예요. 수리가 가능한지 서비스센터에 가보려고요."

"저 공기계 있는데. 우선 차에 타요. 데려다드릴게요."

"……."

그의 말을 이해를 못 했는지 소영이 가만히 있었다. 한준은 콘솔박스를 열더니 휴대폰을 꺼내 그녀에게 보여주었다.

"소영 씨가 쓰시던 유심칩만 저에게 주시면 됩니다. 어서요."

그가 재촉하자 소영은 어쩔 수 없이 조수석으로 올라탔다. 그녀가 차에 오르자마자 어서 달라며 한준이 손을 내밀었고 그녀는 가방에서 휴대폰을 꺼냈다. 알바 때문에 지금 당장 휴대폰이 필요한 건 사실이었다. 사정이 그러다 보니 그의 호의를 거절하기 힘들었다.

"여기 있어요."

잠시 머뭇거린 그녀가 한준에게 유심칩을 건네주었다. 한준은 그녀가 지켜보는 앞에서 휴대폰 케이스를 벗긴 후 공기계에 유심칩을 끼웠다. 휴대폰을 켜기 전 소영을 흘깃 본 그가 보란 듯이 전원 스위치를 누르며 기분 좋은 듯 웃었다.

"다 되었네요. 이제 쓰시기만 하면 돼요."

"그럼…… 휴대폰 수리할 때까지만 신세 질게요."

소영은 한준이 친절하게 대해주자 여러모로 속상했던 마음이 조금은 풀리는 것 같았다. 그래서일까. 한준이 준 휴대폰을 보던 그녀는 불현듯 지한이 미안한 표정으로 바라봤던 것이 생각났다. 조카인 호진 때문에 휴대폰이 망가졌으니 그도 난감했을 것이다.

"버리려고 했던 거예요. 그냥 받기 부담스러우면 점심 사주시는 건 어때요? 이사하느라 끼니를 놓쳤네요."

"아직도 점심을 안 드셨어요?"

잠깐 딴생각에 빠져 있는 소영을 보며 한준이 정말 배가 고픈 듯 자신의 배를 만졌다.

"저도 알바할 때 밥때 놓친 적 많았었는데."

혼잣말처럼 소영이 중얼거리자 한준은 뭔가 생각난 것 같았다.

"아, 그래서 말인데, 혹시 알바 말고 다른 일을 해볼 생각은 없으세요? 예를 들면…… 쇼호스트라든가?"

"네! 물론 기회만 있으면 꼭 해보고 싶죠! 그게 쉽지 않아서 문제지."

그 문제로 얼마나 노심초사하는데! 소영은 애타는 마음에 자신도 모르게 소리까지 지르고 말았다. 그녀의 모습에 한준이 작게 웃었다.

"그렇게 하고 싶어 하는 줄 몰랐네요. 소리까지 지르시고."

"죄송해요. 후…… 사실 쇼호스트를 하고 싶긴 한데 방법을 못 찾고 있었거든요."

자신의 꿈을 위해 조금이나마 도움을 받고 싶어도 지한은 들은 척도 안 하고, 그녀 스스로 해보려고 했으나 막막했다.

"없긴요. 지금 홈페이지를 통해서 온라인 접수 중인데 확인 안 해보셨어요? 8월 초에…… 혹시 휴가 가서서 못 보셨나?"

"홈페이지요? 접수 마감일이 언젠가요?"

한준의 말에 소영의 입이 저절로 벌어졌다. 7월 말일에 지한과 함께 고향 집으로 떠난 그즈음에 공고가 올라온 모양이었다.

"정말 하실 생각은 있으신 건가요?"

"당연하죠!"

"그럼 증명사진부터 촬영하러 가요."

차를 출발시키려는지 한준이 시동을 걸자 소영은 빙긋이 웃었다. 그녀는 보란 듯이 제 가방을 툭툭 쳤다.

"USB에 사진 받아놓은 거 가방 안에 있어요. 그러지 말고 점심부터 먹으러 가시죠!"

점심을 같이한 소영과 한준은 조용한 커피숍으로 자리를 이동했다. 그녀는 지금 한준의 노트북을 이용해 이력서를 작성하고 있었다. 탁, 탁, 타다닥. 타닥. 빠르게 자판 두드리는 소리가 들렸다.

"이제 증명사진만 넣으면 될 것 같은데요."

이력서를 봐주던 한준이 부드럽게 미소 지으며 말했다. 소영은 가방 안주머니에서 USB를 꺼낸 후 노트북에 꽂았다. 사진을 클릭한 소영은 쑥스러운 듯 웃었다.

"사 개월 전에 찍은 건데 지금보다는 어려 보이네요. 헤헤."

"자, 이제 보내기만 하면 진짜 끝이네요!"

메일 주소를 클릭하려던 그녀가 긴장된 표정을 지었다. 떨리는지 심장까지 두근거렸다. 만약 한준을 못 만났다면……. 으! 생각하고 싶지도 않았다. 그대로 기회는 날아갔을 것이다. 되든 안 되든 부딪쳐보기로 한 소영이 드디어 메일 주소를 눌렀다.

"오! 됐다! 원서접수뿐만 아니라 휴대폰까지 주시고. 부장님, 정말 감사합니다."

얼마나 기뻤는지 그녀는 탄성이 절로 나왔다. 이렇게 큰 도움을 받게 될 줄이야. 소영은 날아갈 것 같은 기분이었다.

"제가 소영 씨에게 도움을 줄 수 있어서 오히려 감사한걸요. 앞으로도 도움이 필요하시면 언제든지 말씀하세요."

소영은 그의 말에 감동까지 받았다.

"충분히 도와주셨어요. 그것만으로도 저는……."

자신을 바라보는 한준의 눈빛이 평소와 다르다는 것을 느끼자 소영은 하던 말을 멈췄다. 직원으로서 회사에서 만났을 때와는 차이가 있는 것 같았다.

"나쁘지 않네요."

소영과 단둘이 있는 이런 상황이 한준은 참으로 좋았다.

"……뭐가요?"

궁금한 눈으로 소영이 보자 싱겁게 웃은 한준이 노트북을 챙겼다.

"그냥요. 그만 일어날까요? 저는 나머지 짐을 가지러 부모님 댁으로 가야 할 것 같아요."

"도움만 받고 죄송해서 어쩌죠?"

자기 일만 신경 쓰느라 한준의 일은 까마득히 잊고 있었다. 소영은 진심으로 미안했다. 그녀의 표정을 본 한준이 자리에서 일어서려다 멈칫했다.

"……저, 소영 씨한테 관심이 많은데요."

어쩔까, 생각하느라 잠깐 머뭇거린 한준은 지금이 기회라고 싶었는지 말했다.

"네?"

그녀가 놀라서 쳐다보았다.

"말 그대로 소영 씨를 특별하게 보고 있어요."

소영을 향한 본마음을 한준이 말했다. 그러자 그녀의 얼굴엔 당황스러움이 비쳤다.

"저기 저는……."

"갑자기 제가 고백하는 바람에 놀라신 것 같은데, 매몰차게 거절하지 말고 한 번쯤 생각하신 후 답해주세요."

이렇듯 진지하게 말하니 이 자리에서 바로 거절할 수도 없는 노릇. 더군다나 자신의 쇼호스트 지원 접수를 도와준 고마운 사람이 아니던가.

"……그럴게요."

한준이 난처해할까 봐 소영은 마지못해 대답했지만, 그는 흡족한 얼굴로 웃었다. 한준에게서 휴대폰을 받아 든 소영은 재빨리 계산대로 갔다. 지갑에서 현금을 꺼내 계산을 마친 소영은 한준과 함께 커피숍을 나왔고, 곧바로 주차장으로 간 그는 소영을 태우고 차를 출발시켰다.

"휴간데 어디 다녀오셨나요?"

그녀가 조용히 앞만 보고 있자 한준이 물었다.

"형부 따라서 고향 집만 갔다 왔네요."

막상 한준에게서 고백을 듣고 나니 소영은 지금 상황이 많이 어색했다. 그런데 지한과 함께 지냈던 시간이 떠오르자 그녀의 입가에 옅은 미소가 번졌다.

"소영 씨 표정 보니 좋았나 봐요?"

"오랜만에 엄마 얼굴을 봐서 그럴 거예요."

지한과 있었던 일을 말하자니 그렇고 그녀는 모친 핑계를 대었다.

"저는 이사할 집만 찾아다니느라 별로 한 게 없었어요. 그래도 운 좋게 한 번에 계약해서 기분은 좋네요. 더군다나 소영 씨도 만나고."

자신의 얼굴을 빤히 보는 한준의 시선에 소영은 부끄럽기까지 했다. 이윽고 한준의 승합차가 소영의 집 앞에 섰다.

"제가 사는 집을 알고 계셨네요?"

"파란 지붕이라고 말씀하셨잖아요."

그녀가 차에서 내리려고 차 문을 열 때였다. 소영의 집 대문이 열리면서 호진이를 안은 지한이 나왔다. 소영과 눈이 마주친 그는 운전석에서 내리는 한준을 보자 표정이 굳어졌다.

"……서 피디님 아니십니까?"

그가 소영의 집에서 나오자 한준은 놀라는 눈치였다.

"그러는 유 부장님은 어쩐 일로 이곳에……."

"저는 이 동네로 이사 왔습니다만, 서 피디님은 왜 이 집에서……."

지한에게 아이가 있었나? 파란 지붕 집에서 나온 것도 그렇고, 호진이를 안고 있는 것도 그렇고, 의아해서 물으려던 한준이 말을 흐렸다.

"경수네 사랑채에서 신세 지고 있습니다."

"사랑채요?"

"얹혀산다고 보시면 됩니다."

지한의 말에 수긍하면서도 한준의 표정은 어두워졌다.

"아…… 그러셨군요. 저는 지금 이사하던 중이라서 그만 가봐야겠습니다. 서 피디님, 다음에 뵙겠습니다."

지한의 등장 때문인지 갑자기 한준은 서둘러 가려는 듯 운전석 문을 열었다. 이내 승합차는 주저하지 않고 출발했다.

"안녕히 가세요."

소영이 인사를 하자 지한은 한준의 차가 멀어지는 것을 보며 천천히 걸어갔다.

"나, 호진이 데려다주고 올게."

지한의 목소리는 무척 가라앉아 있었다. 그리고 곧 지한 역시 소영의 눈에서 사라졌다.

이십여 분 후, 지한이 탄 택시가 지수의 집 앞에 정차했다. 택시에서 호진이를 추스른 지한이 조심스럽게 내렸다. 띵동. 그가 초인종을 누르자 이내 둔탁한 소리가 들리더니 철 대문이 열렸다.

잠시 후 지한은 현관으로 들어갔고 지수는 기다렸다는 듯이 그에게서 호진이를 받아 안았다. 아이가 잠이 든 상태라 그녀는 아이를 침대에 눕히고자 방으로 발걸음을 옮겼다.

"울며 보채지는 않았어?"

"소영이랑 잘 놀던데."

"우리 호진이, 이제는 엄마랑 떨어져 지낼 줄도 알고 많이 컸네."

지수는 호진이 대견한지 아이의 이마에 조심스럽게 입을 맞췄다. 그 모습이 지한의 눈에는 한없이 아름답게 보였다.

띵- 동. 초인종 소리가 들렸다. 딱히 올 사람이 없는지라 의아해하면서 그녀가 밖으로 나갔다.

"누가 왔어요?"

인터폰을 확인한 가정부에게 지수가 물었다.

"대표님이 오셨습니다."

"고모가 오셨다고?"

예정보다 일찍 돌아온 연숙을 맞이하기 위해 지수가 급히 현관 쪽으로 향했다. 지수와 더불어 지한까지 현관 앞에 서자 이윽고 문이 열렸다.

"고모, 어서 오세요."

"다녀오셨어요?"

지수와 지한의 인사를 받은 연숙이 안으로 들어왔다.

"그래. 어쩐 일로 지한이가 와 있었네?"

"많이 피곤해 보이시네요?"

그의 눈에도 연숙의 얼굴이 해쓱해 보였다.

"일정을 당기느라 서둘렀더니 힘에 부친다. 너는 요즘 어떻게 지내니? 언제 그 아이 좀 만나보자."

'그 아이? 아…….'

연숙은 지금 소영이 알바로 연기했던 쌍둥이 엄마를 말하는 것이다.

"출산 예정일은 언제쯤이야? 부친은 뭐 하시는 분이고? 우리 그룹과 견주어도 손색이 없을 정도의 집안이니?"

"……."

연숙은 연이어 물었지만 지한은 입을 다물고 있었다.

"네 마음을 잡은 여자라면 그만큼 대단할 테니 내가 아무것도 알아보지 않고 그냥 넘어간 거야."

'만약 고모가 쌍둥이 엄마에 대해 뒷조사를 하면?'

불현듯 그는 이런 생각이 떠올랐다. 연숙이 원한다면 불가능한 일은 없을 것이다. 자신이 벌인 모든 일로 소영, 그녀가 위험해질 수도 있었다. 한 번의 알바로 끝났다면 크게 문제 될 것은 없었겠지만, 지금 소영이 자신의 마음을 차지한 여자라는 것이 문제다. 연숙은 과연 있는 그대로의 소영을 받아들여 줄까.

"분명히 은하에 버금가는 여자겠지."

연숙이 은하와 소영일 견주자 지한은 한 대 얻어맞은 기분이었다. 처음으로 소영과의 미래를 생각하자 지한의 마음이 혼란스러워졌다.

연숙이 소파에 앉자 지수가 다가왔다.

"고모, 피곤하실 텐데 천천히 하세요."

모든 정황을 알고 있는 지수가 지한의 안색을 힐끗 살폈다. 그는 얼굴이 잔뜩 굳어 있었다. 지수는 슬그머니 화제를 돌렸다.

"은하가 들어오기 전에 듣고 싶어서 그래."

"은하도 출국했어요?"

"같은 호텔에 묵었어. 일 때문에 왔는데 객실로 찾아와 말동무해주니 반갑더라."

띵- 동! 그때 초인종 소리가 들렸다.

"누구지?"

"은하일 게다."

연숙은 지수에게 입 다물라는 뜻으로 눈을 끔뻑했다. 문을 열어주러 가는 가정부를 보면서 지수가 현관 쪽으로 걸음을 옮겼다.

"지수 언니, 잘 지냈어?"

문이 열리자 안으로 들어온 은하가 지수를 보자마자 안부를 물었다.

"어머, 은하야. 얼마 만이니. 오느라 힘들었지? 방금 고모한테 들었는데 말동무해드렸다며?"

"적적하실 것 같아서…….. 어, 지한이 왔네."

지한을 발견한 은하가 밝게 웃어 보였다.

"왔어?"

"참, 매력 떨어진다. 오랜만에 만나서 겨우 그 말 한마디 하니? 대표님, 대체 지한이 왜 이래요?"

그의 짤막한 인사에 은하는 서운하다며 불만스러운 표정을 했다.

"원래 성격이 과묵한 걸 어째. 나는 아무리 노력해도 안 되니 네가 좀 어떻게 해봐라."

"대표님도 못하시는 걸 제가 어떻게 할 수 있겠어요?"

은하가 지한의 옆으로 앉았다.

"저는 그만 가볼게요. 피곤하실 텐데 쉬세요."

"저것 봐라. 얼굴 보자마자 간단다."

연숙이 서운한 기색을 내비치자 은하가 그의 옷깃을 잡아당겼다. 지한은 도로 앉을 수밖에 없었다.

늦은 밤, 경수네 집 앞에 택시 한 대가 멈춰 섰다. 이내 뒷문이 열리더니 지한이 차에서 내렸다. 그런데 무슨 일인지 대문이 빠끔히 열려 있었다. 그 광경을 한심하게 바라본 그가 슬쩍 대문을 밀어보니 그대로 열렸다.

"안녕하세요~ 단소영입니다~"

지한이 집 안으로 들어오던 그때 상냥하게 인사하는 소영의 목소리가 들려왔다. 낮에 알바 일로 싫은 소리를 한 탓에 멋쩍어서 저러나 싶어 그가 돌아봤는데, 그녀는 없었다.

"단소영 양은 왜 쇼호스트가 되고 싶은가?"

이번에는 남자의 말투를 흉내 내는 소영의 목소리가 들렸다. 지한은 무슨 일인가 싶어 빠르게 걸음을 옮겼다. 이내 그의 눈에 들어온 것은 평상 위에 올라선 소영이 공손히 배꼽 인사를 하는 모습이었다.

"깜짝이야!"

자신이 던진 질문에 대답하려던 소영은 중문 앞에 서 있는 지한을 발견하고는 기겁을 했다.

"너는 대문도 안 잠그고 뭐 하는 거야?"

소영과 눈이 마주친 그는 걱정된 마음에 대뜸 핀잔부터 주었다.

"대문이 열려 있어요? 분명히 잠갔던 것 같은데. 그래도 그렇지, 인기척 좀 하고 다니세요."

"대문 닫히는 소리도 못 들었어?"

"안 들렸어요."

닫힌 걸 확인하려는지 소영이 대문을 보았다. 그런데 그녀의 차림새가 이상했다. 밤에, 그것도 집에서 그녀는 정장을 제대로 차려입고 있었다.

"이 밤에 그…… 복장은 뭐야?"

"피디님, 저 있잖아요."

"너, 혹시 쇼호스트 채용공고 봤어? 설마 접수라도 한 거야?"

소영의 말을 다 듣기도 전에 그가 심각하게 물었다.

"피디님…… 알고 계셨어요?"

웃음을 머금고 있던 소영의 입가가 점차 굳어갔다. 지한은 누구보다 자신이 쇼호스트를 하고 싶어 한다는 것을 가장 잘 알고 있던 사람이다. 그런데도 말을 안 해줬다니.

"알고 있었어."

소영의 표정이 날카롭게 변하는 것을 보고는 그가 평상에 앉았다.

"그러면서 말도 안 해준 거예요?"

"아직은 해줄 필요가 없다고 느꼈어."

필요가 없었다고? 아무렇지도 않게 어떻게 이런 말을 할 수 있는 거야! 지한을 내려다보던 소영이 두 주먹을 꽉 움켜쥐었다.

"제가 하고 싶어 하는 거 다 알고 있으면서 왜 그랬어요?"

너무나도 태연한 그의 태도에 배신감마저 느껴지자 그녀의 목소리가 떨렸다.

"일단 한 학기 남았으니 졸업은 해야 할 거 아니야?"

"휴학하면 되잖아요!"

"휴학? 일이 년도 아니고 몇 개월만 더 다니면 되는데 휴학을 한다고? 그럼 언제 복학할 건데? 직장생활 하다가 학교로 돌아간다는 게 어디 쉬운 줄 알아?"

지한의 생각으론 소영의 취직도 중요했지만, 현재는 학업을 마치는 것이 더 중요했다. 그는 그녀가 졸업한 후에 하고 싶은 일을 해도 늦지 않는다고 여겨 채용 사실을 말하지 않았던 것이다.

"그건 천천히 생각해도 되잖아요. 일단 쇼호스트가 되면."

"만약에 채용되었다고 치자. 졸업한 뒤 일하겠다고 하면 회사에서 기다려줄까?"

"그거야……."

"내가 꿈, 깨라고 했잖아."

이대로는 안 될 것 같았다. 지한은 소영의 미래를 위해 어쩔 수 없이 다시 한 번 강하게 이 말을 해야만 했다.

"내 꿈 가지고 마음대로 말하지 마세요! 도와주지는 못할망정 기까지 꺾지 마시라고요!"

듣기 싫은 저 말을 또다시 듣게 되자 단단히 약이 오른 소영은 씩씩거렸다.

"나중에 좌절할까 봐 걱정돼서 그러지."

전혀 준비되지 않은 상태에서 무턱대고 뛰어드는 소영이 걱정스럽기도 했다. 재능은 있다고 하나 발휘할 힘은 아직 부족했다. 서서히 터득할 수 있도록 가르친 후 내년쯤 쇼호스트에 도전한다면 그녀는 반드시 꿈을 이룰 것이라고 지한은 생각했다.

"좌절해도 제가 합니다, 서지한 피. 디. 님."

하지만 그 마음을 알 리 없는 소영이었다.

"……채용공고 유한준이 알려준 거야?"

"네. 그것뿐인 줄 아세요. 이 휴대폰도 주셨어요."

소영은 화가 나서 일부러 자랑하듯 휴대폰을 지한에게 보여주었다.

"그럼 전에 쓰던 휴대폰은……."

그가 소영을 올려다보았다. 다만, 어두운 밤이라 그의 손끝은 물론 눈빛이 흔들리는 것을 소영은 알아채지 못했다.

"쓰지도 못할 거…… 버렸어요."

"그럼, 내 사인도…… 버려진 건가."

"그까짓 사인……."

힘겹게 웃은 그가 일어섰다. 매정하게 말을 쏟아내던 소영이 문득 지한의 뒷모습이 힘들어 보이자 말을 멈췄다.

"내일부터 정시에 출근해서 가영이 대신 스태프 일 좀 도와줘. 지금은 쇼 호스트보다 알바가 너에게 어울려."

"정말 해도 해도 너무하시네."

"혼자 사시는 어르신들을 위해서 돈 벌 거라며. 너, 돈 벌어야 하잖아. 그렇다면 싫어도 와야겠지?"

그가 이렇게 말할 수밖에 없는 것은 소영이 스튜디오로 와야 할 이유가 있기 때문이다.

"진짜 너무해……."

사랑채로 가기 위해 중문으로 향하는 지한을 보면서 소영은 아랫입술을 지그시 깨물었다. 꿈조차 꾸지 못하게 하는 사람이라면, 꿈을 이루지 못하게 좌절시키는 사람이라면 필요치 않았다. 자신을 지켜주는 사람인 줄 알았더니 그는 그 반대였다. 이리도 실망스러울 수가…….

여름휴가가 끝나고 다시 일상으로 돌아왔다. 스튜디오로 가기 위해 계단을 올라가던 소영은 얼핏 들리는 말소리에 발걸음을 멈출 수밖에 없었다.

"서 피디가 공중파 방송국에서 좌천된 거라는 말이 돌던데, 들었어?"

"나도 그 소문 듣기는 했는데 아니라는 말이 더 많으니까 신뢰를 못 하겠어."

"그럼 유언비언가 보네."

소영은 좌천이란 말에 심장이 떨릴 정도로 놀랐었는데, 곧이어 유언비어라는 말이 들리자 안심했다. 직원들이 스쳐 지나가자 다시 정신을 차리고 그녀는 고개를 숙였다. 그 후 서둘러 스튜디오로 가 조심스럽게 문을 열고 들어갔다. 민주는 생방송을 진행하고 있었다. 서류 접수를 한 후라 그런지 소영은 모든 것에서 눈을 뗄 수 없었다.

"이 부분 솔기를 보세요."

민주는 입고 있는 옷을 뒤집어 보여주며 한창 방송에 열을 올렸다. 그때 소영의 옆을 지나가던 지한이 들고 있던 옷을 그녀가 서 있는 소파 옆으로 톡 던졌다.

"옷걸이에 걸어놔."

그녀를 향해 작게 말한 지한은 이내 경수 대타로 온 카메라 감독 옆으로 갔다. 그와 눈도 맞추지 않은 소영은 지한이 던져놓은 옷을 들었다. 딱, 하룻밤 사이 이렇게 냉랭한 관계가 될 수 있다니 오히려 신기했다.

'……이 옷은?'

옷걸이에 옷을 걸려던 소영은 민주를 보았다. 자신의 손에 있는 옷은 분명히 민주가 입고 있는 바로 그 옷이었다. 소영의 두 눈이 반짝 빛을 냈다.

"여기 소매 부분은 정말 예술입니다."

마침 민주의 말이 들려왔고 소영은 슬그머니 옷을 살펴보았다. 이리저리 만져보고 뒤집어도 봤다. 민주의 멘트대로 확인해보던 그녀는 이 옷을 입었을 때 느낌을 알고 싶었다. 스태프들 눈치를 본 소영이 슬그머니 옷을 한번 입어보았다.

'이런 느낌이구나. 시청자한테 이런 걸 어필하면 되는 거구나.'

눈으로 보면서 짐작했을 때와는 많이 달랐다. 그때 소영은 민주와 눈이 마주쳤다. 마침 카메라가 모델들을 잡고 있어 민주가 소영을 향해 손짓했다. 지한의 시선이 소영을 부르는 민주에게로 향했다.

"칼라를 이렇게 해서 입으면 더 예쁘겠지?"

소영이 입고 있는 옷을 만져준 민주가 다시 카메라 앞에 섰다. 그사이 거울 앞으로 간 소영은 입고 있는 옷 색깔을 보았다. 민주와 같아 보이면서도 또 다른 느낌이 들었다.

잠시 후 방송이 끝나자 민주가 소영의 곁으로 다가왔다.

"귀염둥이 공주님, 서 피디랑 싸웠어?"

"언니는, 내가 서지한 피디님과 싸울 급이 되나? 나는 일개 알바생인데."

소영의 말에 지한을 보던 민주가 어깨를 으쓱했다. 왜 그러냐고 묻는 것 같았다. 하지만 그는 곧바로 사무실로 걸어갈 뿐이었다.

지- 잉. 지- 잉. 소영의 휴대폰이 울렸다.

"민주 언니, 형부야!"

경수에게서 전화 왔다고? 지한이 사무실 문을 닫으려다 잠시 걸음을 멈췄다.

"진짜? 우리도 듣게 스피커폰으로 돌려봐."

그사이 정리를 하던 스태프들도 경수라는 소리에 우르르 몰려왔다.

"혀여엉부우~~"

[우리 처제, 잘 지냈어?]

잘 지낸다며, 그러니 걱정하지 말라고, 보이지도 않건만 소영이 고개를 끄덕였다.

"네, 잘 지내고 있어요. 언니는요?"

[언니는 지금 링거 맞고 있어.]

"왜요? 어디 아파요? 사고 났어요?"

통화 소리를 듣는 모두는 소영만큼이나 걱정된 표정을 지었다.

[아니, 사실은 가영이가 임신을 했대. 나도 조금 전에 의사한테 듣고 여기저기 전화하는 거야.]

"진짜요!"

"김 감독, 축하해!"

못 믿겠다는 듯이 소영이 되묻자 민주가 들뜬 목소리로 소리쳤다.

"축하합니다!"

스태프들이 경수에게 전하는 축하 인사가 스튜디오에 울렸다. 사무실 문을 닫기 전, 제 일처럼 기쁜지 지한의 입가에도 미소가 번졌다.

[처제, 지한이랑은 잘 지내고 있지?]

소영이 사무실 쪽을 보았지만 이미 문은 굳게 닫혀 있었다.

"네, 잘…… 지내고 있어요."

임신한 가영 때문에라도 절대로 걱정 끼칠 수 없었다.

[의사 선생님 오셨다. 처제, 나중에 다시 전화할게.]

"언니한테 축하한다고 전해주세요."

전화를 끊는 소영은 별안간 눈물이 핑 돌았다. 울컥해진 소영의 마음을 알아챘는지 민주가 그녀를 안아주었다.

"축하할 일인데 울면 안 되지. 우리, 차라도 한잔 마실까?"

그러곤 민주가 스튜디오를 나갔다.

민주의 말처럼 조카가 생겼으니 진정 축하할 일이었다. 소영이 큰 숨을 들이마셨다. 문득 사무실 문이 열리며 지한이 나왔다. 소영은 그와 눈이 마주쳤다.

"……서지한 피디님, 언니가 아기를 가졌다고 형부에게서 전화가 왔어요."

지한과는 사이가 서먹서먹해졌지만, 별개로 그가 경수와 가영의 친구이니 기쁜 소식을 알려줘야 할 것 같았다.

"……잘됐네. 이모 된 거 축하해."

소영은 그의 시선을 피하고자 카메라를 응시했다. 그런데 카메라가 갑자기 왜 저리 무섭게 보이는 것인지.

"하! 면접……."

소영이 걱정된 마음에 자기도 모르게 중얼거렸다. 지한은 근심 어린 그녀의 말투와 카메라에 머물러 있는 시선을 확인했다. 두어 걸음 앞으로 걸어간 그가 카메라를 만졌다.

"보란 듯이 접수해놓고 이제 와서 두려운가 보네."

"처음부터 두려웠어요. 하지만 반드시 한 번은 겪어야 할 일이니 해보려고요."

되든 안 되든 시작을 했으니 끝을 봐야 할 것 같았다. 사실 시간이 지나갈수록 소영의 속은 타들어갔다. 그 고민을 누구에게도 말할 수 없으니 내색하지도 못하고 혼자서 힘들어했었다.

"하긴 어떤 상황이든 처음이란 것은 꼭 있기 마련이니까."

의연한 척 말해도 소영이 힘들어한다는 것을 그가 알아차렸다.

"피디님은…… 처음 카메라 앞에 설 때 기분이 어땠어요?"

"음…… 난, 카메라를 무시했어."

본인이 생각해도 어이없었는지 말을 하던 그가 빙긋이 웃었다.

"네! 무시해요?"

"처음이라서 그런지 나를 빤히 보는 렌즈가 기분 나쁘더라고. 그러니 안 봤지."

"두려운 게 아니라 기분 나빠요?"

돌아본 지한의 얼굴을 소영이 똑바로 바라보았다.

"소영아, 카메라가 두려우면……."

'소영아?'

이 사람은 어째서 이리도 다정스레 제 이름을 부를 수 있는 것인지…….
소영이 잠시 입을 다물자 스튜디오 안에는 정적이 흘렀다.

"……네가 사랑하는 사람이라고 생각하고 봐."

"사랑하는 사람?"

"아주 쉬워. 이 카메라는 그 사람 몸이고, 여기 이 렌즈는 그 사람 눈이야."

"눈?"

카메라 렌즈에 있는 지한의 손을 보던 소영이 그의 눈을 보았다. 그와 함께하면서 수없이 봐왔던 눈…… 다시 봐도 참으로 서글서글했다.

"사랑하는 사람과는 자꾸 눈을 맞추고 싶잖아. 그러니 카메라 렌즈를 그 사람 눈이라고 생각하면 무섭지 않겠지?"

자신을 보고 있는 소영을 그가 보았다. 시선을 피하는 소영으로 잠깐 마주쳤지만, 그녀의 눈빛이 흔들리는 것을 그는 분명히 보았다.

"제가 쇼호스트 하는 거 반대하면서 왜 알려주는 거예요?"

정나미가 떨어질 정도로 모질게 말했던 그였다. 그런 사람이 두려움을 떨칠 방법을 알려주고 있었다. 소영은 지한의 의도가 무엇인지 도통 알 수 없었다.

"어차피 접수했다면 경수와 가영이 얼굴도 생각해줘야지."

'형부랑 언니?'

아, 난 친구의 처제일 뿐이지 여자가 아니었구나. 소영은 새삼 지한과 자신의 관계를 다시 생각하게 되었다.

"자기소개할 인사말은 제대로 준비해놨어?"

"……사실 뭐라고 해야 할지 잘 모르겠어요. 혹시…… 면접 때…… 상품 소개도 하나요?"

무엇보다 경수와 가영이 홈쇼핑에서 일하고 있으니 소영은 두 사람의 얼굴부터 생각해야 했다. 면접관들에게 부족한 모습을 보여주면 안 될 것 같기에 소영은 지한에게 도움이라도 받을까 싶어 조심스럽게 물어보았다.

"그건 나도 모르지."

"정보 좀…… 흘려줘 봐요."

어렵게 입이 떨어졌다. 인사말도 버거운데 면접관 앞에서 상품 소개까지 하라면 채용될 가능성은 더 희박해질 것이다.

"나도 모르는 정보를 어떻게 흘려줘. 그리고 흘린 정보를 듣고 채용되면 넌 기분이 어떨까?"

"……떳떳하지 못하겠죠."

엄연히 부정행위다. 그러니 아무리 제 마음이 조급해도 소영은 더 이상 조를 수도 없었다.

그날 저녁, 소영을 태운 지한의 차가 경수의 집 앞에 도착했다. 그런데 저만치 비상등을 켠 채 주차되어 있는 차가 있었다. 한준의 차였다.

"부장님 찬가?"

"너는 빨리 집으로 들어가."

시동을 끈 그가 중얼거리듯 말했다.

"왜 오셨는지 물어는 봐야죠."

"그냥 들어가라고!"

화난 사람처럼 지한이 벼락같이 소리치자 안전벨트를 풀던 소영은 움찔할 정도로 놀랐다.

"왜, 소리는 지르고 그래요?"

그가 아무리 자제하려 해도 한계가 있다는 것을 알았을 땐 이미 소영에게 소리를 지르고 있었다. 제 마음속에 있는 여자를 지켜만 본다는 것은 쉽지가 않았다.

"들어가면 되잖아요!"

화를 내며 목청을 높이는 지한의 모습을 소영은 처음 보았다. 하지만 그녀 역시 느닷없이 당한 일이라 기분이 좋을 수만은 없었다. 차에서 내린 소영이 쌩하니 대문 안으로 사라졌다.

그런데 아무래도 집으로 들어가는 그녀를 한준이 본 것 같았다. 한준이 차에서 내리자 지한도 운전석의 문을 열었다. 한준이 그의 곁으로 다가왔다.

"소영 씨랑 함께 퇴근하려고 스튜디오에 들렀더니 이미 갔다고 하더라고요. 그런데 서 피디님이랑 올 줄은 몰랐네요."

"같이 사니 태우고 와야죠."

"잠깐이라도 소영 씨 얼굴 좀 보고 가야겠어요."

한준이 대문으로 가려고 할 때였다. 지한이 그의 팔을 잡았다.

"늦었습니다. 그만 가보시죠."

"그리 늦진 않은 것 같은데. 서 피디님, 이러시는 거 좀 이상한데요?"

한준은 지한에게 잡힌 제 팔을 보았다. 이 정도로 세게 움켜잡았다면 그냥 붙잡은 것이 아니다.

"저는 지금 단소영 양의 보호자입니다. 혹시라도 그녀에게 무슨 일이 생길까 항상 조마조마하거든요."

그는 제 마음을 누구한테도 내보이지 않으려 했다. 하지만 한준의 팔을 잡는 순간 이미 그의 마음은 보이고 말았다.

"가족도 아닌데 보호자라고 하니까 좀 우스운데요."

보호자라는 지한의 말에 한준의 눈빛이 싸늘하게 변했다.

"우스우세요? 어쩝니까? 저는 너무 조심스러워서 하나도 우습지 않은데."

"조심스럽다? 그 정도면 정신적으로 무척 피곤하겠네요."

지한이 몹시 불쾌한 표정을 짓자 한준은 그가 했던 것처럼 흉내를 내며 비꼬듯 말했다.

"피곤합니다. 그래서 이젠 좀 쉬고 싶으니 그만 가보세요."

"이제부터는 제가 서 피디님을 대신해서 소영 씨를 보살필 테니 걱정은 그만하시죠."

지한이 눈에 거슬린 한준은 소영에 관해서 확실하게 말할 필요성을 느꼈다. 소영의 홈쇼핑 모델 알바 채용부터 출입증 발급, 무엇보다 그녀에게 지급된 여름휴가비 처리까지 지한의 지시로 자신이 처리했기에 한준은 잘 알고 있다. 분명 단순히 형부 친구로서가 아니라 지한은 남자로서 소영을 대한 것일 터.

"경수의 부탁을 받은 것은 저니까 그것은 안 될 것 같은데요. 그럼 안녕히 가세요."

한준의 팔을 놓은 지한이 안으로 들어가고자 걸음을 옮겼다. 한준이 보고 있다는 것을 알면서도 그는 대문의 문고리를 잡았다.

"서 피디님에게 소영 씨는 그저 친구 처제일 뿐인가요?"

한준은 지한의 마음을 정확하게 알고 싶었다. 한준의 질문에 그가 돌아보았다.

"어떤 대답을 원하십니까? 친구 처제가 아닌 오직, 여자일 뿐이라는 대답?"

지한의 마음이 오롯이 녹아 있는 말이었다. 그는 질투심을 이기지 못하고 결국 다 보여주고 말았다.

"······오직?"

"원하시는 답을 얻었다면 들어가도 되겠습니까?"

이번엔 한준이 지한의 팔을 잡았다.

"이미 소영 양은 제 마음도 알고 있습니다. 그리고 생각해보겠다고 말도 했고요."

"그럼 그녀의 답을 기다리세요. 소영인 어떤 경우에도 허투루 말하는 그런 여자가 아니니까요."

소영의 인격을 존중해주는 지한의 마음을 한준은 그대로 느낄 수 있었다.

"소영 씨를······ 많이 좋아하는군요."

"다행스럽게도 그녀가 저를 싫어합니다. 안녕히 가세요."

그는 진실을 말했을 뿐인데 돌연 외로움이 밀려왔다.

"싫어하는 것이 다행스럽다고?"

대문 안으로 사라지는 지한을 보며 한준이 중얼거렸다.

드디어 운명의 그날이 왔다. 양팔을 활짝 벌린 소영이 깊은 숨을 들이마셨다가 내뱉기를 반복했다. 청심환까지 먹고 왔건만 다 소용없었다. 분명히 숨은 쉬고 있는데 끊임없이 가슴이 답답했다.

지- 잉. 문자 알림음이 울렸다.

[소영 씨, 파이팅해요. 직접 얼굴 보고 응원할 수는 없지만 제 마음은 소영 씨 옆에 있습니다. 면접 중엔 아는 척을 못 하는 제 마음 이해해주세요.]

휴대폰을 확인하니 한준이 보낸 문자였다. 그의 응원 메시지처럼 파이팅하기 위해 소영이 눈을 감았다.

"하나, 둘, 셋, 넷."

초조한 마음을 가라앉히고자 그녀는 천천히 숫자를 세기 시작했다. 졸졸졸. 수돗물 흐르는 소리가 들리자 소영이 눈을 떴었다.

"홈쇼핑 직원인가 봐요?"

그녀 옆에서 손을 씻던, 나이 지긋한 여인이 소영에게 물었다.

"아닙니다. 직원이 되고 싶어 발버둥 치는 오리죠."

의욕만 넘친다는 뜻을 담아 반듯한 자세를 한 소영이 씩씩하게 말했다.

"오리라? 표현이 재미있네."

소영이 귀엽다는 생각에 여인이 작게 웃었다. 손을 다 씻었는지 그녀는 핸드백에서 손수건을 꺼냈다. 그런데 그만 손수건을 놓치고 말았다. 화장실 바닥에 떨어진 손수건을 잡으려고 여인이 팔을 내릴 때였다. 소영이 재빠르게 손수건을 집어 올린 후 여인을 향해 내밀었다.

"예쁜 손수건이네요."

"고마워요."

여인은 건네받은 손수건으로 손에 남아 있는 물기를 정성껏 닦았다. 그 모습을 보던 소영이 자신의 옷매무새를 다시 살폈다. 여인에게서 풍기는 품새가 예사롭지 않았기 때문이다.

"아, 이제 가야겠다."

시간을 확인한 소영은 마음을 진정시키고자 후- 홉! 하고 다시 한 번 숨을 들이마셨다.

"오늘 면접을 보나 봐요?"

"네. 혹시…… 어르신도 면접을? 아니면 여기…… 직원이신가요?"

실수할까 봐 소영이 머뭇거리며 물어보았다. 면접이 있다는 것을 여인이 이미 알고 있었기 때문이다. 대화를 나누면서 두 사람은 어느새 화장실 밖으로 나왔다.

"둘 다 아니지만 관련은 있어요. 그럼 건투를 빌게요."

"감사합니다."

밖에서 기다리고 있던 여자와 함께 걸어가는 여인을 향해 소영은 묵례를 했다. 그런데 그녀가 고개를 갸우뚱거렸다.

"어디서 본 것 같은데……."

하지만 그것도 잠시, 더는 이곳에서 지체하면 안 될 것 같아 소영은 바삐 면접장으로 걸어갔다. 재속해서 와보니, 저 멀리 몇 명의 여자들이 문으로 우르르 들어가는 모습이 보였다. 시간을 다시 확인한 소영이 문을 열고 들어가려던 찰나, 문 앞에 붙여놓은 공지를 보았다.

"우- 와, 심장 떨려 죽겠네."

면접 합격발표를 이례적으로 당일 진행한다는 공지로, 합격 소식을 듣고 가라는 것이었다.

드디어 문을 연 그녀가 안으로 들어갔다.

"굉장하다……."

이렇게 많은 사람이 접수했을 줄이야. 여기저기서 쉴 새 없이 중얼거리는 말소리를 들으며 소영은 비어 있는 의자로 가서 앉았다. 그때 면접실 문이 열리더니 여자 하나가 나왔다.

"무슨 질문을 하던가요?"

벌써 면접을 보고 나온 그녀를 몇 명의 여자들이 에워쌌다.

"면접실에서 있었던 일을 함구하는 것까지 면접에 포함된다고 했어요."

"그래요?"

정보 좀 얻으려다 여의치 않자 다들 실망하는 표정을 지었다. 저들을 보던 소영의 머릿속은 아직도 정리되지 않은 인사말로 뒤죽박죽이었다. 순서를 기다리는 내내 초조하다 못해 불안해지기까지 했다.

'도대체 무슨 질문을 받았기에?'

면접 본 사람들의 표정을 살펴보니 하나같이 침통해 보였다.

"안윤희 씨, 들어오세요. 다음은 단소영 씨입니다."

"네!"

한준이 제 이름을 부르자 긴장한 소영이 벌떡 일어났다. 나름 철저히 준비된 상태에서 면접을 봤다면 덜 떨렸을지도. 하지만 이미 벌어진 일, 소영은 굳게 닫혀 있는 문 앞으로 걸어갔다.

'최선을 다하자.'

이윽고 문이 열리고 제 앞에 들어갔던 여자가 나왔다. 그런데 이 여자도 표정이 썩 좋질 않았다.

"단소영 씨 들어오세요. 다음은 김은숙 씨입니다."

한준과 눈이 마주쳤지만 아무렇지 않은 척 호흡을 정리한 소영이 안으로 들어갔다. 그녀가 들어서자마자 바로 면접실 문은 닫혔다. 소영이 정면을 보니 눈앞에는 스튜디오를 연상케 하는 무대가 마련되어 있었다.

찰칵! 찰칵! 소영은 바로 쇼호스트가 서는 자리로 걸어갔는데 앞을 보니 어떤 여자가 사진을 찍고 있었다.

'면접 보는데 사진까지 찍어? 어, 피디님……'

뜻밖에도 면접관 자리에 지한이 앉아 있었다. 소영은 놀란 듯했다. 지켜보겠다, 이건가? 소영은 책잡히지 않게 정신을 바짝 차리기로 했다.

'어! 저분은…….'

그런데 지한의 옆에 앉아 있는 여인을 발견하고 소영은 더더욱 놀라고 말았다. 조금 전 화장실에서 만나던 바로 그 사람이 자리하고 있었다. 관련이 있다고 하더니 이런 뜻이었구나.

어느 정도 상황 파악을 한 소영이 커다란 테이블 앞에 서더니, 저를 보고 있는 면접관들을 향해 정중히 고개를 숙였다. 연신 카메라는 촬영 중이었는데 생방송을 그대로 연출한 것 같았다.

"안녕하세요. 단소영입니다."

소영의 인사를 들으며 지한은 그녀가 제출한 자기소개서를 확인했다.

'활달한 성격…….'

읽어 내려가던 그의 입가에 아주 작은 미소가 걸렸다.

"단소영 양은 아직 대학생이시네요."

본부장이 물었다.

"네, 졸업반입니다."

"그럼, 시작해볼까요."

본부장의 말이 끝나자 테이블을 덮고 있던 흰 천을 한준이 걷어냈다. 똑같은 그릇이 두 세트 진열되어 있었다. 그리고 푯말 하나…….

'깨지지 않는 그릇?'

지원 동기나 향후 포부에 대해서 질의하는 것이 아니라 쇼호스트로서 아예 상품을 팔아봐라? 생각지도 못한 면접 스타일에 소영의 입안은 바짝 말라갔고 카메라는 마치 괴물처럼 보였다.

쿵쿵거리며 심장이 뛰었다.

"아주 쉬워. 이 카메라는 그 사람 몸이고, 여기 이 렌즈는 그 사람 눈이야."

두려움이 온몸을 휘감을 때, 소영은 지한이 했던 말이 생각났다. 그녀가 다시 카메라를 응시했다. 저것은 카메라가 아니라 사랑하는 사람이…… 소영은 주문을 걸었다.

괴물처럼 우뚝 서 있는 카메라를 보던 그녀가 빙긋이 웃었다. 카메라 위로 한 남자의 모습이 서서히 겹쳐졌다. 자신을 보며 미소 짓는 그가 환영이 되어 그곳에 서 있었다. 소영은 그 남자로 인해 카메라를 마주할 용기가 생겼다. 두렵지…… 않았다.

"안녕하세요. 쇼호스트 단소영입니다."

사랑하는 사람과 눈을 맞췄을 때처럼 렌즈를 뚫어져라 바라본 소영이 드디어 멘트를 시작했다.

"오늘은 시청자들께 견고하면서도 아름다운 그릇을 소개해드리려고 합니다. 사실 견고한 그릇들은 좀 투박한 맛이 있죠. 하지만."

소영이 진열되어 있는 접시 하나를 집어 들었다.

"보세요. 얼마나 아름답습니까? 그것뿐만이 아니라 직접 들어보니까 엄청 가볍네요. 거짓말 살짝 보태서 새털 같아요."

소영이 예쁘게 미소 짓자 면접관들의 표정이 한층 부드러워졌다. 하지만 지한은 여전히 노트북 화면을 바라보고 있었다.

"새털이 떨어질 때 어떻게 떨어지는지 다들 아시죠? 바닥에 사뿐히 내려 앉습니다. 그럼! 깨지지 않는 이 접시는 바닥으로 떨어졌을 때 어떨까요? 한 번 보여드리겠습니다."

깨지지 않는다고 했으니…… 보여주겠어! 소영이 들고 있던 접시를 보란 듯이 바닥으로 던졌다.

쨍그랑-! 헉! 청량한 소리를 들을 줄 알았는데 '쨍그랑-!'이라니……. 너무 세게 던졌나? 접시가 두 동강이 나는 장면을 직접 보면서도 소영은 믿을 수 없었다.

'깨지지 않는 그릇이라며!'

아…… 이런 식으로 면접을 봤으니 다들 죽상을 하고 나왔었구나!

소영은 접시가 무참히 깨지는 것을 목격하는 순간 저절로 입이 벌어지고 있었다. 하지만 그녀는 당황하지 않은 척 재빨리 미소를 지었다.

"놀라셨죠? 깨지지 않는다고 했는데 이렇게 깨져버렸으니 얼마나 놀랐겠어요?"

설마 자신만큼 놀랐을까.

"사실 이 그릇은 소개할 상품과 비교해보려고 일반 재료로 제작한 것이랍니다."

똑같은 그릇이 두 세트 있다는 것은 그만한 이유가 있다는 뜻일까? 소영은 깨진 접시 옆으로 나란히 진열되어 있는 다른 그릇 세트를 보았다. 그녀는 좀 전에 잡았던 것과 같은 종류의 접시를 들었다. 모 아니면 도!

"시청자 여러분, 견고함을 직접 확인하세요!"

소영은 들고 있는 접시를 바닥에 던졌다.

땡- 그랑-! 맑고 깨끗한 소리를 내며 바닥에 닿은 접시가 데구루루 굴러갔다. 안 깨졌구나, 안 깨졌어! 십년감수한 소영이 환하게 웃었다.

"깨지지 않는다고 자랑하듯 아주 신나서 굴러가고 있습니다."

"하하하하하."

소영의 멘트에 면접관들이 웃었다. 그리고 노트북 화면을 바라보고 있던 지한의 눈도 살며시 휘어졌다.

합격 결과를 기다리는 동안 소영은 회사 측에서 준비한 다과를 먹지도 마시지도 못했다. 사실 그녀뿐만이 아니라 오늘 면접에 임한 모두가 그랬다.

"대단하신 분이 왔으니 오늘 발표한다고 하겠죠."

"그러니까요. 저는 아까 그분을 보는 순간 심장이 내려앉았어요."

대화하는 사람들을 보면서 소영은 다시 고개를 갸우뚱했다. 화장실에서 봤던 그 여인…… 면접관으로 앉아 있어서 깜짝 놀랐었는데 그녀를 말하는 건가.

그런데 어디서 봤더라? 맞……!

"나왔어요."

누군가의 말에 생각을 멈춘 소영이 의자에서 일어났다. 그녀의 눈은 열린 문으로 들어오는 여인에게 멈췄다. 웅성웅성. 자신처럼 다들 알아본 것 같았다.

"안녕하세요. J&H 그룹 대표이사 서연숙입니다."

'아! 저분과 내가 말을 했다니…….'

단상에 선 연숙을 보며 소영은 떨리는 마음을 진정시킬 수 없었다.

"합격자 발표가 일주일 후인 건 다들 알고 계실 겁니다. 사실 온 김에 제가 직접 발표하고 합격자를 격려해주고 싶어서 본부장님께 부탁을 했습니다. 며칠 마음 졸이면서 기다리는 것보단 오늘 결과를 알게 되면 훨씬 낫겠죠."

카랑카랑한 연숙의 목소리가 면접장 안에 울렸다.

"발표에 앞서 오늘 심사를 맡아주신 분들이 계십니다. 저를 비롯해 카메라 감독님, 서지한 피디님, 마지막으로 J&H 홈쇼핑의 본부장님. 수고들 하셨습니다."

연숙의 말에 소영이 지한의 모습을 찾으니 그는 보이질 않았다.

"그럼 이제 발표를 하겠습니다."

연숙이 들고 있는 봉투를 열자 면접장 안은 삽시간에 조용해졌다. 내용을 확인한 연숙이 온아한 표정을 지었다.

"축하합니다. 합격자는 김은숙 씨입니다."

"아!"

은숙은 너무 놀랐는지 외마디 비명을 질렀다.

7화. 서로를 원하는데

소영은 합격자 이름을 듣는 순간 온몸의 힘이 빠져나가는 것 같았다. 촉박한 탓에 준비가 미흡했으니 떨어진들 할 말은 없었다.

면접관인 지한과 아무것도 준비되지 않았던 자신. 지한이 그토록 모질게 말한 것엔 다 이유가 있었다. 소영은 면접장에 가서야 제 판단이 틀렸다는 것을 뼈저리게 느꼈었다.

찰칵! 찰칵! 합격자가 단상 앞으로 가자 카메라 셔터 눌리는 소리가 들렸다. 축하한다는 말을 전하는 통에 끊임없이 웅성거리는 소리도 들렸다. 사진까지 찍고 있으니 더러는 어리둥절한 표정을 지었다. 그 모습을 보았는지 본부장이 마이크를 잡았다.

"사진 촬영으로 놀라신 것 같은데 오늘 면접 과정은 회사 사보에 실릴 예정입니다. 그러니 편하게 임해주시면 될 것 같습니다."

사보에 실린다니. 응시자들은 그저 부러운 눈길로 지켜보았다. 몇몇은 가려는지 소지품을 챙기고 있었다.

"이상으로 발표를 모두 마칩니다. 수고들 하셨습니다."

본부장의 말에 그곳에 있던 사람들은 하나둘 면접장을 빠져나갔다. 한편 망연자실한 소영은 연숙이 저를 지켜보고 있다는 사실을 전혀 눈치채지 못하고 있었다.

"본부장님, 저기 있네요."

"잠시만 기다려주세요."

연숙이 소영을 가리키자 본부장이 걸음을 옮겼다. 소영이 가려고 막 가방을 들 때였다. 본부장이 제 앞으로 오자 그녀는 의아한 눈으로 보았다.

"단소영 양, 잠시만 시간을 내주시겠어요?"

소영의 이름표를 확인한 본부장이 그녀에게 양해를 구했다. 어느덧 응시생들은 모두 면접장을 나간 상태였다. 고요함이 찾아온 그곳엔 소영과 지한, 그리고 연숙과 본부장만이 남아 있었다.

"네, 무슨 일이신가요?"

그때 소영은 제 앞으로 걸어오는 연숙을 보았다. 소영과 눈이 마주친 연숙이 온아한 미소를 지었다. 심사하는 내내 연숙의 머릿속에선 소영의 밝은 미소가 맴돌았다. 한눈에 매료될 정도로 청순한 이미지와 활기차게 방송을 진행하는 힘.

시청자의 입가에 미소를 짓게 하는 방송이라면 분명히 홈쇼핑의 호응도는 올라갈 것이다. 접시가 깨졌을 때 소영이 보여준 순발력과 대범함 또한 칭찬할 만했다. 연숙이 다가오자 소영은 허리를 숙여 인사를 했다.

"안녕하세요."

"단소영 양, 우리 구면이죠?"

구면이라는 연숙의 말로 지한의 표정은 파리해졌다. 고모가 소영을 알고 있다니. 설마 그사이 소영의 뒷조사를? 이미 그녀의 모든 걸 파악하고 고모는 오늘 면접에 참석하신 건가.

홈쇼핑 스튜디오를 방문한다는 연숙의 소식을 듣고 그는 아침부터 서둘렀다. 정문을 통과하던 지한은 본부장의 모습을 보았고, 자신이 주차한 뒤엔 연숙의 차가 회사로 들어서는 것을 발견했다. 지한은 일부러 소영의 면접 과정도 제대로 보질 않았다. 혹시라도 제 감정을 연숙에게 들킬까 우려해서였다. 그런 지한의 마음을 알 턱이 없는 소영은 연숙을 향해 밝은 미소를 보였다.

"만나 뵙게 되어 영광입니다."

"오늘 불합격해서 많이 서운하시죠?"

"사실 준비가 부족해서 어느 정도 예상은 했었습니다. 다음에는 꼭 합격하도록 노력하겠습니다."

"그러지 말고 제가 기회를 한번 줘볼까요?"

"기회요?"

소영은 호기심 가득한 눈빛을 했다.

"한 달간의 수습 기간을 마친 뒤 저곳에 계신 서지한 피디님의 테스트 통과된다면, 쇼호스트로 발령 낼 의향이 있는데요."

연숙의 손이 뒤쪽에 서 있는 지한을 가리켰다.

"그게 정말인가요?"

꿈을 이룰 기회가 올지도 모른다니. 소영은 믿기지 않는 눈으로 멀찍이 떨어져 있는 지한을 보았다.

"해보실 생각이 있으신가요?"

"네! 해보겠습니다."

1초의 망설임도 없이 소영은 우렁찬 목소리로 대답했다. 면접이 끝날 때까지 지한은 자신을 쳐다보지도 않았었다. 그때 이미 다 틀렸다고 생각했었는데 이런 소식을 듣게 될 줄이야!

"모든 권한을 서 피디님께 드렸으니 분발해보세요."

"감사합니다!"

소영은 연숙을 향해 다시 한 번 고개를 숙였다.

"본부장님, 가시죠?"

"네, 대표님."

연숙이 본부장과 자리를 뜨자 소영은 두근대는 가슴에 손을 얹었다.

'피디님……'

지금 그녀가 보고 있는 방향에는 자신을 또렷하게 바라보는 지한이 있었다. 그는 무슨 생각을 하는지 말없이 그녀를 지켜만 볼 뿐이었다. 지한과 여행경비 프로젝트를 시작하면서 꿈꾸게 된 쇼호스트……. 이런 기회를 잡고 나니 소영은 불현듯 지한에게 고마웠다. 그에게 말을 걸고자 소영이 숨을 가다듬었다.

"피디님, 저한테 쇼호스트를 할 기회가 생겼어요."

"비록 기회지만 그래도 축하는 해줄게."

그런데 축하한다는 그의 목소리는 냉랭할 뿐만 아니라 시선조차 차갑게 느껴졌다. 곁으로 다가가고 싶었던 소영은 그의 시선이 마음에 걸려 그러질 못하고 경계하는 눈빛을 했다.

"대표님이 주신 기회가 그렇게도 마음에 안 드세요?"

"그 기회를 잡을 수 있을지는 한 달 후에 보자. 그때 가서 내 대답을 듣고 울지 않도록 열심히 해봐."

"한 달……."

기쁨도 잠시, 애석하게도 정사원이 되려면 그의 통과 결정이 있어야 한다. 과연 해낼 수 있을까?

"설마, 억지를…… 부리진 않으시겠죠?"

"실력이 형편없으면 억지를 부릴 필요가 있을까."

여전히 두 사람은 자신들이 서 있는 자리에서 움직이질 않았다. 멀찍이 떨어져 서로를 바라보고 있었지만 마치 눈싸움이라도 하듯 상대방의 눈길을 피하지 않았다.

"한 달 후에 기쁜 마음으로 허락하실 수 있도록 저 노력하겠습니다."

"기대할게. 너의 진가를."

이건 지한의 진심에서 우러나온 말이었다.

"그럼 출근은 언제부터 하면 되나요?"

소영이 씩씩하게 물어보았고 지한은 잠시 생각에 잠겼다.

"음…… 9월부터 하자."

"9월이요? 한시가 시급한데…….."

"무턱대고 출근해서 뭘 하려고? 날짜 정해서 문자 보낼 테니 그동안 방송 보면서 공부라도 해. 제대로 배워야 할 것 아니야."

지한은 과할 정도로 들떠 있는 소영의 마음을 가라앉힐 필요가 있다고 생각했다.

"혹시, 절…… 가르쳐주실 거예요?"

"모니터링 정도는 해줄 수 있어. 네가 싫다고 하면 어쩔 수 없고."

'모니터링?'

그의 의견을 듣는 것만으로도 많은 도움을 받을 수 있을 터.

"답이 없는 것이, 싫은가 보군."

"아니에요! 절대로 아니에요."

"그 대신 조건이 있어."

"뭔데요?"

"최대한 너의 시간에 맞춰줄 테니 휴학은 안 돼. 어때?"

"……좋아요."

소영은 학교와 일, 둘 다 할 수 있기에 절대로 거절해서는 안 될 최상의 조건이란 걸 알고 있다.

"참, 소영아. 그런데 대표이사님을 어떻게 알아?"

연숙이 소영을 지목할 줄 지한은 예측도 못 했다. J&H 그룹의 대표자답게 한눈에 소영의 재능을 알아보다니……. 지한은 심사 도중에 있었던 일을 떠올렸다.

모든 응시생의 면접이 끝나고 찻잔 안의 커피가 다 식어갈 즈음 합격자가 선택되었다. 만장일치로. 매끄러운 진행과 풍부한 언어 선택으로 많은 시간 노력했다는 것이 한눈에 보였는데 당장 방송에 투입해도 전혀 손색이 없을 정도였다.

"그럼 합격자는 김은숙 씨로 결정하겠습니다."

재차 확인하는 본부장의 말에 이의를 표하는 사람은 없었다.

"본부장님, 제가 온 기념으로 선물 하나만 주시면 안 될까요?"

합격자가 결정되었으니 모두 자리를 뜨려고 일어설 때였다.

"선물이요? 대표님께서 무엇이 갖고 싶으신지 말씀해보세요."

"비록 불합격했지만, 기회를 주고 싶은 응시생이 있어서요."

"기회까지 주실 정도라니. 그렇게 마음에 드신 응시생이 누구일지 궁금해지는데요."

"쇼호스트가 되고자 발버둥 치는 오리를 발견했거든요. 가진 재능을 잘만 다듬어준다면 홈쇼핑의 보석이 될 것 같아서요."

인재를 발견했기에 연숙의 눈은 반짝거리며 빛을 내었다.

"그 정도로 칭찬해주신다니, 좋습니다. 대표님 의견대로 하죠."

"감사합니다."

"자, 그럼 회의를 마칩시다."

"서지한 피디님."

본부장이 회의를 마무리하자 지한이 일어섰고, 마침 연숙이 그를 불렀다.

"네, 대표님."

"오리가 백조가 되어 날 수 있게 서 피디님께서 도와주세요."

"제가요?"

뜻밖의 말에 지한은 어리둥절한 표정을 지었다.

"이 아이의 재능을 서 피디님의 능력으로 끌어내주셨으면 하는데, 어때요?"

"제가 꼭 해야 할 이유라도 있습니까?"

"그 아이의 재능을 끌어내주신다면 서 피디님을 본사로 발령을 내겠습니다. 저와 함께 일해보시는 건 어떨까요?"

연숙의 말에 지한의 표정이 굳어졌다. 그리고 또 한 사람, 아무도 알아차리지 못했으나 심사 과정을 도와주던 한준도 낯빛이 변했다. 잘난 서지한, 본부장의 신뢰뿐 아니라 이제는 대표이사까지……. 으드득! 한준이 어금니를 깨물었다.

"……본사라고 하셨나요?"

지한의 목소리가 침중하게 나왔다. 기어코 홈쇼핑에서 근무하는 것을 막으시겠다, 이거군. 뿐만이 아니라 아예 옆에다 놓고 모든 것을 간섭하시겠다는 의도일 터. 지한은 연숙의 무서운 생각을 알아차렸다.

"해보실래요?"

"제가 만약에 그 아이의 재능을 끌어내지 못한다면 어떻게 되나요?"

"말 그대로 기회일 뿐이니 불합격 처리가 됩니다."

"……그 사람이 누굽니까?"

한 사람의 미래가 걸려 있기에 지한은 신중할 수밖에 없었다.

"그건 합격자 발표 후 자연스럽게 알게 될 겁니다."

연숙은 누구인지 아무에게도 알려주질 않았다. 과연 연숙의 시선을 사로잡은 사람이 누구일지 지한은 궁금했다. 그런데 소영일 줄이야……. 소영의 앞으로 연숙이 설 때 지한은 저도 모르게 주먹을 불끈 쥐었다. 드디어 됐다! 소영인 꿈을 이룰 수 있다.

사실 대학생활로 걱정은 했지만 스케줄 조정만 잘한다면 소영의 공부에 크게 지장을 주진 않을 것이다. 스스로 이런 기회를 얻다니 그는 소영이 대견스러웠다. 지한은 그녀와 눈이 마주칠 때 제 감정을 감추느라 힘들 정도였다.

하지만, 그녀를 위해 통과시킬 수도, 자신을 위해 탈락시킬 수도 없는 그야말로 최악의 상황이란 것도 알았다. 의문스러운 것은 소영도 친숙하게 제 고모를 대했다는 것이다. 그 이유가 무엇인지 궁금해 묻는 지한을 향해 소영은 여유를 부리듯 부드럽게 웃었다.

"만났거든요."

"어디서?"

민감한 일이다 보니 지한의 눈빛에 날이 섰다.

"그게 왜 알고 싶으실까요? 전 말하고 싶지 않은데요."

소영은 예민하게 변하는 그의 눈빛을 놓치지 않고 보았다. 연숙과 안면이 있어서 배려한 줄 그가 오해하는 것 같았다. 그러니 답변을 회피했다.

"소영……."

또각또각. 누군가 다가오는지 구두 굽이 바닥에 닿을 때 나는 소리가 들렸다. 그러자 소영의 이름을 부르던 지한이 입을 다물었다. 그의 행동이 이상해 소영은 열려 있는 문을 통해 밖을 보니 마침 한 여자가 들어서고 있었다. 소영의 시선을 따라 지한의 눈길도 움직였다.

"아오, 힘들어. 온종일 셔터만 눌러댔더니 죽을 맛이야."

"장은하, 왔어?"

"맨날 왔어, 이게 뭐야? 말 좀 길게 해봐. 그보다 아, 기운 달려."

지한의 곁으로 다가온 은하가 의지하려는 듯 허물없이 그의 팔을 잡았다. 그 장면을 본 소영은 놀랄 수밖에 없었다. 은하, 그녀는 다름 아닌 오늘 면접 과정을 카메라로 찍던 바로 그 여자였다.

그런데 지한과 저리 친한 사이였다니…… . 서슴없는 은하의 행동과 당연하다는 듯이 받아들이는 지한의 모습에 소영은 더 놀랐다.

"본사로 들어갈 거야?"

"오~ 그렇게 말하니까 가지 말라는 뜻 같은데. 너, 내가 여기 있는 게 좋구나?"

애교를 피우듯 말하는 은하와는 달리 그의 표정은 담담해 보였다. 사실 은하의 부모는 연숙과 친분이 두터운 사이였는데 그러다 보니 지한은 어렸을 때부터 은하와 친구로 지냈다. 은하의 말을 듣는 척하면서 지한은 곁눈질로 소영을 보았다. 혹시라도 은하가 실수로 연숙과의 관계를 생각 없이 말할까 봐 그는 걱정스러웠다.

"대표님 차가 출발하기 전에 데려다줄게."

"오늘 일정도 땡 쳤는데 본사로 갈 게 아니라 지수 언니나 만날까?"

"누나 만날 거면 어서 가자."

"왜 이리 서둘러. 나, 시간 많아."

"내가 바빠서 그래. 어서 가."

지한이 재촉하자 은하는 들고 있던 카메라 가방을 자연스레 지한에게 내밀었다. 거리낌 없이 친근하게 받아 드는 지한을 소영은 가만히 지켜보았다. 소영을 외면한 지한이 은하와 함께 면접장을 나갔다. 그녀는 휑할 정도로 넓은 그곳에 홀로 남겨졌다.

욱 씬! 예사롭지 않아 보이는 두 사람의 관계 때문일까. 다정스레 은하를 대하는 지한의 모습에 그녀의 가슴속 깊은 곳에서는 왠지 모를 아픔이 올라왔다. 더군다나 지한이 자신을 피한다는 느낌마저 들자 울적한 기분이 들었다.

집으로 향하는 소영의 발걸음은 그녀의 마음만큼이나 무거웠다. 터덜터덜. 땅바닥만 쳐다보고 걷던 소영이 문득 고개를 들어보니 어느덧 집 앞에 도착해 있었다.

스스럼없이 지한을 대할 자신이 없기에 소영은 작은 한숨을 내쉬었다. 그렇다고 언제까지 그를 피할 수만은 없는 노릇이었다. 집 안으로 들어온 그녀가 대문을 잠그고 사랑채를 지나 중문으로 향할 때였다. 사랑채 문이 열려 있어 습관적으로 고개를 돌렸다.

뭐지……. 딱히 눈에 보이지는 않았지만, 분명히 뭔가 달라진 듯했다. 소영은 제 가슴속에서 찬바람이 이는 것을 느꼈다.

"우리 처제 왔어?"

경수의 목소리가 들리자 이번엔 소영의 가슴이 내려앉는 것 같았다. 서지한, 그가…… 떠난다.

소영의 시선이 서서히 중문으로 향했다. 그곳에는 자신을 향해 환한 미소를 띤 경수가 있었다. 경수를 보자마자 소영의 큰 눈에선 느닷없이 눈물이 왈칵 쏟아졌다.

"형부……."

"우리 처제, 예쁜 얼굴로 왜 울어? 잘 지냈어?"

방울방울 떨어지는 소영의 눈물을 본 경수가 그녀에게로 다가왔다.

"형부, 왜 벌써 왔어요?"

"언니가 안정을 취해야 해서 배낭여행을 계속할 수 없었어."

저벅저벅. 그때, 얼핏 익숙한 발소리가 들리자 소영이 고개를 돌렸다.

"언니……."

"소영아."

두 사람의 목소리를 듣고 나온 가영은 소영이 울고 있어 놀란 눈이 되었다. 소영은 그대로 가영의 품으로 뛰어들었다.

"어머! 그렇게도 반가워?"

"응, 흐흐흑, 흑흑."

언니까지 보자 지한이 나간다는 사실이 소영에게 더욱 현실로 와 닿았다. 그 사람이…… 그가 곧 이 집에서 떠난다. 이럴 줄 알았으면 잘해줄걸……. 지금에 와서 이토록 후회스럽다니.

지한에게 못되게 군 것이 미안해 소영의 눈에선 눈물이 멈추질 않았다. 가영은 소영이 진정될 때까지 한동안 그녀의 등을 토닥였다.

"소영아, 쇼호스트 할 기회를 얻었다며? 축하할 일인데 좋은 날 왜 이리 울어?"

"언니, 어떻게 알았어?"

기회일 뿐이라 아직 엄마인 인경에게도 알리지 않았었다. 기대감이 크면 실망감도 클 것 같아 결과가 나온 후에나 말하려고 했었다.

"우리가 여행에서 돌아온 거 알려주려고 지한이랑 통화했거든. 그때 말해주더라."

"피디님이?"

"킁킁. 어디서 이렇게 갈비 냄새가 나지? 냄새가 풀풀 나니깐 진짜 먹고 싶다."

가영은 임산부답게 먹는 거로 자연스레 화제를 돌렸다. 이번엔 침까지 삼키자 경수가 가영의 어깨를 슬쩍 잡았다.

"아까 공항에서 연희 만났을 때 먹었으면 좋았잖아. 이민 간다는 말을 듣고도 어떻게 모른 척을 해?"

'연희?'

경수의 입에서 나온 이 이름을 소영은 똑똑히 알고 있다. 예전에 지수가 말했던 바로 그 이름이다. 그때 지한은 더 이상 말을 못 하게 막았다.

"그 계집애 얼굴을 보는 순간 밥맛이 뚝 떨어져서 그랬어."

"왜? 난 오랜만에 만나서 반갑던데."

"진짜 내가! 지한이 좋다고 미친 듯이 쫓아다니더니만 결국 돈 많은 태호 놈한테 시집간 년이야. 아! 아기 때문에 욕하면 안 되는데."

가영의 말에 솔깃한 소영은 볼 위에 남아 있던 눈물을 모두 닦아냈다. 돈 많은 사람한테 갔다면 그 사람이 빚이 많다는 걸 알고 그랬나? 한마디도 놓치지 않으려는 듯 소영은 가영의 뒤를 바짝 쫓았다. 이내 경수와 가영이 마루로 올라서자 소영은 마루 끝으로 걸터앉았다. 그녀는 태연한 척 행동하며 귀를 기울였다.

"꼭, 돈 때문에 갔을까? 지한이가 전혀 관심 안 주니 지쳐서 그랬겠지."

경수가 연희의 역성을 들자 가영이 돌아보았다.

"백 퍼센트 돈이야. 태호를 진짜 사랑하느냐고 내가 다그쳐 물으니까 그렇게 말하더라고. 돈 없는 지한이보다는 돈도 많고 자기를 사랑해주는 태호를 선택하겠다고."

"아무리 짝사랑이래도 무슨 사랑이 그렇게 쉽게 변해?"

진실을 알고 나자 경수는 실망하는 표정을 지었다.

"그 정도는 양호해. 그년…… 아니 그것이 제 엄마 병원비 한다고 돈을 빌리고 다녔나 봐. 지한이가 연희의 사정을 듣고 하도 딱하게 생각해서 몇 번에 걸쳐 천만 원 가까이 줬대. 연희의 말로는 은행 밖에서 기다리다 슬쩍 봤는데 현금서비스를 받아서 준 것 같다고 했어."

"현금서비스까지?"

"응. 그런데 나중에 알고 봤더니 그 돈으로 명품 가방이랑 구두를 산 거 있지? 또 있는데, 그건 우리 아기 들을까 봐서 차마 말을 못 하겠다. 내가 절교한 이유가 다 있어."

"설마, 뭐가 또 있다는 거야? 다 말해봐."

"지한이가 좋다면서 지한이가 준 돈으로 이 남자 저 남자 호텔……. 아휴! 말을 못 하겠다. 문제는 그걸 지한이가 다 안다는 거야. 그러니 지한이가 여자를 믿겠어."

"세상에나……."

차마 낱낱이 말을 못 하고 얼버무린 가영이랑 황당해하는 경수의 말을 들으며 소영이 아련히 사랑채 쪽을 보았다.

회의실 안, 지한은 다른 직원의 눈을 피해 한준을 이곳으로 데리고 왔다. 무슨 영문인지 모르고 따라온 한준은 테이블 위에 놓여 있는 몇 개의 상자를 보고는 테이블 쪽으로 다가갔다.

한준이 상자 하나를 열어 보니 그 안에는 머루가 들어 있었다. 온종일 상온에 내버려둔 바람에 상품의 신선도는 방송용으로 부적절해 보였다.

"이게 왜 여기 있나요?"

당황한 한준은 상자 안에 있는 머루 한 송이를 꺼내 들었다.

"그걸 지금 저에게 물으시는 건가요? 내일 방송에 쓸 상품들을 체크하다가 이걸 발견했습니다."

"면접일로 정신이 없다 보니 아마도 담당자가 보관을……."

"바쁘다는 핑계로 신선도가 생명인 과일을 이리 취급한 것은 직무태만 아닐까요? 제 기억으론 이번 일이 처음은 아닌 것 같군요."

'직무태만?'

전 직원이 온종일 종종걸음을 치며 얼마나 바삐 움직였는데. 한준의 이맛살이 찌푸려졌다.

"관리자가 빈틈없어 보이면 아래 직원은 허투루 일할 수 없습니다. 이 책임은 관리자인 부장님께 있다는 것을 아시겠죠?"

"……!"

직원이 저지른 실수 때문에 자신이 무능력한 관리자로 취급당하자 한준은 불쾌해졌다.

"내일 방송에 차질 없도록 신선한 상품으로 교체해놓으세요. 그리고 앞으로 주의 부탁합니다."

자기 뜻을 충분히 밝힌 지한은 회의실을 나가기 위해 문 쪽으로 걸어갔다.

"지방이다 보니 택배로 올라오려면 시간을 맞추기가 아무래도 힘들 것 같은데……."

"수단과 방법을 가리지 말고 제시간에 쓸 수 있게끔 해주세요. 방송은 장난이 아닙니다. 프로라면 프로답게 행동하세요."

그냥 상품 교체 없이 방송하자는 식으로 얼버무린 한준의 말을 지한은 용납할 수 없었다. 마지막으로 강하게 지시한 지한이 밖으로 나가 회의실 문을 닫았다.

"누군 장난이래? 사사건건 잘난 척은…… 서지한, 배경 말고는 아무것도 없으면서 아주 기세등등하네!"

지한이 나가자 온화했던 한준의 표정이 싸늘하게 변했다.

"젊은 나이에 부장 자리 오르기 쉬운 줄 아나? 내가 얼마나 노력했는데. 서지한…… 네가 그렇게 늘 쉽게 얻기만 했다면 이제는 잃는 법도 좀 배워야 하지 않겠어?"

한준은 멸시당한 기분이 들자 손안에 있는 머루를 움켜쥐었다.

소영은 잠깐 나와달라는 한준의 전화를 받았다. 그녀는 그가 도착할 즈음 옷매무새를 확인했다. 직접 만나서 할 말이 무엇이기에 이 늦은 시간에 찾아올까. 궁금증을 품은 소영이 대문을 열고 나와 주위를 휘둘러보니 한준이 전봇대 옆에 서 있었다. 소영은 한준의 모습을 발견하곤 걸음을 옮겼다.

"소영 씨."

그녀를 알아본 한준 역시 다가왔다.

"이제 퇴근하시는 거예요?"

"부하 직원들과 급히 처리할 일이 있어서 좀 늦었어요. 아직은 오늘이니까…… 자, 이거. 축하해요."

한준은 숨기고 있던 꽃다발을 소영을 향해 내밀었다. 탐스러운 노란 장미 한 다발이 자신의 눈앞에 있자 소영은 놀란 표정이 되었다. 하지만 놀란 것도 잠시, 그녀가 행복한 미소를 숨기지 않자 한준은 다정한 눈빛을 했다.

"감사합니다. 합격한 것도 아닌데 이런 걸 받아도 될지……."

"저는 백 프로 통과할 거라고 믿어요."

건네주는 꽃다발을 받아 든 소영은 쑥스러운 탓에 꽃향기를 맡는 척하며 시선을 피했다.

"부장님께 도움 받은 은혜는 꼭 갚을게요."

"은혜라고 하기엔 너무 거창하긴 하지만 소영 씨가 갚는다고 하니까."

순간 한준의 눈빛이 매섭게 변하는 것을 그녀는 알아차리질 못했다. 하지만 왠지 모르게 말하는 한준의 어감이 이상하다는 생각에 꽃을 보던 소영이 고개를 들었다. 바로 그때, 한준이 소영의 어깨를 덥석 잡았다.

"엄마야!"

순식간에 일어난 일이었다. 쿵! 소영은 제 등이 전봇대로 부딪히는 걸 느꼈다. 상당히 거친 한준의 행동에 그녀는 놀랄 사이도 없었다. 한준의 두 손이 볼을 감싸 쥐었기 때문이다. 이 상황은…… 설마 키스라도 하겠다는 거야? 한준과의 키스라니. 그와의 키스는 절대로 싫어 꽃다발을 잡고 있던 그녀의 손이 떨렸다.

"오늘은 여기까지만 할게요."

마치 키스하려던 것처럼 소영의 입술 근처까지 다가왔던 한준의 입술이 서서히 멀어졌다. 아무 일도 없었다는 듯이 그는 그녀의 양 볼을 감쌌던 손도 놓았다. 하지만 한준의 눈빛은 계속 서릿발이 내린 것처럼 차갑게 느껴졌다.

'지금 부장님 눈빛은…… 뭐였지?'

아주 잠깐 다가왔다 떨어졌지만 누가 봤다면 틀림없이 키스한 줄 오해할 만한 상황이었다. 그의 얼굴은 그녀 얼굴과 상당히 가까웠다. 놀라서 두 눈을 껌벅이는 소영을, 한 발짝 뒤로 물러선 한준이 쳐다보았다.

"억지로 하는 느낌이라서…… 나중에 다시 도전할게요."

'분명히 차가운 눈빛을 봤었는데.'

참으로 알 수 없는 일이었다. 무섭다고 느껴질 정도로 차가웠던 그의 눈빛은 어느새 부드럽게 바뀌어 있었다.

"소영 씨, 많이 피곤해 보여요. 오늘은 제가 일찍 물러갈게요. 잘 자요."

"조심해서…… 가세요."

미심쩍을 정도로 서두르는 듯한 그의 행동……. 뭔가 많이 이상하다는 느낌을 소영은 저버릴 수 없었다. 한준이 자신의 차로 향하자 소영은 놀란 마음에 곧바로 돌아섰다. 그녀는 제 마음을 진정시키고자 손바닥으로 가슴을 쓸어내렸다. 아직도 이리 쿵쿵 뛰다니.

부르릉. 시동 걸리는 소리가 들리자 소영이 돌아보았고, 한준은 그녀를 향해 비상등을 깜박였다. 소영은 마지못해서 엉거주춤한 자세로 고개를 숙였다. 이내 한준의 차가 출발하자 소영은 뒷걸음칠 치듯 걸었다.

툭! 무언가에 자신의 몸이 부딪혔다. 그녀가 고개를 돌렸다.

"장미……."

다름 아닌 지한이 눈앞에 있었다. 그는 소영의 손에 들려 있는 커다란 장미 꽃다발을 보았다. 장미에서 시선을 거둔 지한이 이번엔 그녀의 입술을 보았다.

조금 전, 집 앞에 지프차를 주차한 그는 아무 생각 없이 차에서 내리다 저 멀리 사람의 모습이 보여 무심결에 쳐다봤었다. 그리고 그 사람은 한준과 키스하고 있는 소영이란 걸 알아차렸다. 순간 지한은 그녀를 잃었다는 걸

244

느꼈다. 벌써 한준에게 제 입술을 허락하다니……. 허탈했다.

차 문을 잡고 있던 지한의 손엔 힘이 들어갔다. 그 탓에 문은 세차게 닫혀 쾅 하며 제법 큰 소리가 났지만, 둘은 미동조차 없었다. 애써 두 사람을 외면한 지한은 소영의 집을 향해 발걸음을 옮겼다. 어떻게 대문까지 왔는지. 그가 대문을 열려 했으나 사고가 멈춘 듯 손이 움직여지질 않았다. 지한은 한동안 멍하니 굳게 닫혀 있는 대문만 바라보았다.

부릉. 자동차 시동 걸리는 소리가 들렸다. 그제야 그는 골목길을 보았고, 한준을 향해 인사하는 소영도 보았었다. 그녀로 인해 그의 마음이 저렸다. 살면서 처음으로 여자를 제 마음에 담아보았고 그녀를 생각만 해도 가슴이 뻐근해지면서 벅차올랐다.

짜증을 내는 모습이 귀여워서 일부러 자극도 했었다. 함께 있는 것이 좋아서 곁에 두고 싶었다. 여자로 인해서 행복하다는 것……. 그 마음을 알게 될 줄 지한은 생각도 못 했었다.

소영이 들고 있던 꽃다발이 제 팔을 건드리자 생각을 멈춘 지한이 그녀를 보았다. 소영은 그와 눈이 마주치자 어색한 미소를 지었다. 그만큼 지한의 표정은 굳어 있었다.

"늦으셨네요?"

"이젠 이 집 지키는 거 더는 안 해도 되니까……. 단소영, 나 없다고 이렇게 밤늦게 돌아다니지 말고 일찍일찍 귀가해."

그가 조심스럽게 소영의 어깨를 잡았다. 그의 손에서 느껴지는 뜨거운 체온이 소영의 얇은 옷을 통해 제 몸으로 전해졌다. 예민한 소영의 감각은 그의 체온을 고스란히 기억하고 있었다.

지한을 바라보는 소영의 눈빛이 떨렸다. 한준의 체온을 기억하는 제 볼과 어깨에서 느껴지는 지한의 체온은 자신이 알아챌 정도로 현저히 달랐다.

"그렇게 말씀하시니까 어디 멀리…… 가시는 것 같아요."

그가 간다는 것은 기정사실인데 안 가길 바라서일까. 정확한 답을 알고 싶은 소영이 지한을 보았다.

"때가 됐으니 가야지."

"이사…… 하실 거예요? 언제요?"

"어느 날, 갑자기."

농담처럼 대답한 그가 소영의 어깨에서 손을 떼었다. 문득 그녀는 지한이 전에 사무실에서 살았다는 말이 생각났다.

"다시 사무실로 들어가시는 건가요?"

"지금 내 걱정해주는 거야?"

자신을 향해 톡톡 쏘아대던 소영이 달라졌다고 느껴서일까. 그녀를 빤히 바라보던 지한이 살포시 미소 지었다.

"……걱정을 누가 한다고."

"소영아, 이 대문을 앞으로 얼마나 더 드나들 수 있을까?"

자신의 마음을 들킨 것 같아 소영이 대문을 열려고 할 때였다. 지한의 손이 굳게 닫혀 있는 대문을 손바닥으로 짚었다. 경수와 가영이 돌아오면 그는 밝힐 수 없었던 자신의 배경을 말하려고 했다. 그들이 있는 그대로의 자신을 진심으로 받아들여 준다는 것을 알았기 때문이다. 하지만 소영의 마음을 얻지 못했으니 굳이 말할 필요가 없을 것 같았다. 서로 혼란스럽지 않게 지금처럼 지내는 것이 나을 것으로 판단했다.

"자주 놀러 오시면……."

소영은 대문을 짚고 있는 지한의 얼굴을 보았다. 어쩐지 그의 표정이 무척 외로워 보였다. 소영의 시선을 눈치챈 그가 이내 평정심을 되찾고 빙긋이 웃었다.

"신혼에 임신까지 했는데 방해하면 안 되지. 안 그래?"

아주 잠깐 그의 손길이 그녀의 머리카락을 만지고 지나갔다. 지한의 행동이 이상하다고 소영이 느끼기도 전에 그가 발길을 돌렸다.

"어디 가세요?"

"이제 진짜 보호자가 왔으니 나는 없어도 될 것 같은데……. 소영아, 잘 지내."

마치 작별 인사를 하듯 그녀를 향해 지한은 밝게 웃어 보였다. 차로 향하던 그는 소영을 놓고 가려니 발걸음이 떨어지질 않았다. 슬픔을 감추려는지 입술을 지그시 깨문 그가 돌아보았다. 그녀의 마지막 모습을 기억하려는 듯 눈조차 깜박이지 않는 지한이 다시 한 번 소영을 향해 미소를 지었다.

만나서 행복했다고…….

어느덧 마지막 학기가 개강하면서 소영의 대학생활이 다시 시작되었다. 그녀는 학교 수업이 끝나자마자 곧바로 스튜디오로 오는 길이다. 오늘부터 소영은 정식 쇼호스트로서 갖춰야 할 기본 소양을 지한에게 배우기로 했다. 서둘러 계단을 올라가던 소영은 스튜디오에서 나오는 경수와 마주쳤다.

"처제, 지금 오는 거야? 우리는 이제 출발할 건데."

"가시는 거예요?"

"응. 빨리 내려오라는 장모님 성화도 성화지만, 배 속의 아기를 위해선 어쩔 수가 없어서. 처제 혼자 있게 해서 미안하네."

가영은 오늘 마지막 출근을 했다. 며칠 전, 퇴근하던 가영은 심하진 않았지만 하혈을 하는 바람에 곧바로 병원을 찾았었다. 검진 결과 임신 초기에 흔히 볼 수 있는 현상이라며 될 수 있으면 무리하지 말라는 말을 들었다. 하지만 호들갑을 떠는 경수로 결국 가영은 휴직을 선택했다. 인경도 걱정된 마음에 가영의 몸조리를 위해 고향으로 내려오라는 뜻을 밝혔다. 경수가 장거리 출퇴근을 하려면 나름대로 어려운 점도 있겠지만 가영과 태아를 위해서 기꺼이 응했다.

"미안하긴요. 언니는 아직도 인사 중인가 보네."

경수가 잔뜩 미안한 표정을 짓자 딴소리를 한 소영이 스튜디오 문을 열었다. 문을 열던 그녀는 한동안 이곳에 오질 않았던 탓에 미묘한 기분마저 들었다.

"지한아, 잘 부탁해!"

문이 열리자 힘이 실린 가영의 목소리가 들렸다. 지한…… 그 사람이다!

"언니, 작별 인사는 짧게 할수록 좋은 거야."

스튜디오를 나온 가영에게 소영이 잔소리처럼 말했다.

"지한이랑 잠깐 할 이야기가 있었어. 너, 우리 없어도 문단속 잘하고 학교 잘 다녀야 해."

"처제, 잠들기 전에 꼭 보안시스템 확인해."

가영과 함께 경수도 당부의 말을 했다.

"네, 잘 알고 있으니 안전 운전 하시고 내일 뵈어요."

해맑게 웃어 보이는 소영을 두고 경수와 가영은 계단을 내려갔다. 이윽고 그녀가 스튜디오로 들어오니 카메라 옆에 서 있는 지한의 모습이 보였다. 지한은 잘 지내라는 마지막 말을 소영에게 남기곤 그날부터 집으로 돌아오질 않았다. 모든 것을 그대로 둔 채 그는 몸만 나갔다.

그 후 소영은 그에게서 모니터링을 시작하자는 연락이 오기만을 기다렸고 드디어 어젯밤 문자가 도착했다. 단지 일적으로 온 문자였지만, 지금 지한의 모습을 본 소영의 마음은 산들거리기까지 했다.

"……안녕하세요. 서지한 피디님."

그가 알은척을 안 하니 머뭇거린 소영이 인사를 했다. 그런데 지한에게서 풍겨지는 너무도 낯선 느낌……. 전혀 모르는 타인 같았다. 그래도 가방을 한쪽에 내려놓은 그녀가 그에게로 다가갔다.

"왔어?"

그녀와 눈을 마주치지 않은 그가 입으로만 인사를 했다. 낮게 가라앉은 그의 음성이지만 오랜만에 직접 듣게 되자 소영은 설렌 나머지 들뜬 표정을 지었다.

지한을 만날 수 없었던 보름간의 시간……. 그가 야속했던 소영의 감정은 그리움을 동반하면서 서서히 사그라졌다. 기다림의 시간이 길어질수록 그녀는 그를 향한 자신의 마음이 변하는 것을 느꼈다.

"다들…… 퇴근하셨나 봐요?"

소영의 물음에 지한이 결국 고개를 돌렸다. 몹시도 그리운 얼굴이 제 눈앞에 있었지만 왠지 두려웠다. 사랑하는 사람의 마음을 얻지 못한다는 것. 다시는 경험하고 싶지 않은 일이었다. 그녀에게 익숙해지지 않기 위해, 그녀에 대한 자신의 마음에 배신당하지 않기 위해 그는 억지로 자신의 삶에서 소영을 떼어내려 했다. 그런데 그녀를 떼어낸 후 그는 겨우겨우 살았다는 말이 맞을 것이다.

오랜만에 그와 그녀의 눈이 마주쳤다. 서로를 바라보는 애달픈 시선이 서로의 마음을 붙잡았지만 지한이 먼저 고개를 돌렸다. 그는 무언가 준비를 하려는지 제 옆에 있는 카메라를 만졌다. 그가 카메라를 만지자 소영은 면접을 앞둔 자신에게 지한이 해줬던 말이 떠올랐다.

"소영아, 카메라가 두려우면…… 네가 사랑하는 사람이라고 생각하고 봐."

사랑하는 사람……. 어찌하여 그때 지한의 모습이 보였을까.

사랑……. 짙은 안갯속에 갇혀 있는 자신의 마음을 확실히 확인하고 싶은 소영이 그를 볼 때였다.

덜거덕! 사무실 문이 열리자 소영의 시선이 움직였다. 그리고 안에서 나오는 사람을 확인하는 순간 그녀의 두 눈은 커질 수밖에 없었다.

"지한아, 이 웨딩드레스 진짜 예쁘다."

"장은하, 지금 뭐 하는 거야?"

제멋대로인 은하의 행동에 불쾌한지 지한의 목소리가 냉랭했다.

"아니, 네 책상 옆에 상자가 하나 있기에 열어봤더니 이 드레스가 있더라고. 그래서 한번 입어봤지."

드레스 자락을 사뿐히 잡은 은하가 보란 듯이 그를 향해 몸을 돌렸다. 은하가 입고 있는 드레스는 언젠가 소영이 홈쇼핑 방송 때 입었던 바로 그 드레스였다. 그날 프리지어 화관을 썼던 소영은 지한의 키스를 받을 신부로 선택되었었다.

"어서 벗어."

언성을 높이진 않았지만 매섭게 몰아붙이듯 그가 다그쳤다.

"어머! 면접장에서…… 맞죠? 우리 정식으로 인사해요. 저는 장은하입니다."

소영을 알아본 은하는 지한의 말을 못 들은 척하며 그녀의 곁으로 걸어왔다. 다만, 은하는 소영의 눈빛이 심하게 흔들린 것은 보지 못했다.

"안녕하세요. 단소영입니다."

"면접 때 안면이 있으니 편하게 이름 불러도 될까요?"

"그럼요."

"소영 씨, 이 드레스 어때요? 무척 예쁘죠?"

"……네."

자세히 보니 자신이 입었을 때와는 또 다른 느낌이었다. 은하의 우아한 이미지와도 아주 잘 어울렸다. 소영이 흘깃 지한을 보자 은하도 시선을 돌렸다. 지한의 표정이 잔뜩 굳어 있자 눈치를 살핀 은하가 그에게로 다가갔다.

"지한아, 이 드레스 진짜 마음에 드는데 내가 가져도 돼?"

"업체에 반납해야 해. 빨리 벗어."

은하가 아쉬운 표정을 짓자 끝내 지한이 그녀의 손목을 잡아끌었다. 그런데 그도 모르게 손에 힘이 들어갔다.

"야! 이 손 좀 놔봐. 아파! 난 남자가 아니고 여자라고! 살살 다뤄."

"아, 미안."

이렇게 꽉 잡아끌다니. 짜증 섞인 은하의 목소리를 들은 지한이 놀란 듯 손을 놓았다. 두 사람을 번갈아 본 소영은 지한의 문자를 애타게 기다렸던 자신의 마음이 한심스럽게 여겨졌다.

"저, 피디님, 오늘은 그만 가볼게요. 내일 뵙겠습니다."

"이대로 그냥 가려고?"

지한이 의아해 물었지만 소영은 이런 마음으론 도저히 아무것도 할 수 없을 것 같았다.

"손님도 오셨는데 내일부터 해요. 은하 씨, 만나서 반가웠어요."

"네, 다음에 만나면 같이 밥이라도 먹어요."

인사를 마친 소영이 도망치듯 문 쪽으로 걸어가자 안타까운 생각에 은하는 작게 한숨을 내쉬었다. 은하의 한숨 소리를 들어서일까. 지한은 스튜디오 밖으로 나가는 소영의 뒷모습을 보았다.

"소영 씨도 안됐네."

"뭐가?"

은하의 중얼거림을 들은 지한이 궁금해 물었다. 사무실 문을 열고 섰던 은하가 그의 곁으로 다가왔다.

"네가 대표님의 족쇄를 거절하려면 소영 씨를 탈락시켜야 하잖아. 아무리 노력해도 안 될 텐데 안쓰럽단 생각이 든다."

은하의 말에 지한의 눈빛이 떨렸고, 부러 은하의 시선을 피했다.

"쓸데없는 소리 그만하고 어서 가."

불쾌한 감정을 감추긴 했어도 여전히 지한의 말투는 매몰찼다.

스튜디오 밖으로 나온 소영은 터덜거리며 계단을 올라갔다. 위층으로 올라가 창문 앞에 선 그녀가 전경을 멍하니 바라보았다.

"……바보."

그때 누군가 다가오고 있다는 것을 소영은 알아채지 못했다. 그는 바로 한준이었다. 슬쩍 스튜디오 쪽을 본 한준이 소영을 노려보듯 보았다.

"소영 씨."

자신을 부르는 목소리에 돌아보니 한준이 계단을 올라오고 있었다. 장미꽃다발을 받았던 그날 이후 오래간만에 그녀는 한준을 만났다.

"안녕하세요."

"오늘은 어쩐 일로 스튜디오엘 오셨나요?"

반가운 것이 아니라 오히려 귀찮은 듯 왜 왔느냐고 묻는 말투였다. 살갑게 대해줬던 한준의 표정은 온데간데없었고 마지못해 알은척을 하는 것 같았다. 소영을 슬쩍 본 한준이 느릿한 걸음으로 계단을 올라왔다.

"서 피디님께서 오라고 연락을 주셨어요."

"아, 면접 때 있었던 일로 그러는구나."

소영의 옆으로 선 한준이 창밖을 보더니 먼 곳으로 시선을 두었다.

"아무래도 경험이 없으니 도움을 받아야 할 것 같아서요."

"제 생각에는 도움을 받지 않아도 될 것 같은데. 어차피 소영 씨는 통과할 수밖에 없어요."

"그게 무슨 말씀이세요?"

단정 짓는 한준의 말에 소영은 놀란 표정을 지었다.

"서 피디 입장에서는 소영 씨를 통과시켜야 본사로 갈 수 있거든요. 그런 좋은 기회를 왜 마다하겠어요.”

“본…… 사요?”

창밖을 보던 한준이 소영을 향해 고개를 돌렸다.

“그날 대표이사님께서 서 피디에게 내세운 조건을 저도 들었어요. 소영 씨를 통과만 시키면 잘난 서 피디는 본사로 갈 수 있으니 참으로 불공평한 것 같아요.”

그날처럼 낯빛이 변한 한준은 잔뜩 불만스러운 심기를 내비쳤다.

“만약에 제가…… 탈락하면 어떻게 되는 거예요?”

소영은 한 달 후, 자신의 대답을 듣고 울지 않도록 열심히 하라던 지한의 말이 떠올랐다.

“탈락? 통과만 시키면 두 사람 다 최고의 결과를 얻을 수 있는데 어떤 멍청이가 그러겠어요.”

허망한 표정을 지은 한준이 소영의 양쪽 어깨를 잡았다. 그런데 지한이 잡았을 때와는 상당히 다른 느낌이었다. 아픔이 느껴질 정도로 세게 잡자 당황한 그녀가 한준의 얼굴을 보았다.

이 사람이 유한준? 제 눈앞에 있는 한준이 자신이 알고 있던 사람이 맞나 싶을 정도로 웃음기가 사라진 얼굴이었다.

기- 익! 그때 스튜디오의 문이 열리는 소리가 들렸다. 소영의 고개가 저절로 계단 쪽으로 향했고, 스튜디오 밖으로 누군가 걸어 나오는 것 같았다.

“전화할게.”

“조심해서 가라.”

지한과 함께 나온 은하였다. 이내 계단을 내려가는 구두 소리가 들리더니 점차 멀어졌다. 그리고 달각! 소리를 내며 스튜디오의 문이 닫혔다. 소영은 자신의 어깨가 살짝 흔들리는 느낌에 고개를 돌렸다. 그녀는 한준이 저를 보라며 흔들었다는 것을 알았다.

"참, 소영 씨. 제 마음에 대한 답은 언제쯤 해주실 건가요? 아직도 많이 기다려야 하나요?"

"그게……."

"말씀해주실 때까지 더 기다려볼게요."

자신의 어깨를 잡고 있던 한준이 손을 떼자 소영의 마음이 확실해졌다. 보름이나 되는 시간 동안 휴대폰을 볼 때 외에는 한준이 생각난 적이 없었다. 하지만 지한은 아니었다. 그는 항상 그녀의 머릿속에서 살고 있었다.

"……죄송합니다. 저에게 부장님을 그냥 고마운 사람이에요."

"그만 일하러 가봐야겠네요. 소영 씨, 조심해서 가세요."

소영의 말을 못 들은 척 입으로만 웃어준 한준이 계단을 올라갔다. 소영은 그 자리에 쪼그리고 앉았다. 일이 왜 이렇게 되어버렸을까. 절대 이런 결과를 원한 것은 아니었다.

한준에게 상처를 준 것 같아 소영의 마음은 무척 불편했다. 그러니 깊은 한숨이 저절로 나왔다. 아직도 어깨에 남아 있는 한준의 체온……. 소영은 한준이 잡았던 자신의 어깨를 만져보았다. 조심스럽게 제 어깨를 잡았던 지한의 손길이 생각나자 소영은 눈물이 핑 돌았다. 보호자로서 자신을 대했던 지한. 그의 손길이 따뜻했던 이유가 그것뿐이었다니.

"아프다……."

한준에게 잡혔던 어깨보다 그녀는 마음이 아팠다. 보름의 시간 동안 지한이 보고 싶었던 마음은…….

그래, 좋아서 그랬던 것이다. 그걸 이제야 알아차렸다니.

허탈한 소영은 집으로 돌아가기 위해서 일어섰다. 그런데 계단을 내려가다 허전한 손을 보았다.

"어떡해……."

스튜디오를 뛰쳐나올 때 가방을 놓고 나온 것이다. 계단을 터벅거리고 내려온 소영은 어쩔 수 없이 스튜디오의 문을 열었다. 인기척이 없자 살며시 가져올 생각에 그녀가ㅂ 조심스럽게 안으로 들어갔다. 아! 지한이 없을 줄 알았는데. 소파에 앉아 있는 그의 모습이 눈에 들어오자 소영은 뜨끔했다.

"……피디님이 계셨네요."

"이 가방, 가지러 왔어?"

지한의 말에 테이블을 보니 자신의 가방이 덩그러니 놓여 있었다.

"네, 깜박했지 뭐예요."

"정신하고는. 어디까지 갔다 온 거야?"

"유 부장님을 만나는 바람에 아직…… 못 갔어요."

멋쩍어서 배시시 웃는 소영의 얼굴을 본 그가 이내 고개를 돌렸다.

"더 늦기 전에 어서 가지고 가."

"피디님은 안 가고 뭐 하세요?"

머뭇거린 소영이 그의 곁으로 다가갔다.

"사보 보고 있었어."

"사보? 어! 이건!"

지한이 보고 있던 사보를 곁눈질로 본 소영이 자신도 나왔다 궁금해 다급하게 그의 옆으로 앉았다.

"여기 머리만 보이는 사람이 누군지 알아?"

면접장 전체를 한 컷에 담은 사진을 그가 가리켰다.

"저잖아요."

빙긋이 웃어 보이는 지한을 보곤 소영은 그의 손에 있던 사보를 받아 들었다.

"맹해서 모를 줄 알았는데 알아보네."

"우아- 진짜 사보에 실렸어."

면접날 있었던 모든 기록이 사보에 담겨 있자 소영은 신기한 듯 읽어내려 갔다. 면접 과정부터 시작해서 합격자 발표는 물론이고 합격자가 연숙과 악수를 하던 장면도 큼지막하게 게재되어 있었다.

"제대로 알아보기 힘들 정도로 조그맣게 나왔는데도 그렇게 좋아?"

"크기가 어떻든 사보에 떡하니 있으니까 꼭 사원인 것 같아요."

바로 제 옆에 앉아 들뜬 표정을 한 소영을 보니 지한은 명치끝이 아린 느낌이었다. 소파 등받이에 몸을 기댄 지한이 웅크리고 앉아 사보를 보는 소영의 뒷모습을 보았다.

그동안 지한은 허수아비처럼 살았지만, 순간순간 떠오르는 그녀를 잊을 수 없어 힘들었다. 그런 감정을 숨긴 탓일까. 오랜만에 만나서인지 제 마음을 주체할 수 없었다.

그녀를 팔 안에 안고 싶다는 생각에 그가 살그머니 손을 뻗어보았다. 소영의 등 쪽으로 천천히 가져가자 그녀의 가녀린 몸이 자신의 팔 안에 쏙 들어올 것 같았다. 하지만 그뿐, 차마 안을 수 없어 그가 제 팔을 소파 등받이에 걸쳤다.

"여기 피디님도 찍혔어요."

소영이 자세를 펴며 소파에 등을 기대었다. 그러자 그녀의 몸이 소파 등받이에 걸쳐져 있는 지한의 단단한 팔에 닿았다.

"나도 봤어."

"피디님, 사진발이…… 별로네."

자신의 등으로 전해지는 지한의 팔을 소영은 피하고 싶지 않았다. 제 몸이 기억하고 있는 그의 체온이 서서히 몸으로 전해졌다.

"꼬맹이 너도 마찬가지야."

"제가 왜 꼬맹이라는 거예요?"

"자, 여기 이 사진 봐."

소영의 등 뒤에 있던 지한의 손이 사진을 가리키기 위해 사보 쪽으로 왔다. 어째서…… 다른 손을 두고 이 손이 움직였을까. 덕분에 그녀의 몸은 지한의 팔 안에 안긴 꼴이 되었다. 지한의 손이 사진을 가리키자 소영의 몸은 쏠리듯 그에게로 기울어졌다. 그 바람에 두 사람의 사이는 처음보다 훨씬 가깝게 되었다.

"꼬맹이가 아닌 성숙한 여인이구만……."

따지듯 말한 소영이 제 얼굴을 지한 쪽으로 돌렸다. 그런데 그의 얼굴이 바로 자신의 눈앞에 있다는 것을 알았다. 지한의 팔은 여전히 소영의 가녀린 몸을 안고 있는 모양새였다. 이러다 보니 소영은 물론 지한까지 숨이 막히는 기분이었다.

그는 소영의 꿈을 이뤄준 뒤 되는대로 살아가려 했었다. 이렇듯 어여쁜 얼굴에 웃음을 머금은 그녀가 자신이 하고 싶은 일을 마음껏 하면서 살아가게 해주고 싶었다.

가까이 있는 지한의 얼굴을 소영은 또렷이 바라보았다. 이제 겨우 그를 향한 제 마음을 알았지만 전할 수 없다는 것도 알고 있다. 그래도 좋아하는 마음이 점차 확실해지자 지한을 바라보는 소영의 눈빛에는 애틋한 마음이 서렸다.

두근두근. 아주 가까이서 서로의 숨결까지 느껴지자 두 사람의 심장은 더욱 뛰었다. 소영의 볼을 어루만지고 싶은 마음에 지한의 손가락이 가늘게 떨렸다. 그리고 소영과 눈을 맞추던 지한의 눈에 그녀의 붉은 입술이 보였다.

도톰한 그녀의 입술을 갖고 싶다는 바람에 몸부터 움직여지는 지한.

그녀에게 조금씩 가까워지는 그의 얼굴……. 흔들리는 소영의 눈동자를 보면서도 지한은 멈출 수 없었다. 그저 한 번만 맞닿을 수 있다면…… 평생, 이 입술을 가슴에 간직한 채 살아갈 수 있을 것 같았다.

지한을 보는 소영의 눈빛이 이내 아련해졌다. 그저 이 사람 곁에 있는 것만으로도 이리 떨릴 줄이야. 그의 품에 안기어 입을 맞추고 싶은 이 감정을 어찌해야 할지. 제 심장은 지한으로 두근거렸다. 보고 싶었다는 말뜻을 소영은 오늘 그를 본 순간 절감했었다.

바로 제 얼굴 앞에 있는 지한의 얼굴, 그녀는 지금 그가 무엇을 하려는지 어렴풋이 알 것 같기에 두 눈을 감았다. 소영 또한 원하기에……

하지만 소영이 두 눈을 감으며 서로의 입술이 닿으려는 찰나, 그는 멈출 수밖에 없었다.

그는 소영을 안고 있는 자신의 팔을 거둬가며 거칠게 일어섰다. 툭! 그 바람에 소영의 몸이 심하게 흔들리며 다리 위에 올려져 있던 사보가 떨어졌다. 분명히 무슨 일이 일어날 것 같았는데 지한이 갑자기 일어서자 소영은 놀라서 눈을 떴다. 혹시 그를 생각하는 마음이 깊어지다 보니…… 착각한 것인가?

바닥에 떨어진 사보를 집어 올린 지한이 가져가라는 뜻으로 그녀의 가방 위에 올려놓았다.

"가자. 데려다줄게."

"저, 혼자 갈 수 있어요."

한순간 어색한 기운이 흘렀고, 소영은 슬며시 일어섰다.

"나도 어차피 퇴근해야 하니까 부담 가질 필요는 없어."

"집은…… 구하셨어요?"

이곳에서 사는 것이 아니었나? 소영은 사무실 쪽을 슬쩍 보았다.

재킷이 걸려 있는 옷걸이에서 넥타이를 거둬낸 그가 와이셔츠의 깃을 올렸다. 그리고 익숙하게 넥타이를 매고는 겉옷을 입었다. 처음 만났을 때처럼 그의 모습은 반듯하게 변해 있었다.

골목길엔 오가는 사람조차 없었다. 고요하다는 느낌이 들 정도로 달조차 숨어버린 밤이었다.

지프차 한 대가 속도를 줄이는가 싶더니 소영의 집 앞에 멈춰 섰다. 곧바로 조수석의 문이 열렸고 소영이 차에서 내렸다.

"여기서 피디님 집까지 멀어요?"

"조금 가야 해. 학교 땡땡이치면 안 된다."

차에서 내리지 않는 지한을 보니 그가 아주 떠났다는 것이 그녀는 실감 났다.

"네~ 네~ 졸업을 위해서 열심히 다닐게요."

예쁘게 웃어 보인 소영이 애교스럽게 대답을 했다. 그건 이렇게 말할 기회가 또다시 없을 것 같아서였다.

"혼자 지내는 거 무섭지 않겠어?"

그녀만 두고 가는 것이 아무래도 불안한지 지한은 좀처럼 떠나질 못했다.

"형부가 방범시스템 설치해주셨어요."

"대문 잘 잠그고 혹시라도 도움이 필요하면……."

이제 그녀 곁에는 한준이 있다. 자신이 걱정해주지 않아도 지켜줄 사람이 있기에 그는 하던 말을 멈췄다.

"조심해서 가세요. 내일 스튜디오로 들를게요."

"응. 어서 들어가."

"저는 바로 들어가면 집이니까 어서 가세요."

아무래도 자신이 가야지 소영이 들어갈 것 같았다. 그가 시동을 걸자 소영은 조수석의 문을 닫았다. 차에서 한 발짝 물러서는 소영을 사이드미러로 본 지한이 서서히 액셀러레이터를 밟았다. 조금씩 멀어지는 소영의 모습을 지한은 사이드미러로 확인하며 달렸다. 그의 차가 코너를 돌자 그녀의 모습은 더 이상 보이지 않았다. 작게 한숨을 내쉰 지한은 맞은편에서 달려오는 승합차 한 대를 보았다. 얼핏 봐도 유한준의 차였다. 소영의 집 쪽으로 가는 한준의 차를 보고선 지한은 액셀러레이터를 더 밟았다. 지독스러운 가슴앓이를 하는 느낌이었다.

소영은 지한의 차가 시야에서 완전히 사라지고 나서야 집 안으로 들어왔다. 잠긴 대문을 한참 동안 바라보던 그녀는 혹시라도 그가 돌아와 줄까, 하는 얕은 마음마저 생겼다. 어리석은 마음 같으니라고. 그런 일은 있을 수 없기에 소영의 입에선 서글픈 웃음이 나왔다.

지한의 존재가 그리운 그녀는 사랑채 쪽으로 걸어갔다. 방문을 연 소영은 썰렁하니 비어 있는 방 안을 들여다보았다. 그의 체취가 고스란히 남아 있는 유일한 공간. 소영의 눈 안에 지한의 모습이 어렸다.

띵- 동! 소영은 초인종 소리에 고개를 돌렸다. 설마 피디님? 정말 그가 다시 돌아왔나. 믿기지 않아 재빨리 대문으로 가서 잠금장치를 푸는 소영의 입가엔 미소가 번졌다.

"피디님!"

그녀는 대문을 활짝 열었다.

"어쩌나요? 서 피디가 아니고 전데요."

한준의 모습에 소영의 입가에 머물렀던 웃음이 사라졌다. 누군지 묻지도 않은 채 무턱대고 문을 열어주며 지한을 찾다니. 한준은 지한을 애타게 기다렸을 소영으로 서운함을 넘어 이제는 화가 났다. 지한에게 소영의 마음을 빼앗겼다는 확신이 서자 한준의 표정은 일그러졌다.

"유 부장님……."

"서 피디는 이사 나가지 않았나요. 제가 잘못 안 건가요?"

"……."

어딘지 이상한 느낌……. 소영은 한준의 말이 아닌 표정에서 분명히 그렇게 느꼈다. 경계하듯 흔들리는 소영의 눈동자를 보자 한준의 기분은 더욱 상했다. 자신을 믿지 못하겠다는 의미일 터.

"혹시 내 마음을 받아주지 않은 이유가 그 잘난 녀석 때문인가?"

순간 한준의 말투가 반말로 바뀌었다.

"늦었어요. 그만 돌아가시고 내일 뵈어요."

"이렇게 큰 집에 김 감독이랑 언니도 없는 것 같던데."

"……!"

한준이 모든 걸 다 알고 있다니 소영은 무서운 생각마저 들었다. 지한과 함께 있을 때는 단 한 번도 느껴보지 못한 감정이었다. 홀로 있는 이 집에 소영은 한준을 들여놓고 싶지 않았다.

거칠어진 말투로 봤을 때 그는 자신이 알고 있던 유한준이 아니었다. 소영은 아무래도 안 될 것 같아 대문을 닫고자 했다. 그러나 이미 늦었다!

서둘러 대문을 닫기 위해 소영이 문을 밀었지만 한준이 그 문을 잡았다. 밀어낼 새도 없이 한준의 발은 어느새 대문 안으로 성큼 들어왔다.

"그냥 내 마음만 받아달라는 거지 다른 뜻은 없었어. 그런데 너까지 날 무시하겠다? 이런…… 그새 둘이 서로 닮아버린 건가. 그럼 나도 어쩔 수 없지. 그 녀석에게 돌아갈 물건이라면 차라리 망가지는 게 낫겠지."

상상조차 할 수 없었던 한준의 모습이었다. 화를 내는 한준으로 소영은 놀란 눈이 되었다. 지금 그의 말로 봐서는 이성을 잃은 것 같았다.

쿵! 쿵! 쿵! 두려움까지 느껴지자 몸이 으르르 떨려오며 소영의 심장이 신호를 보냈다.

어서 피하라고-!

이성을 잃은 한준의 모습에 소영은 덜컥 두려워졌다. 이 상황에서 벗어나야 하는데 어떻게 해야 하나? 방법을 찾으려 했지만 머릿속이 공황 상태가 되고 나니 아무것도 떠오르지 않았다.

피디님…… 무서워요.

그때, 허둥대는 소영의 머릿속으로 지한의 얼굴이 스쳐 지나갔다. 먼저 들어가라며 걱정해주던 그의 눈빛……. 그 사람이라면 도와줄 수 있겠지. 이 두려움에서 벗어나게 해줄 거야. 조금 전에 갔으니 근처에 있을지도 몰라.

소영은 지한에게 도움을 청하고자 가방 안을 더듬거리며 휴대폰을 찾았다. 덜덜덜 떨리는 그녀의 손에 드디어 휴대폰이 잡혔다. 휴대폰을 꺼내자마자 재빠르게 움직인 소영이 화면을 터치했다. 두려움에서 벗어날 수 있다는 안도도 잠시, 순식간에 다가온 한준이 그녀의 손에 있는 휴대폰을 빼앗아갔다.

"안 돼! 이리 내놔!"

한준이 강탈해가듯 휴대폰을 가져가자 소영의 입에선 절규가 터져 나왔다.

"그냥 얘기 좀 하자는 거잖아. 혹시 서 피디에게 전화하려고?"

"제가 그 사람에게 전화하든 말든 그건 제 마음이에요. 휴대폰 어서 주세요!"

"행여 도움이라도 청할 거라면 꿈 깨. 내가 이리로 오다가 그 녀석 차를 봤는데, 지금쯤 멀리 갔을걸."

소영을 향해 한준이 휴대폰을 흔들어 보였다.

"지금 이러시는 이유가 단지 제가 부장님 마음을 받아주지 않아서인가요?"

"단지? 내가 너한테 고백했는데 그 녀석한테 가면 나는 뭐가 될까? 더군다나 다른 사람도 아닌 서지한, 그 녀석한테 간다고? 그건 정말 싫어!"

한준은 자신을 무능한 관리자로 보는 듯한 지한의 시선도, 직무태만인 직원으로 취급하는 것도, 마치 아래 직원 대하듯 멸시하는 느낌도 다 싫었다. 그뿐만이 아니다. 무엇보다 한준을 이토록 변하게 한 결정적인 또 다른 계기가 있었다.

"서 피디님이랑 저랑은……. 엄마야!"

우지직! 한준은 그녀가 보는 앞에서 구둣발로 휴대폰을 짓밟아버렸다. 순식간에 휴대폰 액정이 깨져버리자 소영은 화들짝 놀랐다. 한준은 지금 제정신이 아닌 듯했다. 이렇듯 흥분한 한준과는 더 이상 말이 통하지 않을 것 같았다. 그녀는 두리번거리다 사랑채 문이 열려 있는 걸 보곤 냅다 뛰었다.

"그러지 말고 내 말 좀 들어봐!"

"진짜 왜 이러세요! 아- 악! 싫- 어-!"

그런데 방 안으로 채 들어가기도 전에 소영은 한준의 손에 옷깃이 잡히고 말았다.

그때였다! 쾅! 벌컥! 요란한 소리와 함께 대문이 활짝 열렸다. 한준의 손을 뿌리치려 했던 소영도, 그녀를 붙잡고 있던 한준도 동시에 대문을 보았다. 그곳엔 지한이 서 있었다.

"지금! 뭐 하는 짓이야!"

겁에 잔뜩 질린 소영의 얼굴. 보고도 믿지 않는 광경. 발로 대문을 힘껏 차고 들어온 지한의 눈빛엔 살기가 어려 있었다.

한편, 뜻하지 않은 지한의 출현으로 한준의 얼굴에는 당황하는 빛이 역력했다. 분명히 지한의 차가 대로로 사라지는 것을 확인했었는데.

"서지한 네가 어떻게?"

"소영이 놔줘!"

지한의 말이 끝나자마자 소영은 한준을 밀쳐냈다. 한준은 순간 휘청했고 그사이 방 안으로 재빨리 들어간 그녀가 사랑채 문을 닫았다. 퍽-! 그와 동시에 지한의 주먹이 한준의 턱을 제대로 강타했다.

"으- 윽!"

한준은 그대로 나가떨어졌다. 화가 난 지한의 눈엔 오로지 소영만 보일 뿐 다른 것을 생각할 겨를이 없었다.

"이런 개자식! 누구한테 행패를 부리는 거야!"

한준을 향해 소리친 지한은 험악한 표정을 지었다.

"서지한, 네 녀석이 끼어들 일이 아니야! 이건 내 일이니까 빠져!"

"빠지라고? 못 빠지겠다면 어쩔 건데!"

"이거나 놓고 말해!"

지한에게 잡힌 멱살을 한준이 풀려고 했다.

"당장 이 집에서 나가! 유한준 너 같은 인간은 이곳에 있을 자격이 없어!"

벗어나려고 버둥거리는 한준을 지한이 대문 쪽으로 끌고 가, 있는 힘껏 길바닥으로 내동댕이쳤다.

"자격 같은 소리 하네! 네가 아무리 잘나간다고 목에 힘주고 다녀도 넌 그저 운 좋게 아버지 잘 만난 헛껍데기일 뿐이라고!"

바닥에 나가떨어진 한준이 지한을 향해 소리쳤다. 눈을 부라린 한준이 포악하게 덤벼들었고 그가 내뱉은 말에 지한은 놀라 멈칫거렸다. 설마 한준이 자신의 배경을 전부 알고 있는 건가?

"금 숟가락을 물고 태어나 아버지 바짓가랑이나 잡고 있는 주제에……. 퉤!"

한준은 입안에 고여 있는 피를 뱉어냈다. 한준의 앞으로 바짝 다가간 지한이 자세를 낮췄다.

"대체, 나에 대해선 어떻게 안 거야?"

"알고 싶다면 기꺼이 말해주지. 면접 날, 우연히 대표이사와 사진작가가 하는 말을 듣게 되었어. 서연숙과 서지한, 두 사람이 한 핏줄이라는 걸."

면접이 있던 그날, 한준은 발표장으로 연숙을 데려가기 위해 회의실로 갔고 방문 앞에서 노크하려고 할 때였다. 면접관들이 나가면서 제대로 닫지 않았는지 문틈으로 은하의 목소리가 들렸다.

"지한인 고모님이 왔는데도 그대로 가버리네요."

"그 아이가 그러고 싶어서 그랬겠어? 말할 수 없는 사정이 있다는 걸 다 알면서 그런다."

"만일이라도 지한이가 그룹 대표직을 안 한다고 하면 그땐 어쩌실 거예요?"

"안 할 수가 있나. 후계자는 저 하나인데."

한준은 그렇게 우연히 지한의 배경을 알게 되었다. 그날 일을 기억한 한준은 자신과 지한 사이에는 도저히 넘을 수 없는 벽이 있다는 것에 씁쓸한 표정을 지었다. 그에 반해 지한의 눈빛은 한껏 날카롭게 빛났다.

"그래? 이것 참 공교롭게 됐네. 하지만 그게 지금 이 상황과 무슨 상관이지? 소영을 아껴주지는 못할망정 비겁하게 힘으로 겁이나 주고. 각별한 사이라면 지킬 건 지켜줘야지!"

홀연 한준의 입가에 기분 좋은 웃음이 스쳐 지나갔다. 소영이 자신의 마음을 거절했다는 것을 지한이 모르고 있었기 때문이다.

"그래…… 각별하긴 하지. 흐흐흐."

"그 웃음소리는 뭐야?"

한준이 소리까지 내서 웃으니 지한은 어리둥절했다.

"각별한 사이인 걸 알면서도 이렇게 끼어드는 네가 하도 우스워서 말이야. 왜? 소영이가 너 아닌 날 선택한 게 받아들여지지 않아? 네가 원하면 다 가질 수 있다는 그 오만함이 이번엔 통하질 않았나 보네?"

"……."

"훗! 그래도 내가 고백하니까 기다렸다는 듯이 내 입술을 받아주던데. 네가 아닌 나를 선택했다고. 흐흐흐."

좋은 마음에서 시작한 소영에 대한 한준의 감정은 언젠가 소영을 향한 지한의 마음을 확인하고 나니 뒤틀리고 변색되기 시작했다. 거기다 지한의 대단한 배경을 알게 되자 소영에 대한 애틋한 감정은 지한에 대한 시새움으로 옮겨갔고, 손안에 잡힌 소영을 잃게 될까 봐 한준은 조급해졌다.

모든 걸 다 가진 서지한에게 한준 자신이 이길 방법. 그 하나가 바로 소영의 마음을 갖는 거라 생각했다.

"그녀에 대해서 함부로 말하지 마. 그런 대우 받을 여자 아니야."

혹시 소영의 마음이 다치기라도 할까 지한의 마음 한구석이 서늘해졌다. 한준에게 그녀를 좋아하는 제 마음을 내보인 탓에 그녀가 농락당하는 건 아닐까 걱정되기 시작했다. 지한은 후회스러운 마음이 밀물처럼 밀려왔다.

"대기업의 후계자님께서 그렇게 충고까지 해주시니 나도 고민해보지."

"그럼 내가 가진 힘도 알겠네? 분명히 경고하는데 어설픈 수작질 따위 용납 못 하니까 지금 이 순간부터 절대, 소영이 눈에 띄지 마."

지한이 한준의 멱살을 다시 움켜쥐고는 최대한 목소리를 낮춰 경고하듯 말했다. 이렇듯 정신 상태가 위험한 한준이라면 언제 어떻게 변할지 아무도 모를 일이었다. 한준을 협박해서라도 지한은 소영을 지키고 싶었다.

"네가 뭔데?"

"나? 잘 알잖아. J&H 그룹 후계자 서지한."

지한은 자신의 이름을 말했을 뿐이지만, 한준의 등골은 오싹해지는 느낌이었다. 지한이 내뱉은 말 한 글자 한 글자에 알 수 없는 힘이 담겨 있는 듯했다.

"흥! 이제야 본색을 드러내는군. 그렇게 뻐기고 싶은 걸 그동안 어떻게 참았을까?"

"내 본색? 아직 시작되지도 않았는데. 네가 원한다면 더 보여줄게."

"······!"

"너 같은 놈한테서 소영일 지킬 수만 있다면, 나는 어떤 가면이든 쓸 각오가 되어 있어.”

털썩! 지한은 한준의 멱살을 잡았던 손을 신경질적으로 놓았다. 땅바닥으로 쓰러지는 한준을 보면서 그는 서서히 몸을 일으켰다.

지한은 자신을 노려보고 있는 한준을 두고는 대문 안으로 들어갔다. 그 후 양쪽 대문을 잡고 마지막까지 한준에게서 시선을 떼지 않은 상태로 문을 닫았다.

그제야 그의 눈빛이 돌아오며 서둘러 사랑채로 갔다. 놀라서 울고 있을 소영의 생각으로 그의 가슴은 저며지듯 아팠다.

“나야, 문 열어.”

굳게 잠겼던 문이 열리고 지한의 눈에 소영의 얼굴이 들어왔다. 그와 눈이 마주치자 그녀의 눈 안에 가득 차 있던 눈물이 힘없이 흘러내렸다. 지한은 억장이 무너지는 것 같았다.

와락! 그가 그녀를 힘껏 안았다.

“흐흑. 피디님.”

“괜찮아. 이젠 다 끝났으니 무서워하지 마.”

이 여자를 지키기 위해선 지금부터 아무것도 두려워하지 않을 것이다. 자신의 품 안에서 바르르 떠는 소영의 몸을 지한은 더욱 끌어안았다. 악몽 같은 시간을 보냈을 소영, 제 마음을 울리는 그녀를 이렇게밖에 위로해줄 수 없어 그는 미안했다.

“흐흐흑.”

“어디 얼굴 좀 보자.”

지한의 가슴에 얼굴을 묻고 있던 소영이 고개를 들었다. 양 볼을 적시며 흘러내린 눈물로 소영의 얼굴은 얼룩져 있었다. 그의 엄지가 그녀의 눈 밑으로 향했다.

살며시 그녀의 눈 밑을 쓸고 간 지한의 손끝에 축축한 물기가 만져졌다.

애처로운 눈으로 소영을 내려다보던 지한, 그의 옷을 그녀가 잡았다. 무서우니 자신만 남겨두고 가지 말라는 것처럼. 소영은 두려웠던 그 순간 오직, 지한만 생각났다.

"왜, 다시 왔어요?"

만약 그가 돌아오질 않았다면……. 그 뒤에 이어졌을 한준의 행동을 생각하자 진저리가 쳐졌다. 소영이 다시 몸을 움츠렸다.

"뭔가 두고 나온 것 같았거든. 아주 소중한 뭔가를 말이야."

소영을 향해 지한이 대답했다.

한준의 차를 보고 액셀러레이터를 밟던 그는 어느 순간 핸들을 돌려 제정신이 아닌 듯 소영이 있는 곳으로 달렸다. 가서 뭐라고 해야 할지 그런 건 생각조차 못 했다. 초조해하며 오로지 그녀가 있는 곳으로 가고 싶었다. 얼마쯤 시간이 흐른 후에 지한의 지프차가 소영의 집 근처에 도착했다. 그리고 주차하자마자 한준의 승합차를 발견한 그가 차에서 막 내릴 때였다.

소영의 비명이 들렸다. 소영이 위험에 처했다는 불길한 생각에 그는 대문을 발로 걷어찼고 공포에 휩싸인 소영의 얼굴을 보는 순간 분노가 끓어올랐다. 자신의 주먹에 힘이 들어갔다는 것을 알았을 땐 벌써 한준을 향해 날아갔었다.

"일단, 여기 있지 말고 내 집으로 가자."

아직도 두려움에 떨고 있는 그녀를 이곳에 혼자 둘 수 없었다.

"피디님 집으로요?"

"응, 아무래도 여긴 불안해."

지금만큼은 오로지 자신에게 의지하고 있는 소영의 애절한 눈빛이 지한의 마음을 적셨다.

부르릉. 지한의 지프차는 한적한 도로를 달리고 있었다. 사람들이 깊은 잠에 빠져 있을 시간, 하늘에서는 빗방울이 떨어졌다. 차창으로 흘러내리는 빗물이 시야를 가릴 때쯤 와이퍼가 부지런히 앞 유리창을 쓸고 지나갔다.

무슨 일이 있었나 싶을 정도로 소영은 빠르게 안정을 찾아갔다. 그와 함께 있는 것만으로도 이렇게 마음이 놓이다니.

착잡한 심정을 감춘 채 집 근처에 온 그는 지프차의 방향 지시등을 켰다. 깜박깜박. 신호를 보낸 지한의 차가 어딘가로 들어가자 소영은 눈앞에 보이는 건물을 올려다보았다.

"여긴 어디예요?"

"내가 사는 곳."

"세상에나…….

소영이 중얼거렸다. 겉으로 보이는 건물은 결코 평범한 집이 아니었다. 눈으로 보이는 외관만으로도 고급스러움이 고스란히 드러났다.

"안 내릴 거야?"

차에서 내리는 지한을 보곤 소영은 안전벨트를 풀었다. 뒷좌석에서 소영의 트렁크를 꺼낸 그는 그녀가 차에서 내리자 차 키를 꺼내 자동차의 잠금 장치를 눌렀다.

"아니, 집이……. 혹시 친구 집에서 얹혀사시는 거예요?"

"얹혀살다니 이건 내…….''

"다 이해하니까 괜한 허세를 부릴 필요는 없어요."

소영은 지한의 빚에 대해서 익히 전해 들은 바 있다. 물론 지한의 말뜻을 오해한 게 문제지만. 집 문제로 그가 껄끄러워할까 봐 그녀는 무조건 다 이해한다는 뉘앙스로 말했다.

"허세? 그래, 네가 편한 대로 생각해라."

이젠 괜찮다는 뜻으로 그녀가 자신의 등까지 두드리자 그는 어이없다는 표정을 지었다. 여전히 자신을 다독이는 소영을 데리고 엘리베이터에 올라

탄 지한이 층수를 눌렀다. 스윽 올라간다는 느낌이 들더니 이윽고 띵! 소리
와 함께 멈춰 섰다.

소영은 앞장서 내리는 그를 따라 내렸다. 지한이 내린 층에는 한 가구만
사는 것 같았다. 지한이 도어록 비밀번호를 누르자 이내 현관문이 열렸다.
문을 열고 안으로 들어가는 그를 따라 소영도 들어섰다.

'이게 집이야?'

소영은 입을 반쯤 벌린 채로 집 안을 둘러보았다.

"침, 떨어진다."

"흐흡!"

과장되게 침을 닦은 소영이 그를 따라 거실 안으로 들어왔다. 우와- 굉장
하다!

이 말 외에는 달리 표현할 말이 없었다. 시선을 사로잡는 고풍스러운 실
내장식뿐만 아니라 절제된 듯 놓여 있는 가구들, 딱 봐도 예사롭지 않았다.

"너는 저기 저 방 써. 주방은 이쪽, 화장실은 저쪽."

지한이 가리키는 쪽을 보며 소영은 대답 대신 고개만 끄덕였다. 안내를
마친 지한은 겉옷을 벗었고, 그런 지한을 향해 소영이 갑자기 빠른 걸음으
로 걸어왔다. 그런데 눈이 동그래져 다가온 그녀가 지한의 곁이 아닌 벽 쪽
으로 걸어갔다. 소영은 거실 벽면을 뚫어져라 보았다.

"이게 다 뭐예요?"

"사진이잖아."

"전부 촬영장에서 찍은 거예요?"

지한의 집 거실 한쪽 벽면은 온통 사진으로 도배한 듯 빽빽이 붙어 있었
다. 스태프들과 함께 사진 속에서 웃고 있는 그의 모습은 반짝반짝 빛이 날
정도로 살아 있는 모습 그대로였다.

"그런 셈이지."

"이게 대체 몇 장이나 되는 거야?"

"나도 알고 싶은데, 심심하면 세어보든지."

지한의 말에 소영이 뜨악한 표정을 지었다. 이 많은 걸 언제 다 세라고.

"피디님, 혹시 빌라 주인이 여기 사진 속에 있어요? 말하기 곤란할 정도로 유명한 사람인데 집을 비워서 몇 개월 와서 산다든지 그런 거예요?"

"그 사진 속에 있는 사람 중에 집주인이 있는 건 확실해."

"대박, 누굴까?"

사진을 보던 소영의 걸음이 이번엔 거실 창으로 옮겨졌다. 하늘에서 별이 쏟아져 내린 것처럼 아름답게 펼쳐진 야경에 그녀는 시선을 빼앗겼다.

"멋지다……. 으리으리한 이 집, 진짜 끝내준다."

"난 마실 차라도 준비해볼까."

소영이 정신없이 집을 구경하는 사이 지한은 주방으로 향했다. 아까 일로 놀랐을 소영이 마실 차를 준비하며 지한은 간간이 그녀 쪽을 보았다.

이윽고 그는 찻잔에 찻물을 따르고는 쟁반에 담아 소영이 앉아 있는 거실로 발걸음을 옮겼다. 그녀가 앉아 있는 바닥에는 그리 크지 않은 카펫이 깔려 있고, 빈 찻잔과 몇 권의 책도 눈에 띄었다.

"여기 좋은데요."

"밖을 훤히 볼 수 있는 창 앞이라서 그런지 나는 이 집에서 이곳이 제일 마음에 들더라."

소영에게 찻잔을 건네준 그가 그녀 옆으로 앉았다. 안 그래도 갈증을 느꼈던 소영은 따뜻한 찻물을 한 모금 마셨다.

"음…… 맛있다. 이거 무슨 차예요?"

"대추차. 마시고 나면 편히 잘 수 있을 거야."

지한의 말에 그녀는 찻물을 홀짝이듯 마셨다.

"아까는 경황이 없어서 고맙다는 말도 못 했어요. 고마워요."

"유한준과 있었던 일은 다 잊어. 그 녀석은 이제 네 앞에 나타나지 못할 거야."

"어떻게 그래요. 한 직장에 다니고 있는데……."

"그런 행패를 부려놓고 낯짝이 있지 어떻게 와. 유한준, 스스로 불편해서 그만둘 거야."

"……."

애초에 자신의 마음을 제대로 말했다면 이런 일은 일어나질 않았을 것이다. 한준과의 일이 다시 떠올린 소영의 심정은 복잡해졌다. 깊은 생각에 잠긴 그녀의 얼굴을 본 지한이 들고 있던 찻잔을 내려놓았다. 진지한 눈빛을 한 그가 그녀 쪽으로 몸을 틀어 앉았다.

"설마, 그런 녀석을 동정이라도 하는 거야?"

후드득, 후- 득. 부슬부슬 내리던 빗줄기가 어느덧 거세졌는지 창을 두드리며 떨어지기 시작했다.

"단소영, 잘 알아둬. 함부로 남자 믿지 마."

"그럼…… 피디님도?"

소영은 자기가 묻고도 어이가 없었는지 살짝 웃어 보였다. 하지만 지한은 그녀의 눈을 똑바로 바라보았다.

"생각해보니까 가져서는 안 될 것을 가진 것 같아."

"가져서는 안 될 것…… 갑자기 그게 무슨 말이에요?"

"너와의 첫 키스 말이야. 당연히 너도 네가 사랑하는 사람이랑 하고 싶었을 텐데."

비록 강제성은 없었으나 소영에게 의향을 묻고 행한 건 아니었다. 미안한 마음을 담아 그가 소영을 향해 힘없이 웃어 보였다.

두근두근. 지한과 눈이 마주치자 갑자기 소영의 심장이 빠르게 뛰어댔다. 설레었던 지한과의 입맞춤을 이 심장은 기억하고 있는 건가?

"저…… 피디님과의 첫 키스…… 싫지 않았어요."

다 마신 찻잔을 내려놓은 소영이 기어들어가는 목소리로 말했다. 그녀는 자신 때문에 미안해하는 지한에게 그 당시 제 마음을 제대로 알려주어야겠다고 생각했다.

"싫고 좋고를 떠나서 너는 호기심 같은 거 아니었을까. 이제 이성에 눈을 뜰 시기니까……. 다음에는 한준 같은 녀석 말고 제대로 된 놈으로 만나."

소영을 향해 지한은 진중하게 말했다.

"남자를 믿지 말라면서요."

"언젠가 때가 되면 너에게도 진실한 사랑이 나타나겠지."

소영이 말똥한 눈으로 자신을 쳐다보자 감정을 숨기고 싶은 지한은 리모컨을 들었다.

틱! 그가 스위치를 누르자 거실을 밝혔던 조명이 꺼졌다. 순간 어둠이 찾아왔지만, 창문과 가까운 곳이라 흐릿하게 사람의 형체를 알아볼 정도는 되었다.

"피곤할 텐데 그만 가서 쉬어."

조명이 꺼졌어도 소영은 미동조차 없었다.

"……피디님께 진실한 사랑은 그분이신가요?"

다시 소영이 입을 열었다. 지한이 은하를 좋아한다면 그를 좋아하는 제 마음은 영원히 묻어두기로 했다.

"그분이라면 누구를 말하는 거야?"

"……장은하 씨요."

망설였지만 소영은 똑똑히 은하의 이름을 말했다. 지한은 의문이 가득한 눈으로 어둠 속에 앉아 있는 소영을 보았다. 그녀의 눈은 창을 통해 들어오는 빛을 받아 반짝거리고 있었다.

"은하? 그 녀석은 그냥 친구일 뿐이야."

"연인이 아니고 친구예요?"

"두 집안이 어렸을 때부터 알고 있어서 스스럼없이 지내는 사인데, 왜 연인이라고 생각을 했어?"

"무척 친해 보이셔서."

"친구니까 친할 수밖에 없지."

그때 부스럭거리는 소리를 내며 소영이 일어섰다. 긴장감이 풀린 탓일까. 그녀는 어서 방으로 가서 눕고 싶었다.

"친해도 여자로 안 보이고 꼬맹이라서 여자로 안 보이고, 그럼 피디님은 어떤 여자가 진짜 여자로 보이세요? 알수록 더 어렵다니까."

은하가 그의 연인이 아니라니 건 다행이었지만, 마음과는 달리 은근히 화가 났다. 키스까지 해놓고 다른 남자한테 가라니 말이 돼? 소영은 방 쪽으로 걸어가면서 중얼거리듯 쏘아붙였다. 물론 지한의 귀에 다 들렸지만 말이다.

"그래. 나, 어려운 남자야. 남자는 말이야, 잘날수록 어려운 법이거든. 그게 잘못된 거야?"

"잘나서 좋겠어요. 저도 잘난 남자 만나서 아현이 바람처럼 크리스마스 때 진한 사랑을 해볼 거예요."

"해라, 누가 말려."

지한은 무심한 척 말했다.

"누굴 만날지도 모르는데 당연히 말려야 하는 거 아닌가요?"

"네 일인데 내가 왜 말려?"

"그런 게 어디 있어요? 이 집으로 데려왔으면 당연히 말려야죠."

제 마음을 어쩌질 못해 심통이 난 소영은 괜한 억지를 부리고 있었다.

"알았어. 그리도 원하니까 말려줄게. 어떤 놈도 만나지 마라. 됐지?"

"한 놈은 만나고 싶은데……."

"말려달라며? 그나저나 내일 학교는 안 갈 거야?"

어느새 어슴푸레한 푸른빛을 띠며 새벽하늘이 열리려 했다.

"내일 강의 없는데요."

"없어도 자둬. 이제 곧 아침이야."

"피디님은…… 거기서 잘 거예요?"

소영은 자신이 머물 방 앞까지 오기는 했다. 그런데 막상 혼자 자려니 이전에 느꼈던 두려움이 고스란히 생각났다. 그녀는 문을 열 수 없었다.

"응, 그럴 생각인데. 비도 오고 운치 있잖아."

"……그럼 나도 거기서 자도 돼요?"

소영의 말에 지한은 슬쩍 고개를 들어 어두움 속에 서 있는 그녀를 보았다.

혹시…… 아직도 마음이 진정이 되지 않은 걸까? 방문 앞에 서 있는 그녀의 뒷모습을 보니 그런 것 같기도 했다.

"그러든가. 빗소리 들으면서 자는 게 어떤 느낌인지 경험도 해볼 겸. 정 자고 싶다면 내가 인심 쓸 테니 넌 저쪽에서 자."

그는 대수롭지 않게 말하며 슬쩍 그녀의 생각을 떠보았다. 머뭇거린 것도 잠시, 다급하게 들리는 그녀의 발걸음에 그가 자리를 고쳐 앉았다. 지한의 곁으로 온 소영의 마음은 서서히 진정되었고, 카펫 끝자락으로 자리를 잡았다. 민망한지 쭈뼛거리며 자리에 눕는 소영을 보고는 지한은 발밑에 있는 담요를 집어 왔다. 그가 소영의 몸에 담요를 덮어주자 그녀는 스르르 눈을 감았다.

"피디님, 잘 자요."

"너도, 잘 자."

그는 최대한 소영과 멀리 떨어져서 누웠다. 지한은 잠을 청하는 소영의 얼굴을 가만히 응시했다. 오늘 무척 힘들었을 그녀를 생각하니 마음이 아렸다.

움찔. 그런데 얼마 후 설핏 잠이 든 소영이 순간 몸을 움츠렸다. 제 몸짓에 스스로 놀랐는지 그녀가 놀라서 눈을 떴다.

"하!"

아까 있었던 일이 떠오르자 소영의 심장이 쿵쿵거리며 뛰었다. 그녀의 숨소리에 지한이 소영의 곁으로 다가갔다. 어둠 속에서 소영은 겁먹은 눈으로 떨고 있었다.

"괜찮아. 내가 있잖아."

소영의 곁으로 바짝 다가온 그가 두려워하지 말라며 그녀의 어깨를 토닥여 주었다. 두려움에서 벗어나고 싶은 소영은 지한의 따뜻한 손길을 느끼고는 그의 품으로 들어갔다. 그녀의 은은한 체향이 그의 코끝으로 전해졌다. 자극적인 소영의 향기에 지한은 정신도 몸도 몽롱해지며 마비되는 것 같았다.

소영의 어깨를 토닥이던 그의 손길은 어느새 조심스럽게 어루만지고 있었다. 소영이 더 파고들자 그의 정신은 아찔해졌다. 그저 두려움에서 벗어나고 싶은 소영의 행동이건만, 마치 자신을 유혹하는 몸짓으로 보였다. 지한의 심장이 심하게 뛴다는 것을 소영이 느꼈을 때 그의 입술이 그녀의 목덜미로 향하고 있었다. 하지만 지한은 흔들리는 눈빛만큼이나 머뭇거릴 수밖에 없었다.

혹시 자신의 이런 행동이 그녀에게 한준과 같은 사람으로 비치는 것은 아닐까. 그렇다면 멈춰야만 했다. 아! 멈출 수 있을 줄 알았는데…… 그러질 못했다. 그의 입술은 소영의 입술에 입을 맞추듯 목덜미에 입술을 대었다.

짜릿! 지그시 눌러지는 그의 입술로 소영의 몸은 타들어갈 것 같았다. 그녀는 손에 닿는 지한의 옷을 바짝 움켜쥐었다. 그 상태로 살짝 몸을 떼었다. 어둠 속에서 부딪친 눈빛들은 서로를 강하게 빨아들일 것처럼 빛을 내었다. 지한의 입술이 끝내 소영의 이마에 닿았다. 서서히 입술로 찍으며 내려온 그의 입술이 소영의 콧날에 내려앉을 때였다. 강한 떨림을 감당하기 힘든 소영의 몸이 움찔했다. 그 바람에 지한의 입술이 소영의 윗입술에 닿았다.

지한의 입술이 제 입술에 닿자 소영은 흠칫 놀랐다. 찌르르. 마치 전류에 감전되듯 온몸으로 전해지는 흥분으로 두 사람은 몸을 떨었다.

창으로 들어오는 아침 햇살로 잠이 깬 지한의 눈이 살짝 움직였다. 살포시 눈을 뜬 그는 옆자리에서 전해지는 새근거리는 소리에 입꼬리가 가볍게 올라갔다. 어느 정도 거리를 두었다고는 하나 밤새 자신의 옆에서 잔 소영을 그가 사랑스러운 눈으로 바라보았다.

그녀의 마음을 가질 수만 있다면…… 얼마나 좋을까.

혹여 잠에서 깰까 걱정스러운 지한이 조심스럽게 손을 들었다. 그녀의 얼굴을 비추고 있는 햇빛을 손으로 막았다. 눈웃음을 지은 그는 편안한 얼굴로 잠든 소영을 보고 있는 것만으로도 행복했다.

그렇게 한참의 시간이 흘렀다. 출근을 서둘러야 할 시간이라 더는 지체할 수 없기에 그가 천천히 움직였다.

"으음……."

잠시 뒤척이기는 했으나 곤히 잠든 그녀를 보고 지한은 소리를 죽이며 일어섰다. 창으로 간 그는 아침 햇살을 가리기 위해 블라인드를 서서히 내렸다.

살금살금. 이어서 까치발로 욕실로 향했다. 그가 문고리를 살며시 돌려서 열고는 안으로 들어갔다.

딸각! 그 소리에 잠이 깨려는지 소영의 눈동자가 어슴푸레 보이는 빛을 찾아 움직였다.

눈을 뜬 소영은 주위를 돌아볼 새도 없이 밤사이 있었던 일이 생각났다. 옆자리를 확인한 그녀가 벌떡 일어나 앉았다. 빠르게 거실을 둘러본 소영은 고요함만이 흐르자 비로소 안심했다.

"하아…… 출근했나 보다."

얼마나 다행스러운지. 이대로는 그의 얼굴 보기가 무척 멋쩍을 것 같았다. 소영은 자기 입술을 슬쩍 깨물어보았다. 간밤에 그의 입술이 제 입술에 닿았을 때 그녀는 놀라 몸을 움찔했고 그 바람에 지한은 얼른 자신의 입술을 떼었다.

그 후 얼마간의 어색한 시간이 흘렀으며 소영은 그의 품에서 벗어났다. 그는 말없이 창밖을 내다봤고 소영은 억지로 잠을 청했다. 입술이 닿았던 그 순간을 생각하자 소영의 심장은 아침부터 두근거렸다. 진정해라, 진정해. 아…… . 정신을 차려야지 이대로는 안 될 것 같았다.

세수라도 할 양으로 부스스 일어나 욕실로 걸어간 소영은 욕실 문을 벌컥 열었다.

허- 거- 덕-!

문고리를 잡은 그대로 동작이 정지되었다. 절대로! 봐서는 안 될 것을 보고야 만 것이다!

"그, 그, 그, 그, 그…… ."

그러니까, 샤워를 하려면 문을 잠가야죠! 소영은 이 말을 하고자 했으나 하나의 단어만 버퍼링되어 울릴 뿐이었다. 자신의 눈에 떡하니 보이는 지한의 모습! 그녀의 눈이 왕방울만 하게 커지며 눈동자가 위에서 아래로 움직였다. 그녀가 어디를 보는지 알 것 같기에 그의 얼굴은 얼어붙었다.

"문 닫아!"

아! 정말! 미치겠네. 샤워하려고 탈의한 그는 자신의 몸을 가릴 사이도 없이 고스란히 그녀에게 모두…… 보여주고 말았다.

"아아악!"

집 안에 울리는 소영의 비명이 고요한 아침을 열었다.

지한의 집에서 나온 소영은 곧바로 쪽방촌으로 향했다. 앞으로는 학업과 홈쇼핑 일로 자주 찾아뵙기 힘들 것 같아 미리 인사를 드리기 위해서였다. 마지막으로 대성의 집도 들렀다. 그녀는 빠끔히 열려 있는 대문 사이로 얼굴을 들이밀고는 대성을 불렀다.

"할아버지, 계세요?"

"누구요?"

되돌아오는 인기척에 살며시 문을 열자 대성의 모습이 보였다.

"안녕하세요."

"어, 이게 누구야. 어서 오너라."

대문 쪽을 보던 대성이 소영의 얼굴을 확인하고는 조용히 웃어 보였다. 소영은 짧게 묵례를 하고 대성의 곁으로 다가갔다. 그는 마침 마당 한쪽에 서 있는 대추나무를 올려다보고 있었다.

"우리 집에는 어떤 일로 왔느냐?"

"지나가다가 뵙고 싶어서 들렀어요. 우아- 대추 좀 봐."

어찌나 보기에도 탐스럽던지 맛이 궁금해진 그녀는 까치발을 들어 대추 하나를 따서는 맛을 봤다.

"맛있느냐?"

"아직은 익지를 않아서 뻑뻑한 게 단맛도 별로인데요."

말은 별로라고 했지만 이내 하나를 더 딴 소영은 아작아작 씹어 먹었다. 제법 큰 대추가 보이기에 그것을 따서 대성에게 건넸으나 싫다며 고개를 저었다.

"몇 알 먹었느냐?"

느긋한 표정으로 대추나무를 보던 대성이 물었고 그녀는 생각할 것도 없이 곧장 대답했다.

"세 알이요."

"삼만 원이다."

얼마? 대추씨를 뱉던 그녀의 눈이 동그래졌다.

"네에!"

"대추 하나에 오천 원이야. 어서 내놔."

대성이 소영을 향해 손을 벌리자 그녀는 큰 눈을 끔벅였다. 익지도 않은 시퍼런 대추 한 알이 오천 원이라니. 잠깐, 그게 문제가 아니었다. 곱하기를 못하시나.

"오천 원인데 왜 만 오천 원이 아니고 삼만 원이에요?"

"난 줄 때도 곱빼기로 주고, 받을 때도 곱빼기로 받는다."

무슨 계산법을 곱빼기로. 그녀는 대추나무에 달린 대추들을 넋 나간 듯 바라보았다. 익지도 않은 저 대추에 진주라도 박아놓았나. 지금 뱉어낸 대추씨에서 바로 싹이 난다고 해도 이보다 놀랍지는 않았을 것이다. 집 안으로 들어가려고 걸음을 옮기는 대성의 뒤를 소영이 쫓아갔다.

"할아버지, 그런 계산법이 어디 있어요? 대추차 한 잔이라면 몰라도 대추 하나를……."

"요즘도 알바하느냐?"

소영이 따지듯 묻자 현관문을 열고 들어선 대성은 딴소리하며 신발을 벗었다. 대성의 뒤에서 샌들을 벗으려던 소영의 눈이 대성의 신발로 향했다. 요즘도 저런 신발을 신는 사람이 있었네. 시골이 아닌 도시에선 좀처럼 보기 힘든 하얀 고무신이었다. 소영은 대성의 검소한 생활을 엿볼 수 있어 빙긋이 웃었다.

"알바는 주로 방학 동안에 하는데 마지막 학기 개강하고 여러 가지 일이 있어서 요즘은 못 하고 있어요."

"학교 다니려면 바쁘겠지. 졸업하면 뭘 할지 결정은 했고?"

"사실은요, 제가 쇼호스트가 되고 싶어서 노력 중이에요. 할아버지, 논어 읽어드릴까요?"

지난번에 읽다 만 것이 생각나서 소영은 책장으로 걸어가며 물었다. 소파에 앉으며 고개를 끄덕이는 대성을 보고는 소영은 책을 찾아서 꺼내 들었다.

"무엇이든 노력해서 안 되는 것은 없지."

"그럴까요? 지금 좋은 기회가 왔는데 잡을 수 있을지 걱정이에요."

"어떤 상황에서든 이 일이 아니면 나는 큰일 난다, 하는 절박함으로 열심히 임한다면 반드시 이룰 수 있다고 본다."

"절박함이요?"

대성 앞에 앉으며 책장을 넘기는 소영은 중얼거리듯 말했다.

절박이라……. 지금 쇼호스트가 되고 싶어 하는 소영의 마음을 온전히 표현한 말인 것 같았다.

이렇듯 대성과 시간을 보낸 후 소영은 어쩔 수 없이 스튜디오로 향했다. 하지만 차마 들어갈 수가 없었다. 지한의 얼굴을 어찌 봐야 할지 난감해도 이렇게 난감할 수가 없었기 때문이다. 한옥집으로 가자니 한준이 다시 찾아올 것만 같아 갈 수가 없었고, 지한의 집으로 가자니 도어록 번호를 몰랐다.

"엄마야, 놀래라!"

기- 익 소리를 내며 갑자기 스튜디오 문이 열리자 소영은 놀라 소리를 질렀다. 하지만 멋모르고 나왔던 민주가 오히려 더 놀란 표정이었다.

"야, 왜 이렇게 화들짝 놀라? 너, 무슨 죄라도 지었어?"

"죄는, 무슨. 언니는 지금 퇴근하는 거야? 우리 형부는 갔어?"

"김 감독이야 정시에 퇴근했지. 그나저나 유한준 부장님이 그만뒀더라."

"……."

민주의 말에 소영은 완전히 잊고 싶은 악몽 같은 순간이 다시 떠올랐다. 결국, 지한의 말처럼 되었지만 그에게 사과를 받지 못하고 끝난 것 같아 찝찝했다.

"유 부장이 그만뒀다는데 어째서 말이 없어? 너를 마음에 두고 있던 사람이잖아."

"그걸 어떻게 알았어?"

말한 적이 없는데 그걸 눈치챘다니.

"눈에 훤히 보이던데 몰랐어?"

"그랬나? 퇴근하는 길이라며, 조심히 가."

"반응이 왜 저래?"

민주는 미심쩍은 눈을 한 채 계단을 내려갔다. 계단을 돌아 내려가며 민주의 모습이 사라지자 소영은 스튜디오의 문을 보았다. 어차피 피할 수 없으니 들어가야 했다.

스튜디오의 동태를 살피고자 살짝 고개를 들이밀었던 소영은 저만치 서서 문 쪽을 지켜보던 지한과 눈이 마주쳤다. 아하! 내가 온 줄 알고 있었나? 이렇게 뻘쭘할 수가. 빤히 쳐다보는 지한의 눈빛에 그녀는 최대한 태연한 척 행동했다.

"단소영, 어딜 쏘다니다가 이제야 오는 거야?"

아침에 욕실에서 벌어진 일로 소영은 찢어질 듯한 비명을 지르는가 싶더니 세차게 욕실 문을 닫고는 온데간데없이 사라져 버렸었다.

"어르신들 찾아뵙고, 봉사…… 활동도 했어요."

"아침에 그러고 나가서 제대로 씻기는 한 거야?"

소영은 지한이 제 앞으로 바짝 다가오자 눈을 내리깔았다.

"공원에 있는 수돗가에서……."

"아침밥은?"

"……빵으로 대충 때웠어요."

"참…… 어렵다."

소영은 여전히 지한과 제대로 눈을 맞추지도 못하고 있었다.

지한은 계속해서 어색해하는 소영 앞으로 케이스까지 끼운 휴대폰을 내밀었다.

"이건……."

"아침에 어디로 갔는지 알고 싶어도 연락할 데가 있어야지. 망가진 휴대폰 대신이니까 나중에 돈 벌어서 갚아."

"네……."

지한의 깜짝 선물에 기쁘긴 했지만 혼비백산해서 도망갔던 생각을 하자 얼굴이 다시 굳어졌다.

"언제까지 그러고 멍하니 서 있을래? 이제 정신 똑바로 차려."

"아, 네!"

그가 진지한 얼굴로 말하자 소영 역시 다시 결연한 눈빛을 띠며 고개를 끄덕였다.

"제일 먼저 상념으로 가득 찬 네 마음부터 비워. 마음이란 것이 정리한다고 해서 정리되는 것은 아니겠지만, 네 마음속에 있는 유한준부터 정리해."

"정리요? 유 부장을 제가 좋아했던 것도 아닌데 정리하고 말고 할 게 뭐가 있겠어요. 이미 기억 속에서 삭제했어요."

"뭐……? 너, 지금 뭐라고 했어?"

지한의 표정이 갑자기 굳어졌다.

8화. 하나가 된 마음

"삭제라고 했는데……."

소영이 그의 눈치를 살필 정도로 지한의 표정은 잔뜩 굳어졌다.

"너, 유한준 좋아하지 않았어?"

"그저 고마운 사람일 뿐이지, 좋아한 적 없었어요."

온화했던 모습을 찾을 수 없을 정도로 한순간 변해버린 한준의 얼굴. 그가 떠오르자 소영은 치를 떨었다.

"그럼 키스는 왜 했어?"

"미쳤어요! 제가 그 사람이랑 키스를 왜 해요!"

그가 얼토당토않은 말을 하자 소영은 그야말로 기절초풍할 노릇이었다.

"전봇대 옆에서 했잖아."

소영이 정색하며 펄쩍 뛰고 있었지만, 그는 분명히 보았다. 어두운 밤이라 해도 가로등이 환히 켜져 있어 키스하고 있던 여자가 소영이란 걸 한눈에 알 수 있었다.

"전봇대? 혹시 피디님…… 봤어요?"

"봤어."

헉! 그가 봤다니. 그렇다면 단단히 오해했을 텐데. 오직 그녀의 머릿속에는 그의 오해를 풀어주어야 한다는 생각밖에 없었다. 별안간 소영이 지한의 두 볼을 감쌌다. 난데없는 그녀의 행동 때문에 그는 무슨 영문인지 몰라 얼떨떨한 표정을 지었다.

"그날, 그 사람이 제 얼굴을 이렇게 꽉 움켜잡는 거예요. 저도 키스하는 줄 알고 얼마나 놀랐던지."

소영이 그날 일을 모두 털어놓자 지한의 눈언저리가 점점 일그러졌다.

"유한준, 이 자식이 날 속인 거야!"

그는 불현듯 능청스럽게 웃던 한준의 얼굴이 떠올랐다. 감쪽같이 속이다니! 비열한 자식, 그래서 웃었던 거였어? 이제야 지한이 그 웃음의 의미를 알았다.

"뭘 속여요?"

"네가 그놈을 좋아해서 키스했다고, 그놈이 나한테 그렇게 말했어."

"아- 놔! 유 부장, 진짜 웃기는 사람일세!"

지한의 말이 끝나자마자 소영이 파르르하며 떨었다. 그런데 그 모습을 보던 그때, 지한의 뇌리로 반짝 스치는 생각이 있었다.

'잠깐!'

무턱대고 같이 화를 낼 게 아니라 생각 좀 해보자. 결론인즉, 소영은 한준을 좋아하지 않았다는 것. 그리고 자신이 그녀의 곁을 떠난 이유는 소영의 마음이 다른 사람에게 향했다고 생각한 터. 그렇다면…… 아직 늦지 않았을지도.

"그 인간이 뭐라고 했는지 다 말해봐요."

소영은 미세하게 변하는 지한의 표정을 읽곤 말을 건넸다.

"단소영, 지금 이 순간부터……"

"뭔데 그래요?"

신중을 기한 탓에 지한의 목소리는 잔뜩 가라앉았다. 그의 목소리가 심상치 않자 소영은 불안해지기까지 했다.

"나, 책임져."

그리고 끝내 그의 입에서 나온 말. 소영의 곁에 있고 싶은 지한의 절박함이 오롯이 묻어난 말이었다. 하지만 밑도 끝도 없는 그의 말에 소영은 의아한 표정을 지을 수밖에 없었다. 도대체 유한준한테 무슨 말을 들었길래 책임이란 말까지 나와?

"뭘…… 책임져요?"

"너, 오늘 아침에 내 몸 봤어, 안 봤어?"

지한이 아침에 있었던 일까지 운운하며 소영에게 억지 아닌 억지를 부렸다. 아침에 있었던 일을 이런 식으로 써먹을 줄이야. 지한의 얼굴은 민망함에 실룩거렸으나 그래도 어쩔 수 없었다.

"봤……."

뜨악! 곧바로 그녀의 머릿속으론 지한의 건장한 알몸이 스윽 스쳐 지나갔다.

으아악! 거기는 안 돼, 더 이상 떠오르지 마! 제발…….

봤으나 봤다고 말할 수 없는 그녀의 심정을 그가 알까. 벌써 소영의 얼굴은 화끈거렸다. 그도 그럴 것이 성인 남성의 알몸을 실제로 본 것은 오늘이 처음이었던 것이다. 큰 눈만 끔벅거릴 정도로 당황한 그녀는 어느새 한준의 일은 까마득히 잊어버렸다.

"지금까지 내 알몸을 본 여자는 없었어. 네가 처음이야."

지한의 손이 소영의 양쪽 어깨를 잡았다.

"그런 내 몸을 네가 다 봤으니까 책임을 져야 할까, 말아야 할까?"

"책임을……."

"져야겠지?"

"어떻게 책임을 지라는 거예요?"

몰래 훔쳐본 것도 아니고, 잠기지 않은 욕실 문을 열었을 뿐인데 뭘 어쩌라고! 사실 문을 잠그지 않은 그의 잘못이 아닌가!

하지만 지한은 지금이 아니면 다음 기회는 없다고 생각해, 절대로 그녀가 빠져나가지 못하게 하느라 계속해서 우겼다. 그걸 알 리 없는 소영은 슬쩍 화가 나려고 했다. 그런 그녀가 어서 말하라는 뜻으로 고개를 슬쩍 쳐들자 그의 눈빛이 형형한 빛을 내었다.

"미리 말하는 건데 내 삶을 통틀어 봐도 이보다 충격적인 일은 없었어."

"그러니까 책임을 어떻게 지라는 건지 어서 말씀해보시라고요!"

자꾸 말을 돌리는 지한의 태도에 소영이 채근했다. 하지만 그는 눈도 깜박이지 않고 소영의 눈을 뚫어져라 보았다.

"평생! 딴 놈이랑 연애 못 한다. 나하고만 하는 거야."

그리고 또박또박 자신의 마음을 전달했다. 이제부터 소영의 몫이다. 말을 마친 지한의 표정은 무척 편안해 보였지만 반면 소영은 혼란스러웠다.

"……평생?"

평생 연애하지 말라니? 그런데 가만…… 자기하고만 하라고? 그렇다는 것은 설마 이 사람이……. 어떻게 책임져야 할지 온갖 추측이 난무했던 소영의 머릿속이 한순간 깨끗해졌다. 그렇지만 그녀는 두루뭉술한 것이 아닌 명확한 한마디가 필요했다.

"피디님, 확실하게 말해줘요. 지금 저를 좋아한다는 건가요?"

"당연히, 좋아해. 못 들었다면 열 번이라도 다시 말해줄 수 있어."

그가 자신을 좋아했다니!

"그런데 왜 말하지 않았어요?"

"솔직히, 두려웠어."

"뭐가요?"

"내가 좋아하는 사람에게서 사랑받지 못할까 봐."

스스로 두려움을 떨쳐내리라곤 그조차 상상도 못 한 일이다.

그때, 한 발 두 발…… 소영이 지한의 앞으로 다가왔다.

"그럼 지금은 괜찮으세요?"

"과연 내가 괜찮을 수 있을까?"

소영이 제 마음을 받아주지 않아도 그는 이제 물러설 수 없었다. 그만큼 지한의 마음은 확고해졌다. 그녀를 포기했을 때의 심정이란 살아갈 이유가 없어진 듯 무의미해졌다. 소영을 외면하려고 결심했을 때 그의 마음은 외로움뿐이었다.

한편, 지한의 고백으로 소영의 심장은 후들거릴 정도로 떨렸다. 어서 답을 달라는 그의 눈빛을 보니 서 있기조차 힘들 정도로 다리의 힘도 풀려버렸다. 이렇게까지 동요하는데 자신의 마음을 전혀 몰라준 그가 야속할 정도였다.

"……너무 앞서가셨네요."

"뭘 앞서갔다는 거야?"

소영의 말을 이해할 수 없는 지한은 아연한 눈빛을 했다.

'뭐겠어요, 생각이지!'

남자가 말이야, 좋아하는 감정이 생겼으면 되든 안 되든 죽기 살기로 부딪쳐야지! 바보처럼 혼자 안 될 거라 단정 짓고 두렵다고 도망을 가? 불현듯 지한의 마음이 진심인지 소영은 자신의 눈으로 직접 확인해보고 싶었다.

그래서 완벽하게 제 마음을 감춘 소영이 이번엔 그를 쏘아보았다. 보란 듯이 그를 지나쳐 간 그녀가 테이블 위에 있는 자료를 들었다. 소파에 앉은 소영은 덜덜거리며 떨리는 다리를 꼬았다. 소영의 행동을 지켜보던 지한이 그녀의 곁으로 걸어갔다. 이 자리를 피하지 않고 저렇듯 행동하는 것엔 분명한 이유가 있을 터.

지한이 자신의 옆자리로 앉자 소영은 새치름한 표정을 지었다. 자료를 보는 소영의 얼굴을 그가 빤히 쳐다보았다. 요것 봐라. 표정을 억지로 감추고 있네.

볼에 띤 홍조가 그녀의 마음을 고스란히 대변하는 것 같았다. 그뿐인가. 숨기려 해도 숨겨지지 않은 그녀의 눈빛은 생글거리며 반짝이고 있었다.

"말하기 싫다고? 그럼 말하게 만들면 되겠네."

지한의 손이 그녀의 뒷목으로 향했다. 소영이 고개를 돌리니 기다렸다는 듯이 그가 서서히 그녀를 자신의 앞으로 끌어당겼다. 다리를 꼬고 앉은 소영은 제대로 버티질 못하고 끌려갔다.

"쓰러져요."

"이왕에 쓰러질 거면 내 품으로 쓰러져라."

"어! 진짜 쓰러진단 말이에요. 그만 당겨요."

갑작스러운 그의 행동에 부끄러워 버텨보기는 했으나 결국 소영은 그의 품으로 쓰러졌다.

콩닥콩닥. 자신을 좋아한다는 지한. 그의 품이 좋아 자신도 모르게 심장이 두방망이질 치는 그녀는 숨 쉬는 것조차 잊었다.

지한의 손은 그녀의 몸과 한 치의 틈도 허락하지 않을 것처럼 소영을 제 품으로 끌어당겼다.

그동안 얼마나 이렇게 그녀를 안고 싶었는지. 소영은 죽었다 깨어난대도 그의 심정은 모를 것이다.

"이제 감춘 이야기들을 털어놓지."

"싫은데."

"이래도 말을 안 해?"

몸을 살짝 푼 그가 마치 소영의 입술에 입이라도 맞출 것처럼 다가갔다.

하지만 그녀의 마음을 확실히 모르기에 끝까지 다가갈 순 없었다.

그에게 여자란, 가영과 은하처럼 친구의 선을 넘을 수 없는 존재였다. 그런데 이 여자는 미치도록 갖고 싶었다. 소영의 눈에 애가 타는 지한의 모습이 보였다. 그녀의 입술이 초승달처럼 예쁜 모양을 만들었다. 사랑스러운 남자, 이 사람 마음을 알았으니 이제 그만 애태우고 답을 해줘야 할 것 같았다.

쪽! 이럴 수가……. 순간 소영의 입술이 지한의 입술을 찍고 갔다. 혹시라도 꿈은 아닐까, 그는 지금 상황이 의심스러울 정도였다.

"이게 네 마음의 답이야?"

"……."

진심을 알려줬기에 그녀의 눈빛이 또랑또랑 빛났다. 말 대신 소영이 고개를 끄덕이자 지한의 감정은 벅차올랐다. 이렇듯 예쁜 미소를 짓고 있는 이 여자가 자신과 같은 마음을 품고 있었다니.

소영의 입술을 머금으려는 그의 입술 끝이 살며시 말려 올라갔다. 첫 키스 때 처음 알게 된 입술 안의 감촉, 점점 잊었던 그 감촉은 입술이 맞닿는 순간 고스란히 되살아났다. 그는 그녀의 뜨거운 숨결부터 나눠 마셨다.

그의 마음을 확인했을 때부터 지금 이 순간을 기다린 탓일까. 소영의 몸은 떨림이 멈추질 않았다. 이전에 멋모르고 나눴던 첫 입술과는 엄연히 느낌부터가 달랐다.

부드러운 입술 감촉으로 서로에게 녹아들었다. 입안에서 말캉한 감촉이 스칠 적마다 전율을 느꼈다. 초콜릿이 달콤하다 해도 이보다 달콤할까. 시폰 케이크가 아무리 보드랍다 해도 이에 비할 수 있을까. 야들한 두 입술이 살짝 떨어졌다.

"하아……."

그녀가 숨을 몰아쉴 동안 지한은 소영의 입술에 자잘한 입맞춤을 했다.

다시 깊은 입맞춤을 하고자 두 사람의 입술이 하나로 겹쳐졌다.

보들보들한 소영의 입술로 그는 아득해질 정도라, 갖고 또 가져도 아쉬워서 입술을 뗄 수가 없었다.

한참 만에 사랑스러운 입술이 떨어졌다. 사랑이라는 감정을 담았기에 서로를 바라보는 눈빛이 애틋해 보였다. 그런데 문득 분위기와 맞지 않은 궁금증이 일었다. 지금 그가 눈앞에 이렇게 있지만 아무리 생각해도 도대체가 믿기질 않았다. 묻지 않으려고 했는데, 너무 궁금한 나머지 그녀의 입이 자신도 모르게 움직였다.

"저기요…… 하나 궁금한 게 있는데 언제부터 날…… 좋아했어요?"

"음, 조금 됐지."

"조금 됐다고요? 아우…… 답답해. 분명히 내 속 터지라고 일부러 말을 안 했을 거야. 그렇지 않고선……."

"꼭 그런 것만은 아니지만, 애 좀 태웠나?"

혼잣말로 중얼거린 소영은 그와 눈이 마주치자 억울하다는 표정을 했다. 소영의 표정이 귀여웠는지 우스갯소리로 말을 맞춰준 지한은 행복한 듯 웃었다.

"세상에나, 웃음이 나와요? 애가 탄 정도가 아니고 아파서…… 죽는 줄 알았는데."

좋아하는 감정을 어떻게 숨길 수 있는지. 그것도 그렇게 감쪽같이. 그가 어찌나 얄밉던지 소영은 뾰로통한 표정을 지었다. 하지만 그녀의 입에선 슬그머니 그에 대한 자신의 마음이 터져 나왔다. 외사랑인 줄 알고 아파했던 소영의 마음이 오롯이 그에게 전해졌다.

그런 그녀의 입술을 다시 맛보고 싶어진 지한의 입술은 그녀의 입안으로 스며들며 하나가 되었고, 서로를 품에 안은 두 개의 심장은 하나처럼 울렸다.

"하……."

정열적인 키스가 또다시 오간 후 포개졌던 입술이 떨어지자 그녀의 정신은 혼미해졌다. 지금 상태로는 쇼호스트 교육을 제대로 받기가 어려울 것 같았다. 그가 그녀의 걱정을 알아차렸는지 지한의 손이 소영의 이마를 가볍게 눌렀다.

"이대로라면 너, 한 달 후에 테스트에서 떨어질지도 모르겠는데."

"그렇게 되면 안 돼요."

누가 이렇게 만들어놨는데! 태평한 목소리로 말하는 지한을 소영이 살짝 흘겨보고는 손으로 테이블 위를 더듬거렸다. 그러자 재빨리 그가 테이블 위에 있는 자료를 집어 왔다.

"여기 있어."

"절대 떨어지면 안 되거든요. 떨어지면 전부 피디님 책임이에요."

"그런 게 어딨어. 그건 내 권한 밖이라고."

"제가 피디님의 평생을 책임질 거니까 피디님은 제 꿈을 책임져야죠. 그게 공평하지 않아요?"

당돌하게 말한 소영이 테이블에 있는 운동화를 제 앞으로 당겨 왔다. 그녀는 한 달 뒤에 있을 테스트를 위해 뭐라도 시작해야 했지만, 그가 빤히 쳐다보고 있으니 쑥스럽고 떨리는 마음을 감당하기 힘들었다.

"상념을 없애라고 했을 텐데. 지금은 나도 네 머릿속에서 지워버려."

"그러라고는 했지만……."

후- 우.

소영은 마음을 다잡으려 지한이 준 자료를 읽었지만, 여전히 붕 뜬 마음에 당최 무슨 말인지 하나도 머릿속에 들어오지 않았다. 그녀가 겨우겨우 열댓 줄 정도 읽어 내려갔을 때였다.

옆에서 지켜보던 지한이 간지럼을 태우듯 소영의 볼을 건드렸을 뿐인데 그녀의 마음마저 간질거렸다.

"으응. 하지 마요."

소영이 반응을 보이자 지한은 그녀의 손에 있는 자료를 뺏어 테이블에 내려놓았다.

"안 되겠다, 소영아. 내일부터 공부하고 지금은 나랑 놀아주라."

"그럼, 밥부터 먹으면 안 될까요? 너무 배가 고픈데……."

위험할 정도로 후끈 달아오른 분위기 탓에 잠시라도 좋으니 이 공간을 벗어나서 머릿속뿐만 아니라 몸의 열기도 식혀야 할 것 같았다.

고급스러운 한식집에 도착한 지한과 소영은 직원이 안내해준 방으로 들어갔다. 주문을 마친 소영이 지한의 맞은편으로 앉았고 조용히 미닫이문이 닫히는 소리가 들리자 지한은 시무룩한 소영을 보았다.

"맥 빠질 필요 없어. 민주 씨 방송은 참고만 하면 되는 거야."

지난 방송을 보여주며 지한은 소영의 생각을 많이 물어보았다. 그녀는 소신껏 답했지만, 말이 모니터링이지, 매정할 정도로 날카로운 지한의 지적에 소영은 첫날부터 진이 빠졌다.

"그래도 너무 어려워요."

"이것만 봐도 프로와 수습생의 차이가 뭔지 제대로 깨달았지?"

"알아요, 안다고요. 듣는 수습생 서럽게시리……."

소영은 뚱한 표정을 지었다.

"서러운 게 아니라 현실이야."

"그렇게 말씀하시는 것을 보니 일부러 미운털 박히려고 작정을 하신 거 같은데요?"

"그래도 내가 좋잖아."

"아우- 웃겨, 좋아하긴 누가 좋아한다고. 제가 좋아한다고 말한 적 있어요?"

툴툴거리는 소영의 말에 지한은 그저 조용히 미소만 지을 뿐이었다. 그의 입가를 보던 소영이 갑작스레 뭘 생각하는지 골똘한 표정을 지었다.

"왜 그러고 봐. 할 말이라도 있어?"

"……피디님, 만일 테스트에 통과하면 저는 생방송 때 어떡해요? 평일엔 학교에 가야 하는데……."

테스트를 위한 소양을 배우기 시작해서일까. 소영은 테스트를 통과하고 나서의 뒷일이 걱정됐다.

"그건 통과한 후에나 생각해."

"그러니까 만일이라고 했잖아요."

"나도 만일이다. 그렇게 되면 너는 졸업할 때까지 녹화 방송만 해야 할 것 같은데."

"아…… 그런 방법도 있겠구나."

Rrrrrrr.

괜히 조바심을 부린 것 같아 쑥스러워할 때 소영의 휴대폰이 울렸다. 화면에 뜬 번호를 언뜻 확인해보니 낯선 번호였다.

"잠깐만 전화 좀 받고 올게요."

주소록에 없는 번호인 걸 보니 알바를 의뢰할 전화인 것 같았다. 그의 앞에서 통화하기 불편한 소영은 양해를 구한 뒤 복도로 나가기 위해 미닫이문을 열었다.

Rrrrrrr.

벨 소리가 계속해서 울리는 통에 그녀가 서둘러 문을 닫고는 복도 끝으로 빠르게 걸어갔다. 그리고 아무도 없는 것을 확인한 후 화면을 터치했다.

"안녕하세요, 알바공주입니다……."

[안녕하세요. 여기는 여론조사…….]

"아, 해드리고 싶은데 지금은 제가 바빠서 안 될 것 같아요. 미안해요."

알바 전화는 아니었다. 하지만 지한과의 시간을 방해받고 싶지 않은 소영이 재빨리 통화를 끝내고 방으로 가려고 몸을 돌릴 때였다. 복도 건너편에서 누군가 걸어오고 있었다.

상대방을 확인한 소영은 놀랄 사이도 없이 꾸벅 고개부터 숙였다.

"단소영 양 아닌가요?"

소영의 곁으로 다가온 연숙의 입가에는 부드러운 미소가 감돌았다.

"대표님, 안녕하세요."

"식사하러 오셨나 봐요?"

"네, 지금 피……."

지한과 함께 왔다는 것을 그녀가 대답하려고 할 때였다. 드르륵. 방문이 열리자 얼핏 보아도 위엄을 갖춘 사람들이 일제히 일어서고 있었다. 하지만 연숙은 아랑곳하지 않고 여전히 소영을 향해 미소를 보였다.

"테스트 준비는 잘되고 있나요?"

"열심히 노력 중입니다."

"노력한다니 기대해볼게요."

이제야 시선을 돌린 연숙이 방으로 들어가자 소영은 다시 허리를 숙였다. 연숙의 카리스마에 넋이 나간 듯 한동안 그녀는 닫힌 방문을 멍하니 바라보았다.

'그나저나 대표님 만난 걸 피디님께 말해야 하나?'

아니지, 밥 먹으러 왔으면 속 편하게 밥이나 먹자고. 고민도 잠깐, 회사 대표인 연숙이 이곳에 있다는 걸 알면 직원인 그가 신경 쓸 것 같아 소영은 그냥 아무 말 않기로 했다.

그녀가 방 앞으로 돌아오니 어느새 음식을 가져온 직원이 서빙을 마쳤는지 방문을 열고 나왔다. 직원이 가자 소영은 그가 기다리고 있는 방으로 들어갔다.

식탁 위에는 벌써 한 상 가득 음식들이 차려져 있었다. 음식들은 정갈하면서도 맛깔스러워 보였다. 테이블 위를 눈으로 훑고 있는 소영을 지한은 심상치 않은 눈으로 보았다.

"무슨 전화기에 밖에 나가서 받아?"

"알바 전화일지…… 몰라서요."

"지난번에 내가 한 말 때문에 그러는 거야? 신경 쓰지 마. 진심은 아니었어."

쇼호스트보다 알바가 어울린다는 자신이 했던 모진 말로 소영이 상처받은 듯해 지한은 마음 한구석이 불편했다. 정말 진심이 아니었는데.

"……알아요. 민주 언니가 진행하는 방송 보면서 좀 더 배우라고 그런 거잖아요. 그때도 피디님은 날 걱정해서 그렇게 말해줬는데, 나는 그런 줄도 모르고……."

소영은 처음으로 지한의 입장이 되어서 생각해보았다. 본의 아니게 싫은 소리를 할 수밖에 없었을 때 그의 심정은 어땠을까.

쇼호스트 면접이 있던 날, 합격 결과를 기다리던 소영에게 그가 했던 말들도 떠올랐다. 그리고 그가 자신을 스튜디오로 부른 진짜 이유를 그제야 깨닫게 되었다.

"이미 지나간 일이야. 식기 전에 밥부터 먹어."

지한은 시무룩해진 소영을 향해 괜찮다는 의미로 소리 없이 웃더니, 그녀의 밥그릇 뚜껑을 열어주었다.

"우아- 어떤 것부터 먼저 먹어야 하지? 상다리가 휜다는 말이 이거군요. 피디님~ 잘 먹겠습니다."

그의 마음을 알아챈 소영은 고마운 마음에 일부러 과장되게 말했다.

"내가 아니고 경수가 사는 거니까 나중에라도 인사해."

"네? 형부가요?"

자연스럽게 화제가 전환되며 분위기도 한결 가벼워졌다.

"테스트가 있는 것을 알면서도 출퇴근 시간으로 쫓기다 보니 제대로 챙겨주지 못해서 미안하대."

"형부도 참, 미안할 게 뭐가 있다고. 이제 먹어도 되죠? 냄새만 맡으려니 배고파서 쓰러질 것 같아요."

더는 못 참겠는지 소영이 숟가락을 들었다.

"많이 먹어도 돼. 오늘 밤엔 과식한 여자랑 자고 싶으니까."

황당한 그의 말로 소영은 어이없는 표정을 지을 수밖에 없었다.

집으로 돌아와 먼저 씻고 나온 소영은 달그락거리는 소리에 이끌려 주방으로 향했다.

"뭐 하세요?"

말소리에 뒤돌아본 지한은 헐렁한 티셔츠 차림에 화장기 하나 없이 맑은 얼굴을 한 소영을 보았다. 왠지 모르게 청초해 보이는 그녀의 모습에 괜스레 얼굴이 붉어진 그는 서둘러 화제를 돌렸다.

"대추차 좀 마시려고. 참, 깜박 잊을 뻔했네. 내일 건강검진 있어."

"건강검진이요?"

"응, 건강보험에서 의무적으로 하는 거 있잖아."

"아…… 그거요."

소영은 자신과 상관없다는 생각에 대수롭지 않게 여겼다. 바글바글 물 끓는 소리가 들리자 지한은 가스레인지의 스위치를 껐다. 소영이 지켜보는 가운데 그가 찻물을 따랐다.

"저 피디님, 노트북 좀 써도 돼요?"

"그럼. 아마…… 거실 테이블 밑에 있을걸."

그녀가 거실로 나가자 찻잔을 든 그가 뒤따라갔다.

"여기 있다."

소영이 노트북을 찾아 꺼내 들고는 소파 위로 올라앉았다.

"뭐 볼 거 있어?"

"우리 방송 말고 다른 방송도 참고해보려고요."

"지난번에 어디 방송이었더라? 그거 꽤 괜찮았는데. 내가 찾아볼게."

찻잔을 내려놓은 그가 소영의 옆으로 앉았다. 그녀에게서 노트북을 건네받은 그는 타사 홈쇼핑 사이트에 접속했다.

"이 방송 봐봐. 상품을 어필하는 게 민주랑은 또 달라."

"핸드백이네요."

소영이 방송을 보려고 지한의 곁으로 바짝 붙어 앉자, 지한의 손은 자연스럽게 그녀의 어깨를 감싸 안았다. 이렇듯 함께하는 시간이 그도 그녀도 참으로 행복했다.

두근두근. 마음대로 뛰어대는 심장을 어쩌질 못한 지한의 얼굴이 소영의 얼굴로 비스듬히 숙어질 때였다.

띵- 동. 초인종 소리가 들렸다.

"누가 왔나?"

지한은 하던 행동을 멈추고 현관 쪽을 보았다. 딱히 찾아올 사람이 없기에 그는 의아한 눈을 했다. 결국 지한은 제 무릎 위에 있던 노트북을 소영에게 주고는 일어섰다. 그런데 인터폰을 확인한 순간 그의 얼굴이 굳어지고 말았다.

"소영아, 잠깐 방으로 들어가 있을래?"

그녀의 눈에 심상치 않은 지한의 표정이 보였다. 순순히 소영은 노트북을 들고 방으로 들어갔고, 그 모습을 확인한 지한은 현관으로 향했다.

"김 비서가 여긴 어쩐 일이야?"

잔뜩 긴장한 채 문을 연 그의 눈이 빠르게 주위를 훑어보았다. 전혀 예상치 못한 인물이 찾아오는 바람에 당황한 지한은 혹시 몰라 목소리를 죽였다. 촬영으로 바쁠 때만 간간이 들렀던 빌라라서 연숙도 오지 않던 곳이다. 그런데 김 비서가 오다니.

"대표님께서 전해주시라고 하셨습니다."

"……이건?"

지한은 김 비서가 건네주는 포장 봉투를 받아 들었는데, 그곳에는 저녁에 소영과 함께 갔었던 한식당 이름이 새겨져 있었다.

"오늘 임원들과 저녁 식사를 하셨는데 도련님 생각이 나신다고 포장 주문을 하셨습니다."

"고모는 가셨어?"

"술을 몇 잔 하셨습니다. 어지럽다고 하셔서 지금 차 안에 계십니다."

천만다행이라고 해야 할까. 하지만 안심한 것도 잠시, 말을 마친 김 비서의 눈이 소영의 구두로 향하는 것을 그가 포착했다.

"내가 여기 있는 건 고모가 어떻게 아셨지?"

"며칠 전 이쪽으로 지나갈 일이 있었는데, 집에 불이 켜져 있는 걸 보셨나 봅니다. 그때 말씀하셔서 저도 알게 되었습니다."

그렇게 된 거라면.

"김 비서는 이 집에 와서 아무것도 본 게 없어. 내 말뜻 알겠지?"

"네, 도련님."

"내일 아침 일찍 집으로 찾아뵙겠다고 고모한테 전해줘."

"그렇게 전하겠습니다."

김 비서가 가려는지 고개를 숙였다.

"그리고 김 비서, 혹시라도 고모가 이리로 오자고 하시면 다음부턴 나한 테 문자 좀 보내줘. 부탁해."

"……"

"김 비서도 고모 성격 잘 알잖아. 시끄러워지는 거 원치 않아서 그래. 부탁 좀 할게."

"……알겠습니다."

두 번이나 정중히 부탁하는 지한의 청을 김 비서는 거절하지 못했다. 더군다나 연숙의 뒤를 이을 후계자가 아닌가. 절대로 밉보여서는 안 될 사람이었다. 상황 파악을 마친 김 비서는 자신의 휴대폰을 지한에게 건넸다. 지한은 김 비서의 휴대폰을 받아 자신의 번호를 찍어준 뒤 다시 김 비서에게 돌려주었다.

"고마워. 조심해서 가."

"편히 쉬세요."

김 비서를 보내고 현관문을 닫은 그는 자신의 손에 들려 있는 포장 봉투를 보았다. 소영이랑 간 그곳에 고모가 있었다니. 우연이란 걸 알면서도 왠지 모르게 불안했다.

주방으로 간 그는 포장 봉투째로 냉장고 안에 넣었고 소영의 방을 한동안 바라보았다. 그러다 얼마 후 뭔가 결심한 듯 드디어 소영의 방으로 걸음을 옮겼다.

"소영아."

지한의 부름에 그녀가 방문을 열고 나오더니 눈으로 거실과 현관을 둘러보았다.

"누가 오셨어요?"

"아는 사람이……. 잠깐, 그대로 멈춰봐."

문지방을 넘으려고 발을 내밀었던 소영은 그가 제지하자 다시 발을 거둬들였다. 지한은 심각한 표정을 지은 채 그녀와 열린 문을 사이에 두고 마주 섰다.

"너, 내가 묻는 말에 사실대로 대답해."

어찌나 그의 표정이 굳어 있는지 물음을 듣기도 전에 그녀는 되레 겁부터 났다. 작게 숨을 내쉰 그가 소영의 앞으로 한 발짝 다가왔다. 하지만 여전히 문지방을 사이에 두고 있었다.

"대표이사님하고는 어떻게 아는 사이야?"

"네……? 그냥, 화장실에서 만난 사이인데요."

소영은 아무래도 테스트와 관련이 있는 것 같아 솔직하게 대답했다.

"화장실?"

"면접 보는 날 하도 떨려서 화장실에 갔었는데 대표님이 손을 씻으러 들어오셨어요. 그래서 몇 마디 나눴어요."

"그게 다야?"

"네. 뭐가 더 있어야 하나요?"

지한은 혹시라도 연숙이 의도적으로 소영에게 접근한 건 아닌지 우려되었다. 하지만 꼬치꼬치 캐묻는 것이 오히려 소영에게 오해를 살 것 같아 질문을 그만두었다.

"아니, 됐어. 너는 나오지 말고 그냥 들어가서 자."

"안 졸린데."

머릿속에서 걱정을 지우자 그는 자신을 말똥히 바라보는 소영의 얼굴이 눈에 들어왔다. 그의 입술 끝이 살짝 말려 올라갔다.

"그럼…… 내가 재워줄까?"

"……어젯밤처럼요?"

카펫 위에서 같이 잤던 걸 떠올린 소영이 물었다.

"우리가 애들이니?"

단연코 어젯밤처럼은 잘 수 없었다. 지한의 한쪽 발이 방 안으로 들어왔다. 한발 뒤로 물러서는 소영을 보며 그가 다른 발을 들이려 하자 그녀의 눈빛이 떨렸다. 그때 들어올 줄 알았던 그의 발이 문지방에 올려졌다.

"……."

"……."

침묵 속에서 팽팽한 긴장감이 서로의 시선을 붙잡았다.

"어떻게 했으면 좋을지 네가 선택해."

소영에게 의향을 물은 그가 갑자기 방문의 문고리를 잡았다. 서서히 문을 당기던 지한의 눈에 소영의 모습이 반쯤 가려졌을 즈음 그녀가 발을 뻗었다. 방문 모서리에 발을 댄 소영이 닫히던 문을 멈춰 세웠다. 소영도 지한도 문짝에 가려지지 않은 서로의 반쪽 얼굴만 바라보았다.

"이런 장난에 제가 긴장할 줄 알았죠?"

제 발로 문을 열어젖힌 소영이 그의 앞으로 섰다.

"장난? 이게 장난으로 보였다고?"

지한은 어이없는 눈으로 그녀를 보았다.

"아니면 뭔데……. 엄마야!"

갑자기 그가 그녀를 번쩍 안아 들었다. 지한이 다가온다는 것을 느꼈을 때 이미 그의 손은 그녀의 다리와 등으로 향했다. '왜 이러지?' 하고 소영이 의문을 가졌을 땐 벌써 자신의 몸은 그의 품에 안겨 있었다.

"그럼 장난이 아니란 걸 증명하기 위해서라도 오늘 밤엔 이 방에서 자볼까."

그제야 소영은 그의 말이 장난이 아니란 걸 깨달았다. 그러고 보니 아까 저녁 먹을 때 지한은 과식한 여자랑 같이 자고 싶다고 했었다. 그냥 우스갯소리로 말한 줄 알았는데…….

상황을 파악한 소영의 심장은 위험할 정도로 뛰기 시작했다.

그녀를 안고 방으로 들어간 그가 침대 앞으로 가서는 조심스럽게 내려놓자 그녀의 엉덩이가 침대 시트에 닿는가 싶더니 두 다리가 곧게 뻗어졌다.

곧이어 소영의 등이 시트에 닿았고, 마지막으로 그녀의 머리가 베개 위로 올려졌다.

소영은 반듯이 누운 채 어찌할 바를 몰랐다. 침대에 걸터앉은 지한의 손이 소영의 양쪽 어깨 쪽으로 향했다. 소영의 몸을 양팔 안에 가두듯 그의 손이 침대 시트를 짚었다.

소영의 얼굴을 가만히 응시한 지한의 표정은 심각했다. 과연, 자신을 절제할 수 있을까.

그녀가 침을 꼴깍 삼켰다. 여기서 그가 자신에게 무언가를 원한다면 어떻게 해야 할지. 그를 바라보는 소영은 떨리는 눈빛만큼이나 마음도 복잡해졌다.

지한과 눈을 맞출 수 없는 소영은 천장을 보았다. 순간, 그녀는 조금 전에 보았던 핸드백이 떠올랐다.

"안녕하세요, 쇼호스트 단소영입니다. 여러분은 외출 준비를 하실 때……."

그의 입술이 웃고 있다는 것을 알면서도 소영은 큰 소리로 멘트를 시작했다. 그것도 아주 열심히 하려고 했다.

"나는 샤워하러 갈게."

"저는 구두보다는 여자의 자존심이라 할 수 있는 핸드백을……."

정말 잡념을 없애고 열심히 하려고 했건만, 그녀는 다음 멘트를 까마득히 잊고 말았다.

"잘한다. 정신 똑바로 안 차려?"

"그거야 갑자기 이상한 말을 하니까 그렇죠."

"샤워한다는 게 왜 이상해. 너, 도대체 무슨 생각을 한 거야?"

"야한 생각이요."

머뭇거리면 정말 그가 이상하게 생각할 것 같아 대차게 말했지만, 그건 그녀의 판단 오류! 이 말이 지한의 귀에 이렇듯 자극적으로 들릴 줄 몰랐다.

그가 소영의 얼굴로 고개를 숙였다. 그런데 키스할 거라는 소영의 예상을 깬 그의 입술은 그녀의 쇄골로 향했다. 헐렁한 옷을 걸친 탓에 그대로 드러난 소영의 쇄골. 그녀의 투명하고 매끄러운 살결이 그의 눈을 자극했다. 이윽고 그녀의 살결이 지한의 입술에 닿았다.

지한의 입술이 닿은 소영의 쇄골은 타들어갈 것처럼 뜨거워졌다. 지금 그의 행동은 무엇을 의미하는 것인지 깊이 생각할 겨를도 없이 그녀의 심장은 빠르게 뛰면서 몸은 전율에 휩싸였다.

다음 날 오전, 어젯밤의 야릇했던 분위기와 달리 두 사람은 지금 실랑이 중이었다. 지프차에서 내린 소영은 눈앞에 보이는 건물을 보고는 한숨을 푹 내쉬었다.

"휴."

지한이 다가오자 소영은 한 걸음 뒤로 물러섰다.

"뭐 해? 어서 들어가."

"꼭 저까지 해야 해요?"

병원 앞에서 소영은 울 것 같은 표정을 지었다.

"같이하면 좋잖아. 시간 없으니 빨리 들어가자."

"싫은데…… 피도 뽑아야 하고 내시경으로 위장 검사하려면 진짜 고역인데."

"정 무서우면 너는 수면내시경으로 해달라고 할게. 응?"

지한만 검사하는 줄 알고 소영은 가뿐한 마음으로 병원에 따라왔는데, 지한이 소영의 건강검진까지 예약했던 것이다.

슬금슬금 뒷걸음질 치는 모양새가 아무래도 도망갈 것 같았는지 살살 달랜 지한이 그녀의 손을 꼭 잡았다. 엉덩이를 있는 대로 뺀 소영은 거의 끌려가다시피 걸어가고 있었다.

"주사 맞는 거…… 무서워서 어떡해."

이윽고 병원 안으로 들어간 지한은 검진 예약 확인부터 했고, 얼마 지나지 않아 검사가 시작되었다. 차례대로 하나씩 검진을 받던 소영은 피검사를 위해 채혈실로 들어갔다.

"피디님……."

주삿바늘을 본 소영이 애원하는 눈빛으로 지한을 보자 문밖에서 순서를 기다리던 그가 안으로 들어갔다. 흘깃 보는 간호사 때문에 멋쩍었는지 빙긋이 웃어준 지한이 소영의 뒤로 가서 섰다.

"소영아, 눈 딱 감고 있으면 금방 끝나."

"단소영 씨죠?"

확인하려고 간호사가 물었다.

"네."

"주삿바늘이 들어갈 때 조금 따끔합니다."

간호사 말에 팔을 내민 소영이 고개를 옆으로 돌리자 지한이 그녀의 눈을 슬쩍 가렸다. 혈관을 찾으려는지 소영의 팔을 만지작거리던 간호사가 기어이 주삿바늘을 살에 대었다.

"으윽……. 너무 아파."

"조금만 참아. 괜찮아, 괜찮아. 우리 소영이 아파서 어떡하니?"

이내 살을 뚫은 바늘이 혈관 안으로 들어가자 그는 어린아이 어르듯 소영을 달랬다. 그 덕분인지 소영은 다소 안정되는 듯했다.

다만, 채혈을 해주던 간호사의 눈빛이 닭살 돋는 멘트에 살짝 날카롭게 변하긴 했지만.

채혈을 마친 소영이 일어서자 이번엔 와이셔츠의 소매를 걷어 올린 지한이 의자에 앉았다.

"다음은 서지한 씬가요?"

"네."

지한의 채혈 준비를 하던 간호사가 소영을 보았다.

"단소영 씨는 이제 산부인과로 가시면 됩니다."

"네, 알겠습니다."

소영이 채혈실을 나가려고 하자 지한이 간호사를 향해 이러고 물었다.

"혹시 산부인과 전문의가 남자…… 선생님은 아니죠?"

온갖 어리광을 다 부리며 건강검진을 받은 지도 벌써 며칠이 흘렀다. 하지만 시간이 어찌 지나가는지 헤아릴 여유도 없이 소영의 하루는 정신없이 흘러갔다.

학교생활에 테스트 준비까지 하다 보니 약간의 스트레스를 받고는 있지만, 그래도 소영은 자신이 하고 싶었던 일을 배우고 있어 행복했다. 오늘은 소영이 수업이 있는 날이었다. 여느 때와 마찬가지로 수업이 끝나자 강의실 안은 소란스러웠다. 벌써 가방 정리를 끝냈는지 아현이 뒤를 돌아보며 물었다.

"스튜디오로 바로 갈 거니?"

"그래야지. 오늘은 또 얼마나 깨질지 벌써 끔찍해진다."

일에 있어서만큼은 지독스러운 남자. 공적으로는 봐주거나 그러는 일은 눈곱만큼도 없었다.

"가끔 듣는 나도 무시무시한데 매일 깨지는 너는 어떻겠니."

"그래도 고작 한 달 정도 고생하는 건데, 뭐. 평생직장을 얻을 수 있는 기회니까 피디님한테 혼난 것쯤 달달한 핫초코 한 잔 마시면 다 풀려."

"그럼, 스트레스에는 단 게 진리지! 그건 그렇고 너 유 부장님이랑은 어떻게 돼가?"

유한준. 아무것도 모르는 아현의 입에서 한준이 거론되자 소영은 저절로 인상이 찌푸려졌다.

　그것도 잠시, 소영이 주위를 둘러보았다. 어느새 강의실 안엔 두 사람만 남아 있었다.

　"사실 네가 걱정할까 봐 내가 말을 안 하려고 했는데, 저번에 유 부장이 우리 집엘 찾아왔어."

　"그래? 찾아와서 뭐래?"

　순간 아현의 눈빛은 호기심으로 반짝거렸다. 그동안 내내 아현은 소영과 한준이 잘되기를 기대하고 있었다. 그 탓에 모든 사실을 알고 나면 걱정할까 봐, 소영은 아직도 한준의 일을 아현에게 말하지 못했었다.

　"사실은 그 인간이……."

　"그 인간이라니. 응? 설마, 그 인간이 유 부장이야?"

　소영의 입에서 과격하게 나온 첫마디에 아현은 아예 몸을 돌려서 앉았다.

　숨을 크게 들이마신 소영은 최대한 감정을 죽이며 자초지종을 털어놓았고, 이야기가 진행될수록 아현의 눈은 튀어나올 것처럼 커졌다.

　"그날 피디님이 안 왔으면 나는 어떻게 됐을지 아무도 몰라. 그 자식이 뭐랬는 줄 알아? 날 망가트려 놓겠다고 했어. 그게 무슨 뜻인지 알겠지?"

　"뭐라고! 망가트린다고? 이런 미친 새끼를 봤나! 그렇게 안 봤는데 완전히 정신병자네."

　놀란 마음을 감추지 못한 아현의 입에선 욕설이 튀어나왔다.

　"미쳐서 날뛰는데 사람으로 안 보이더라."

　"믿기지가 않아. 그동안 유 부장이 너한테 얼마나 싹싹하게 굴었냐. 오죽했으면 내가 너랑 크리스마스를 보낼 짝으로 점찍었겠어. 그런데 그게 다 가면이었다는 거잖아!"

　그날, 지한에게 위로를 받지 못했다면…… 이렇듯 아무렇지 않게 소영은 말할 수 없었을 것이다. 끔찍했던 그때를 아현에게 말하면서 소영은 지한에게 더욱 고마운 마음이 들었다.

"아 놔! 내가 그런 인간이랑 크리스마스를 보내느니 차라리 서빙 알바나 하면서 돈을 벌겠다!"

"소영아, 나 손가락 떨리는 것 좀 봐. 그런 줄도 모르고 난 두 사람을 엮어 주려고 했으니. 내가 미쳤나 봐."

감쪽같이 속았다는 생각에 아현은 좀체 울분을 가라앉히지 못했다. 아현이 바르르 떨리는 제 손을 주물렀다.

"이젠 다 괜찮으니까 걱정하지 않아도 돼."

"그런데 그 자식이 또 찾아오면 어떡하니?"

가영이 임신해서 소영이 홀로 지낸다는 것을 아현은 알고 있던 터라 걱정스러운 듯 물었다.

"괜찮아. 그날 피디님이 집으로 데리고 갔어."

"피디님이 데려갔다면, 너! 지금 피디님 집에서 산다는 거야?"

"응, 아무래도 불안하다고. 그리고 또……."

소영은 지한과의 관계를 말하기로 했다. 아현은 누구보다 자신을 걱정해 주는 제일 친한 친구가 아닌가.

"또 뭐가 있는 거야? 뜸 들이지 말고 다 말해봐."

"나…… 피디님이랑 만나고 있어."

막상 말하고 나니 어찌나 제 얼굴이 근질거리는지 소영은 멋쩍게 웃었다. 반면, 아현은 골똘한 표정을 지었다.

"설마 감독님이랑 사귀기라도 한다는 거야? 나는 그렇게밖에 이해가 안 되네."

"이제 서로를 알아가는 중이랄까."

"진짜야? 네가 지금 형부 친구랑 연애한다는 거야?"

"어, 그렇게 됐어."

발그레해진 소영의 얼굴을 뚫어져라 바라보던 아현이 느닷없이 그녀의 손을 덥석 잡았다.

"너, 설마 감독님이 구해줬다고 분위기에 휩쓸려서 어쩔 수 없이 사귀는 거야?"

"그런 거 아니야!"

화들짝 놀란 소영의 얼굴에는 당혹감이 스쳐 지나갔다.

"아니면 어떻게 된 건지 다 말해. 처음부터 끝까지 하나도 숨기지 말고 모두!"

에잇! 이럴 줄 알았으면 말하지 말걸! 도끼눈을 하며 아현이 재촉하자 소영은 잘못을 저지른 양 괜스레 절절맸다.

"뭘 말해? 그냥 사귀나 보다 해. 나, 늦었다. 내일 봐."

아현에게 시달릴까 봐 도망치듯 소영은 강의실을 나와 서둘러 스튜디오로 갔다.

징- 문득 테이블 위에 놓인 지한의 휴대폰 메시지 알림음이 울렸다.

무표정한 얼굴로 소파에 앉아 인터넷 검색하던 그가 모니터에서 시선을 거두고는 휴대폰을 집어 들었다. 잠시 지한의 낯빛이 어두워졌다. 하지만 간단히 답문을 보내며, 혹시 소영에게 표정을 들킬세라 감정을 추슬렀다.

어느새 평소의 모습을 되찾은 지한이 유리창에 비친 소영의 얼굴을 바라보았다. 무사히 스튜디오에서 연습을 마친 후 지한과 함께 빌라로 돌아온 소영은 집에 와서도 쉬지를 않았다. 거실 창에 비친 자신의 모습을 보며 족히 한 시간 가까이 떠들어댄 것 같았다.

"소영아, 내일은 강의 없는 날이지?"

"네."

"그럼 내일 테스트할 테니 그런 줄 알고 있어."

"내일이요? 갑자기 왜요?"

시간을 더 줘도 아쉬울 판에 오히려 테스트 날짜를 당긴다니. 하지만 그는 지금껏 지켜본바, 테스트를 미리 한다고 해서 소영에게 문제 될 것이 없다고 판단했다. 무엇보다 급히 서둘러야 할 일이 생기고야 말았다.

"다음 달 방송 편성표를 체크해보니 빨리 하는 것이 오히려 너에게 도움이 될지도 몰라서 그래."

"정말이요?"

지한의 눈빛이 심상치 않아 소영은 마음이 뒤숭숭해졌다. 그녀가 불안한 기색을 보이자 그가 소영의 두 손을 살며시 잡았다.

"그럼. 너도 어서 테스트가 끝나야 학교생활에 전념할 거 아니야. 요즘 강의 시간에도 온통 멘트 생각만 하고 있지?"

어쩜 저리도 제 마음을 잘 아는지 소영이 지한을 향해 고개를 끄덕였다.

그런데 그때, 불현듯 한준이 했던 말이 떠올랐다.

"그날 대표이사님께서 서 피디에게 내세운 조건을 저도 들었어요. 소영 씨를 통과만 시키면 잘난 서 피디는 본사로 갈 수 있으니 참으로 불공평한 것 같아요."

자신을 위해 테스트를 앞당겼다는 그의 말. 본사로 빨리 가고 싶어서 이러는 걸까…….

아니야. 그럴 리가. 그녀는 그의 진심을 믿어보기로 했다. 소영은 제 손을 잡고 있는 지한의 눈빛을 응시했다.

"……정말 그런 거라면 한번 해볼게요."

"미리 말해두겠는데, 내일 테스트 때도 나는 너, 봐주는 거 없어."

"……."

"지금껏 이렇게 살았으니 이 성격 바꾸지도 못해. 그러니 혹시 결과가 나빠도 네가 이해해주라."

내일 테스트에서 어떤 결과가 나올지는 아무도 모를 일이다. 하지만 소영은 자신을 위해서든 지한을 위해서든 최선을 다하기로 마음먹었다.

"제가 피디님 성격을 모르는 것도 아니고, 아무튼 후회하지 않도록 최선을 다하겠습니다."

"그래, 그런 마음이면 됐어."

능히 이겨내겠다는 소영의 다부진 얼굴을 보면서도 지한의 표정엔 어두운 그늘이 지나갔다.

똑똑똑.

얼마 후, 소심할 정도로 작게 방문을 노크하는 소리가 들렸다. 근심이 생긴 탓에 쉬이 잠들지 못한 지한은 무슨 일인가 싶어 벌떡 일어나 앉았다.

침실 벽면에 걸려 있는 시계를 보니 새벽 2시를 조금 넘긴 시간이었다. 지한이 자리에서 일어나 문을 여니 말똥한 눈빛을 한 소영이 서 있었다.

"……피디님, 잠이 안 와요."

"그래서 어쩌라고?"

"피디님도 저처럼 떨리죠? 그래서 말인데요, 오늘은 좀 일찍 출근하면 안 될까요?"

소영은 테스트 때문에 떨려서 도무지 잠들 수 없었다.

"지금 새벽 2시야. 우리 회사가 무슨 3교대야?"

"가서 이것저것 준비도 하고……."

"무슨 준비를 지금부터 가서 해? 너무 걱정 말고 빨리 가서 자. 이렇게 잠을 못 자면 생각지도 못한 실수 할지도 몰라. 그럼 감점도 피하기 힘들고."

지한은 소영을 달래며 방문을 닫으려고 했다. 하지만 불안한 소영에겐 그 말이 오히려 독이 된 듯 문을 막으며 대꾸했다.

"감점이라니, 그런 게 어디 있어요?"

"웬만한 프로들도 중요한 방송 전에 컨디션 조절을 못 하면 삐끗한다고. 더욱이 제대로 못 자서 푸석푸석한 얼굴로 카메라 앞에 선다면 아무리 잘해도 좋게 보이기 힘들어."

그 말을 끝으로 그가 문을 닫아버렸다. 처음부터 끝까지 틀린 말은 없었지만 소영의 눈빛에 서운함이 서렸다.

"알아요. 안다고요. 근데 아무리 뒤척여도 불안해서 잠이 안 오는데 어떻게 자냐고요."

야속한 마음에 그녀의 입에선 투덜거리는 말만 나왔다.

소영이 방으로 가려고 몸을 틀 때였다. 다시 방문이 활짝 열리더니 지한의 손이 소영의 손목을 잡아챘다. 그녀가 돌아볼 새도 없이 당기는 바람에 소영은 휘청하며 침실로 끌려 들어갔다.

달각! 그녀가 침실 안으로 들어오자 방문은 굳게 닫혔다.

갑작스러운 상황에 잔뜩 긴장한 소영을 지한은 침대로 이끌었다. 소영이 억지로라도 잠을 자게끔 냉랭하게 말했지만, 문을 닫자마자 그녀가 걱정되었던 것이다.

한편, 그가 어서 올라가라며 등을 떠미는 통에 그녀는 엉거주춤한 자세로 침대에 걸터앉았다.

"저 눈 밑에 다크서클 봐라."

"다크서클 생겼어요? 씻을 때 못 본 것 같은데 이상하네."

확인하려고 소영이 일어서려 하자, 지한의 손이 그녀의 두 다리를 잡았다. 그러고는 소영의 다리를 침대 위로 올려버렸다.

"내일 화면발 잘 받으려면 지금부터라도 자야겠지?"

"무슨 말인지 다 알았거든요. 제 방에 가서 잘게요."

"네 방 가서 잔다는 걸 내가 어떻게 믿어. 내가 보는 앞에서 자."

그가 어깨를 눌러 그녀를 침대에 눕혔다. 그의 행동에 놀란 소영의 표정은 처음 이 방에 들어왔을 때보다 더 굳어졌다.

"제가 여기서 자면 피디님은 어디서…… 자요?"

"내가 잘 곳이 없을까 봐 걱정돼? 어서 눈부터 감아."

지한의 손이 그녀의 눈꺼풀을 쓸어내렸다. 자신이 자야만 그가 나갈 것 같아서 소영은 눈을 감은 채 있었다. 그런데 베개에서 풍기는 그의 향기 때문일까? 소영의 코끝을 자극하는 그의 체취에 웬일인지 슬슬 졸리면서 잠이 쏟아지기 시작했다.

한동안 소영을 지켜보던 지한이 이불을 덮어주려고 했는데, 그사이 잠들었는지 새근거리는 소영의 숨소리가 들렸다.

"눕자마자 잠든 거야? 이럴 거면서 지금 출근한다고 보챘어?"

잠든 걸 확인이라도 하는 것처럼 지한은 소영의 볼을 살며시 건드렸다. 이러면 안 되는데 계속 쓰다듬고 싶은 마음에 소영의 얼굴에 닿은 손가락이 떨어지질 않았다.

거짓말처럼 잠에 빠진 그녀가 미동조차 없자 지한의 눈빛이 흔들렸다. 그녀를 재우기 위해 어쩔 수 없이 자신의 침대로 눕히긴 했는데 이대로 지켜보기만 한다는 건, 솔직히 자신이 없었다.

거실로 나가려고 억지로 손을 거두긴 했으나 마음과 달리 걸음이 좀체 떨어지질 않았다. 그가 소영의 얼굴을 지그시 바라보았다.

눈을 뗄 수 없는 이 눈도, 그녀에게 향하는 이 발도, 그리고 조심스럽게 이불을 걷어 올린 이 손도, 모두 잘못된 것이라고.

소영의 쇄골에 입을 맞추던 그날, 지한의 몸은 그녀를 안고 싶었고, 그 탓에 그 후 지한은 철저하게 그녀와 자신의 잠자리를 구분했었다. 그 정도로 지금껏 절제했는데, 감정의 끈을 놓쳐버린 탓일까. 주체할 수 없을 정도로 그의 마음뿐 아니라 몸도 그녀에게로 향했다.

부스럭. 자신의 상체가 눕혀지면서 나는 소리에 지한은 놀랐는지 행동을 멈췄다. 잠시 소영의 얼굴을 살피고는 다시 그녀 옆으로 누웠다. 그녀를 좋아한다는 감정이 사랑한다는 감정으로 변한 지 이미 오래…….

소영의 얼굴을 보던 지한은 제 팔을 뻗더니 천천히, 그것도 아주 신중하게 베개 위에 얹어진 소영의 목 밑으로 손을 넣었다.

"으음……."

푹신한 베개에서 지한의 단단한 팔 위로 머리가 옮겨진 탓에 소영은 불편했는지 꼼지락거렸다.

"자장, 자장, 소영아."

살며시 다가가서 그녀를 안아온 지한의 손이 소영의 어깨를 토닥였다. 그의 목소리로 설핏 눈을 뜬 소영이 지한과 눈이 마주쳤다. 그녀의 입가에 작은 포물선이 그려지자 지한의 입꼬리도 춤을 추듯 올라갔다.

쪽! 두 사람의 입술이 만났다. 그저 잘 자라는 인사를 하려고 했었는데. 이미 맞닿은 입술을 그대로 뗄 수 없었는지 어느새 지한의 입술은 소영의 입술을 어르고 달래듯 간질였다.

소영의 팔이 그의 목을 둘렀다. 마치 떨어지지 말라는 듯 끌어안았다. 틈이 벌어졌던 입술은 다시 만났고 서로를 안으며 몸부림쳤다. 자신의 체온이 닿자 애달아하는 그의 몸짓. 처음 느끼는 생경한 경험에 소영의 심장은 찌릿했다. 안을 수 없는 마음을 달래고자 입맞춤은 더욱 깊어졌다.

끝내 그가 입술을 떼고 보니 소영의 잠을 홀딱 깨운 굿- 나잇 인사가 되어버렸다. 지한의 뜨거운 손길이 그녀의 볼을 어루만졌다. 한껏 열정을 품은 눈빛으로.

"정말 미안, 7시에 깨워줄게. 어서 자."

"……6시 30분."

"7시 30분."

"한 번만 봐줘요."

"알았어, 6시 30분에 깨워줄게."

조심스럽게 토닥여주던 지한의 손이 소영의 얼굴을 가린 머리카락을 쓸어 올렸다. 그녀의 귀가 보이자 살며시 건드린 그의 손은 이제 소영의 목덜미를 타고 내려왔다.

"……간지러워."

"이제 진짜 아무것도 안 할 테니 어서 주무세요, 알바공주님."

소영을 바라보기만 해도 숨이 턱턱 막혀왔지만 그는 자중해야 한다는 것을 누구보다 잘 알고 있다.

"피디님도 자요."

"피디님 말고 다른 호칭으로 불러주면 잠이 잘 올지도 모르는데."

"뭐라고…… 불러줘요?"

소영은 살짝 잠긴 목소리로 지한의 말에 대꾸해주었다.

"음…… 여러 가지가 있지만 '자기야'가 제일 좋을 것 같은데."

"싫은데…….."

갑자기 지한의 품에서 벗어난 그녀가 몸을 획 돌리더니 등을 보이게 돌아누웠다. 얼굴을 마주하고 그렇게 부르려니 부끄러웠다.

"부르기 싫으면 말고."

지한이 소영의 곁으로 다가가서는 제 품에 안았다. 그녀의 손은 자신의 상체를 꼭 끌어안는 지한의 팔을 잡았다. 단단한 이 팔 안에 갇힌 채 그의 품에 안겨 있는 것이 무척 설레었다. 그가 자신의 품 안으로 소영을 더욱 끌어당겼다.

"……잘 자요, 자기~ 님."

머뭇거렸던 그녀의 입술이 겨우 떨어졌다. 마음에 쏙 들었는지 지한의 입가에 미소가 번졌다.

"자기님이라니, 이거 설레어서 잠을 못 잘 것 같은데."

소영의 체향을 맡으려는 듯 그가 다시 그녀의 목덜미에 얼굴을 묻었다. 기분 좋은 웃음이 걸린 그의 입술이 소영의 목덜미에 입을 맞췄다. 어느덧 지한을 옴짝달싹하지 못하게 한 소영은 행복한 미소를 지었다.

"자기~ 님. 나, 있죠~"

무슨 생각을 했는지 소영이 그를 다정스레 부르며 돌아누웠다. 코맹맹이 소리를 한 소영이 그의 허리를 끌어안았다.

"뭐야, 불안하게 이러는 이유가?"

갑작스레 다가온 소영의 도발에 오늘 밤도 편안히 잠들기는 틀렸다는 걸 깨달았다. 하지만 지한의 목소리는 단조로웠다. 최대한 평정심을 유지해야 했기 때문이다.

반면, 지한의 상태를 모르는 것인지, 소영은 그의 허리를 더욱 그러안았다.

"테스트는 어떤 품목으로 진행돼요?"

그리고 슬쩍 테스트에 대해서 물어보았다. 그는 소영의 말이 끝나기도 전에 픽, 웃었다.

"내가 너, 이럴 줄 알았어. 알려줄 수 없다는 것을 알 텐데."

"알지만 궁금할 정도로 잠이 안 오니까 그렇죠. 그런데 제가 물을 줄 어떻게 아셨어요?"

"네 속이야 뻔하지."

사실 소영은 그가 테스트에 대해 알려줄 것이란 기대도 하지 않았다. 혹시나 해서 떠봤는데 역시나 지한은 그녀의 마음을 단번에 알아챘다.

그런데 무슨 생각을 했는지 소영의 입가에 미소가 지나갔다.

지한을 안고 있던 소영의 손가락이 슬금슬금 그의 옆구리로 향하더니 순식간에 간지럼을 태웠다. 무방비 상태로 있던 그가 제대로 역습을 당한 것이다. 지한이 온몸을 비틀며 사정했다.

"어! 하지 마. 그만해."

"자기님~ 간지럼에 약하구나? 이거, 더 하고 싶어지는데. 호호호호."

눈물이 나올 정도로 웃어젖힌 그녀가 다시 간지럼을 태우려던 그때, 삽시간에 소영의 손은 그의 손에 잡히고 말았다.

"더 해보시지?"

"우하하하하. 이제 안 할 테니 그만, 히히히."

그에게서 벗어나고자 그녀가 움직여봤으나 소용없었다. 손목을 움직일수록 점점 힘을 가하는 통에 옴짝달싹 못 한 소영은 샐쭉한 표정을 지었다.

"남자가 말이야, 비겁하게 힘으로 하고 있어."

겨우 웃음을 멈춘 소영은 애교를 피우듯 눈을 흘겼다. 못 당하겠다는 듯 미소 지으며, 소영의 손을 움켜잡고 있던 그의 손이 그녀의 손에 깍지를 꼈다. 순간 소영은 자르르하며 심장이 떨려왔다. 그가 그녀의 귓가에 속삭였다.

"나도 사실 궁금하긴 한데 너는 어떤 품목으로 하고 싶어?"

"제가 하고 싶은 것으로 하게요?"

지한을 쳐다볼 수 없어 눈을 내리깔았다가, 그녀는 겨우겨우 그와 시선을 맞추었다. 내심 목소리에는 기대감이 묻어 있었다.

"아니, 그거 빼고 다른 거로 하려고."

"치, 기대도 안 했네요! 아무거나 시켜요, 다 자신 있으니까!"

말만큼은 당당하게 말한 소영이었지만, 그녀의 눈빛은 여전히 떨리고 있었다. 지한은 그런 그녀가 못 견디게 사랑스러웠다. 빙긋이 웃은 지한의 얼굴이 그녀에게로 내려갔다.

두근두근. 그가 키스라도 할 듯해 소영의 눈은 저절로 감겼다.

서로의 숨결이 느껴지고 그의 콧등이 그녀의 콧날에 스쳤다. 그저 스쳤을 뿐인데도 두 사람의 심장은 두방망이질 쳤다.

그녀의 입술로 내려앉으려던 지한의 입술이 소영의 눈으로 향했다. 살포시 감긴 그녀의 눈두덩에 그의 입술이 닿았다.

"그렇게 흔들리는 눈빛으로 쳐다보면 나보고 어떻게 하라는 거야?"

지한의 손이 스르르 풀리더니 그녀의 얼굴을 어루만졌다. 부드러운 그의 손길에 소영은 행복한 표정을 지었다.

"하-암, 실컷 놀았으니 자야겠다."

"빨리 잠들면 내일 메모지 줄 수도 있는데."

"메모지요?"

"그래. 쇼호스트들은 방송 전 상품설명서 미리 받아보잖아. 몰랐어?"

"맞다. 아우- 이런 바보. 나 여태 뭐 한 거야?"

그렇다면 테스트할 상품이 무엇인지 알 수 있을 터. 이제야 생각났는지 소영이 제 머리를 쿡 쥐어박자 그 손을 그가 살며시 잡아 내렸다.

"아유, 그러다가 진짜 바보 될라. 내일을 위해서 이제 그만 잡시다."

"네~ 자기님~"

마주 보고 누운 상태로 지한은 소영의 어깨를 토닥여주었다. 평화로운 이 시간이 더디 흘러가길 바라는 간절한 소망을 담아서.

드디어 소영이 테스트를 받는 날이 왔다. 그녀는 들고 있는 메모지로 시선을 돌렸다. 어제저녁 지한이 말한 바로 그 메모지였다.

그녀는 오전 내내 암기했던 것을 확인하려는 듯 몇 줄 읽다가 문득 무대로 눈길을 돌렸다. 그곳에는 조명에 비쳐 아름다운 빛을 내는 보석들로 세공된 귀금속들이 있었다.

"후- 흡!"

소영은 마음을 진정시키고자 숨을 깊게 들이마셨다. 잔뜩 굳은 얼굴로 앉아 있는 소영의 앞으로 경수가 다가왔다.

"처제, 어때, 할 만해?"

"형부, 너무 떨려요."

"그래, 떨리겠지. 서 피디가 오늘 테스트한다는 해서 나도 긴장되는데 처제는 오죽하겠어."

"왠지 시간이 다가오니깐 점점 도망가고 싶어져요."

언젠가는 치러야 할 테스트지만 막상 코앞에 닥치니 초조해져 걱정이 이만저만한 게 아니었다.

"그래도 나는 처제가 잘할 거라고 믿어."

"네! 열심히 할게요."

경수가 격려의 말을 건네자 소영이 희미하게 미소를 지었다. 그때였다. 갑자기 스튜디오 문이 열렸다.

소영이 고개를 돌려 보니, 뜻밖의 사람들이 스튜디오로 들어오고 있었다. 놀란 얼굴을 한 그녀가 서서히 몸을 일으켰다.

"형부, 저분들이 왜 여기에…….."

"심사위원단인가?"

"심사위원단이라니, 그게 무슨 말이에요?"

알 수 없는 경수의 말에 소영은 마지막으로 들어오는 지한에게 시선이 멈췄다. 설마…… 저분들 앞에서 해야 하는 것은 아니겠지?

"나도 지한의 의도는 잘 모르겠지만, 분명한 이유가 있겠지. 자, 긴장 풀고, 처제 어서 준비해."

그 앞에서만 테스트를 받는 줄 알았는데, 그녀는 눈앞이 캄캄해졌다. 그때, 소영을 향해 말하는 지한의 목소리가 들렸다.

"단소영, 5분 후에 시작할 테니 준비해."

"……네."

초조함에 겨우 대답한 소영의 입술이 바짝 말라갔다.

"지금껏 내 앞에서 했던 것처럼 편하게 하면 돼."

어느새 그가 소영의 곁으로 다가왔다. 슬그머니 뒤돌아보며 눈치를 살피더니, 아주 잠깐이었지만 그녀의 어깨를 어루만졌다.

"피디님, 카메라 옆에 있을 거죠?"

"당연하지. 항상 네 옆에 있을 거야."

작게 속삭인 그가 살포시 웃어주었다. 그의 다정스러운 행동에 이제야 마음이 놓였는지 소영의 얼굴이 부드럽게 펴졌다. 지한은 소영의 등을 조심스럽게 두드려주곤 살며시 밀었다. 따뜻한 지한의 손길에 용기를 얻은 소영은 무대 쪽으로 발걸음을 옮겼다.

소영이 무대로 이동하자 스태프들과 인사를 나눈 심사위원단들은 의자로 가서 앉았다.

테스트의 모든 과정을 촬영하여 영상으로 남겨달라는 지한의 지시가 있었기에 경수는 지한의 사인에 맞춰 카메라를 돌렸다.

"먼저 테스트 심사위원단으로 와주신 것에 진심으로 감사드립니다. 미리 말씀드린 것처럼 심사 조건은 따로 정하지 않았습니다. 보이고, 들리고, 느껴지는 대로 심사해주시면 됩니다."

자신이 아닌 최고의 쇼호스트들이 소영을 테스트에서 통과시켰다면, 연숙도 꼬투리를 잡진 못할 것이다. 그가 흔한 상품 대신 귀금속을 선택한 것도 이런 이유 때문이었다.

소영은 지한의 말을 경청하고 있는 심사위원단을 둘러보았다. 현재 홈쇼핑에서 최고의 대우를 받고 있는 다섯 명의 쇼호스트. 그녀들 앞에서 상품을 소개해야 한다는 생각에 소영은 마른침을 삼켰다. 간단히 심사 규정을 설명한 후 지한이 카메라 옆으로 몸을 옮겼다.

"그럼, 시작합시다."

아무리 떨려도 물러설 곳도, 숨을 곳도 없었다. 소영은 그와 눈이 마주치자 작게 고개를 끄덕였다. 마음을 가다듬은 소영이 심호흡하고는 카메라를 응시했다. 그녀의 눈 안에는 카메라뿐만 아니라 그 옆에 서 있는 지한도 보였다. 저 사람은 저곳에서 자신을 지켜봐줄 것이다.

소영을 향해 보일 듯 말 듯 작게 웃어준 그가 손을 들었다.

소영아, 너의 잠재된 실력을 여기 있는 사람들에게 마음껏 보여줘. 그리고 네 꿈을 꼭 이뤄.

"레디- 액션!"

"안녕하세요. 단소영입니다."

드디어 소영의 첫 멘트가 시작되었다. 이제 주사위는 던져졌다.

마음속으로 소영을 응원한 지한은 문득 김 비서가 빌라로 찾아왔던 다음 날, 연숙을 만났던 일을 생각했다.

이른 시간, 지수의 집 앞에 주차한 지한의 표정은 비장해 보일 정도였다. 천천히 차에서 내린 그가 재킷의 단추를 잠그며 빈틈없이 매무새를 만졌다. 그 후 천천히 깊이 숨을 들이마시며 초인종을 눌렀다.

철커덕! 둔탁한 소리가 나며 곧바로 대문이 열렸다. 좀 전과 다르게 그는 빠른 걸음으로 정원을 가로질렀다.

한편, 지수는 초조한 눈빛을 하며 지한이 들어오길 기다렸다. 어떤 상황에서든 연숙의 도움 없이 스스로 제 일을 처리했던 동생이다. 그런 동생이 연숙을 먼저 찾아온 걸 보니 걱정이 안 될 수가 없었다.

"어서 와."

"누나, 고모는 좀 괜찮으셔?"

지수를 보자마자 지한은 연숙의 안부부터 물었다. 평소 잘 안 하던 술을 마신 그녀가 어지럼증을 일으켰다고 김 비서에게서 들었던 탓이다.

"꿀물 한 잔 드시고 지금은 출근 준비 중이셔."

현관 안으로 들어와 구두를 벗은 지한은 이미 출근 준비를 마친 연숙을 보았다.

"고모, 저 왔어요."

"이른 시간에 나를 다 찾아오고, 무슨 급한 일이라도 생긴 거니?"

연숙의 맞은편으로 앉은 지한은 무척 긴장돼 보였지만, 그만큼 진중한 눈빛을 했다.

"쌍둥이 엄마에 대해서 드릴 말씀이 있어서요."

"출산일이 가까워지니 이제야 말할 마음이 생겼니? 대체 언제 인사시킬래?"

기대감에 들뜬 듯 연숙의 표정은 한결 온아해졌다.

"……보여드리고 싶어도 없는 사람이라서 보여드릴 수가 없습니다."

"그게 무슨 소리야? 없다니? 설마 애들 낳다가…….."

연숙은 놀란 탓에 다그쳐 물었다.

"고모, 그런 게 아니라 쌍둥이 엄마는…… 제가 고용한 사람이라서 처음부터 실제로 존재한 인물이 아니에요."

연숙과 소영은 언젠가는 만날 인연이다. 그날을 대비해서 지한은 연숙의 머릿속에서 쌍둥이 엄마 존재 자체를 지우기로 했다. 그러면 소영이 뒷조사당할 일도 없을 테고, 무사히 제 앞길을 헤쳐 갈 것이다. 물론 그가 누렸던 자유가 이제는 허락되지 않을지도 모른다. 그쯤 소영을 위해서라면 지한은 얼마든지 감당할 수 있었다. 지한을 보는 연숙의 눈동자가 심하게 흔들렸다.

"고용하다니, 그게 무슨 뜻이야?"

"말 그대로 애 엄마인 척 연기해달라고 아르바이트를 썼어요."

"뭐라고! 너, 지금 네 아버지와 날 속였다는 거야!"

목소리가 쩽하니 울리더니 급기야 연숙이 벌떡 일어섰다. 지한은 여전히 부동자세로 앉아 있었다.

"죄송합니다. 용서를 바라지는 않겠습니다."

지한의 말에 연숙의 얼굴이 백지장처럼 변하자 지켜보고 있던 지수가 다가왔다. 무슨 일이 생길 것처럼 연숙은 불안해 보였다.

322

"고모, 진정하세요."

"지수야, 지한이가 뭐라는 거니? 나하고 지 아버지한테 거짓말을 했다는 거야? 세상에……."

충격이 큰 듯 연숙은 얼빠진 얼굴로 중얼거렸다. 연숙의 팔을 잡은 지수가 그녀를 소파에 앉혔다. 지수는 여기서 자신이 알은체했다간 연숙의 노여움을 더 살 것 같아 모른 척하기로 했다. 심통한 표정을 한 연숙이 지한을 쳐다보았다.

"그래서 어쩌겠다는 거야? 네 아버지한테 사실대로 말하겠다는 거야? 어디서부터 어디까지 뭐라고 말할 건데? 아니면 나한테 도와달라고 찾아온 거야?"

"아닙니다. 모든 건 제가 알아서 하겠습니다."

"네가 뭘 알아서 해? 지금 이게 보통 일인 줄 알아? 어쩌자고 이런 일을 저질렀어!"

연숙은 심각한 표정으로 지한을 보았다.

"고모가 무슨 걱정을 하시는지 잘 압니다."

"걱정? 지금 걱정하는 게 아니야. 네가 내 뒤통수를 쳤는데, 내가 그걸 어떻게 이해할 수가 있어. 네 거짓말 때문에 은정이 앞에서 내 얼굴이 뭐가 됐는지 알기나 해!"

"……잘못했습니다."

"하……."

연숙은 그동안 지한에게 대기업의 후계자로서 절대로 남에게 얕보일 짓하지 말고, 사과할 일 만들지 말라고 누누이 언질을 주었다. 그런데 이렇듯 실망하게 될 줄이야. 연숙은 억장이 무너져 내렸다.

"내 인생의 반을 너희를 위해서 살았어. 스물여덟 젊은 나이에…… 핏덩이 조카와 대기업을 맡게 된 난…… 두려웠다고. 그래도 너희가 반듯하게 성장하는 모습을 지켜보면서 힘을 낼 수 있었는데…… 어미가 아닌 고모라서 이런 대접을 하는 거니……."

실망감을 넘어 서글프다는 생각에 연숙은 생전 처음 하소연이란 걸 했다.

"고모, 그런 말씀 마세요. 고모는 저희한테 엄마나 다름없는 분이세요."

지수의 눈가가 촉촉해졌다. 가족에게조차도 결코 나약한 모습을 보이지 않았던 고모였다. 죄스러운 마음에 지한은 고개를 숙였다.

"죄송합니다. 아버지께는 제가 말씀드릴게요. 조금만 시간을 주세요."

"아휴! 거짓말하는 걸 제일 싫어하는 양반인데. 오라버니가 노발대발하는 모습이 눈에 선하니 이를 어째!"

한껏 걱정을 담은 연숙의 말을 들으니 그도 답답해졌다. 하지만 소영과 자신을 위해서 언젠간 부딪쳐야 할 일이었다.

"이제는 쫓겨나는 정도가 아니라 호적에서 파버린다고 할 텐데. 아휴…… 머리 아파라."

말하는 연숙의 얼굴에 근심이 어렸다. 여기서 이야기를 끝내야겠다는 생각에 지수가 연숙의 팔을 다정스럽게 잡았다.

"고모, 오늘 조찬 회의가 있다고 하시지 않으셨어요?"

"……있지."

지한의 일 못지않게 회사 일도 중요하기에 마지못해 일어서는 연숙을 지수가 부축해주었다.

한바탕 난리를 치렀지만 일단 소영이 뒷조사당할 일은 없어졌다. 연숙의 뒤를 조용히 따르던 지한은 안도의 작은 한숨을 내쉬었다.

지한은 이렇게 쌍둥이 엄마 일은 해프닝으로 마무리될 줄 알았다. 그런데 얼마 되지 않아 그것이 아니라는 것을 깨달았다. 그는 그전에 소영의 꿈을 이뤄줘야 했다. 심사가 이뤄지는 동안 긴장된 마음을 숨기기라도 하려는 듯 팔짱을 꼈다.

드디어 사무실 문이 열렸다. 민주를 비롯해 심사를 맡아준 쇼호스트들이 나오자 스튜디오 안에 있는 사람들의 시선이 그곳으로 집중되었다. 의자에 앉아 있던 소영이 일어서자 지한이 민주 곁으로 걸어갔다.

"결과는 민주 씨가 직접 발표해주시죠?"

"알겠습니다. 저희 다섯 명의 쇼호스트는 10점 만점을 기준으로 점수를 주었고요. 심사는 무기명으로 했으며, 총 45점 이상이 나오면 합격하는 것으로 하겠습니다."

민주의 말에 소영은 간절한 마음을 담아 두 눈을 꼭 감았다. 민주는 봉투 안에서 첫 번째 투표용지를 꺼냈다. 투표용지를 펼쳐 든 민주가 잠시 소영을 보았다.

"8점."

소영의 귀로 민주의 목소리가 들렸다. 첫 점수는 8점…….

기- 익. 이번엔 소영의 귓가로 스튜디오 문이 열리는 소리가 들렸고, 잠시 인사하는 소리로 어수선했으나 이내 고요해졌다. 그녀는 눈을 감은 상태라서 누가 온 것인지 궁금하기도 했지만, 떨리는 마음에 눈을 뜰 수 없었다.

"그럼 계속하겠습니다. 9점."

'9점…….'

소영은 두 번째 점수를 마음속으로 읊조렸다.

"9점, 또 9점."

투표용지를 펴는지 부스럭거리는 소리가 났다. 그 작은 소리마저 생생히 들릴 정도로 스튜디오 안은 긴장감이 감돌았다.

"이제 마지막 한 장 남았네요."

마지막이라는 민주의 말에 소영은 작은 한숨을 내쉬었다. 현재 점수 35점……. 여기서 10점을 받지 못하면 불합격이다.

소영은 누군가 자신의 곁으로 다가오는 것이 느껴졌다. 눈을 감은 채라 보이진 않지만, 지한이라는 것을 그녀는 직감할 수 있었다. 그는 분명히 제 옆에 있었다.

결과가 나빠도 이해해달라던 지한의 말…….

최선을 다했기에 소영은 후회는 없었다. 다만, 그가 본사로 갈 기회를 놓칠까 봐 그것이 마음에 걸렸다.

"자, 그럼, 기대하시라. 두두두- 둥."

갑자기 민주가 드럼 치는 소리를 냈다.

"그런 거 안 해도 되니까 빨리 좀 해."

초조함을 견디지 못한 경수가 한마디 했다. 그 바람에 스튜디오 안은 아주 잠깐, 웃음소리가 울려 퍼졌다.

"알았어요. 마지막 점수는."

'제발…….'

소영이 더더욱 세게 눈을 감는 순간, 지한의 손길이 그녀의 등에 닿았다. 긴장감에 떨고 있는 소영의 몸이 그의 손바닥으로 온전히 전해졌다.

비교적 의연해 보였었는데 이렇듯 떨고 있을 줄이야……. 지한은 소영이 못내 안쓰러웠다.

"마지막 점수는 10점 만점에…… 아, 어떡해?"

"왜 그래?"

민주는 울 것 같은 표정을 지었고, 경수의 얼굴은 허옇게 변했다. 잠시 후, 민주가 헛기침을 하며 말을 이었다.

"이걸 어떻게 하니? 만점이야! 마지막 점수는 10점이라고! 소영아. 너, 합격했어!"

"와아아아아-!"

분명히 10점이라고 했던 것 같은데. 그렇다면…….

풀- 썩. 소영은 그대로 주저앉았다. 숨죽인 채 민주의 입만 바라보던 지한은 그녀의 몸이 내려앉는 것을 뒤늦게 알아차렸다.

"괜찮아?"

지한의 애틋한 눈빛에 소영의 눈가는 촉촉하게 젖어들었다.

"피디님, 나……."

"아주 잘했어. 축하해, 단소영 쇼호스트님."

그는 말로만 아니라 있는 힘껏 소영을 안아주며 축하해주고 싶었다. 하지만 보는 눈이 많은 탓에 그럴 수 없어 그의 눈빛은 더욱 애절했다. 경수와 민주가 달려드는 모습에 지한은 소영을 일으켜 세워주고는 슬그머니 뒤로 빠졌다.

"우리 처제! 축하해!"

"소영아, 진짜 잘했어!"

자리를 비켜준 지한은, 본부장에게로 다가가 정중히 고개를 숙였다. 그는 소영의 첫 번째 점수가 발표될 때 스튜디오로 들어온 뒤 모든 과정을 지켜보았다.

"와주셔서 감사합니다."

"서 피디가 부탁해서 와보기는 했는데, 이거 아주 스릴 있구먼."

스릴이라……. 마지막 투표용지가 펼쳐질 때, 지한의 속은 다 타버려서 바스러지는 것 같았다. 괜히 못할 짓을 하는 건 아닌가 싶을 정도로 지한은 힘들었다. 그걸 소영이 견뎌냈다니. 기특한 생각에 그의 가슴은 어느덧 뿌듯함으로 가득 찼다.

"좋은 점수를 받은 걸 보니 대표님 눈이 틀리진 않은 것 같군."

지한이 슬쩍 본부장의 눈치를 보았다.

"본부장님께서 오늘 결과를 직접 대표님께 보고하는 것은 어떻습니까?"

이후 연숙이 트집 잡을 수 없도록 자신은 소영의 일에 철저히 개입하지 않을 것이다.

"내가?"

그것을 알 리 없는 본부장은 지한의 제안에 눈빛을 빛냈다. 대기업 총수의 안목에 부응하듯 소영이 보란 듯이 합격했으니, 틀림없이 합격 보고를 받은 연숙은 기뻐할 터.

"대표님이 관심을 둔 아이인데 공정성이나 투명성을 언급하면서 본부장님이 직접 보고를 올리면 대표님이 더 좋아하실 것 같은데요. 홈쇼핑 책임자로서 세세한 것까지 신경 쓴다는 모습을 대표님께 보여줄 수도 있고요."

"그거 좋은데."

본부장의 입가에는 숨길 수 없는 미소가 걸렸다. 지한의 말이 제 생각과 일치하자 본부장은 흔쾌히 받아들였다.

"그럼 저는 본부장님만 믿고 다음 스케줄을 진행하겠습니다."

"어, 그래요. 서 피디는 바쁠 테니까 이 일은 내가 당장 처리하지."

본부장에게 부디 그렇게 해달라는 뜻으로 지한은 묵례를 했고, 기분 좋은 웃음을 흘린 본부장이 스튜디오를 빠져나갔다.

그제야 지한은 소영을 바라보았다. 그녀는 심사를 맡아준 쇼호스트들에게 인사를 하고 있었다.

"선배님들, 앞으로 많은 가르침 부탁드립니다. 감사합니다."

"우리도 신선하고 아주 즐거웠어요. 진심으로 축하해요."

잠시간 소영에게 축하 인사를 건넨 후 쇼호스트들마저 스튜디오를 빠져나가자, 스태프들은 녹화 방송을 준비하기 시작했다. 소영은 도무지 현실이와 닿질 않아 자신이 서 있던 무대를 보았다.

드디어 꿈을 이뤘다니…….

지한이 소영의 곁으로 지나가며 조용히 말을 흘렸다.

"단소영, 사무실로 좀 들어오지."

무대를 보던 소영은 그의 말에 사무실로 걸음을 옮겼다. 그를 따라 사무실 안으로 들어간 그녀가 문을 닫자 지한은 양팔을 있는 대로 벌렸다. 그의 품에 안기고 싶은 소영은 빠르게 걸었다. 그런데 한 걸음 뗄 적마다 두렵고 힘들었던 순간들이 머릿속을 스쳐 지나갔다. 그녀는 울컥하고 말았다.

팔을 벌린 채 기다리는 지한의 품으로 소영은 몸을 날리듯 안겼다. 으스러지도록 그가 안아주자 소영은 지한의 허리를 힘껏 끌어안았다. 서로의 몸을 안은 두 사람은 한 치의 틈조차 허락하고 싶지 않았다. 자신의 가슴에 얼굴을 묻은 소영의 머리카락을 그의 손이 쓸고 내려왔다.

잘했다고, 진정 고생했다고……. 말이 아닌 손길로 그가 표현했다.

"나, 아직도 믿어지지가 않아요."

"나도 그렇기는 한데. 어디 신입 쇼호스트님 얼굴 좀 자세히 봐볼까?"

시선이 마주치자마자 두 사람은 빙긋이 웃었다.

"아까 테스트받을 때 아무도 눈에 보이질 않았어요. 피디님만, 그냥 피디님만 보였어요."

지한 역시 그녀에게서 눈을 뗄 수 없었다. 그 마음을 모두 이해한다고 지한의 손이 소영의 등을 토닥였다.

"떨지도 않고 차분하게 잘하던데."

"탄생석 설명하는데 헷갈려서 죽는 줄 알았네. 초짜한테 세 가지는 너무 많았어요."

애교스럽게 그녀가 살짝 투덜거렸다.

"루비든 진주든 사파이어든, 한 가지만 했다면 진짜 쉬웠을 텐데. 그렇지?"

"당연하죠."

"그런데 나는 낙하산이네, 특혜네, 이런 말을 네가 들을까 봐 싫었어."

"특혜……."

소영은 연숙을 떠올렸다. 특별한 기회를 얻은 것이나 마찬가지니 따지고 들자면 특혜일 수도 있었다. 그가 자신은 생각지도 못했던 사소한 것들까지 신경 써줬다는 사실에 소영의 가슴이 뭉클해졌다.

"세 가지의 보석을 완벽하게 어필한 너한테, 누구도 시비 거는 사람은 없을 거야. 그러니 조금도 주눅이 들거나 기죽지 마."

"그럴게요."

"이젠 좀 진정되었어?"

덜덜 떨었던 소영이 생각나자 그가 그녀의 얼굴을 어루만졌다.

"아니요, 아직도 다리가 후들거려."

"긴장이 풀릴 때도 되었는데."

안쓰러운 마음에 지한의 입술이 소영의 이마에 내려앉았다. 그의 품에 줄 곧 안겨 있던 소영이 이제야 정신을 차렸는지 벗어나려고 했다.

"누가 보면 어쩌라고? 아무래도 불안해서 안 되겠어요."

"아무도 안 들어와."

"그래도……."

"자꾸 도망가면 입술에다 하는 수가 있어."

"사람들 다 있는데!"

소영이 화들짝 놀라자 지한이 그녀의 볼을 살며시 꼬집었다.

"하고 싶으면 하는 거지. 안 그래?"

"으이그, 피디님도."

못 말린다는 듯 살짝 눈을 흘긴 소영이 지한의 가슴팍을 툭, 쳤다. 그와 동시에 똑똑! 노크 소리가 들렸다.

"엄마야!"

생각할 겨를도 없이 소영은 그의 품에서 도망쳐 나왔다. 소영이 품에서 빠져나오자마자 사무실 문이 열렸다.

"서 피디, 커피…… 마시면서 이야기해."

사무실 안으로 들어온 경수가 지한과 소영을 번갈아 쳐다봤다. 웬일인지 소영의 볼은 발갛게 달아올라 있었고, 의자에 앉는 지한의 행동은 어딘지 어색해 보였다. 딱히 뭐라고 표현할 수 없는데 이상야릇한 기류가 흐른다고 해야 할까.

"그, 그래. 고마워. 잘 마실게."

지한이 커피를 받아 들었다.

"민주 씨가 지금 할 녹화 방송을 소영이한테 양보하고 싶다는데, 서 피디는 어떻게 생각해? 축하 선물 뭐, 그런 거래."

경수의 말에 소영의 눈이 동그래졌다. 지한이 스케줄 표를 확인했다.

"오늘 스케줄 이거 하나 남은 거지?"

"응."

"그럼…… 이 방송은 다시 스케줄 잡는 거로 하고 오늘은 회식이나 할까?"

지한의 말에 소영은 좋아서 방실방실 웃었다.

"알았어. 그렇게 전할게. 우리 처제, 방송 빨리 타겠는데."

"어떡해~"

사무실을 나가는 경수를 보면서 소영은 기쁨을 감추지 못했다.

왁자지껄한 소리를 피해 소영은 식당 문을 열고 나왔다. 휴대폰을 귀에 댄 소영은 식당 근처에 주차한 지한의 차를 발견하고는 그리로 걸어갔다.

[세상에나, 네가 벌써 취직을 했다니. 믿을 수가 없네.]

"나도 안 믿어져. 엄마, 언니는 좀 어때?"

들뜬 인경의 목소리를 듣던 소영은 불현듯 가영이 보고 싶어졌다. 지한의 차에 도착한 그녀가 비스듬히 몸을 기댔다.

[네 언니? 그저께 밤인가? 갑자기 배가 아프다고 해서 병원에 갔더니 절대 안정을 취하고 누워만 있으라고 해서 식겁했지 뭐니.]

"괜찮대? 형부는 그런 말 없었는데."

전혀 모르고 있었던 일이라 소영은 놀랐다. 그때, 지프차 옆으로 자가용이 들어오자 소영이 비켜주었다.

[네가 신경 쓸까 봐 그랬겠지. 두세 달 정도 조심하면 괜찮아질 거래. 가영이 자는데 깨울까?]

"아니야, 엄마. 그냥 자게 둬. 내가 나중에 전화할게. 지금은 회식 중이라 오래 통화하지도 못해."

[회식해?]

"응. 형부는 밥만 먹고 좀 전에 갔어."

[알았어. 네 언니한테는 전화 왔었다고 말할게. 그만 끊자.]

"엄마 들어가."

통화를 마친 소영이 식당으로 가려고 할 때, 옆 차선에 주차한 자동차의 운전석이 열렸다. 무심코 쳐다보았던 소영은, 차에서 내리는 은하를 보자 그녀를 향해 묵례했다.

"안녕하세요."

"소영 씨네요? 어, 이건 지한이 찬데?"

은하는 소영뿐만 아니라, 소영이 기대고 있던 차가 지한의 차라는 것까지 단번에 알아보았다.

"저기 식당에서 회식 중이에요."

"아직 이른 시간인데 회식을 해요?"

"일이 좀 있었어요."

"그래요? 어떻게, 테스트 준비는 잘돼가세요?"

식당 쪽으로 향하는 소영을 따라 은하도 걸음을 옮겼다.

"오늘 했어요."

"벌써 했다고요?"

은하가 놀란 듯 되물었다.

"조금 일정이 당겨졌어요."

"통과…… 하셨나요?"

은하의 얼굴엔 긴장감이 감돌았다. 소영을 통과시켰다면 그는 연숙이 있는 본사로 가야 할지도 모른다. 그렇게 되면 자유로웠던 지한의 삶은 연숙에게 구속되는 것과 마찬가지일 것이다.

그걸 알아차리지 못한 소영이 예쁘게 웃어 보이며 자랑스럽게 말했다.

"턱걸이로 간신히 통과했습니다."

"진짜요? 진짜 지한이가 통과시켰어요?"

그럴 리가 없다는 생각에 은하가 걸음을 멈췄다. 이제야 소영은 은하의 낯빛이 예사롭지 않다는 것을 알았다.

"네. 뭐가 잘못되었나요?"

"아, 아니에요. 소영 씨, 저는…… 여기서 약속이 있어서 이만 가볼게요."

은하는 식당 옆의 커피숍을 가리켰다.

"그럼 다음에 뵙겠습니다."

"그래요."

뭔가 석연찮은 은하의 행동에 소영이 고개를 갸우뚱거렸다. 그저 형식적인 말이라 해도 축하한다는 말도 없었을뿐더러 오히려 싫어하는 눈치였다.

은하의 행동에 기분이 조금 상했지만, 기분 탓일 거라 다독이며 소영은 일행이 있는 곳으로 향했다. 그녀가 다시 발걸음을 옮기기 시작하자 지한이 식당 문을 열고 밖으로 나왔다. 소영은 얼른 그의 곁으로 다가갔다.

"왜 나오셨어요?"

"자기들이 더 신났어. 다들 3차도 부족하다며 4차까지 간대. 그래서 슬그머니 빠져나왔어."

지한은 들고 나온 소영의 가방을 보여주었다. 그녀가 받아서 메자 지한의 손은 자연스럽게 소영의 손을 잡았다. 자신의 차로 걸어간 그는 소영이 탈 수 있도록 조수석 문을 열어줄 뿐만 아니라 그는 소영이 차에 오르자 안전벨트까지 채워주었다. 그 모습을 커피숍 안에 있던 은하가 모두 보았다는 것을, 그도 소영도 전혀 눈치채질 못했다.

놀란 은하가 커피숍 밖으로 다급히 나왔지만, 소영을 태운 지한의 차는 이미 출발한 뒤였다.

"인사도 안 하고 그냥 가는 게 영 걸리네요."

"인사하러 들어가는 순간 잡혔을걸."

"그런가? 기분 좋은 날 한바탕 놀아줬어야 하는데."

소영이 아쉬운 표정을 짓자 그는 탐탁지 않은 눈빛을 했다.

"뭐야? 나랑 있는 것보다 스태프들이랑 노는 것이 더 좋다는 뜻이야?"

"같이 놀면 더 좋죠."

"섭섭하네."

Rrrrrr.

그가 정말 서운한 것처럼 말할 때였다. 지한은 자신의 휴대폰에서 벨 소리가 들리자 발신자를 확인했다. 착잡한 심정을 감춘 지한은 통화 버튼이 아닌 종료 버튼을 눌렀다. 지한의 표정을 보지 못한 소영이 미소를 지었다.

"알았어요. 놀아줄 테니 삐치지 마세요."

"아주 이젠 날 가지고 놀려 해."

"아~ 우, 제가 언제 그랬다고 그러실까?"

지한이 질투하는 모습까지 보여주자 소영은 그가 마냥 귀여웠다. 그녀가 몸까지 바짝 그에게로 기울인 채 예쁜 표정으로 생글거리며 웃었다. 지한이 흘깃 소영을 보았다.

"오늘따라 왜 이러지?"

"좋아서 그러지."

세상을 다 얻은 것 같은 기쁨……. 소영의 심정이 지금 그랬다. 지한의 마음뿐 아니라 그녀는 하고 싶었던 일까지 할 수 있게 되었다. 너무 행복해서 소영이 지한의 어깨에 살며시 머리를 기대었다. 그의 목울대가 심하게 움직였다.

"이런 날, 집으로 가기엔 좀 그렇겠지?"

9화. 하나가 된 몸

지한의 말에 소영이 말똥한 눈으로 바라보았다.

"그럼 어디로 가요?"

"그건 조금 달리면서 생각 좀 해보자."

선루프를 여는 지한의 표정엔 고민하는 기색이 어렸다. 시원한 바람이 차 안으로 스며들자 소영은 신기한 듯 밤하늘을 올려다보았다.

"달리는 차 안에서 보는 야경은 색다른 맛이 있네. 어? 저기 별도 보인다."

간간이 차선을 바꾸면서 끝도 없이 달릴 것 같던 지한의 차는 금세 목적지에 도착했다. 서서히 주차장으로 들어선 후 그가 주차하고는 안전벨트를 풀었다. 지한을 따라 내리고자 버클을 만지던 소영이 주위를 두리번거렸다.

"여기는 어디예요?"

"호텔."

"……호텔요?"

쿵! 심장이 떨어진다면 이런 느낌일까. 지한과 한침대에서 잤을 때 정말

두근두근 설레면서 좋았었는데, 왜 호텔이란 말을 듣자 두려운 마음이 생기는 걸까.

분명히 그를 좋아하는데…….

운전석 문을 열려던 지한이 이상한 분위기에 고개를 돌렸다. 그런데 한눈에 알아볼 정도로 소영은 표정이 잔뜩 굳어 있었다.

"얼굴빛이 왜 그래?"

"갑자기 호텔로 오니깐……."

"이상하게 생각할 일 하나도 없을 테니 어서 내려."

지한의 말에 소영은 마지못해 조수석 문을 열었다.

"저기요."

하지만 왠지 성인 남녀가, 그것도 밤에 호텔에 오다니. 안절부절못한 그녀가 결국 차 문을 잠그는 그를 불렀다. 그의 시선이 불안한 눈빛을 한 그녀의 맑은 눈과 부딪쳤다.

"괜찮아."

그러나 지한은 그 한마디만 남기고 먼저 앞장서 가버렸다. 괜찮다는 말이 무슨 의미인지 깊이 생각할 겨를도 없이 소영은 그를 따를 수밖에 없었다.

잠시 후 프런트에 도착한 지한은 객실 카드키를 받았다. 연신 눈을 굴리는 그녀에게 안심하라는 미소를 지어주곤 그가 소영과 함께 엘리베이터 앞에 섰다.

때마침 1층에 도착한 엘리베이터에서 몇 사람이 내렸다. 그런데 그때, 날카로운 시선이 자신을 바라봤다는 것을 지한은 알지 못했다.

엘리베이터로 올라타서 내리기 전까지 소영은 입을 다물었다. 어기적어기적거리며 뒤따라 내린 소영이 객실 앞에 섰다. 드디어 그가 문을 열었다.

"이게 다…… 뭐예요?"

객실 문이 열리기 전까지 조마조마했던 소영은 어리둥절할 수밖에 없었다. 가지각색의 꽃들로 방이 장식되어 있어 마치 꽃밭에 들어온 것 같았기 때문이다.

"이벤트 그쯤으로 생각해."

낯간지럽기도 하고 멋쩍기도 해서 지한의 말투는 딱딱했다.

"이벤트요?"

"너한테는 특별한 날인데 그냥 집으로 가기도 뭐해서. 내 성격상 닭살 떠는 짓은 죽어도 못 하겠더라. 그래서 다른…… 사람 힘 좀 빌렸어."

성의 없다며 그녀가 실망할까 봐 지한은 이곳으로 오기 전 고민할 수밖에 없었다. 그런 줄도 모르고 괜히 불안해했던 소영은 미안한 마음이 울컥 솟았다.

"이곳으로 오게 된 이유를 말할 수도 없고. 네가 '저기요' 하는데 진짜 미치겠더라."

그녀를 무작정 데려올 수밖에 없었지만, 소영이 도망이라도 칠 것만 같아 그는 식은땀이 날 정도였다.

"왜 그런 말이 나왔는지 저도 이해가 안 돼요."

지한은 재킷을 벗어 침대 위로 던져놓았다. 잠시 생각에 잠긴 듯 말이 없던 그가 돌아서더니 입을 열었다.

"사람의 심리가 참 이상하네. 별생각 없이 이벤트 준비를 했는데, 네가 호텔이란 공간을 이상하게 받아들이니까 나도 괜히 기분이 이상해지네."

지한의 말을 듣던 소영이 뭔가 할 말이 있는 것처럼 제 입술을 지그시 깨물었다. 그것도 잠시, 그녀의 입술 사이로 작은 한숨을 터져 나오며 그녀가 입을 열었다.

"……저 솔직히 올라오기 싫었거든요."

"알고 있었어."

"피디님이 절대로 싫은 건 아닌데, 왜 그랬는지 잘 모르겠어요."

"그럼 언젠가는 알겠네. 뭐든지 때가 있는 법이니 모르겠으면 그냥 덮어 둬."

소영은 겨우 속마음을 털어놓았다. 그런데 지한은 아무렇지도 않은 듯 태연해 보였다. 게다가 그의 목소리는 평소보다 더 다정했다.

"미안해요."

시무룩한 소영이 핸드백을 소파 위로 올려놓을 때였다. 뒤로 다가온 그가 소영을 살며시 안는가 싶더니 제 품으로 끌어당겼다.

"집처럼 편하게 생각해. 미안해할 필요도 전혀 없고."

"……."

소영이 고개를 끄덕였고 지한의 얼굴이 그런 그녀의 어깨로 기대어지자 서로의 볼이 닿았다. 순식간에 분위기는 맞닿은 볼이 뜨겁게 느껴질 정도로 묘해졌다.

"이제야 숨이 쉬어지네."

소영을 품에 안고 그녀의 향기를 맡으니 그의 마음이 편안해지며 살 것 같았다.

"나는 숨이…… 막히는데."

이벤트라는 특별한 분위기 탓일까. 아니, 방 안 가득한 이 꽃향기 때문일지도 모른다. 그러니 소영은 평소보다 더 두근대며 숨조차 마음껏 쉴 수 없었다.

"그래도 이해해주라. 나는 이러고 싶어서 죽는 줄 알았어."

지한이 더욱 바짝 끌어안자 소영은 행복한 마음을 주체할 수 없었다. 그의 손을 잡는 그녀의 입가에 흐뭇한 미소가 생겼다.

"아까는 어찌나 떨리던지 이렇게 피디님 손을 잡고 싶을 정도였어요."

그녀를 안고 있던 지한이 소영을 돌려세웠다. 이내 누가 먼저랄 것도 없이 상대방의 입술을 찾았다. 뜨겁게 만난 입술 사이로 보드라운 것이 만났고 이내 농밀한 입맞춤으로 이어졌다. 격렬해진 감정을 억누르기 힘들 정도로 서로의 입술을 맛보았다.

Rrrrrr.

지한의 주머니에 있는 휴대폰이 울렸지만 그는 아랑곳하질 않았다. 계속 울려대는 벨 소리가 신경 쓰인 소영이 끝내 입술을 떼었다.

"……전화부터 받아요."

"눈치도 없이 이 중요한 순간에 대체 누구야?"

아쉬운 듯 지한은 혼잣말로 중얼거렸다. 편하게 통화하라는 뜻으로 소영이 욕실 쪽으로 걸어가자 그가 할 수 없이 휴대폰을 꺼내 받았다.

"여보세요."

[지한아, 네가 고용한 쌍둥이 엄마가 소영이었어?]

지한이 전화를 받자마자 지수가 황급히 물었다. 순간 그는 한 대 얻어맞은 듯 온몸의 피가 싸늘하게 식는 느낌이었다.

"그걸…… 누나가 어떻게 알아?"

[김 비서가 서류를 주고 갔는데 고모가 뒷조사시킨 것 같아.]

운전 중일 때 고모로부터 온 전화가 혹시 이 일 때문이었나? 조수석에 앉아 있는 소영으로 그는 종료 버튼을 누를 수밖에 없었지만, 우려했던 일이 기어이 터진 것 같았다.

"혹시 누나도 그 서류 내용을 봤어?"

[고모가 보는 사진을 슬쩍 봤거든. 그런데 임산부 모습을 한 소영이가 있는 거야.]

역시나. 쿵쿵. 걱정된 마음에 지한의 심장이 점점 빠르게 뛰었다.

"고모, 표정은 어떠셨어?"

[당연히 놀라셨지.]

"큰일이네……."

아무리 고심해봐도 이 일을 어찌 해결해야 할지 막막했다. 그가 마른침을 삼킨 탓에 목울대가 심하게 움직였다.

[내가 봐도 예사롭지 않은 일 같아서, 너한테 들은 이야기를 고모한테 모두 말을 했어.]

"나한테 들은 이야기라면, 경수와 가영이 일을 말하는 거야?"

[응, 가영이 동생이 소영이란 것까지 말했더니 고모의 표정이 조금 누그러지더라.]

"누그러졌다는 게 무슨 뜻이야?"

감쪽같이 속았다는 생각에 연숙이 또다시 화를 낼 줄 알았다. 그런데 누그러졌다니? 지한은 순간 지수의 말을 이해할 수 없었다.

[소영이 사진을 한참 동안 들여다보던 고모가 나중에는 혼잣말로 '아는 사람한테 부탁했나?' 이러시는 거야. 참, 지한아, 소영이가 쇼호스트를 하게 됐다며? 고모가 그렇게 말씀하시던데 그게 진짜야?]

"응. 오늘 테스트를 했는데 통과했어."

연숙이 지수한테 이렇게 말했다는 것은 소영의 합격을 인정했다는 것! 지한의 입가에 비로소 미소가 생겼다.

소영의 테스트뿐만 아니라 쌍둥이 엄마 일까지 그가 그토록 고심했던 일이었다. 그런데 지수의 도움으로 이렇듯 쉽게 풀리다니. 진정 꿈에서조차 생각지 못한 일이라 그는 믿기지 않았다.

간밤에 편안히 잠든 소영의 얼굴을 보면서 어찌나 불안했는지 모른다. 혹시라도 소영의 꿈을 이뤄주지 못할까 봐 그는 거의 뜬눈으로 지새우며 마음을 졸였었다.

"누나, 고모가 다른 말은 안 했어?"

[나한테 자료를 주면서 없애라고 하셨어. 지한아, 내가 나서서 너를 감싸줬던 것은 다시는 고모가 우리 때문에 속상해하는 것을 원치 않아서야. 내

말 무슨 뜻인지 알지?]

"응, 앞으로 이런 일 없도록 조심할게."

신세 한탄을 했던 연숙의 모습과 함께 부친도 떠오르자 지한의 가슴은 답답해졌다. 제법 오랜 시간 연락도 못 한 채 떨어져 있던 탓일까. 지한은 부친이 불현듯 그리웠다.

"누나, 아버지는 어떻게 지내셔?"

지금껏 살아온 삶을 통틀어 이런 감정은 처음 느껴보는 것 같았다. 그렇다고 무턱대고 부친을 찾아뵐 수도 없었다. 그의 부친은 모친이 죽은 후 회사 일에서 손을 떼고 단 한 번도 회사 일에 개입하지 않았다. 그런 부친이 자신을 내친 상황에서 먼저 말도 없이 찾아뵈었다가는 큰 사달이 날 게 분명했다.

더구나 쌍둥이 엄마 일을 솔직하게 털어놓을 수도 없는 상황이었다. 그러니 아무리 찾아뵙고 싶어도 부친이 먼저 연락하기 전까지는 기다려야만 했다.

[잘 계시니까 걱정하지 않아도 돼. 왜, 뵙고 싶니?]

"……응."

으아- 앙! 응아! 그때 수화기 너머로 호진이 울음소리가 들렸다.

[어머! 호진이 깼나 보다. 내일 고모 출국하시니까 시간 되면 전화라도 드려. 그럼 끊는다.]

"누나, 고마워."

띵- 동. 지수와 통화를 마치자마자 초인종 소리가 들렸다. 때마침 욕실 문을 열고 나온 소영이 잔뜩 궁금한 눈으로 지한을 보았다.

"누구 올 사람이 있어요?"

"룸서비스일 거야."

그가 객실 문으로 성큼성큼 걸어가는 모습에 소영은 몸을 숨기듯 다시 욕실 안으로 들어갔다. 아무리 이벤트 때문이라지만 성인 남녀가 한방에 있다는 사실이 부끄러웠기 때문이다.

"제가 할 테니 거기 놔두세요."

소영의 행동을 봤기에 그는 호텔 직원을 객실로 들이지 않았다. 밖이 궁금한지 욕실 문을 빠끔히 열고 밖을 내다보던 소영은 그와 눈이 마주쳤다.

"죄지은 거 있어?"

"그건 아니지만 이상하게 볼 것 같아서."

욕실 밖으로 나온 소영이 쭈뼛거리자 지한은 그녀의 생각이 훤히 보이는 것 같았다.

"또 야한 생각 했니? 그 머릿속엔 도대체 뭐가 들었기에."

"놀리고 있어."

쌜쭉한 표정을 한 소영이 그의 맞은편으로 앉았다.

"아니면 야한 걸 우리가 해보는 건……."

소영의 눈이 동그래지자 말을 끝맺지도 못한 그가 픽, 웃었다. 멋쩍었는지 지한이 와인병을 들자 소영의 눈은 자연스럽게 그의 얼굴을 바라봤다.

맨 처음 지한의 짙은 눈썹이 보였고, 그다음 서글서글한 눈이 보였다. 그가 눈을 내리깐 탓에 눈동자가 자세히 보이질 않으니 소영은 살며시 고개를 기울였다.

'훗! 보인다.'

저 눈동자로 자신만을 바라봐준다니. 그녀가 시선을 내리자 그의 콧날이 보였고 진지할 정도로 꼭 다문 입술도 보였다.

두근두근. 지한의 입술을 보자 좀 전에 키스했던 순간이 떠올랐다. 그녀의 심장이 쉴 새 없이 방망이질했다.

"그만 봐라. 내 얼굴 뚫어지겠다."

"와인병 봤는데."

능청스러운 소영의 말에 그는 웃어넘기고 말았다. 그녀의 잔에 먼저 와인을 채운 지한이 자신의 잔에도 마저 따르고 소영에게 건배를 청했다. 이윽고 맑은 소리를 내며 와인 잔이 부딪쳤다.

"다시 한 번 축하해. 더불어 지루한 수업, 더 이상 안 하게 해줘서 무척 고맙고."

"하여튼 말을 해도 참으로 얄밉게 한다니까."

그가 말은 저렇게 해도 본심이 아니란 것을 소영은 알고 있다. 입술만 축이듯 한 모금 마신 지한이 어이없는 표정으로 소영을 쳐다보았다. 그럴 수밖에 없는 것이 소영은 고개를 젖히며 와인을 한 번에 들이켜고 있기 때문이었다.

"어, 어, 어. 소영아, 이거 맥주 아니야."

"캬! 맛있다. 한 잔 더."

그녀가 와인 잔에 입술을 대었을 땐 한 모금만 마시려 했었다. 그런데 혀끝을 자극하는 달콤한 맛으로 멈추질 못한 소영은 단숨에 잔을 비웠다.

"급히 마시면 취해. 천천히 마셔. 응?"

"이 정도는 괜찮아요. 목이 타서 그러니 한 잔만 더 주세요."

어쩔 수 없이 그가 소영의 잔을 다시 채워주었다.

"나 때문에 쌓인 스트레스는 이 와인 마시고 오늘부로 다 풀어줘. 몸 생각해야 하니 이 잔이 마지막이다."

세심하게 신경 써주는 그의 말에 소영은 손에 들고 있던 잔을 내려놓았다. 편하게 앉아 있던 그녀가 무릎을 꿇고는 반듯한 자세로 고쳐 앉았다.

"제가 아까 이곳에 들어오는 걸 머뭇거려서 서운하지 않으셨어요?"

"서운한 것보다는 미안했어."

생각지도 않은 그의 말로 소영은 조금 놀랐다.

"왜요?"

"아직 너한테 믿음을 심어주질 못했구나, 해서."

"그런 거 아니에요. 저, 피디님 믿어요. 다만 조금…… 두려웠어요."

소영은 그를 믿지 못해서 그런 말을 했던 것은 절대 아니었다. 누군가의 여자가 된다는 것에 솔직히 경험이 없다 보니 두려웠을 뿐이다.

"네가 한 말 다 이해했으니까 그만해도 돼. 자, 우리 건배할까?"

소영은 쨍- 소리가 나도록 그의 잔에 자신의 잔을 부딪쳤다. 지한이 한 모금 마시자 소영이 포도를 한 알 따서는 그에게 슬그머니 내밀었다. 여러 가지로 그에게 고마운 소영은 이렇게라도 제 마음을 표현하고 싶었다.

"안주도 드세요."

"난 와인 마실 때 안주는 안 먹는데, 혹시 입으로 주면 먹을지도."

지한은 살짝 가라앉은 분위기를 바꿀 겸 짓궂은 농담을 던졌다. 그런데 갑자기 소영이 골똘한 표정을 지었는데, 그녀의 머릿속으론 야한 생각이 순식간에 스쳐 지나갔다.

'입으로 먹여달라는 건…… 포도 키스라도 하자는 거야?'

포도를 입으로 먹여달라고? 놀랐는지 지한을 보던 소영은 포도를 내려놓기 위해 슬그머니 팔을 뻗었다.

툭! 주르륵. 그에게서 눈길을 뗄 수 없었던 그녀의 손이 제 앞에 있던 와인 잔을 건드렸다. 그 바람에 잔에 있던 와인이 쏟아졌다.

"조심하지 않고."

"그러게 왜 그런 말을 해요?"

쏟아진 와인을 티슈로 닦아내는 지한을 향해 소영이 퉁명스럽게 말했다.

"내 말이 어디가 어때서 그래?"

"나보고 야한 생각 한다더니 피디님은 더하잖아요."

"이러면 어때? 더 야해 보여?"

넥타이를 느슨하게 잡아당긴 그가 단추를 하나 풀었다. 그러자 지극히 단정했던 모습에서 살짝 흐트러진 모습으로 변했다. 당황한 그녀가 두 눈만 끔벅거렸다.

"뭐, 뭐 하는 거예요?"

"별로야? 후…… 그럼 이렇게 누우면 더 야해 보일까?"

제 몸을 바닥으로 눕히자 지한의 몸은 땅속으로 꺼져 들어갈 것처럼 무거웠다. 연숙이 소영을 인정했다는 사실에 그는 이리도 맥이 풀려버릴 줄 몰랐다. 혹시 제 상태가 이상하다는 걸 소영에게 들킬까 봐 그는 일부러 엉뚱한 행동을 하면서 누웠다.

하지만 소영은 힘들어 보이는 그의 얼굴뿐 아니라 낮게 내뱉은 한숨 소리마저 놓치지 않았다. 걱정스러운 얼굴을 한 그녀가 지한의 곁으로 다가왔다.

"피디님, 어디 아파요?"

"아니, 그냥 피곤해서. 오늘따라 조금 힘드네."

"여기 맨바닥이니까 침대로 가서 누워요."

그를 일으켜 세우기 위해 소영의 손이 지한의 어깨 밑으로 들어갔다. 그러자 상체를 일으킨 그가 아예 그녀의 다리를 베고 누웠다. 아이 같은 그의 행동으로 소영은 놀라긴 했지만 태연한 척 받아주었다.

혹시 저 때문에 이리 힘들어하는 것은 아닌가, 하는 생각이 불현듯 소영의 뇌리를 스쳤다. 그녀의 몸에 얼굴을 묻은 그가 더더욱 그러안았다.

"움직이기 귀찮아."

"진짜 아픈 거 아니죠?"

지한을 보는 소영의 눈빛이 애잔했다. 걱정을 담은 그녀의 목소리에 지한이 제 얼굴을 보여주었다.

"소영아, 너는 내가 돈이 많다면 어떨 것 같아?"

소영과 눈을 맞춘 그가 그동안 가슴속에 담아뒀던 말을 꺼냈다. 믿을지는 모르겠으나 자신의 배경을 이렇게라도 언질 해주고 싶었다.

"그게 무슨 말이에요?"

"쉽게 말해서 재벌 2세에 엄청난 부자 같은 거. 여자들은 그런 남자를 좋아하잖아."

지한의 머리카락을 만지던 소영의 손이 그의 이마에 얹어졌다.

"열은 없는 것 같은데 실없는 소리를 하시네."

"실없는 소리가 아니라 진짜로 부자라면 어떨 것 같아?"

그녀의 손이 이번엔 그의 가슴에 얹어졌다.

"거짓말이면 심장이 쿵쿵거리고 뛸 텐데 그건 아닌 것 같고. 뭐, 나름대로 부자라면 부자겠지. 빚 부자라는 게 문제지만."

"빚 부자? 훗! 내가 원하기만 하면 부자가 되는 것은 일도 아닌데."

그의 말은 농담이 아닌 진담이었지만, 받아들이는 소영은 그러하질 못했다.

"아우- 그러세요. 정말 좋겠어요."

"재미없는 이야기는 여기까지만 하고, 하나만 물을게."

연실 싱글거리고 웃던 지한의 얼굴에서 무서울 정도로 순간 웃음기가 가셨다.

"얼마든지요."

"너는 내가 빚쟁이라고 생각하면서도 나를 좋아한 거야?"

그의 물음에 소영은 지한의 얼굴을 찬찬히 살펴보았다. 마주한 그의 눈빛에 설레었고, 제 몸에 닿은 그의 손길에 떨린다면.

"난 그냥 서지한 자체가 좋을 뿐인데⋯⋯. 빚은 어떻게 갚아야 할지 천천히 생각해봐요."

"빚 갚는 걸 도와주려고?"

소영의 의향을 묻는 그는 무척 진지했다.

"틈틈이 알바를 해서라도 보태봐야죠."

"이리 와."

상체를 일으킨 그가 소영의 팔을 잡더니 끌어당겼다. 주저앉듯 눕혀지는 그녀의 몸을 지한의 손이 끌어안았다. 모든 걸 떠나 자신을 온전히 좋아해 주는 사람을 만나게 될 줄이야. 진실로 참된 사랑을 만난 것 같았다.

"공부에 홈쇼핑 일도 해야 하는데 알바까지 한다면 이 얼굴을 제대로 볼 수 있으려나?"

"일단 취직했으니 공부는 대충 해볼게요."

"그러다가 졸업을 못 하면 어쩌려고?"

사랑스러운 눈길로 봐주던 그가 정색하듯 물었다.

"말이 그렇다는 거죠. 그런데 왜 이리 졸업에 목매실까?"

"너, 졸업하는 거 보고 싶어서 그런다."

한몸이라도 된 양 이렇듯 그의 품에 안겨 있자니 콩콩거리며 뛰는 가슴으로 소영은 미칠 것만 같았다. 말할 적마다 제 볼을 간질이는 입김마저 두근거리게 하니 아까 했던 입맞춤이 자꾸만 떠올랐다. 소영이 잠시 지한의 눈치를 살폈다.

"……혹시 목말라요?"

"조금."

"그럼 포도라도…… 먹을래요?"

눈을 맞추지도 못한 소영이 기어들어가는 목소리로 말했다. 그녀가 키스하고 싶다고 돌려 말하는 걸 눈치챈 지한이 소영의 얼굴을 빤히 바라보았다.

"그건 생각이 없는데."

"그렇다면 다른 과일로 줘요?"

그녀가 다른 것을 말하려는지 슬쩍 테이블 위를 보았다. 능청스러울 정도로 웃음을 숨긴 그가 소영의 눈길을 지켜보고 있었다.

"수박은 씨가 있어서 싫고, 토마토는 맛이 밍밍해서 싫고, 바나나는 물렁 거려서 내키지 않고."

"먹기 싫으면 말 것이지 괜한 트집만 잡고 있어. 관둬요."

"내가 식성이 조금 까다로워."

"에휴…… 눈치라고는 진짜!"

투덜거린 소영이 그의 품에서 빠져나오려 했지만 지한은 허락지 않았다. 투덜거리는 모습조차 제 마음을 설레게 하는 소영으로 지한의 눈빛은 더욱 그윽해졌다. 이렇듯 사랑스러운 여자와 한평생 함께 살 수만 있다면…….

"그런데 갑자기 맛보고 싶은 게 생각났다."

"뭔데요? 뭐가 먹고 싶어요?"

"사 오려고?"

"일단 뭔지나 들어보고 가능하다면 사 오긴 하겠지만…… 에휴."

꼭 이렇게까지 해야 하나? 말을 하던 소영의 입에선 저절로 한숨이 나왔 다.

쪽! 소영의 푸념조차 귀여웠는지 그가 그녀의 입술에 입을 맞췄다. 갑작 스러운 지한의 뽀뽀가 그런대로 만족스러웠는지 소영이 미소를 띠었다.

"쪼끔 있네."

"쪼끔이라니? 나, 눈치 백 단인데."

소영의 미소가 사랑스러워 더 이상 참질 못한 그가 그녀의 입술을 머금 어버렸다. 이럴 거면서 나쁜 남자 같으니라고!

소영의 손이 지한의 가슴을 툭, 쳤으나 그것도 잠시 그녀의 손은 어느새 그의 옷을 그러쥐었다. 빈틈없이 겹쳐진 입술 안의 감촉이 서로를 자극할수 록 온몸의 피는 끓는 것처럼 뜨거워졌다. 기분 좋은 전율이 온몸을 휘감으 며 달콤한 꿈을 꾸는 것만 같았다.

그녀의 보드라운 것이 제 입술을 자극할수록 그의 심장은 터질 것처럼 뛰었다. 그런데 갑자기 소영이 쪽! 소리를 내면서 먼저 입술을 떼었다.

"진실게임, 하나!"

"갑자기 무슨 진실게임이야?"

열렬한 입맞춤을 하다 말고 소영이 뜬금없는 소리를 하자 지한은 당혹스러웠다. 반면, 막상 말하려니 쑥스러운지 제 입술을 잘근잘근 깨물던 소영이 입을 열었다.

"나…… 사랑해요?"

사랑하는 사람에게 고백을 듣고 싶어 하는 여자의 마음이랄까. 소영은 지한이 말해주길 이제나저제나 기다리는 것이 싫었다.

"말로 해주는 걸 원해?"

"고백을 말로 안 하면 뭐로 해요?"

소영이 의아한 눈으로 보았다.

"이걸 어쩌나."

"뭐가요?"

혹시 저를 사랑하지 않는 것인가. 지한의 애매한 대답에 소영의 눈빛은 심하게 흔들렸다.

"이미 했는데."

"언…… 제요?"

"수수께끼. 잘 알아봐."

그가 다정한 손길로 그녀의 머리카락을 쓸어 올려주었다. 소영이 아무리 생각해봐도 그가 자신에게 고백한 기억이 전혀 없었다.

"들은 적이 없는데 언제 했다고 그래요?"

"나는 분명히 전했어. 다만 네가 찾질 못했을 뿐이지."

"고백을 듣는 게 아니라 찾아요?"

그저 사랑한다는 이 한마디만 원했을 뿐이지 사실 달콤한 속삭임까지는 바라지도 않았다. 그런데 이게 도통 뭔 소린지.

"힌트를 주자면 눈에 보이고 만져지는 거야."

"보이고 만져진다면, 피디님이라는 거야? 나를 준다느니 뭐, 이런 유치한 것은 아니겠죠?"

"듣고 보니 주고 싶다."

알쏭달쏭한 말만 하는 지한으로 소영의 속은 터질 지경이었다. 구시렁거리는 소영을 그가 옥죄듯 안았다.

그로부터 며칠이 지나고 드디어 소영의 첫 방송이 진행되었다. 방송에 필요한 모든 준비를 마친 그녀는 거울을 보며 옷매무새를 만졌다. 비록 녹화 방송이라고는 하나 떨리지 않는다면 거짓말일 것이다.

"김 감독, 5분 후에 녹화 들어간다."

지한의 목소리가 들리자 소영은 깊은숨을 들이마셨다. 어찌나 제 심장이 쿵쿵거리는지 그녀의 가슴은 새가슴이 된 기분이었다.

"녹화 방송이니까 너무 긴장하지 마."

소영의 낯빛은 눈에 보일 정도로 굳어 있었다.

"다리가 후들거려요."

"누구나 첫 방송 때는 그럴 거야. 하지만 아무리 떨려도 카메라 앞에 서는 순간 네 감정은 감춰야 해."

다정다감한 그의 목소리가 소영의 귓가로 파고들었다. 그래, 이 사람만 옆에 있다면……. 그녀는 두려울 것이 없을 것 같았다.

"죽을힘을 다해서 숨기겠습니다."

"그런 자세라면 됐어. 이제 가볼까?"

그의 말에 용기를 얻은 소영이 무대로 걸어가 그녀는 지한과 함께 쇼호스트의 자리로 가서 섰다. 지한의 말처럼 소영은 카메라를 보는 순간 두려운 마음을 감춰버렸다.

촬영 준비가 완료되었다며 경수가 수신호를 보냈다.

"레디- 액션!"

소영의 첫 방송을 알리는 소리가 들렸다. 지한의 외침이 끝나자마자 소영이 입을 열었다.

"안녕하세요. J&H 홈쇼핑에 오신 걸 진심으로 환영합니다. 저는 여러분과 함께할 쇼호스트, 단소영입니다."

"반갑습니다. 서지한입니다."

또랑또랑한 소영의 목소리에 그녀만큼이나 긴장했던 지한은 비로소 안심했다. 아름다운 비상을 시작한 소영. 그녀는 지금 평생 잊지 못할 생애 첫 방송을 지한과 함께 열었다.

"지한 씨, 요즘 날씨가 정말 예술이죠. 혹시 지한 씨는 단풍 구경 다녀오셨나요?"

"아쉽게도 아직 못 갔습니다."

자연스러운 소영의 멘트에 미소를 띤 지한이 여유 있게 받아주었다.

"그럼 아주 잘됐네요. 등산 시 꼭 필요한 게 뭔지 아시죠? 그건 바로 등산복입니다. 지금 제가 입고 있는 이 등산복 어때요?"

양손을 허리에 짚은 소영이 몸을 좌우로 돌리며 자신이 입은 등산복을 보여주었다. 자연스럽게 상품을 어필하는 그녀의 모습에 그는 흐뭇한 표정을 지었다. 녹화방송은 순조롭게 진행되었다. 그렇게 녹화가 막바지에 다다를 즈음, 조심스럽게 스튜디오 문이 열렸다. 문을 열고 들어온 사람은 은하였다.

은하는 지한과 소영이 있는 무대를 보았다. 그런데 오랜 시간 지한을 봐와 소영을 바라보는 그의 표정만으로도 은하는 불길한 느낌이 들었다.

'천하의 서지한이 진짜 저 여자를……'

테스트에 통과했다는 소영의 말에도, 다정하게 소영을 대하는 지한의 태도에도, 은하는 아닐 거라며 부정했었다. 그런데 저렇듯 온아한 얼굴로 웃다니.

소영은 누군가 카메라 근처로 다가오는 기척을 느껴 시선을 돌리니 그곳에 은하가 있었다. 저…… 표정은 뭐야? 소영의 신경을 자극할 정도로 은하의 얼굴은 잔뜩 구겨져 있었다.

"소영 씨, 우리는 이제 그만……. NG!"

잠깐 은하에게 한눈을 팔던 소영은 지한의 말에 놀라서 그를 쳐다보았다. 그의 표정은 말로 표현할 수 없을 정도로 험악하게 변해 있었다.

"죄송합니다."

"어딜 쳐다보는 거야! 내 입에서 컷! 소리가 나왔어!"

"죄송합니다!"

그가 벼락같이 소리치자 정신이 번쩍 든 소영이 연거푸 사과했다.

"지금 녹화 방송이라고 만만하게 봤다면 당장 때려치워!"

"그런 거 아니에요."

단단히 화가 난 지한의 목소리는 쩌렁쩌렁했고, 표정은 서늘했다. 처음 보는 지한의 모습으로 소영은 어찌할 바를 몰랐다.

"딴생각했으면서 아니긴 뭐가 아니야! 이번 방송은 취소야!"

노여움에 붉으락푸르락했던 지한이 매정하게 말했다. 이런 말을 허투루할 사람이 아니란 걸 그녀는 누구보다 잘 알고 있었기에 소영은 서둘러 지한에게 매달렸다.

"피디님! 다시 할게요."

"김 감독, 방송 접어."

마지막 신만 재촬영하면 그만이었지만, 앞으로 소영이 할 방송을 위해 지한은 단호하게 나갔다. 허옇게 질린 소영의 얼굴을 보던 경수가 안 되겠는지 상황을 중재하기 위해 나섰다.

"하여튼 한 성질 한다니까. 서 피디, 딱 한 번 NG 난 건데 이해해주면 안 될까?"

"후……."

한숨을 내쉬는 것이 응할 생각이 없는 것 같았다.

"서 피디, 내 얼굴 봐서 한 번만, 딱 한 번만 넘어가 주라. 저러다가 우리 처제 울겠어."

"흠!"

소영의 얼굴을 흘깃 본 그는 결국 경수의 말에 못 이기는 척 응해주었고, 잠시 후 소영은 'J&H 홈쇼핑과 함께해주셔서 감사하다.'는 말로 촬영을 마쳤다. 겨우 이 한마디를 남겨놓고 한눈을 팔았으니. 그녀의 입에서도 한숨이 새어 나왔다.

녹화가 끝나자 여유로운 웃음을 머금은 은하가 지한의 곁으로 다가갔다.

"서지한, 무서운데."

"무슨 일이 있는 거야?"

연락도 없이 찾아온 은하로 그가 궁금한 듯 물었다.

"꼭 일이 있어야 오나. 그냥 지나가던 길이라 들렀어."

"기왕에 왔으니 커피나 마시고 가."

뒷마무리로 바쁜 스태프들을 보고는 지한이 사무실로 향했다. 그가 사무실로 들어가자 소영은 그 자리에 쪼그려 앉았다. 어떻게 딴생각을 할 수 있었는지. 한편, 그녀가 쪼그려 앉는 모습에 은하가 지한에게 넌지시 물었다.

"쟤…… 고모님 눈이 틀린 거 아니야?"

'……뭐라는 거야?'

들릴 듯 말 듯 입안에서 중얼거린 은하의 말이 소영의 귓가로 들렸다. 소영이 고개를 들자 시선을 피한 은하가 제 옆에 있는 카메라로 눈길을 돌렸다.

"인재를 발견했다는 대표님 말씀에 기대했었는데 지한이가 저렇게 화내는 것을 보니 그렇지도 않은가 봐요?"

방금 전, 소영을 보던 지한의 표정을 떨칠 수 없던 은하는 소영을 향해 비아냥거렸다. 의외의 사실을 알게 된 소영은 놀란 눈으로 은하를 쳐다보았다.

'뭐야, 아까 고모님이 어쩌고 하더니 대표님이 은하 씨 고모라도 된다는 거야?'

촬영이 끝난 후, 소영은 경수를 따라 퇴근했다. 지한을 기다릴 수도 있었겠지만, 어찌나 살벌하게 꾸짖던지. 지금만큼은 그의 얼굴을 보고 싶지 않았다.

심란한 마음에 버스정류장을 서성이던 그녀의 눈에 신발가게가 보였다. 문득 낡은 고무신을 신고 있던 대성이 떠올랐다. 곧장 소영은 신발 한 켤레를 사 들었고, 때마침 대성의 집으로 가는 버스가 오기에 무작정 올라탔다.

대성의 집 대문 앞에 선 소영이 초인종을 누를 듯 말 듯 망설였다. 무턱대고 찾아온 것이 아닌가 싶어 잠시 머뭇거렸지만 온 김에 이것만 전해주고 가자는 생각에 결국 조심스럽게 초인종을 눌렀다.

땡- 동! 얼마 후 대문 쪽으로 걸어오는 사람의 발소리가 들렸다.

"뉘시오?"

"할아버지, 알바공주예요."

안에서 들리는 대성의 목소리에 소영은 큰 소리로 대답했다. 반가운 목소리에 대성은 서둘러 대문을 열어주었다.

"이 시간에 어쩐 일이냐?"

"제가 좀 늦었죠? 이것만 드리고 갈게요."

소영이 건네주는 비닐봉지를 대성이 받아 들었다.

"이게 뭔데?"

"할아버지 고무신이요. 지난번에 보니 옆 부분이 해어진 것 같아서요. 혹시 안 맞으면 제가 얼른 바꿔다 드릴게요."

고무신을 꺼내 든 대성이 곧 인자한 표정으로 말했다.

"내가 신는 문수가 맞기는 한데 그냥 받아도 되려나?"

"얼마 안 줬어요."

"아무리 그래도 그냥 받을 수는 없으니 저녁이라도 먹고 가거라."

대성의 말에 소영이 손사래를 쳤다.

"안 그러셔도 돼요. 지나가다가 잠깐 들른 거예요."

"혼자 먹자니 적적해서 그런다. 같이 먹어준다면 오히려 내가 고마울 것 같은데."

적적하다는 말에 차마 외면할 수 없었던 소영은 대문 안으로 발을 들여놓았다. 앞장서 가는 대성을 따라 마당을 지나던 소영이 대추나무를 보니 빈 가지뿐이었다.

"벌써 대추를 다 따셨나 봐요?"

"며칠 전에 땄단다. 나눠줄 만큼 충분히 땄으니 이따 가져가거라."

"그냥 가져갈 수는 없으니 할아버지 고무신은 제가 평생 책임질게요."

"그럼 네가 밑지는 장살 텐데?"

"살다 보면 밑질 수도 있는 거죠. 정 걸리시면 해마다 대추를 나눠주시는 건 어떠세요?"

소영은 지한과 저녁마다 마셨던 대추차가 떠올랐다. 가져다주면 그가 무척 좋아할 것이란 생각에 제안했다.

"그거 괜찮구나. 그렇게 하자꾸나."

흔쾌히 받아준 대성을 따라 집 안으로 들어온 소영은 그와 함께 주방으로 갔다. 막 식사를 하려던 참이었는지 식탁에는 몇 가지의 반찬과 찌개가 담긴 냄비가 놓여 있었다. 밥통에서 밥을 뜬 소영이 대성의 옆으로 앉았다.

"잘 먹겠습니다."

"요즘은 어찌 지냈느냐?"

궁금했는지 찌개를 한 숟가락 뜬 대성이 입으로 가져가며 물었다.

"엄청 바빴어요. 참, 할아버지 제가 지난번에 왔을 때 쇼호스트가 되려고 노력한다고 했잖아요?"

"그랬지."

"저…… 성공했어요."

소영이 수줍게 말했다.

"그거 아주 잘됐구나. 축하한다."

"그래서 오늘 첫 촬영도 했거든요."

"잘했느냐?"

"……무지막지하게 깨졌어요."

씁쓸한 표정을 한 소영이 입안으로 밥을 넣었다.

"어쩌다가 그랬어?"

"우리 피디님이 엄청 무서운데 아주 잠깐 한눈팔다가 딱 걸렸어요. 그것도 막판에."

씰룩하는 소영의 입을 보고는 대성이 우스웠는지 미소를 띠었다.

"무서운 사람을 만났다면 일은 제대로 배우겠구나."

"그랬으면 좋겠네요. 할아버지, 어서 드세요."

대성에게 식사를 권한 소영이 밥을 먹으려다 슬쩍 주방을 둘러보았다. 여느 집과 별반 다를 건 없었으나 식탁의 크기는 그렇질 않았다. 족히 열 명은 거뜬히 앉을 정도였으니 결코 작다고는 할 수 없었다. 그동안 이렇게 큰 식탁에서 홀로 앉아 식사했을 대성을 생각하니 그녀의 마음이 짠해졌다.

"할아버지, 이거 드세요."

자신의 숟가락에 소영이 반찬을 올려주자 그녀를 바라보는 대성의 눈빛에는 온아한 빛이 어렸다.

한편, 소영이 이러고 있는 줄 까마득히 모르는 지한은 퇴근 후 급히 빌라로 왔다. 그는 엘리베이터에서 내리자마자 급히 현관문을 열었다. 은하를 보낸 뒤에야 소영이 경수를 따라 퇴근했다는 말을 스태프한테 전해 들었다. 소영을 위한 것이긴 하나 지나칠 정도로 야단친 것이 아닌가, 이제 와서 못내 마음에 걸렸다.

"소영아."

집 안으로 들어온 그는 신발을 벗기도 전에 소영의 이름을 불렀다. 불은 꺼져 있고 아무런 대꾸가 없자 이상한 생각에 서둘러 거실로 향했다.

"소영아, 자니?"

똑똑. 혹시 제 방에 있나 싶어 방문을 열었지만, 소영의 모습은 보이질 않았다. 욕실까지 열어본 그가 휴대폰을 꺼내서는 단축번호를 눌렀다.

이 밤에 어디로 간 거지? 신호는 가는데……. 이내 그의 눈빛엔 걱정스러운 빛이 담겼다.

그녀가 갈 만한 곳을 생각하던 지한은 소영이 경수와 함께 나갔다는 스태프의 말을 떠올렸다. 혹시 경수가 자기네 집으로 데려다줬나? 한순의 일을 모르니 그럴 가능성도 있었다.

"……이제 안 오는 것은 아니겠지?"

당장 소영의 얼굴을 보고 싶은 마음이 솟구쳤다. 그렇다면 무작정 기다리고 있을 일이 아니었다. 그녀를 찾아볼 생각에 한 걸음 떼었지만 어디부터 가야 할지 막막했다. 하지만 곧 생각을 정리하고 우선 경수네 집부터 가볼

참에 지한은 서둘러 현관으로 향했다.

띠- 리릭. 현관문 열리는 소리가 들리자 그가 걸음을 멈췄다. 지한은 현관문을 열고 들어오는 소영을 보자 안도의 한숨을 내쉬었다.

"다녀왔습니다."

"어디 갔다 왔어?"

제 속을 바짝 태운 소영으로 인해 지한의 표정은 그리 좋지만은 않았다.

"피디님이 대추차를 좋아하시는 것 같아서 제가 아는 사람한테 얻어 왔어요."

"대추?"

쇼핑백을 보여준 그녀는 평소처럼 행동하며 주방으로 갔다.

"얼른 끓여드릴게요."

"연락이 안 돼서 걱정했잖아."

"애도 아닌데 뭐하러 걱정을 해요."

소영이 자신의 시선을 피하자 지한의 얼굴에 당혹감이 슬쩍 비쳤다.

"설마, 아까 일로 삐치기라도 한 거야?"

"물론…… 제가 잘못을 했으니 꾸중을 듣는 건 당연하지만, 외부인 앞에서 그러니까 서운했던 건 사실이에요."

실수를 했으니 스태프들 앞에서 꾸중하는 것은 소영도 얼마든지 이해할 수 있었다. 그런데 다른 사람도 아닌 은하가 봤다는 것에 속상했다. 은하는 지나칠 정도 지한과 친한 사이다 보니 소영 나름대로 신경이 쓰였다. 그런 사람 앞에서 호되게 혼났으니 창피한 것은 당연한 일.

"고작 그 정도로 서운하면 앞으로 방송을 어떻게 해?"

"그래서 힘내려고 억지로 밥도 먹고 왔네요."

대성 때문에 겨우 밥을 먹기는 했지만, 사실 모래알을 씹는 기분이었다.

"잘했어."

그토록 기대했던 첫 방송인데 된통 혼났으니 소영의 심정도 이해가 되었다. 그녀 곁으로 다가간 그가 소영의 손을 살며시 잡았다.

"그리고…… 잘 왔어."

그녀가 집 안에 없어 갑자기 허전한 마음이 밀려왔다. 솔직히 이대로 안 올까 봐 두렵기도 했다. 그러니 소영이 돌아왔다는 것만으로도 지한은 고마웠다.

"두 번 다시 이런 실수는 안 할 테니 제 걱정은 하지 마세요."

소영은 언젠가 그가 했던 말이 떠올랐다. 지한은 지금껏 이렇게 살아왔으니 제 성격을 바꾸지도 못한다고 말했다. 그러니 앞으로 더한 꾸지람을 듣는다 해도 굳건히 이겨내는 수밖에 달리 방도가 없었다.

"걱정하지 말라니 그럴게. 그런 의미에서 대추차나 끓여보시지."

"기대해주세요."

그가 주방에서 나가자 소영은 가스레인지 위에 주전자를 올려놓았다.

잠시 후 평상복으로 갈아입은 지한이 방에서 나올 때쯤, 소영은 준비된 차를 찻잔에 따랐다.

"드세요."

거실로 간 소영이 그의 앞으로 찻잔을 내려놓았다. 무슨 생각을 했는지 찻잔을 들여다본 지한의 얼굴에 잠깐이었지만 쓸쓸한 그늘이 지나갔다.

"이 대추는 어디서 얻었어?"

"봉사활동 하는 할아버지 집에서요. 많이 땄다고 나눠주셨어요."

"……맛있네."

한 모금 마신 그가 창밖을 보았다.

"아무리 생각해봐도 알 수가 없어."

"뭐가?"

두서없이 중얼거리는 소영의 말에 창밖으로 시선을 두었던 그가 고개를 돌렸다.

"고백 말이에요. 눈에 보이고 만져지는 거라니. 그게 도대체 뭔지를 모르겠어요."

"이리 와봐."

지한이 부르자 조금 떨어져 앉아 있던 그녀가 일어섰다. 지한은 자신의 곁으로 다가온 소영을 제 앞으로 앉혔다.

"말해주려고요?"

"아니, 그냥 안고 싶어서. 재차 물어도 말해줄 수 없으니 앞으로 이 이야기는 함구하기다."

내심 기대했더니 이제는 말도 하지 마란다. 못마땅해서 입술이 댓 발 나온 소영이 살짝 자세를 틀어 그를 보았다. 떼쓴다고 해서 들어줄 사람도 아니겠지만, 문득 그녀 스스로 알아내고 싶다는 생각도 들었다.

"그래요. 뭐든 때가 있다고 했으니 언젠가는……. 아!"

뭔가 생각난 듯 탄성을 내지른 소영이 제 휴대폰을 집었다. 눈에 보이고 만져지는 것, 그리고 이 사람이 준 거!

드디어 찾았다는 생각에 생글거린 그녀는 보란 듯이 휴대폰의 메모장을 터치했다. 한참을 뒤지더니 아무것도 없자 녹음 파일을 검색하기 시작했다.

지한은 그저 묵묵히 지켜만 볼 뿐이었다. 샅샅이 뒤지긴 했으나 끝내 찾지를 못한 소영이 휴대폰을 툭 던져 놓았다.

"없어."

"너한테는 조금 미안하지만, 나는 스릴 있고 진짜 재미있다."

"못됐어."

심드렁한 표정으로 투덜거리는 소영을 보면서도 그는 결단코 알려줄 마음이 없었다.

"화났어?"

"으음. 그건 아니고, 계속 찾아볼게요."

금방 괜찮다며 웃어 보인 소영이 그의 품으로 편하게 등을 기대었다. 어둠이 내린 창으로 그저 바라만 봐도 행복할 두 사람의 모습이 얼비쳤다.

슈우욱- 펑! 펑! 펑-!

그때였다. 하늘로 쏘아 올린 대형 폭죽이 요란한 소리를 내면서 터졌다. 곧이어 각양각색의 빛깔이 하늘 위에 화려한 그림을 그리고는 사그라들었다. 얼결에 불꽃놀이를 보게 된 소영은 넋 나간 얼굴로 그 광경을 바라보았다.

"아- 놔. 너무 멋지다!"

"이제 시작했네."

"알고 있었어요?"

소영이 놀란 듯 물었다.

"재작년인가…… 봤던 것 같아. 오늘이 저 대학교 축제 마지막 날이라 불꽃놀이를 할지도 모른다고 생각했어."

"예쁘다."

슈우욱-! 펑!

다시 쏘아 올린 불꽃이 사그라지기 전에 또 다른 불꽃이 화려한 수를 놓으며 소영의 시선을 붙잡았다.

"너랑 함께 볼 수 있어서 좋은데."

저를 생각해주는 지한의 마음이 그녀의 가슴으로 오롯이 전해지는 기분이었다.

안아주는 이 품이 좋다면, 입맞춤이 기다려지는 사람이라면, 이렇게 그와 함께하는 시간이 행복하다면, 이제는 좋아한다는 말이 아니라 사랑한다는 말이 맞다는 것을…… 소영은 비로소 깨달았다.

"……사랑해요. 당신을."

분위기에 흠뻑 취한 탓인지 뭉글뭉글 피어오르는 감정이 소영의 감성을 건드렸다. 수줍게 고백하는 그녀의 몸을 그가 더욱 껴안았다.

"내가 널 사랑하는 것처럼 너도 날 사랑한다면 이거 하나만 약속해줄래?"

"말해보세요."

"어떠한 어려움 있어도 날 떠나지 않겠다고……."

묻는 목소리가 진지하다 못해 떨리듯 들리자 긴장한 소영이 그를 보았다. 자신을 보는 지한의 눈빛이 불안해 보이는 것은 왜일까.

"제가 피디님 곁을 왜 떠나요? 이렇게 옆에 있고 싶은데."

"진짜 안 떠날 거라는 그 말…… 믿는다."

"믿으셔요."

하늘에 수놓아지는 아름다운 불꽃보다 더 예쁜 미소를 짓는 소영. 그녀의 입술로 그의 입술이 내려졌다.

그 시각, J&H 방송국.

휘~ 휘~ 휘파람까지 불면서 로비를 바삐 걷던 김 기자는 국장이 걸어오는 모습에 황급히 다가갔다.

"매형."

"미쳤어!"

국장의 목소리는 작게 나왔지만, 제법 매서운 투로 말했다.

"아무도 없는 거 확인하고 부른 거예요."

정색을 한 국장이 이내 주변을 휘둘러보니 김 기자 말처럼 다행히 사람의 모습은 보이질 않았다.

"낮말은 새가 듣고, 밤말은 쥐가 듣는다는 속담도 몰라? 내가 처남한테 기삿거리를 제공한 게 들통 나면 나만 골치 아파진다고."

눈치가 없는 김 기자에게 국장은 귀찮은 사람 대하듯 말했다.

"알았어요. 그보다 매형, 진짜 기가 막힌 특종 하나 잡았는데."

바짝 다가온 김 기자가 넌지시 말했지만, 국장의 눈빛엔 그다지 큰 기대감은 보이지 않았다.

"또 허풍 떨 거면 애초에 때려치워. 나 아니었으면 처남은 그 신문사에서 벌써 쫓겨났을 거야."

"허풍이라뇨? 조금 과장은 했어도 허풍까지는 아니죠."

"쯧쯧, 조금은 무슨. 막상 풀어보면 맨날 허접스러운 기사뿐이면서."

국장은 마땅찮은 듯 혀까지 끌끌 차며 말했다.

"이번엔 진짜거든요."

시큰둥한 국장의 반응에 두고 보라는 듯 김 기자가 느물스럽게 웃었다.

"으…… 추워라."

을씨년스러운 날씨 탓에 잔뜩 몸을 웅크렸던 소영이 회사 로비로 들어서자 몸을 폈다.

웅성웅성. 수군거리는 소리에 그녀는 게시판 앞에 몰려 있는 사람들을 보았다. 직원들이 그 앞에서 대화하는 모습을 종종 보았기에 소영은 대수롭지 않게 생각했다.

"이런 파격적인 인사이동도 있네?"

"젊은 나이에 벌써 본부장이라니……."

평소처럼 지나쳐 가려던 소영의 귀로 예사롭지 않은 말들이 들렸다.

'본부장이 새로 오나?'

계단을 올라가려던 소영이 걸음을 돌려 게시판 쪽으로 걸어갔다. 사람들 틈새로 보이는 공지를 읽어 내려가던 그녀의 눈이 점차 휘둥그레졌다.

<……을 본부장으로 발령함. 대표이사 서연숙.>

하룻밤 사이에 이런 일이 가능한 걸까?

마지막 글자를 읽음과 동시에 소영은 계단 쪽으로 내달렸다. 계단을 두세 개씩 건너뛰듯 올라 마침내 스튜디오 앞에 도착한 그녀가 거친 숨을 몰아쉬며 문을 열었다.

"다들 공지 보셨어요?"

소영의 외침에 화장품 파우치를 열던 민주가 쳐다보았다.

"들어오다 봤구나."

"민주 언니, 피디님이 본부장이 됐대!"

지한이 본사로 발령 나기만을 소영은 마음 졸이며 기다렸다. 그런데 난데없이 본부장으로 발령이 나다니. 믿기지 않은 현실에 호들갑을 떨 수밖에 없었다.

"알아."

"그런데 이러고 있으면 어떡해?"

"이러고 안 있으면, 발가벗고 춤이라도 춰?"

그녀와 달리 민주의 반응은 무덤덤했다. 여전히 믿을 수 없는지 소영은 어리둥절한 표정을 지었다.

"언니, 피디가 갑자기 본부장이 될 수도 있어?"

"윗사람들이 하는 일을 우리가 어찌 알리오. 그런가 보다 해야지."

어깨를 으쓱하며 민주는 화장을 고치기 시작했고, 소영은 다음 방송을 준비하는 스태프들 사이에서 지한의 모습을 찾았다.

"피디님은 어디 가셨나 봐?"

"김 감독이랑 사무실에 있어. 연봉도 많이 줄 텐데 그냥 본부장 하면 될 것이지 뭐가 저리도 심각한지."

부러운 눈빛을 한 민주가 약간 볼멘소리로 말했다.

"심각해?"

"소식을 듣자마자 서 피디 인상이 성난 사자처럼 변했어."

"성난 사자……. 왜?"

당연히 기쁠 텐데 어째서 화를 냈다는 것인지 소영은 이해가 되지 않았다.

"그나저나 너는 지금 학교에서 오는 길이야?"

"응, 오늘 종강했어. 드디어 자유인이 됐네."

공부라는 무거운 짐을 벗어버렸다는 생각에 소영은 환한 미소를 지었다. 립스틱을 바르는 민주의 입술에도 웃음이 생겼다.

"그럼 이제 졸업식만 남은 건가? 4년 동안 공부하느라 수고했다."

"고마워, 언니."

소영이 뿌듯한 표정을 지었다. 그때 사무실 문이 열렸다. 자연스레 그쪽으로 시선을 돌린 소영의 눈에 지한의 모습이 보였다.

Rrrrrr.

사무실을 나오던 지한은 휴대폰이 울리자 기다렸다는 듯이 발신자부터 확인하더니 곧바로 다시 사무실로 들어갔다. 잠깐이었지만 그의 표정은 무척이나 어두워 보였다.

"고모, 접니다."

연숙을 부르는 그의 목소리는 무겁게 가라앉았다.

[회의 중이라 전화를 못 받았는데 무슨 일이라도 있어?]

"공지 철회해주세요."

[네가 본사로 들어온다면 그렇게 하마.]

연숙의 말에 지한은 면접날 있었던 일을 떠올렸다.

"그 아이의 재능을 끌어내주신다면 서 피디님을 본사로 발령을 내겠습니다. 저와 함께 일해보시는 건 어떨까요?"

연숙은 자신한테 이런 조건을 내세웠고 소영은 테스트에 통과했다.

"이런 중직을 맡기엔 제가 많이 부족해서 그래요."

[부족해서가 아니라 맡기 싫은 거겠지. 네가 홈쇼핑으로 간 날부터 생각했던 일이야. 아무 소리 말고 인수, 인계 받아.]

연숙의 말투는 매서웠다.

"적어도 이런 결정을 내리기 전에 저하고 상의는 하셨어야죠?"

[소영 양이 테스트에 통과했을 때 이미 결심한 거 아니었어? 본사보다는 거기가 나을 것 같아서 기껏 생각해줬더니만 그것도 싫다는 거냐?]

"그나마 배려해주셨다는 거네요?"

본사 건은 거절하면 그만일 줄 알았다. 그런데 이렇게 선수 칠 줄이야. 이미 공고가 올라간 상태고 대표인 고모의 체면을 생각한다면 무시할 수도 없는 일.

[알면 됐어. 차근차근 계열사를 돌면서 경영 수업 먼저 하고, 그다음에 본사로 들어와.]

"결국 그거였군요?"

[네 신분을 밝힐 수 없는 상황에서 나도 이사진들 설득하느라 힘들었어. 그런 줄 알고 종무식 때 보자.]

종무식이라……. 그때 그룹 계열사의 본부장 자격으로 참석하면 이사진과의 만남은 자연스레 이뤄질 터. 미리 얼굴을 익혀놓으라, 이거군. 치밀한 연숙의 계획에 지한은 체념할 수밖에 없었다.

"그럼 한번 해보겠습니다. 그 대신 어떤 터치도 안 한다고 약속해주세요."

[타박 많은 이사들 입에서 군소리만 안 나오게 해. 바빠서 이만 끊는다.]

책상 위로 휴대폰을 툭 던져 놓은 지한이 묵직한 숨을 토해냈다. 언젠가는 밟아야 할 단계란 걸 그 역시 잘 알고 있었다.

퇴근 후, 지한의 차가 경수네 집 앞에 도착했다. 날씨가 추워진 탓에 소영의 겨울옷을 가지러 들른 참이다.

이윽고 대문을 연 지한이 먼저 들어가자 잠시 머뭇거리기는 했지만, 소영이 뒤따라 들어갔다. 그런데 사랑채를 지나가던 그녀의 얼굴이 잠깐 경직되었다.

"우리 여기서 자고 갈까? 너만 괜찮다면 그러고 싶은데."

아직도 소영의 마음속에 두려움이 남아 있는지 그는 알고 싶었다. 마루로 올라서던 소영이 돌아보며 물었다.

"여기서요?"

"운전하고 가려니 귀찮아서. 혹시 무서워?"

"이젠 괜찮아요. 피디님 편한 대로 하세요."

시간이 약이라 했던가. 한준의 일은 그럭저럭 잊혀졌다. 소영은 자신이 쓰던 방문을 열었는데, 한동안 비워놔서 그런지 낯선 느낌마저 들었다. 방에 불을 밝힌 그녀가 옷장으로 가 가방을 꺼냈다.

"아까 경수랑 얘기하다 보니 처가에서 아이를 낳을 생각인가 봐."

방문 앞에 서 있던 그가 말했다.

"그래요? 음…… 이제 6개월 정도 됐나? 곧 낳기는 하겠네요."

"어찌나 자랑질을 하던지. 말이 그렇게 많은 놈이었나 싶더라니까."

"얼마나 기쁘겠어요. 저도 막 설레는데요."

개킨 옷을 가방 안에 차곡차곡 넣던 소영의 얼굴엔 쓸쓸한 빛이 보였다. 그녀는 문득 가족이 그리웠다. 소영의 표정을 본 지한이 그녀의 방으로 들어왔다.

"주말에 봐서 내려갈래?"

겉옷을 벗어 옷걸이에 걸치며 그가 물었다. 이젠 소영과의 관계를 그녀의 가족에게 말할 때가 된 것도 같았다. 더불어 지금껏 말할 수 없었던 자신의 비밀도 밝히기로 마음먹었다.

"같이요?"

"나는 같이 가고 싶은데. 싫어?"

묻는 지한이 긴장했다.

"아니요. 꼭, 같이 가요."

"그럴게. 나, 먼저 씻고 싶은데 갈아입을 옷 좀 줘."

넥타이를 풀어낸 그가 와이셔츠의 소매 단추를 끌렀다.

욕실 밖으로 나온 소영은 주방에서 물소리가 들리자 그리로 향했다. 주방에서는 지한이 머리카락의 물기도 제대로 말리지 않은 채 개수대 앞에서 뭔가를 하고 있었다. 곁으로 다가가 보니 과일을 씻고 있었다.

"과일은 언제 사 왔어요?"

"너 씻는 동안에. 내일 아침에 먹을 것도 사야 할 것 같아서."

참 다정한 사람이란 생각에 소영이 빙긋이 웃었다.

"이러고 나갔어요?"

"이게 어때서?"

경수의 트레이닝복을 입은 그는 어딘지 어색한 모습이었다. 대수롭지 않게 말하며 포도의 물기를 털어낸 지한이 접시에 담아 그녀에게 내밀었다.

받아 든 소영이 한 알을 톡, 따서는 제 입안에 넣을 때였다. 비스듬히 기울인 그의 얼굴이 소영에게로 향하더니 순간, 그녀의 입술을 머금었다.

어머나! 포도…… 어떡해.

그가 의외의 행동을 하자 소영은 당황했다. 상큼한 포도 향이 제 입안에서 머물기도 전에 소영은 달콤한 입맞춤을 얻었다. 가까이 다가온 그로 인해 들고 있던 접시가 살짝 기울었다. 포도에서 떨어진 물기가 기울어진 접시를 타고 쪼르륵 흘러내렸다. 차가운 물방울이 그녀의 발등으로 떨어졌지만 신경 쓸 여유가 없었다.

맞닿은 입술이 어찌나 뜨겁던지 짜릿한 전율이 그녀의 등줄기를 훑어 내렸다. 어느덧 자신의 입술처럼 익숙한 서로의 입술을 한동안 놓지 못하고 다디단 숨결까지 나눠 마셨다.

그녀의 손을 잡고, 몸을 안고, 입을 맞추며 평생 처음 느껴보는 행복을 지한은 지금 마음껏 만끽하고 있었다. 입술을 뗀 그가 그녀의 손에 있는 접시를 가져갔다.

"이젠 진짜로 포도만 먹자."

지한이 포도를 한 알 따서 보여주자 소영은 부끄러웠는지 얼굴을 들지도 못했다.

"짓궂어."

"한 번 더 하자고?"

그의 손에 턱을 잡힌 소영이 살며시 고개를 틀었다.

"……그러지 말고 어서 나가요."

그는 뻔뻔할 정도로 천연덕스러운 표정을 지었다. 당최 당해낼 수가 없으니 소영은 주방에서 밀어내듯 그를 내보냈다.

"알았어."

"본부장…… 발령 건은 어떻게 하시기로 했어요?"

사실 그가 말할 때까지 참으려 했다. 그런데 끝내 말하지 않기에 소영은 궁금증을 참지 못하고 결국 물어보고야 말았다. 민주의 말로는 소식을 들은 지한의 얼굴이 성난 사자처럼 변했다고 했다. 갑작스러운 발령으로 그가 힘들어한다고 생각했는데, 사무실에서 나온 그는 그 후 아무런 내색을 보이지 않았다.

"너는 어떻게 했으면 좋겠어?"

오히려 그가 반문했다.

"일단 피디님 능력을 인정받아서 저는 좋고요, 연봉도 오를 것이니 좋고요."

"알았어. 찬성하는 것 같으니 네 연봉을 깎아서라도 내 연봉은 올려볼게."

놀리는 것도 아니고. 포도를 그의 입으로 넣어주던 소영이 황당했는지 쳐다보았다.

"내가 말을 말아야지."

"이제 나, 안 봐서 속 시원하겠다."

"시원하기만 한가. 부릅뜬 독사눈을 안 봐도 되니 마음마저 편안해지네요."

촬영이라도 할라치면 어찌나 뚫어져라 쳐다보던지, 무섭다 못해 주눅까지 들 정도였다.

"심심할 텐데?"

"심심하긴요. 이젠 숨 좀 쉬면서 일하고 싶다고요."

소영이 생글거리고 웃었다.

"미안해서 어쩌나."

"뭐가요?"

"마음이 바뀌었어. 다른 건 몰라도 네 촬영분은 내가 계속 감독할 거야."

"갑자기 왜요?"

"어떻게 매일 책상 앞에만 앉아 있어. 가끔 바람도 쐬어야지."

쿠션을 끌어온 그가 마룻바닥에 누웠다.

"그렇게 바람이 쐬고 싶으면 옥상으로 가면 되잖아요."

"추워서 싫어."

"아우- 얄미워라."

토라진 것처럼 그녀가 벌떡 일어나서는 제 방으로 걸어가자 누워 있던 지한이 당황해서 일어나 앉았다.

"벌써 자려고?"

대꾸도 안 한 소영은 방문을 열고 안으로 들어갔다. 그녀가 들어간 뒤, 지한은 다시 바닥에 누웠다. 밉살스럽게 들렸을지는 몰라도 사실 그녀가 하는 방송을 보고 싶어서 그리 말했다. 어찌나 생기발랄하게 진행하던지 한 시간이 후딱 지나가는 느낌이었다.

"소영아, 놀자."

그가 장난치듯 불렀다.

찹싸- 알- 떠억-! 메미일- 묵-!

밖에서 들리는 구성진 소리에 지한이 몸을 일으켰고, 때마침 소영도 방에서 나왔다.

"차가우니까 이거 깔고 누워요."

찬 바닥에 누운 지한이 걱정된 소영이 이부자리를 가지러 간 것이다.

찹싸- 알- 떡-! 메밀- 묵-!

다시 들리는 소리에 지한이 일어섰다.

"우리 찹쌀떡 먹을까?"

"드시고 싶으면 사요."

그녀의 말에 그가 골목길로 난 판장문으로 가서 문을 열었다.

"아저씨, 찹쌀떡 주세요."

"예~ 예~ 감사합니다."

일단 세워놓고 지한은 지갑을 가지러 갔다. 그사이 찹쌀떡 장수는 메고 있는 가방에서 찹쌀떡이 담긴 봉지를 꺼내 소영에게 건네주었다. 금세 지갑을 가져온 지한이 값을 계산했다.

판장문을 닫은 그가 봉지를 풀고 있는 소영의 곁으로 가 앉았다.

"진짜 오랜만에 먹어보는 것 같아요."

"나는 처음이야."

"정말?"

먹으라며 지한의 앞으로 밀어놓던 소영이 의아한 듯 물었다.

"어머니가 안 계셔서 고모가 키워주셨는데, 길거리에서 파는 음식은 못 먹게 하셨거든."

찹쌀떡을 하나 집어 든 지한이 한입에 털어 넣었다.

"목 막히니까 천천히 드세요."

"음…… 맛있네."

"묻었다."

지한의 입술에 묻은 흰 고물을 소영이 털어주었다. 왜 이리도 마음이 짠해지면서 뭉클해지는 것인지. 그가 정에 굶주렸던 아이처럼 보였다.

"아."

지한이 주는 찹쌀떡을 소영이 베어 물자 반쯤 남은 것을 그가 제 입으로 넣었다. 아무것도 아닌 것에 그는 행복한 표정을 지었다.

"……고모님은 어떤 분이세요?"

좀처럼 집안일을 말하지 않는 그였기에 소영은 조심스럽게 물어보았다. 지한의 입가에 미세한 웃음이 보였다.

"누나와 나를 키워주신 고모는…… 항상 나를 걱정하셔. 예나 지금이나 바쁘신 게 문제지만, 나만 생각하시지."

정에 굶주린 헛헛함이 그의 얼굴에 비쳤다.

"이것 말고 또 먹고 싶은 거 있어요?"

"물. 목 막혀."

"천천히 드시라니까. 내가 그럴 줄 알았어."

그는 손에 든 찹쌀떡을 보았다. 떡을 도대체 얼마 만에 먹어보는 것인지 가늠이 안 되었다.

"아기처럼 묻히고 먹긴."

자신의 입술에 묻은 고물을 소영이 털어내자 지한이 가만히 쳐다봤다. 빨려들어 갈 것 같은 그의 눈동자가 소영이 손놀림을 멈추게 했다. 지한이 제 입술 위에 있는 소영의 손을 잡았다.

찬물로 포도를 씻은 탓인지 그의 손에서 소영의 손등으로 찬기가 전해졌다. 따뜻한 자신의 체온을 나눠주려는 듯 소영의 손이 그의 손을 감쌌다. 지한의 눈동자가 심하게 흔들렸다.

"……소영아, 아직도 내가 두려워?"

"……."

별조차 숨어버린 까만 밤, 눈빛이 부딪쳤고 오로지 두 사람만 존재하는 것처럼 세상의 모든 소리조차 사라진 듯 고요했다.

"미안."

소영의 손을 놓은 지한은 그녀가 펴준 이불 위로 쓰러지듯 누웠다. 제 옆에 앉아 있는 그녀를 그가 올려다보았다. 순간, 소영의 심장이 멎는 것 같았다. 이토록 깊은 눈빛을 했던 사람인가, 새삼 깨달았다.

"……어째서 미안하다고 사과를 하세요?"

"그냥 쓸데없는 질문으로 널, 힘들게 한 것 같아서."

소영이 지한의 곁으로 바짝 다가와 앉았다. 지독스러울 정도로 제 마음을 먼저 헤아려주고 배려해주는 그이기에 그녀가 오히려 미안했다.

살면서 평생 함께하고 싶은 사람이라면, 그의 여자가 되고 싶은 것은 당연한 이치. 제 마음을 정한 소영이, 입고 있는 옷의 단추로 손을 옮겼다. 톡, 맨 위의 단추 하나가 끌러지자 놀란 눈을 한 지한이 몸을 일으켰다.

"그만. 해도 내가 해."

일갈한 그가 다음 단추를 풀려는 소영의 손을 붙잡았다. 아직도 자신을 무서워하는지 그게 알고 싶었을 뿐. 아니라고, 결단코 이런 뜻이 아니었다고, 그가 고개를 저었다.

그윽한 눈빛으로 자신을 보는 그를 향해 소영이 보일 듯 말 듯 희미하게 웃어 보였다. 그에게 품었던 두려움 따위는 이미 사라진 지 오래였다.

소영의 몸이 그의 품으로 살포시 파고들었다. 자신만 바라보고 있으면서 그는 항상 제 감정을 억눌렀다. 그를 보는 소영의 마음은 애틋했다. 그래서 그녀가 먼저 다가가기로 했다.

만약 그가 거부한다면…… 그래도 수치스럽진 않을 것이다. 자신이 싫어서가 아니라 분명히 사랑해서 그런 것일 테니.

저를 끌어안은 소영으로 인해 바짝 긴장했기에 지한의 몸은 뻣뻣해지는 느낌이었다. 마른침을 삼킨 탓에 그의 목울대가 요동치듯 움직였고, 눈빛은 심하게 흔들렸다.

"이렇게 자극하면 나보고 어쩌라고."

자신을 사랑한다는 그녀의 따뜻한 마음이 지한의 가슴으로 스며들었다. 소영의 마음을 알았으니 그거면 되었다고 여겼건만……. 이런! 아닌가 보다.

감정에 치우치지 않고 항상 냉철하게 모든 걸 판단했던 그의 이성이 한순간 와르르 무너져 내렸다. 지한의 손길이 부드럽게 소영의 등에 스쳤고, 뜨거운 숨결이 그녀의 목덜미를 간질였다.

그의 행동 하나하나가 그녀의 마음을 설레게 했다.

"피디님이 좋으니까."

정신이 아득해질 정도로 기분이 좋았고, 울렁거릴 정도로 심장이 뛰었으며, 머릿속이 빙빙 돌 정도로 그의 손짓에 그녀는 몸을 떨었다.

"널 어쩌면 좋으니……."

제 품 안에서 바르르 떨고 있는 그녀의 몸이 지한의 손바닥으로 고스란히 느껴졌다. 안쓰러울 정도로 그녀는 저 때문에 무리하고 있었다.

소영을 대하는 지한은 늘 그녀에게 미안했고, 고마웠고, 그리고 행복했다.

윤기 나는 소영의 머릿결을 쓸어 넘긴 지한이 보드레한 그녀의 이마에 입을 맞췄다. 떨고 있는 소영의 마음을 진정시키려는 듯 눈썹에 내려앉은 그의 입술은 감은 그녀의 눈을 찍고 볼로 내려왔다.

사랑한다고. 진정 너만을 원한다는…… 간절하고도 애절한 마음을 담은 행동이었다. 그가 소영의 입술을 건드리듯 입을 맞췄다. 좀 전의 깊은 입맞춤에 비하면 애가 탈 정도로 간질이는 느낌이었다. 다시 한 번 그의 입술이 그녀의 입술을 쓸고 지나갔다.

"……사랑해."

그의 입을 통해 처음으로 나온 고백이 소영의 심장에 아로새겨졌다.

"이러면 반칙이에요."

오롯이 그에게 자신을 맡겼던 소영이 작게 투덜거렸다. 소영의 입술을 맛보고 내려온 그의 입술이 그녀의 목덜미에 머물렀다.

"왜?"

"피디님이 준 그 말…… 내가 찾고 싶었는데."

그의 입술이 자신의 쇄골에 머물자 소영의 목소리는 달뜨게 나왔다.

"사랑하는 사람에게 고백을 한 번만 하나. 여러 가지 형태로 할 수도 있는 거잖아."

"그럼…… 또 해봐요."

마주 볼 용기가 없었는지 살며시 눈을 내리깐 그녀의 얼굴은 몹시도 매혹적으로 보였다. 더 이상 그가 참을 수 없게 될 만큼.

"다른 방식으로?"

제 마음을 표현하려는 듯 지한의 입술이 소영의 입술에 닿았고, 흐트러지 듯 머리카락이 펼쳐지며 그녀의 몸이 눕혀졌다. 어르고 달래듯 그는 그녀와 입을 맞추고 또 맞췄다.

그리고…… 그의 손이 그녀의 단추를 하나씩 풀어 나가기 시작했다. 겉옷이 그의 손에 의해 벗겨졌다. 속옷 차림이 부끄러운지 소영이 양팔로 제 가슴을 가렸지만, 그녀와 눈을 맞춘 상태에서 그가 소영의 손을 천천히 잡아 내렸다. 이미 지한의 하체는 그가 감당하기 버거울 정도로 뜨거운 피가 몰려 있었다.

두근두근. 그녀의 심정을 오롯이 심장이 표현했다. 시간이 흐를수록 그녀와 같이 그가 입고 있는 옷도 하나씩 벗겨져 나갔고, 이윽고 두 사람의 몸엔 실오라기 하나 걸치지 않은 상태가 되었다.

지한의 입술이 스치는 곳마다 소영의 몸엔 열꽃이 피는 것 같았다. 생소하고도 낯선 경험에 소영의 온몸은 덜덜 떨렸다. 자연스럽게 겹쳐진 몸을 부둥켜안으며 서로의 입술을 가졌다. 곧 두 사람의 몸이 하나가 되는 순간 소영은 그의 몸을 더욱 끌어안았다. 사랑하는 남자의 여자가 된다는 것이 이런 느낌일 줄이야. 온몸을 달아오르게 하는 그의 몸짓으로 그녀는 자신의 남자가 된 지한의 몸에 매달리다시피 하며 안겼다. 한 번씩 그가 제 안으로 치고 들어올 때면 소영의 정신은 아득해지는 기분이었다. 저절로 나오는 신음을 감추지 못할 정도로 혼미해졌다. 사랑하는 여인을 갖는 행위는 지한의 몸의 모든 신경을 깨울 만큼 강렬했다. 온전히 그녀를 자신의 것으로 만들기 위해 그는 거칠게 허리를 움직였다. 입을 맞추고 또 맞추면서 그들은 사랑을 나눴다.

꼼지락꼼지락.

이불 밖에 있는 옷을 끌어오기 위해 소영은 발을 더듬거렸다. 그녀의 행동을 눈치챘는지 지한은 이불까지 함께 움켜쥐고는 소영을 바짝 당겨왔다.

"안 잤어요?"

"응, 안 잤어."

한참 동안 입을 다물고 있었기에 지한의 목소리는 잔뜩 가라앉아 있었다.

이불 밖으로 드러난 소영의 어깨에 그가 정성을 담아 입술을 대었다. 움찔. 세세히 살아 있는 몸의 감각은 그가 주는 작은 느낌에도 저절로 반응했다. 그의 손이 소영의 가슴을 어루만졌다. 온몸으로 사랑을 나눌 때처럼 지한의 살결은 여전히 뜨거웠다.

"그런데 왜 잠든 것처럼 눈은 감고 있어요?"

소영이 묻자 지한의 눈까풀이 서서히 올라갔다. 그가 눈을 다 뜨기도 전에 소영은 잽싸게 눈을 감아버렸다. 어찌 그의 얼굴을 봐야 할지 몹시도 민망했기 때문이다.

"눈을 뜨게 되면 모든 것이 꿈으로 변해서 사라질까 봐."

그녀의 발그레한 볼이 그의 눈에 들어왔다. 진정 꿈은 아니기에 지한의 입술 끝이 살며시 말려 올라갔다.

"꿈…… 아니에요."

"아는데, 너는 언제까지 눈을 감고 있을 거야?"

"피디님이 잠들…… 때까지."

소영은 화끈거리는 얼굴을 그의 가슴팍으로 묻었다.

"그렇다면 큰일이네. 나는 하나도 안 졸린데."

그의 말에 소영이 고개를 들었다. 가만히 쳐다보고 있는 그와 시선이 부딪치자 소영의 심장은 콩콩거렸다. 이럴 때는 무슨 말을 해야 할까. 뜨겁게 바라보는 지한의 눈빛으로 평소에는 잘도 돌아가던 그녀의 머리가 멈춰버린 느낌이었다.

"……그래도 자요. 저는 지금 부끄러워서 죽을 것 같아요."

"지금처럼 평생 부끄러워해줘. 그러면 내 마음이 평생토록 설렐 것 같은데."

소영의 몸을 그러안은 그가 그녀의 귓가에 나지막이 속삭였다.

"따스해……"

깊어가는 밤, 그의 품이 한없이 따뜻한 탓에 소영이 중얼거렸다.

이른 아침, 주방 안에서 최대한 조심스럽게 움직이던 소영이 거실 쪽으로 살며시 고개를 내밀었다. 일어날 시간이 된 것도 같은데, 어쩐 일인지 그는 꿈쩍도 안 하고 누워 있었다.

톡, 토- 독! 들리는 소리에 소영이 고개를 돌렸고, 프라이팬을 보고는 화들짝 놀란 얼굴을 했다.

"어머! 얘들아."

소영의 목소리에 잠이 깨려는지 지한의 속눈썹이 미세하게 움직였다. 달그락거리는 소리에 살며시 눈을 뜬 그가 주방 쪽을 보았다. 언제 품에서 빠져나갔을까? 일어날 생각에 상체를 일으켰던 그가 도로 몸을 눕혔다.

"소시지들아, 본부장님이 드실 건데 탈 것 같으면 알아서 굴러야지 터지면 어떡해?"

뒤집개를 든 소영은 노릇하게 구워진 소시지를 꺼내 예쁜 접시에 담아놓았다.

'굴러?'

그의 입가에 저절로 미소가 생겼다. 매일 맞이하던 아침과 딱히 다를 것은 없는데 어딘지 달라진 것 같은 기분……

이상할 정도 집 안에 풍기는 음식 냄새가 좋았고, 잠을 깨울 정도로 눈부신 아침 햇살도 나쁘지 않았다. 그녀가 낮게 중얼거리는 소리와 늦장을 부리는 제 모습은 더더욱 기분 좋게 했다. 지한은 이토록 행복한 아침을 가능하면 더 느껴보고 싶었다.

"아 참, 와이셔츠."

어제 입었던 셔츠를 다시 입혀서 그를 출근시킬 수는 없었다. 살며시 마루문을 연 소영이 사랑채로 갔다. 그가 짐을 그대로 놓고 나갔기에 옷이랑 모든 게 고대로 남아 있었다.

다행이란 생각에 방으로 들어간 소영은 그의 셔츠 중 하나를 꺼내 들었다. 잠시 넥타이까지 고른 후 그녀가 서둘러 사랑채에서 나왔다.

"으음……."

마루로 올라오던 소영은 뒤척이는 지한의 모습을 보았다. 소영은 그를 깨우기 위해 살며시 지한의 곁으로 다가가 앉았다.

"본부장님, 출근하셔야죠? 엄마야!"

소영이 앉자마자 그가 그녀의 허리에 팔을 둘러서는 제 품으로 당겼다. 부딪치듯 안긴 소영의 몸이 바깥바람을 맞았기에 차가웠다. 지한은 이불을 슬쩍 들쳐 그녀의 몸을 덮어주었다.

"언제 일어났어?"

"조금 전에요. 출근하려면 어서 일어나세요."

"못 굴러서 터진 놈들 먹으려면 일어나야 하는데, 진짜 일어나기 싫다."

"뭐예요? 다 듣고 있었어?"

자는 줄 알았더니만. 소영은 어이없는 표정을 지었다.

"뜨겁다고 알아서 데굴데굴 굴러다닌 놈은 소영이 먹여야 하는데."

"히힛!"

오늘따라 그의 눈에 보이는 소영의 미소는 눈이 부시도록 예뻤다. 행복이 이런 것이구나. 내가 사랑하는 사람이 웃는 것.

"소영아, 나 진짜 염치없나 봐."

"늦잠 자서요?"

"아니, 너무 행복하니까 나를 낳아준 어머니께 고맙다고 말하고 싶어서……."

태어난 것에 항상 죄스러웠던 그가 처음으로 이런 생각을 했다.

"그럼 하면 되지, 왜 염치가 없어요. 분명히 기뻐하실 거예요."

"나 때문에 돌아가셨는데도?"

불그스레해지는 지한의 눈가에 소영의 마음도 미어지는 기분이었다.

"엄마가 되어본 적은 없지만, 우리 언니를 보니까 아주 조금은 알 것 같아요."

"가영이?"

"네, 배 속에 있는 아기가 혹시라도 잘못될까 봐 전전긍긍하잖아요."

"……."

"피디님, 어머님도 당신 몸보다는 배 속에 있는 피디님을 더 생각했을 거예요."

잠시 말을 잃은 그의 눈가에 기어이 이슬이 맺혔다.

"하지만 아버지는……."

"저보고 바보라더니 피디님은 더 바보네요. 우리 형부 보면 빤히 알 수 있는 답을 왜 모르실까?"

"……."

소영의 손이 그의 눈가로 갔다. 그녀의 손끝이 맺혀 있는 눈물 한 방울을 훔쳤다.

"아빠든 엄마든 자식을 생각하는 부모 마음은 똑같지 않을까요?"

지한은 자신의 마음을 위로하는 소영의 볼을 쓰다듬었다. 그리고 아침 인사를 하듯 그는 그녀와 깊은 입맞춤을 나눴다. 자연스럽게 지한의 몸이 그녀의 위로 올라왔다.

찬란한 이 아침, 감당할 수 없을 정도로 그에게 사랑받고 있기에 그녀는 진정 행복했다.

소영의 가방을 들고 나간 지한이 트렁크에 싣고는 다시금 대문을 흔들어 보았다. 굳게 닫혀 있는 걸 확인하고는 그는 운전석으로 올라탔다.

"빠트린 거 없는지 확인해봐."

"제대로 챙겨왔으니 출발하셔도 돼요."

시동을 걸고 이내 그의 차는 골목길을 빠져나갔다. 창밖을 보던 소영은 한가로운 아침 출근에 불현듯 옛일이 떠올랐다.

"작년 이맘땐 알바하느라 정신없었는데."

"그랬어?"

"네. 새벽까지 할 때도 있었고, 어떤 때는 밤을 새울 때도 있었어요."

오늘따라 유난히 새록새록 지난 일이 생각나는 그녀였다.

"힘들었겠네."

"그래도 보람 있어서 힘든 줄 몰랐어요."

소영은 홀로 사시는 어른들도 생각났다. 이렇게 지한을 만날 수 있었던 것은 어쩌면 그분들 때문이란 생각이 들었다. 봉사활동을 위해선 돈이 필요했고, 그 돈을 벌려고 알바를 한 덕분에 지한도 만났기 때문이다.

"나도 도와주고 싶은데 인수, 인계 받으려면 당분간은 시간 내기 어려울 것 같은데."

그때, 스쳐 지나가는 차창 너머로 소영은 뭔가를 본 것 같았다.

"……피디님, 최근에 인터뷰했어요?"

"아니, 왜?"

"잠깐만 차 좀 세워줘요."

소영이 재빨리 뒤쪽을 보았다.

"왜 그러는데?"

"어서요!"

소영이 다급히 외치자 지한은 방향지시등을 켜고는 갓길에 주차를 했다. 황급히 안전벨트를 푼 소영은 조수석 문을 열고 내렸으며, 버스정류장 쪽으로 뛰었다.

"소영아!"

소영의 행동에 놀란 그가 불러도 그녀는 멈춰 서질 않았다.

이윽고 버스정류장에 도착한 소영은 상가 가판대에 꽂혀 있는 신문을 빼들었다. 한 면을 다 채우도록 크게 실린 지한의 사진을 본 소영의 손이 후들후들 떨렸다. 인터뷰도 안 했다는데 어째서 그의 사진이 신문에? 소영의 얼굴엔 근심이 어렸다.

혹시 그에게 안 좋은 일이라도…….

<출생 당시 항간을 떠들썩하게 했던 J&H 그룹의 유일한 후계자! 감쪽같이 사라졌던 그는 바로 서지한 피디였다. 서지한 씨는 현재 J&H 그룹의 서연숙 대표이사의 친조카이다. 기자는 우연한 기회에 호텔에서 서지한 씨를 만날 기회가 있었다. 그는 외모가 출중한 여성과 다음 날 오전까지 그 호텔에서 투숙했으며, 서지한 씨의 피앙새는 현재 J&H 홈쇼핑의 쇼호스트인 단소영 씨로 밝혀졌다.>

이건…… 뭘까? J&H 그룹의 유일한 후계자가 피디님…… 이라는 거야?

"누가 이런 엉터리 기사를…….”

10화. 시련이 와도 변하지 않는 사랑

겨울을 재촉하는 비라도 오려는지 아침까지만 해도 화창했던 하늘에 먹구름이 몰려왔다. 휘이잉- 한차례 비바람이 일자 소영의 손에 들려 있는 신문지가 날아갈 듯 나부꼈다.

"왜 그래? 무슨 일이라도 있어?"

허겁지겁 내린 소영의 행동을 이상하게 여긴 지한이 쫓아왔다.

"피디님이 신문에 실렸어요."

"나?"

어리둥절한 그는 소영이 건네주는 신문을 받아 들었다.

"피디님이 후계자래요. 여기."

"……!"

소영이 가리키는 곳을 보던 지한의 표정은 일순간에 얼어붙었다. 기자가 이걸 다 어떻게 알았는지……. 도무지 이해할 수 없었다. 그는 연숙을 떠올렸다. 본부장 발령 건으로 이사진을 설득하기 힘들었다더니 트러블이라도 생긴 것인가. 그래서 분란을 종식시키기 위해 고모가 터트린 것이라면? 하지만 부친의 허락 없이는 절대로 불가능한 일이기에 그는 곧바로 생각을 접었다. 하단으로 읽어 내려갈수록 지한의 낯빛은 더욱 굳어졌다. 소영이……그녀의 기사도 실렸다.

"뭐야? 나도 나왔네."

으악- 연예인도 아닌데 신문에……. 이제야 자신의 기사를 본 소영이 경악한 표정을 지었다.

"그나마 사진이 실리지 않아 다행이다."

"피디님이 후계자란 기사는 얼마 못 가서 오보라고 밝혀지겠지만, 우린 그날 호텔에서 아무 일도 없었……."

순간 어젯밤 일이 떠오르자 소영이 말을 멈췄다.

"그건 우리만 아는 일이고……."

"생각해보니 그러네요."

사실대로 말한들 믿어주지 않을 테니 구차한 변명조차 안 될 것이다.

"너는 일단 집으로……. 아니야, 기자들이 몰려올지 모르니."

대형 스캔들이 터졌으니 소영을 어찌 보호해야 할지. 또 다른 특종감을 원하는 기자들은 소영뿐 아니라 가족들의 사생활까지 낱낱이 파헤치려 할 것이다. 지금쯤 회사 앞에는 기자들이 진을 쳤을 것이고, 이런 상황에서 소영이랑 함께 출근한다는 것은 위험천만한 일일 터.

Rrrrrr.

그의 휴대폰이 울렸지만 지한은 받을 생각이 없어 보였다.

"피디님, 전화 왔어요. 피디님?"

잔뜩 굳어 있는 지한의 얼굴을 보니 상황은 생각보다 심각한 것 같았다. 소영은 조금이라도 지한의 걱정을 덜어주고자 먼저 말을 꺼냈다.

"피디님, 그럼 저는 아현이 집으로 갈까요?"

"그럴래? 혹시라도 모르는 번호로 전화가 오면 절대로 받지 마. 이따 내가 데리러 갈게."

지한은 그제야 표정이 누그러졌다. 마침 버스정류장 근처에 정차해 있던 택시를 발견한 지한은 소영을 데리고 그리로 향했다.

"절대로 모르는 번호로 오는 전화는 받지 마."

빈 택시에 오르는 소영을 향해 지한은 다시 한 번 강조했다.

"알았어요. 제가 다 알아서 할 테니 전화부터 받아요. 저, 가요."

여전히 울리는 지한의 벨 소리를 뒤로하고 소영이 서둘러 택시에 올라탔다. 이내 택시가 출발하자 지한이 전화를 받았다.

"누나."

[너, 기사 봤어?]

"지금 봤는데, 이게 어떻게 된 일이야?"

[나한테 물으면 어떡해? 고모한테 연락을 받고 나도 놀랐어. 은하네 식구가 말할 리는 없고 도대체 누가 알았을까?]

유한준은 아닐 거고, 혹시…… 국장이? 지수의 말을 듣던 지한은 불현듯 방송국 국장을 떠올렸다. 그렇지 않고선 지금껏 누설되지 않은 비밀이 세상에 밝혀질 리 없었다.

"아버지는?"

[세상사 담쌓고 사시는 분이라 모르실 거야. 고모도 아직은 말하지 말라고 하셨어. 그런데 소영이 기사는 뭐야?]

"……실린 그대로야."

소영이 가족에게 말한 뒤엔 지수에게도 모든 사실을 알리려 했다. 그런데 일이 이렇게 돌아갈 줄이야.

[둘이 사귀어?]

"응. 누나한테는 조만간 말하려고 했는데 이렇게 알게 해서 미안해."

[나야 상관없지만 고모가 어떻게 나올지 걱정이다. 지한아, 내 도움이 필

요하면 언제든지 말해.]

"그럴게."

지한은 고모인 연숙보다 부친이 걱정되었다. 이 일로 부친의 아픈 마음마
저 건드리면 어떻게 해야 하나. 그가 작게 한숨을 내쉬었지만, 또 하나 걱정
되는 것이 있었다. 회사 사람들은 그렇다 쳐도 경수도 이 기사를 봤을 것이
다. 소영과의 일을 감쪽같이 숨겼다고 배신감을 느끼진 않을는지. 한순간
모든 게 뒤틀려가는 느낌이 들었다.

역시나 그의 예상은 맞아 들어가기 시작했다. 소영이 탄 택시가 출발하고
얼마 후였다. 모르는 번호로 전화가 오자 소영은 받지를 않았다. 그런데 조
금 후 같은 번호로 문자가 왔다. J&H 그룹 비서실이라며 전화해달라는 내
용이었다. 소영은 통화 버튼을 눌렀고, 김 비서로부터 연숙이 당장 만나길
원한다는 말을 들었다.

신문에 난 기사로 회사 이미지를 실추시켰다고 부르나? 전화를 받은 소
영은 걱정부터 앞섰다. 다른 사람도 아닌 연숙이 찾으니 어쩔 수 없이 그녀
는 본사로 오기는 했다.

"대표님, 단소영 씨 오셨습니다."

김 비서의 뒤에 서 있는 소영은 긴장을 풀려는 듯 작은 숨을 들이켰다.

"안녕하세요, 대표님."

안내를 받은 소영이 들어오자 연숙이 자리에서 일어섰다. 그리고 상석에
앉으며 소파로 앉으라고 그녀에게 권했다.

"개인적인 일이니 존칭은 삼갈게."

"편하게 말씀해주세요."

기사에 관한 게 아니라면? 소파로 앉던 소영은 연숙과 눈이 마주쳤다. 된
서리가 내린 듯 연숙의 눈빛은 냉랭했으며, 낯빛은 창백한 탓에 소영은 오

싹하기까지 했다. 잔뜩 긴장한 소영은 느닷없는 스캔들로 물의를 일으킨 것 같아 죄지은 사람처럼 앉았다.

"이렇게 부른 건 신문에 난 기사 때문에 보자고 했어. 변명은 필요 없으니 지금부터 내가 묻는 말에 대답만 해."

"……네."

낮게 말하는 연숙의 목소리가 오히려 호통치듯 들리자 소영은 주눅 들었다.

"지한이랑 사귀어?"

"네."

"그럼 신문에 난 기사가 다 맞는다는 말이네?"

"어느 정도는……."

인정하는 소영의 말에 연숙의 얼굴빛이 파리하게 변했다.

"지한이 배경을 아는 사람은 가족 빼고 몇 명 안 돼. 그 아일 붙잡을 생각에 걔가 해준 말을 네가 떠벌리고 다녔니?"

"떠벌리다니요?"

"헤어져!"

오전 내내 꾹꾹 참았던 화가 한순간에 폭발했는지 결국 소영을 향해 연숙은 큰소리를 치고 말았다.

"납득하기 힘듭니다."

개인적인 일이라고 하더니 당최 모를 말만 하고, 지나친 간섭까지 받자 소영은 언짢았다.

"납득하기 힘들다니. 그래서 못 헤어지겠다는 거야?"

"이건 저희 두 사람의 문제입니다. 대표님이 이러시는 이유를 잘 모르겠어요."

아무리 회사 직원이라고는 하나 연애사까지 참견받는 것 같아 그녀는 끝내 싫은 감정을 내보였다. 연숙이 테이블 위에 있는 신문을 들어서는 소영의 앞으로 던졌다.

"기사를 봤다면서? 그런데도 이유를 물으며 시치미를 떼?"

지면에 실린 서연숙이란 이름이 소영의 눈에 들어왔다. 서지한과 서연숙……. 이럴 수가! 지금 제 눈앞에 있는 연숙이 지한의 고모란 말인가? 소영의 두 눈이 커졌다.

"이 기사 내용이……."

"모두 사실이야."

"……!"

엉터리 오보인 줄 알았는데 진실이었다니. 소영의 눈빛이 어지럽게 흔들렸다.

"설마 몰랐다는 거야?"

"몰랐습니다."

그가 사주의 가족이란 건 꿈에서조차 생각지 못한 일이다.

"이젠 다 알았을 테니 헤어지라는 내 말뜻도 알아들었겠네."

"만약…… 헤어지지 못하겠다고 하면 그땐 어떻게 되는 건가요?"

그와 헤어지라니. 지한 없이는 소영은 단 하루도 못 살 것 같았다.

"얼마나 더 그 아일 망쳐놓으려고?"

"망치다니요?"

그가 잘되기만 간절히 바랐던 저인데.

"너 때문에 지한인 어린 여자를 임신시켰다는 부도덕한 누명을 쓰고 방송국에서 좌천당했어. 그래서 사표를 낸 거고, 집에서도 쫓겨났어. 더 이상 지한일 망칠 생각 말고, 네 마음이 진심이래도 이 선에서 끝내."

그럭저럭 무탈하게 살았던 지한이 소영일 만나면서 일이 꼬였다는 걸 연숙은 알았다. 연숙은 지한의 곁에서 소영일 떼어내기로 마음먹었다.

'임신?'

혹시 그가 의뢰했던 아르바이트 때문에? 소영은 임산부 행색을 했던 제 모습이 생각났다.

'좌천…….'

문득 생각나는 것이 언젠가 회사 직원들이 이 말을 했었다. 유언비어가 아니었다니. 홈쇼핑 스튜디오에서 그를 다시 만난 이유에 이런 내막이 숨어 있을 줄이야. 진실을 알게 된 소영은 혼란스러웠다.

"네가 진정으로 그 아일 사랑한다면 지한이를 위해서 놓아줘."

많은 사람을 대한 탓일까. 소영과 몇 마디 나눈 연숙은 그녀에게서 때 묻지 않은 순수함을 보았다. 이럴 땐 강압적으로 나가는 것보단 감정을 자극하는 것이 나을 것으로 판단했다. 연숙이 소영의 손을 살며시 잡았다.

"대표님……."

연민에 찬 눈빛을 한 연숙의 속셈을 모르니 소영은 몸 둘 바를 몰랐다.

"들었을지는 모르겠지만 태어나면서부터 많이 상처받은 아이야. 사람들의 입방아에 오르내릴수록 지한인 죄책감에 더욱 큰 상처를 받을 거고, 쫓겨난 지금까지 아버지한테 용서도 받지 못했어. 그러니 네가 먼저 떠나."

지한의 곁을 떠나라는 말만은 거둬달라며 소영은 애원하고 싶었다. 하지만 출생에 얽힌 그의 사연을 모두 알고 있기에 그러하질 못한 소영이 아랫입술을 깨물었다.

"똑똑하니 현명하게 판단할 거라 믿어. 사생활이 문란하다며 이사들이 들고일어나면 나도 막을 힘이 없어. 이제 막 본부장 자리에 오른 지한이를 너와의 구설수로 다시 좌천시킬래? 그럼 웃음거리밖에 안 돼."

"제가 어떻게 하면 될까요?"

그 사람을 위해서라면…….

"조용해질 때까지 여행이라도 다녀오는 건 어때? 그것도 싫으면 유학을 보내줄게. 아니면 홀로 사시는 어머니 노후를 위해서 돈이 나을까?"

'엄마……'

생각지도 않은 말에 소영은 놀랐다.

"아니면 어머니를 모시고 있는 형부가 곧 아기 아빠가 된다며? 그럼 진급도 괜찮을 것 같고……."

그새 가족들 뒷조사를 했다니. 소영은 정신이 번쩍 드는 느낌이었다.

"……제가 알아서 할게요."

"가족을 지키려는 네 마음처럼 나는 지한일 위해서라면 못 할 게 없어."

제 손을 놓으며 낮게 내뱉는 연숙의 말이 소영은 소름 끼치도록 무서웠다.

"조금만 시간을 주세요."

"하나만 부탁하자면 지한이가 나를 의심하지 않도록 처신해달라는 거야. 내 말뜻 알아들었지?"

소영이 고개를 끄덕였다.

"……그동안 감사했습니다."

어찌 되었든 연숙은 쇼호스트가 될 수 있도록 자신에게 기회를 주었던 사람이다. 자리에서 일어선 소영이 고마운 마음을 담아 정중히 고개를 숙였다.

그녀의 발걸음은 지한뿐 아니라 가족을 위해서도 이별을 선택할 수밖에 없기에 만 근처럼 무거웠다.

소영이 지금 어떤 상황인 줄 전혀 모르고 있는 지한은 평소처럼 방송을 진행했고, 늘 그랬던 것처럼 생방송을 끝냈다.

"컷!"

아침에 지한의 차가 정문으로 들어오자 서로 취재를 하겠다며 주변은 금세 아수라장으로 변했다. 경비들의 제지로 겨우 정문 안으로 들어선 지한은 스튜디오로 왔고, 아무 일도 없는 것처럼 스케줄을 진행했다. 그가 카메라를 만지는 경수에게로 갔다.

"잠깐 얘기 좀 할 수 있어?"

"오전 스케줄도 끝났는데 시간이야 많지."

지한을 따라 사무실로 들어간 경수가 문을 닫았다. 책상으로 가던 지한이 창밖을 보니 비가 내리고 있었다. 그런데도 정문 앞엔 여전히 한 무리의 기자들이 남아 있었다. 이내 시선을 돌린 그가 경수를 향해 의자를 내주었다.

"앉아."

"기사 내용과 지금 상황을 보니 모두 진짜 거 같고, 더 들어볼 말이 있을까?"

경수의 말은 입 아프게 변명하지 말라는 뜻이다.

"미안하다. 사실 이번 주말에 소영이랑 너의 처갓집에 가려고 했어. 그런데 먼저 기사가 터지는 바람에 일이 이렇게 되어버렸다."

"말 못 한 것엔 나름대로 이유가 있었니?"

지한이 작게 고갯짓을 했다.

"응."

"그럼 됐어. 나중에 말해줘."

"고맙다."

서운하다며 따질 만도 한데 그저 믿어주다니. 지한의 표정엔 미안함이 가득했다. 경수가 의자를 그에게로 바짝 당겨와 앉았다.

"웃긴 얘기 하나 해줄까?"

"뭔데?"

"우리 장모님하고 가영이는……."

"……."

지한의 얼굴엔 잔뜩 긴장한 빛이 역력했다.

"좋아서 죽는다. 나도…… 뭐, 그렇게 싫지는 않고."

안심했는지 그의 입가에 희미한 미소가 지나갔다.

"당연한 거 아니야?"

"당연은 무슨! 기사까지 났으니 어쩔 수 없이 받아들이는 거야. 에라, 이 도둑놈아!"

갑자기 경수가 지한의 멱살을 잡았지만, 경수의 손에는 힘이 실리지 않았다. 지한이 피식, 웃자 재미없다는 얼굴을 한 경수가 손을 놓았다.

"인수, 인계는 언제 받아?"

"하던 건 마무리 지어야 하니까 다음 주 정도……."

똑똑! 그때 사무실 밖에서 웅성거리는 소리가 들리는가 싶더니 노크 소리가 들렸다. 이내 문이 열렸고, 지한도 경수도 문밖에 서 있는 소영을 보고는 벌떡 일어났다.

"소영아!"

"처제!"

소영의 머리카락은 물론이고 입고 있는 옷까지 흠뻑 젖어 있었다. 물기가 뚝뚝 떨어지는 모습을 한 그녀가 사무실 안으로 들어왔다.

"형부, 저…… 피디님이랑…… 할 말이…… 있어요."

한기를 참아내기 힘들었는지 소영이 말하는 사이사이 치아끼리 부딪치는 소리가 들렸다. 그녀의 상태를 바로 알아차린 지한은 히터 온도를 최대한 높였다. 더운 바람이 그녀에게로 향하도록 설정한 그가 이번엔 수건을 가지러 갔다.

"경수야, 내 차 트렁크에 소영이 가방이 있어. 그것 좀 갖다 줘."

심상치 않은 소영의 행색에 놀란 경수는 책상 위에 있는 자동차 열쇠를 집었다.

"처제, 우선 이거라도 걸치고 있어. 얼른 갔다 올게."

소영에게 제 겉옷을 벗어 걸쳐준 경수는 허둥지둥 사무실 밖으로 나갔다. 그사이 수건을 가져온 지한이 빗물이 흐르는 그녀의 얼굴을 닦으려 했다. 순간 소영이 그의 손을 쳐냈다.

"소영아."

그녀의 행동에 지한은 당황했다.

"나, 피디님 얼굴 보면서…… 듣고 싶은 말이 있어서 왔어요."

"일단, 빗물부터 닦고. 이러다가 감기 걸려."

그가 다시 수건으로 닦아주려 하자 소영은 마다했다. 그녀는 얼굴로 흘러내리는 빗물 따위는 상관없다는 표정이었다.

"괜찮아요."

"나는 괜찮지 않아. 아현이 집으로 간다며, 도대체 가는 길에 무슨 일이 있었던 거야?"

수건을 마다하는 소영의 손을 잡던 지한이 놀란 눈을 했다. 얼음이 이보다 차가울까.

"피디님, 신문에 난 기사가 모두 사실이에요?"

"옷 갈아입은 다음에 말해줄게."

무슨 일이 있었기에 이런 모습으로 나타났는지 궁금해 미칠 지경이지만, 지금은 그게 문제가 아니었다.

"진실만 말해줄 거죠?"

연숙에게 모든 사실을 들었지만, 소영은 지한의 입을 통해서 직접 확인하고 싶었다. 그녀는 덜덜 떨면서 물었다.

"그래. 다 말해줄 테니 우선 젖은 외투부터 벗자."

지한이 자신의 외투를 벗기려 하자 그의 얼굴을 물끄러미 바라보던 소영이 중얼거리듯 말했다.

"……거짓말쟁이."

뜻밖의 말이 소영의 입에서 나오자 지한은 당황스러웠다. 그녀의 외투를 벗기던 그의 손이 멈췄다.

"……미안해."

"사과할 짓을 왜 했어요?"

제 눈앞에 있는 지한과 이별이 쉽진 않을 것이다. 그래도 그녀는 해야만 했다. 그가 했던 말들, 행동들이 하나씩 떠올랐다. 이렇듯 행복했던 시간을 다시는 함께할 수 없다니…….

아직 말도 꺼내지 않았는데 소영의 가슴은 벌써 미어졌다. 느닷없이 그녀의 두 눈에 눈물이 차올랐다. 혹시 눈물방울이 떨어질세라 소영은 어금니를 악물며 죽기 살기로 참아냈다.

"나에게도 나름대로 말할 수 없는 사정이란 게 있었어."

자신 때문에 속상해서 소영이 울먹이고 있었다. 왜 진작 말하지 않았을까, 그는 정녕 후회스러웠다.

"피디님 말이라면 다 믿어주는 저를 보면서 기분이 어땠어요? 바보로 만들어놓고 재미있었어요?"

"항상 얹힌 것처럼 명치끝이 답답했어. 좀 이따 고모를 만나볼 생각이야. 결혼에 관해서 상의도 할 거고……."

"하지 마세요."

다 쓸데없는 일이란 걸 그녀는 잘 알고 있었다.

"어째서?"

"저는 피디님이랑 결혼할 마음이 없었어요."

주먹을 꽉 움켜쥔 소영이 야멸차게 말했다.

"왜?"

"쇼호스트를 하고 싶어서 피디님과 친하게 지낸 거지 딱히 다른 뜻은 없었거든요."

그의 눈썹이 심하게 일그러졌다.

"진심으로 하는 말이야?"

"그럼 이런 말을…… 거짓으로…… 하겠어요."

알바했던 것처럼 연기하면 그만인데, 이상할 정도로 말이 매끄럽게 나오질 않았다. 그런 소영의 얼굴을 그가 양손으로 잡고는 똑바로 그녀와 눈을 맞췄다. 눈빛으로 드러나는 속마음을 숨기기 위해 소영은 안간힘을 쓰며 눈에 힘을 주었다.

"그동안 네가 나한테 한 말들이 있는데 내가 믿을 것 같아? 내가 어떻게 해야 네 마음이 풀리겠니?"

애절하게 들리는 그의 말에 소영의 눈빛은 갈피를 잡지 못했다. 소영은 그가 연출했던 드라마가 떠올랐다. 거실 벽면에 가득 붙어 있던 그의 사진들도 생각났다. 배우들과 촬영장에 함께 있던 지한의 모습은 무척 행복해 보였다. 그리고 오늘 아침, 부모를 생각했던 지한……. 그녀의 가슴이 욱신욱신 쑤셨다. 확실히 자신이 그의 행복을 망가트렸다. 지한과 눈을 맞추고 있던 소영이 살며시 눈을 내리깔았는데 양심에 찔려 차마 눈을 맞추며 말할 수 없었기 때문이다. 그를 위해서 꼭 이 말을 해야 하는데……. 소영은 선뜻 입술이 떨어지질 않았다.

"헤어……."

"뭐!"

딱!

"아파요!"

겨우 입술을 떼었건만, 지한이 아프도록 소영의 이마를 쥐어박았다. 그바람에 그녀는 말을 끝마치지도 못했다.

"어디서 감히 그딴 소리를."

화났다는 걸 보여주려는 듯 한 대 더 쥐어박을 것처럼 행동한 그가 눈을 부라렸다.

"진짜라고요."

"시끄러워!"

단번에 일갈한 지한의 눈빛이 무서울 정도로 냉랭하게 변했다.

"저는 피디님이 했던 말들을 어디까지 믿어야 할지 모르겠어요."

"배경만 말하지 않았을 뿐이지 너한테 했던 말들은 모두 다 진실이었어. 아침까지만 해도 이렇게 심각하지 않았잖아?"

그가 소영을 빤히 쳐다보았다. 지나칠 정도로 과민한 그녀의 반응이 어딘지 이상했다. 물론 속았다는 기분에 배신감은 느꼈겠지만, 분명히 무언가 더 있는 것 같았다.

"그건 오보인 줄 알았죠. 저는 지금 이 상황이 힘들어 죽겠어요. 제가 왜 사람들을 피해 다녀야 해요?"

"아무리 힘들어도 내 곁에 있겠다고 말했잖아."

그녀와 했던 약속을 지한이 언급했다. 아픈 마음을 그러잡은 소영이 그의 시선을 외면했다.

"피디님이 절 실망하게 했는데 어쩌라고요. 헤어…… 져요."

"이별을 말하기 전에 내 마음부터 봐주면 안 돼? 잘못했다고 하잖아."

평소의 그녀라면 기꺼이 용서해줬을 텐데, 그녀가 무턱대고 또다시 헤어지자고 한다. 이별하지 않으면 큰일 날 것처럼 말이다. 죽고 싶을 만큼 그에게 미안한 소영은 이런 말까지는 진짜 안 하고 싶었다. 그런데 소름 끼치도록 무서웠던 연숙의 얼굴이 떠올랐다. 쿵쾅거리며 심장이 요동쳤다.

"절 갖고 논 것 같아서…… 정나미가 떨어졌어요."

"함부로 말하지 마!"

용서는커녕 막말하는 소영에게 지한이 버럭 소리를 질렀다. 용서해주지 않아도 상관없지만, 그녀가 자신들의 관계를 처음부터 없었던 것처럼 취급하는 것 같아 참을 수 없었다.

Rrrrrr.

이러다 정말 심하게 말다툼을 하는 것은 아닐까. 혹시라도 말로 그녀에게 상처라도 줄까 봐 그가 걱정스러워할 때 마침 소영의 휴대폰이 울렸다.

"전화부터 받아."

지한은 격분해 있는 그녀의 감정이 잠시 누그러질 필요가 있다고 생각했다. 그러니 지금 오는 전화가 왠지 반가웠다.

"안 받아도 돼요."

"받아. 나도 생각할 시간이 필요해."

여전히 울리는 벨 소리에 그가 재촉했다. 지한의 말에 소영은 가방에서 휴대폰을 꺼내 들었다.

"아현아."

[단소영! 이게 뭔 일이라니!]

"무슨 소리야?"

아현의 목소리가 한껏 들떠 있자 소영이 의아해 물었다.

[기사 말이야. 재학증명서가 필요해서 학교에 왔더니 난리가 났어. 네가 우리 학교 다닌 건 어떻게들 알고 왔다니?]

"기자들이 학교로 찾아왔다는 거야?"

[그래, 지금 교수님이 학교 대표로 인터뷰하고 계셔.]

아현의 말에 소영이 놀란 표정을 지었다.

"인터뷰라고? 교수님이 뭐라고 하시니?"

[알바공주라는 네 별칭에 대해서 말씀하셨고, 자랑스러운 학생이라고. 그러면서 너의 진가를 알아본 피디님도 괜찮은 사람 같다고 말씀하셨어. 감독님이 대기업의 후계자라니 이게 말이 돼!]

J&H 그룹의 후계자라…… 부정할 수 없을 정도로 대단한 배경이다. 그런데도 그는 한 번도 거들먹거리질 않았다.

"진짜 교수님이 그렇게 말씀하셨어?"

[그럼. 소영아, 네가 감독님을 잘 만난 게 아니고, 감독님이 너를 잘 만난 거야.]

"……."

알바공주…… 알차고 바르게, 그렇게 살았다고 자부했는데 아닐지도 모른다. 혹시 지한처럼 자신 때문에 피해를 본 사람은 없을는지. 진정 도움을 주고 싶어서 그리했건만, 생각지도 못한 결과에 소영은 슬펐다.

[오늘은 할아버지 기일이라 엄마를 도와드려야 하거든. 자세한 얘기는 나중에 만나서 하자.]

"그래."

[감독님만의 신데렐라~ 파이팅!]

신데렐라……. 우연일지는 모르겠지만, 소영은 본사에서 은하를 만난 일을 떠올렸다.

막 대표이사실에서 나온 소영은 넋 나간 얼굴로 복도를 걸었다. 헤어지기 싫다고 떼라도 써볼걸. 억지라도 부려볼걸. 후회가 밀려왔다. 하지만 곧바로 경수의 얼굴이 생각났다. 그뿐인가, 언니인 가영인 어떻고. 엄마와 이제 곧 태어날 조카는…….

연숙이라면 못 할 게 없을 정도로 그녀의 힘이 한없이 커 보였다. 그래서 오기도 못 부렸다. 움직이질 않는 다리를 질질 끌다시피 걷던 그녀의 앞으로 여자 구두가 보였다. 멈춰 선 소영이 고개를 들고 보니 은하였다.

"소영 씨네요?"

"……."

말할 기운조차 없는 소영은 고개만 꾸벅 숙였다.

"대표님 호출 받았나 봐요?"

"바쁜 일이 있어서 먼저 가보겠습니다."

은하의 얼굴에 비웃음 같은 것이 비치자 소영은 말을 섞고 싶지 않았다.

"대표님은 절대로 그쪽 허락 안 할 거예요."

"남의 일에 상관치 마세요."

소영은 묵묵히 은하를 지나쳐 갔다.

"뭘 모르시나 본데 지한이 결혼은 대표님 손에 달려 있어요. 자신을 위해 결혼도 포기한 고모가 어떻게 살았는지 지한인 똑똑히 알고 있는데 대표님이 식음이라도 전폐하면 거역 못 할걸요."

소영을 향해 끓어오르는 질투심을 은하는 이렇게라도 풀어야만 했다. 가뜩이나 심란해 죽겠는데 제 속을 뒤집어놓은 은하의 말로 걸음을 멈춘 소영이 인상을 썼다.

"이런 말을 나한테 하는 이유가 뭐예요?"

"아까 소영 씨 표정 보니까 너무 불쌍해 보여서요."

"……!"

은하의 말을 듣는 순간 소영의 얼굴은 불덩이처럼 달아올랐다. 얼마나 비참하게 보였으면 이런 말을 들을 수 있는 것인지.

"혹시 신데렐라가 되었다고 좋아했다면 일찌감치 생각을 바꿔요. 지한인 대표님 못 이겨요."

제 갈 길을 가려는지 은하가 먼저 걸음을 떼었다.

"은하 씨는 피디님의 배경을…… 모두 알고 있었나요?"

"당연히 알고 있죠. 친군데."

저만치 걸어가던 은하가 돌아보더니 우쭐하는 표정을 지었다. 덜컹! 소영의 심장이 내려앉았다. 친구인 은하도 그의 배경을 알고 있는데 연인이라는 자신은 지한에 대해서 뭘 알고 있었던 것인가. 은하의 표정을 본 소영은 문득 오기가 일었다.

"혹시 피디님 좋아해요?"

"그렇다면요?"

"그럼 은하 씨는 계속 친구로서 좋아하세요. 저는 애인으로서 피디님한테 사랑받을 테니."

일그러지는 은하의 표정을 본 소영이 보란 듯이 당당하게 걸음을 옮겼다.

은하가 했던 말을 생각하며 소영이 그를 보았다. 친구인 은하와 연인인 자신……. 어느 쪽이 더 그에게 가까운 사람일까? 비밀을 알고 있던 은하?

휴대폰의 종료 버튼을 누른 소영은 이제 다 소용없는 일이라며 바로 체념했다. 그녀는 가장 행복했던 순간까지만 기억하기로 했다. 그러니 신문 기사를 보기 전, 오늘 아침에 봤던 지한의 모습까지만 제 가슴속에 남겨놓기로 했다.

침울한 그녀의 표정을 본 지한이 다가왔다.

"왜 그래?"

"기자들이 학교로 찾아왔다고…….."

"이슈거리를 찾았으니 한동안은 그럴 거야. 내가 알아서 대처할 테니 너는 너무 걱정하지 마."

"제가 이곳을 떠날게요."

"떠나다니? 일을 그만두기라도 하겠다는 거야?"

어이없었는지 신경질적으로 그의 손이 소영의 어깨를 움켜쥐었다. 아팠는지 그녀가 눈살을 찡그릴 만큼 거친 행동이었다.

"어느 정도 조용해질 때까지만요. 대표…… 아니 회사도 그걸 원할 거예요."

"보자 보자 하니까 아주 그냥 막 나가는구나."

"헤어……."

"너, 지금 엄청나게 이상한 거 알아? 뭔가 있지?"

"네?"

그가 눈치챈 건 아닌지. 불안해 떠는 소영의 눈빛을 그가 보았다. 처음엔 그저 소영이 화가 나서 그런 줄 알았는데, 회사를 떠나겠다는 말에서 아니란 걸 확실히 느꼈다.

"비까지 쫄딱 맞고 올 정도라면 내가 알아야 할 뭔가가 있는 거지?"

"아무것도……."

힘없이 내뱉은 소영은 비를 맞게 된 일을 상기했다. 본사에서 나온 그녀는 휴대폰을 이용해 자신의 기사를 검색했었다. 어떻게 구했는지 벌써 사진들이 올라와 있었다. 버스에 올라탄 소영은 사람들이 알아볼까 봐 저도 모르게 제 얼굴을 가렸다.

그녀가 버스에서 내릴 때쯤엔 하늘에서 한두 방울 비가 내렸다. 우산을 사야 하는지 고민만 했을 뿐 머릿속은 온통 그의 생각뿐이었다. 빗방울은 점점 굵어졌고, 회사 근처까지 온 소영은 정문 앞에 몰려 있는 기자들을 발견했다. 자신의 행색을 보니 초라할 정도로 비를 맞은 모습이었다.

혹시 이런 모습으로 기자들에게 붙잡히면 지한에게 해를 끼칠까 봐 그녀는 도망치듯 제 몸을 돌렸다. 내리는 비를 몽땅 맞으며 소영은 후문으로 갔다. 그곳에도 서너 명의 기자들이 서성이고 있었다. 딱히 방법이 없기에 가방으로 얼굴을 가린 소영은 그대로 뛰어 들어왔다.

잠시 생각에 잠긴 소영의 눈빛을 본 지한이 소리쳤다.

"내 눈은 왜 피해? 피하지 말고 말해봐!"

그녀가 뭔가 숨기려고 제 눈빛을 피하는 것 같았다. 그녀답지 않게 주절거리는 말도, 시선을 피하는 눈빛도 이상했다. 홀딱 젖은 채 것도 의심스러운데 무언가에 쫓기듯 소영은 서둘렀다.

솔직하게 어서 말하라며 그가 화를 내고 있다. 연숙과 만난 일을 들킬까 봐 그녀는 더럭 겁이 나 가슴이 쿵쾅거리고 뛰었다.

"그러지 말고 그냥 헤어져요. 형부와의 관계도 있으니 험한 꼴 다 보여준 뒤 헤어지긴 싫다고요. 피디님도 그런 거 원치 않잖아요…… 흐흐흑."

소영은 연숙이 몰아붙였던 것처럼 지한도 다그치자 서러웠다. 독하게 마음먹어야 하는데 감정이 격해지면서 끝내 울음이 울컥, 터졌다.

"나는 절대로 너랑 못 헤어져."

"……부탁해요. 가끔 좋은 추억으로 떠올릴 수 있게…… 흐흑."

소영의 커다란 두 눈에서는 말도 못할 정도로 눈물이 쏟아졌다. 이를 악물면 견딜 수 있을 줄 알았는데 혼자 떠안고 감당하기엔 너무 벅찼나 보다. 한번 터진 눈물은 멈출 생각을 안 하고 계속 흘러나왔다.

그가 눈물을 닦아주려 하자 소영은 매몰차게 얼굴을 돌렸다.

"소영아……."

"제발, 헤어져 달라고요!"

그녀가 사정했다.

"헤어지고 싶을 정도로 내가 그렇게 싫어졌니?"

"싫어요!"

지한에게 들킬까 봐 조마조마한 것이 싫었다.

"싫다고요!"

연숙이 가족에게 어떻게 할까 봐 두려웠다.

"다 싫다고요!"

소영은 악다구니를 쓰며 그에게 울부짖었다. 의자로 털썩 주저앉은 지한이 창밖으로 시선을 돌렸다. 빗줄기는 더욱 거세졌고, 간간이 흐느끼는 소영의 울음소리만이 침묵을 깼다.

누가 이토록 소영을 힘들게 했는지 지한은 알 것 같기에 안타깝고 서글 펐다. 부끄러운 생각에 차마 그녀에게 아는 척도, 묻지도 못했다. 울음을 참 아내는지 소영의 가녀린 어깨가 들썩였다.

어떤 말로 위로를 해줘야 저 울음을 그칠까? 어떤 말을 해줘야 그녀가 품 은 두려움이 사그라질까? 소영의 머리카락에서 뚝뚝 떨어지는 빗물 방울이 그의 눈을 시리게 했다. 결정을 내린 듯 그가 드디어 입을 열었다.

"그럼 헤어지자."

이 말이 그녀를 덜 힘들게 한다면……. 그러나 말하지 말걸. 그사이 후회 스러웠다.

"흐흐흑."

분명 원했던 말이건만, 심장이 파헤쳐지듯 아팠다. 이렇게 이별했다는 것 이 도저히 믿기지 않아 소영의 눈에서는 눈물이 더욱 쏟아졌다.

"네가 원하는 대로 다 해줄게. 그러니까 제발 울지 마."

애틋하게 들릴 정도로 그는 힘없이 말했다. 소영은 꺽꺽거리며 억지로 눈 물을 삼켰다.

똑똑. 노크 소리가 들렸다. 눈물이 흥건한 얼굴을 경수에게 숨기려는 듯 소영이 돌아섰다. 의자에서 일어선 지한이 문 쪽으로 향했다. 문이 열렸고 가방을 건네주던 경수는 소영의 뒷모습을 봤다.

"가방 여기 있어. 우리 처제, 추울 테니 따뜻한 국밥이라도 시켜야겠다."

"수고 좀 해줘."

가방을 받아 든 지한의 표정은 경수가 알아볼 만큼 침통해 보였다. 지한 을 위로하려는 듯 그의 어깨를 두어 번 두드려준 경수가 사무실 문을 닫았 다. 소영의 근처로 간 지한은 의자 위로 가방을 올려놓았다.

"옷부터 갈아입어. 그리고 경수가 사온 국밥 다 먹으면 너와의 관계 깨끗 하게 끝내줄게. 그 대신 질질 짜면서 헤어지는 건 사절이다."

가방의 지퍼를 열어준 그가 이내 사무실을 나갔다. 소영은 그대로 주저앉으며 입을 틀어막았고, 문을 닫은 지한은 그녀의 흐느끼는 소리를 들었다. 가슴을 꿰뚫는 소영의 울음소리, 감당하기 버겁다며 그녀가 운다. 자신 때문에 힘들다며 소영이 울고 있다.

스튜디오를 나가기 위해 걸음을 옮기던 지한은 연숙을 떠올렸다. 연숙을 만난 후 제 마음을 어쩌질 못한 소영은 우산 같은 건 챙길 경황도 없었을 것이다. 그리고 오자마자 이별을 말했다는 것은 그만한 압박을 받았다는 뜻.

'고모, 이런 치졸한 방법밖에 없었나요?'

그렇지 않고선 지금까지 제 고모가 이렇듯 조용할 이유가 없을 것이라 여겼다. 고모가 소영에게 무슨 말을 했을지 예상이 되자 아무것도 해주지 못한 것이 분하고 서운했다. 스튜디오를 나가는 지한의 입술 끝이 파르르 떨렸다.

소영을 위해서, 그리고 그녀의 가족을 위해서, 일단······ 오늘만 헤어져주자.

그리고 이제부터는 정면 돌파다.

국밥을 한 숟가락 입안으로 밀어 넣은 소영이 깍두기를 베어 물었다. 목구멍에서 넘어가질 않아도, 입안에 밥이 남아 있어도, 억지로 한 숟가락 또 밀어 넣었다.

맛도 모르겠고 뜨거운 줄도 모르겠다. 이걸 다 먹어야 그와 헤어질 수 있으니 그냥 먹는 중이다.

콜록.

쉽게 넘어간다면 오히려 이상한 일이겠지. 사레가 들린 소영이 물컵을 들었다. 따뜻한 물을 한 모금 마신 그녀가 컵을 내려놓았다.

탁! 손힘이 빠지며 물컵이 떨어지듯 내려졌다. 컵이 흔들리는 바람에 컵

안에 있던 물이 밖으로 튀었다. 하필이면 테이블 위에 있던 휴대폰으로 튈 게 뭔지.

놀란 소영은 물기 있는 곳을 옷으로 쓱쓱 닦았다. 묻은 곳이 또 있는지 살펴보던 소영이 휴대폰 케이스를 보았다. 그에게 버렸다고 말했지만, 홧김에 화장대 서랍 속에 넣어둔 예전 휴대폰이 생각났다. 그 휴대폰 뒷면에는 그가 생일 선물로 남겨준 지한의 첫 한글 사인이 남아 있었다.

<나, 서지한.>

휴대폰에는 쓰여 있는 글귀는 아직도 또렷이 기억하고 있었다.

"휴대폰이 같은 기종이었다면 좋았을 텐데."

그랬다면 바꿔 낄 수도 있으련만. 혹시 모르니 확인이라도 해볼 참에 그녀가 휴대폰 케이스를 벗겼다. 케이스가 분리된 휴대폰의 뒷면을 본 소영의 입이 저절로 벌어졌다. 하필이면 지금에서야 눈에 띄다니. 이러면 진짜로 반칙이라고…….

"나쁜 사람…… 여기다 감춰놨어."

이런 상황에서 찾게 될 줄은 정말 몰랐다. 소영의 손에 있던 휴대폰 케이스가 툭 떨어졌다. 주울 생각도 못 한 그녀는 그가 남긴 글자를 한 글자씩 읽어나갔다.

"나, 서지한. 단소영을 사랑한다."

휴대폰 뒷면에 선명히 쓰여 있는 글자들. 자신을 향한 진실한 그의 마음. 사랑한다는 글자가 그의 목소리가 되어 소영의 가슴속으로 파고드는 것 같았다. 소영은 다시 터진 눈물로 눈앞이 아른거렸다.

"밥 좀 먹고 올게."

그런데 진짜 지한의 목소리가 문밖에서 들렸다. 당황한 그녀는 깊은 상념에 잠길 사이도 없이 눈물부터 닦았다. 소영은 바닥에 떨어진 휴대폰 케이스를 재빨리 집어 들었다. 그의 고백을 찾았다고는 하나 이제 와서 말할 수도 없으니 못 본 척해야만 했다.

"왜 이렇게 안 들어가!"

딸각, 소리를 내며 사무실 문이 열렸고, 소영은 제대로 끼우지 못한 휴대폰 케이스를 허벅지 위로 올려놓았다. 지한은 퉁퉁 부은 눈으로 밥을 먹는 소영의 앞에 앉았다.

"많이 먹었네."

그가 태연하게 말을 걸었다. 연숙의 처신이 부끄럽다고는 해도 저를 키워 준 고모였다. 그것이 변할 수 없는 진리이듯 소영의 마음도 변하지 않았다는 것을 그는 안다.

"피디님도 식기 전에 드세요."

"그럴까?"

하지만…… 어딘지 많이 이상스러운 소영의 행동에 그는 어리둥절했다. 그녀가 밥그릇만 마냥 쳐다보고 있을 줄 알았는데 들여다보니 뚝배기는 거의 비어가고 있었다. 낯빛이 한결 좋아진 것은 물론이고 식사를 권하는 목소리도 한층 밝아졌다.

"나랑 헤어지는 게 그렇게도 좋아?"

뚝배기를 보니 솔직히 눈에 거슬릴 정도로 불쾌했다. 밥을 못 먹었다면 그 핑계를 대서라도 어떻게든 붙잡으려 했었다.

"질질 짜면서 헤어지는 거 싫다면서요. 그래도 미워하면서 헤어진 게 아니라……."

언짢은 지한의 표정으로 그녀는 차마 '다행이죠.'라는 말을 잇지 못했다. 지한을 사랑하는 마음만 고스란히 남아 있어서인가. 마음에 들지 않아 하는 그의 얼굴이 소영은 밉지 않았다. 지금껏 그가 지었던 모든 표정은 이제 그리움으로 남겠지만, 그래도 괜찮았다.

사랑하는 사람들을 위해서라면 아무리 힘들어도 기꺼이 감내하겠다며 소영은 허벅지 위에 있는 휴대폰을 꼭 쥐었다.

"미워하지 않기. 내가 싫다고 아까 분명히 그렇게 말했어."

그가 뚝배기에 밥을 말면서 투덜거렸다. 지한이 밥을 뜨자 소영이 깍두기를 올려주었다. 그에게 받은 고마운 마음을 소영은 단 한 번만이라도 표현하고 싶었다.

"……한번 드셔보세요. 깍두기 맛도 예술이에요."

"단소영, 30분 전에 네가 어땠는지 기억 안 나? 지금 네 모습은 꼭, 실성한 사람 같아."

모두를 위해서 그는 울컥울컥 치솟는 감정을 최대한 억누르고 있었다. 그런데 놀리는 것도 아니고 말이야. 지금 소영의 행동은 이별을 원하는 사람의 태도가 아니었다. 지한은 아까와 다른 소영의 모습에 심사가 뒤틀렸다.

"인생살이 뭐 있나요? 실성했다고 믿고 싶으면 그러세요."

소영이 빙긋이 웃자 지한은 더욱 기가 막혔다.

"너, 왜 그래?"

"어서 드세요."

대성통곡을 했던 소영이 언제 그랬냐는 듯이 이제는 웃기까지 했다. 그러니 지한은 이해하기 힘들다는 얼굴로 그녀를 뚫어져라 보았다. 도대체 잠깐 사이에 무슨 일이 있었기에. 아니면…… 이별을 견디기 힘들어서 진짜 실성이라도 했나?

"소영아, 병원부터 가보자."

숟가락을 내려놓은 그가 황급히 일어서려 하자 그녀가 말렸다.

"멀쩡하니까 어서 식사나 하세요. 저는 이 밥 다 먹고 방송 준비하는 거 도와줄게요."

"그 눈으로? 스태프들이 보면 두꺼비가 온 줄 알겠다."

"얼음찜질이라도 해야 하나?"

가라앉힐 수 있는지 확인하려는 듯 소영이 제 눈두덩을 만졌다.

"스케줄 조정해줄 테니 며칠 쉴래?"

"싫어요."

지한과 같은 회사에서 근무하는 것이 얼마나 다행인지 모르겠다. 그가 보고 싶으면 오다가다 가끔 볼 수도 있을 것이고, 그의 목소리도 들을 수 있으니 말이다. 이기적인 생각이래도 할 수 없다.

"너한테 차인 내 심정은 생각 안 하니? 아예 눈에 안 보이는 것이 낫지. 앞에서 알짱거리면 염장 지르는 것도 아니고…….."

지한은 말과 달리 소영이 걱정되었다. 정신적으로 힘든 상태에서 무리하게 스케줄을 진행했다간 방송사고로 이어질 수도 있다. 그리고 지금은 무엇보다 소영의 안정이 중요했다.

"오늘은 경수가 함께 있어준다니 그런 줄 알아."

"형부가요?"

"그럼 혼자 지내려고 했어? 아니면 이별 취소하고 나랑 가든지."

소영을 떼어놓자니 속상한 마음에 지한은 저도 모르게 툴툴거렸다. 같이 가고 싶은 생각은 절실했지만 소영이 고개를 살래살래 흔들었다.

"안 돼요."

"내가 먼저 출발하면 기자들이 따라올 거야. 모범택시 불러줄 테니 너는 그 틈에 후문으로 나가면 돼."

"……."

오로지 자신만 생각해주는 지한. 따끔거리며 가슴이 아파서 소영은 대답도 못 했다.

"헤어지기 전에 한 가지만 묻자. 솔직하게 대답해줘."

"말씀하세요."

"내가 진짜 싫으니?"

"……."

어떻게 싫을 수가 있겠는가. 잠시 망설이는지 소영은 휴대폰을 만지작거렸다. 진실을 말할 수 없기에 고개조차 들지 못한 그녀가 소심하게 끄덕였다.

"너야말로 거짓말쟁이야. 적어도 나는 내 마음을 가지고 장난치지는 않았어."

소영의 마음을 충분히 이해하면서도 그는 서운한 감정을 숨기지 못했다. 냉정한 지한의 말로 고개를 잔뜩 숙인 그녀의 눈 안에 맑은 액체가 고였다.

억지로 제 마음을 숨긴 소영은 식사를 마친 후 후문을 통해서 회사를 빠져나오기는 했다. 그런데 문제가 생겼다. 어떻게 알았는지 몇 명의 기자들이 경수네 집 앞을 지키고 있었던 것이다.

아현이 집으로 가려던 소영은 오늘이 조부의 기일이란 말이 생각났다. 찜질방이나 PC방으로 가자니 사람들이 자신의 얼굴을 알아볼 것 같아 썩 내키질 않았다.

경수가 퇴근할 때까지는 어떻게든 밖에서 시간을 보내야 했다. 추운 밖에서 떨어야 하니 따끈한 대추차가 생각났고 문득 떠오르는 사람이 있었으니, 바로 대성이었다.

이윽고 소영이 탄 택시가 대성의 집에 도착했다. 시간도 보낼 겸 책이라도 읽어줄 요량에 오기는 왔다. 택시에서 내린 소영은 비가 내린 후라 그런지 더욱 차가워진 바람으로 잔뜩 몸을 움츠렸다.

띵- 동. 너무 추워서 초인종부터 눌렀다. 찬바람으로 발을 동동 구르던 소영은 대성의 발소리가 들리자 바닥에 내려놓았던 가방을 들었다. 대문을 연

대성을 향해 소영이 인사를 했다.

"할아버지, 안녕하세요."

"알바공주 왔구나. 어서 들어오너라. 그런데 이 가방은 뭐냐?"

반갑게 맞아준 대성은 소영이 들고 있는 커다란 가방을 보곤 물었다. 대문 안으로 들어서던 소영이 어색할 정도로 억지로 웃었다.

"좀 크죠?"

"집에서 쫓겨나기라도 했냐?"

가방보다는 통통 부어 있는 소영의 눈이 예사롭지 않게 보였다. 대성과 함께 마당을 가로지르던 소영이 시무룩한 얼굴을 했다.

"……저녁엔 들어갈 거예요. 제가 오늘 조간신문에 나왔잖아요. 혹시 못 보셨어요?"

"신문에 나왔다고? 범죄자는 아닌 것 같은데……."

현관 안으로 들어와 고무신을 벗던 대성이 소영의 행색을 훑어보았다. 소영의 얼굴이 더욱 시무룩해졌다.

"범죄자라니요? 쫓기긴 해도 그런 건 아니거든요."

"죄도 안 지었는데 왜 쫓겨 다녀?"

"저도 지금 뭐가 뭔지 하나도 모르겠어요."

신문에 난 기사가 정말 자기 일인지 실감하기도 전에 연숙을 만났다. 그리고 거짓말처럼 지한과 이별이란 걸 했다. 현실이 아닌 듯 소영은 지금도 받아들이기 힘들었다.

"네 일을 네가 모르면 누가 알아?"

"기자들이 알고 있더라고요. 제가 좋아하는 사람이 있는데 그 사람이 J&H 그룹 후계자라나 뭐라나……."

여전히 믿을 수 없었는지 소영은 남의 일 말하듯 중얼거렸다.

"J&H 그룹의 후계자?"

"그렇대요. 저는 그 사람이 그렇게 대단한 집 가족인 줄 전혀 몰랐어요."

"무슨 사정인지 내가 다 알아들을 수 있게 차근차근 말 좀 해봐."

심각한 표정을 지은 대성이 궁금한 듯 물었다. 속사정을 아무에게도 말하지 못한 탓에 소영은 화병이 생길 정도였다. 답답한 마음을 풀어낼까 싶어 소영은 지한과 만나게 된 사연부터 털어놓았다.

"그 사람을 처음 만난 게 임산부 알바를 하면서……."

소파로 앉은 대성은 진지하게 그녀의 말을 들어주었다. 지한과 얽힌 굵직한 사연으로 이야기를 끌어가던 소영은 이별하게 된 연유까지 말했다. 툭! 힘없이 말간 눈물이 떨어졌다. 정말로 그와 헤어졌다는 현실을 새삼 실감했다.

"그런 이유로 그 녀석과 헤어졌다는 거냐?"

소영이 눈물을 닦는 사이 대성이 물어보았다.

"……네."

"얼마나 덜떨어진 놈이면 제 여자를 울게 해?"

대뜸 지한을 나무란 대성은 무서울 만큼 있는 대로 인상을 썼다.

"그 사람 잘못이 아니라고 말씀드렸잖아요."

"아니긴 뭐가 아니야? 그런 녀석은 네가 차버려. 안 그러면 평생 고생해!"

"……!"

소영이 움찔 놀랄 정도로 대성이 벼락같이 소리쳤다.

"못난 놈! 얼빠진 놈! 한심한 놈!"

"할아버지, 피디님 욕하지 마세요."

대성은 얼굴이 시뻘게지도록 노여움을 표현했다. 소영은 제 역성 들어주는 대성의 마음까지는 이해할 수 있었다. 그런데 지한의 욕을 연거푸 하니 듣기 거북스러웠다.

"조카나 고모나 똑같아! 돈이 많으면 다야! 아주 그냥 못돼 처먹었어!"

씩씩거리는 대성의 얼굴은 누르락푸르락했다.

"대표님은 대단하신 분이세요."

"대단하긴 뭐가 대단해? 기껏 돈지랄한 게 대단해!"

연숙을 두둔하는 그녀의 말에 대성은 언성을 더 높였다. 노발대발하는 대성으로 소영은 어찌할 바를 몰랐다. 무덤을 팠을 때부터 진작에 알아보긴 했지만, 한 성격 하는 대성으로 소영은 절절맸다.

"여자의 몸으로 경영도 잘하고 무엇보다 그 사람과 누나를 키워주신 분이잖아요."

"그래서 위세를 떤다니! 못된 것!"

대성의 노기가 가라앉질 않았다. 이대로 뒀다간 분을 못 이겨 뒤로 넘어갈 기세였다. 소영이 어찌질 못해 안절부절못할 때 주방이 보였다. 물이라도 떠올 심산에 그녀가 일어났다.

"할아버지, 물 떠올게요."

서둘러 주방으로 가던 그녀가 슬쩍 대성을 보았다. 소영이 자리를 뜨자 어디다 전화를 하려는지 대성은 수화기를 들고 있었다.

소영이 정수기에서 물을 따랐다. 그새 통화를 마쳤는지 뒤따라 들어온 대성이 식탁 의자를 빼서 앉았다. 제 자식 일처럼 대성이 안타까워해주니 그녀는 한없이 고마웠다. 식탁으로 가던 소영은 말끔히 치워져 있는 가스레인지를 보았다.

"할아버지, 저녁에 드실 수 있게 뭐라도 끓여놓고 갈까요? 찌개 어떠세요?"

"이런 상황에 찌개는……."

소영이 대성의 앞으로 물잔을 내려놓았다. 에- 휴…… 말을 하고 나면 속은 시원할 줄 알았더니. 지나친 대성의 반응에 소영은 잘못 말했다는 걸 절실히 느꼈다.

"뭐라도 해야지 잊을 것 같아서요."

"에잇! 어리석은 놈 같으니라고!"

다시 지한을 나무란 대성은 그녀가 안쓰러웠는지 애틋한 표정을 했다. 그런 대성을 뒤로하고 소영은 이른 저녁을 준비하고자 앞치마를 둘렀다.

그리고 보글보글 찌개가 끓을 때쯤이었다. 밖에서 들리는 어렴풋한 소리에 그녀가 귀를 쫑긋 세웠다.

"할아버지, 이게 무슨 소리예요?"

"차고 문이 열리는 소리 같기도 하고, 찌개가 다 끓었으면 네가 좀 나가보련?"

"혹시 가족이…… 오세요?"

가족이 찾아왔다면 대성에게는 잘된 일이지만, 이럴 줄 알았으면 그냥 찜질방으로 갈걸. 자신을 알아본 가족으로 겨우 화를 가라앉힌 대성이 다시 노발대발할까 걱정이었다.

"나가보면 알겠지."

썰어놓은 두부를 소영이 냄비 안에 넣은 후 앞치마를 풀어놓고는 서둘러 현관 쪽으로 걸어갔다. 그런데 신발을 신던 소영이 현관문이 열리자 고개를 들었는데…… 지한이 안으로 들어서고 있는 게 아닌가.

뜨- 악! 지한과 소영은 서로의 모습에 놀란 듯 멀뚱히 쳐다보았다.

"소영아……."

경수네 집에 있어야 할 그녀가 왜 이곳에? 당황한 지한은 본가로 오기 전 연숙을 만났던 일을 떠올렸다.

그가 J&H 그룹 비서실 문을 열고 들어서자 김 비서가 일어섰다. 고개를 숙이는 김 비서를 보곤 그는 대표이사실로 향했다.

"김 비서, 오전에 단소영 씨가 다녀간 거로 알고 있는데 혹시 고모랑 말다툼하진 않았나?"

"그렇진 않으셨습니다."

노크한 후, 문을 열어주는 김 비서를 보며 지한은 넥타이를 살짝 잡아당겼다. 그래도 아니길 바랐건만 소영의 행동은 모두 연숙으로 인한 것이다. 막상 확인하고 나니 실망감에 허탈한 기분마저 들었다.

"도련님 오셨습니다."

김 비서의 목소리에 고개를 든 연숙은 처음 있는 일이다 보니 조금 놀라는 눈치였다.

"네가 회사로 다 찾아오고……."

"다 밝혀진 마당에 이제 숨길 것도 없잖아요. 소영이도 왔던 곳인데 저라고 못 올 것이 있나요?"

지한이 알고 있다는 사실에 연숙의 낯빛이 어두워졌다.

"그 애가 말하디?"

"들어오다 김 비서한테 떠봤어요. 고모, 꼭 그렇게 하셨어야 했어요?"

재킷의 단추를 풀며 지한이 소파로 앉았다.

"다 너를 위해서야."

"고모를 위해서겠죠."

자리에서 일어난 연숙이 상석으로 갔다.

"그래서 지금 나한테 따지기라도 하겠다는 거야? 그 아이는 우리 집안이랑 안 어울려. 아비도 없고 아무것도 내세울 게 없잖아?"

"아버지를 일찍 여읜 게 소영이 잘못은 아니잖아요. 저도 어머니가 안 계세요. 그러니 너그렇게 봐주시면 안 되나요?"

소파로 앉은 연숙을 보며 그가 부탁하듯 말했다.

"나도 그 아이가 싫지는 않아. 성격도 밝고 하는 짓도 예뻐. 하지만 너의 짝으로는 아니라는 거야. 적어도 네 짝은 아버지가 국회의원인 은하 정도는 돼야지. 그래야 너한테도 도움이 될 거고."

"은하는 그저 친구일 뿐이니 걔네 집에는 입도 뻥긋하지 마세요."

지한은 한마디로 거절했다.

"친구니까 서로에 대해서 더 잘 알 거 아니야."

"소영이 일로 아버지를 찾아뵐 생각이에요."

여전히 묵묵부답인 부친이지만 이제는 소영을 위해서라도 마냥 이러고 있을 수만은 없었다. 가서 맞아 죽는 한이 있더라도 자신이 태도를 확실히 밝혀야 소영이 힘들지 않을 것이다.

"미쳤어! 쌍둥이 엄마 일은 어쩔 거야? 거짓말이란 거 아시면 당장 난리 날 텐데."

"잘못했으면 당연히 혼나야죠."

"너, 진짜 소영이랑 결혼이라도 하겠다는 거야?"

연숙이 따지듯 물었다.

"남자로서 책임질 행동을 했어요. 고모 뜻대로 오늘 딱, 하루만 헤어질 테니 더는 소영이 괴롭히지 마세요."

"뭐라고?"

연숙이 기가 막힌다는 표정으로 그를 보았지만, 지한의 태도가 확연히 달라졌다는 걸 느낄 수 있었다.

"저와 누나를 키워주신 거 항상 감사하게 생각하고 있어요. 지금부터는 고모가 시키는 대로 다 할게요. 그러니 소영이만 허락해줘요."

연숙과 이렇듯 이야기를 끝내고 무작정 부친을 찾아뵐 생각에 가속페달을 밟았다. 그런데 지한은 대성으로부터 뜻밖의 전화를 받게 되었다.

[당장 집으로 들어와.]

지한이 이어폰을 터치하자마자 대성은 딱, 이 한마디만 하고 끊었다. 노기 어린 대성의 목소리에 운전대를 잡고 있던 그의 손은 순식간에 땀이 찼다.

그새 고모가 모든 걸 얘기했나?

그렇게 지레짐작한 그가 집까지 온 것이다. 그런데 소영이 현관 앞에 서 있으니 그야말로 기가 막힐 노릇이었다. 그녀 역시 놀랐기에 소영은 커다란 두 눈을 끔벅거렸다.

　'혹시 내 뒤라도 밟은 거야?'

　이런 생각까지 한 그녀는 좀 전까지 펄쩍 뛰던 대성을 쳐다봤다. 당사자가 왔다는 걸 대성이 알면? 으- 아악! 큰일 났다. 빨리 그를 데리고 나갈 생각에 소영이 지한의 몸을 밀어냈다. 뒤뚱댈 정도로 자신의 몸이 기울자 그의 손이 벽을 짚었다.

　"왜 이래? 넘어져."

　"어서 나가요."

　대성에게 들릴세라 최대한 목소리를 낮춘 소영은 무작정 그를 끌고 나가려 했다.

　"어딜 나가라는 거야?"

　"금방 형부네 집으로 갈 테니 어서 가세요."

　가네, 마네 둘이 현관 앞에서 옥신각신할 때였다. 두 사람의 행태를 말없이 지켜보던 대성이 입을 열었다.

　"왔으면 어서 들어오지 않고 뭐 하고 있어!"

　"네, 아버지."

　노기를 억누른 대성의 목소리에 지한이 얼른 대답했다. 대성을 아버지라고 부르는 지한의 모습에 놀란 소영의 눈은 눈알이 튀어나올 것처럼 커졌다.

　"아, 아, 아버지? 할아버지가 아, 아버지?"

　아니겠지! 잘못 들었겠지! 소영은 말까지 더듬거렸다.

　"우리 아버지가 왜 할아버지야? 실없는 소리 그만하고 이리 와."

　'허- 억! 맞는 거야!'

그녀가 놀랄 새도 없이 지한은 소영의 팔을 잡았다. 이번엔 그녀가 끌려가듯 거실 안으로 들어갔다. 도통 영문을 몰라 소영은 속으로 중얼거렸고, 지한은 부친 앞에 섰다.

"아버지, 절 받으세요."

대성을 향해 절을 하는 지한은 근 5개월 만에 부친을 보는 것이다. 몹시 그리웠다. 다행스럽게도 대성이 건강해 보여 그는 안심했다. 한동안 대성을 향해 엎드려 있던 지한이 자세를 일으켰다.

"이런 못난 녀석."

지한의 얼굴을 본 대성은 못마땅한 표정을 지었다. 소영을 슬쩍 끌어당긴 지한이 소파로 앉았다.

"잘못했습니다."

"무작정 뭘 잘못했다는 거야? 나한테 거짓말한 거? 아니면 네 여자를 울게 한 거!"

대성은 소영과 나란히 앉아 있는 지한을 향해 호통을 쳤다. 부친이 모든 사정을 알고 있자 지한은 되레 속이 편했다. 첫말을 어떻게 꺼내야 할지 내심 걱정했기 때문이다.

"둘 다입니다."

"쯧!"

더는 혼내지 못한 대성이 눈살만 찌푸렸다. 아마도 소영의 앞이라 지한의 체면을 생각한 것 같았다.

소영의 눈에 지한은 죄인처럼 앉아 있었고, 대성은 화를 꾹꾹 참아내는 모습이었다. 놈, 놈 했을 때보다 대성의 노기는 한층 가라앉았지만, 하필 자기 이야기를 들어준 사람이 지한의 아버지라니! 소영은 기함할 노릇이었다.

눈물까지 흘리며 온갖 주접이란 주접은 다 부렸다. 쭈뼛거린 소영이 대성의 눈치를 슬쩍 보고는 기어들어가는 목소리로 말했다.

"피디님은 잘못한 거 하나도 없어요. 제가 임산부 모습을 하는 바람에 오히려 피해를 보셨어요. 피디님을 혼내시려면 저를 죽여주세요."

"널 왜 죽여?"

뜬금없는 소영의 말에 지한이 그녀의 다리를 쿡, 찔렀다. 그를 흘깃 본 소영이 소파에서 내려갔다. 한술 더 뜨듯 무릎을 꿇고 앉더니 대성을 향해 납작 엎드렸다.

"다 제 잘못이에요. 피디님이 방송국에서 좌천당한 것도, 집에서 내쫓긴 것도 다 저 때문이에요. 죽이기 힘드시면 부디 용서라도 해주세요."

이 말은 대성뿐 아니라 지한에게도 하는 말이었다. 그의 삶을 자신이 엉망으로 만들어놨기에 그녀는 미안했다.

소영을 가만히 보던 대성이 주방을 가리켰다.

"끓고 있는 저 찌개부터 해결하고 오면 용서는 그다음에 생각해보마."

"찌개요? 킁킁, 으아아아악! 된장찌개!"

냄새를 맡는가 싶더니 그녀가 벌떡 일어났다. 소영은 후다닥 주방으로 뛰어갔다.

'찌개라니?'

지한은 어리둥절한 눈으로 대성을 쳐다봤다. 대성의 입가에는 미소가 맺혀 있었다. 호진이도 없는데 대성의 입가에 미소가 번지다니. 그는 보고도 믿기지 않았다.

우당탕탕! 주방에서 무언가 떨어지는 소리가 들렸다.

"아 놔! 어떡해!"

소영의 목소리에 대성과 지한은 동시에 주방 쪽을 보았다.

"앗! 뜨거워!"

이내 소영의 외침이 집 안에 울렸다. 대성이 불안한지 일어났다.

"어서 가보지 않고 뭐 해?"

"네."

서둘러 주방으로 간 지한은 바닥에서 나뒹굴고 있는 냄비 뚜껑을 보았다. 그녀는 제 손가락을 호호 불고 있었다.

"으…… 호~"

"소영아, 데였어?"

놀라서 다가간 지한이 수도꼭지부터 돌려 찬물을 틀었다. 그녀의 손을 잡은 그가 흐르는 물로 소영의 손을 가져갔다.

"괜찮아요."

"조심하지 않고……."

그냥 냄비 뚜껑을 잡는 바람에 뜨거웠을 뿐이지 데이진 않았다. 그런데도 지한의 손길이 좋아 소영은 마다하질 못했다. 그의 얼굴을 소영이 곁눈질로 쳐다볼 때였다.

따르릉~ 따르릉~ 거실에 있는 전화벨이 울렸다. 통화하는지 두런거리는 대성의 목소리가 곧이어 들렸다.

이제 되었다며 소영이 수도꼭지를 잠갔다.

"저는 여기가 피디님 집인 줄 진짜 몰랐어요."

"이제 알았으니 어쩔 거야?"

그가 심각하게 물었지만, 연숙과 대면했을 소영을 생각하니 지한의 마음이 짠해졌다. 무턱대고 이별을 말할 수밖에 없었던 소영. 그때 그녀의 심경은 어땠을까.

"헤어졌는데…… 가야죠."

정신없는 이 상황에서도 이 말은 잊히질 않았다.

"내 금방 경로당에 좀 갔다 와야겠다."

거실에서 들리는 대성의 목소리에 소영이 주방을 나갔다. 이 상황이 난감했던 그녀는 대성이 나갈 때 묻어갈 생각을 했다.

"저도 같이 가요."

"병원에 입원했던 친구가 퇴원해서 잠시 들렀다는구나. 금방 다녀올 테니 가지 말고 기다려라."

외투를 입은 대성은 현관으로 갔고 지한은 묵묵히 허리를 숙일 뿐이었다. 겉옷을 입으려던 소영은 대성의 말에 간다고 우길 수도 없었다.

"할아버지, 다녀오세요."

"오냐."

현관문을 연 대성이 돌아보았다. 나란히 서서 저를 배웅하는 두 사람의 모습에 대성의 표정은 한결 누그러졌다.

달각, 소리를 내며 문이 닫혔다. 지한이 볼 때 부친과 소영은 어제오늘 만난 사이가 아닌 것 같았다.

"이제부터 이 집으로 오게 된 상황을 하나도 빠트리지 말고 다 말해볼까."

"특별한 것도 없는데……. 형부네 집 앞에 있는 기자들을 피해서 봉사활동 했던 할아버지네로 온 게 다예요."

두 사람은 소파로 가서 마주 보고 앉았다.

"봉사활동?"

"적적하실 것 같아 책을 읽어드렸거든요."

"혹시 우리 일을 네가 말한 거야?"

"그냥 저는 답답한 마음에 푸념이라도 할까 싶어서. 피디님 아빠인 줄 진짜 몰랐어요."

푸념을 시아버지 될 분한테 하다니……. 지한은 기가 막힌 우연에 신기할 정도였다. 소파 등받이로 몸을 기댄 그가 소영을 지그시 바라보았다. 전화위복이라고 했나. 신문 기사로 한바탕 난리를 쳤지만, 기분만은 홀가분했다.

"다 밝혀지고 나니 속은 시원하다."

"피디님……."

현관 안으로 들어설 때 지한의 얼굴엔 긴장감이 역력했었다. 그랬던 그의 얼굴이 지금은 그 어느 때보다 편안해 보였다.

거실 벽에 걸려 있는 모친의 사진이 그의 눈에 들어왔다. 평상시엔 제대로 쳐다보지도 못했던 사진이었다. 그녀가 해준 말 때문인지 사진 속에서만 존재하는 모친의 얼굴에서 지한은 눈을 떼지 못했다.

"날 낳으신 어머니가 돌아가시고…… 아버지는 세상일에 손을 놓으셨어."

지한은 누구에게도 들려주지 못했던 자신의 사연을 소영에게 털어놓았다.

한편 그 시각, 술잔을 내려놓은 은하가 전화하려는지 휴대폰을 만졌다. 이내 귀찮았는지 그만둔 은하는 자신의 옆자리로 사람이 앉는 것을 느꼈다.

"조금 늦었다. 이해해주라."

김 기자 앞으로 바텐더가 술잔을 놓아주었다. 잔을 채우려는지 은하가 제 앞에 있는 술병을 들었다.

"대형 스캔들을 터트리더니 오늘 무지하게 바빴나 보네?"

"한 건 할 수 있게 엄청난 정보를 알려줘서 고맙다."

술잔에 채워진 술을 김 기자는 천천히 입안으로 흘려보냈다.

"대학 동창끼리 상부상조한 건데 고마울 것까지야."

"네 덕분에 방송국 국장인 우리 매형 코를 납작하게 해줄 수 있었다."

비릿한 웃음을 흘린 김 기자가 술병을 들자 은하가 잔을 내밀었다.

"그게 뭐, 내 덕인가?"

"당연히 네 덕이지. 호텔에서 여자랑 투숙한 서지한, 그것만으로 특종감인데 대기업의 후계자라니."

"내가 정보를 줬다고 누구한테도 누설하면 안 돼."

지한의 스캔들이 터지기 며칠 전이다. 지한과 은하의 친분을 전부터 알고 있던 김 기자는 지한과 호텔에 동행했던 여자를 알고자 전화를 했고, 은하는 그 여자가 소영이란 걸 단번에 알아차렸다.

"비밀 지킬 테니 걱정 붙들어 매. 오늘 진짜, 기분 좋다."

김 기자가 건배를 청하자 은하가 잔을 부딪쳤다. 술잔을 입으로 가져간 은하는 비참한 표정으로 복도를 걷던 소영의 얼굴을 떠올렸다.

그까짓 사랑…… 과연 할 수 있을까. 연숙을 생각한 은하는 빙긋이 웃었다. 이제 두 사람은 연숙이 해결해줄 테니 자기는 지켜보기만 하면 된다.

"나도 나름대로 재미있었어."

만족스러웠는지 은하는 매우 흡족한 표정을 지었다.

"네 배경도 대박인데, 너는 아직 결혼할 사람 없어?"

"그래서 아버지 도움을 받아볼까 생각 중이야."

은하의 말에 김 기자는 호기심 어린 눈으로 보았다.

"국회의원을 삼선 하신 분의 사윗감이라…… 누구일지 이거 벌써 궁금해지는데."

"일이 잘되면 정보 흘려줄게. 그때 또 한 번 크게 터트려봐."

연숙이 지한의 배우자로 자신을 염두에 뒀다는 것은 이미 오래전에 눈치 챈 일. 술잔을 비운 은하가 연신 웃어댔다.

한껏 들뜬 상태로 은하가 웃고 있을 때, 지한은 작은 한숨을 내쉬었다. 모든 전말을 소영에게 밝힌 그는 말하고 싶어도 말할 수 없었기에 항상 죄지은 기분이었다고……. 말을 마친 그를 소영은 측은한 눈으로 바라보았다. 그리고 또 하나 알게 된 사실.

'은하 씨는 그래서 알게 된 거구나.'

두 집안의 친분 때문에 지한의 배경을 자연스레 알게 된 은하. 그런 줄도 모르고 지한을 믿어주질 않았다니. 더군다나 자신은 그에게 거짓말쟁이라는 말까지 했다.

"자, 이제 내 얘기는 여기서 끝내고, 우리 이야기를 해볼까? 너는 아직도 내가 싫어?"

그녀는 부끄럽고 미안했다. 소영은 그저 그가 내리는 처분대로 따르겠다며 고개를 푹 숙였다.

"……잘못했어요."

사랑스러운 소영의 행동에 그는 포근한 눈빛을 했다.

"그런데 가만히 생각해보니까 내가 다른 건 다 용서해도, 네 마음을 가지고 장난친 건 용서를 못 하겠다."

그의 말에 소영이 서서히 고개를 들었다.

"제가 어떻게 해야 용서하실 거예요?"

"글쎄, 어떻게 성의를 보이느냐에 따라서 달라지겠지."

삐친 척, 지한이 퉁명스럽게 말했다.

"성의요?"

"맞다. 내가 널 갖고 논 거지? 그럼 내가 잘못한 거네."

슬쩍 소영의 눈치를 살핀 그가 한숨을 푹 내쉬었다. 요란하게 손사래를 친 소영이 화들짝 놀란 얼굴을 했다.

"절대로 그런 거 아니에요!"

"그런 모욕적인 말을 듣다니. 상처받은 내 마음……. 윽!"

인상을 쓴 그가 제 가슴을 움켜쥐었다.

"흐응~"

소영이 콧소리를 내더니 어기적거리고 일어섰다. 뭉그적거리며 제 곁으로 다가온 소영이 옆자리로 앉자 안 볼 것처럼 지한은 눈까지 감았다. 그의 팔에 팔짱을 낀 소영이 지한의 어깨에 머리를 기댔다.

"용서해주세요~"

"겨우 그거? 성의가 부족해도 한참 부족해."

"이래도?"

소영이 지한의 허리를 끌어안았다.

"됐다고 해."

"쪽!"

"그 정도론 어림도 없어."

지한의 볼에 뽀뽀했던 그녀가 꿈쩍도 안 하는 그의 얼굴을 감싸 쥐었다.

"아하! 이걸 원했구나."

소영이 그의 입술에 입맞춤할 것처럼 가까이 다가갔다. 눈을 감고 있는 지한의 얼굴을 말똥말똥 바라보던 소영이 얼굴을 감쌌던 손을 풀었다. 능글 맞은 남자 같으니라고. 그의 입술이 웃고 있는 걸 보았다.

"부족한 건 밥으로 채워드릴게요."

"그건 아니지."

시침을 뚝 뗀 소영이 일어서려 하자 눈을 뜬 그가 그녀의 몸을 황급히 끌어안았다. 그리고 천천히 소영의 몸을 밀어서 소파 위로 눕혔다. 자연스럽게 몸이 겹쳐졌고, 기분 좋은 무게감이 소영의 몸 위로 전해졌다.

"그럼 어쩌라고요?"

그녀가 타박하자 순간 역전된 느낌이었다.

"어쩌긴, 밥은 아버지 오시면 먹어야지."

"그럼 조금 더 기다려야 하나?"

자신을 내려다보는 지한의 목을 그녀의 팔이 슬그머니 휘감았다. 다시는 이렇게 할 수 없을 줄 알았다. 가슴이 울렁거리며 그가 소중한 사람이란 걸 새삼 확인했다.

지한의 손이 소영의 머릿밑으로 들어가 받쳐주었다. 바로 눈앞에 있는 그의 입술을 본 그녀가 침을 꼴깍 삼켰다. 그리고 지한은 놓치지 않고 소영의 눈빛을 보았다.

"너, 지금 키스보다 더 야한 거 생각했지?"

"아니거든요! 피디님이 했나 보네."

짓궂은 그의 말에 그녀가 강하게 부정했다.

"응, 했어."

지한이 인정하자 간밤의 일이 생각난 소영의 얼굴이 붉게 물들어갔다. 서서히 그의 얼굴이 소영의 얼굴로 내려졌다. 두근두근. 콧날이 스쳤고 닿을 듯 말 듯 서로의 입술이 마주했다.

"참, 짚고 넘어갈 문제가 있는데."

"뭐요?"

"또 헤어지잔 소리 할 거야, 안 할 거야?"

그가 다짐하듯 묻는 말에 소영이 고개를 흔들면서 입술이 닿았다. 콩콩. 심장이 발작을 일으킬 정도로 뛰었다.

"안…… 해요."

말을 하면서 다시 부딪쳤다. 얄궂게 닿을 적마다 야릇한 것을 맛보고 싶어 온몸이 짜릿짜릿했다.

"미안해. 네 잘못은 하나도 없어. 다 내 잘못이야."

"이제부터 헤어지자는 말은 죽어도 안 할게요."

제 눈치를 보는 소영이 안타까웠다. 자신이 헤어지자고 말한 이유를 그녀에게 알려줘야지 더는 안 될 것 같았다. 사실대로 말도 못하고 소영의 속은 새까맣게 타버렸을 것이다. 가여워라. 손가락을 간질이는 소영의 머리카락을 그가 쓸어 올렸다.

"믿어. 그리고 네가 그렇게 말할 수밖에 없었던 이유도 알아."

"알…… 아요?"

"고모 만났어. 너는 네 속마음을 숨기려 할수록 훤히 보인다는 거 모르지? 그러니까 다음부터는 그러지 마."

"……네."

그의 말을 듣는 동안 소영은 눈도 깜빡이지 않았다.

"하도 부탁해서 오늘 하루만 헤어지려 했는데 안 되겠다. 반나절로 끝내자."

"하루……."

의문을 품은 소영의 말은 아스라이 지한의 입안으로 사라졌다. 평소보다 더 뜨거운 그의 입술이 도톰한 그녀의 입술을 베어 물 것처럼 맞대었다. 그의 손이 소영의 가슴을 그러쥐었다. 그런데 어루만지는 것만으론 성에 차질 않나 보다. 입안에 넣고자 윗옷을 걷어 올리려 했다.

"안 돼요."

쿵! 소영은 제 몸 위에 있는 그의 몸을 냅다 밀쳐냈다. 그 힘에 지한의 몸은 소파 밑으로 굴러떨어졌다. 혹시라도 대성이 들어올까 노심초사였는데.

"윽! 아파……."

"피디님, 방은 어디예요?"

옷매무새를 만진 소영이 벌떡 일어났다. 후끈 달아오른 분위기를 얼른 깨줄 필요가 있었다.

"내 방은 왜? 방에 가서 하자고?"

이런 식으로 받아들이다니. 소영의 입이 떡 벌어졌다.

"에그. 그러다가 할아버지 들어오시면 어쩌려고."

"부끄러워하긴, 이 층이야."

소영의 마음을 헤아린 그가 몸을 일으켰다. 그녀는 이 층으로 올라가기 위해 계단 쪽으로 걸어갔다.

"오~"

이 층으로 올라온 소영이 작게 감탄했다. 소박한 아래층과는 달라도 확연히 다른 이 층은 도저히 한집이라 말할 수 없을 정도로 인테리어가 화려했다. 소영의 뒤를 따라 지한이 막 이 층으로 올라올 때였다.

웅성웅성.

"이 집 같은데. 문패에 서대성이라고 쓰여 있네."

'뭐지?'

밖에서 들리는 어렴풋한 말소리에 그가 창 쪽으로 가자 무슨 일인지 궁금한 소영도 그리로 향했다. 두 사람은 급히 창밖을 내다봤다. 수군거리며 기웃거리는 모양새가 딱 보니 기자들 같았다.

"여기까지 찾아온 거야?"

몰려온 기자들을 보며 지한이 중얼거렸다. 끈질긴 저들이 무섭다고 생각될 즈음, 소영은 저만치서 걸어오는 대성의 모습을 보았다.

"할아버지다."

"내가 나가볼 테니 너는 여기 있어."

기자들에게 붙잡혀 시달릴 부친도 아니지만, 그래도 모를 일이니 지한은 서둘러 아래층으로 내려갔다. 어쩌나 싶어 소영이 창문을 열자 찬바람이 훅 밀려들어 왔다. 그리고 그녀의 귀로 사람들의 목소리가 또렷하게 들렸다.

"……혹시 서대성 회장님, 되시나요?"

"그렇소만, 기자들이신가?"

대성은 그들이 들고 있는 카메라를 보고 지레짐작했다. 대성에게 질문을 던졌던 기자가 그의 옆으로 다가왔다.

"회장님, 몇 가지만 여쭤봐도 되겠습니까?"

"물어보시오."

기자의 물음에 대성은 순순히 응해주었다. 혹시 그와의 만남을 반대하는 것은 아닐까. 소영은 대성이 어떤 답을 할지 걱정스러워 대문 근처까지 걸어간 지한을 보았다.

"아드님과 만나는 아가씨를 회장님은 어떻게 생각하시는지 한 말씀 부탁드립니다."

"우리 아들이 혼기가 차서 결혼하는 것인데, 그게 뭐 그리 궁금한 일이라고 날도 추운데 여기까지 오셨소?"

"그럼 두 사람의 결혼을 허락하신다는 말씀이신가요?"

"내 아들이 좋다는데 반대할 이유가 있겠소."

대문을 열려던 지한의 손이 멈칫했다.

'우아아아아아-'

결혼을 허락한다는 대성의 말에 소영의 입에선 비명이 나올 뻔했다. 행복한 얼굴로 지한을 보던 소영은 창문을 닫고 아래층으로 향했다. 그녀가 아래층으로 뛰어 내려갈 때, 지한은 대문을 열었다.

"아버지, 어서 들어오세요."

찰칵! 찰칵! 지한을 향해 카메라의 플래시가 요란하게 터졌다.

"서지한 씨, 결혼식은 언제쯤 하실 건가요?"

"자세한 사항은 홍보실에서 알려드릴 것입니다. 날이 꽤 춥습니다. 조심해서 돌아가세요."

대성이 들어오자 기자들을 향해 몇 마디 한 지한은 대문을 닫고, 앞서 걸어가는 대성의 뒤를 그가 따랐다.

이렇듯 쉽게 결혼을 허락할 줄이야……. 이 또한 소영의 힘인가? 봉사활동 온 소영을 꾸준히 지켜봤다면 충분히 가능한 일이겠지만, 도무지 믿기지 않았다.

뛰어 내려온 소영은 대성이 들어올 수 있도록 현관문을 열어주었다.

"다녀오셨어요?"

"오냐."

소영의 인사에 대성은 너그러운 미소를 지었다.

"시장하시죠? 저녁상 차려놨어요."

"수고했구나."

앞장서서 주방으로 간 소영이 가스레인지의 불을 껐다. 대성이 식탁에 앉는 것을 보고 그녀가 데운 찌개를 식탁에 올려놓을 때였다. 대성의 옆으로 선 그가 의자에 앉지를 못하고 머뭇거렸다.

"왜요?"

"그게……."

지한이 대성의 눈치를 보았다.

"앉아라."

대성의 말에 지한은 그답지 않게 미적거리며 조심스럽게 의자를 당겨 앉았다. 지한과 달리 소영은 자연스럽게 대성의 옆에 앉아 그의 밥그릇에 반찬을 올려주었다.

"할아버지, 꼭꼭 씹어서 드세요."

살가운 소영의 행동에 대성의 얼굴은 한없이 부드러워졌다.

"이제 '할' 자는 떼어야 하지 않겠느냐?"

이제 와서 듣기 거북했는지 지금껏 불렀던 호칭에 대성이 토를 달았다. 대성이 소영과 대화하며 식사를 하자 지한은 목이 다 메는 느낌이었다. 그동안 부친과 단둘이 식사할 때면 숟가락을 들고 내려놓을 때까지 대화란 것은 어쩌다 한마디 하는 것이 다일 정도로 거의 존재하지 않았다.

"피디님, 그래도 돼요?"

"되고말고."

선뜻 말하기 그랬는지 지한에게 의향을 물으며 소영은 잠시 머뭇거렸다. 괜찮다며 그가 해보라는 눈짓을 하자 그녀가 용기를 내서 입을 열었다.

"……아버지."

부친이 돌아가신 후 그녀는 아버지라는 호칭을 불러볼 기회가 거의 없었다.

낳아주신 아버지는 아니어도 이제는 아버지라고 불러도 될 사람이 생겼다.

뭉글뭉글 치솟는 감격으로 눈앞이 흐릿해진 소영이 반찬을 집으려 했다. 대성은 헛손질하는 소영을 보고 반찬 접시를 그녀 앞으로 끌어다주었다.

"젓가락이 너무 큰 게야?"

"……."

소영이 고개를 저었다. 지한은 제 입에서 어머니란 말이 나오기 힘든 것처럼 소영도 그러할 것이라 짐작했다.

"소영아, 아버지가 생긴 게 그리도 좋아?"

지한의 물음에 그녀의 눈망울엔 금방이라도 떨어질 것처럼 이슬방울이 매달렸다.

"좋기는 한데, 피디님은 아직도 용서를 받지 못한 거 같아서 죄송스러워요. 다 저 때문인데 두 분이 말도 안 하고……. 아버님이 계속 말씀을 안 하시면 저는…… 어떡해요?"

소영이 볼 때 그를 대하는 대성의 반응은 아직도 냉랭해 보였다. 미안해서 소영이 안절부절못하자 대성이 지한을 보았다.

"……짐 싸서 들어오너라. 흐음."

멋쩍었는지 끝내 헛기침을 한 대성은 반찬이 올려져 있는 밥을 입안으로 넣었다. 자신의 삶뿐 아니라 부친까지 변하게 한 소영. 지한은 그녀가 그지없이 고마웠다.

"감사합니다, 아버지."

Rrrrrrr.

지한이 인사말을 전할 때 그의 휴대폰이 울렸다. 주머니에서 휴대폰을 꺼낸 그가 발신자를 확인하곤 급히 전화를 받았다.

"네, 고모."

바로 그때 대성은 소영의 표정이 굳어지는 걸 보았다.

[오라버니랑 함께 있니?]

"식사 중이세요."

[인터넷에 뜬 기사들은 다 뭐야? 오라버니가 너희 결혼을 허락하신 거야?]

"아버지 바꿔드릴게요."

그새 기사가 올라갔나 보다. 연숙이 소영을 탐탁지 않게 생각하니 자신이 나서서 말하는 것보다 대성이 하는 것이 좋을 것 같았다. 숟가락을 내려놓은 대성은 지한이 주는 휴대폰을 받아 들었다.

"무슨 일이야?"

[오라버니, 애들 결혼을 정말 허락하신 거예요!]

따지듯 묻는 연숙의 목소리가 소영의 귀에까지 들렸다. 잔뜩 긴장한 소영의 얼굴을 보고 일어선 대성이 주방을 나갔다.

"허락하고 말고 할 게 뭐가 있어. 두 사람이 좋다면 하는 거지."

[그러지 말고 다시 한 번 생각해보세요. 여러모로 소영인 며느릿감으로 부족해요.]

이윽고 방으로 들어간 대성이 문을 닫았다. 연숙의 전화로 겁먹은 소영의 표정도 그렇고, 반대하는 연숙을 보니 아무래도 자신이 결론을 내려야 뒷말이 없을 듯했다.

"덕망으로 기업을 이끌어 갈 대표자가 돈과 권력을 이용해 힘없는 사람을 협박했다는 말은 내가 못 들은 거로 하마."

카랑카랑한 연숙의 목소리와 달리 대성의 말은 조용했지만, 그 대신 힘이 실려 있었다.

[오라버니, 그건⋯⋯.]

"지한이가 선택한 아이니 나는 반대 안 한다. 홍보실에 말하는 거 잊지 말고, 회사는 지금처럼 잘 부탁한다."

[……]

결혼 기사를 가시화하라는 대성의 말에 받아들이기 힘든 듯 연숙은 답을 못 했다. 무작정 집으로 간 지한으로 뭔가 사달이 날 줄 알았다. 그런데 결혼을 허락했다는 기사가 버젓이 올라와 있으니 그야말로 기절초풍할 수밖에 없었다.

"고맙구나."

[……알았어요.]

부탁은 물론 고맙다는 대성의 말로 연숙은 마지못해 대답했다. 이미 대성이 뜻을 밝혔기에 뒤집을 수도 없었다. 속상한 마음에 전화하긴 했지만, 이런 상황에서 반기를 들어봤자 자기한테 이로울 건 하나도 없었다.

대성의 집에서 저녁을 먹은 후, 소영은 파란 지붕 한옥에 도착했다. 주차하는 지한을 보고 그녀는 기자들이 있을까 싶어 주변을 둘러보았다. 이제부터 그의 명성에 누가 되지 않도록 될 수 있으면 구설수를 피해야 했다.

차에서 내린 지한은 오늘 아침에 들고 나왔던 소영의 가방을 트렁크에서 꺼냈다.

"돌고 돌아서 다시 집으로 왔네."

비거덕- 대문을 연 소영이 앞장서 들어갔다. 중문을 살며시 연 그녀는 안채 불이 모두 꺼져 있는 걸 보았다.

"형부가 주무시나 봐요."

"처가에서 출퇴근하려니 아무래도 힘들겠지. 괜히 깨우지 말고 이리로 와."

발뒤꿈치까지 들고 살금살금 걸어간 두 사람은 사랑채 문을 열었다. 팟! 불을 켜고 방으로 들어오니 오랫동안 난방을 하지 않은 탓에 방 안의 공기는 제법 차가웠다.

"으…… 추워."

"이불 속으로 들어가."

그의 말에 난방 스위치를 올린 소영은 냉기를 피하려는 듯 침대 위로 올라갔다. 이불을 뒤집어쓴 소영이 얼굴만 내놓았다.

"여기 짐도 가져가려면 정리해야겠어요."

"나는 그냥 두고 싶은데."

겉옷을 벗은 지한이 옷장에 걸며 말했다. 그가 이곳으로 올 수밖에 없었던 사실을 알고 나자 소영은 다시금 미안했다.

"집에서 쫓겨났을 때, 제가 많이 미웠죠?"

"왜 그렇게 생각해?"

그가 침대에 걸터앉았다. 소영이 이불 끝을 벌려주자 그가 안으로 들어왔다. 움쩍거려서 소영의 뒤로 간 지한이 그녀를 품에 안으며 이불까지 단단히 여몄다. 둘은 서로의 몸에서 따뜻한 기온을 찾으려는지 빈틈없이 몸을 밀착시켰다.

"홀로 계신 아버님을 두고 나와야 했잖아요."

"그렇긴 한데, 나는 오히려 떨어져 있던 그 시간이 더 좋았던 것 같아. 처음으로 아버지를 그리워했거든."

"아버님이 완고해 보이긴 해도 제 생각엔 표현을 못 해서 그러신 것 같아요. 피디님도 그렇고."

"노력하면 되려나?"

소영의 말에선 안타까움이 지한의 목소리에선 쓸쓸함이 묻어났다.

"그럼요, 먼저 다가가세요. 아버지잖아요."

"다가가려면 제일 먼저 뭘 해야 할까? 함께해본 게 거의 없어서 말이야."

"대화 먼저 해보세요. 지금 두 분에게는 그게 필요한 것 같아요."

소영은 저녁을 먹던 두 사람의 모습이 생각났다. 아마도 자신이 없었다면 말 한마디 오가지 않았을 것이다.

"하려고 해도 잘 안 돼."

"제가 도와드릴게요."

"알았어, 노력해볼게."

서걱거리는 부친과의 관계를 지한은 누구보다 바꿔보고 싶었다.

"나하고는 이렇게 말도 잘하면서."

"아버지 앞에서만 안 되는 걸 어떡해. 그렇게 가까이서 밥 먹은 것도 처음일걸?"

놀랐는지 소영이 돌아보았다.

"정말이요?"

"응, 내 자리는 아버지 맞은편이었어."

세상에나…… 그렇게 커다란 식탁에서 뚝 떨어져 먹었던 거야? 남의 자리인 양 머뭇거리며 의자에 앉던 지한의 행동을 이제야 이해할 것 같았다. 그녀가 안타까운 표정을 짓자 지한은 더욱 소영을 그러안았다. 소영의 가슴을 살며시 어루만지던 지한은 그녀만의 체향을 맡으려는지 어깨에 얼굴을 묻었다.

"참, 잊을 뻔했네. 피디님이 남겨놓은 말, 드디어 찾았어요."

"그랬어?"

지한의 입꼬리가 말려 올라갔다. 반면, 소영은 그때 찢어질 듯 아팠던 제 심정이 생각났다.

"보는데 마음이……."

"내가 뭐라고 썼는데?"

소영의 목소리에서 애틋함이 전해지자 그가 곰살궂게 물어보았다.

"못 믿나 본데, 보여줄까요?"

휴대폰을 가지러 가기 위해 소영이 일어서려 했다.

"아니, 말로 해줘."

그가 바짝 끌어안자 잠시 눈을 감은 소영이 그에게 들려주었다.

"나, 서지한. 단소영을 사랑한다."

"가물가물했는데 내가 그렇게 썼구나."

그가 잊은 척 말했다.

"능청스러워."

"그것도 찾았으니 이제 밀고 나가볼까."

"뭘 밀고 나가요?"

"먼저 어머니와 상의해봐야겠지만, 우리 결혼식 말이야."

어머니……. 이 말을 내뱉는 순간 지한의 가슴속에서 묘한 감정이 일렁였다. 소영이 대성을 아버지라고 불렀을 때 느꼈던 바로 그 감정.

"결혼식이요?"

"아버지도 허락했으니 해야지. 언제쯤 할래?"

다소 서두르는 감은 있지만, 지한의 아내가 된다는 것이 그녀는 싫지만은 않았다.

"엄마랑…… 상의해보고 결정해요."

"내 아내가 된다니. 에그, 예쁜 것."

더는 참을 수 없었는지 소영을 안은 채 그가 침대 위로 쓰러졌다.

"아버님이 기다리실 텐데……."

"한 시간만, 응?"

소영이 대답할 새도 없이 지한은 그녀의 입술부터 찾았다. 이내 말캉한 것이 만났고, 보드라운 감촉을 얼렸다.

입맞춤만으로도 아득해지는 정신을 그녀가 붙잡았다. 방 안의 냉기조차 무색할 정도로 두 사람의 몸은 달아올랐다. 서서히 입술을 나누며 소영의 겉옷을 벗긴 그가 침대 밑으로 던졌다.

"사랑해."

입맞춤만큼이나 달콤한 속삭임이 소영의 귓가를 간질였다. 목덜미에서 그의 숨결이 느껴지는가 싶더니 다시 그녀의 입술을 머금었다.

이내 그녀의 체온이 남아 있는 옷이 그의 손끝에서 떨어졌다. 부끄러웠는지 소영이 이불 속으로 쏙 들어갔고 몸을 일으킨 그는 침대에서 내려갔다. 그리고 불이 꺼졌다.

"……추워."

소영의 귓가로 그의 옷이 벗겨지는 소리가 들렸다. 콩닥콩닥. 진정시킬 수 없을 정도로 그녀의 심장은 고장 난 것처럼 뛰었다.

다가온 그가 이불을 들치자 차가운 기운이 소영의 몸으로 고스란히 전해졌다. 이불 속으로 들어온 그가 그녀에게 자신의 체온을 나눠주려는지 뜨겁게 끌어안았다.

만져지는 서로의 살결이 이토록 기분 좋을 줄이야. 입을 맞추려는 두 입술이 닿기 무섭게 그의 혀가 그녀의 혀를 휘감았다. 몹시도 다급한 그의 마음을 대변하듯 그의 입맞춤은 급했다. 입안의 타액이 섞였고 지한의 손은 여지없이 소영의 탐스러운 가슴을 움켜쥐었다.

"흐응."

맞닿은 입술 사이로 그녀의 신음이 흘러나왔다. 사랑을 나누기 전 그의 입술이 제 몸을 애무하기 시작하자 소영의 허리가 뒤틀렸다. 지한의 혀끝이 자신의 몸에 스칠 적마다 소영의 몸은 더욱 달아올랐다. 어서 안아달라고 애원하고 싶을 정도로.

소영의 몸 안으로 그의 몸이 들어오는 순간 지한의 몸짓은 격정적으로 변했다. 고요한 겨울밤, 그와 그녀는 뜨거운 사랑을 나눴다.

11화. 가족이 된다는 것은…….

소영이 지한의 품에 안긴 그 시각, 김 기자와 헤어진 후 자신의 오피스텔로 온 은하는 거품 목욕까지 즐겼다. 목욕을 마친 후에는 인터넷을 검색하기 전 축하주로 마실 생각에 위스키를 꺼냈다.

Rrrrrr.

컵에 따른 위스키를 한 모금 마실 때 휴대폰이 울렸고, 연숙임을 확인한 은하는 기쁜 마음으로 전화를 받았다.

"네, 대표님."

[은하야, 네가 지한이 친구니까 다른 사람 시키지 말고 처리해줬으면 하는 일이 있다.]

"뭔데요? 말씀만 하세요."

[내일 각 신문사로 배포할 수 있도록 네가 직접 자료 좀 준비해줘.]

"무슨 자료요?"

모른 척 물었지만, 혹시 기사에 대한 해명글을 올리라는 것인가? 은하는 이렇게 추측했다.

[소영이랑 결혼하는 거 말이야.]

들떠 있던 은하는 정신이 번쩍 들 정도로 찬물을 뒤집어쓴 기분이었다. 휴대폰을 들고 있는 은하의 손이 부들부들 떨리기 시작했다.

"대, 대표님, 그, 그게 무슨 말씀이세요?"

[못 알아들었어? 지한이랑 소영이 결혼설 가시화하라고.]

"결혼을…… 인정한다는…… 거예요?"

날벼락 같은 말에 은하는 말을 잃을 지경이었다.

[후우…… 그럼 어째. 이미 회장님이 허락하셨는데.]

한숨을 내쉰 연숙의 목소리는 침통함 그 자체였다.

"언, 언제요?"

대성이 허락했다는 말에 은하는 낭떠러지로 떨어지는 기분이었다. 연숙이 아무리 지한을 좌지우지해도 대성을 이기지는 못한다. 집안일이든 회사 일이든 전혀 관여하지 않는 대성이라 해도 가끔 자기 뜻을 내비칠 때도 있었다. 지한을 내쫓을 때처럼 말이다.

자신이 아는 대성은 신중하게 말을 내뱉고, 내뱉은 말은 반드시 지키는 것으로 알고 있다. 그런 대성이 지한의 결혼을 입에 담았다.

[너, 인터넷 기사 못 봤어? 나는 머리가 지끈거려서 이만 끊어야겠다.]

휴대폰을 던지듯 내려놓은 은하는 다급하게 노트북을 열었다. 자신의 계획대로라면 절대로 성사될 수 없는 결혼이건만, 결혼설을 가시화하라니. 그것도 자신의 손으로!

이런 게 어디 있어! 내가 원한 것은 이런 것이 아니었다고!

<서지한의 부친 서대성 씨가 결혼을 허락하다!>
<서지한과 단소영 양의 결혼 임박!>

은하는 속속들이 올라온 기사 제목들을 확인했다. 그녀는 도저히 믿을 수 없었는지 자신의 머리를 움켜쥐었다.

"아아악! 서지한!"

부친과 연숙의 관계를 이용해서 그녀는 지한과의 결혼을 꿈꿨었다. 그런데 시작도 하기 전에 끝났다는 것을 알고 나자 은하는 화를 참을 수가 없었다.

와장창-! 격분한 은하의 손은 테이블 위에 있는 모든 것을 쓸어버렸다.

달빛마저 구름에 가려진 까만 밤. 삼단 같은 머리카락을 침대 위로 펼친 소영은 지한의 품에 편안히 안겨 있었다.

"결혼하는 거 조금 생각해봐야겠어요."

"갑자기 그게 무슨 소리야?"

소영의 머리카락을 쓸어 올리던 그의 손이 멈췄다. 다음 말을 기다리는 듯 어둠 속에서 빛을 내는 그녀의 까만 눈동자를 그가 응시했다.

"이렇게 연애하는 것도 좋을 것 같아서요. 결혼하면 이런 맛이 덜할지도 모르잖아요."

"다른 이유가 있는 것은 아니고?"

아직도 연숙으로 두려워서 그러는 것은 아닐까 넘겨짚은 그가 진지하게 물었다.

"고모님 때문에 그래요. 피디님을 키워주신 그분의 축하를 가장 많이 받고 싶거든요."

"생각하는 게 나보다 낫네."

기특했는지 그가 소영의 입술에 입을 맞췄다. 그때 덜거덕! 하며 대문 열리는 소리가 들렸다. 서로의 입안을 막 맛보려 했던 두 사람은 순간, 긴장했다.

"도둑이 들었나?"

소영이 작게 속삭였다.

"잠깐만……."

그가 나가보려는지 몸을 일으킬 때였다. 대문이 잠기는 것 같더니 저벅저벅, 사람 발소리가 들렸다.

"처제는 안 들어올 건가?"

경수의 목소리였다. 그는 잠을 잤던 것이 아니라 지금에서야 들어온 것 같았다. 혹시 사랑채 문이 열릴지도 모르니 지한은 이불을 잡아당겼다. 소영을 품에 바짝 안은 그가 머리까지 이불을 뒤집어썼다.

"어떡해요?"

"쉬……."

불안했는지 지한의 품으로 숨을 것처럼 소영이 파고들었다. 쿵쿵. 튀어나올 정도로 심장이 뛰었다.

"아까 그냥 가라니까."

이 상태로 들키면 부끄럽고 민망해서 어쩌라고! 그를 원망할 정도로 소영은 죽을 맛이었다.

"자꾸 종알거리면 경수 부른다."

"그러지 마요."

소영의 손이 심술맞은 지한의 입을 틀어막았다.

드르륵. 중문 열리는 소리가 들렸다. 후…… 다행스럽게도 그냥 안채로 들어가는 것 같았다. 경수의 행동을 상상하느라 이불 속에서 눈만 굴리고 있던 두 사람은 겨우 놀란 가슴을 진정시켰다.

"전화나 한번 해볼까?"

이런 젠장! 중얼거리는 경수의 목소리에 소영이 이불을 확, 걷어찼다.

"왜?"

느닷없는 소영의 행동에 그가 놀란 듯 작게 물었다.

"휴대폰."

소영은 제 목소리가 새어 나갈지 몰라 소곤거렸다. 경수가 전화하게 되면 자신의 휴대폰이 울릴 것이다. 애석하게도 소영의 휴대폰은 무음도 진동도 아니었다. 그러니 들키는 것은 불 보듯 뻔한 일.

"내 가방이 어디 있지?"

방 안이 어두운 탓에 잘 보이질 않자 소영이 두리번거렸다. 침대 밑에 세워놓은 걸 지한이 집어 들었다.

지- 이익. 윽! 지퍼 열리는 소리조차 이리도 크게 들릴 줄이야. 가방을 연 소영은 재빨리 손을 집어넣었고, 휴대폰이 손에 닿자마자 꺼내 들었다.

터치 후 화면이 켜지자 그녀는 휴대폰의 종료 버튼을 눌렀으며, 문득 띠~ 디띠딩띠! 이런 소리를 내면서 꺼진다는 것이 생각났다. 그녀는 휴대폰과 함께 이불 속으로 들어갔다.

"올 때가 되면 오겠지. 관둬야겠다."

드르륵, 탁! 맥 빠지게 경수가 이러면서 중문을 닫았다.

"아이고, 배야."

소리 내서 웃을 수도 없는 지한은 키득거리며 침대로 쓰러졌다. 황당한 상황에 소영도 웃음을 참아내는지 뒤집어쓰고 있는 이불이 들썩거렸다. 이불을 살짝 들친 그가 휴대폰을 움켜쥐고 있는 소영을 보았다.

"소영아, 우리 오랫동안 연애하자. 이거 아주 스릴 있고 재미있네."

"그러지 말고 빨리 결혼해요."

십년감수하고 나니 그녀의 마음이 싹 바뀌었다.

"싫어."

장난스럽게 말한 그가 이불을 들치고는 그 속으로 들어갔다. 다시 경수가 나올까 봐 소영은 불안불안했다. 그의 몸을 소영이 슬그머니 밀어냈다.

"어서 가요."

"같이 갈까? 우리…… 집으로."

"다시 가서 아버님께 뭐라고 할 건데요?"

그녀는 기가 막혔는지 그를 멀뚱히 바라보았다.

"그럼 자고 갈까?"

말을 마친 그가 소영의 가슴골에 입술을 대었다. 탐스러울 정도로 봉긋한 그녀의 가슴 끝은 이내 그의 입안으로 사라졌고, 소영의 손은 그의 머리카락을 부드럽게 어루만졌다. 이렇듯 그에게 애무를 받는 것이 그녀는 더없이 좋았다. 다시 시작될 그와의 몸 사랑, 그녀의 입에선 벌써 달뜬 숨이 나왔다.

다음 날 아침. 조금 이른 시간에 택시 한 대가 대성의 집 앞에 멈춰 섰다. 오천 원권 지폐를 택시기사에서 건넨 소영이 잔돈을 받기 위해 기다리는 동안 대문이 열렸다.

"수고하세요."

잔돈을 받은 소영이 택시기사에게 인사를 했고, 미리 연락을 받고 나온 지한이 뒷문을 열었다.

"추운데 뭐하러 왔어?"

이른 시간이라 그가 걱정스럽게 물었다. 소영이 들고 온 쇼핑백을 지한이 받아 들며 그녀의 손을 잡아주었다. 그의 손을 잡고 택시에서 내린 소영이 차 문을 닫았다.

"형부 주려고 소고깃국을 끓였는데 하다 보니 아버님 생각이 나서요."

"가사도우미 왔는데."

그녀를 데리고 안으로 들어가 대문을 닫은 그가 말했다.

"아우- 난 아버님이 해서 드시는 줄 알았네."

"아버지가 어떻게 해. 그보다……."

말을 하던 지한이 소영의 눈치를 살폈다.

"왜요?"

"고모가 오셨어. 출근 전에 아버지를 뵌다고 들르셨네."

"그냥 갈까요?"

긴장하는 빛이 역력했다.

"어차피 만나야 하잖아. 든든한 아버지가 있으니까 평소처럼만 해."

"알았어요."

그의 말처럼 지한과 결혼을 하면 앞으로 연숙을 계속 만날 것이다. 어차피 맞을 매라면 빨리 맞는 것도 괜찮을 듯싶었다. 마음을 다잡은 소영은 지한을 따라 현관 안으로 들어갔다.

"아버님~ 저 왔어요~"

연숙이 고개를 돌릴 정도로 사랑스러운 목소리가 대성의 집 안에 울렸다. 그녀가 거실 안으로 들어섰다. 쇼핑백을 든 지한이 주방으로 가자 소영은 연숙과 앉아 있는 대성을 보았다.

"아버님, 안녕히 주무셨어요."

"그래."

스스럼없이 인사하는 소영과 대성을 연숙이 어리둥절한 표정으로 보았다. 연숙에게 인사를 하려던 소영은 호칭을 어떻게 불러야 할까, 아주 잠깐 생각했다.

"고모님, 안녕하세요."

내가 왜 네 고모냐며 되물을까 걱정도 됐지만, 대표님보다는 이게 더 좋을 듯했다.

"어…… 그래."

얼떨결에 연숙이 인사를 받기는 했다.

"아침 일찍 어쩐 일이야?"

대성이 무슨 일인가 해서 물었다.

"아버님 드리려고 국 끓여 왔어요. 저는 가사도우미가 오는 줄 몰랐네요."

"추운데."

"택시 타고 왔어요. 잠깐 주방에 좀 가볼게요. 빨리 밥 먹고 출근해야 해요."

"그래라."

딸처럼 행동하는 소영을 연숙은 그저 말없이 쳐다봤다. 그러더니 이번엔 대성을 보았다. 친딸인 지수가 와도 좀처럼 말이 없던 대성인데, 소영과는 자연스럽게 대화를 했다.

"쟤는 넉살도 좋네."

"저게 왜 넉살이냐?"

중얼거린 연숙의 말에 대뜸 뭐라고 할 정도로 대성은 못마땅했다.

"어제 신문 기사가 났는데, 벌써 아버님이라고 부르잖아요. 그게 쉬워요?"

"그전에는 할아버지라고 불렀다."

"할아버지?"

가만…… 그전이라면 자신이 모르는 뭔가가 있다는 말인가? 연숙이 의아한 듯 골똘한 표정을 했다.

"아주머니, 제가 상 차릴게요. 피디님은 수저 좀 놓아주세요."

"알았어."

주방에서 들리는 말소리에 연숙이 가서 보려는지 일어서려 했다. 대수롭지 않은 듯 대성은 테이블에 있는 책을 집었다.

"그냥 앉아 있어."

"아우- 뭐가 뭔지 하나도 모르겠네. 지한이가 수저를 놔?"

연숙이 이마를 짚자 책을 펴든 대성의 얼굴에 미소가 지나갔다. 그새 수저를 놓았는지 지한이 주방에서 나왔다.

"아버지, 많이 시장하시죠? 식사하세요."

대성의 곁으로 다가온 지한은 부친과 대화하기 위해 지금 노력하는 중이다.

연숙이 뜨악한 표정을 지었다. 평소 같으면 가사도우미가 식사하라고 부를 때까지 아래층, 위층에서 따로따로 있었을 터. 그런데 다가와서 말을 걸고 있지 않은가.

"가자."

대성과 함께 주방으로 들어간 연숙은 전과 다른 상차림에 다시 어리둥절하고 말았다. 그리고 자연스럽게 대성의 옆자리로 앉는 지한을 보았다.

전에는 대성의 맞은편으로 지한이 앉으면 자신은 중간쯤에 앉았었다. 그때 비하면 지금은 옹기종기 앉은 꼴이다. 대성의 앞으로 소영이 국그릇을 내려놓자 그가 일어섰다.

"네가 여기 앉아."

"그래도 괜찮겠어요?"

"그럼."

대성에게 반찬을 올려주던 소영이 생각나자 그가 자리를 양보했다. 애교스러운 소영을 연숙이 본다면 마음이 바뀔지도 모를 일이다.

아니나 다를까. 지한의 뜻대로 소영은 반찬을 집어 대성의 밥그릇에 올려주었다.

"아버님, 많이 드세요."

"너도 많이 먹어라."

이게 도대체 무슨 그림인지……. 지켜보던 연숙은 소영의 행동에 입이 쩍, 벌어졌다.

"아버지, 맛있게 드세요. 고모도요."

아직은 많이 어색하지만 지한은 소영의 말꼬리를 따라 하며 열심히 노력하는 중이었다.

"……그래. 국이 맛있구나."

대성의 답을 들은 지한이 숟가락을 들었다. 왜 진작 이렇게 못했을까. 후회스러운 탓에 그는 마음이 아팠다.

"소영이가 아버지 드린다고 끓여 왔어요."

"아침부터 고생했구나."

연숙이 보니 말 한마디 없이 밥만 먹던 부자가 믿기지 않을 정도로 식탁에서 대화라는 것을 하고 있었다.

"고생은요, 형부가 드실 아침 준비하면서 조금 더 한 거예요."

밥을 먹으려던 소영이 말했다.

"형부랑 같이 살았어?"

"전에는 함께 살았는데 언니가 임신하면서 고향 집으로 내려갔어요, 장거리 출퇴근해요."

"그럼 지금은 너, 혼자 지낸다는 거야?"

걱정된 듯 대성이 물었다.

'뭐라고 대답하지?'

종알거리던 소영은 말을 멈출 수밖에 없었다. 그동안 지한과 살았다고 말할 수도 없고 참으로 난감했다. 소영의 심정을 눈치챈 지한이 나섰다.

"소영이가 혼자 지낼 때 안 좋은 일이 있었어요. 그래서 제 빌라에서 함께 지냈어요."

"안 좋은 일이라면 도둑이라도 들었다는 거야?"

대성이 놀란 표정을 지었다.

"비슷해요."

"그래서, 다치지는 않았고?"

지한의 해명에 대성처럼 연숙의 얼굴에도 불안한 빛이 보였다.

"피디님이 1분만 늦게 왔어도 다쳤을 거예요."

전화위복…… 그 일이 계기가 되어 지금 자신은 지한과 함께 이 자리에 있는 것이다.

"어떻게 그런 일이. 당장 우리 집으로 들어와."

숟가락을 내려놓은 대성이 진중하게 말했다. 대성의 말에 연숙이 화들짝 놀랄 정도였으니, 당사자인 소영은 더 놀랐다.

"오라버니! 결혼도 안 했는데 어디로 들어오라는 거예요!"

"그런 일을 또 겪지 말라는 법도 없다. 결혼 전에 미리 가풍을 익힌다고 생각해."

연숙이 발끈하자 대성이 설득하듯 말했다.

"아무리 그래도……."

맑은 소영의 눈과 마주치자 좀 전과 다르게 연숙이 말끝을 흐렸다. 그 이유는 이미 두 눈으로 확인했듯이 지한뿐 아니라 무뚝뚝했던 대성도 변하고 있다는 걸 느꼈기 때문이다.

절간 같은 이 집안에 콧대만 높은 며느리가 들어온다면?

그 며느리를 피해 허구한 날 대성이 경로당을 찾진 않을지. 연숙은 불현듯 이런 생각이 들었다. 더군다나 말 없는 대성으로 며느리도 어려워할 것이다. 그런데 소영은 살가워도 저리 살가울 수가 없었다. 한눈에 알아볼 수 있을 정도로 대성 또한 소영이 예뻐서 어쩔질 못했다.

홈쇼핑에서 처음 소영을 만났을 때 연숙의 눈에도 그녀가 어여뻤다. 그렇게 보였던 또 다른 이유가 있었던 것인지 문득 궁금해졌다. 그래서 연숙은 가까이서 소영을 지켜보기로 했다.

"알았어요. 홍보부에 말할게요. 그리고 오라버니, 저도 들어올게요."

생각지도 못한 연숙의 말에 모두 그녀를 보았다.

"들어오긴 어딜 들어와?"

분가해서 살던 연숙이 합가를 하면 언론들은 온갖 추측성 기사를 쏟아낼지도 모른다.

무뚝뚝한 성격답게 상황 설명 없이 불쑥 말하다 보니 이런 말이 나왔지만, 연숙의 귀에는 대뜸 뭐라고 하는 말로 들렸다.

그러니 그녀는 황당할 수밖에 없었다.

"지금 저보고 들어오지 말라는 거예요? 너무하세요!"

몹시 서운했는지 연숙이 대들듯 말했다.

소영의 눈에 두 사람이 말다툼하는 것으로 보이자 그녀의 표정이 잔뜩 굳어졌다. 부친 앞에서 언성을 높이는 제 고모를 지한도 처음 보았기에 당황하는 빛을 감추지 못했다.

"내 말은 그런 뜻이 아니라."

"그럼 뭔데요?"

좋은 뜻으로 말했던 연숙은 여전히 거절당하는 느낌을 저버릴 수 없었다.

"시고모 시집살이라는 말도 있잖아."

"누가 시, 시집살이를 시키기나 한대요? 저는 그, 그냥……. 하도 기가 막히니 말도 안 나오네."

말발로는 누구한테도 밀리지 않던 연숙이 오죽했으면 말을 더듬을까마는 대성은 그녀의 의도를 알 것 같았다.

"네가 소영이랑 함께 지내면서 이 아이의 심성을 보려는 거 안다마는……."

"지한이 짝이 될지도 모르는데 당연한 거죠. 오라버니는 언론을 걱정하시는 것 같은데 시간이 지나면 저절로 사그라져요."

"내 말뜻을 이해했다면 되었다."

제 아이들을 키워준 연숙이니 이럴 권리가 전혀 없는 것은 아니다. 서운함을 감추지 못하는 연숙의 마음도 충분히 이해했고, 무엇보다 여전히 눈치를 보는 소영이 신경 쓰여 대성은 이쯤에서 이야기를 마무리하기로 했다.

대성이 자리에서 일어났다. 연숙이 볼 때, 오늘따라 대성이 말이 많은 건 물론이고, 지금껏 단 한 번도 이런 적이 없었건만 시시콜콜 간섭한다는 느껌마저 들었다.

"오라버니, 이렇게 말이 많은 분이셨어요?"

연숙이 의아해서 물었지만, 대성은 어젯밤에 소영이 했던 말이 생각났다.

"아버님이 계속 말씀을 안 하시면 저는…… 어떡해요?"

대성은 이 말을 듣는 순간, 지한이 자신에게 하는 말처럼 들렸다. 그래서 쉬이 잊히질 않고 그의 머릿속에서 맴돌았던 것이다.

아내를 잃은 슬픔에 모든 걸 단절했던 그 시절, 애처로운 제 아이들을 왜 보듬어주질 못했는지……. 뒤늦게 깨달은 대성이 마음을 열고 다가가려 했지만, 이미 아들의 마음은 닫혀 있다는 걸 알았다.

후회하며 살다 보니 어느덧 30년의 세월이 지났고, 그러던 중 대성은 쌍둥이 엄마에 관한 일을 알게 되었다. 대성은 이때다 싶었다.

말 없는 아비와 매사 참견하는 고모의 그늘에서 지한을 벗어나게 해주고 싶었다. 하지만 막상 내보내고 나니 허전한 마음은 이루 말할 수 없었다. 혹시 연숙이 지한을 불러들일까 봐 대성은 죽는다는 연기까지 했다. 그렇게까지 하면서 떨어져 있던 시간이 헛된 것만은 아닌 것 같았다.

이런 생각이 드는 건 지한이 변했다는 것을 느꼈기 때문이다. 말 한마디 건네기 어려워했던 아들이 자신에게 말을 걸며 다가오려 애썼다. 그동안 안타깝게 여긴 지난 시간을 이제라도 만회할 수만 있다면…… 노력할 만한 가치가 충분히 있는 일이었다.

"흐흠! 내가 말을 안 하니까 소영이가 불안해하더라. 그래서 지금도 늦지 않았다면 되는대로 많이 해보려고."

"세상에……."

지금껏 입을 닫고 살았던 사람이 하루아침에 이렇게 변하다니. 믿을 수 없었는지 연숙의 입이 저절로 벌어졌다.

주방을 나가려던 대성이 무슨 생각을 했는지 문득 소영을 바라보았다.

"소영이 너는 지한이가 어떤 일을 했으면 좋겠냐?"

지한이 방송국 일을 그만둔 사연을 소영에게 들었기에 대성은 못내 마음에 걸렸다.

"제 욕심으론 공중파 드라마 제작을 다시 하셨으면 좋겠어요."

예상치 못한 대성의 물음에 소영은 어리둥절했지만, 항상 마음에 담아뒀던 답이 있었기에 서슴없이 말할 수 있었다.

그가 본사로 가든 홈쇼핑 본부장을 하든 소영은 상관없었다. 다만 행복한 모습으로 촬영장에 있던 사진 속 지한의 얼굴을 잊을 수 없었을 뿐이다.

"회사 경영은 고모가 잘하고 있으니 그것도 좋을 것 같구나. 요즘 드라마는 도통 재미가 없어. 그러니 시청률이 그 모양이지."

중얼거리듯 말한 대성은 주방을 나갔고, 지한은 울컥, 치받는 감격으로 말을 잊었다.

부친은 자신이 무얼 하든 신경 쓰지 않는 줄 알았다. 그런데 그런 것이 아니란 걸 '시청률이 그 모양이지.' 이 한마디로 깨달았다.

"시청률? 아니, 사람이 저렇게 변할 수가 있는 거야?"

세상사에 관심 없는 줄 알았더니, 점점 이상한 소리를 하는 대성 때문에 연숙은 기함할 지경이었다. 반면, 소영은 소리 없는 한숨을 내쉬었다.

'후우…… 이러려고 온 게 아닌데.'

오붓하게 아침밥 먹고 출근할 생각으로 왔던 소영은 식탁에서 의도치 않은 말이 오가자 죽을 맛이었다. 가뜩이나 어려운 연숙인데 이런 일로 더 다가가기 힘들까 봐 그녀는 근심마저 생겼다.

"너도 내가 들어오는 것이 싫으니?"

제 앞에 앉아 있는 소영을 향해 연숙이 대놓고 물었다. 지한에게 연숙은 모친과도 같은 존재인데 어찌 싫다고 말할 수 있을까. 연숙의 말에 지체 없이 소영이 고개를 절레절레 저었다.

놀란 눈을 한 소영이 안쓰러웠는지 지한이 그녀의 손을 살며시 잡았다.

"고모, 소영인 저랑 결혼하게 되면 고모 축하를 가장 많이 받고 싶다고 했어요."

"……."

다소곳이 고개를 숙이는 소영을 연숙이 보았다.

"고모께 헤어지라는 말을 듣고도 저한테 말 한마디 안 한 아이예요. 결혼식은 고모가 허락할 때 할게요. 그러니 천천히 소영이의 꾸밈없는 진심을 봐주세요."

소영을 지켜보던 연숙이 입을 열었다.

"소영아, 하나만 묻자."

"네, 고모님. 말씀하세요."

그녀의 말투에서 잔뜩 긴장했다는 것이 느껴졌다.

"나랑 처음 만났을 때를 기억하니?"

"기억합니다."

"그때도 지한이를 좋아했어?"

"……네."

소영이 조심스럽게 대답했다. 그녀로 인해 데면데면했던 부자가 서로에게 마음을 열었다는 걸 연숙은 분명히 보았다.

지한과 소영의 만남이 우연이 아닌 필연이라면…….

그리고 자신과 연을 맺듯 대성과의 만남도 지금을 위한 필연이었다면…….

연숙은 받아들이기로 했다.

"그렇다면 나도 너와의 첫 느낌을 믿어볼게."

"감사합니다, 고모님."

잔뜩 긴장했던 소영의 얼굴에 이제야 미소가 보였다.

오후쯤 되자 지한과 소영의 결혼을 가시화한 기사가 인터넷에 올라왔다. 그 후 그녀를 본 홈쇼핑 직원들은 남녀를 불문하고 여지없이 속닥거렸다.

"저 여자야."

"웬 복이라니."

지한에게 줄 커피를 뽑아 오던 소영은 못 들은 척, 마주 걸어오는 사람들을 향해서 고개를 숙였다.

Rrrrrr. 소영은 제 손에 있는 휴대폰이 울리자 발신자를 확인했다. 상대를 확인한 소영의 얼굴엔 금방 환한 미소가 번졌다.

"엄마~"

인경의 전화를 받으며 소영은 스튜디오로 들어갔다.

[통화 가능해?]

"오늘은 방송 스케줄이 없어서 한가해."

하나라도 더 배우고자 소영은 매일 출근했다. 바쁘게 움직이는 스태프들을 지나 그녀는 지한이 있는 사무실 문을 열었다.

[네 형부 말로는 서 서방이랑 주말에 온다고 했다며?]

"서 서방? 하하하하."

이렇게 부르기엔 아직 이른 감이 있어 소영이 웃었더니 책상에 앉아 있던 그가 돌아보았다.

[웃기는, 너랑 곧 결혼할 사람인데 서 서방이라고 부르지 그럼 뭐라고 불러?]

되묻는 인경의 말을 들으며 소영이 안으로 들어오자, 그가 의자를 끌어왔다. 커피를 지한에게 넘겨준 소영이 의자에 앉았다.

"엄마, 서 서방 바꿔줄 테니 직접 물어봐."

소영의 손에 있던 휴대폰을 그가 받아 들었다. 지한은 말하기 전에 흠! 하며 목소리까지 가다듬었다.

"……안녕하세요, 어머니."

[내가 자네한테 어머니 소리를 다 듣고. 큰사위한테 듣고도 믿기지 않네.]

"먼저 말씀드리지 못해 죄송합니다."

소영은 통화 내용이 궁금했는지 지한의 가까이 귀를 기울였다.

[와서 말하려고 했다면서, 그러니 미안해할 필요는 없지.]

"소영이랑 주말에 찾아뵐게요."

이런 대화가 처음이라 서먹서먹했지만, 지한은 색다른 경험에 들뜨기까지 했다.

[그것 때문에 전화했다네. 지금은 시끄러우니까 조금 잠잠해지면 와.]

"……저기 어머니."

머뭇거린 그가 어렵게 입을 열었다.

[왜 그러고 불러? 혹시 우리 소영이한테 안 좋은 일이라도 생긴 거야?]

"그런 건 아니고요. 소영이 혼자 있는 게 아버지 마음에 걸리시나 봐요. 가풍도 익힐 겸 집으로 데려오라는데 어머니 생각은 어떠세요?"

자신의 빌라로 소영을 데려갔을 때와는 상황이 많이 다르다 보니 지한은 인경의 허락을 구했다.

[신문기사 보니까 나도 소영이 혼자 있는 게 불안하기는 한데…… 그보다 가풍도 걱정일세. 그런 큰살림을 우리 애가 도맡아 할 수 있을지…….]

한걱정하는 듯 인경이 말을 흐렸다.

"잘할 거예요. 걱정하지 마세요."

[제대로 가르친 게 없어서 어쩌나……. 염치없네만 우리 소영이 잘 부탁하네.]

인경의 목소리에서 미안함이 잔뜩 묻어 나왔다.

"그럼 허락하신 것으로 알고 데려가겠습니다."

[그래. 무슨 일이 있으면 바로 전화해줘. 바쁠 테니 그만 끊음세.]

"네, 들어가세요."

통화를 마친 지한이 종료 버튼을 눌렀다. 휴대폰을 책상 위에 내려놓은 그가 소영의 두 손을 맞잡았다.

"고맙다."

뜬금없이 나온 말이었으나, 그동안 느껴보지 못한 소소한 행복에 지한은 이 말이 저절로 나왔다.

"고맙다는 말은 우리 기사를 내준 신문기자한테 해야 할 것 같은데요."

"나도 그 생각했었는데. 만나서 술이라도 한잔할까?"

동감하는지 그가 농담처럼 말했다.

"우선 피디님 이사부터 하고요."

"이사? 네가 아니고 나?"

지한이 궁금한 눈빛으로 물었지만, 퇴근한 그는 소영과 한옥에 들러 가방을 싣고는 자신의 짐을 챙기기 위해 빌라로 향했다.

그의 집에 도착하여 가져갈 것을 대충 살피던 그녀는 거실 벽면을 가득 채운 지한의 사진을 한동안 바라보았다.

이 사진들을 대성이 본다면? 오늘 아침에 시청률을 운운했으니 좋아할지도 모른다는 생각이 들었다.

"피디님, 사진들도 가져가면 안 돼요?"

방에서 옷가지들을 정리하던 지한이 그녀의 목소리를 듣고 거실로 나왔다.

"이걸 다?"

"많기는 하지만 제가 알아서 할 테니 허락해줘요."

"왜 가져가고 싶은 건데?"

소영이 이러는 것엔 분명한 이유가 있을 터.

"저는…… 우리만 볼 게 아니라 피디님이 일했던 생생한 현장을 아버님께도 보여드리고 싶어서요."

"그런 생각을 했다면 떼면 되지 뭘 물어보나."

갸륵하단 생각에 지한의 손은 사진으로 향했고, 소영도 손에 닿는 사진을 무심코 떼어냈다.

그런데 많고 많은 사진 중에 하필 떼어낸 것이 여배우가 그를 끌어안은 사진이었다.

"이 여자는 뭐야?"

소영의 손에 있는 사진을 흘깃 본 그가 피식, 웃었다.

"질투해?"

"그렇다면요?"

"그 여자는 나랑 결혼하는 너를 질투할걸."

"그런가? 하지만 주변에 여자들이 너무 득시글거려."

인기 절정인 톱 배우가 자신을 부러워한다니 나쁘진 않지만, 떼는 족족 다 여자랑 찍은 사진이다 보니 살짝 질투심이 들었다.

"그래도 나는 네 옆에만 있을걸."

"헤~"

소영은 그제야 웃었다. 톡, 톡 사진을 떼던 그녀가 한 장의 사진을 그에게 보여줬다.

"피디님, 여기 바닷가 너무 좋네요."

"이건 어때? 설경이 멋있지?"

지한은 온 천지가 눈으로 덮인 사진 한 장을 떼었다.

"우아."

"그런데 보는 것과 다르게 바람이 많이 불었어. 어찌나 춥던지 따뜻한 대추차가 그립더라고."

말을 하던 지한은 불현듯 생각난 것이 있었는지 소영을 쳐다봤다.

"참, 지난번에 네가 얻어 온 대추가 혹시 우리 아버지가 주신 거야?"

"어떻게 아셨어요?"

소영이 신기한 듯 보았다. 그날 소영이 끓여준 대추차를 마시던 지한은 부친이 생각났었다. 매년 이맘때쯤이면 잘 말린 대추를 여지없이 지수 편에 보냈었다.

"우리 집으로 봉사활동을 갔었다며. 그래서 한번 물어볼 거야."

"피디님이 대추차를 좋아하길래 제가 대추의 효능에 대해서 알아봤는데, 스트레스를 받거나 신경이 예민해지면 불면증에 시달릴 수도 있잖아요. 그럴 때 대추차를 마시면 숙면에 도움을 준대요."

이미 알고 있었는지 지한이 고개를 끄덕였다.

"나는 대추차를 좋아한다기보다는 해마다 아버지가 주신 거니까 마셨던 거야."

"해마다?"

지한의 집인 줄 모르고 대성을 찾아갔을 때, 소영은 대추나무를 하염없이 바라보던 대성의 모습이 떠올랐다.

드라마 촬영을 하게 되면 빠듯한 스케줄로 혹시라도 지한이 스트레스를 받을까, 제대로 잠을 못 잘까 걱정된 대성은 그 대추를 보면서 실하게 열매 맺기를 염원했나 보다.

"방송국에 입사해서 드라마 제작을 시작했을 땐가? 그쯤부터 마셨던 것 같아."

"아버지는 아들 생각해서 대추 농사를 짓고, 아들은 아버지가 준 거라서 마시고, 서로는 그 마음을 표현할 줄 모르고……."

부자의 속내를 헤아린 소영은 안타까운 생각마저 들었다. 그녀의 말처럼 자신을 생각해준 부친의 마음을 알고 나니 지한의 가슴속 깊은 곳에서 묵직한 감정이 올라왔다.

소영을 만나지 않았다면 부친은 여생을 지금처럼 살다 가셨을 것이다. 자신 또한 부친의 정을 그리워하며 매일 똑같은 삶을 살았을 것이고, 먼 훗날 후회라는 말만 남겼을지도 모른다.

이런 사실을 이제야 깨달았다니.

"그러게. 나 바보인가 봐."

"아직 늦지 않았어요, 저와 함께 이제부터 잘하면 되죠."

소영은 태연하게 말했지만 안쓰러운 마음에 끝내 시선을 피했다.

"나야말로 염치없지만, 우리 아버지 잘 부탁해."

"노력할게요."

미래가 아닌 지금, 서로의 행복을 위해서 소영은 알겠다는 말이 아닌 이 말을 선택했다.

"나도."

살다 보면 여러 가지 일을 겪겠지만, 소영은 남편이 될 지한을 위해서, 지한은 자신의 아내가 될 소영을 위해서, 그리고 훗날 부부가 된 둘은 가족을 위해서 끊임없이 노력할 것이다.

사진을 떼느라 벽을 보고 나란히 서 있던 두 사람은 고개를 돌려 서로의 얼굴을 마주했다.

낯선 사람끼리 만나 사랑하기까지 함께했던 시간, 그보다 더 많은 시간을 두 사람은 앞으로 함께해야 한다.

소영은 까치발을 들었고, 그의 얼굴은 그녀에게로 비스듬히 내려졌다.

사랑한다는 말은 안 해도 그 마음이 전해졌으며, 말로 표현하지 않아도 눈빛으로 알 수 있었다. 그가, 그녀가 무엇을 원하는지…….

어느덧 크리스마스이브가 다가왔다. 아현의 발칙한 상상에 의하면 오늘 밤

소영은 멋진 남자, 즉 지한과 근사한 곳에서 달콤한 시간을 보내는 것이 맞을 것이다. 하지만 소영은 그의 가족과 함께 크리스마스를 보내고 싶었다.

지한과 함께 퇴근한 소영은 집으로 가기 전 조카에게 줄 선물을 사러 백화점엘 들렀다.

"이거 호진이가 좋아할 것 같은데."

드럼 치는 작은 곰 인형을 유심히 들여다본 지한이 소영을 향해 곰 인형을 들어 보였다.

"귀엽다~"

"이거로 할까?"

소영이 고개를 끄덕이자 지한은 포장해달라며 작은 곰 인형을 직원에게 주었다.

"저는 잠깐 저것 좀 보고 올게요."

"응."

다른 가족이 생각난 소영이 옆 가판대로 갔다. 그녀는 가격보다는 마음이 전해질 수 있는 것으로 사고 싶었는데, 그런 선물을 고르기가 쉽지 않았다. 소영은 진열된 스카프를 만져보았다.

"고모 선물 사려고?"

쇼핑백을 든 지한이 그녀의 곁으로 다가왔다.

"흔한 스카프보다는 이게 나으려나."

스카프를 만지던 소영이 문득 진열대에 있는 것을 들었다. 점원에게 건네준 소영이 다른 것도 보려는지 고개를 돌렸다.

어? 저 사람은……

소영은 저만치 은하가 있는 것을 보았다. 그녀의 놀란 표정에 그가 돌아섰다.

"장은하!"

은하를 알아본 지한은 손을 들어 그녀를 불렀다. 조금 전 호진의 장난감을 샀던 코너에서 인형을 만지던 은하가 지한의 목소리를 들었는지 고개를 돌렸다.

점원에게 쇼핑백을 받아 든 소영을 데리고 그는 은하가 있는 곳으로 갔다.

"어, 잘 지냈니?"

두 사람이 다가오자 은하가 어색하게 웃었다.

"가족들 선물 사러 왔어?"

"응, 내 조카들 거 사다 보니 호진이가 생각나서. 이거 괜찮을 것 같은데, 어때?"

은하가 눈여겨본 장난감을 들었다. 작게 웃은 지한이 아쉽다는 표정을 짓고는 제 손에 있는 쇼핑백을 가리켰다.

"미안해서 어쩌지. 그거 우리가 샀는데."

"그래? 그럼 난…… 이거로 해야겠다."

은하는 곰 인형 옆에 있는 강아지를 선택했다. 직원이 포장하는 동안 잠시 침묵 같지 않은 침묵이 흘렀다. 껄끄러운 사이다 보니 소영은 은하를 보기가, 은하는 그녀를 보기가 어색했다. 그러니 둘은 애꿎은 장난감만 만지작거렸다.

그런데 지한의 눈에 은하의 행동이 어딘지 평소보다 더 부자연스러워 보였다. 이상할 정도로 눈을 맞추지 못한다고 느낀 것이다.

"사람이 죽으라는 법은 없더라."

"무슨 소리야?"

장난감에 머물러 있던 은하의 시선이 지한에게 향했다.

"그게…… 항상 내 삶의 무게가 버거워서 간혹 힘들 때도 있었는데, 누군가 스캔들을 빵! 터트려주면서 그 짐을 벗어버렸거든."

자신의 비밀을 누설한 사람이 누구일까? 의구심을 품고 있던 지한은 은하를 보는 순간 혹시 그녀가 아닐까, 하는 생각이 들었다. 방송국 국장 자리에 욕심이 많은 국장이 누설했을 리는 없고, 열등감에 똘똘 뭉친 한준은 결코 자신의 배경을 떠벌리지 않았을 것이다.

그렇다면 남은 이는 하나! 은하다.

그녀가 무슨 의도로 그리했을지 모르겠지만, 결국 자신에게 좋은 결과를 주었으니 지한에게는 그 또한 고마운 일이었다.

"……그래."

지한이 느닷없이 이런 말을 꺼내자 은하는 자신이 저지른 일로 안절부절 못했다.

표정이 금방 굳어버린 은하가 소영을 보았다. 그녀가 말했을까 봐 불안했는지 은하는 가슴이 볼록 올라오도록 소리 없는 숨을 들이마셨다.

지한이 은하를 향해 부드럽게 미소 지었다. 진실을 밝힌 장본인이 누구든 이제 와서 따질 일도 아니지만, 만약 은하라면 지한은 이 말을 해주고 싶었다.

"응. 그래서 나, 그 사람한테 무척 고맙게 생각해."

"정말?"

묻는 은하는 여전히 불안한 눈빛을 했다.

"진심으로."

"기삿거리를 제보한 그 사람이…… 들으면 좋아하겠네."

그의 눈빛을 마주 보기 힘들었기에 은하가 슬며시 지한의 눈을 피했다. 지한은 제 옆에 다소곳이 서 있는 소영을 은하에게 소개했다.

"참, 소영이 알지? 정식으로 소개할게. 나랑 결혼할 여자야."

"안녕하세요."

은하를 향해 가볍게 고개를 숙인 소영은 본사에서 그녀를 만났던 일이 스쳐 지나갔다. 지한의 곁에서 자신이 사라지면 가장 좋을 사람은 바로, 그를 사랑하는 그녀일 것이다.

그렇다면 비밀을 밝힌 이가 은하일지도…….

"……축하해요."

인과응보……. 억지로 입을 떼서 축하를 전하는 은하는 이 말이 생각났다. 간악한 생각으로 소영의 마음을 아프게 한 벌로 자신은 더 큰 아픔을 맛보고 있으니 말이다.

은하는 직원에게 건네받은 쇼핑백을 지한에게 주었다.

"올해는 네가 호진이한테 전해줘."

"왜? 같이 가자."

"나도 눈치가 있거든. 가족들만 있는 그 자리에 내가 왜 껴."

은하의 말에 지한이 서운한 표정을 지었다.

"나한테는 너도 가족과 마찬가지야."

"그 자리는 진짜 네 가족이 될 소영 씨한테 물려줄 테니 행복한 시간 보내. 소영 씨, 고마워요."

일을 저지를 땐 몰랐었는데 은하는 자신에게 실망한 연숙과 지한의 모습을 보게 될까 봐 몹시 두려웠었다. 그런데 지한은 예전처럼 스스럼없이 저를 대하고 있었다.

그건 소영이 자신과 있었던 일을 아무한테도 말하지 않았다는 뜻이다. 그나마 친구라는 이름으로 지한의 곁에 남아 있을 수 있으니 다행이란 생각에 은하는 고맙다는 말을 소영에게 전했다.

은하와 헤어진 후 지한은 소영과 함께 집으로 돌아왔다. 집이라는 공간이 이토록 마음 편한 곳인지 그는 요즘 느끼고 있다. 무언이라 해도 부친과 함께 있는 것만으로도 지한은 그 시간이 고맙고 소중했다.

"아버지, 어디 가고 싶으신 곳 있으세요?"

대성의 어깨를 안마하던 지한이 물었다.

"나중에 네가 드라마를 감독하게 된다면 촬영장에나 가봤으면 하는데."

"아버지, 엑스트라 시켜드릴게요."

"난 주인공이 아니면 안 한다."

선뜻 제안한 지한의 말에 대성이 조건을 내세웠다.

"그럼요, 아버님 카리스마라면 단연 주인공을 해야죠."

지한을 따라 연숙의 어깨를 주물러주던 소영이 끼어들었다.

"주인공은 무슨, 드라마 망할 일 있니?"

"고모님은 여주인공."

연숙이 대번에 뭐라고 하자 소영이 이렇게 말했다.

"뭐라고?"

"하하하하."

어찌나 기가 막혔는지 모두 박장대소할 때, 기- 익! 현관문 열리는 소리가 들렸다.

"빠빠."

자박자박 걸어 들어오는 호진의 모습에 반가운 듯 지한이 일어섰다. 현관으로 성큼성큼 걸어간 지한이 호진이를 번쩍 안아 들었다.

"누나, 왔어?"

"뭐가 그리 재미있어? 뭐야, 고모가 벌써 퇴근하셨니?"

연숙의 구두를 본 지수는 대답을 잊은 채 물었다.

"요즘 6시 정시에 퇴근하셔."

"웬일이야. 호호호."

연숙은 그렇다 쳐도 지수는 편안해 보이는 지한의 표정에 기분이 좋았다. 집 안에서 제 동생이 이런 표정을 짓게 될 줄이야.

"형님, 오셨어요?"

"잘 지냈어? 형님이란 호칭도 듣기 좋지만, 올케가 있으니까 너무 좋다."

반갑게 맞아주는 소영을 지수가 흐뭇한 얼굴로 보았다.

"아빠, 고모, 저 왔어요."

"어서 와라."

대성이 인자하게 말했다. 연숙은 지한의 품에 있는 호진이를 데려갔다.

"아이고, 호진이가 얼마나 보고 싶었는지 알아?"

"보고 싶다면서 한 번도 안 오세요?"

대성의 집으로 들어오겠다고 말한 그날 저녁, 연숙은 정말 거짓말처럼 이사했다. 그리고 현재 소영과 함께 한방에서 지내고 있다. 가까이서 소영을 알고 싶어 하는 것 같아 지한이 제안을 했고, 소영은 흔쾌히 받아들였다.

"바쁘니까 그렇지."

연숙은 이렇게 둘러댔다. 사실 호진이의 재롱도 재롱이지만, 조금 전처럼 대성을 웃게 하는 소영의 예쁜 짓 또한 연숙은 놓칠 수 없었다.

"나도 아빠 집으로 들어올까?"

"그래, 누나."

지나가는 말로 지수가 중얼거렸건만, 지한이 반색을 하고 반겼다. 자신이 느끼고 있는 가족의 정을 항상 미안했던 제 누나도 함께하길 바랐다.

"그냥 해본 소리야. 나까지 들어오면 아무래도 올케가 더 신경 쓸 테고 힘들어서 안 돼."

지한의 마음을 알면서도 지수가 거절했다. 연숙과 혈육관계임에도 불구하고 지수는 가끔 제 고모가 힘들게 느껴질 때가 있었다. 그러니 소영이 지금 웃고 있어도 속마음은 살얼음판을 걷는 심정일 거라 여겼다. 그런 상황에서 자기까지 들어오면 소영은 더 힘들어할지도 모른다.

"형님, 저는 찬성이에요."

"말만이라도 고마워."

지수가 소영의 어깨를 토닥였다.

"빈방 많으니까 들어오고 싶으면 들어오든지."

"고모, 진심이에요?"

어리둥절해지는 지수의 표정을 보곤 지한이 선물 꾸러미를 가져왔다.

"자, 호진아, 외숙모랑 은하 이모가 주는 크리스마스 선물이다."

"빠빠."

부스럭 소리를 내며 포장지를 푸는 소리에 호진이는 연숙의 무릎에서 내려왔다. 그리고 소영도 꽤 묵직해 보이는 쇼핑백을 들고 왔다.

"이건 아버님 선물이에요."

"나?"

한자리에 가족이 다 모여 있는 것만으로도 대성은 흐뭇했다. 그런데 선물까지 있다고 하니 대성이 되물었다.

"네, 열어보세요."

꺼내 보니 커다란 앨범이었다. 대성이 겉장을 넘기자 지한의 사진이 차곡차곡 꽂혀 있었다. 빌라에서 사진을 뗄 때 자기가 알아서 하겠다더니 소영은 대성이 손쉽게 볼 수 있도록 그 사진들을 앨범에 넣은 것이다.

"어머! 지한이 사진이네."

"이게 다?"

우르르 다가오는 연숙과 지수를 두고 대성이 또 한 장을 넘겼다. 각양각색의 표정을 한 지한이 사진 속에서 살아 숨 쉬고 있었다.

그는 연기하는 배우들을 향해 웃고, 손짓하고, 화내고, 소리치고, 다정하게 보듬어주었다. 몇 년간 열심히 살아온 그의 삶이 고스란히 눈앞에 펼쳐졌다.

"고모님은 이거로 준비했어요."

"나도 있어?"

"마사지할 때 느꼈는데, 고모님 발이 무척 차갑더라고요."

소영은 연숙의 발에 순면 양발을 신겨주었다. 잠자리에 들기 전 소영은 연숙의 숙면을 위해 항상 다리를 주물러줬고, 그러다가 알게 된 사실이다.

"이건 형님 거예요."

"나까지?"

지수가 작게 웃었다.

"그냥 붓으로 준비했어요."

"고마워, 올케. 잘 쓸게."

포장된 상자 뚜껑을 열어 본 지수는 제 이름이 새겨진 붓을 보고는 만족스러운 얼굴을 했다.

"내 건 없어?"

"어? 피디님도 줘야 해요?"

선물상자가 더 이상 보이지 않자 지한이 물었더니 소영이 당연하듯 말했다.

"너무하는 거 아니야? 여기다 뽀뽀라도 해."

잔뜩 서운한 표정을 지은 지한이 제 볼을 소영한테 내밀었다. 그녀가 민망한 얼굴을 할 때 장난감을 가지고 놀던 호진이가 그에게로 다가왔다.

"빠빠, 뽀뽀."

쪽! 뽀뽀라는 말을 알아들은 호진이가 그의 볼에 뽀뽀를 했다.

"하하하하."

호진의 행동에 모두 웃고 말았다.

그때 대성이 천천히 일어서더니 방으로 들어갔다. 그리고 얼마 후 그는 작은 케이스를 하나 들고 나왔다.

"내가 소영이한테 주는 크리스마스 선물이다."

"감사합니다."

생각지도 못한 소영이 기쁜 마음으로 받아 들었고, 그녀는 가족들이 보는 가운데 열었다.

달각, 소리를 내며 케이스 뚜껑이 열렸다. 소영, 지한, 지수가 케이스 안의 반지를 들여다볼 때 연숙은 놀란 눈을 했다.

"오라버니, 이 반지는…….."

연숙은 자신이 알고 있는 그 반지가 맞느냐며 대성을 쳐다봤다.

"맞아, 지한이 어미가 꼈던 반지다. 이제 그 반지를 낄 새 주인이 나타났으니 물려줘야지."

지수뿐 아니라 지한 역시 단 한 번도 어미의 반지를 본 적이 없었다. 지금 보니 보석 하나 박히지 않은 참으로 수수한 반지였다. 모친이 살아생전 이 반지를 꼈었다니…….

남매는 한동안 반지에서 눈을 떼지 못했다.

"지한아, 뭐 해. 얼른 끼워줘야지."

"지금?"

"가족들이 다 있을 때 끼워주면 엄마가 좋아하실 것 같은데."

지수가 반지를 꺼내 들었다

"그래라."

연숙이 승낙했다. 그녀의 약지에 모친의 유품인 반지를 끼워주기 위해 그가 소영의 손을 잡았다.

지수에게 건네받은 반지로 지한은 치솟는 감정을 억제하기 힘들었다. 그녀의 손을 잡고 있는 그의 손이 떨릴 정도였다.

"……소영아, 내 아내가 되어줘."

가족들이 다 보는 앞에서 그가 그녀에게 프러포즈했다. 참으로 평범한 청혼이었지만 연숙의 눈에 눈물이 맺힐 정도로 참으로 엄숙했다.

"……네."

가족들의 축하를 받는 프러포즈……. 이보다 아름다운 프러포즈가 또 있을까. 소영은 선뜻 대답할 수 없을 만큼 긴장했다. 마침내 희고 가느다란 소영의 약지로 반지가 스르르 들어갔고, 그녀의 눈망울엔 물기가 어렸다. 세상에서 가장 귀한 크리스마스 선물을 받았다.

"어머, 꼭 맞네."

치수를 잰 듯 꼭 맞는 반지로 지수가 신기한 듯 말했다.

"아버지, 감사합니다."

대성에게 고마움을 표현한 지한의 표정은 무척 행복해 보였다. 지금껏 볼 수 없었던 조카의 얼굴을 보며 연숙은 마음이 따뜻해지는 걸 느꼈다.

연숙에게 그는 조카라기보다 자식과도 같았던 존재였다. 그런 지한이 제 사람을 만났다는 사실에 연숙도 행복했다.

"그럼 나는 크리스마스 선물로 결혼식 절차를 진행할까? 지한아, 네 장모께 좋은 날로 받아달라고 부탁 좀 해."

비록 대성이 결혼을 허락했다지만 결혼식에 관해서 가타부타 말이 없던 연숙이었다. 그런 연숙이 드디어 마음을 결정한 것 같았다.

"고모, 고마워요."

지한의 인사를 받은 연숙이 소영을 보았다. 처음 소영을 보았을 때 지나칠 수 없었던 것은 이렇게 가족이 될 사람이라서 그랬나 보다. 그러니 첫눈에도 어여뻐 보였겠지.

"고모님, 감사합니다."

연숙이 허락했다는 사실에 소영 또한 감격스러워할 때, 지수가 소영이 준 붓을 모두에게 보여주었다.

"그럼 나는 이 붓으로 너희의 웨딩 사진을 그려줄게."

"사양해라. 외계인처럼 그려놓으면 안 받으니만 못하다."

대성이 지나가는 말로 읊조렸다.

"아빠는……."

대성의 말로 지수는 서운했는지 입술을 삐죽거렸다. 아이 같은 지수의 표정에 대성은 어렸을 때 제 딸의 모습이 생각났다.

"집안 분위기가 하도 좋아서 농담 한번 해봤다. 우리 딸 그림 솜씨야 내가 보장하지."

"아빠……."

다정한 대성의 말로 지수의 입술이 살풋 떨렸다. 참되고 온전한 가족다운 모습을 진지한 표정으로 지켜보던 연숙이 입을 열었다.

"오늘부터 소영이는 2층에서 지내. 그동안 내 시중드느라 고생했어."

연숙의 말에 소영의 볼이 부끄러움에 붉게 달아올랐지만, 지한의 입은 헤벌쭉 벌어졌다.

"고모, 고맙습니다."

"뭐가 고마워? 네 방에서 말고 지수가 쓰던 방에서."

"아! 고모, 너무해요."

헛물켜며 잔뜩 부풀었건만.

"그럼 결혼 날짜를 빨리 잡아. 나머지는 내가 알아서 다 할게."

"빨리라면 내일도 가능해요?"

소영의 손을 꼭 잡은 지한이 애절한 눈빛을 했다. 지나칠 정도로 과묵했던 제 조카가 이리 변했으니.

"팔불출……."

이 말이 나올 수밖에 없었다.

"하하하하."

한바탕 모두 자지러지게 웃었다. 진정한 행복을 담아서 말이다.

흐뭇한 표정으로 제 아들을 바라보던 대성은 이 웃음소리가 오래도록 이 집안에 울리기를 염원했다.

"예단 없이 검소하게 치를 거니 결혼 준비는 일주일이면 충분하겠지? 올해 안으로 소영일 데려오자꾸나."

"네!"

대성의 말로 순간 웃음소리가 뚝, 그쳤다. 아무리 급해도 그렇지 일주일이라니!

모두가 어이없어하며 대성을 볼 때였다. 지한이 소영의 휴대폰을 들더니 그녀에게 들이밀었다.

"소영아, 빨리 어머니께 전화드려."

"전화는 왜요?"

"내일 찾아뵙기는 하겠지만, 지금 당장 허락받고 싶어서 그러지. 잠깐! 그러려면 내가 통화하는 것이 맞겠네."

허둥지둥 휴대폰의 화면을 터치하며 지한은 혼자서 북 치고 장구 치며 아주 신났다.

"어머니, 안녕하세요. 저, 작은 사위입니다."

[그래, 서 서방.]

"다름이 아니라 일주일 후에 소영이랑 식을 올리고 싶습니다. 어머니, 부디 허락해주세요."

지한이 결혼을 허락해달라며 간절한 마음으로 인경과 통화할 때였다. 연숙이 소영에게 물었다.

"소영이 너는 어떤 결혼식을 하고 싶니?"

"저는……."

금방 프러포즈를 받았는데 일주일 안으로 결혼식을 하자고 한다. 번갯불에 콩을 볶아 먹어도 유분수지, 소영은 도통 뭐가 뭔지 정신을 차릴 수 없었다.

"꿈꾼 결혼식이 있을 거 아니야."

"있기는 하지만……."

지한의 집안이 워낙 대단하다 보니 소영은 말을 해도 좋을지 망설여졌다.

"말해봐, 어서."

"저…… 베푸는 결혼식을 하고 싶어요."

연숙이 재차 묻자 소영이 제 뜻을 말했다.

"베푸는 결혼식?"

"결혼식에 들어갈 비용을 되도록 줄여서 어려운 이웃에게 쓰면 어떨까 하는……."

소영은 잘못 말했나 싶어 말끝을 흐렸다. 그럴 수밖에 없는 것이 연숙이 당황스러운 표정을 지었기 때문이다. 지수의 결혼식도 대성의 뜻에 따라 일가친척만 모시고 간소하게 치렀다. 그것이 내내 불만이었던 연숙은 지한의 결혼식만큼은 억지를 부려서라도 제대로 해주고 싶었다. 그런데 소영이 이런 말을 하고 있으니…….

"일생에 한 번뿐인 결혼식인데 초라하게 치르자고?"

"초라한 게 아니고 저는 의미 있고 보람될 것 같은데요. 어렵게 사시는 어르신들께 이 겨울 연탄 한 장, 쌀 한 톨은 정말 소중하거든요."

소영의 말에 골똘한 표정의 짓던 연숙의 얼굴이 문득 온화하게 바뀌었다.

"그렇기도 하겠구나. 재벌가의 예식이라고 꼭 호화롭게 하라는 법은 없지. 자선을 베푸는 결혼식이라면 회사 이미지도 상승할 것이고……."

그사이 연숙은 회사를 생각했나 보다.

"내가 소영이를 어떻게 만났는지 아니?"

소영과 연숙의 이야기를 듣고 있던 대성이 슬그머니 끼어들었다.

"진짜 어떻게 만났어요?"

"적적할 것 같다고 책을 읽어주러 왔단다. 자원봉사 말이야."

그동안 두 사람이 어떻게 만났는지 궁금했던 연숙의 표정이 이번에는 밝게 변했다. 소영이 추구하는 검소한 결혼식은 즉흥적으로 말한 것이 아닌 몸에 밴 것이다.

"혼례는 소영의 본가에서 치르면 어떨까 하는데?"

"장소 걱정 안 해도 되니 나쁘지 않죠."

대성의 제안에 연숙은 흔쾌히 받아들였다.

"그러면 그렇게 하자꾸나."

"오라버니, 기부금을 가장 많이 남길 수 있는 결혼식으로 준비할게요. 소영이도 이의 없지?"

제 뜻을 헤아려준 연숙을 향해 소영이 환하게 웃어 보였다.

"네, 고모님."

"지한아, 전화 좀 바꿔줘라."

상황을 설명하느라 한참 인경과 통화 중인 지한을 향해 연숙이 말했다.

"어머니, 저희 고모 바꿔드릴게요."

[그래, 결혼 문제는 여자들이 상의해야지.]

"네, 잠시만요."

지한이 휴대폰을 연숙에게 주었다.

아침 일찍 지한은 소영과 함께 그녀의 부친 묘소에 다녀왔다. 왜냐하면 오늘은 지한이 소영에게 장가드는 날이기 때문이다.

올해 안으로 소영을 데려오자는 대성의 말에 연숙의 추진력이 드디어 빛을 발했다. 연숙은 소영과 대성의 뜻에 따라 가장 검소하면서 축복받는 결혼식을 준비해줬다. 그런 이유로 실로 오랜만에 소영의 고향 집이 북적거렸다.

어떻게들 알고 왔는지 기자들이 붐볐지만, 비공개로 치러진 혼례라 그들은 들어오지 못했다. 다만 동네 주민들은 예외였다. 대문을 굳게 잠근 그녀의 집 앞마당엔 인경이 가족처럼 의지하며 지냈던 이웃사촌으로 가득했다.

혼례복을 입은 소영과 사모관대를 착용한 지한이 초례상을 사이에 두고 마주했다.

"좋아서 새신랑 입이 찢어진다."

"하하하하."

누군가의 말로 웃음이 터졌다.

"소영아, 조금만 웃어."

반면, 지한과 달리 소영은 잔뜩 긴장했다. 굳어 있는 그녀의 표정에 아현이 구슬리듯 말했다. 하지만 웃고 싶어도 어찌나 긴장했는지 소영의 입술은 얼어붙은 듯 웃어지질 않았다.

"합근례-!"

사회자가 다음 절차를 목청껏 외쳤다. 사회자의 말에 신랑인 지한과 신부인 소영은 전통혼례의 마지막 절차인 합환주를 나눠 마셨다.

"새신랑, 이제 폐백만 드리면 되니까, 애가 타도 조금만 더 기다려!"

"하하하하하."

찰칵, 찰칵. 연신 카메라의 셔터를 누르던 경수의 말에 모두 웃음을 터트렸지만, 소영의 모친인 인경의 눈에는 눈물이 맺혔다. 홀로 아이들을 키워온 세월이 주마등처럼 스쳐 지나갔기 때문이다.

이윽고 시댁 어른들에게 큰절을 올리며 새 식구가 되었다고 알리는 폐백을 드렸다. 대성에게 절을 한 소영은 수모의 도움을 받아 치마폭을 벌렸다.

"내 덕담으로는 가화만사성이란 말을 남기마."

"감사합니다, 아버지."

가정의 화목을 중시하라는 대성의 말을 지한은 누구보다 잘 알고 있다. 덕담을 남긴 대성이 대추와 밤을 한 움큼씩 잡아 소영의 치마폭으로 던졌다.

"적어도 다섯은 낳아야 한다. 그중에 쌍둥이도 있다."

"하하하하."

"다섯이다."

모두 웃었지만, 대성은 다짐을 받고자 지한을 보며 다시 말했다.

"노력하겠습니다, 아버지."

그가 넙죽 받아들였다. 이번엔 연숙의 차례가 되었다. 소영의 절을 받기 위해 자리에 앉은 연숙이 옷고름을 가지런히 했다. 졸졸졸. 수모의 손을 빌려 술 잔이 채워졌고, 수모는 연숙에게 술잔을 올렸다. 연숙은 입술만 살짝 축였다.

"더도 덜도 말고, 지금처럼만 지내."

"그러겠습니다. 고모, 키워주신 은혜 감사합니다."

지한의 말에 감격했는지 대추를 잡는 연숙의 눈 밑이 붉어졌다. 연이어 절을 받은 지수가 일어날 때쯤 연숙은 극구 사양하는 인경을 데려왔다.

친정엄마인 인경을 향해서도 지한과 소영은 정성껏 절을 올렸다.

온종일 시끌벅적했던 집 안은 지한의 가족들까지 떠나자 조용해졌다. 첫 날밤을 보낼 방에서 다소곳이 앉아 있는 소영을 두고 인경은 원앙금침을 아 랫목에 폈다.

잠시 후, 주안상을 들고 들어온 가영이 소영의 앞으로 놓아주었다.

"너, 이러고 앉아 있으니 꼭, 사극 찍는 것 같다."

"힘든데 왜 못 벗게 하는 거야?"

여전히 족두리에 혼례복을 입고 있는 소영은 목이 아플 지경이었다. 절수 건에서 손을 뺀 그녀가 투덜거리며 뒷목을 만졌다.

"왜긴 왜겠어, 벗겨줄 주인공이 따로 있으니까 그렇지. 옷고름을 하나씩."

가영이 장난치듯 말하자 소영의 얼굴은 홍옥처럼 변했다.

"언니이이!"

"왜에에에~ 내가 틀린 말 했나. 소영이는 오늘 밤에 지한이랑 얼~ 레리, 꼴~ 레리~"

"배 속에 아기를 품은 엄마가, 쯧쯧."

가영의 농담에 인경이 한심했는지 끝내 혀를 찼다.

"아이코! 아가야, 이런 말은 듣지 마라."

가영은 제법 부른 배에 손을 얹고는 살살 어루만졌다.

"갑작스레 결혼식을 하는 바람에 뭔 정신으로 치렀는지 모르겠다. 후……."

이제는 다 끝났다는 생각에 마음이 놓이니 인경의 입에서는 좋은 날임에도 불구하고 저절로 한숨이 나왔다.

"우리가 한 게 뭐 있나? 사돈댁에서 다 했지. 이 한복만 해도 그래."

검소한 결혼식을 치른 게 아니고, 복잡한 모든 절차를 건너뛰었다는 말이 맞을 것이다.

연숙은 결혼식에 관한 이야기를 인경과 상의하던 중, 한복만 해서 입자는 말로 결론을 내렸다. 그리고 그다음 날 한복 디자이너가 인경의 집을 찾아왔고, 결혼 전날에 한복이 배달되었다.

"볼수록 곱기는 해."

"무엇보다 나는 결혼반지를 부모님 유품으로 했다는 게 너무 부러워."

가영의 말처럼 지한의 모친이 남긴 반지를 소영이 꼈다면, 그녀의 부친이 살아생전 꼈던 반지를 지금은 지한이 끼고 있다.

"그러게, 나도 그 반지를 볼 적마다 항상 고민했었는데 소영이 신랑이 가져갈 줄이야."

"엄마, 아빠 반지를 그 사람한테 주고 허전하지 않아?"

인경과 가영의 대화를 듣고만 있던 소영이 물었다. 소영의 손을 잡은 인경이 그녀의 손가락에 끼워진 반지를 만졌다.

"허전하긴. 장롱 속에서 빛도 못 보고 있었는데 오히려 잘됐지. 더군다나 남도 아닌 네 신랑이 가져갔잖아. 네 손가락에 낀 이 반지를 봐."

"……."

소영이 제 손가락을 보았다.

"얼마나 예쁘니? 그러니 사위한테 준 걸 아빠도 분명히 좋아하실 거야."

연숙과 통화를 하던 중 인경은 지금 소영이 끼고 있는 반지의 사연을 듣게 되었다. 그러니 인경은 당연히 남편의 반지가 생각났다.

"응, 예뻐."

인경의 말이 맞는다며 소영이 고개를 끄덕였다. 그때, 인경의 눈가가 붉어지는 걸 가영이 보았다. 엄마의 눈물을 소영이 본다면 동생도 분명히 울 것이라 여긴 가영이 부른 배로 뒤뚱거리고 일어섰다.

"엄마, 우리도 가야 할 것 같은데."

"어딜 가는데?"

소영이 궁금한 눈으로 보았다.

"신혼부부 좋은 밤 보내라고 형부랑 마을 회관에서 잘 거야."

"왜들 그래. 안 그래도 돼."

소영의 말엔 당황스러움이 고스란히 묻어 나왔다.

"엄마가 사위 자랑하고 싶으신가 봐. 동네 어르신들과 남은 음식 드시면서 밤새워 노실 거래."

"밤새?"

"네 시고모가 그러라는 뜻으로 음식도 많이 주문하셨잖아."

어쩌다 보니 결혼식이 동네잔치가 되었다. 모든 절차를 검소하게 건너뛰었다지만, 연숙은 음식에서만큼은 그러질 않았다. 잘 차렸다는 말이 나올 정도로 풍족하게 준비해주었다.

"나도 그게 고마워."

"그러니까 시댁 식구들에게 잘해. 후……."

말끝에 인경이 또다시 작은 한숨을 내쉬었다. 소영이 걱정 어린 눈으로 모친을 보았다.

"엄마, 왜 그래?"

"좋으면서도 섭섭해서 그렇지."

애틋한 마음을 담은 인경의 손이 소영의 볼을 어루만졌다. 진짜 인경이 울 것 같은 표정을 짓자 가영이 모친을 잡아 일으켰다.

"엄마, 이 남자들이 아직도 안 오는 것이 아무래도 이상해. 어서 가보자."

"그래야겠다."

마을 회관으로 남은 음식을 갖다 주러 간 경수와 지한이 안 오자 인경도 궁금했는지 선뜻 일어섰다.

부르릉. 때마침 마당으로 들어서는 차 소리가 들렸다.

"호랑이도 제 말 하면 온다더니 네 신랑 왔나 보다. 소영아, 굿~ 밤."

"무슨 일 있으면 전화해."

인경이 소영을 향해 말했다.

"엄마, 뭔 일이 있겠어? 아니지, 신혼부부니까 있어야 하나?"

"실없는 소리 그만하고, 어서 나가."

결국, 가영은 인경의 손에 끌려 나가다시피 했다. 방문을 닫는 모친의 뒷모습에 소영의 눈에 눈물이 글썽했다. 굳이 이곳에서 식을 치르자고 했던 대성의 뜻을 소영은 조금이나마 알 것 같았다.

급히 딸을 시집보낸 뒤 헛헛해할 모친의 마음. 그 마음을 안은 채 고향 집으로 내려갈 모친의 마음을 헤아려준 거다. 그러니 부득부득 하룻밤 자라고까지 했겠지.

대문 밖에서 두런두런 말소리가 들리더니 이내 대문을 잠그는 소리가 났다. 저벅저벅. 발소리만으로도 소영은 지한이 들어오고 있다는 걸 알 수 있었다.

그의 발소리만 들었을 뿐인데도 소영의 심장이 콩콩거리고 반응했다.

드르륵. 이윽고 방문이 열렸다.

"너는 왜 그러고 있어?"

방 안으로 발을 들여놓던 지한이 소영의 모습에 멈칫했다. 사모와 단령을 벗은 그는 두루마기를 입고 있었다. 그런데 소영은 혼례식 때 입었던 그 상태 그대로였다.

"저도 벗고 싶은데 못 벗게 해서요."

지한이 방문을 닫고는 소영의 앞으로 걸어왔다. 그녀의 심장이 두근두근대더니 이제는 쉴 새 없이 뛰었다. 연지 곤지를 찍은 소영의 얼굴이 그의 눈에 한없이 어여뻐 보였다.

"전통혼례도 나름 괜찮은데? 이런 잔재미가 있을 줄이야."

뚫어져라 바라보는 지한의 시선이 부끄러웠다. 소영은 다짜고짜 족두리 쓴 머리를 그의 앞으로 들이밀었다.

"족두리부터 빨리 벗겨줘요. 불편해 죽겠어."

"어디 보자."

소영의 곁으로 가까이 다가온 그가 족두리를 빼려는지 손을 올렸다.

"그냥 빼면 되나?"

"아, 아파요."

족두리와 뒤쪽 댕기를 연결한 머리핀부터 뺐어야 했다. 그걸 모르니 무턱대고 잡아당기는 바람에 소영은 머리카락이 뽑히는 것처럼 아팠다.

"아팠어? 왜 이리 복잡……. 이건가 보네."

이리저리 그녀의 머리를 보더니 이제 알아냈는지 그가 도투락댕기에 꽂혀 있던 머리핀을 뺐다. 지한은 비녀에 감겨 있는 앞쪽 댕기도 풀어냈다. 한참 실랑이를 한 그가 그녀의 머리에서 기어이 족두리를 벗겨냈다.

"이제야 살 것 같네."

활옷도 벗으려는지 소영이 허리 부분에 띠처럼 두른 대대를 만졌다.

"잠깐, 그것도 내가 해야 하는 거 아니야?"

"됐어요."

거절한 소영의 손이 허리춤으로 갔다.

"나는 안 될 것 같은데."

장난스럽게 말한 지한이 그녀의 손을 잡아 내리더니 소영의 대대를 풀고자 했다. 그러자 그녀의 심장은 더 두근두근 뛰었다.

사르륵. 소영이 입은 활옷에서 대대가 풀리며 떨어졌다. 이번에는 활옷마저 벗기기 위해 지한은 활옷을 여미고 있는 옷의 매듭을 끌렀다. 꼭 여몄던 앞섶이 벌어졌다.

"오른팔부터 빼고."

소영은 그가 시키는 대로 했다. 바스락 소리를 내며 그녀가 입고 있는 활옷이 그의 손에 의해 벗겨졌다. 한쪽으로 활옷을 던져놓은 그의 입술이 기분 좋은 듯 올라갔다.

"새색시가 이런 느낌이구나."

녹색 저고리에 붉은색 치마를 입은 소영의 단아한 모습은 눈부셨다.

꽃처럼 어여쁘다. 눈부시도록 아름답다. 그의 눈에 보이는 소영의 모습은 이런 말이 무색할 정도였다. 빤히 바라보고 있는 지한의 시선으로 소영은 몸 둘 바를 몰랐다.

"왜 그러고 봐요?"

"내가 너랑 부부가 되었다는 사실이 믿기지 않아서. 고마워."

그는 진정한 행복과 가정의 소중함을 소영을 통해 알았다.

"저야말로."

지한을 만난 후 그녀는 일에 대한 꿈을 꿨다. 그리고 그 일을 성취했으며, 지금은 행복이란 단어에 걸맞은 생활을 하고 있다. 고맙다는 말은 그가 아닌 자신이 해야 옳았다. 불현듯 소영이 고개를 꾸벅 숙였다.

"피디님, 잘 부탁합니다."

자신에게 넘치도록 과분한 여자 소영. 그가 소영의 얼굴을 제 손에 담았다.

"잘 부탁 들어줄 테니 이제부터는 피디님이라고 부르지 않기."

"그럼 뭐라고 불러요?"

잠시 그가 생각하는 얼굴을 했다.

"음…… 여보도 있고, 당신도 있고."

"그렇게 부르기엔 우리가 너무 젊지 않나?"

시큰둥한 표정을 짓는 것이 소영은 마음에 들지 않는 것 같았다.

"그래? 난 괜찮을 것 같은데."

"여보, 당신보다 자기님은 어때요?"

"자기님이라…… 그거 아주 좋은데. 한번 불러봐."

"자기님~"

전에도 부른 적이 있기에 그녀가 보란 듯이 불러주었다. 봄바람이 불 듯 지한의 마음이 간질거렸다. 자르르 떨려오는 심장을 감당할 새도 없이 소영의 입술에 그의 입술이 닿았다. 그녀의 두 눈이 스르르 감겼다.

오늘따라 긴장했는지 소영은 주먹까지 꼭 쥐었다. 따뜻한 그의 입술이 그녀의 입술 안으로 들어오려 했다. 소영의 잇새가 살며시 벌어졌다. 지금 지한은 말이 아닌 몸으로 그녀를 사랑한다고 표현하고 싶었다.

풀썩. 애타는 두 사람의 몸은 곱게 깔린 이불 위로 쓰러졌다. 그녀를 안고 싶은 그의 몸짓이 격정적으로 변했다. 그러자 눈가를 살짝 찌푸린 소영이 제 머리를 만졌다.

"아! 비녀."

"비녀? 그것도 빼야겠네."

소영의 머리를 조심스럽게 받쳐 든 그가 그녀의 머리를 틀어 올려 꽂은 옥비녀를 뽑았다.

"머리도 풀어야 하는데."

"뭐가 이리 복잡해."

조급한 듯 투덜거리는 뉘앙스였다.

"아까는 잔재미가 있다면서요?"

"그건 아까고, 지금은 아니라고."

"아파, 천천히."

어찌나 꽁꽁 묶어놨는지 환장할 노릇이었다.

"아이고, 미치겠네. 왜 이리 안 풀려."

겨우 풀었다 싶었는데 난데없이 소영이 발을 번쩍 들었다.

"버선도. 발가락이 너무 아파요."

"다 벗겨줄 테니 아무 걱정 하지 마."

"지금……. 읍!"

더는 못 참겠는지 소영의 입술을 그가 머금었다. 다시 서로의 입술을 탐했고, 지한의 손은 소영이 입고 있는 저고리의 옷고름을 천천히 잡아당겼다.

격렬한 입맞춤을 나누는 두 사람의 입술이 닿았다가 떨어지기를 반복할수록 소영의 몸을 가리고 있던 천이 하나씩 벗겨졌다.

소영의 속저고리를 벗기고자 지한의 손이 닿았다. 부드러운 옷감의 감촉이 그의 손으로 전해지자 지한의 가슴은 방망이질 쳤다. 뜨거운 열기가 온몸을 휘감았고, 농밀한 입맞춤이 이어졌다.

한동안 소영의 입술을 머금었던 그의 입술이 떨어져 나가자 그녀가 넌지시 눈을 떴다. 키스만 했을 뿐인데……. 온몸의 힘이 손끝과 발끝을 통해 모두 빠져나간 듯 소영의 몸은 흐늘거렸다.

"사랑해."

지한의 고백에 자신을 내려다보는 그의 입술을 그녀의 손이 가만히 매만졌다. 그는 이 입술로 사랑한다며 말하고 달콤한 입맞춤으로 표현했다.

"사랑합니다, 당신을…….."

서지한이란 이름 가진 이 남자를.

"어, 지금 분명히 당신이라고 불렀어. 이거 듣기 좋은데."

진짜 좋았는지 그가 흥분한 듯 말했다.

"별것도 아닌 거로 좋아해."

"자기님보다 당신이 더 좋아. 다시 해봐."

"여보~"

살짝 머리를 든 소영의 얼굴이 그의 얼굴로 가까워지더니 가볍게 입술을 찍고 갔다.

"여보까지. 아주 그냥 내 마음을 들었다 놨다 하네."

그의 가슴은 설레어서 숨조차 멎는 것 같았다. 달콤한 그녀의 입술을 그의 입술이 맛보았다. 이내 짙은 입맞춤으로 변했고, 소영의 손은 지한의 겉옷을 벗겨 나가기 시작했다.

쪽쪽. 입술이 떨어지기 무섭게 다시 포개졌다. 이번엔 잠자리 날개처럼 얇은 소영의 속적삼이 방바닥으로 던져졌다. 지한의 입술이 소영의 목덜미를 타고 내려와 쇄골에서 멈췄다.

전신이 타들어가듯…… 뜨거웠다. 그의 입술이 닿는 곳마다 불도장이 찍히듯 그녀의 몸은 달아올랐다.

이윽고 소영의 속치마 끈이 천천히 풀렸다.

별도 달도 모두 숨어버린 듯 캄캄한 밤, 소영은 그의 품으로 안겼다. 입술을 갖고 몸을 안으며 두 사람은 사랑을 확인했다.

서로의 품에 안겨 있는 두 사람의 몸부림 탓에 이불에서는 버스럭거리는 소리가 났다. 한껏 소영의 몸을 그러안은 지한의 몸은 불덩어리를 품은 것 같았다.

가장 소중하고 행복한 시간, 신혼 첫날밤…….

서로의 입술을 갖고, 또 가지며 이대로 시간이 영원히 멈추길 바랐다.

다음 날, 경기도 양평에 있는 어느 깊은 산속. 신혼여행을 떠난 지한의 차가 외딴 별장 앞에 멈췄다. 사실 이곳으로 올 수밖에 없는 이유는 따로 있었다. 결혼식을 급히 치른 부작용이랄까.

신혼여행을 해외로 나가려 했지만, 문제는 소영이었다. 여권이 없는 그녀로 급히 알아본바, 연말이다 보니 빠르게 여권이 나오기는 어려울 것 같다고 했다. 그래서 발길 닿는 대로 가고자 했지만, 달라붙는 기자들을 피할 일이 걱정이었다. 그렇다고 호텔 안에서만 있자니 안 될 일이고, 고심하던 차에 별장이 생각났다.

"여기야, 내려."

그의 말에 소영이 창밖을 보았다.

"꼭 눈 속에 묻혀 있는 집 같아요. 너무 예뻐."

"그래서 어머니가 생전에 자주 오셨대."

운전석 문을 연 지한이 내리더니 트렁크로 가서 가방을 꺼냈다.

"자, 아내님, 먼저 들어가시지요."

"남편님, 감사합니다."

기- 익. 지한은 자신의 농담을 받아준 소영이 들어갈 수 있게 대문을 열어주었다.

두 사람은 마당을 가로질렀다. 눈을 치운 큰길과는 다르게 별장 마당은 온통 눈이었다. 뽀드득, 뽀득. 고요함을 깨는 소리…….

이윽고 지한이 별장 문을 열었다.

"추웠지? 관리인이 벽난로에 불 피워놨을 거야."

신발을 벗고 안으로 들어오니 훈훈한 기운이 소영의 몸을 감쌌다.

"따뜻해."

벽난로 안에서 활활 타오르는 장작을 보는 것만으로도 몸과 마음이 포근할 정도로 별장 안은 아늑했다. 트렁크를 내려놓은 지한은 외투를 벗었다.

"우리만의 천국에 안착."

불길에 손을 쬐는 소영의 뒤로 가서 그가 그녀를 품에 안았다. 그의 달콤한 목소리가 그녀의 귓가를 간질였다.

"진짜 천국 같아요. 경치도 좋고 공기도 좋고."

"다 좋은데, 눈이 많이 오면 오도 가도 못한다는 단점이 있지."

소영을 품에서 놓은 그가 벽난로 앞으로 갔다. 장작을 하나 든 지한이 불길 속으로 던졌다. 갓 들어간 마른 장작에서 타닥타닥 소리가 나더니 이내 불길이 번졌다.

"그럼 어떡해요?"

점퍼를 벗던 소영은 걱정스러운 눈빛을 했다. 그가 가볍게 웃더니 벽난로 앞으로 앉았다.

"뭘 어떡해, 나갈 수 있을 때까지 여기서 살아야지."

"거짓말이구나?"

심각하게 말해도 부족할 판에 지한이 웃고 있으니 그녀가 눈치챈 것 같다. 벗은 점퍼를 내려놓으며 그녀가 그의 옆으로 앉으며 말했다.

"우리 따뜻한 물로 샤워부터 할까?"

슬쩍 말을 돌리며 그가 딴소리를 했다.

"……같이 ……요?"

그의 말에 대답하는 소영의 얼굴은 벽난로 속의 불길만큼이나 뜨거워졌다. 생각지도 못한 소영의 말로 지한의 가슴이 두근거렸다.

"같이하고 싶어?"

"누가 같, 같이하고 싶대요. 물어보니까 저도 물어본 거지."

민망했지만, 소영은 뻔뻔하게 말할 수밖에 없었다.

"야한 생각으로 가득 찬 이 머리, 아주 괜찮은데? 좋아, 같이해주지, 뭐."

"안 돼요!"

당황한 소영이 벌떡 일어나려 했지만 그건 그녀의 마음뿐. 순간 그가 안으며 두 팔에 힘을 주니 소영의 몸은 옴짝달싹 못 할 정도로 붙잡혔다.

"우린 부부잖아."

"누가 아니래요."

소영이 슬쩍 몸을 빼려 했지만 그는 더 끌어당겨 왔다.

"그런데 뭘 그리 부끄러워해?"

"언제는 평생 부끄러워해 달라면서요."

"가끔 자극하는 것도 괜찮을 것 같아, 지금처럼."

작게 웃은 지한이 소영의 몸을 카펫 위로 눕히며 함께 쓰러졌다. 타다타닥. 활활 타오르는 불길처럼 두 사람의 마음에도 사랑을 나누고 싶은 불길이 치솟았다. 제 몸 위에서 자신을 내려다보는 지한의 머리카락을 소영이 부드럽게 쓸어 넘겼다.

"그렇게 말하니까 좀 능글맞아 보여."

"그랬어?"

멋쩍은 표정을 감추려는지 지한의 입술이 그녀의 이마에 닿았다. 도장을 찍듯 꾹 누르더니 천천히 떼었다.

"그런데 남자라는 생각도 들고."

"어째서?"

궁금해서 묻는 지한의 입가가 살짝 말려 올라갔다.

"사랑하니까 그랬을 거라는."

"잘 아네."

그의 입술이 이번에는 그녀의 목덜미를 간질였다. 제 몸으로 고스란히 전해지는 그의 무게감이 그녀의 심장을 살살 건드렸다. 기분 좋은 설렘이 이내 소영의 몸까지 달뜨게 했다.

한입 베어 물고 싶을 정도로 보드라운 입술…… 소영의 마음은 더욱더 두근거렸다.

"Cheers."

쨍! 와인 잔이 부딪치며 청아한 소리가 났다.

"어? 지난번에 마셨던 그 와인 같은데."

한 모금 마신 소영이 단번에 알아맞힐 정도로 혀끝에 감도는 맛이 분명히 그 맛이었다. 그가 모른 척 물었다.

"언제?"

"제 생일이요."

그가 와인 잔을 입술로 가져갔다. 입술을 축이듯 마시고는 잔에 들어 있는 와인을 살짝 흔들어주었다.

"맞아, 그 와인이야. Les Amoureuses."

"Les Amoureuses?"

중얼거린 소영은 무슨 뜻인지 알고 싶어 와인병을 들었다. 병을 돌려보는 그녀를 보고 지한이 말해주었다.

"연인들이란 뜻이야."

"연인들이라……."

그때는 뜻도 모르고 마셨는데 이렇듯 아름다운 이름을 가지고 있을 줄이야. 눈빛이 부드러워진 소영이 와인병을 내려놓고는 잔을 들었다. 다시 건배하자며 그녀가 잔을 내밀었다. 그러자 잔을 부딪치려던 그가 물었다.

"와인 이름 듣고 뭐 느껴지는 거 없어?"

"있지요."

쨍! 소영이 그의 잔에 제 잔을 부딪치자 이내 맑은 소리가 별장 안에 울려 퍼졌다.

"뭔데?"

"그때도 당신은 나를 사랑했구나."

"……."

그는 말 대신 조용한 미소로 답했다. 입술을 축이듯 한 모금씩 마신 두 사람은 서로의 눈빛을 가만히 응시했다. 굳이 말로 표현하지 않아도 사랑한다는 마음이 전해질 정도로 눈빛이 생글거렸다. 그런데 와인잔을 내려놓은 지한의 손이 느닷없이 소영의 양 볼을 잡아당겼다.

"아! 왜 그래요?"

"처음 내 입술을 가져갔을 때, 진짜 인공호흡이었어?"

지한이 진지하게 물었다. 물론 소영은 어이없는 표정을 지을 수밖에 없었지만 말이다.

"잉?"

"느낌이 인공호흡은 아닌 것 같던데."

"엉큼한 남자 같으니라고."

제 볼을 잡고 있던 그가 손을 놓기 무섭게 소영이 대뜸 그의 양 볼을 잡았다.

"왜?"

"기절한 거 아니었죠!"

잡은 지한의 볼을 마구 흔들었다.

"응, 멀쩡했어."

"그럼 방송사고는?"

이거, 물어보면서도 께름칙하다고 해야 할까. 그런데 대답을 안 한 그가 와인을 한 모금 마셨다.

"아우, 그런 줄도 모르고. 억울한 내 입술……."

지한의 행동으로 이미 눈치를 챘는지 소영이 제 입술을 지그시 깨물었다.

"소영아, 그런데 말이다. 한 번, 두 번 내 입술이 네 입술에 닿을수록 내 마음이 너에게로 가더라."

"……."

그가 그녀의 입술을 지분거리듯 만졌다.

"내 입술을 가져간 첫 여자니까."

"……."

그녀가 말이 없자 그의 손이 그녀의 눈 밑으로 갔다. 마른 소영의 눈가에

486

그의 손끝이 머물렀다.

"날 위해 처음으로 울어준 여자니까."

"⋯⋯."

소영은 말을 잊은 듯 그의 얼굴만 쳐다보았다. 다정다감한 그의 눈빛, 진심을 말하는 그의 입술, 부드러운 그의 손길에 그녀의 입술이 파르르 떨렸기 때문이다.

"그래서 너를 내 마음에서 내보낼 수 없었어."

"⋯⋯."

그녀와 눈을 맞춘 지한은 다정하게 웃었지만, 감격한 소영의 눈에서는 또르르 눈물이 흘러내렸다.

"사랑한다고 수만 번 말해도 부족할 정도로 너를 사랑해."

지한의 입술이 그녀의 눈으로 향했다. 입술에 닿는 그녀의 눈물이 따뜻했다. 그리고 그의 입술은 소영의 입술을 찾았다.

지한의 입술에 묻어 있는 짭조름한 눈물 맛이 소영의 입안으로 전해졌다. 사랑이 가득 담긴 황홀한 입맞춤이었다.

잠시 후 그녀의 몸에 거세게 부딪쳐오는 그의 몸으로 끊어질 듯 내뱉는 소영의 숨소리가 넘어갈 듯 나왔다. 온몸으로 사랑을 받고 또 받고 오로지 사랑만 존재하는 신혼여행의 첫날밤⋯⋯ 황혼이 지는지 창으로 보이는 하늘이 온통 붉은빛을 띠었다.

어쩌다 보니 난롯가 옆에서 눕게 되었지만, 활활 타올랐던 장작불은 지금은 거의 사그라지고 없었다.

살며시 일어난 지한이 벽난로 옆에 쌓여 있는 장작더미에서 몇 개의 장작을 집어 들었다. 난로 앞으로 온 그는 아직 불길이 살아 있는 숯덩이 위로, 가져온 장작들을 겹쳐 올려놓았다.

"후, 후."

그는 숯덩이에 남아 있는 불길에 입김을 불어 살리고자 했다. 이내 숯덩이가 발갛게 변하자 다시 한 번 후~ 하고 불었다. 타닥타닥. 살아난 불길이 마른 장작의 껍질을 태우기 시작했다.

"추웠어요?"

그녀가 담요를 들고는 그의 곁으로 다가왔다.

"나는 괜찮은데 당신이 추울까 봐 그러지."

자신을 위하는 지한의 마음을 알기에 가져온 담요를 그녀가 그의 몸에 감싸주었다. 그리고 지한의 앞으로 비비적거리고 앉으며 담요의 끝을 여몄다.

소영의 몸을 그러안은 그가 그녀의 가슴을 어루만졌다. 마치 아이가 엄마의 품을 찾듯.

"벌써 캄캄해졌네."

꿈같은 하루가 벌써 지나갔다는 것이 아쉬울 정도였다.

"내일은 뭐 할 거예요?"

기대감이 부푼 눈빛이랄까.

"할 게 없을까 봐 걱정이야. 별장 앞쪽에는 강이 있으니 얼음낚시나 썰매를 타도 되고, 뒤쪽으로는 산이 있으니 토끼를 잡으러 가도 좋을 것 같고."

"참, 시골스럽게도 논다."

"하하하."

"시골스러운 것도 나름 괜찮을 것도 같아요. 두고두고 생각날 거 같은데요."

"남들이 우리 대화를 들었다면 말장난 같다고 하겠지만, 나는 이런 게 참 좋다. 내가 어떤 말을 하든 너는 다 받아주니까."

"당연하죠. 나는 당신 아내고, 당신은 내 남편이잖아요."

남편과 아내…… 여전히 믿기지 않는 꿈같은 현실이었다. 일상으로 온전히 받아들이려면 조금 더 시간이 지나야 할 만큼.

두 사람은 어두운 창밖을 응시했다.

"아내님, 이제 잠자러 갈까요?"

"벌써요?"

"시간이 중요한가. 자고 싶을 때 잠자고, 놀고 싶을 때 놀고, 먹고 싶을 때 먹고. 우리만의 신혼여행인데 아무려면 어때."

"그럼 안아줘요."

소영이 안아달라며 팔을 벌렸다.

"좋지."

기꺼이 그가 그녀를 안아 들었다. 지한의 목에 팔을 두른 소영은 그의 가슴에 제 얼굴을 묻었다.

"벽난로 앞으로 가지 말고 침실로 가요."

"그건 더 좋지."

침실로 향하는 지한의 걸음에 맞춰 소영의 몸은 조금씩 흔들렸고, 그녀의 마음도 설렘으로 살랑살랑 흔들렸다.

침실 방문을 연 그가 안으로 들어갔다. 그리고 조심스럽게 소영의 몸을 침대 위로 내려놓았다. 소영의 머릿밑으로 베개까지 받쳐주곤 그가 그녀의 옆으로 누웠다.

"굿나잇 키스."

이내 그의 입술이 소영의 부드러운 입술에 닿았다. 말랑하며 야들한 것이 만나자 금방 숨 가쁜 입맞춤으로 이어졌고, 그냥 잠들 수 없는 밤이기에 그녀가 입고 있는 가운의 끈이 풀렸다.

창밖에는 한두 방울씩 눈송이가 떨어지기 시작했다. 그들의 사랑을 축복해주듯…….

핑크빛 신혼여행에서 돌아온 후, 진짜 신혼의 재미가 어떤 것인지 만끽하는 요즘, 지한과 소영에게는 꿈같은 시간만이 존재했다. 모든 것이 다 평온했다.

이날도 대성의 집 거실에는 따뜻한 햇볕이 가득 들어왔다. 주방에서 분주하게 움직이는 소영을 보고 거실에 있던 대성이 들어왔다.

"웬 불고기야?"

"피디님이 시식해보라고 가져왔어요."

소영은 꺼내 온 전기 프라이팬을 식탁 가운데에 놓았다.

"홈쇼핑에서 팔 거래?"

"네, 내일 제가 소개할 상품이래요."

"그러고 보니 내일은 지한이가 홈쇼핑을 퇴사하는 날이구나."

지한에게 하고 싶은 일을 하라며 연숙은 그에게 내렸던 본부장 발령 건을 철회했다. 현 본부장이 유임하는 거로 사태를 매듭지었으며, 6개월간의 계약 기간이 만료되면서 그는 재계약을 하지 않은 상태다.

"엊그제 오셨던 것 같은데 많은 날이 갔어요. 피디님 배려로 홈쇼핑에서 모델 알바도 했었는데……."

"모델도 했었어?"

"네, 복숭아 먹다가 벌레가 나온 적도 있어요."

소영이 잠깐 옛일을 떠올렸다.

"나도 모델 같은 거 해보면 안 될까?"

"아버님이요!"

소영이 놀라서 물을 때 거실에서 듣고 있던 연숙이 들어왔다.

"오라버니, 회장님이 일일 모델이라니 그게 말이 돼요?"

"말이 안 될 게 뭐가 있어, 지한이 고별 방송, 뭐, 그런 거 있잖아."

"고별 방송? 요즘 자꾸 왜 그러세요?"

세상사 관심 없던 대성이 이러고 나오니 연숙은 황당한 얼굴로 쳐다보았다.

"아버지만 좋으시다면 저는 찬성입니다."

뒤늦게 주방으로 들어온 지한이 기분 좋은 듯 말했다. J&H 그룹의 일가족이 일일 모델이 되어 먹는 불고기라면? 분명 좋은 반응도 얻을 것이고, 가족에겐 나름대로 추억도 될 것 같았다.

"저는 대찬성할게요."

"그럼 내일 몇 시까지 홈쇼핑으로 갈까?"

소영까지 반기는 모습에 대성이 적극적으로 나섰다.

"그러지 말고 지금 여기서 촬영을 하면 어떨까요? 어차피 방송 사이사이 나가는 거니까."

"뭐!"

식탁 위에 있는 프라이팬을 지한이 가리키자 연숙은 기함할 일이었다. 그도 잠시 이 층에 있는 카메라를 가지러 지한은 주방을 나갔다.

"너도 어서 옷 갈아입어."

"저도요?"

"고모니까 조카를 위해서 당연히 해야지. 자, 어서들 서두르자."

이러고는 대성이 연숙을 끌고 나갔다.

잠시 후, 모든 준비를 마친 가족은 식탁에 둘러앉았고, 카메라를 가져온 지한은 식탁의 모습부터 찍었다.

"내가 생방송으로 나가는 것도 아니고, 녹화방송으로 나가다니 이게 말이 돼?"

프라이팬에서 구워지는 불고기를 보고 연숙이 못마땅한 듯 물었다.

"생방송이면 어떻고, 녹화면 어때. 이 불고기, 방송에서 전체 매진시킬 거니까 눈에 힘 풀고 연기나 잘해."

"뭐예요!"

대성이 이리 말하니 연숙은 그야말로 기가 막혔다.

"하하하하."

그러나 가족들에겐 큰 즐거움이라 웃음소리가 집 안에 울렸다.

"고모 성격에 하기 싫었으면 벌써 주방을 나갔을걸."

지수의 말을 못 들은 척한 연숙이 젓가락을 들었다.

"빨리빨리 촬영이나 하자. 너무 익으면 질겨."

"아버님, 고모님, 최고의 연기를 보여주세요."

"오냐."

소영을 보는 대성의 표정은 더없이 좋아 보였다.

"너, 이러고 매진 못 시키면 안 된다."

"고모님, 걱정하지 마세요."

연숙의 말에 소영은 자신만만한 얼굴을 했다.

"자, 모두 스탠바이 해주세요!"

지한의 목소리에 일제히 젓가락을 들었다.

"액션!"

말이 끝나자마자 지글지글 끓고 있는 불고기로 젓가락이 동시에 갔다.

"이러면 연출한 장면처럼 티 난단 말이야. 자연스럽게 좀 해."

"하하하하."

연숙의 말에 먹기도 전에 웃고 말았다. 소영은 불고기를 상추에 싸서 대성에게 주었다.

"아버님, 아~ 하세요."

"아~"

자연스럽게 대성이 받아먹었다.

"그러면 더 티가 나지."

"시아버지랑 며느리 사이를 시고모가 샘낸다."

계속해서 연숙은 툴툴거렸지만 제일 열심히 먹고 있었다. 얼른 쌈을 다시 만든 소영이 이번에는 연숙에게 내밀었다.

"그럼 고모님도 아~"

"아~"

기다렸다는 듯이 받아먹는 연숙의 모습을 지한이 카메라에 담았다.

"고모, 표정이 제일 좋아요."

"거봐, 지한이도 칭찬하잖아. 매진되면 다 내 덕인 줄 알아."

만족스러웠는지 연숙이 으쓱하는 얼굴을 했다.

"네, 고모님."

"아버지도 한번 웃어주세요."

이번엔 대성의 얼굴을 그가 단독 샷으로 잡았다.

"나는 아무 때나 안 웃는다."

"하하하하."

대성이 시종일관 근엄한 표정을 고수하자 피디로서 지한이 주문했더니만 단번에 거절했다. 하지만 가족은 박장대소를 했다. 거실에서 뛰어놀던 호진이가 그 웃음소리를 듣고는 주방으로 들어왔다.

"빠빠, 맘마."

"맵지 않아서 어린아이한테도 아주 좋아요."

호진이 입에 불고기를 넣어준 소영이 멘트를 했다. 상추에 쌈을 싸던 연숙은 평소와 다른 소영의 예쁜 목소리에 놀란 눈을 했다.

"이거 음성도 녹화되는 거야? 지한아, 잠깐만! 나, 우아하게 말할 테니 처음부터 다시 해."

"하하하하."

지한이 볼 때 카메라 안에 비친 가족의 모습은 결코 인위적으로 만들어낸 것이 아닌 참된 모습 그대로였다.

한바탕 난리를 치른 것처럼 시끌벅적한 촬영이 끝나자 주방을 정리한 소영은 그가 마실 차를 준비해서 이 층으로 올라왔다. 지한이 작업실로 쓰고 있는 방문을 그녀가 열었다. 조금 전에 촬영한 것을 편집 중이던 그가 돌아보았다. 안으로 들어온 소영은 테이블 위에 가져온 찻잔을 내려놓았다.

"차 마시고 해요."

"고마워."

편집하던 걸 중단한 그가 의자를 돌려서 앉았다. 소영은 테이블 위에 있는 여러 개의 책자 중 하나를 집어 들었다.

"대본이네요."

"내가 홈쇼핑을 그만둔다는 걸 어떻게 알았는지 여기저기서 보내오네."

"감이 오는 것은 있어요?"

소영이 대본의 겉장을 넘겨보았다.

"아직 안 봤어."

"왜요? 무슨 문제라도 있나요?"

"그게…… 이참에 프로덕션을 설립할까 생각 중이야."

마시던 커피 잔을 내려놓은 지한이 말했다.

"제작사를 차리겠다고요?"

"방송국으로 다시 돌아가기도 그렇고, 어차피 이 일을 계속할 거라면 괜찮을 것 같아서."

"당신이 어떤 결정을 하든 저는 찬성이에요."

그녀의 말에 그가 작게 고개를 끄덕였다.

"고모랑도 상의해보고 신중하게 생각해볼게."

"막상 당신이 스튜디오를 떠난다고 생각하니까 조금 허전하긴 해요."

소영은 매일 지한과 출퇴근했던 날들이 떠올랐다. 자신이 어느 시간에 가든 그는 항상 그곳에 있었으며, 함께해줬다.

"나도 허전할 것 같아."

"그런데 잘된 일일 수도 있어요."

"어떤 면에서?"

"집이고 회사고 매일 붙어 있으면 싫증 날 수도 있잖아요."

소영의 말에 그는 어이없는 표정을 지었다.

"아니, 결혼한 지 얼마나 되었다고 벌써 그런 소리를 해?"

"당신한테 싫증이 났다는 것이 아니라 예를 들자면 그렇다고요."

그런데 이번에는 지한이 한술 더 떴다.

"하긴 주말부부 그런 것도 재미있을 것 같기는 하네."

"싫어요. 당신이 옆에 없으면 이젠 잠이 안 와요."

소영의 말에 그가 만족스러운 듯 웃었다.

다음 날 홈쇼핑 스튜디오. 촬영 준비로 바쁜 스태프들을 보곤 소영은 화장을 고치기 위해 거울을 꺼냈다. 입술에 립스틱을 다시 한 번 바르고는 옷매무새도 만졌다. 모든 준비를 끝낸 소영의 곁으로 민주가 다가왔다.

"소영아, 오늘은 네 신랑이랑 해보는 게 어때?"

"피디님이랑?"

"이제 그만두면 올 일이 없을 거 아니야. 마지막일지도 모르는데 부부 쇼호스트로 해봐."

민주와 함께하기로 스케줄이 잡혀 있던 방송이다. 그런데 민주의 말을 듣고 보니 지한과 마지막 방송을 함께하는 것도 괜찮을 것 같았다.

"그것도 좋겠다."

두 사람의 대화를 들었는지 경수까지 거들었다. 마침 사무실 문이 열리더니 지한이 스튜디오로 나왔다. 세 사람은 동시에 그를 쳐다보았다.

"왜들 그래?"

지한은 저한테 몰린 시선이 이상하다고 여겼는지 물었다.

"오늘 소영이랑 방송하는 거 어떻겠냐고 의논하던 중이야."

"부부 쇼호스트로 유종의 미를 장식해보라고요."

경수의 말에 민주가 덧붙였다.

"민주 씨가 양보해줄 거예요?"

"하신다면요."

"감사합니다."

고맙다는 의미로 그가 가벼운 눈인사를 했다. 어느덧 방송 시간이 가까워지자 지한과 소영은 무대로 갔다. 감회가 새롭다고 해야 할까. 소영이 쇼호스트가 된 후 그녀의 첫 방송 때 그가 함께해줬고, 지금 그가 떠나기 전 마지막 방송을 이제는 소영이 같이하고 있다. 두 사람은 카메라를 똑바로 바라보았다. 그의 멘트로 방송이 시작되었다.

"J&H 홈쇼핑과 함께해주시는 시청자 여러분 안녕하세요. 쇼호스트 서지한입니다."

"안녕하세요. 단소영입니다."

소영이 수줍은 얼굴로 인사했다. 매스컴을 통해 이미 알려진 상태이기는 하나 막상 지한과 함께하려니 조금 민망했다.

"오늘따라 소영 씨가 무척 부끄러워하네요."

역시나 그가 단번에 알아차리자 마음을 가다듬은 소영이 자연스럽게 멘트를 이어갔다.

"어머, 눈치채셨어요? 사실은 오늘 방송에 깜짝 놀랄 만한 분들이 나오시거든요. 그래서 제가 더욱 긴장했나 봐요."

"그렇기는 하죠. 오늘 저희 부부가 소개해드릴 상품은 즉석 불고기입니다."

지한이 포장된 상품을 들어서 보여주었다.

"집에서 불고기를 만들려면 시장도 봐야 하고 번거롭잖아요. 그런데 이건 프라이팬 하나만 있으면 됩니다. 지금 바로 만들어볼 테니 보시고 놀라지들 마세요.”

“준비하는 동안 먼저 보여드릴 화면이 있죠.”

그의 말에 소영은 기대에 찬 눈빛을 했다.

“화면을 보시고 시청자들이 어떤 반응을 보이실지 궁금해지네요. 최초로 J&H 그룹 회장님이 방송에 출연하셨어요. 자~ 보세요.”

드디어 어제 촬영했던 동영상이 나갔다.

“뭐야?”

“어머.”

소영의 멘트에 의아한 표정으로 지켜보던 스태프들이 놀랐는지 여기저기서 속삭였다.

“저분은 그분이잖아. 소영이 시아버지.”

대성을 보고 민주가 하는 말이다.

“로열패밀리가 추천하는 음식이라. 오늘 대박 터지겠네.”

잠시 카메라에서 눈을 뗀 경수도 한마디 했다. 그 후, 두 사람은 지지고 볶고, 서로 먹여주면서 순조롭게 방송을 이끌어갔다. 사이사이 지한의 가족이 참여한 동영상도 보면서 말이다. 반응이 좋아 예상했던 시간보다 일찍 매진되었고, 다음 방송까지 약속하며 엔딩을 했다.

“컷!”

지한이 외쳤다. 그런데 평소와 다르게 스튜디오 안은 숨죽이듯 조용했다. ……아쉬웠기 때문이다. 그를 보내는 것이 무척 아쉬워서 스태프들은 입을 다물었다.

“그동안 감사했습니다.”

스태프들의 마음을 알기에 지한은 그들을 향해 정중히 고개를 숙였다. 그리고 그는 한동안 허리를 펴지 않았다.

이곳에서 제2의 인생을 얻었다. 지한은 이 공간과 이곳에 있는 사람들이 한없이 고마웠다.

얼마 후 그가 허리를 폈다. 지한의 행동을 지켜보던 소영이 갑자기 그의 볼에 입을 맞췄다.

"피디님, 그동안 수고하셨어요."

그녀의 인사에 지한은 빙긋이 웃었지만…….

"아우- 닭살!"

"그런 건 집에 가서 해!"

"뭣들 하는 거야!"

이번에 스튜디오 안은 스태프들의 원성이 드높았다. 그러자 지한이 보란 듯이 소영의 입술에 가벼운 입맞춤을 했다.

"야! 너, 지금 내 처제한테 무슨 짓을 하는 거야!"

"하하하하."

지한을 향해 대뜸 눈을 부라린 경수가 삿대질해가며 우스갯소리를 했다. 그로 인해 스튜디오를 가득 채운 웃음소리, 지한은 이 웃음소리를 영원히 잊지 못할 것 같았다.

소영과 함께하는 마지막 퇴근. 그녀가 먼저 스튜디오를 나가자 뒤따라 나온 지한이 굳게 문을 닫았다. 더 나은 내일을 위해 떠나는 것인데도 아쉬웠는지 닫힌 문을 그가 한동안 바라보았다. 소영은 서두르지 않고 그저 지켜봐 주었다.

이윽고 두 사람은 천천히 계단을 내려갔다.

"이제 실업자가 되었네."

헛헛한 마음을 감추려는지 그는 실없는 소리까지 했다. 말하는 지한의 목소리에서 허전함이 묻어 나오자 그녀가 그의 팔에 팔짱을 꼈다.

"제가 먹여 살릴 테니 아무 걱정 하지 마세요."

"맞벌이의 장점인가?"

"당신은 오늘 퇴사했고 아직 하는 일이 없으니, 엄격히 따지자면 맞벌이는 아니죠. 능력 있는 아내를 둔 남편님일 뿐."

소영이 보란 듯이 그를 향해 거만한 얼굴을 했다.

"능력 있는 아내를 둔 것 역시 남편의 능력이 아닐까?"

"듣고 보니 그러네요, 대단한 남편님."

계단을 막 내려온 소영은 게시판 앞에 서 있는 네댓 명의 사람을 보았다. 소영은 궁금한 눈빛을 했지만, 지한은 뭔가를 알고 있는 얼굴이었다.

"쇼호스트 채용 공지를 붙였나 본데."

"쇼호스트를 또 뽑아요?"

"재능 있는 새로운 얼굴이 많으면 많을수록 좋지."

두 사람은 자연스럽게 게시판 쪽으로 갔고, 그 앞에 가서 보니 정말 채용 공지였다.

"진짜네."

소영의 말에 게시판을 보던 한 여자가 돌아보았다.

"안녕하세요. 단소영 쇼호스트시죠?"

"네, 안녕하세요."

자신을 알아본 여자를 향해 소영이 예쁜 미소를 지었다.

"저도 쇼호스트가 되고 싶은데 가능할까요?"

"물론이죠."

"그럼 노력해봐야겠네요."

그녀의 말에 용기를 얻은 듯 여자의 눈빛이 반짝거렸다. 소영이 꿈을 이룬 이곳에서 누군가의 꿈이 시작되려나 보다. 소영이 기꺼운 마음으로 응원해주었다.

"파이팅!"

에필로그 (1)

"그만 늑장 부리고 어서 일어나요?"

누워 있는 지한을 억지로 일으킨 소영이 달래듯 말했다. 풀썩. 하지만 그는 오히려 그녀의 허리를 안은 채 다시 침대로 쓰러졌다. 아무리 소영이 빠져나오려 해도 허사일 만큼 그는 꿈쩍을 하지 않았다.

"십 분만 이러고 있자."

"촬영 시간에 맞추려면 어서 서둘러야 해요."

"아직 시간 있어."

여지없이 그의 입술은 그녀의 입술을 찾았다. 맞닿은 입술이 하나가 될 때 획, 하고 자세가 뒤집히더니 순식간에 소영의 몸 위로 지한의 몸이 올라왔다. 금방 깊은 입맞춤으로 변했고, 소영은 그의 허리를 끌어안았다.

여전히 농밀한 입맞춤을 하던 중 획, 하고 다시 두 사람의 몸이 뒤집히면서 이번에는 소영의 몸이 그의 몸 위로 얹혔다. 자신의 입술을 머금은 그의 입술에서 소영은 제 입술을 떼는 동시 잽싸게 몸을 일으켰다.

"여기까지."

소영이 날렵하게 침대를 내려오려 했지만 이미 늦었다. 먼저 알아차린 지한이 그녀의 몸을 끌어당겼다.

"이제 그런 방법은 안 통해."

몇 번 써먹었더니 그새 눈치를 챘나 보다. 단단한 그의 팔에 안긴 소영이 체념한 듯 지한의 목에 팔을 둘렀다.

"어른들 계시는데 이러면 안 되죠."

"잠깐만, 응?"

"그럼 딱 십 분만이에요."

그가 애절한 눈빛까지 하자 소영은 너그러이 받아주기로 했다.

"이십 분."

"떼쟁이."

아무리 자신이 재촉하면 뭐 하나. 뭉그적거리는 지한으로 아침이면 늘 이랬다. 그러니 그를 방에서 빨리 끌어내기 위해선 자신이 먼저 나가야 했다. 오늘은 틀렸지만 말이다.

"오늘은 무슨 장면을 촬영해요?"

"베드신."

"진짜요? 구경하고 싶다."

소영의 말에 지한이 이불을 끌어 올렸다.

"이러고 이불 덮고 찍는데?"

"그래도 베드신이잖아요."

그녀의 말에 무슨 생각을 했는지 그가 살포시 웃었다. 그 웃음이 이상했는지 소영이 말똥히 바라보았다.

"왜 웃어요?"

"그냥…… 너랑 이러고 있으니까 좋아서."

"싱겁기는."

불평하듯 살짝 입술을 내밀며 말했다. 그 모습이 사랑스러웠는지 그가 소영의 몸을 어루만졌다.

"다음 드라마는 우리 이야기를 해볼까?"

"우리요?"

"제목은 내 싸랑 알바공주, 어때?"

마음이 들었는지 소영이 배시시 웃었다.

"괜찮을 것 같은데요."

"그럼 추진해볼까."

"그 대신 키스신, 베드신 다 빼고 아주 건전하게. 알죠?"

자신들의 연애사를 가족뿐 아니라 지인들이 다 안다면 부끄러울 것 같았다.

"몰라."

작게 웃은 지한이 그녀의 입술을 머금었다. 선득거릴 정도로 열정적인 입맞춤이었지만, 더 이상 지체하면 안 된다는 것을 알아 그녀가 겨우 입술을 뗐다.

"진짜 더는 안 돼요."

"아직 이십 분 안 됐어."

Rrrrrr. 거부하는 그의 행동에도 그녀가 억지로 빠져나올 때, 마침 소영의 휴대폰이 울렸다. 전화를 받고자 침대에서 내려온 소영은 흐트러진 머리카락을 매만졌다. 그 후 휴대폰을 들어 발신자를 확인하더니 이른 시간에 인경으로부터 전화가 와 서둘러 받았다.

"엄마, 언니 진통 왔어?"

가영의 출산 예정일이 얼마 남지 않은 상태라서 소영은 이리 넘겨짚었다. 그녀의 말에 지한이 일어나 앉았다.

[아니야, 어쩌고 지내는지 궁금해서 전화해본 거야.]

"엄마 딸이야 잘 지내지. 엄마 보고 싶은데 언제 올라올 거야?"

[내일. 네 형부랑 함께 올라가려고.]

"진짜? 잘됐다."

소영이 침대로 걸터앉자 지한이 바꿔달라고 눈짓을 했다.

"엄마, 서 서방이 바꿔달래."

[그래.]

"어머니, 안녕하세요."

인사하는 지한의 눈이 반가워 소영도 따라 웃었다.

[자네도 잘 지냈어?]

"네, 내일 오신다고요?"

[가영이 아기가 곧 태어날 텐데 산후조리 해주려면 가야지. 그나저나 소영이도 어서 아이가 생겨야 할 텐데…….]

인경이 아이 걱정을 하자 소영이 신경 쓰인 그가 그녀의 손을 잡았다.

"곧 생길 거니 걱정하지 마세요. 내일 저녁에 형님 집으로 들를게요."

[요즘 한창 바쁠 텐데 시간이 돼?]

"바빠도 내야죠."

[그럼 내일 봄세.]

"네, 들어가세요."

종료 버튼을 누른 그가 휴대폰을 내려놓았다.

"결혼한 지 얼마나 되었다고, 어머니도 참……."

"벌써 4개월이에요."

가족들 모두 눈이 빠져라 기다린다는 것을 알기에 소영은 근심스러운 얼굴을 했다.

"벌써?"

그가 오히려 되묻는 것이 시간 가는 줄 모르고 살았나 보다. 가영의 출산 예정일을 다시 확인하려는지 소영이 탁상 달력을 들었다. 그런데 달력을 보던 소영의 입술이 보일 듯 말 듯 웃었다. 왜냐하면 이번 달에 있어야 할 것이 일주일째 소식이 없기 때문이다.

"뭐야, 그 표정은?"

"언니 예정일을 확인해봤어요."

참으로 예리한 그의 눈⋯⋯. 성급하게 말할 것이 아니라 먼저 병원에 들러 검진부터 받아보기로 했다. 가영 핑계를 댄 그녀가 달력을 내려놓았다.

"어서 나오세요."

"알았어."

임신했을지도 모른다는 기대감에 소영의 얼굴은 화사하게 빛났다. 계단을 내려온 그녀는 소파에 앉아 있는 대성에게 갔다. 소영이 다가오자 대성은 보던 신문을 접었다.

"오늘도야? 결혼하더니 그 녀석, 어지간히 늑장을 부리네."

"아버님, 피디님 원래 저렇게 느림보였어요?"

"아니다, 전에는 눈만 뜨면 나갔어."

터벅터벅. 흐뭇한 표정을 지은 대성은 계단을 내려오는 발소리에 고개를 돌렸다. 딱 보니 지한의 입이 잔뜩 나와 있었다.

"아버지, 소영이 잔소리가 슬슬 심해져요."

터덜터덜 계단을 내려온 지한이 못마땅한 듯 고자질을 했다. 아침마다 토닥거리는 두 사람의 목소리를 듣는 것이 대성에게는 즐거움이었다. 그래서 대성은 소영이 일어날 즈음이면 으레 거실로 나왔다.

"그러게 왜 매일 늦잠을 자. 내가 볼 땐 잔소리를 들을 만도 하다."

"아버진 너무 소영이만 예뻐하시는 거 같아요."

지한은 샘을 부리듯 불만스럽게 말했다.

"내 며느리 내가 예뻐하는 게 잘못이냐?"

"저도 예뻐해달라는 거잖아요."

부친이 소영의 편이란 걸 누구보다 잘 알고 있으면서도 지한이 서운한 표정을 지었다.

"징그럽게 다 큰 녀석이……."

말은 이렇게 했어도 신문을 펴 든 대성이 빙긋이 웃었다.

"어서들 안 오고 뭐 해?"

흐뭇한 표정으로 부자를 보던 소영은 연숙의 목소리에 화들짝 놀랐다. 지한이랑 실랑이를 하는 바람에 까마득히 잊고 있었다.

"네, 고모님. 지금 가요."

"모두 와서 거들어야 시간에 맞출 수 있어."

다시 들리는 연숙의 목소리에 신문을 보던 대성도 일어났다. 지한과 함께 대성이 주방으로 들어오니 식탁에는 샌드위치를 만들 재료가 그득했다.

"아니, 그냥 주문하면 될 것을……."

아침부터 소영이 난리를 피운 이유를 지한은 이제야 알 것 같았다. 그녀가 식빵이 담겨 있는 봉지를 가져왔다.

"스태프들과 나눠 드시라고요. 나가실 때 갖고 가려면 서둘러야 해요."

요즘 드라마 촬영으로 그는 휴일이 없을 정도로 바쁘게 지냈다.

"그러지 말고 당신이 이따 촬영장으로 갖다 주면 안 될까?"

침대에서 소영이 했던 말이 생각난 지한은 이리 말했지만, 깜박 잊은 그녀는 대성을 보았다.

"아버님, 같이 가실래요?"

"좋지."

대성이 기분 좋게 받아들였다.

'베드신이 보고 싶다며!'

민망한 말을 대놓고 할 수도 없고. 그가 뚫어져라 쳐다보며 속으로 외쳤지만, 소영은 전혀 눈치채질 못했다. 그녀는 봉지 안에 든 식빵을 꺼내고 있었다. 이러니 아무래도 베드신은 다음으로 미뤄야 할 것 같았다.

"나도 갈까?"

그런데 연숙까지 나섰다.

"빨리 샌드위치 만들어서 온 가족이 총출동해보죠."

소영의 말에 거들어줄 요량인지 손에 비닐장갑을 낀 연숙이 식빵을 두 장 들었다.

"나, 할 일 없어서 가는 거 아니다. 투자자로서 가는 거니까 지한이 너, 감지덕지로 생각해."

"투자해주신 것, 그저 감사할 따름입니다."

지한이 고개를 숙였다.

"생색내기는?"

연숙의 말에 대성이 대번에 토를 달았다.

"생색이 아니고, 왜 가는 건지 알고는 있으라고요."

"투자하고 싶으면 그냥 해주면 되는 거고, 촬영장 가고 싶으면 그냥 가면 되는 거지 뭔 말이 그리 많아."

"말은 오리버니가 더 많네요."

"무슨 소리야? 네가 훨씬 많아. 잠시도 쉬지 않고 조잘거리잖아."

"제가 언제 조잘거렸어요? 그건 오라버니죠."

대성도 비닐장갑을 들었다. 티격태격하는 대성과 연숙을 보며 지한은 가스레인지로 갔다. 집 안에서 들리는 가족의 목소리. 참…… 행복했다. 이렇듯 대화하는 것이 이제 익숙할 만도 한데 지한은 여전히 꿈을 꾸는 것만 같았다.

"새아가, 네가 볼 때는 누가 더 말이 많은 것 같으냐?"

대성이 물었지만, 막상막하라 딱 꼬집어 말할 수 없었다. 그러니…….

"아버님, 제 생각에는…… 호진이요."

"호호호, 그렇긴 하지. 요즘 한창 말 배우느라고 어찌나 종알거리는지."

"그러네."

연숙의 말에 대성도 수긍하는 눈치였다. 소영이 샘플로 만들어놓은 샌드위치를 보며 대성도 연숙도 그럴싸하게 모양을 만들어냈다. 하지만 한 회사의 대표자답게 연숙은 완벽한 것을 원했다.

"오라버니, 틀렸어요. 토마토를 나중에 넣으셔야죠."

"넣는 순서가 좀 틀리면 어때. 배 속에 들어가서 소화되는 것은 똑같아."

맨 위에 치즈를 얹은 대성이 식빵을 한 장 들어서 덮었다. 그때 자박자박 주방으로 걸어오는 발소리가 들렸다. 막 잠에서 깬 호진이를 데리고 지수가 주방으로 들어왔다.

"빠빠, 맘마, 이거."

식탁에 가득한 재료들을 보고 호진이의 눈이 동그래졌다. 낑낑거리고 의자로 올라가려는 호진이를 지수가 안아 올려주고는 그녀도 자리에 앉았다.

며칠 전 지수는 부친의 집으로 이사했다. 무턱대고 들어오기 쑥스러웠는지 누구도 묻지 않았는데 남편이 해외출장에서 돌아올 때까지만 있겠다는 조건까지 내세워서 말이다.

"고모, 이게 다 뭐예요?"

가족들이 먹기에는 아무리 생각해도 양이 많다고 느꼈는지 지수가 물었다.

"지한이 간식거리 싸주는 거야."

"내 동생이 늦복 터졌네. 아빠랑 고모가 이런 걸 다 하고."

북적거리는 식구로 정신없는 것 같지만 누구 하나 불평하는 사람은 없었다. 오히려 이런 모습이 좋아 일부러 일거리를 만들 정도였다.

그 예로 가족들의 식사를 이젠 가사도우미가 하지 않는다는 것이다. 집에 있는 가족 중 아무나 먼저 시작하면 어느새 밥상이 차려졌고, 맛을 떠나서 함께 먹는다는 것에 행복이란 말을 떠올렸다. 아주 가끔 예외일 때도 있지만…….

"자, 따뜻한 대추차가 왔습니다."

가스레인지 앞에서 나름 부산스럽게 움직였던 지한은 가족이 마실 차를 준비해왔다. 쟁반에 담긴 찻잔을 그는 대성의 앞에 놓아주었다.

"잘 마시마."

"고맙다."

연숙도 찻잔을 받았다.

"이건 누나 거."

"고마워."

지한은 소영의 앞으로도 찻잔을 내려놓고 소영의 옆에 앉았다. 지한이 옆에 앉을 때 소영은 그제야 그의 말이 생각났다. 으악! 베드신! 찻물을 마시려던 소영의 얼굴이 굳어졌다. 그녀가 그를 보자 지한의 시선도 소영으로 향했다.

'피디님, 베드신 어째요?'

시선이 맞닿자 그녀가 눈빛으로 물었지만 그는 알아보질 못했다.

"왜?"

"베드신."

그녀가 입 모양으로 말하자 지한이 알아챘다.

"물 건너갔어."

"뭐가 물 건너가?"

지한의 말에 지수가 이상했는지 물었다.

"오늘 촬영 장면 중에 한 장면이야."

스리슬쩍 넘긴 그의 말에 대수롭지 않게 여긴 가족은 다시 찻잔을 들었고, 모두가 둘러앉은 식탁엔 따뜻한 차 한 잔으로 마음마저 훈훈해졌다.

"오늘 아침엔 내가 된장찌개를 끓여볼까?"

대추차를 한 모금 마신 연숙이 말했다.

"고모, 제발."

"저도 반대."

"나도."

"저도요."

지수에 이어 지한이 거절하자 대성도 동참했다. 물론 소영도 씩씩하게 의사 표시를 했다. 웬만하면 그냥 사랑으로 먹어주겠는데 연숙이 만든 음식은 그러하질 못했다. 어쩔 땐 대성이 만든 음식보다 못할 때도 있었다.

"얘들이, 내 손으로 직접 끓여주겠다는데……."

"감지덕지로 여기라고요?"

연숙의 말에 지한이 선수를 쳤다.

"드실 분 손 드세요. 아무래도 거수로 정해야 할 것 같아요."

"하하하하."

소영의 말에 모두 웃고 말았다. 찻잔을 내려놓은 연숙이 식탁 의자에서 일어서 꿋꿋하게 싱크대로 갔다.

"아침은 내가 할 테니 너희는 어서 샌드위치나 만들어."

"고모님, 부탁해요."

살가운 소영의 인사에 지한이 말을 더했다.

"나는 고모가 끓여준 된장찌개가 제일 맛있더라."

"어른이 거짓말하면 못쓴다."

대성의 말에 모두 웃음을 터트렸다.

웃음소리가 넘치는 이 집은…… 내 사랑 님과 함께 사는 세상에서 가장 행복하고 아름다운 곳. 가정을 이룬 지한과 소영은 이런 아침이 내일도, 모레도 계속될 것이라 여겼다.

결혼을 통해 가족이 된 지한과 소영. 가족이란 소중한 단어를 지키기 위해 두 사람은 앞으로도 노력할 것이고, 그도 그녀도 가정의 테두리 안에서 오래오래 행복할 것이라 오롯이 믿었다.

피디님, 우리 평생, 오늘처럼만 살아요.

원하는 바.

에필로그 (2)

"천천히…… 그렇지."

제법 부른 배로 소영이 소파에 앉는 모습에 연숙이 아기 다루듯 말했다. 가영이 출산할 무렵 소영은 임신 소식을 가족에게 알렸었다. 그때 들렸던 가족의 목소리는 거의 함성에 가까울 정도였다.

누구보다 좋아했던 사람은 역시 그녀의 남편인 지한이었지만. 얼마나 좋았던지 그는 가족들이 보는 앞에서 소영을 번쩍 안아 들며 기쁨을 표현할 정도였다. 하지만 떨어트리면 큰일 난다는 대성의 말에 서둘러 내려놓아야만 했다. 그리고 어느덧 출산을 앞두고 있었다.

"이 정도로 움직이는 것은 괜찮아요,"

"그래도 걱정되니까 그렇지. 예정일이 이틀이나 지났는데 소식도 없고."

근심이 섞인 연숙의 말소리를 들었는지 방에 있던 대성이 거실로 나왔다.

"때가 되면 어련히 나올까. 별걱정을 다 한다."

"빨리 만나보고 싶으니까 그렇죠."

"그 마음이 나만 할까?"

대성의 말에 연숙이 서운한 얼굴을 했다.

"더하면 더했지 덜하진 않네요. 똘망이 태어나면 제가 키울 거예요."

"회사는?"

"저도 할 만큼 했으니 이젠 오라버니가 하세요."

농담인지 모르겠으나 연숙의 말에 대성은 황당할 수밖에 없었다. 두 사람의 대화를 듣던 소영이 분위기 전환을 위해서 장식장 위에 올려놓은 상자를 가져왔다.

"아버님, 고모님, 똘망이 심장 소리 들려드릴게요."

이 말이면 어떤 일도 해결되었다. 소영은 똘망이가 어서 태어나길 기다리는 가족을 위해 태아 청진기를 샀다.

테이블 위로 청진기가 담긴 상자를 내려놓자마자 연숙이 열어서 꺼냈다. 두 세트이다 보니 대성과 연숙이 함께 들을 수 있었다. 연숙은 청진기를 소영의 배에 갖다 대고는 귀에다 꽂았다. 물론 대성도 익숙하게 했지만 말이다.

두근두근. 두근두근. 힘차게 뛰는 심장 소리에 할아버지가 될 대성도, 고모할머니가 될 연숙도 흐뭇한 표정을 지었다.

"오늘은 좀 조용한 것 같네?"

"그러게요."

평소랑 다르다고 느꼈는지 한마디씩 했다.

"그래요? 그러고 보니 태동도 덜한 것 같고……."

두 사람의 말에 소영이 중얼거렸다. 그러자 걱정되었는지 대성이 말했다.

"똘망아, 이 할애비 목소리 들리누?"

"다 듣고 있으니 사투리 쓰지 마세요. 할애비가 뭐예요?"

기- 익. 토닥거리는 두 사람을 보고 소영이 빙긋이 웃을 때 현관문 열리는 소리가 들렸다. 안으로 들어선 사람은 다름 아닌 똘망이 아빠가 될 지한이었다.

"다녀왔습니다."

"왔어요?"

소영이 고개만 돌려서 그를 보았다.

"어서 와라."

"왔니?"

그가 들어왔어도 두 사람은 말로만 대답할 뿐이었다. 대성과 연숙은 태동 소리를 듣느라 청진기를 귀에서 떼어내질 못했다.

"똘망아, 아빠 왔어."

소영의 곁으로 앉은 지한이 그녀의 부른 배 위로 살며시 손을 얹었다. 꿈틀꿈틀. 그가 만지는 걸 알았는지 이제야 태동이 느껴졌다.

"오, 움직인다."

"아빠 손길을 알아보네."

연숙이 신기한 듯 말하는 소리에 대성이 청진기에서 귀를 떼었다.

"지한이 옷 갈아입어야지. 어서들 올라가 보아라."

이때다 싶은 지한이 벌떡 일어났다.

"저녁 먹을 때쯤 내려올게요."

소영의 손을 잡은 지한이 바삐 이 층 계단 쪽으로 걸어갔다.

"천천히 가!"

"네! 아버지."

대성이 호통을 치는 바람에 조심스럽게 그녀를 데리고 이 층으로 올라간 그가 침실 문을 열었다.

"오늘 촬영은 끝난 거예요?"

평소보다 일찍 들어온 그로 방문을 닫은 소영이 물었다.

"새벽 신이 있어서 일찍 끝냈어. 너도 걱정되고."

침실로 들어온 그는 재킷을 벗었다. 지한의 앞으로 선 소영은 그가 맨 넥타이를 풀어내었다.

"아버님과 형님이 항상 곁에 계시는데 걱정하긴."

"출산일을 넘기다 보니깐 걱정이 되네."

그녀에게서 넥타이를 받아 든 지한은 옷장을 열어 옷걸이를 꺼냈다. 그리고 벗은 재킷을 옷걸이에 걸어 옷장에 걸어놓았다.

"어디, 우리 소영이 얼굴 좀 볼까?"

하루 종일 눈에 밟혔는지 와이셔츠의 소매 단추를 풀던 지한이 그녀의 어깨를 그러잡았다.

"자요."

보라고 얼굴을 내미는 그녀를 침대 쪽으로 데려간 그가 침대로 걸터앉을 수 있게 도와주었다.

"힘들진 않았어?"

"아버님과 고모님이 꼼짝 못 하게 하시는데 힘들 게 뭐가 있겠어요. 한없이 고마울 뿐이죠."

진정 고마워할 사람은 그녀가 아닌 자신과 제 가족이었다. 그가 소영의 상체를 조심스럽게 끌어안았다.

"아빠가 된다는 느낌이 이렇듯 설레는 것일 줄 몰랐어. 촬영 짬짬이 나도 모르게 휴대폰을 들여다보는 거야."

"혹시 병원에 간다는 문자가 왔을까 봐서요?"

소영이 그의 품에서 벗어났다. 그리고 지한의 눈과 마주했다.

"응. 휴대폰을 확인할 적마다 떨려."

"똘망이가 태어나면 당신은 어떤 아빠가 되고 싶으세요?"

소영이 지한의 두 손을 잡았다.

"아이와 많이 놀아주는 아빠, 목욕탕에도 함께 가주는 아빠. 그리고……."

"딸이면 어쩌려고?"

그녀가 묻는 말에 잠시 그가 생각하는 듯 쳐다보았다.

"딸이면…… 미용실에 함께 가주는 아빠."

"하하하하. 같이 파마하게?"

"응, 당신은 어떤 엄마가 되고 싶어?"

지한이 물었다.

"음…… 저는 선생님 같은 엄마."

방긋 웃은 그녀가 말했다. 물론 그는 이해를 못 했는지 고개를 갸우뚱했지만.

"선생님?"

"아이가 태어나면 공부할 시간도 없을 것 같아요. 아버님은 물론 고모님과도 놀아야죠. 그뿐인가. 당신하고도 놀아야죠, 우리 집 대장인 호진이는 어떻고요."

"그러네."

모두 맞는 말이기에 지한이 미소를 지었다.

"저라도 가르쳐야지 안 그러면 공부가 뭔지도 모를 것 같아요."

"태명이 똘망인데 설마?"

지한의 손이 소영의 불룩한 배를 어루만졌다. 만져지는 느낌만으로도 기분 좋은 듯 연실 싱글거렸다.

"태명이랑 뭔 상관이라고? 똘망아, 네 아빠가 이런 사람이란다."

"자랑스럽지?"

소영의 배를 어루만지던 그가 이번엔 그녀의 배에 귀를 대었다. 사랑스러운 남자. 소영의 손길이 지한의 머리카락을 간질이듯 쓰다듬었다.

"그렇게 만지지 마."

"왜요?"

"안고 싶어 미치겠어…… 안 되겠다."

514

그녀가 작게 웃을 때 뒷말을 중얼거린 지한이 상체를 일으켰다. 그리고 소영의 얼굴을 어루만지는 듯싶더니 그녀와 입맞춤을 나눴다. 달콤하고도 행복한 그리고 사랑이 가득 담긴 깊고도 깊은 키스…….

욱신! 작지만 그녀의 배에서 통증 같은 것이 느껴졌다.

"아, 배가……."

"왜?"

뭘까? 고개를 갸우뚱한 그녀가 배를 쓰다듬자 지한이 걱정되어 물었다.

"조금 아픈 것 같기도 하고……."

"혹시 진통 오나!"

꼼지락꼼지락. 지한이 작디작은 아이의 손을 잡자 잠에서 깨려는지 현우의 손이 움직였다. 현우는 소영이 낳은 지한의 첫아이다.

"똘망이, 눈 떴네."

현우가 눈을 뜨자마자 물끄러미 바라보던 지한이 말했다. 현우가 태어난 날, 집안에 장손이 태어났다며 대성은 한없이 좋아했었다. 지한이 잊지 못할 만큼.

"현우 깼어요?"

포대기로 감싼 현우를 그가 안아 들 때 샤워를 마친 소영이 욕실에서 나왔다.

"응."

"배고파서 깼나?"

소영의 말에 그가 현우의 입가에 손가락을 대었다. 현우의 상태를 알아보려는지 톡톡, 쳤지만 아이는 별 반응이 없어 보였다. 소영이 침대로 올라앉았다.

"아닌 것 같은데."

"그럼 일부러 깨웠군요?"

아이가 왜 눈을 떴는지 알 것 같기에 소영이 예쁘게 그를 흘겨보았다.

"아니야. 나는 손만 만졌어."

한껏 흐뭇한 표정을 지은 채 품에 안은 아이를 어르던 지한이 변명하듯 말했다. 잠에 취한 듯 살며시 다시 눈을 감는 현우를 소영이 보았다.

"또 자네."

"우리가 있나 확인해보려고 눈을 떴었나?"

"현우야, 아빠가 이렇게 만졌지?"

소영의 손이 잠든 현우의 볼을 살짝 어루만졌다.

"틀렸다네. 손을 만졌다네."

지한이 이러고 말하니 그녀가 웃기밖에 더하리오. 아이에게서 눈을 떼지 못하고 바라보는 그의 모습에 소영이 베개를 매만졌다.

"계속된 촬영으로 힘들 텐데 어서 자요."

요즘 한창 자신들의 이야기인 '내 싸랑 알바공주'를 찍느라 그는 무척 바빴다. 그렇지만 아무리 늦은 시간이라 할지라도 그는 아들을 보기 위해 꼭 귀가했다.

"괜찮은데."

"당신 아들, 어디 안 가요. 그러니 편히 누워서 봐요."

"알았어."

깊어가는 밤, 현우를 조심스럽게 침대로 눕힌 그가 제 아이의 옆으로 누웠다. 그러더니 소영을 향해 팔을 뻗었다.

"당신도 이리 와."

그녀는 누우면서 자연스럽게 그의 팔을 베었다.

양쪽 옆구리로 사랑하는 아내와 세상에 하나뿐인 아이가 누워서인지 지한의 얼굴은 더없이 행복해 보였다.

"곧 현우 백일인데 어떻게 할 거예요? 요즘 백일잔치는 거의 안 해서……."

다음 주면 현우가 태어난 지 벌써 백 일째다. 소영이 물어본 의도를 너무도 잘 알기에 반듯이 누웠던 그가 그녀를 향해 모로 누웠다. 기다렸다는 듯이 소영이 그의 품으로 파고들었고, 지한의 손은 가녀린 그녀의 어깨를 어루만졌다.

"가족들끼리 조촐하게 밥 먹고 백일잔치 할 돈은 기부하면 어때?"

"좋아요."

기분 좋은 듯 미소 짓는 소영의 얼굴을 바라보던 지한이 살며시 상체를 일으켰다. 샤워한 탓인지 그녀의 매혹적인 몸에 그는 이성을 잃을 지경이었다.

"오늘 밤에는 현우 동생을 만들어볼까?"

"벌써……. 으읍!"

그녀의 말은 아스라이 그의 입안에서 사그라졌다. 욕망을 담은 입맞춤이기에 제 혀끝으로 그녀의 혀를 붙잡는 순간 지한의 몸이 소영의 몸 위로 올라왔다.

두 사람의 몸이 겹쳐지자 익숙하게 그녀의 다리가 벌어지면서 그의 허리를 휘감았다.

"어라. 이 뜻은 뭘까?"

그러자 입술을 뗀 그가 장난스럽게 물었다.

"음…… 유혹하는 야한 자세."

"키스부터 가르쳤는데 이젠 유혹도 하고 대단한데."

"제가 좀 똑똑해요."

"우리 아들이 엄마 머리를 닮아야 할 텐데."

소영을 내려다보던 그가 곁눈질로 잠든 아이의 얼굴을 보았다.

"아들이니까 난 당신 닮았으면 좋겠는데."

"내가 좀 잘나긴 했지."

얼굴이 살짝 변한 소영이 그를 보자 지한은 단번에 그녀의 표정을 읽었다.

"왜, 재수 없다고 말하려고?"

농담을 받아주려는지 작게 웃은 그녀가 말했다.

"응."

"그랬겠다. 오늘 밤 각오해."

지한의 손에 그녀가 입은 잠옷의 스커트가 말아 올려졌다. 달뜬 소영의 숨결을 나눠 마시고 싶은지 그가 다시 소영의 입술에 제 입술을 포갰다. 맞닿은 몸으로 전해지는 지한의 체온, 뜨거웠다.

자신의 몸을 어루만지는 그의 손길로 소영의 심장은 두근거렸다. 이렇듯 서로의 몸을 원하니 사랑을 나눌 수밖에.

"사랑하는 내 아내……."

참으로 달콤한 속삭임이었다.

갈구하는 마음을 말하고 싶은 듯 아름다운 몸짓으로 서로에게 스며들었으며, 지금처럼 지한과 함께라면 소영은 늘 행복할 것이라 여겼다.

이렇듯 자신을 사랑해주는 남자니깐.

-마침-

작가 후기

소영의 꿈을 응원한다는 뜻으로 묵묵히 프리지어 화관을 씌워줬던 지한, 아픈 그의 기억을 보듬어주고 사랑이라는 감정을 알게 해준 그만의 여자 소영, 그리고 그녀로 인해 행복이란 걸 알게 된 대성의 가정. 사랑스러운 소영이와 지한이를 만날 수 있어 저는 무척 행복했습니다.

『깬다깨 커플』에 이어 두 번째 종이책을 출간합니다. 막상 후기를 쓰려니 가슴이 뭉클해지네요. 무엇보다 하나씩 배워가면서 썼던 글이라 힘들었던 순간들이 참으로 많았습니다. 굳건히 버텨내고자 무던히 노력했던 날들. 그 날들이 있었기에 지금의 『내 싸랑 님과 함께』가 있는 것 같습니다.

잘할 수 있을 것이라고 언제나 용기를 준 란초 님, 임혜 작가님, 그리고 노승아 작가님, 그대들이 없었다면 힘든 시간 홀로 외로웠을 겁니다. 곁에 있어주셔서 늘 든든합니다.

정식연재 할 수 있도록 기회를 주신 네이버 관계자분들과 임민영 매니저님, 강주연 매니저님, 그리고 삽화가 사슴님, 함께해주셔서 고마웠습니다.

또한 와이엠북스 김기선 대표님과 김은지 팀장님 수고하셨습니다. 특히 김은지 팀장님, 저로 인해 많이 힘드셨을 텐데 끝까지 이끌어주셔서 진심으로 감사합니다.

힘내라며 격려해준 제 가족과 블로그 이웃님들, 카페 달콤님들, 혜림이, 문숙이, 선옥이, 민정이, 경희, 넘치게 준 사랑 잊지 않겠습니다.

또 뵐 때까지 모두 건강하시고 늘 행복하세요.

-루치아 드림.